O reaparecimento de Rachel Price

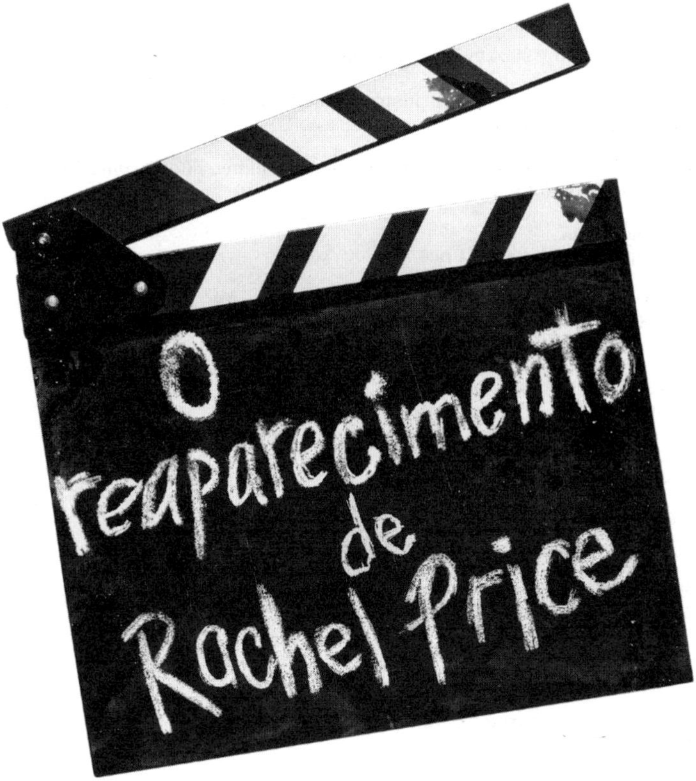

O reaparecimento de Rachel Price

HOLLY JACKSON

Tradução de Karoline Melo

Copyright do texto © 2024 by Holly Jackson

Todos os direitos reservados, incluindo o direito de reprodução no todo ou em partes, em quaisquer meios.

Publicado mediante acordo com Random House Children's Books, uma divisão de Penguin Random House LLC.

TÍTULO ORIGINAL
The Reappearance of Rachel Price

PREPARAÇÃO
Renato Ritto
Ilana Goldfeld

REVISÃO
Theo Araújo

DIAGRAMAÇÃO
Ilustrarte Design e Produção Editorial

PROJETO GRÁFICO ORIGINAL
Ken Crossland

DESIGN DE CAPA
Casey Moses

IMAGEM DE CAPA
© 2024 by Christine Blackburne

ADAPTAÇÃO DE CAPA E IMAGENS DE MIOLO
Antonio Rhoden

CIP-BRASIL. CATALOGAÇÃO NA PUBLICAÇÃO
SINDICATO NACIONAL DOS EDITORES DE LIVROS, RJ

J15r

    Jackson, Holly, 1992-
     O reaparecimento de Rachel Price / Holly Jackson ; tradução Karoline Melo. - 1. ed. - Rio de Janeiro : Intrínseca, 2024.
    544 p. ; 21 cm.

    Tradução de: The reappearance of Rachel Price
    ISBN 978-85-510-1042-6

    1. Ficção inglesa. I. Melo, Karoline. II. Título.

24-93014   CDD: 823
                                 CDU: 82-3(410.1)

Gabriela Faray Ferreira Lopes - Bibliotecária - CRB-7/6643

[2024]
Todos os direitos desta edição reservados à
Editora Intrínseca Ltda.
Av. das Américas, 500, bloco 12, sala 303
22640-904 – Barra da Tijuca
Rio de Janeiro – RJ
Tel./Fax: (21) 3206-7400
www.intrinseca.com.br

Para minha irmãzinha

Annabel Price
8° ano
13/02/2020

Minha árvore genealógica

- Maria Price — Patrick Price | Edward Boden — Susan Boden
- Sherry Price — Jefferson Price | Charlie Price ——— Rachel Price
- Carter Price | Eu

Legenda
- ☐ Falecido
- ▨ Não sabemos

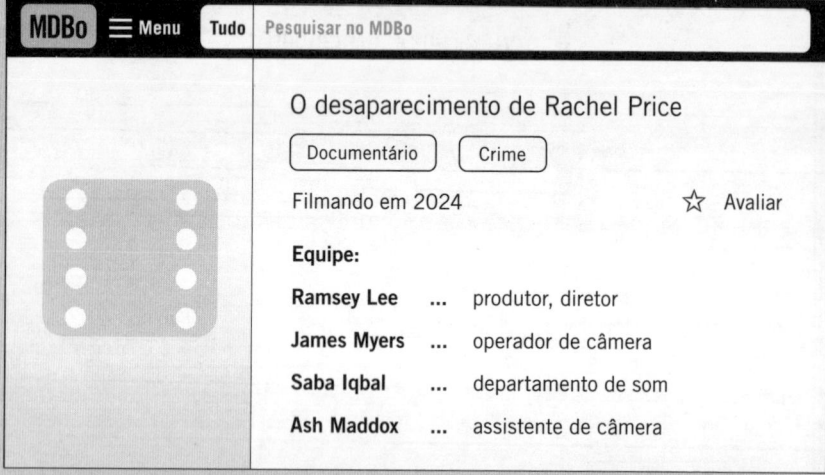

UM

— O que você acha que aconteceu com a sua mãe?

Aquela palavra soou errada para Bel quando ele a falou. *Mãe*. Pouco natural. Não tão ruim quanto *mamãe*. Essa última saía dos lábios dela à força, disforme e raivosa, como uma lesma inchada finalmente se libertando, espatifando-se no chão para que todos pudessem olhar para ela. Porque todos *iam* ficar olhando, como sempre. A palavra não pertencia à sua boca, então Bel não a falava, não se pudesse evitar. Pelo menos havia certa frieza em *mãe*, um quê de distância.

— Tudo bem, pode responder no seu tempo — disse Ramsey, as vogais cortadas e expostas.

Bel o encarou, evitando a câmera. Rugas se formavam na pele negra dele, contornando os olhos à medida que seu olhar se fixava em Bel, porque ela já estava demorando demais, mais do que nas pré-entrevistas dos últimos dias. Ele estendeu a mão para esfregar a têmpora na região acima da orelha, bem naquele ponto em que o degradê do cabelo preto crespo começava. Ramsey Lee: cineasta, diretor, do sul de Londres — a um mundo inteiro de distância. Ainda assim, ali estava ele, em Gorham, New Hampshire, sentado diante dela.

Ramsey pigarreou.

— Hã... — Bel começou a dizer, sentindo que se engasgava com aquela lesma. — Não faço ideia.

Ramsey se recostou, a cadeira rangendo, e Bel percebeu, pela decepção no rosto dele, que ela estava fazendo um péssimo trabalho. Pior. Devia ser a câmera. A câmera mudava as coisas, a permanência delas. Um dia, talvez, milhares de pessoas assistiriam àquilo, separadas dela apenas pelo vidro das telas da televisão. Analisariam cada palavra dita por ela, cada pausa, e concluiriam algo baseado apenas nisso. Examinariam seu rosto: a pele branca quente e o rosado das bochechas, o queixo anguloso que ficava mais pronunciado quando ela falava e principalmente quando sorria, o cabelo curto loiro tom de mel, os olhos redondos azul-acinzentados. *Ela não é a cara da Rachel?*, diriam as pessoas do outro lado da tela da televisão. Na verdade, Bel achava que se parecia mais com o pai. Mas obrigada.

— Desculpa — acrescentou Bel, fechando os olhos com força, manchas laranja aparecendo no lugar onde três softboxes estavam posicionados, de frente para ela.

Bel só tinha que terminar de gravar esse documentário, fingir que não estava odiando cada segundo e falar sobre Rachel, aí sua vida voltaria ao normal e ela nunca mais precisaria falar sobre Rachel.

Ramsey balançou a cabeça, abrindo um sorriso.

— Não se preocupa — disse ele. — É uma pergunta difícil.

Só que, na verdade, não era. E a resposta também não era difícil. Bel realmente não sabia o que tinha acontecido com a mãe. Ninguém sabia. E essa era, justamente, a questão.

— Acho que ela estava...

Alguém pisou em falso atrás da câmera e tropeçou em um cabo que foi desconectado da tomada. Uma das luzes piscou e se apagou, balançando no tripé frágil. Uma mão se estendeu para agarrar o holofote antes que caísse, endireitando-o.

— Ai, droga. Foi mal, Rams — falou a pessoa que tropeçou, levando o fio solto até a tomada de onde havia saído.

Agora que a luz tinha se apagado, Bel conseguiu vê-lo de verdade pela primeira vez. Ela nem havia reparado nele antes, quando Ramsey apresentou a equipe, atordoada demais pelas luzes e pela câmera. Ele devia ser o mais novo dos quatro integrantes da equipe do documentário, e não muito mais velho do que ela. Bel achava que talvez ele fosse, mas só talvez, a pessoa mais ridícula que já tinha visto. O cabelo castanho caía na altura dos ombros em cachos grossos e estava jogado para o lado, seu rosto era pálido, anguloso e cheio de sombras. Usava calça xadrez larga e um suéter roxo-vivo com dinossaurinhos verdes e amarelos estampados no peito.

— Foi mal — repetiu ele, o sotaque o denunciando; devia ser de Londres também.

Ele grunhiu ao empurrar o plugue para dentro da tomada, e a luz se acendeu de novo, escondendo-o de Bel. Graças a Deus, porque aquele suéter feio era uma grande distração.

— Eu falei pra prender todos os fios no chão com fita isolante, Ash — repreendeu Ramsey, virando-se para olhar para trás da iluminação.

— Eu prendi... — A voz de Ash veio das sombras e parecia de alguma forma pontiaguda, o que lembrava seu rosto. — Só que a fita acabou.

— Cara, a gente tem uns cinquenta mil rolos lá em cima — retrucou Ramsey.

— Cinquenta mil é até pouco — disse a mulher segurando o microfone.

O protetor felpudo e cinza do microfone pairava bem acima de Bel e Ramsey, fora do enquadramento da câmera, preso a uma haste longa que estava equilibrada em um tripé. Saba, pelo menos tinha sido assim que Ramsey chamara a mulher, havia sido apresentada como *Responsável pelo som*. Ela estava com fones de ouvido enormes que pareciam engolir seu rosto, formando dobras pouco naturais nas bochechas marrons.

— Foi mal — respondeu Ash novamente. — Mais tarde eu conserto.

— Tudo bem — disse Ramsey, o rosto ficando menos severo por um instante. Então, para o homem atrás da câmera imensa, falou: — James, por que você está com a câmera apontada para o Ash?

— Achei que a gente ia fazer um documentário no estilo *cinéma-vérité*, e que talvez você quisesse registrar esse momento — respondeu o operador de câmera.

— Não, eu não quero registrar isso. Vamos começar a cena do zero e fazer mais uma tomada. E todo mundo precisa ter cuidado com onde pisa dessa vez.

Ramsey lançou um sorriso de desculpas para Bel, que estava sentada em um sofá confortável na frente de todos eles, as almofadas dispostas de maneira organizada atrás dela.

— O Ash é meu cunhado — comentou ele, se explicando. — Conheço ele desde que tinha onze anos. É o primeiro trabalho dele, né, Ash? Assistente de câmera.

Ash: assistente de câmera. Saba: responsável pelo som. James: operador de câmera. E Ramsey: cineasta, produtor, diretor. Devia ser legal ter palavras assim depois do nome, palavras que você mesmo escolheu. As de Bel eram diferentes: *Essa aqui é a Annabel. Filha da Rachel Price.* A última parte era dita num sussurro intencional. Porque, embora Rachel não estivesse mais ali, tudo existia apenas relacionado a ela. Gorham não era mais somente um lugar; era a cidade onde Rachel Price havia vivido. A casa que ficava na rua Milton, número 33, não era mais a de Bel, e sim a casa em que Rachel Price havia morado. O pai de Bel, Charlie Price, bom, ele era o *marido de Rachel Price*, embora o sobrenome Price tivesse vindo dele.

— Ash, a claquete — lembrou Ramsey.

— Ah.

Ash surgiu de trás da luz com uma claquete preta e branca nas mãos. Impressas nela estavam as palavras *O desaparecimento de Rachel Price*, que era o nome do documentário. Abaixo disso, escrito à mão: *Entrevista com Bel*. E ela ficou surpresa, de verdade, por não estar escrito *Filha da Rachel Price*.

Ash caminhou até a frente da câmera, as barras da calça fazendo um barulho alto ao roçarem uma na outra.

— Tomada seis — disse ele, e então bateu a claquete com um estalo alto, apressado para sair da cena.

— Vamos começar do início. — Ramsey soltou um longo suspiro.

Já estavam ali havia horas, o que começava a ficar nítido na expressão dele.

— Sua mãe está desaparecida há mais de dezesseis anos. Durante esse tempo todo, não houve sinal dela. Nenhuma atividade nas contas bancárias, nenhuma comunicação com a família, nenhum corpo encontrado, apesar das buscas minuciosas. Lógico que houve *aparições* — disse ele, exagerando na pronúncia da palavra para destacá-la. — Algumas pessoas na internet afirmam que viram Rachel em Paris. No Brasil. Até nos arredores de North Conway alguns meses atrás. Mas, é claro, são afirmações infundadas. Sua mãe desapareceu sem deixar rastros em 13 de fevereiro de 2008. O que você acha que aconteceu com ela?

Bel não podia dizer *não faço ideia* de novo, senão nunca conseguiria ir embora daquele lugar.

— Isso é um mistério pra mim tanto quanto é para o restante do mundo — respondeu ela. E, pelo brilho nos olhos de Ramsey, soube que a resposta tinha sido melhor dessa vez. Beleza, era só seguir assim. — Conheço todas as teorias que as pessoas criaram para explicar o que aconteceu. E, se eu tivesse que escolher uma...

Ramsey assentiu, incentivando Bel a continuar.

— Acho que ela já vinha tentando ir embora. Até que foi de vez. Talvez tenha sido vítima de um assassino oportunista... acho que é esse o termo que a imprensa costuma usar. Ou quem sabe tenha se perdido nas Montanhas Brancas e morrido na neve... e então um animal comeu os restos mortais dela. Por isso nunca foi encontrada.

Ramsey se inclinou para a frente, apoiando o queixo na mão, pensativo.

— Então, Bel... você está dizendo que acha que o mais provável é que sua mãe esteja morta?

Bel meio que assentiu, encarando a mesinha de centro à sua frente. Havia uma garrafa de vidro cheia de água que era só um objeto cenográfico, já que ela não tinha permissão para bebê-la durante a gravação. O tabuleiro de xadrez de mármore com todas as peças dispostas para a batalha, os joelhos de Bel apontados para o centro daquilo que representava uma terra de ninguém. O cenário era um cômodo no hotel Royalty Inn, na rua principal, que antes havia sido uma sala de reuniões. A garrafa de água, o tabuleiro de xadrez e as almofadas eram os objetos cenográficos. Nada do que havia ali era real, eram coisas apenas para os outros verem.

— Isso. Acho que ela está morta. Acho que morreu naquele dia ou pouco tempo depois.

Será que ela achava isso mesmo? Será que importava o que ela achava? De um jeito ou de outro, Rachel não estava mais ali.

Ramsey agora encarava o tabuleiro de xadrez também.

— Você disse que acha que a sua mãe já vinha tentando ir embora — afirmou ele, voltando a olhar para Bel. — Quer dizer que ela vinha tentando fugir?

Bel deu de ombros.

— Acho que sim.

— Mas há evidências convincentes que divergem da teoria de ela ter *fugido*. Rachel não fez nenhum saque na conta bancária nos dias e semanas que antecederam o desaparecimento. Se estava planejando fugir e começar uma vida nova, ia precisar de dinheiro. Além disso, também não levou a carteira onde estava a identidade, e deixou os cartões do banco em casa. Não levou nem o celular. Não pegou nenhuma roupa, nenhum pertence.

Nadinha. Naquele dia frio, ela não vestiu nem o casaco, que também ficou no carro, com o celular e com a carteira.

E comigo, pensou Bel.

— O que você tem a dizer sobre isso? — questionou Ramsey.

O que ele queria que ela dissesse?

— Não faço ideia. — Bel voltou a essas três palavras, escondendo-se atrás delas.

Ramsey pareceu sentir a barreira entre eles e se sentou mais perto do encosto da cadeira, aprumando o corpo.

— Hoje você tem dezoito anos, Bel. Não tinha nem dois quando Rachel desapareceu. Na verdade, tinha vinte e dois meses. E, é claro, uma das coisas que mais chamam a atenção neste caso, que o diferencia de todos os outros, é que você estava lá com ela. Você estava com a sua mãe quando ela desapareceu.

— É — falou Bel, monossilábica, já imaginando qual seria a pergunta seguinte.

Não importava quantas vezes perguntassem; a resposta era sempre a mesma. E ela era ainda pior para Bel, pode acreditar.

— E você não se lembra de nada daquele dia? Não se lembra de estar no shopping? De estar no carro?

— Não me lembro de nada — respondeu categoricamente. — Eu era nova demais pra lembrar. Ou pra contar pra alguém o que vi naquele dia.

— E a parte mais louca de toda essa história é que... — Ramsey se inclinou para a frente, as palavras ficando mais agudas enquanto ele tentava manter a voz uniforme. — Você era uma criança de colo, pequena demais pra conseguir se comunicar com alguém, com a polícia. *Mas* se alguém de fato sequestrou Rachel, se a raptaram do carro que foi encontrado abandonado com você dentro, isso significa que você provavelmente viu quem a sequestrou. Você viu a pessoa. Em algum momento, mesmo que por um período muito curto, você provavelmente soube a resposta para esse mistério.

— Pois é.

Loucura, né? Com certeza aquela era a parte mais louca dessa história toda.

Bel fechou os olhos, três manchas brilhantes como o sol invadindo a escuridão dentro de sua cabeça. As luzes estavam fortes demais. Estariam emitindo calor também ou era só impressão? Se estivessem, explicaria por que o rosto dela estava tão quente.

— Tudo bem se a gente continuar? — quis saber Ramsey.

— Aham.

Sinceramente, ela não tinha escolha. Os contratos haviam sido firmados, os termos de autorização de uso de imagem haviam sido assinados. E, o mais importante, ela tinha prometido para o pai que faria aquilo. Por ele, Bel podia fingir ser legal. Dizer *sim*, *não* e *desculpa* nos momentos certos.

— Então você não tem mesmo lembrança alguma daquele dia?

— Não.

E, na próxima vez em que ele perguntasse, ela também não teria. Nem na vez seguinte. Ela não se lembrava de nada do que tinha acontecido, não tinha uma memória sequer. Só sabia o que descobriu depois, quando já tinha idade para saber das coisas: ela havia sido deixada para trás. Fosse lá o que tivesse acontecido, havia sido abandonada no banco de trás do carro.

— Esse é um dos casos mais discutidos e analisados em podcasts de *true crime* e em redes sociais, persistindo no imaginário coletivo mesmo depois de dezesseis anos — comentou Ramsey, os olhos brilhando. — O nome Rachel Price é quase sinônimo de mistério. Porque o desaparecimento dela é um grande enigma, e faz parte da natureza humana querer resolver enigmas, né?

Será que Bel tinha que responder àquela pergunta? Tarde demais.

— E isso porque — continuou Ramsey — Rachel teria desaparecido duas vezes naquele dia. Será que poderia contar pra gente o que aconteceu naquele mesmo dia, às duas da tarde? Aonde você e sua mãe foram?

— De novo?

— Sim, por favor. Para a câmera — respondeu Ramsey, na tentativa de redimir Bel e culpar a câmera.

Afinal, câmeras não tinham sentimentos. Por isso, Ramsey passaria a impressão de ser legal. Mas isso era o que ele vinha querendo que ela achasse, certo?

Bel pigarreou.

— Naquela tarde, eu estava no carro com Rachel. Ela nos levou até o Shopping das Montanhas Brancas, que fica em Berlin, em New Hampshire. Não muito longe de Gorham, a uns dez minutos de carro. As câmeras de segurança registraram nós duas entrando no shopping. Rachel estava me carregando.

— E por que vocês estavam no shopping?

— Pelo que fiquei sabendo, ela vivia me levando lá nos dias de folga — disse Bel. — Rachel trabalhou por um tempo numa cafeteria naquele mesmo shopping. Então voltava pra tomar café e rever os amigos de trabalho. Nada fora do comum. O lugar se chamava Cafeteria Alce & Cia.

Lógico que Bel não se lembrava disso, mas tinha visto as imagens da câmera de segurança depois do ocorrido, as últimas imagens de Rachel Price viva. Sentada na cafeteria, a bebê Bel, com um casaco acolchoado azul-vivo e braços que mais pareciam marshmallows, remexia o corpinho no colo de Rachel. Estavam cercadas por mesas vazias. Desfocadas, mas felizes, era essa a impressão que aquelas pequenas silhuetas davam. Sem saber que as duas estavam prestes a desaparecer, uma delas para sempre.

— Mas aí *aconteceu* uma coisa que não era normal — rebateu Ramsey. — Depois que vocês terminaram suas bebidas, Rachel se levantou pra sair, ainda com você no colo. As duas saíram da Cafeteria Alce & Cia às 14h49, pelo que mostram as câmeras, e dá pra seguir vocês na gravação. Mas aí de repente

Rachel vira uma esquina, num ponto cego das câmeras de segurança do shopping, e aí...?
Ele parecia estar à espera de alguma coisa.
— A gente some — disse Bel, finalizando o raciocínio dele.
— Desaparecem — constatou Ramsey. — E não aparecem mais nas câmeras que deveriam aparecer se Rachel tivesse continuado o caminho. Não aparecem em mais nenhuma câmera depois disso, nenhuma das que levavam até as saídas. Em lugar nenhum. O que significa que não era possível que tivessem ido embora. Mas, ainda assim, vocês foram embora. Desapareceram dentro do shopping, e não existe explicação possível para uma coisa dessas. Você faz alguma ideia de como isso aconteceu?
— Não faço ideia, eu não lembro. — Uma resposta já bastante recorrente.
— A polícia dissecou as filmagens depois do desaparecimento da Rachel. Analisaram e contaram todo mundo que entrou no shopping e todo mundo que saiu dele. Os números batem, com exceção de duas pessoas. Você e Rachel. As duas únicas que entraram, mas nunca saíram. A polícia até considerou que vocês talvez tivessem saído disfarçadas por algum motivo, que tivessem mudado alguma coisa na aparência física, mas a teoria não funcionou quando confrontada com os números. Vocês só sumiram.
Bel deu de ombros, sem saber o que Ramsey queria que ela dissesse. Bom, àquela altura ela já tinha des-desaparecido.
— O que sabemos depois disso é que você reapareceu. Foi encontrada sozinha no carro da Rachel, abandonado na beira de uma estrada, perto do Parque Estadual Moose Brook. O veículo estava parado no acostamento, na neve, com os faróis acesos, o motor ainda ligado. Um homem... — Ramsey consultou suas anotações. — Julian Tripp. Ele estava passando de carro e encontrou você pouco depois das seis da tarde. Ele acionou a polícia na mesma hora...

— Aliás, ele virou coordenador na escola esse ano. O sr. Tripp.
Ramsey abriu um sorriso, sem se importar com a interrupção.
— Que mundo pequeno.
— Bem, está mais pra cidade pequena — corrigiu Bel.
— Acho que ficou evidente por que os fanáticos por *true crime* se interessam tanto por esse caso. Não tivemos mais respostas desde o fim do julgamento. É um caso que não tem solução e nunca vai fazer sentido. Deve ter sido ainda mais difícil pra você, que teve que passar por tudo isso e não teve escolha. — Ramsey fez uma pausa. — Como foi, Bel? Crescer à sombra desse mistério insolucionável?

Ninguém nunca tinha falado sobre a situação daquela forma. Na maioria dos dias, parecia mesmo uma sombra, um tipo de treva desagradável que era melhor não encarar ou dar muita atenção, para o seu próprio bem. E era por isso que Bel se mantinha longe daquilo. Ela esfregou o nariz com tanta força que a cartilagem estalou. Depois, lembrou-se de que estava na frente da câmera, o microfone pairando sobre ela. Droga. Com sorte, Ramsey cortaria aquela parte na edição.

— Ah, foi normal — respondeu ela, por fim. — Já faz muito tempo que eu aceitei que a gente não teria respostas. A culpa não é minha por não lembrar o que aconteceu; eu era muito pequena. E por eu não ter essas lembranças, nunca vamos resolver o mistério de Rachel Price, mas estou de boa com isso. De verdade. Eu tenho o meu pai.

Bel fez uma pausa, a boca se abrindo em um pequeno sorriso, o queixo proeminente ficando mais pontudo.

— Ele tentou ao máximo me proporcionar a infância mais normal possível, dadas as circunstâncias. É o melhor pai que eu poderia ter. Por isso, não quero que as pessoas sintam pena de mim — continuou ela, séria. Esperava que a câmera pudesse transmitir sua sinceridade. — Na verdade, eu tenho muita sorte...

— Hã, Ramsey... — chamou Ash, a voz vindo de trás da luz.

— Estamos no meio da gravação, Ash. — Ramsey se virou com uma cara feia para ele.

— Ah, eu sei. — Ele se aproximou e Bel finalmente conseguiu enxergá-lo outra vez, como se voltasse a existir num piscar de olhos. — É só que a gente já estourou o tempo, e acho que...

Ele apontou para a porta que dava para o saguão do hotel. Havia um rosto colado na vidraça, observando-os. Bel protegeu os olhos com a mão em concha, mas as luzes ainda estavam fortes demais para enxergar quem era.

— Ela já chegou — disse Ash, verificando a hora no celular.

— Está adiantada.

— Ela *quem*? — quis saber Bel.

A garota sabia que Carter e a tia Sherry só seriam entrevistadas na semana seguinte.

— Merda — sussurrou Ramsey, checando o próprio relógio.

Lançou um olhar rápido para Bel, os olhos arregalados, perdendo os traços gentis de antes.

Bel se inclinou para a frente, abandonando a gentileza também. Sua voz ficou mais severa.

— Quem chegou, Ramsey? Ela *quem*?

DOIS

A porta foi aberta, as dobradiças rangeram.

— Olá? — A voz de uma mulher percorreu a sala. — A moça da recepção disse que as filmagens estavam acontecendo aqui.

Será que Bel conhecia aquela voz? Alguma coisa nela dizia que sim, mas não conseguiu identificar quem era, não sem ver o rosto. Ficou tentando enxergar, o estômago embrulhando, a lesma esperando na boca.

Os saltos tamborilavam na madeira polida do chão conforme a mulher se aproximava deles.

Ramsey se levantou da cadeira, acenando para James atrás da câmera.

— Olá — disse ele, com uma voz alegre. — Muito obrigado por chegar *tão* cedo, espero que tenha feito uma boa viagem. Estamos só terminando aqui, Susan.

Bel engoliu em seco, aliviando a tensão da mandíbula. Por um segundo, pensou que ele estava prestes a dizer Ra...

— Um prazer finalmente te conhecer ao vivo — respondeu a mulher, caminhando até Ramsey e aceitando a mão estendida dele, as pulseiras tilintando em seu pulso enquanto o balançava para cima e para baixo.

Susan? Por que Bel não conseguia se lembrar de nenhuma Susan?

— Igualmente — retribuiu Ramsey.

A recém-chegada adentrou a área iluminada. Estava bem-vestida, com um terninho de blazer e saia escuros e um lenço esmeralda com babados, e por fim Bel conseguiu ver quem era. Tudo fez sentido. Porque, para Bel, ela não era Susan. Era a vovó. A mãe de Rachel.

— Rams, será que é melhor eu... — começou a perguntar Ash, ainda parado ali, sem jeito, a mão num gesto incerto, o polegar apontando para Bel.

— Ah, olha só pra você — disse a vovó para Ash, olhando-o de cima a baixo. — Que coisinha mais fofa.

Bel ficou de pé e as almofadas saíram da posição em que haviam sido perfeitamente ajustadas às suas costas.

— Oi, vovó.

A câmera a acompanhou quando Bel ficou de pé, com James removendo o aparelho do suporte e o apoiando no ombro em um movimento rápido, recuando alguns passos para ampliar o enquadramento.

Vovó piscou e se virou para ela.

— Essa não é a minha Annabel, é? — perguntou, a voz ficando mais aguda no fim da frase. — Ah, meu Deus, olha só pra você.

No instante seguinte, o rosto de Bel foi enfiado naquele lenço esmeralda com babados assim que a vovó a abraçou com força, um cheiro enjoativo de perfume se entranhando na garganta da garota.

— Não dá nem pra acreditar, você está tão grandinha.

— É que... — disse Bel, sentindo um aperto nas costelas. — É que eu cresci *mesmo*. Já faz uns anos que sou assim.

Vovó recuou para analisar Bel, os dedos ossudos agarrando os ombros dela.

— Meu Deus, você está a cara da Rachel.

Não, caramba, de jeito nenhum.

Os olhos da vovó ficaram marejados, o lábio inferior tremendo quando o mordeu.

— Seu avô ficaria tão orgulhoso de te ver toda crescida desse jeito. Fico triste que ele não esteja mais aqui. Se pelo menos seu pai não tivesse afastado tanto a gente... É cruel, de verdade. Minha única neta.

Ela soltou Bel e enfiou a mão no bolso em busca de um lenço de papel, então assoou o nariz com um ruído alto, um grasnado de pássaro preenchendo a sala.

— Ele não deixou você ir nem ao funeral. — Vovó fungou.

Mas Bel não ia deixar isso barato.

— Ué, foi você quem disse que não queria que ele fosse — retrucou, a língua afiada, e travou a mandíbula.

Será que Bel podia xingar aquela mulher? Quantos anos devia ter, uns setenta e poucos? Seria socialmente aceitável, né?

— Mas eu queria que *você* fosse, e seu avô ia querer também. A única coisa que ele queria mesmo, antes de morrer, era finalmente ver o assassino da filha dele atrás das grades. Que é o lugar onde ele deveria estar — declarou vovó, incisiva, esfregando o nariz outra vez com o lenço de papel amassado para gerar um impacto maior. E então, acrescentou, na direção de Ramsey: — Câncer. Quatro anos atrás.

— Meus sentimentos — respondeu ele, quase num sussurro, como se não quisesse se intrometer na conversa, e deu um passo para trás para sair do alcance da luz.

Era para estarem filmando isso?

Vovó abriu um sorriso doce para Bel, mas tudo que ela conseguia pensar era no pai chamando Susan de *Massquerosa*. Porque ela era de Massachusetts e era asquero...

— Nossa, acabei de ter uma ideia perfeita — continuou ela, alheia a tudo. — Você podia ir passar um verão comigo. Seria tão agradável; daí você poderia me ajudar com os cavalos. Passar um tempo na casa em que a sua mãe cresceu e ficar longe *daquele homem*. O que acha, Annabel?

O que Bel achava? Que na verdade o convite era só da boca para fora, porque se a vovó se importasse mesmo, teria a visitado ou telefonado. Mas não fizera nada disso. E, quando aquelas câmeras fossem desligadas, ela pegaria um voo e sumiria de novo. Era isso o que as pessoas faziam.

— Parece bom demais pra ser verdade — respondeu Bel. Sabe, ela também conseguia ser asquerosa. — E *aquele homem* é o meu pai.

Vovó cerrou os dentes.

— Aquele homem é...

— Ele não matou a Rachel.

Os olhos de Bel pegaram fogo. Estavam apenas as duas naquela sala... além de uma equipe de filmagem britânica escondida na escuridão.

— Você conseguiu o que queria, vovó. Ele foi acusado de homicídio. Cumpriu a sentença na cadeia, esperando o julgamento. E adivinha só? Foi considerado inocente.

— Ser *absolvido* não é o mesmo que ser inocente. E júris cometem erros — argumentou a vovó, os lábios se mexendo mais que o necessário para dar ênfase a cada uma das palavras. — Eu não sou a única que acha isso. Todo mundo sabe que foi ele.

— Ele tinha um álibi — vociferou Bel, abrindo um sorriso irritado. — Me parece bem conveniente que você tenha se esquecido disso.

— Mas ele ainda teria tempo suficiente para ter feito alguma coisa — zombou a vovó, virando na direção de Ramsey.

Não, Bel não deixaria que a última palavra fosse dela; não enquanto as câmeras ainda estivessem ligadas, não quando o assunto era o seu pai.

— Ele estava trabalhando naquele dia. Por volta das duas da tarde, cortou a mão. Foi um corte feio.

— Lesões que confirmam que ele a matou.

Bel soltou uma risada.

— Mas ele tinha testemunhas. Várias pessoas na oficina mecânica viram quando ele cortou a mão, vovó. Ele fez até um curativo e foi correndo para o pronto-socorro.

— Que ficava em Berlin, no exato lugar em que você e Rachel estavam. — Os olhos da vovó brilharam como se ela tivesse marcado um ponto.

Mas espera só: Bel ia acabar com ela.

— Foi uma coincidência. — Ela cerrou a mandíbula e se preparou para atacar. — Ele foi filmado por câmeras de segurança durante todo o tempo em que esperou para receber os pontos. Aparece o tempo inteirinho no hospital. Saiu exatamente às 17h38 e dirigiu até a nossa casa. Aliás, o trajeto levava cerca de dezesseis minutos, como o advogado de defesa dele disse. Ou seja, daria 17h54, horário em que meu pai chegou em casa. Eu fui encontrada pelo sr. Tripp alguns minutos depois das seis da tarde. A polícia chegou ao local e telefonou para o meu pai às 18h25, que foi quando conseguiram me identificar a partir do documento de identidade da Rachel. Meu pai estava em casa e atendeu a ligação. Antes disso, ele já tinha tentado ligar para a Rachel às 18h04, porque estava preocupado com a gente e queria saber onde estávamos. Essa ligação também foi registrada por uma torre de celular e comprova que ele se encontrava em casa. Se sua intenção foi dizer que ele saiu do hospital e seguiu direto para o lugar onde ela sumiu, a dezenove minutos de distância de lá, então ele só teria tido oito minutos pra sequestrar Rachel, matar ela, sumir com o corpo e chegar em casa pra atender a ligação da polícia. Ele teria gastado seis minutos apenas com o trajeto até em casa. É impossível. Não foi ele. — Bel tomou fôlego depois de soltar isso tudo. Tinha decorado todos aqueles fatos havia muito tempo; não era a primeira vez que precisava usar aquela cartada. — Acha que daria tempo de matar alguém e esconder o corpo pra que nunca fosse encontrado?

Vovó ficou pálida, a pele enrugada ao redor da boca; uma vida toda com aquela expressão carrancuda.

— É da sua mãe que você está falando.

Aquela palavra de novo. Nada natural, mesmo na voz da vovó.

— O que está acontecendo aqui? — Uma voz adentrou a sala, uma que Bel teria reconhecido em qualquer lugar.

— Pai? — chamou, procurando além do brilho da iluminação.

A silhueta de Charlie avançou em direção ao set de filmagem, as botas pesadas batendo nas tábuas do piso, os ombros rijos dentro da camisa manchada de graxa.

— Você me falou que o horário da Bel acabava às duas — disse ele, focado em Ramsey, uma mão suja percorrendo o cabelo curto, de um tom de castanho-escuro que parecia café misturado com chantili, igualzinho ao que ele gostava de tomar, e com um toque grisalho nas têmporas. — São quase três e meia. Fiquei preocupado, o celular dela está desligado.

— Desculpa. — Ramsey baixou a cabeça. — A gente perdeu a hora.

— Charlie Price — disse a vovó, estendendo por tempo demais o silvo no fim do nome dele.

Isso finalmente atraiu a atenção de Charlie para ela, e seus olhos se arregalaram ao reconhecê-la.

Bel percebeu um movimento por cima do ombro do pai, observando Ramsey se virar para James.

— *Continua rodando* — gesticulou com a boca sem emitir som, girando os dedos.

O operador de câmera obedeceu.

— O que ela está fazendo aqui? — perguntou Charlie para todos na sala.

— Eles estão fazendo um documentário sobre a minha filha, por que eu não estaria aqui? — retrucou a vovó, estufando o peito sob o lenço verde-vivo. Olhou para baixo e torceu o nariz. — Estou vendo que você ainda não aprendeu a lavar as mãos.

— Eu estava no trabalho, Susan — disse Charlie, com calma. — Tem gente que precisa trabalhar pra viver.

— Ai, lá vem ele de novo com essa. — Ela fungou. — Sempre na defensiva, né, Charlie? Annabel, minha querida, deve ser horrível pra você ficar perto disso aí todos os dias.

— Eu... — Bel começou a dizer.

— Tudo bem, Bel, você não precisa responder.

O pai piscou para ela devagar, os olhos azul-claros arregalados lhe informando tudo o que ela precisava saber. Pessoas irritadas ficam parecendo culpadas, era o que ele sempre dizia.

— Ele não te deixa falar, querida?

— Susan, por favor — disse Charlie, com os dentes cerrados, a mandíbula tensionada.

— Irritadinho — falou a vovó, mas ela era a única gritando.

O nó havia voltado à garganta de Bel, cada vez mais apertado, e ela continuou tentando evitá-lo sem sucesso.

— Por que ainda estão filmando? — Charlie voltou a atenção para o microfone que flutuava acima da própria cabeça, graças às mãos firmes de Saba. — Parem de gravar, por favor.

— Por quê, Charlie? — quis saber vovó. — Não quer que o mundo saiba quem você é de verdade?

O ar na sala ficou mais pesado, denso e pegajoso quando Bel tentou engolir, e o nó foi direto para o estômago.

— E quem eu sou de verdade, Susan? — Charlie virou o corpo na direção dela.

— Quer que eu repita?

Charlie recuou, os lábios apertados em um sorriso rígido, os dedos roçando o queixo com a barba por fazer.

— Não, tudo bem. Você já falou demais durante todos esses anos. Estou surpreso que ainda não tenha cansado de falar tanto para as câmeras.

— Só vou parar quando todo mundo souber da verdade — retrucou a vovó.

— Que coisa mais inútil. — Charlie suspirou. — Você perdeu a filha naquele dia, Susan. Eu perdi minha esposa e minha vida virou de cabeça pra baixo. Vai, Bel, pega suas coisas e vamos embora. Você deve estar morrendo de fome.

E deveria estar mesmo, mas não conseguia sentir fome por causa daquele nó terrível no estômago.

— Eu me preocupo com a Annabel — disse a vovó, tentando agarrar o braço da garota novamente, mas Bel se afastou dela. — Eu me preocupo com ela naquela casa, sozinha com você.

— Larga de ser ridícula — bradou Charlie. — Vem, Bel. Vamos embora.

— Tô indo.

Mas ela não se mexeu; não tinha como sair daquele canto, entre eles e a mesa com o tabuleiro de xadrez, presa naquela terra de ninguém.

— Eu que sou ridícula, né? — perguntou a vovó, já quase gritando, as palavras se crispando em sua boca. — Ridículo mesmo é o jeito como todas as mulheres que se aproximam de você terminam mortas.

A sala mergulhou em um silêncio, mais insuportável a cada segundo.

Charlie estreitou os olhos, o movimento enrugando seu rosto da mesma forma de quando ele ria.

— O que está querendo dizer com isso?

O pescoço da vovó se empertigou para fora do lenço verde, como se ela achasse que estava saindo por cima.

— Ué, estou falando da sua mãe, que morreu quando você tinha dezesseis anos. Não foi isso?

Bel tentou não ofegar. Não era possível que vovó estivesse querendo dizer que...

— Foi um trágico acidente — respondeu Charlie, a voz baixa, um músculo pulsando em uma das bochechas. — Ela caiu da escada e bateu a cabeça. Eu estava dormindo quando aconteceu.

— Estava, sim. — Havia um tom debochado na voz da vovó, como se estivesse acalmando uma criança. — Mas sabe de uma coisa, Charlie? Quando acontecem duas mortes trágicas ao seu redor, fica parecendo que existe um padrão.

Charlie soltou uma risada, um barulho oco para esconder a dor, e balançou a cabeça.

— Entendi — disse ele. — Então eu matei minha esposa e agora também matei minha mãe. Beleza.

Droga. Ele não devia ter dito aquilo. Era óbvio que tinha sido um comentário sarcástico, estava na cara de qualquer pessoa com bom senso, mas a câmera estava filmando, e, nas mãos erradas, alguém poderia fazer com que a fala piorasse muito a situação dele. Mas por que o papai tinha resolvido concordar com aquele documentário? Nada de bom sairia dali. Bel ia precisar fazer algo maior, algo ainda pior, para ajudá-lo.

— Vai à merda, Susan. Volta para os seus cavalos, já que gosta tanto de abrir as pernas pra eles — disse ela.

Aí foi a vez de alguém na sala de fato ofegar.

Vovó retraiu o pescoço, olhando para Bel, boquiaberta. O tiro vencedor. A batalha havia chegado ao fim.

— Vamos, filhota — chamou Charlie, reprimindo um sorriso quando se entreolharam. — Vamos embora. — O rosto dele assumiu um tom mais sério. — Ramsey, preciso conversar rapidinho com você lá fora. Sem câmeras.

— Sim, lógico — respondeu Ramsey, voltando para o alcance da luz. — Ash, vê se Susan quer uma bebida. Uma xícara de chá, talvez? Um café?

— Já está tarde para tomar cafeína. — A vovó fungou, deixando o corpo cair em um canto do sofá, derrotada.

— Ah, é — falou Ash, arrastando os pés, sem jeito. — Hã... a senhora quer uma cerveja?

— Não, Ash — sibilou Ramsey, acompanhando Charlie até a porta. — Pega uma água pra ela ou qualquer coisa assim.

— Beleza, então uma água ou qualquer coisa assim. — Ash apontou um dedo rígido para cima, dando meia-volta e seguindo Ramsey para fora da sala.

Vovó não olhava para Bel, evitando a garota — o que não era novidade alguma — e procurando algo na própria bolsa. Na verdade, ninguém olhava para Bel, a atenção de Saba e James estava concentrada nos respectivos equipamentos, mexendo em botões e interruptores, a câmera apontada para o outro lado. Aquela era a oportunidade de Bel.

Ela se abaixou, os dedos estendidos, e pegou a rainha das peças pretas do jogo de xadrez, enfiando-a na manga antes que alguém olhasse. Agora era dela. O nó que sentia no estômago se desfez, a tensão que sentia começou a abrandar, e uma nova leveza se apoderou de sua cabeça quando sentiu o mármore frio do objeto contra a pele. Um sentimento intenso, mas que nunca durava. Pelo menos aquela peça seria permanente.

Bel se afastou sem olhar para trás, para o tabuleiro sem a rainha ou para a mulher que mal conhecia, sentada do outro lado dele.

— Tchau, vovó — disse, por cima do ombro, feliz e radiante. — Foi muito bom te ver! Aparece de novo algum dia.

Lá fora, no estacionamento, a brisa fresca de abril fazia cócegas no rosto de Bel, o alívio já se dissipando, um novo nozinho de tensão se formando na barriga, aguardando a hora certa para crescer. A rua principal estava barulhenta; o sussurro ruidoso dos carros, o estrondo sísmico de um caminhão passando e algumas crianças gritando do outro lado da rua, brincando com um alce de plástico do lado de fora do Empório Scoggins.

Bel viu o pai e Ramsey no meio do estacionamento, perto da caminhonete 4x4 prata do pai, empoeirada e suja de lama.

— Eu juro pra você — dizia Ramsey, as mãos entrelaçadas sobre o peito. — Não foi de propósito. A gente acabou extrapolando o horário da Bel, demorou um pouco pra ela se soltar. E a Susan chegou uma hora antes do que a gente tinha combinado. Não era para as duas terem se encontrado, juro.

Bel sabia que ele estava dizendo a verdade, mas Ramsey não havia ajudado a garota naquele fatídico momento, então deixou que ele se defendesse sozinho.

— Mas isso não te impediu de tirar vantagem da situação quando manteve a câmera ligada — acusou Charlie, passando a mão sobre uma mancha na camisa que vestia. — Olha só para o meu estado, eu nem sabia que ia ser filmado hoje.

— Eu peço desculpas, mas a gente está fazendo um documentário. Esse é literalmente o nosso trabalho, deixar a câmera rodando. Você concordou com tudo isso, assinou o contrato.

— Que não envolvia nada disso, como você bem sabe.

— Qual é, Charlie, não é como se você estivesse ganhando mal pra fazer isso. Eu te mandei até um e-mail pra avisar que entrevistaria a Susan.

Charlie coçou a cabeça, frustrado.

— Olha. — Os olhos de Ramsey encontraram os dele. — O filme que estamos fazendo é sobre você e a sua família, a primeira vez que vão falar sobre o caso em público, um vislumbre da vida de vocês e de como foram afetados pelo desaparecimento da Rachel. O que a Susan acha de vocês... meio que faz parte disso. O mundo já ouviu o que ela tem a dizer. Mas cabe a você moldar a narrativa que quer contar. E, se vale de alguma coisa, achei que você lidou muito bem com a situação lá dentro.

O que quer que Ramsey estivesse fazendo, estava funcionando. Charlie bufou.

— Certo — disse ele. — Mas chega desses *encontros*. Chega de surpresas.

Ramsey ergueu as mãos em sinal de rendição.

— Combinado. Chega de surpresas. Então a gente ainda se vê amanhã, na sua casa, com o resto da sua família? A gente pode chegar umas onze pra arrumar tudo?

— Tá, tudo bem — concordou Charlie, já pronto para ir embora; Bel conseguia perceber isso pelo movimento dos ombros dele.

— Você foi ótima hoje, Bel — comentou Ramsey, abrindo um sorriso para ela. — Mandou bem mesmo. Obrigado.

Será que ele tinha esquecido de todas as vezes que ela havia respondido *não faço ideia*? Talvez o lance com a vovó tivesse compensado essas respostas. O que era uma pena, porque Bel tinha conseguido parecer bem legal e simpática até aquele momento. Enfim. *Ela* podia se dar ao luxo de não parecer boazinha.

Já estavam quase no carro quando o pai finalmente conseguiu se virar para ela e os olhos deles se encontraram.

— Gostar de abrir as pernas pros cavalos? — Ele soltou uma risada. — Quem foi que te ensinou isso?

— Ah, uma pessoa terrível.

O pai riu ainda mais alto. Que bom, porque ela queria mesmo fazê-lo rir depois daquela cena. Então, deixando a tensão de lado, ele perguntou:

— A entrevista foi de boa? Nada muito difícil, que tenha deixado você muito mal?

— Que nada, foi tranquila. Só foi longa. E eu não podia nem encostar na água cenográfica.

Ela estendeu a mão para alcançar a maçaneta da porta.

— Ah, espera — interrompeu o pai. — Tem um monte de ferramentas e outras coisas no banco da frente. Por que não se senta lá atrás, filhota?

Bel encarou o banco de trás, olhando através do vidro sujo da janela. Engoliu em seco, desviando a atenção.

— Não, vou na frente — respondeu de pronto, abrindo a porta do passageiro.

— Bel, tem um monte de tralha aí. Senta lá atrás.

— Não, não, não, tá tudo bem. Tá vendo?

Ela entrou, passando por cima da caixa de ferramentas volumosa e das pilhas de papel, pacotes de comida e latas de Mountain Dew (porque o pai parecia criança e ainda bebia esse tipo de refrigerante). Levantou a caixa de ferramentas e se acomodou no banco, posicionando-a no próprio colo. Era pesada e desconfortável, mas não tinha espaço no chão do carro com aquele tanto de coisa e também a mochila dela.

— Viu? Tem o maior espação.

O pai balançou a cabeça e deu a partida.

— Sanduíche de bacon para o almoço? — perguntou ele, sem esperar uma resposta, porque não precisava.

— Você realmente me conhece.

TRÊS

Bel a encontrou no lugar favorito delas: lá no final do cemitério, embaixo da árvore de bordo vermelha, com seu monte de folhas que davam a impressão de que os galhos estavam sangrando. As duas eram mórbidas assim mesmo. Os calcanhares estavam encostados no muro de pedra.

Bel caminhou até ela, passando por lápides manchadas, anjos caolhos e buquês velhos que cheiravam mal. Parou a uns cinco metros de distância, a mão em concha acima dos olhos.

— Nossa! — gritou Bel. — Aquela ali é a Carter Price, a bailarina excepcional e futura estrela de um documentário?

Carter se remexeu, as maçãs do rosto salientes ficando mais pronunciadas e destacando os olhos azuis; eram de um azul diluído, lembrando águas revoltas. Bem mais legais que os olhos de Bel. Eram olhos de um membro da família Price. Carter inclinou a cabeça, o cabelo castanho-acobreado caindo sobre os ombros e parando na altura da cintura, roubando todo o brilho do sol para si.

— Cala a boca, garota. — Carter olhou para a própria mão, com algo enfiado entre os dedos.

— Agora você fuma? — questionou Bel, subindo a pedra para se sentar ao lado dela.

— Ué, por que você acha isso? — zombou Carter, levando o cigarro aos lábios.

— Desde quando?

— Desde ontem. — Carter tossiu. — Não conta pra minha mãe. Peguei da bolsa dela.

— Nunca conto nada pra ninguém — disse Bel, deslizando até que os joelhos das duas se encostassem. — Dá aqui.

Carter equilibrou o cigarro entre os dedos finos, entregando-o para ela.

— Valeu.

Bel levou-o à boca para dar uma tragada. Depois o apagou na pedra e jogou a guimba na grama abaixo delas.

— Ei. — Carter se virou para ela, irritada. — Já vi você fumar várias vezes.

— Mas você é uma pessoa melhor do que eu. E ainda tem quinze anos.

Bel deu um tapinha nas costas de Carter, sem deixar passar a oportunidade de ser condescendente. Afinal, essa era a função dela: ser a prima mais velha.

— Cacete — sibilou Carter.

Bel retirou a mão das costas da prima.

— Como estão os seus pés hoje?

Carter lançou um olhar para eles, girando o All Star preto e flexionando o músculo das panturrilhas, as pernas à mostra.

— Uma merda. Mas, sabe, até que bem.

— Igual a todo mundo, então — disse Bel, com um sorriso, pronta para cutucar a axila de Carter, no lugar onde ela sentia mais cócegas.

Carter antecipou o movimento e afastou a mão da prima, batendo com mais força do que o necessário, aquele tipo de tapa carne contra carne, osso contra osso.

— Ai. — Bel gargalhou, acariciando a própria mão. — A gente está num cemitério, você não devia me bater. É falta de respeito com os mortos.

— Vai à merda. — Carter sorriu.

— Falar palavrão desse jeito também é, cacete.

— Ué, foi você que me ensinou a xingar — rebateu Carter.

Às vezes, desconhecidos achavam que elas eram irmãs. Não chegavam a ser muito parecidas; Carter certamente tinha herdado todos os genes bons do lado dela da família. Mas tinham crescido juntas, quase tão próximas quanto irmãs. Bel e o pai moravam na rua Milton, 33, e o irmão dele, Jeff, morava com a tia Sherry e Carter no número 19. Dava quase para jogar uma bola de uma casa para a outra com um arremesso só. Tá, com alguns arremessos; Carter e Bel já tinham tentado. Aliás, haviam se metido em apuros por isso, lógico; aquela vizinha intrometida tinha denunciado as duas.

— São eles? — perguntou Carter, fazendo um aceno de cabeça; a ponta fina do nariz indicando a direção.

Bel seguiu o olhar da prima. Dali dava para ver a estrada na frente da casa de Bel, aquela van branca minúscula que mais parecia de LEGO estacionada do lado de fora, pessoas parecendo bonequinhos de palito saindo dela, mexendo braços e pernas.

— Vão preparar as luzes, o equipamento e tudo mais. A gente devia voltar logo.

— Como foi a entrevista?

Carter cutucou as unhas em busca de algo para fazer, uma vez que estava sem o cigarro. Ela sempre encontrava um motivo para se mexer, nunca ficava parada. Tamborilava os dedos, balançava as pernas.

— Uma merda. Mas, sabe, até que bem. — Bel repetiu a frase da prima. — Quer dizer, até a mãe da Rachel aparecer.

— A *Massquerosa*? — Carter encarou a prima.

— Aham.

Carter fez um som de reprovação, entendendo na hora tudo o que Bel não havia dito com palavras. Tinham uma linguagem só delas.

— Sei lá por que me querem nesse documentário — comentou Carter. — Eu nasci depois do desaparecimento da tia Rachel. Nunca conheci ela.

— Eu também nunca conheci a Rachel de verdade — acrescentou Bel, como se estivessem competindo. — Ah, preciso te avisar uma coisa. Tem um cara na equipe do documentário, o assistente de câmera, que é a pessoa mais esquisita que você vai conhecer na vida. Parece filho de uma estrela do rock fracassada com um palhaço, juro. E é um inútil; dá para ver que o Ramsey só arrumou esse emprego para o cara porque é cunhado dele. Se a gente ficar entediada hoje, dá pra ficar tirando sarro dele.

— Bel, para de ser escrota.

Bel sibilou, escondendo o rosto do sol.

— Ai, não, o sol me queima.

Carter balançou a cabeça. Deu uma risadinha, carregada de alguma outra coisa.

— Você não está nervosa, está? — perguntou Bel. — Vai dar tudo certo. Melhor se acostumar com isso, né? Logo, logo você será famosa e vai acabar se esquecendo da sua pobre prima.

— Desculpa, qual seu nome mesmo? — disse Carter.

Bel a cutucou, e dessa vez conseguiu atingi-la.

— Nossa, achei que você pelo menos fosse esperar entrar na Juilliard e se mudar pra Nova York antes de me esquecer.

Uma hora ou outra, todo mundo ia embora. Não só Rachel Price. Pessoas eram algo passageiro. Bel tinha apenas uma certeza na vida: elas sempre iam embora, até Carter.

— Talvez eu nem entre — respondeu Carter, a voz ainda mais baixa.

— É óbvio que você vai conseguir, se quiser mesmo entrar. — Bel cutucou a prima de novo, sentindo a rigidez de suas costelas. — Bora, a gente precisa voltar. O público está te esperando!

Bel gritou essa última parte bem alto para envergonhar Carter na frente de todos os mortos, que riam das duas em seus túmulos.

***

O número 33 da rua Milton já fervilhava de pessoas e equipamentos. Malões metálicos eram abertos com cliques, cuspindo peças de câmeras e tripés grandes, alguns softboxes desmontados no tapete da sala e Charlie quase que brincando de "o chão é lava" para entregar canecas de café para a equipe, mesmo que quase ninguém tivesse mãos disponíveis para segurá-las.

O tio Jeff e a tia Sherry já tinham chegado. Assim que Bel e Carter passaram pela porta escancarada, Sherry puxou Carter de lado.

— Eu separei uma roupa pra você, querida — disse ela. — Deixei em cima da sua cama.

Sherry devia ter passado horas se arrumando: o cabelo estava cacheado com perfeição em lindas mechas castanhas; a pele branca, antes pálida, estava mais próxima de um laranja opaco, com pó se acumulando nas linhas de expressão ao redor dos olhos, além do rímel espesso e do bronzer aplicado em uma tentativa de imitar as maçãs do rosto que Carter tinha naturalmente.

Jeff estava fazendo o que fazia de melhor: atrapalhar.

— Então, Ramsey — falou ele, seguindo o homem, que tentava arrumar as coisas. — Será que não tem algum filme seu que eu já tenha visto em algum lugar?

— Ah, eu já trabalhei em alguns documentários — respondeu Ramsey, pegando um amontoado de cabos enrolados. — Tem um que eu fiz há uns anos sobre um husky do Alaska que trabalhava puxando trenós. O nome é *Neve pra cachorro*. A Disney comprou.

— Ah, sim — disse Jeff, coçando o cabelo grisalho. — Meu amigo Bob, de Vermont, tinha um husky. Acho que já ouvi falar desse filme.

Não, ele não tinha.

— O cachorro morre, é triste pra caramba — falou Ramsey, desviando dele para chegar até uma das luzes que haviam sido montadas num tripé.

— Esse é o seu trabalho mais recente? — quis saber Jeff.
Ramsey olhou para a porta da casa: era a única rota de fuga.
— Não, fiz outro documentário no ano passado. Sobre um diretor de uma escola de ensino médio em Millinocket, no Maine.
— Acho que já ouvi falar desse também!
Ramsey sorriu.
— Acho que você está pensando em outro filme, parceiro. Os direitos desse não foram comprados. Ninguém nunca vai ver.
— Nossa, por quê? — perguntou Jeff, sem o menor tato.
Mas, honestamente, o tato de *qualquer* pessoa estaria prejudicado com tanta coisa acontecendo ao mesmo tempo.
— Hã... — ponderou Ramsey, a palavra morrendo na boca de um jeito estranho, o olhar percorrendo a sala, procurando alguém para salvá-lo.
Os olhos dele encontraram os de Bel. Não era com ela que ele conseguiria ajuda, *parceiro*.
— É, Ramsey — insistiu ela, juntando-se à ofensiva do tio.
— Por quê?
O diretor estreitou os olhos na direção de Bel como se soubesse que ela estava tentando deixá-lo desconfortável de propósito, mas, em vez de ficar irritado, parecia achar graça daquilo. É, as pessoas acabavam se conhecendo direitinho ao passarem horas numa sala, repetindo os mesmos assuntos. Talvez Bel gostasse de Ramsey, no fim das contas.
Ele cedeu.
— Algumas redes disseram que faltava *um quê de humanidade*. Não sei como chegaram a essa conclusão... porque era sobre humanos, no caso. Tinha história pra caramba e era cheio de reviravoltas... sério, nem um roteirista conseguiria inventar um negócio daqueles. — Ele balançou a cabeça. — Mas é claro que acharam que tinha algo faltando.
— Entendi. — Jeff não largava o osso. — Que pena. Você já tem alguém interessado nos direitos de *O desaparecimento de Rachel Price*?

— Ainda não. — Ramsey sorriu. — Mas vai chamar a atenção de alguém. É uma história incrível.

— Tem coisa pra caramba e é cheia de reviravoltas — observou Bel.

Ele assentiu para ela, com a lente da câmera na mão.

Para Jeff, a conversa ainda não tinha terminado, mas Bel deixou aquilo pra lá quando o pai se aproximou, oferecendo café para ela. Na caneca favorita dele, com o formato do rosto redondo do Papai Noel.

— Não sei se você viu, mas a dona Intrometida está de olho lá do outro lado da rua — disse ela, pegando a caneca com a tinta descascando de leve, o Papai Noel carregando marcas de milhares de Natais na pele de porcelana.

— O nome dela é sra. Nelson, Bel — corrigiu Charlie, segurando o queixo da filha com o dedo. — Aliás, o que eu vi foi que você não fechou a lata de lixo direito hoje de manhã. Tem que amarrar com a corda, não esquece, estamos em temp...

— Em temporada de ursos-negros, já sei — Bel concluiu a frase por ele.

Pelo que ela se lembrava, tinha prendido a lata com a corda elástica. Mas devia ter sido outro dia.

— Foi mal.

— A sua sorte é que você tem um superpai que está aqui pra lutar contra qualquer urso.

— Ei, eu que sou a durona da casa. — Ela fungou. — Sou eu que luto.

Charlie sorriu para ela e depois se virou para dar um tapinha nas costas de Jeff. Por acaso, os dois estavam usando suéteres verde-escuros e calça jeans.

— Jefferson, para de encher o saco do Ramsey. Deixa o cara trabalhar.

Apesar de ser três anos mais velho, Jeff respeitava muito o irmão, então deu meia-volta e foi procurar outra pessoa para importunar.

— A que horas o seu pai chega? — perguntou Ramsey, com mais fios na mão, para Charlie.

Ele deu uma olhada no relógio de pulso.

— O cuidador já deve estar chegando com ele. Parece que tiveram uma manhã meio difícil.

— Beleza. Estamos quase prontos para começar. James... cadê aquele cabo HDMI?

— A gente já pode ir microfonando as pessoas — disse Saba, aparecendo em meio ao caos. — Ash, você cuida do Charlie e da Bel, eu fico com os outros.

Ash se endireitou atrás do maior malão de metal. Estava vestindo uma camiseta branca com estampa de morangos por baixo de uma jaqueta jeans, enfiada em uma calça jeans um pouco mais escura. Caso você esteja se perguntando, é lógico que a calça era do modelo *flare*, mais larga na parte de baixo.

— Só vou trocar de suéter — soltou Charlie, desaparecendo no corredor.

— Nada com listras, por favor — gritou Ramsey atrás dele.

— Olá de novo. — Ash foi até Bel, segurando um receptor de microfone. — Posso?

— Será que pode? — perguntou Bel, os braços abertos feito um espantalho, como se ele estivesse prestes a revistá-la.

— Vou colocar esse aqui primeiro.

Ash deu um passo para a frente, o rosto muito próximo do dela, o hálito quente e mentolado. Os olhos eram verdes, algo que ela não tinha percebido antes; um verde terroso que mais parecia grama de campo de futebol. Ele prendeu o microfone minúsculo na gola da camisa de time de beisebol que ela usava e enrolou o fio.

— Agora a gente tem que esconder isso aqui — comentou, indicando com a cabeça a frente da camisa dela de um jeito meio desengonçado.

Com gentileza, puxou o tecido da gola dela, desviando o olhar para colocar o transmissor do microfone por dentro da blusa, segurando o fio pela extremidade de cima enquanto descia pelo peito.

— Então — disse ele —, você prefere maçã ou banana?

— Quê? — indagou Bel.

— É que é meio estranho ficar mexendo em você, então pensei em tentar improvisar uma conversa — explicou, o transmissor por fim surgindo na barra da camisa dela.

— Você é desses que *improvisa*, né? — perguntou ela, a pele formigando onde o fio gelado encostava.

— Bom, funcionou. Agora a gente está conversando. — Ele ergueu o receptor do microfone. — Prende isso aqui às suas costas. Tem algum bolso na parte de trás da sua calça ou...?

Bel se virou para ele.

— Será que a gente não deveria improvisar uma conversa mais profunda, considerando que você está prestes a tocar minha bunda?

— Ah, eu vi um alce hoje de manhã — disse Ash, mexendo no bolso de trás da garota. — Era enorme.

— Bom, é que agora você está em New Hampshire.

— Pronto, você já está microfonada.

Bel se virou para Ash, estudando-o de cima a baixo, mas o movimento vinha todo de seus olhos, não da cabeça.

— Jeans com jeans — comentou.

— Ah, obrigado — respondeu ele, dando tapinhas nas roupas.

— Não foi um elogio.

— Cadê o cabo HDMI? — Eles ouviram a voz de Ramsey vindo de algum lugar, mais desesperada agora.

— Eu deixei bem ali — gritou Ash de volta, apontando por cima do ombro de Bel. — Perto do tri.

— Tri? — indagou Bel para Ash.

— Tripé — respondeu ele. — Achei melhor encurtar. Dá pra economizar um segundo cada vez que a gente abrevia. Todos esses segundos fazem diferença no final. Tempo é dinheiro, minha amiga.

— E mesmo assim você acabou de gastar nove segundos se explicando.

— Ah, é.

Ele olhou para os próprios dedos com atenção, como se os estivesse contando.

Bel estreitou os olhos.

— Você não é uma pessoa de verdade, né?

Ele deu de ombros, o olhar inexpressivo e o sorriso despreocupado. Não era a reação que ela estava esperando.

— Eu vou... vou pra lá — disse Bel, se retirando, já que ele não ia embora.

— Ah, espera, dá pra mim! — falou Ash bem alto, a conversa na sala diminuindo ao redor deles.

Bel sentiu um rubor quente e indesejado subindo pelo rosto.

— Quê? — A voz dela saiu ofegante e estranha.

— Seu microfone — explicou Ash, com um sorriso afiado, indo mexer de novo no bolso de trás de Bel. — Preciso ligar ele.

Droga, ele sabia que aquilo era um jogo para ela? Talvez ele fosse até melhor nisso. Bel tinha subestimado Ash: teria que ser ainda mais desagradável para vencer.

— Pronto. Agora, sim.

Ash se endireitou, o mesmo sorriso estampado no rosto.

Argh, ele era irritante.

Bel foi embora sem acrescentar nada. Se não tinha nada de desagradável a dizer, era melhor ficar calada.

O pai dela desceu as escadas vestindo um suéter azul-marinho bem na hora em que uma batida veio da porta lateral, onde ele havia instalado a rampa.

— Deve ser o Yordan com o vovô — falou, correndo para cumprimentá-los.

— Beleza, família Price, vocês podem vir aqui para o sofá? — chamou Ramsey. — Estamos prontos para começar.

***

— A câmera engorda mesmo cinco quilos? — perguntou a tia Sherry para Ramsey, sentada entre Charlie e Jeff no sofá verde--floresta, examinando a câmera.

— Você está ótima, Sherry — garantiu Ramsey atrás do equipamento, vendo o monitor abaixo. — Certo, seria melhor se as meninas ficassem sentadas na frente do sofá. Isso, desse jeito, nos espaços sobrando. Perfeito.

Alguém apertou o ombro de Bel. Era seu pai.

— Carter — sussurrou Sherry —, dobra as pernas para o lado, meu bem. Não! Isso, assim. Perfeito.

— Pai, não bota a mão nisso, é seu microfone — falou Charlie.

A cadeira de rodas do vovô estava encostada na lateral do sofá, como se fosse uma extensão do móvel.

Yordan, o cuidador, estava parado no fundo da sala atrás da equipe, meio sem jeito. O cabelo escuro era raspado rente à cabeça, a barba escura pouco aparada. O vovô sempre reclamava que Yordan não fazia a barba... quer dizer, isso nos dias em que ele se lembrava de quem Yordan era.

— Tudo certo? — conferiu Ramsey, dirigindo-se a Charlie.

— Por enquanto, sim. — Charlie assentiu. — Vou pedir para o Yordan levar meu pai pra casa se achar que está sendo demais pra ele.

— Fique à vontade. Muito obrigado por ter vindo, Patrick — disse Ramsey, em voz alta, espaçando bem uma palavra da outra.

O vovô apontou um dedo trêmulo para ele.

— Você é o cineasta de L-L-Londres.

— Isso, sou eu. — Ramsey sorriu. Nem parecia que eles já tinham tido aquela exata conversa minutos antes. — Prazer em te conhecer.

— Eu nunca fui pra Londres — comentou o vovô. — Fui? — E então olhou para Charlie.

— A gente pode ir juntos um dia desses, Pat. — Sherry se inclinou para a frente. — Algum dia a Carter vai se apresentar com o Royal Ballet.

Ah, então agora ela iria para Londres? Era ainda mais longe do que Nova York.

— Mãe, você vai deixar o Tatá confuso — comentou Carter, baixinho.

Tatá tinha sido o primeiro apelido que Bel dera para o vovô quando ainda era bebezinha, e um som complexo como o do "v" ainda era muito difícil para ela. A garota não tinha certeza se isso havia sido pré-Rachel ou pós-Rachel, e, de toda forma, o vovô provavelmente também não lembrava mais.

— Enfim... Conectei tudo na sua TV — disse Ramsey, pronunciando as palavras de um jeito exagerado para o vovô entender. — Vamos mostrar três trechos de vídeos antigos da família que vocês mesmos gravaram; muito obrigado, Charlie e Jeff, por terem enviado esse material pra gente com antecedência. Quero que assistam a ele juntos, como uma família, e só reajam. De um jeito natural. Me digam como vocês se sentem, podem contar lembranças da Rachel que queiram compartilhar. Talvez de vez em quando eu faça perguntas também. Tudo certo?

— Tudo certo — respondeu Charlie pela família. O que foi bom, porque aquilo não parecia muito certo para Bel.

Ela não sabia se já tinha visto aqueles vídeos antes, e não tinha certeza se queria vê-los naquele momento, não com câmeras apontadas para o próprio rosto. Carter cutucou a prima na altura das costelas e ela ajeitou a postura.

— Câmera? — perguntou Ramsey, recuando para sair do caminho.

— Rodando — respondeu James.

— Ash?

O garoto avançou com a claquete preta e branca em mãos. Naquele dia, o nome da cena era *Uma viagem ao passado*.

Ash bateu a claquete.

O vovô se assustou com o som.

— O primeiro vídeo é do Natal de 2007 — disse Ramsey, agachado perto do notebook que estava conectado à TV, com a tela compartilhada. — Sete semanas antes de a Rachel desaparecer.

Ele deu play e a TV ganhou vida.

E lá estava ela: Rachel Price.

Com a mesma aparência das fotos que tinham usado nos cartazes de desaparecida. O sorriso largo que tornava o queixo dela pontiagudo, os olhos azul-acinzentados escuros, o cabelo loiro dourado quase tão longo quanto o de Carter naquele exato momento. Estava usando um gorro de lã com um pompom no topo, então não dava para ver a marca de nascença pequena no alto da testa, do lado direito, um círculo achatado de sardas marrons. Uma *marca de identificação*, se algum dia encontrassem o corpo, o que nunca tinha acontecido.

Rachel era jovem naquela época, agora que Bel parava para pensar sobre isso; nunca pudera envelhecer muito além daquilo. A versão de Rachel Price des-desaparecida. Pré-desaparecida. Parada na neve, com um casaco longo cinza, o mesmo que tinha deixado no carro.

Rachel estreitou os olhos e olhou diretamente para Bel, para dentro da garota.

Bel estremeceu, os pelos dos braços se arrepiaram, mas ela não deixou transparecer.

Não para a câmera.

Não para Rachel.

QUATRO

Rachel Price estava viva outra vez, trazida de volta, os lábios roçando os dentes enquanto sorria em meio ao frio.

— Jeff — disse ela, com uma voz que quase parecia de verdade. — Você está gravando?

— Por que você acha isso? — Soou a voz de Jeff, distorcida e estridente, perto demais do microfone. — Por causa da câmera na minha mão?

O Jeff-do-presente riu da própria piada.

O ângulo mudou quando Jeff-do-passado deu um passo à frente, e agora Bel conseguia ver um bebê bem embrulhado e aninhado nos braços de Rachel, o corpo alinhado com o dela, dormindo profundamente. Não era qualquer bebê: era a própria Bel, e ela sabia disso, mas se sentia desconectada da criancinha adormecida; pertenciam a mundos diferentes.

— Olha só pra você — disse a Sherry-do-presente.

No mesmo instante, a versão do passado dela falou:

— Vou desistir se ninguém me ajudar com o boneco de neve!

A Sherry mais jovem apareceu na tela, pegadas seguindo-a na neve, e Charlie surgiu em seguida. Vestiam casacões, luvas grossas e toucas que engoliam metade do rosto, e estavam corados pelo frio.

Uma bola de neve explodiu no rosto de Sherry, espalhando flocos brancos por seu queixo.

— Jeff, eu vou te matar — rosnou ela para a câmera. — Você podia ter acertado o bebê.

— A Anna está bem. — Rachel sorriu para o bebê, os olhos brilhando. — Ela está sempre dormindo.

Por um momento, Bel se esqueceu de que era ela mesma ali; amputara a primeira parte do próprio nome havia anos. Não sabia que Rachel a chamava de Anna; nunca tinham lhe contado isso.

— Vem, Charlie. Vem, Jeff. Um de vocês, sobe aí! — disse a voz antiga do vovô, que, embora já fosse velho na época, era mais novo que atualmente.

Ainda parecia ele mesmo naquela época; Bel sentia falta disso. A câmera girou para encontrá-lo agachado em um trenó azul que já era pequeno demais para o corpo dele, que dirá para mais um homem adulto.

Um sorriso surgiu no rosto do pai de Bel, na versão mais jovem dele que estava na neve. Ele apertou o ombro de Rachel ao passar por ela, rindo ao se sentar na parte da frente do trenó, enfiado entre as pernas do vovô.

— Vai, pai! — gritou Jeff.

O vovô tomou impulso na neve e o trenó começou a avançar. Jeff os acompanhou, os pés triturando o gelo a cada passo. A câmera desviou e Bel finalmente viu onde todos eles estavam. Conseguiu identificar pela pilha de carros enferrujados e equipamentos quebrados ao longe. Reconheceu o antigo caminhão vermelho no meio do entulho e a estrutura alta que ela sempre achou que parecia uma girafa mecânica. Tinha até o apelidado de Larry. Estavam no Depósito de Toras Price & Filhos, que era um negócio do vovô, e antes disso tinha sido do pai dele e do avô dele. A loja havia sido fechada fazia uns trinta anos, antes que o pai dela ou Jeff pudessem se tornar parte do *filhos* do nome, mas o lugar tinha um declive bom que dava para o rio e era perfeito para andar de trenó quando a neve estava boa. Isso é, contanto que não chegassem perto dos caminhões velhos, das serras e dos equipamentos perigosos, senão o vovô ficava bravo.

Naquele momento, porém, ele não estava bravo; dava risada enquanto ele próprio e Charlie desciam a colina em disparada.

O trenó tombou, algo que Charlie fizera de propósito, uma cascata de neve brilhando em cima dele e do vovô. Riam sem parar, daquele jeito que dói se continuar por muito tempo, meio soterrados ali embaixo.

A voz de Rachel flutuou por trás da câmera, separada de seu corpo.

— Ah, não, já era, Anna. Perdemos eles na neve pra sempre.

O vídeo terminou, e a tela da televisão ficou preta.

— Uau. — Sherry foi a primeira a falar. — Tinha esquecido de como ela era nova quando tudo aconteceu.

— Tão nova — concordou Jeff. — Quer dizer, a diferença de idade entre você hoje e sua mãe naquele vídeo é só de nove anos, Bel.

Parecia muito mais do que isso.

— Vocês todos tinham uma grande diferença de idade, não tinham? — perguntou Ramsey. — São nove anos de diferença entre você e a Rachel, Charlie.

— Isso — concordou ele, a voz meio embargada pelo nó na garganta; ninguém mais perceberia, só Bel.

Ele começou a mexer na mão esquerda.

— Como é pra você ver essas evidências de uma família feliz?

— É difícil. — Charlie fungou. — Quando eu vejo a Rachel sorrindo assim, me dá vontade de sorrir também, com ela, como se fosse um instinto. Ela tinha uma alegria contagiante. Sei que é uma coisa que todo mundo diz, e talvez ela não iluminasse *todos* os lugares por onde passava, mas, pelo menos pra mim, ela iluminava tudo quando aparecia.

Ele fez uma pausa. Bel se virou um pouco para trás e viu que os olhos dele estavam cintilantes demais, a ameaça silenciosa de lágrimas silenciosas.

— Mas eu sei que nunca mais vou vê-la e meu corpo leva alguns segundos pra entender isso. É difícil — resumiu ele outra vez. — Às vezes é mais fácil não ver o rosto dela.

— Não consegui deixar de reparar que você ainda usa sua aliança — comentou Ramsey.

Bel também não conseguiu deixar de reparar porque, naquele momento, ele brincava com a aliança, girando-a no dedo de um lado para o outro.

Charlie fitou o anel como se o estivesse vendo pela primeira vez.

— É, eu ainda uso minha aliança. — Abriu um sorrisinho que demonstrava dor. — Pra ser sincero, acho que eu não conseguiria mais tirar nem se quisesse. — Ele fez uma tentativa, puxando o metal. — Não, está bem justa. Acho que meus dedos engordaram um pouco desde aquela época. A data do nosso casamento está gravada na parte interna: 23 de julho de 2005. O melhor dia da minha vida... — Ele deu uma risada vazia para afastar as lágrimas. — Gosto de usar a aliança. É uma lembrança pequena da Rachel, da vida que a gente tinha junto, mesmo que tenha sido curta. Significa que ela ainda está aqui, mesmo que só um pouquinho.

— Isso é muito fofo, Charlie — disse Sherry, inclinando-se para dar um tapinha no joelho dele. — Desse jeito eu choro.

Ramsey parecia quase irritado com a intromissão, que acabou com o momento, e o rosto do pai de Bel estava impassível outra vez.

— Enfim, Carter — chamou Ramsey, e a menina quase deu um pulo de tão surpresa que ficou ao ouvir o próprio nome. — Você nunca conheceu sua tia Rachel; nasceu quatro meses depois do desaparecimento dela. Como foi crescer assim, com a Rachel sendo uma presença tão grande na sua vida mesmo sem tê-la conhecido?

Carter pigarreou, trocando a posição da perna.

— Assim, acho que a palavra que você usou resume bem. Presença. Ela pode até ter desaparecido, mas sempre fez parte da minha família, sempre foi uma Price, mesmo que a gente nunca tenha vivido na mesma época. É como ter parentes mais velhos que a gente nunca conheceu, tipo a vovó Price. — Ela fez um gesto na direção do avô, que olhava para o nada. — A gente sente que a conheceu por causa das memórias e histórias que as pessoas contam. E, sem a Rachel, eu não teria a Bel, então...

Carter parou de falar e sorriu para Bel, e, de alguma forma, isso quis dizer bastante coisa; muita coisa até. Mas o que tinham não ia durar para sempre, as pessoas não duravam, e Carter iria embora dali a uns dois anos.

— Ótima resposta, meu bem — comentou Sherry, secando os olhos.

Carter voltou as pernas para a posição anterior.

— É, foi mesmo — concordou Ramsey. — E, de alguma forma, você estava viva na mesma época que a Rachel naquele vídeo. Porque, se eu não me engano, Sherry, você já estava grávida da Carter naquele Natal, não estava?

Sherry devaneou enquanto fazia o cálculo, os olhos indo de um lado para o outro.

— Aham — respondeu, por fim —, você tem razão. A gravidez devia estar bem no começo; não dava pra ver ainda.

— Graças a Deus, senão a gente teria que carregar você pra lá e pra cá naquele trenó. — Charlie se inclinou para implicar com ela, e Bel sentiu o hálito dele no cabelo. — Ela do nada ficou enorme feito uma baleia quando estava com, sei lá, uns seis, sete meses. E aí... — Charlie parou para esfregar o nariz. — Bem, eu fui preso em junho e fiquei sob custódia, então não vi você chegar ao auge da gravidez, e só fui conhecer a Carter quando ela já tinha seis meses.

— Nossa, é ótimo quando o seu próprio cunhado te chama de baleia. — Sherry riu, o que esticou a pele branca e cheia de pó que mais parecia açúcar de confeiteiro. — Mas ele tem razão, eu fiquei enorme do nada. Eu me lembro de quando a gente ainda não tinha contado pra ninguém. O Jeff e eu demoramos um tempão pra engravidar. — Ela pegou a mão do marido no colo dele. — Ficamos tentando por quase dez anos, então aprendemos a guardar segredo, pra não ficarmos tão animados enquanto a gravidez ainda não tivesse vingado. Eu tinha trinta e oito anos quando a Carter nasceu, nosso bebê milagroso. Mas aí, sabe como é, todo mundo estava focado no desaparecimento da Rachel, e a gente não queria aumentar o estresse e a agitação. Então mantivemos em segredo até a gente não conseguir mais esconder.

— Por causa da barriga de baleia — acrescentou Charlie.

— Bom, hoje em dia ela já não parece mais uma baleia.

Sherry se inclinou para fazer cócegas nas laterais do pescoço longo de Carter. A filha tentou se afastar, e Sherry parou de sorrir, mas suas covinhas continuaram no rosto, bem marcadas pela maquiagem. Ela recuou e se virou para Ramsey.

— Desculpa, eu sei que o documentário não é sobre isso. Sobre a gente. Dá pra cortar as partes inúteis, né?

— Não, não — corrigiu Ramsey. — O documentário é *exatamente* sobre isso. Sobre todas essas coisas da vida de vocês, da família, e de como o desaparecimento da Rachel afetou outros aspectos do dia a dia de todos, coisas que talvez ninguém nem tenha cogitado que afetariam. Você precisando manter a gravidez em segredo, o Charlie não podendo conhecer a sobrinha até ela ter seis meses por causa do julgamento. Essa é a história que eu estou querendo contar. Como Rachel afetou tudo isso. É tudo muito bom.

— Tudo muito bom. Como a Carter. — Sherry ficou radiante, passando os dedos pelo cabelo acobreado da filha. — Era de se esperar que ela fosse ficar alta e bonita, né? Escolhemos o nome por causa da Carter Dome, uma montanha aqui perto. Foi onde o Jeff e eu...

Charlie tossiu, interrompendo-a, engasgando do nada.

— Que foi? — Sherry se virou para ele.

Bel fez o mesmo.

Charlie riu pelo nariz, sem jeito.

— Eu sei que o Ramsey pediu pra gente ser sincero, mas você não tem que dizer *tudo* na frente da câmera.

— Ué, mas qual é o problema? — perguntou Sherry. — Foi onde o Jeff e eu ficamos noivos.

— Ah — respondeu Charlie, os lábios franzidos, mantendo a expressão que tinha assumido antes. Depois, falou mais alto: — Ah. — Aí desatou a rir, uma risada alta e ofegante. — Achei que você fosse dizer que tinha sido onde a Carter foi, sabe, *concebida*.

— O quê? Lógico que não! — berrou Sherry, as mãos erguidas na defensiva. — Você achou mesmo que a gente tinha dado esse nome pra ela por um motivo desses?

— Pa-ai! — Bel cumpriu seu papel, repreendendo-o, dividindo a palavra em duas sílabas de desaprovação.

Mas Jeff e Sherry já estavam gargalhando.

— Eca, tio Charlie. — Carter fez uma careta, olhando para Ramsey e para o resto da equipe. — Não dá pra escolher em que família a gente nasce, né? — disse ela, fungando.

— Perfeito, gente. — Ramsey sorriu para o monitor. — Muito bom mesmo. O próximo vídeo é de janeiro de 2009.

Ele apertou um botão e a televisão voltou à vida com um ruído estático, transportando-os para outra sala de estar: a da casa do vovô.

O foco estava em uma cadeira no canto da sala. Bel se encontrava sentada no colo do vovô enquanto ele lia um livro verde de capa dura para ela. A menina tinha crescido bastante desde o vídeo anterior, mas ainda era pequena, o livro tinha quase o tamanho dela.

— ...o ladrão de lembranças então analisou a nuca da linda cabeça ruiva da mulher. — O vovô lia com a voz grave de contador de histórias. — Ele ainda estava com a faca na mão.

— Pat... — A voz de Sherry soou atrás da câmera. — Tenho certeza de que esse livro não é pra idade dela. Não tem nem ilustrações.

— Larga de ser boba, Sherry — rebateu vovô, voltando a encarar o livro. — Ela não sabe sobre o que é a história, só gosta da sonoridade, não é, Annabel?

— É, Tatá — disse a pequena Annabel, com quase três anos, os dedos percorrendo a página.

— Ela adora. É um livro especial, não é, pequerrucha?

A câmera girou para mostrar uma cadeirinha de bebê posicionada ao lado do sofá. Havia um novo bebê dormindo ali, uma Carter de rosto rosado.

— Acho que eles já vão chegar, né? — perguntou Sherry, com um tremor na voz.

— Devem estar quase chegando — respondeu o vovô, com um tremor na voz também.

— Espera. — A respiração de Sherry estava agitada, um barulho parecido com um vendaval atrás da câmera. — Eu ouvi um carro. Acho que são eles. Annabel, vem comigo, querida!

Sherry saiu correndo da sala e a imagem ficou desfocada. Ela abriu a porta da frente e uma garotinha deu um gritinho atrás dela.

— Annabel, olha só, é o papai!

Uma caminhonete preta pequena parou em frente à casa. A porta do motorista foi aberta e Charlie saiu de lá de dentro vestindo um terno elegante, a gravata desfeita em duas tiras soltas e balançado sobre os ombros.

— Cadê ela? — gritou para Sherry, sorrindo. — Cadê a Annabel?

A imagem estremeceu quando uma cabeça loira e pequena passou por entre as pernas de Sherry.

— Olha ela aí! — Charlie se agachou com os braços estendidos, a voz já embargada. O tio Jeff saiu da caminhonete atrás dele, mas Charlie só tinha olhos para a menina. — Vem cá, filhinha.

— Papai! — exclamou a pequena Annabel enquanto corria, as perninhas instáveis, saltando de cabeça na direção dele.

O pai a pegou antes que ela atingisse o chão. Ele se endireitou, segurando-a firme nos braços, o rosto dela enterrado ao lado do dele, molhado com os beijos e as lágrimas do pai.

— O papai voltou pra casa — sussurrou ele junto ao cabelo despenteado da filha. — Agora eu não vou mais embora. Prometo que nunca mais vou embora, viu, Annabel?!

A criancinha assentiu, pegando no ar a promessa que ele tinha feito e pressionando a mão na boca de Charlie. Ele soprou a mão dela de brincadeira, fazendo barulho.

— Papai, *pala*. Vem ver meu nenê.

Ela apontou um dedo gordinho para a câmera. Para o eu dela de dezoito anos, que estava sentado no chão da sala, assistindo.

A tela ficou preta.

Uma fungada atrás de Bel; o pai dela também estava chorando no presente, enxugando as lágrimas com as mangas escuras.

— Desculpa. — Ele pigarreou, envergonhado.

Bel passou o braço ao redor de uma das pernas dele.

— Imagina. Não precisa se desculpar — disse Ramsey com gentileza. — Você pode contar pra gente o que estava acontecendo naquele vídeo?

— Acho que não consigo — respondeu Charlie, com uma bufada trêmula.

Ele escondeu o rosto nas mãos.

Sherry também estava chorando, mas de um jeito mais bonito, com o rosto intacto.

E o vovô já tinha esquecido daquilo. Então só sobrava Jeff.

— Esse aí foi o dia em que saiu o veredito — disse ele, finalmente se manifestando. — O júri tomou a decisão depois de passar dois dias deliberando. A Sherry ficou em casa pra tomar conta das crianças. Meu pai não aguentou ir até o tribunal; estava nervoso demais, com medo de que o Charlie fosse considerado culpado, então eu acabei indo sozinho. O júri definiu que ele ia ser *absolvido*. Então Charlie estava finalmente livre, ele podia finalmente voltar pra casa. Foi um dia bem emocionante.

— Você passou sete meses sob custódia, Charlie, à espera do julgamento. — Ramsey tentou extrair mais alguma coisa de Charlie. — Você deve ter ficado com a impressão de que era muito tempo.

Charlie assentiu.

— Foi uma eternidade. Ficar longe da Bel tanto tempo quando ela era tão novinha... mas aquele dia foi bom. Agridoce, porque a gente não tinha a Rachel de volta nem respostas sobre o que tinha acontecido com ela. Mas marcou o fim de um período terrível da minha vida. Fiquei feliz demais por poder voltar pra minha família.

— E a gente também ficou feliz por você ter voltado — acrescentou Jeff.

— Muito. — Sherry fungou. — Não que a gente desgostasse de ficar com a Bel. Ela veio morar com a gente quando o Charlie foi preso, e nosso bebê já estava pra nascer. Então a gente foi de uma casa sem nenhuma criança pra uma casa com duas de uma vez. Foi... — Sherry fez uma pausa, refletindo. — Um período agitado. Meio desesperador. Mas a Bel era uma menininha muito fofa. Ela vivia perguntando: *Cadê a mamãe? Cadê o papai?* Não é, Jeff? Mas aos poucos ela foi parando de perguntar. Aí, assim que a Carter nasceu, ela ficou obcecada. Ficava chamando ela de *meu nenê*, como deu pra ver no vídeo.

Bel se virou para Carter, murmurando *meu nenê* pra ela de uma forma mais demoníaca do que Sherry havia descrito.

Carter bufou.

— E o Patrick ajudou bastante, né? — Sherry dirigiu aquelas palavras para o vovô. — Decidi que o parto da Carter seria feito em casa... Não sou muito fã de hospitais nem de agulhas, de nada dessa porcaria toda.

Essa porcaria toda. Tomara que ela não começasse a falar sobre chás homeopáticos.

— Aí o Pat ficou com a Bel por alguns dias quando a Carter nasceu. Ele ajudou bastante com as meninas, ama as netas. Você adorava ler pra Bel, né, Pat? A gente segurou essa barra juntos, como uma família unida. Acho que fizemos um bom trabalho.

— Fizeram mesmo — disse Charlie, com suavidade. — E sou muito grato por terem cuidado da Bel quando eu não pude. Nunca vou conseguir agradecer o suficiente. Acho que eu não disse isso tantas vezes quanto deveria.

— Não precisa agradecer. — Jeff olhou além de Sherry e concentrou-se em Charlie, de irmão para irmão. — É pra isso que serve a família. Eu não tive a menor dúvida de que você seria inocentado naquele dia. Por isso fui ao tribunal com a caminhonete do Charlie; sabia que ele ia querer dirigir até em casa, já sendo um homem livre.

— É verdade — disse Charlie, enxugando os olhos. — Meu Ford Série F. Eu amava aquela caminhonete. Tinha comprado só algumas semanas antes de ser preso, e eu...

— Tenho que ir ao banheiro — murmurou Jeff apressado, levantando-se e saindo do sofá antes que alguém pudesse dizer qualquer coisa.

Ramsey ficou de olhos arregalados. O restante da equipe se entreolhou.

— Jeff, você não pode de repente decidir...

Mas Jeff podia, porque já tinha saído e estava no corredor, fechando a porta do banheiro atrás de si. Não era uma pessoa com muito tato, o tio Jeff.

Um segundo depois, Ash fez uma careta de dor, tirando os fones de ouvido e segurando por cima da cabeça, parecendo uma coroa.

— Ele ainda está com o microfone ligado — disse.

— Dá pra ouvir ele fazendo xixi? — perguntou Bel.

— Dá, sim. E como dá.

Carter bateu a mão na testa.

— Eu não aguento, juro.

— Achei que ele só não queria que o vissem chorando — comentou Charlie, finalmente terminando de secar as lágrimas.

— Mas ainda falando sobre mijo e sobre a minha caminhonete preferida...

— Nem começa. — Bel se virou para fuzilar o pai com o olhar.

Charlie deu uma risadinha, bagunçando o cabelo dela.

— Qual é?! É fofo.

Não, não era fofo, muito pelo contrário. E tinha uma equipe de filmagem britânica inteira naquela sala. Sem contar a câmera.

O pai dela a cutucou nas costas.

— Agora eu já comecei.

Bel suspirou e se ajeitou. Tá, se contar aquela história fosse animá-lo, tudo bem. Mas ela não ajudaria.

— Eu amava aquela caminhonete — disse Charlie para Ramsey, mergulhando na história, uma vez que teve a permissão da filha. — Teria ficado com ela pra sempre. Mas... a Bel e eu estávamos em North Conway, não consigo lembrar por quê.

Mas Bel se lembrava.

— A gente foi comemorar meu aniversário de doze anos no Story Land.

— Isso — concordou Charlie. — Paramos no Taco Bell na volta. Deixei a Bel na caminhonete enquanto fui pegar a comida. E, quando voltei, ela tinha se molhado *toda* no banco de trás. — Ele gargalhou, recorrendo a gestos com as mãos também. — Tipo assim, estava por *tudo que era canto*. Era muito mijo.

— Tio Charlie — repreendeu Carter, dando ênfase ao nome dele.

— Você me deixou no carro por, tipo, umas três horas — protestou Bel, com um rubor nas bochechas que era pior do que a própria história.

Charlie riu ainda mais alto.

— Foram dez minutos. No máximo quinze. Acho que você deve ter tomado milk-shake demais no Story Land, filhota.

Ele se inclinou totalmente para a frente, dando um abraço nela por trás e uma quantidade irritante de beijos no topo da cabeça dela.

— E aí a gente nunca conseguiu tirar o cheiro de xixi. Então esse foi o fim da minha linda caminhonete, que foi o primeiro carro que dirigi como um homem livre.

— Que descanse em paz — resmungou Bel.

— Que descanse em pipi? — ironizou ele.

Bel nem se dignaria a responder aquilo.

Após todos ouvirem o som da descarga do vaso sanitário, Jeff apareceu assoviando enquanto voltava. Então com certeza não tinha lavado as mãos. Carter afundou ainda mais no chão.

— Jeff. — Ramsey se levantou, a voz tão animada e alegre quanto possível. — Na boa, assim, mas será que da próxima vez você conseguiria esperar até a gente terminar o segmento antes de ir ao banheiro?

— Eu precisava mesmo mijar — disse Jeff, retomando seu lugar no sofá.

— Ah, a gente sabe — murmurou Ash, recolocando o fone de ouvido.

— Queria voltar para um ponto que o Jeff mencionou sobre o vídeo — disse Ramsey. Então, de alguma forma suavizando e aumentando a voz ao mesmo tempo, perguntou: — Patrick, você lembra por que não quis ir ao tribunal no dia em que saiu o veredito? Patrick?

— Quê? — resmungou o vovô ao ouvir seu nome.

— Você estava nervoso, com medo de o veredito ser de que Charlie era culpado?

— Quem?

Charlie se mexeu no sofá, aproximando-se do vovô.

— Pai? — chamou, com carinho. — Ele está perguntando sobre o julgamento. Você lembra? Sobre a Rachel?

— Rachel — disse o vovô, engasgado com a palavra afiada, uma teia de saliva seca no canto da boca. — Rachel. A namorada do Charlie.

— Esposa — corrigiu Charlie, com um sorriso gentil. — Tudo bem, pode pensar com calma, pai.

Charlie se aproximou ainda mais, passando o braço em volta dos ombros dele.

— Rachel — tentou o vovô outra vez. — E-ela tinha, não tinha...? Para com isso.

Vovô se soltou de repente, tirando uma mão do colo e levando em direção ao rosto de Charlie.

A mão só encostou, uma explosão leve de violência antes de Charlie segurá-la, colocando-a com gentileza entre as próprias mãos, que eram muito maiores. Mãos seguras.

— Tudo bem, pai — sussurrou ele. — Eu estou aqui. Não precisa se preocupar com nada.

— Jeff? — chamou o vovô.

— Não, é o Charlie. Sou eu.

Yordan ficou em posição de alerta no fundo da sala.

— Está tudo bem — disse Charlie para ele, lançando um olhar para Bel a fim de dizer o mesmo à filha.

E, se o pai dela tinha dito que estava tudo bem, então estava mesmo.

Ele se concentrou em Ramsey.

— Meu pai perdeu boa parte da memória quando teve o primeiro AVC, no verão passado. Foi bem ruim. O segundo AVC fez com que ele precisasse usar a cadeira de rodas. Ele tem demência vascular, então está perdendo a memória de trabalho, a capacidade de fala e a memória de longo prazo. Fica agressivo do nada, mesmo sem querer.

Ramsey provavelmente sabia de tudo aquilo; o pai dela já devia ter explicado. Talvez estivesse dizendo isso por causa da câmera, para que as pessoas não pensassem que o vovô era uma pessoa ruim.

— Acho que ele perdeu a maior parte das lembranças de quando a Rachel ainda estava com a gente. Não tenho nem certeza de que ele se lembra das meninas — disse Charlie com tristeza, recusando-se a olhar para elas.

Não se lembrar era quase a mesma coisa que ir embora.

— Ele não tem mais essas lembranças. Não tenho certeza se é justo a gente perguntar pra ele sobre a Rachel, isso só vai deixá-lo mais angustiado.

E talvez Bel fosse a única pessoa que pudesse entender isso de verdade.

— Lógico, desculpa — disse Ramsey. — Eu não devia ter perguntado. Achei que o tinha visto sorrindo durante o vídeo. Perdão.

— Não tem problema.

— Tudo bem se a gente continuar?

Estava tudo bem, porque o pai disse que sim, uma pequena marca vermelha aumentando na bochecha dele.

— Esse último vídeo vai ser importante — explicou Ramsey, concentrando-se em Bel.

Ótimo, agora ela seria o centro das atenções? Vinha tentando passar despercebida, o que não era o mesmo que desaparecer. Sherry e seu pai eram escudos fáceis.

— O motivo de esse ser especial — continuou Ramsey — é porque deve ser o último vídeo da Rachel Price, tirando as câmeras de segurança do Shopping das Montanhas Brancas. Foi gravado pela própria Rachel em 11 de fevereiro de 2008, dois dias antes de ela desaparecer.

Ele deixou a informação pairar no ar por um instante.

— Vamos lá.

Apertou o play.

Um close em uma criança vestida de macacão amarelo, deitada no tapete, um sorriso de bebê com dentinhos à mostra para a câmera acima. Pés gordinhos descalços um contra o outro, como o gesto que as pessoas fazem com a mão quando estão pensativas, à espera de algo.

— Quem é a melhor bebezinha do mundo? — perguntou a voz do outro lado da câmera, gentil, sussurrada e com convicção, como se já soubesse a resposta. Também era familiar, de alguma forma.

Uma mão enorme apareceu, vinda de cima, para fazer cócegas na criancinha. Ela riu, cerrando os punhos de bebê, cuspindo bolhinhas enquanto a língua feliz aparecia. Congelando quando a mão se retirou, como se só ganhasse vida com o toque. Cócegas outra vez.

— Você é a menina da mamãe? — perguntou a voz. — Você é, não é? É a filhinha da mamãe, Anna-Bel-Zinha.

— Ma-ma — respondeu a criança, pronunciando de maneira esforçada e alegre.

— Isso, Anna. Você ama sua mama, né?

— Bú — disse a criança, confiante de que isso era uma palavra. — Bú ah mama potibadá. — Confiante de que isso era uma frase.

— Isso, que menina esperta — incentivou Rachel, fingindo entender. — E a mamãe te ama mais do que qualquer coisa no mundo todo. Não ama?

Houve um som, um barulho leve da porta da frente sendo fechada, em algum lugar atrás da câmera.

— Você já está aqui — falou a voz de Charlie, abafada ao fundo. — Como foi que chegou em casa?

— Peguei uma carona com o Jules — respondeu Rachel.

— Eu podia ter buscado você — comentou ele. — Rachel, meu amor. — Dessa vez mais perto. — Você não fechou a porta da frente de novo. Você precisa mesmo lembrar de sempre dar uma conferida nisso, está congelando lá fora. Não está com frio?

— Pra falar a verdade, não — disse ela. — A gente não tá com frio, né, filhinha linda do meu coração?

A Annabel criança ergueu os pés, soprando mais uma bolhinha de felicidade.

O vídeo terminou.

Tela preta.

Bel engoliu em seco, um bolo de saliva denso preso na garganta. A sala ficou em silêncio, todos esperando que ela falasse alguma coisa.

— É — disse ela, o que não significava nada. — Eu nunca tinha visto esse aí.

Dizer algo sem dizer nada. Bel virou-se para a câmera, encontrando os olhos de Ash no caminho. Ele fez um sinalzinho de positivo com as mãos, os punhos na altura do peito coberto de morangos. Argh, ele devia era enfiar aqueles joinhas bem no meio do...

— No que você está pensando, Bel? — perguntou Ramsey. — Como você se sente agora, depois de ver o vídeo? Só dois dias antes de tudo mudar pra sempre.

Como ela se sentia no momento? Desconfortável, com um bolo na garganta e a palma das mãos suadas.

— É legal — mentiu. — Ver um momento corriqueiro como esse. Eu não tenho nenhuma lembrança com ela. Mas eu parecia feliz.

— Parecia mesmo. — Um sorriso encorajador se abriu no rosto de Ramsey. — Rachel também parecia. Muito feliz, nenhum indício da tragédia iminente. Fiquei emocionado quando vi esse vídeo pela primeira vez, tenho que admitir — comentou ele —, porque fica muito evidente o quanto a sua mãe te amava.

Será que amava? Mais do que qualquer coisa no mundo todo? Bom, então por que ela tinha abandonado Bel no banco de trás do carro só quarenta e oito horas depois daquilo? E desaparecido para sempre? Explica essa.

— Outra coisa que não passou despercebida... — continuou Ramsey. Ele não parava de reparar nas coisas, hein? Talvez fosse melhor levar isso pra terapia. — Existe uma semelhança física entre você e a Rachel, mas o que mais me chama atenção é o jeito como vocês duas são parecidas quando falam. A voz das duas e o jeito como falam são quase idênticos.

— É, eu percebi isso — intrometeu-se Jeff. — Vocês se parecem mesmo, agora que você cresceu. Talvez a gente até confundiria vocês duas o tempo todo no telefone se...

É, se...

Bel sabia que eles tinham razão. Esse era o motivo pelo qual a voz de Rachel parecia tão familiar, porque com certeza não estava presente em suas lembranças. Afinal, não tinha nenhuma. Ramsey estava esperando que Bel respondesse, mas ela não estava a fim de falar com a voz de Rachel de novo.

— Tem mais uma coisa que a gente viu no vídeo... — Ramsey voltou a atenção para o pai dela. — Charlie, no seu julgamento, em dezembro de 2008, você alegou ter provas de que nos meses e semanas antes do desaparecimento da Rachel percebeu uma mudança no comportamento dela. Que ela estava ficando esquecida, preocupada, distraída. Essas foram as exatas palavras que você usou. Pode falar pra gente um pouco sobre isso?

Charlie se endireitou, o sofá velho rangendo com o peso dele.

— Não era nada de mais. Foi isso aí que você viu no vídeo, o negócio da porta da frente. A Rachel andava se esquecendo de coisas das quais ela não costumava se esquecer. Deixava o forno ligado, queimava a comida. Esquecia que a Bel estava na banheira. Fogão, torneiras, janelas, babá eletrônica. Coisas assim. Achei que fosse um caso de... como é que chamam isso... ah, é, *baby brain*, aquela confusão mental das grávidas. Sei lá, talvez estivesse cedo demais para ela voltar ao trabalho, mesmo que só em meio período. Tenho certeza de que era só isso.

Bel mudou de posição, o chão de repente ficando rígido demais debaixo dela. Porque ela não tinha certeza de que havia sido só isso. Deixar a porta da frente aberta sem querer, a água correndo depois de acabar o banho, não amarrar a lata de lixo com a corda, embora estivessem em plena temporada de ursos-negros e ela tivesse pensado que o fizera. O pai nunca ficava bravo, na verdade era sempre muito gentil quando ela fazia esse tipo de coisa. Será que ele vinha notando as semelhanças? Nunca comentou nada. Isso era bom, porque Bel não queria ter nada a ver com Rachel Price. Se os lugares se iluminavam com a presença de Rachel, Bel queria que escurecessem com a própria presença. Se Rachel era uma pessoa esquecida, Bel tinha que se esforçar muito mais para não ser assim.

— E Bel — chamou Ramsey —, sei que já se passaram dezesseis anos e que você acha que sua mãe provavelmente está morta. Mas se, de alguma forma, ela voltasse depois de todo esse tempo, o que você gostaria de dizer pra ela?

Bel nem sabia por onde começar. E tudo bem, ela não precisava dizer a Ramsey tudo o que se passava na própria cabeça. Podia guardar um pouco para si mesma.

— Sei lá, eu nem cheguei a conhecer ela.

— *Eu sei* — disse Charlie, intervindo, aparecendo para salvá-la. — Já pensei muito nisso, até cheguei a sonhar. Eu só ia querer abraçar a Rachel. Envolvê-la nos braços e dizer o quanto eu a amo. Como eu senti saudade dela. Faria isso antes de perguntar qualquer coisa, porque tudo mais pode esperar.

Sherry assoou o nariz bem alto.

— Você está bem, amor? — perguntou Jeff para ela.

Sherry assentiu.

— Isso nunca vai acontecer, eu sei disso — comentou Charlie, a voz falhando, contendo as lágrimas antes de elas caírem. — Mas é isso que eu faria.

CINCO

Mesas de cabeceira foram feitas para guardar segredos. E Bel tinha mais segredos do que a maioria das pessoas, tantos que ela teve que esvaziar uma prateleira inteira do guarda-roupa para colocar o que não cabia na mesinha, um esconderijo atrás das meias enroladas. E outro debaixo da cama.

Abriu a gaveta da mesa de cabeceira, o conteúdo chacoalhando com o movimento. Hidratantes labiais e frasquinhos de álcool em gel, um saleiro pequeno da Pizzaria da Rosa, marcadores de página, canetas, um AirPod (por esse ela se sentia muito mal), esmalte, uma luva ainda com a etiqueta, um bonequinho que podia muito bem ser um brinquedo do McLanche Feliz, uma chave de fenda pequena e uma rainha de mármore do tabuleiro de xadrez do Royalty Inn. Bel acrescentou mais um segredo à pilha: o elástico de cabelo que pegara da mesa de uma caloura no laboratório de ciências naquele dia. Ela sentiu uma pontada de vergonha quando o trouxe para casa, a pele coçando e quente, pulsando pela sensação. Olhando para seu zoológico particular de coisas roubadas, cada objeto cabia na palma da mão.

Bel fechou a gaveta, escondendo tudo. Estavam escondidos, mas não haviam desaparecido. Coisas não tinham a capacidade de decidir que iriam se levantar e ir embora. A menos que ela estivesse em um filme da Pixar, e Bel tinha certeza de que não estava.

Foi para a cama, passando o olho pelo livro que esperava por ela na mesa de cabeceira. O enredo ainda não tinha começado a se desenvolver — era muita história de fundo —, mas algo emocionante estava prestes a acontecer. Tinha que acontecer: o título prometia isso.

Conferiu a tela do celular — não para ver se tinha alguma mensagem nova, porque não estava esperando receber mensagens —, mas para garantir que tinha ligado o despertador para ir à escola no dia seguinte.

Agora que Bel tinha parado de fazer barulho no quarto, dava para ouvir o leve murmúrio das vozes lá embaixo. Não vinha da TV; o programa a que o pai assistia tinha terminado às dez. Devia ter mais alguém em casa. Quem teria vindo tão tarde?

Bel chutou o edredom, atravessou o quarto a passos leves e descalços e abriu uma frestinha na porta. As vozes ficavam mais nítidas à medida que ela ia mais para a frente, meio dentro e meio fora do quarto, os olhos nas escadas iluminadas.

Quem estava falando dessa vez era seu pai, na sala ali embaixo.

— ...tarde demais, não sei por que está dizendo isso agora. O que aconteceu? A entrevista hoje não foi boa?

— Não, foi tudo ótimo.

Era o tio Jeff, ela reconhecia a voz, mas estava carregada com um tom que ela não ouvia com frequência, uma inquietação.

— Foi tudo bem, acho. Eu respondi a tudo. Mas estava nervoso, fiquei com medo de dizer alguma coisa que te prejudicasse sem querer, então fiquei pensando bastante em todas as minhas respostas antes de falar, e o Ramsey ficou dizendo que eu estava demorando. Então talvez tenha parecido que eu estava tentando esconder alguma coisa, sei lá.

— Mas você não está escondendo nada — disse Charlie, a voz gentil. — Nenhum de nós está escondendo nada, então não tem com o que se preocupar. Está tudo bem.

— É, acho que sim. Sei lá, Charlie. Não sei se esse documentário foi uma boa ideia. As coisas estão normais faz um tempo.

Boas, até. Você se lembra de como era assim que ela desapareceu ou pouco depois do julgamento. Toda aquela atenção, a imprensa, as pessoas da cidade tendo *opiniões*, as janelas quebradas, aquele psicopata obcecado com o caso. Você não faz ideia de que tipo de reviravolta esse documentário pode trazer; podem estar tentando fazer com que você pareça culpado. Eles conseguem construir esse tipo de coisa. Podem usar a edição. Usar efeitos sonoros, adotar uma perspectiva tendenciosa. É fácil pintar alguém como vilão. Não sei por que a gente está fazendo isso, por que decidiu arriscar trazer toda essa atenção negativa para a nossa vida outra vez.

— A gente está fazendo isso porque precisa, Jeff — respondeu Charlie, ainda com gentileza, ainda com calma, mas Bel conseguia ouvir uma rara pitada de impaciência. — Você acha que eu queria fazer isso? Acha que eu queria as câmeras por aqui, se intrometendo na nossa vida, fazendo todo mundo reviver essas lembranças antigas e dolorosas? Mas a gente precisa fazer isso e vai ficar tudo bem, eu prometo. Eles não podem me fazer parecer culpado porque eu não sou culpado, todos nós sabemos disso. Devem terminar as filmagens daqui a algumas semanas, e aí a gente vai poder seguir em frente com a nossa vida. Olha, pode ser que esse documentário até seja uma coisa boa. As pessoas finalmente vão conseguir ver a gente de verdade, nossa família, o quanto a gente amava a Rachel. Pode ser que eu finalmente recupere a minha reputação.

— Mas talvez não seja tarde demais pra...

— Não seja tarde demais *pra quê?* — interrompeu Charlie. — Eu assinei um contrato; a participação da família não é opcional. Eles adquiriram os direitos para reproduzir a história da minha vida, Jefferson. Eles me pagaram quarenta mil dólares. É tarde demais pra voltar atrás, e essa discussão não tem sentido.

Bel precisou se mexer, os joelhos estalando no silêncio, e diminuiu a respiração para ouvir com mais atenção.

— Só estou tentando te ajudar — disse Jeff. — Acho que você não pensou direito nisso tudo.

— Eu pensei nisso centenas de vezes — retrucou Charlie, dessa vez com raiva. Bel nunca o tinha escutado tão bravo. — Você não se ofereceu pra pagar pelos cuidados do papai, Jefferson. Sabe como é caro bancar um cuidador em tempo integral? Já parou pra pensar nisso? Não, porque o trabalho de tomar conta de tudo ficou pra mim, mais uma vez. A gente precisa de dinheiro, Jeff. De mais dinheiro do que você tem, de mais dinheiro do que eu tenho. O documentário vai pagar pelos cuidados do papai. Você pode não querer fazer isso, *eu* não quero fazer isso, mas a gente não teve escolha.

Bel estava ouvindo, entendendo, mas Jeff demonstrou não estar prestando atenção.

— Deve ter outro jeito de ajudar o papai e...

— Você tem razão, Jeff. — A voz de Charlie assumiu um tom áspero. — A gente tinha duas opções pra conseguir esse dinheiro. Uma era participar do documentário. A outra era finalmente solicitar a certidão de óbito da Rachel pra eu poder lucrar com a apólice do seguro de vida dela. O valor seria maior, com certeza. Mas qual dessas opções você acha que ia prejudicar mais minha reputação? Qual delas me faz parecer culpado?

Ele tinha razão, era óbvio. O pai dela estava sempre certo. A família inteira não sobreviveria sem ele. Charlie se preocupava e pensava e planejava por todo mundo porque ninguém mais tinha essas preocupações. Bel já suspeitava que devia ter tido um bom motivo para ele finalmente concordar em falar algo diante das câmeras depois de todos aqueles anos.

— Me desculpa — disse Jeff, recuando, desistindo do tom ácido que tinha na voz antes. — Eu não estava pensando... no papai, no dinheiro. Não percebi que foi por isso que você concordou em gravar o documentário. Desculpa. Obrigado por cuidar do papai, por tratá-lo como prioridade.

— Não precisa agradecer — disse Charlie, de volta ao tom normal. — É o papai. Eu faria qualquer coisa por ele. Faria qualquer coisa por qualquer um de vocês.

— Eu sei disso.

Bel nunca tinha ouvido o pai e o tio Jeff discutirem. De um jeito brincalhão, sim, óbvio, provocações entre irmãos e reações exageradas, mas nunca um pedindo *desculpas* para o outro daquele jeito. Porque o pai dela não discutia; não fazia parte da personalidade dele. Charlie e Bel nunca tinham tido uma briga de verdade, nem berrado ou trocado farpas no calor do momento, palavras das quais se arrependeriam depois. Bel tinha tentado, lógico, muitas e muitas vezes, quando precisava descontar a raiva em algum lugar. Mas, no primeiro indício, o pai dela simplesmente dizia que sairia para dar uma volta para que os dois pudessem se acalmar separados e no próprio tempo, para que encontrassem palavras mais gentis para resolver a situação. Na maioria das vezes, ele nem precisava sair. Sempre funcionava, apagava qualquer faísca que houvesse, acabava com qualquer mal-entendido. Ele era mesmo uma boa pessoa; o único que nunca a abandonaria. E Bel acabou encontrando outros lugares para descontar a raiva.

— Desculpa — ainda dizia Jeff lá embaixo. — Vou participar do resto das filmagens. Faço o que eles quiserem que eu faça. Vou até tentar me divertir.

Bel tinha prometido a mesma coisa.

— Ah, vão à merda — disse Bel quando avistou Ramsey e o resto da equipe do lado de fora da entrada da Escola Gorham na manhã seguinte.

Carter deu um empurrão no ombro dela enquanto atravessavam a rua juntas.

— Você sabia que iam filmar aqui hoje? — perguntou ela baixinho, disfarçando o comentário com um sorriso.

— Não. — Bel segurou as alças da mochila com ainda mais força, os nós dos dedos marcando a pele como uma armadura.
— Mas não tem nada a ver com a gente.
— Se não tem nada a ver com a gente, por que o Ash está acenando pra você?

Ash vestia uma calça xadrez escura (a metade inferior do visual parecia quase normal), mas tinha combinado aquilo com um colete mostarda por cima de uma camisa de botão que tinha um colarinho de babados, o cabelo preso em um coque pequeno no topo da cabeça. Meu Deus, ele estava em uma escola de ensino médio dos Estados Unidos, ia ser zoado eternamente. Algumas pessoas já estavam até apontando e encarando, mas talvez tivesse mais a ver com a câmera.

Bel e Carter se aproximaram. Não tiveram escolha; a equipe estava bloqueando a entrada.

O diretor estava lá também, conversando ansiosamente com Ramsey, franzindo as sobrancelhas e com um sorriso enorme. Devia ser a coisa mais empolgante do ano todo; ele não ficava tão animado desde o jogo contra o Colégio Pittsburgh, quando Joe Evans vomitou Gatorade vermelho pela quadra de basquete inteira. As pessoas tinham saído gritando porque parecia sangue. *Vai, Huskies!*

— Olá, Bel! Olá, Carter! — Ramsey as avistou, usando-as como desculpa para se afastar do diretor Wheeler.

Ramsey talvez até fosse bom em decifrar as pessoas, mas a intuição dela também funcionava com ele.

Bel cogitou por um tempo fingir que não tinha escutado o cumprimento.

— Olá — disse Carter, com uma voz animada, estragando a brincadeira.

— Carter! — chamou uma voz atrás do semicírculo de grama.

As amigas de Carter estavam esperando por ela do outro lado, acenando, as mochilas batendo umas nas outras conforme as garotas se aproximavam.

Carter lançou um olhar para Bel, como se estivesse esperando para ser liberada.

Bel queria pedir para que ela ficasse, mas qual seria o sentido?

— Até mais tarde — disse ela, deixando Carter ir embora, porque ela iria de qualquer forma, sempre iria.

Carter saiu correndo sem nem olhar para trás. As amigas dela voltaram a formar um grupinho ao redor da garota, conversando, animadas.

— Bel — chamou Ramsey, trazendo a atenção da garota para si outra vez.

Uma multidão começava a se formar ao redor deles, bloqueando a passagem até as portas.

— Sei que não estava na agenda filmar você até sábado, pra fazer aquela simulação. — Sua expressão ficou animada. — Aliás, estou bem empolgado para o sábado.

— Fantástico. Mal posso esperar.

— Mas aí hoje a gente vai filmar a escola, ver o lugar onde a sua mãe trabalhava, como era ser professora de língua inglesa aqui no ensino médio, a vida dela fora de casa. Vamos entrevistar alguns dos professores que foram colegas dela: o diretor Wheeler, a sra. Torres e, claro, o sr. Tripp.

O sr. Tripp, de matemática, era coordenador da turma de Bel, e também o homem que a tinha encontrado naquele carro havia dezesseis anos. Mas por que doeu um pouco quando Ramsey disse o nome dele? Bel nunca tinha parado pra pensar que ele havia dado aula naquela escola no mesmo período que Rachel. Talvez fosse por isso que ele sempre tivesse sido tão legal com ela. Era tudo por causa de Rachel.

— Mas agora que eu consegui me aproximar de você... — disse Ramsey.

— Literalmente... — murmurou ela.

Ele continuou:

— ...achei que seria legal te filmar andando pelos corredores de onde sua mãe costumava dar aula. Seria um belo paralelo. E também seria ótimo conversar com uns amigos seus na hora do almoço, se eles estiverem dispostos a assinar termos de autorização de uso de imagem.

Bel respirou fundo e assumiu uma expressão mais relaxada.

— Aham, claro. Na hora do almoço. Vou achar meus amigos.

A língua dela se embolou ao dizer a última palavra, fazendo com que a pronunciasse errado, outra lesma na boca.

— Perfeito. — Ramsey sorriu.

Bel se virou para as portas duplas, desaparecendo na multidão e passando por Ash. Os olhos dele encontraram os dela. Um músculo se contraiu na boca dele, não para formar um sorriso, mas uma expressão meio triste. Como se ele soubesse o que ela não havia dito e sentisse muito por isso. Bom, ele ia sentir muito mesmo se olhasse para ela daquele jeito de novo.

Os tênis de Bel guincharam no piso polido do corredor. Mais polido do que o normal. Um grupo de garotas — do penúltimo ano — estava parado perto dos armários, observando Ash através das portas, dando risadinhas e se atirando umas em cima das outras.

— E aquele coquezinho! — Uma delas bufou, provocando reações de todas as outras mais uma vez.

Bel deixou que a alça da mochila escorregasse pelo ombro enquanto passava pelo grupo, a bolsa pesada balançando e atingindo a garota com força.

— Ei! — gritou ela, querendo comprar briga ou ouvir um pedido de desculpas.

Não consigo te ouvir, gesticulou Bel com a boca, então apontou para os ouvidos, onde estariam fones de ouvido sem fio que, na verdade, não existiam.

Continuou seguindo pelo corredor, passando pelas salas de aula de inglês. Todos os dias, tinha que passar pelo *Altar da Rachel*, que era como ela chamava aquilo: uma coleção de fotos e certificados pendurados, cartas e poemas antigos escritos para *a melhor professora de língua inglesa do mundo*. O truque era não olhar pra ele, fingir que não existia. Sem dúvidas, Ramsey ia querer filmá-la diante do altar.

— Ei, Bel! — Uma voz a alcançou, junto ao som de passos rápidos.

Ela parou e estreitou os olhos antes de se virar.

Era Sam Blake; o longo cabelo preto parecia escorrer pelos ombros, como sempre.

— Eu acabei ouvindo o que ele falou lá na entrada, de entrevistar os seus amigos. Eu não me importaria... quer dizer, de ser entrevistada.

Bel sentiu como se tivesse engolido uma pedra que cresceu até virar um nó duro de tensão.

Sua resposta foi sarcástica.

— Nossa, Sammie, será que seria uma boa? Sei lá, você ainda acha que meu pai é um assassino e fica desconfortável quando ele vai me buscar nas festas do pijama?

— Eu... eu... — A boca de Sam abriu e fechou, sem palavras.

Bel lançou um sorriso mortal para ela. Sam murchou e sumiu.

Era fácil afastar as pessoas quando se sabia como. Bel tinha um histórico exemplar disso; era muito, muito boa em fazer as pessoas irem embora antes que decidissem partir por conta própria. O que daria no mesmo, no fim, porque todo mundo iria abandoná-la mais cedo ou mais tarde, mas desse jeito machucava menos. A vida dela era essa, sempre escolhendo o caminho que doía menos.

E era exatamente isso o que faria naquele momento.

Bel abriu a porta da sala de aula com tudo, praticamente batendo-a na parede, e assustou o sr. Tripp, sentado à mesa.

— Meu Deus, Bel — disse ele, apertando a mão contra o peito, escondendo o que estava nela.

Mas Bel tinha visto o objeto; ele estava dando uma arrumada no cabelo ruivo com um espelhinho.

Pronto para as câmeras.

Apesar disso, a pele dele ainda estava pálida, com aquelas mesmas olheiras marcando os olhos. Ele não tinha arrumado isso.

— Sr. Tripp, acabei de menstruar e esse mês a coisa está feia, eu estou sangrando pra caramba.

Ele a encarou através dos óculos de aro de tartaruga, os olhos inquietos, a boca aberta.

— Também não estou me sentindo muito bem. — Bel tossiu, uma tosse falsa e seca, sem colocar a mão na frente e direcionando o ar para a sala.

O sr. Tripp a encarou com mais atenção, recuando com as rodinhas da cadeira de escritório.

Bel tossiu outra vez. Soltou um grunhido. Pressionou a barriga com as mãos.

— Não estou me sentindo nada bem. Pode ser Covid. Talvez seja melhor me mandarem pra casa.

SEIS

Neve em uma manhã quente de abril que mais parecia o início do verão, a estrada com raios de sol, árvores verdes florescendo. Neve falsa. Feita de papel picado, explicara Ramsey. Não no set inteiro de filmagem, porque ficaria muito caro e eles não tinham esse orçamento. Mas o bastante para criar *a ambientação*, para cobrir o chão ao redor do carro.

— É o mesmo carro — disse Ramsey, bastante satisfeito. — Um Honda Accord 2007 azul-royal.

Bel fingiu estar impressionada. Bom, não dava para ser o *mesmo* carro; o verdadeiro devia estar em algum depósito da polícia, mas era igual em todos os aspectos que importavam. Estacionado perto do acostamento, o local exato em que fora encontrado, se comparado com as fotos da cena do crime. No meio de uma estrada pequena e sem nome que seguia para a rota 2, em direção ao Parque Estadual Moose Brook, na outra ponta. Estava bloqueada para as filmagens, com vans e caminhões estacionados na entrada e na saída, um coro matinal de buzinas furiosas.

Bel não desviava a atenção, traçando o contorno do carro. O mesmo carro que Rachel estava dirigindo naquele dia, de onde ela tinha desaparecido, no qual havia abandonado Bel.

Ramsey a estava observando.

— Me fala se isso for estranho demais pra você.

— Isso é estranho demais pra mim.

Mas Ramsey já estava dando atenção a alguma outra pessoa que o tinha chamado. Havia quatro outros membros da equipe ali, outro equipamento de câmera, mais microfones, mais malões de metal, mais vozes. Uma delas soou bem na orelha de Bel naquele exato momento.

— Ei, Bel — disse Ash, a voz tão deslocada naquela estrada que parecia vir de outra época, fazer parte de uma ocasião diferente.

Bel se virou, tirando os olhos da cena cheia de neve, para encará-lo.

Uma câmera pequena havia sido montada em seu ombro, e o protetor felpudo de um microfone externo estava preso em cima dela. A luz vermelha indicando a gravação estava piscando. Bel piscou de volta para ela.

— O Rams quer que eu registre umas cenas dos bastidores — explicou ele.

— Neve falsa — disse ela.

— É, esse treco é um pesadelo. Eu estou aqui desde às cinco. Só preciso aguentar até o final das gravações, aí minha vida volta ao normal.

— Amém.

Nossa, talvez, no fim das contas, eles não fossem assim tão diferentes. Mas, pensando bem, deixa pra lá: Ash estava usando uma camisa listrada preta e branca enfiada em uma calça verde mais larga na bainha com suspensórios cor-de-rosa vibrantes. As mangas estavam arregaçadas, revelando um antebraço tatuado.

— Então você veio vestido para o inverno — comentou ela.

— Sempre.

— Pelo menos você vai assustar os ursos — brincou ela, tentando ser tão rápida quanto ele.

— Espera aí, tem ursos em New Hampshire? — Ele engoliu em seco, olhando para as árvores com nervosismo.

Bel deu risada, e Ash também. Era uma piada. O que foi irritante, porque ele começaria a achar que era engraçado. Coisa que, aliás, ele não era.

Ash trocou o apoio de uma perna para a outra.

— O Ramsey disse que você passou mal na quinta-feira. Espero que esteja se sentindo melhor.

— O que é isso aqui? — Ela apontou para ele.

— Tatuagem. Não tem isso em New Hampshire?

— Tá, mas o que *significa*? — questionou Bel, analisando os desenhos que subiam por um dos braços, a pele pálida correndo como afluentes ao redor das imagens cinza.

— São lembranças. Coisa de família, sabe?

— Na verdade eu não sei — disse ela, insistindo.

Ele estendeu o braço, a câmera ainda filmando.

— Essa rosa é pra minha irmã, Rosie. Tirei os espinhos porque ela é legal o tempo todo. O lírio do lado dela é pra minha irmã que, como você deve imaginar, se chama Lily.

— E a folha?

— Uma folha de figueira pra minha irmã mais velha, Eve. Ela é casada com o Ramsey. Eu sou o mais novo, o bebê. Essa fogueira quase apagada aí sou eu. Ash é cinzas em inglês, sacou? Aliás, meu nome é Ash. Eu não tinha me apresentado direito. Ash Maddox. Esse pássaro em cima do meu cotovelo é a minha mãe, Bridget, mas todo mundo a chama de Birdie, sabe, passarinho. — Ash virou o braço, mostrando uma parte nua e exposta do pulso. — Vou fazer uma para o Ramsey também. Mas ele não gostou muito da minha ideia de tatuar uma ovelha velha com chifres.

— A da fogueira é a pior — disparou Bel, tentando cortar a onda dele depois da piada dos ursos.

— Nem me fale. — Ele soltou uma fungada divertida que significava algo mais. — São pessoas incríveis, minha mãe, minhas irmãs, o Rams. Eu sou o único bosta.

— Você já pensou em, sei lá, só tentar ser normal?

Bem nessa hora, um carro apareceu na estrada, salvando Ash da pergunta. Devem ter afastado o caminhão para deixá-lo passar.

— Ramsey, ela chegou! — gritou Ash, usando isso como desculpa para se afastar de Bel. Ele não tinha durado muito tempo. — Ela chegou.

Ela *quem*? Não teriam o descaramento de chamar a escrota da vovó, né? Bel tinha sido a única da família agendada para a filmagem do dia, era a única de que precisavam, a única que estava presente quando Rachel desaparecera.

O carro parou a quase dez metros de distância, a luz do sol brilhando no para-brisa.

A porta do passageiro se abriu.

E Rachel Price saiu de lá de dentro.

Bel congelou.

Um vento frio a atravessou, por dentro e por fora, um vento que só ela conseguia sentir conforme perdia o controle.

Não era possível.

Rachel cobriu os olhos para protegê-los do sol. Vestia as mesmas roupas de quando tinha desaparecido. Calça jeans preta e uma blusa vermelha de manga comprida debaixo de um casaco cinza acolchoado. O casaco que tinha deixado para trás, no carro. Com a mesma idade que tinha naquele último dia.

— E aí, gente! — disse ela para ninguém em específico, com aquele sotaque característico dos nova-iorquinos.

— Oi, Jenn, bem-vinda de volta — falou Ramsey, que tinha chegado correndo. — Bel, deixa eu te apresentar.

Ele pegou Bel pelo cotovelo, tirando-a do lugar, e fez a garota caminhar até Rachel.

Que não era Rachel.

A Rachel Falsa.

Foi só então que Bel entendeu o que estava acontecendo, sua mente descongelando, o suor frio descendo pelas costas.

— Nossa, valeu pelo aviso, hein — sussurrou, afastando o cotovelo de Ramsey, Ash seguindo-os com a câmera.

Ramsey olhou para baixo, os olhos gentis e preocupados. Aham, até parece.

— Eu disse que faríamos uma simulação — defendeu-se ele.

— Achei que você estivesse esperando por isso.

Pararam de andar.

— Bel, essa é a Jenn, a atriz que vai fazer o papel da sua mãe hoje. Jenn, essa é a Bel, filha da Rachel Price.

— Prazer — disse Jenn, estourando uma bola de chiclete na boca e oferecendo a mão para cumprimentar a garota.

Que Bel nem chegou a apertar. Estava ocupada demais analisando a desconhecida à sua frente. As diferenças eram evidentes, agora que estavam próximas: a cor dos olhos, o formato do queixo, nenhuma marca de nascença na testa. Mas, por um breve momento...

— Você se parece com ela — constatou Bel, em vez de cumprimentá-la.

— Você também — respondeu Jenn.

Como se ela já não desgostasse o bastante dessa mulher.

— Mas não é tão bonita — acrescentou Bel, num comentário mordaz e rápido.

— Ah, bom, sua mãe era linda mesmo. Sinto muito pelo que aconteceu com ela — disse a atriz, brincando com uma mecha do cabelo loiro-amarelado. — Cara, estou obcecada pelo caso. Ouvi um podcast sobre ele no fim do ano passado, um que se chama, tipo, *Vinho & crimes*, e estou obcecada. Ob-ce-ca-da. — Ela enfatizou cada sílaba, como se estivesse falando com uma criança.

— É, estou vendo. Você usou a mesma palavra três vezes.

Os olhos de Bel se voltaram para Ramsey. Uma piscada, lenta o bastante para ele entender o que ela queria dizer. Neve falsa, Rachel falsa. Mas tinha que ser aquela idiota fazendo bola de chiclete? Ele piscou de volta, quase como se concordasse com ela.

Então ele bateu uma palma.

— Bom, temos um longo dia pela frente. Quanto mais cedo a gente começar, mais cedo podemos encerrar.

— Então já está tarde.

— Esse é o espírito, Bel.

Todo mundo estava esperando. Ash ficou parado do lado do carro, o fone de ouvido ao redor do pescoço, indicando o banco de trás para Bel.

A Rachel Falsa assumiu o volante.

— Vocês não vão precisar que eu dirija de verdade, né? Não tenho carteira de motorista.

No banco do passageiro, Ramsey balançou a cabeça.

— Beleza — disse Ash, um pouco mais alto dessa vez, apontando para o banco de trás novamente.

A janela do outro lado estava abaixada, um equipamento de câmera montado parcialmente dentro do carro de modo a enquadrar bem o rosto de Bel quando ela entrasse. Outra câmera estava em um tripé na frente do carro, filmando pelo para-brisa. Holofotes a bateria os cercavam.

— Vamos começar — falou Ramsey pela janela aberta. — Entra aí, Bel.

Entra aí. Como se fosse simples assim. Ah, ela só ia *entrar ali*, tranquilo.

Bel deu um passo em direção ao banco de trás, o nó se inflando no estômago, uma bola de gelo falsa, afiada nas pontas em que tinha derretido. Abaixou a cabeça, prendeu a respiração e entrou, Ash pairando perto demais, como se ele pudesse, de alguma forma, acelerar todo o processo. Bel se recostou, as mãos juntas no colo, pressionando a barriga, esmagando o nó.

— Tudo bem aí? — quis saber Ash, como se agora ele tivesse o dom de ler mentes.

Bel foi grossa com ele. O garoto era o que estava mais próximo dela, a seu alcance.

— Só fecha a porta — retrucou Bel, estremecendo quando ele obedeceu.

Pronto, tudo certo. Ela estava no banco de trás. Não era tão ruim, né? Não era diferente de ficar sentada na frente. Nem um pouco.

— Filmamos a simulação completa ontem. — Ramsey se virou para incluir Bel na conversa. — A Louise, que faz parte da equipe, tem uma filha de dois anos, aí ela interpretou você, Bel. Muito fofinha. E agora que a gente trouxe você *de verdade* hoje, será mais como uma entrevista, que vai ser intercalada a essa sequência. Vou fazer perguntas pra Bel, daí, Jenn, hoje eu não quero que você fale nem reaja de forma alguma, é quase como se não estivesse aqui.

A Rachel Falsa era só um objeto cenográfico, como a neve de papel e a água que Bel não podia beber.

— Então *por que* ela está aqui? — questionou Bel.

— Vamos intercalar a entrevista com a cena da simulação, então a sequência vai da Bel criança para você, sentada no mesmo lugar, falando pra gente o que talvez tenha acontecido, o que você está sentindo. É difícil filmar uma simulação quando a gente não sabe o que aconteceu, mas achei importante que a Rachel estivesse aqui tanto no antes quanto no agora. Que esteja presente, apesar de não estar.

Bel tinha um comentário espertinho para fazer, mas era tarde demais, Ash já estava na frente do carro, segurando a claquete diante da câmera.

Alguém gritou:

— Ação! — A voz soou tão alta que os pássaros ao redor se dispersaram.

— Qual é a sensação, Bel? — Ramsey se virou para ela. — De estar sentada aqui, no mesmo carro, na mesma estrada onde a sua mãe desapareceu? De reviver esse momento?

Mas será que contava como reviver, se ela não tinha lembranças da primeira vez?

— Tranquilo — disse ela. — Meio estranho.

— Por que é estranho?

Porque havia uma mulher fazendo cosplay da mãe morta dela sentada bem ali, no banco da frente.

— Porque eu estou aqui sentada, do mesmo jeito que aconteceu dezesseis anos atrás. Não me lembro de ter estado aqui, mas sei que estive. Bem aqui, com um casaquinho azul.

Ela estava usando um suéter azul, como Ramsey havia pedido, da mesma cor, para combinar. Olha só como a filha fofinha da Louise-da-equipe cresceu e virou essa jovem assombrada pelo passado, dá pra ver pelo tom azul-vivo.

— Eu fiquei aqui pensando: será que estar nessas mesmas condições desperta alguma lembrança? Alguma imagem, algum sentimento?

— Caramba, sim! Agora que você falou, de repente eu me lembrei de tudo e resolvi o caso inteiro, dá pra acreditar? Que reviravolta.

Bel não tivera a intenção de ser grossa. Só que Ramsey agora era o que estava mais próximo, a seu alcance. E era desconfortável estar ali, no banco de trás. Mas lembranças não funcionavam assim. Se tinham desaparecido, não tinha jeito, e talvez nunca nem tivessem existido, para começo de conversa. Se Ramsey precisava que ela tivesse alguma grande revelação para que o filme desse certo, Bel seria obrigada a decepcioná-lo.

— Desculpa.

— Nunca peça desculpas — disse Ramsey. — Eu gosto das partes reais, quando as pessoas ficam vulneráveis.

Ficar vulnerável? Ela estava o mais longe disso possível, *parceiro*. Camadas de ferro e aço entre sua pele não deixavam nada exposto.

— Talvez seja melhor começar com o pouco do que *de fato* sabemos — sugeriu Ramsey, aliviando a tensão. — Conta pra gente como você foi encontrada. Sei que você não se lembra, sabe apenas o que te contaram desde então.

— Isso é tudo que eu sei, pelo depoimento do Julian Tripp. Fui encontrada aqui, no banco de trás — começou a dizer, tão tensa que não estava completamente sentada no banco, impedindo-se de afundar nele, uma dor quente na lombar. — Estava muito frio lá fora. Nevando. Neve de verdade, não de papel. Mas o motor do carro tinha sido deixado ligado, então o aquecedor ainda estava funcionando e o farol estava aceso. O sr. Tripp vinha na direção oposta à rota 2. Avistou as luzes e notou que o carro tinha desviado para o acostamento, no meio da estrada. Então ele parou para investigar e ver se alguém precisava de ajuda.

Bel olhou para fora da janela do mesmo jeito que devia ter feito dezesseis anos atrás, só que com olhos menores. Será que tinha ficado assustada naquela hora, sentada ali no escuro, sozinha? Será que sequer sabia o que era medo?

— Ele veio até esta janela. Estava escuro aqui dentro, mas ele tinha uma lanterna e me viu no banco de trás. Ele contou pra polícia que gritou algumas vezes: *Olá? Tem alguém aí?* Quando ninguém respondeu, ele abriu a porta pra ver se eu estava bem.

— E você estava? — perguntou Ramsey, embora já soubesse o que ela ia responder.

— Eu estava bem, pelo que ele disse pra polícia. Não parecia assustada, então provavelmente não tinha sido deixada sozinha por tanto tempo. O aquecedor estava ligado, por isso eu não estava com frio. Parecia bem, não estava chorando. Ele disse que eu fiquei balbuciando palavras e sons sem sentido, tentando falar com ele. O sr. Tripp já me conhecia, mas não me reconheceu logo de cara. Depois que teve certeza de que eu estava bem, ele ligou pra polícia. Isso tudo aconteceu pouco depois das seis da tarde. Ele se sentou comigo pra gente ficar aquecido enquanto esperava a polícia aparecer. Me deu uma caixa de suco que encontrou no chão do carro. Viu o casaco e a bolsa da Rachel no banco do passageiro, bem onde você está.

Ramsey estava quieto, um silêncio respeitoso vindo do banco do passageiro. O que era idiota, porque eles nem estavam no exato mesmo carro. Rachel nunca estivera ali.

— Estava frio naquela noite. Congelando, até. — Ramsey analisou a tela do celular. — Menos cinco graus Celsius às seis da tarde.

— É bem frio — concordou Bel.

— Difícil pra alguém sobreviver lá fora só com uma blusa vermelha fina e sem casaco — comentou Ramsey, passando as mãos pelo fatídico casaco cinza.

Não o verdadeiro; a polícia tinha ficado com ele também.

— É, bem difícil — concordou Bel.

A menos que o sumiço tivesse sido planejado.

— Mas pode ser que ela não tenha ficado exposta ao ar livre por muito tempo — continuou Ramsey. — A polícia trouxe cães farejadores na manhã seguinte. Eles seguiram os rastros de Rachel a partir do carro abandonado. Sentiram o cheiro dela até menos de trinta metros pela estrada, naquela direção — ele apontou para o para-brisa —, e então não conseguiram mais farejar no meio da estrada. O rastro pode ter sumido por causa da neve e do vento, e não quer dizer que a Rachel não tenha andado na direção das árvores, mas a princípio a polícia considerou que o fato de o cheiro sumir de repente indicava que Rachel tinha entrado em outro veículo ali. Fosse por vontade própria ou não.

— Ela não precisaria do casaco se fosse entrar em outro carro — disse Bel, pondo fim à discussão, para que acabasse como o rastro perdido de Rachel, sumindo com o vento.

— Você tocou em um ponto que deixa muita gente obcecada, bolando teorias na internet. O fato de o motor ter ficado ligado e o aquecedor também. Se alguém tivesse sequestrado a Rachel, tirando-a do carro, as pessoas alegam que o culpado teria deixado o motor ligado e fechado todas as portas de propósito pra te manter em segurança, Bel, assim você não morreria de frio.

Acham que é possível que quem sequestrou a Rachel fosse alguém que te conhecia, que se importava e que não queria que algo ruim acontecesse com você.

Aquele havia sido um dos argumentos que a promotoria usara contra seu pai. Procurando migalhas para respaldar um caso sem provas.

Bel deu de ombros.

— Acho que não — disse. — Se alguém realmente sequestrou a Rachel do carro, ela provavelmente já estava com o motor ligado, e se os culpados fecharam todas as portas, talvez seja porque matar uma criança de dois anos fosse contra o código moral deles. Ou por pensarem que a cena do crime ficaria mais discreta se o carro estivesse com as portas fechadas. Ou talvez a própria Rachel tenha fechado as portas e me abandonado. Fosse só por alguns minutos ou... por um período maior.

Ainda mais plausível. Rachel saiu do carro, abandonou a vida que tinha, largou Bel para trás, mas sem querer que a filha morresse no meio de tudo aquilo. E o prêmio de mãe do ano vai para...

— Quanto à opinião pública, à obsessão duradoura por esse caso misterioso e sem solução...

Ele devia falar com a Rachel Falsa logo ali. Ela tinha ouvido um podcast e estava ob-ce-ca-da.

— Tudo bem se eu perguntar sobre o Phillip Alves?

Bom, ele já tinha perguntado, com ou sem permissão.

— Tudo certo.

Bel pigarreou.

— Phillip Alves, um encanador de Boston que tinha trinta e sete anos na época do desaparecimento de Rachel, ficou fascinado pelo caso quando apareceu nos noticiários. Uma obsessão que só cresceu com o passar do tempo, sem respostas. Ele viajou para Gorham, convencido de que era o destino dele resolver o caso, encontrar Rachel Price. A polícia suspeita que ele estivesse vigiando sua casa, reviraando o lixo, tirando fotos. Você pode nos contar o que ele fez com o seu tio Jeff e a sua tia Sherry naquela época?

— Foi bem no comecinho do caso — disse ela —, antes de o meu pai ser preso. A polícia estava sempre por perto, como você deve imaginar, querendo falar com todo mundo. O Phillip Alves se vestiu de policial e foi *interrogar* o Jeff e a Sherry, fez perguntas sobre a Rachel e a nossa família. Eles não perceberam que se tratava de um impostor, só descobriram quando contaram sobre o interrogatório para o chefe da polícia, Dave Winter, mas a polícia não conseguiu localizá-lo.

— Acredita-se que Phillip tenha feito viagens recorrentes até Gorham — explicou Ramsey — ao longo dos meses e anos seguintes, stalkeando sua família, procurando por Rachel, tornando-se cada vez mais instável. A esposa o largou e ele perdeu o emprego porque passava o dia todo pesquisando, lendo fóruns. A obsessão atingiu o ápice em outubro de 2014. Pode contar pra gente o que aconteceu nessa ocasião?

Dessa vez, Bel podia mesmo contar, baseada nas próprias lembranças e nas declarações que tinha dado para a polícia.

— Hã, eu tinha oito anos, estava no ensino fundamental. Era uma quinta-feira, e eu estava esperando o meu pai me buscar na escola. Mas, em vez dele, apareceu um policial falando pra minha professora que ele tinha vindo me buscar. Ela acreditou, por causa do uniforme e do distintivo. Aí eu fui com ele. O homem me levou até o próprio carro, me falou pra entrar no banco de trás e colocar o cinto de segurança. E foi o que eu fiz. Mas ele não era policial coisa nenhuma. Era o Phillip Alves.

— Ele te *sequestrou* — disse Ramsey, a voz ofegante mais puxada para um suspiro assustado, como se já não estivesse cansado de saber exatamente como a história terminava.

Além disso, Bel não gostava de usar aquela palavra. Era dramática demais.

— Ele não me levou pra lugar nenhum, na verdade, e eu não *desapareci* por muito tempo. Ele dirigiu por alguns quarteirões e se virou pra falar comigo. Igual ao que você está fazendo agora.

Ela percebeu bem rápido que Ramsey não gostou da comparação. Mas Bel também não gostava nada de estar ali, no banco de trás de novo.

— Sobre o que ele queria conversar?

— Ele queria me fazer perguntas. Bom, estava meio que gritando desde o começo. Suando, nervoso. *Me conta o que você viu naquele dia* — gritou Bel, meio que sussurrando, em uma imitação da voz de Phillip Alves. — *Você viu quem levou a Rachel, me fala quem foi. Você tem que se lembrar de alguma coisa, você estava junto com ela. Eu tenho que saber o que você viu.* — Então parou de falar; a garganta dela estava doendo por causa da imitação.

— Você ficou assustada com isso? — quis saber Ramsey. — Aos oito anos, no carro de um desconhecido, e ele gritando na sua cara, exigindo respostas que você não tinha?

Bel já era bem grandinha para saber o que era medo naquela época. Mas estava ainda mais velha agora e sabia que era melhor guardar para si mesma o que tinha sentido.

— Eu só fiquei repetindo *eu não sei*. A professora chamou a polícia bem rápido depois que eu fui embora porque percebeu que tinha cometido um erro. Dave Winter, chefe da polícia, foi quem me achou e me tirou do carro. Eu só tinha *desaparecido* por uns sete, oito minutos. Phillip foi preso, e perceberam que ele era o mesmo homem que tinha interrogado o Jeff e a Sherry. Que ele já vinha stalkeando a gente havia anos.

— É óbvio que a polícia investigou Phillip, a conexão dele com o desaparecimento da Rachel, mas não encontrou qualquer evidência do envolvimento desse homem — completou Ramsey, finalizando a história por ela. — O Phillip se declarou culpado das acusações de stalking, sequestro e de se passar por policial e ficou três anos na prisão estadual. Foi solto seis anos atrás, mas, depois da libertação dele, sua família toda entrou com uma medida protetiva, né?

— Foi. Ele ficou proibido de chegar perto da gente.

Ramsey pigarreou.

— Na verdade, estamos tentando entrar em contato com o Phillip pra ver se ele participaria do documentário. Se a gente o encontrar e ele concordar em participar de uma entrevista, tem alguma mensagem que você queira que eu passe pra ele?

Bel refletiu sobre aquilo por um segundo, agora que era dez anos mais velha e dez anos mais cruel.

— *Vai à merda*, eu acho. *Por que você acredita que merece a verdade mais do que qualquer outra pessoa?*

Ramsey pareceu satisfeito com a resposta dela.

— Ótimo — disse ele. — Isso foi muito bom, Bel. Ok, acho que a gente devia parar pra almoçar.

O almoço foi um sanduíche triste e murcho e um saco de batatas fritas. Bel comeu seu lanche em silêncio, observando Ash e James mexendo no equipamento da câmera na janela do carro, Ash recebendo comandos para ir para cima e para baixo, pegar isso ou aquilo.

A Rachel Falsa estava ali perto, de costas para eles. Não tinha comido porque havia cortado os carboidratos, já que tinha um teste de elenco na semana seguinte. Fez questão de que todo mundo soubesse disso.

— Eu nunca tinha feito um documentário — contou Jenn para um dos membros da equipe.

Bel concluiu que era Louise, a mãe da Bel Falsa de dois anos.

— Não? O que você acha desse caso? A maior maluquice, né? — perguntou Louise para ela, dando uma olhada de um lado para o outro rapidamente, certificando-se de que não estavam sendo ouvidas.

Mas olha só que surpresa, Bel estava parada bem ali, poucos metros atrás delas. Deviam ter conferido melhor os arredores.

— Não é?! — concordou Jenn. — Tipo, como foi que elas desapareceram no shopping, simplesmente sumiram, e a criança apareceu aqui, sozinha?

A criança também não fazia ideia.

— Bizarro mesmo — comentou Louise. — O que você acha que aconteceu?

— Sinceramente... — Jenn começou a falar, a voz acalorada mergulhando em sussurros, mas sem ficar baixa. — Acho que é bem óbvio o que aconteceu.

Bem óbvio, né? Então conta, por favor.

— Foi o marido.

Bel sentiu o estômago revirar e dar um nó mais uma vez. Enrolando-se então na coluna dela, forte como um píton.

— Ele provavelmente matou a Rachel. É o que faz mais sentido.

— É, acho que sempre é o marido — disse Louise, sem muito entusiasmo.

— Só fico triste pela filha, sério — continuou Jenn. — Que vida mais triste e despedaçada a dessa menina.

Bel cerrou os punhos ao redor do pacote de batatinhas, triturando-as. Nossa, que audácia daquela mulher! Se Bel conseguisse ficar dois minutos com ela num beco escuro, a deixaria com uma cara bem triste e despedaçada também. Aí, sim, Bel ia querer ver ela mandar bem no tal teste de elenco.

Bel jogou o pacote amassado na cabeça da Rachel Falsa.

— Ei!

E conseguiu acertar.

Dez pontos.

Mas Bel já estava passando por elas, os sapatos furiosos e apressados batendo com força na estrada de terra acidentada. Ela não olhou para trás.

Era isso que todo mundo pensava? Todo o pessoal da equipe? Os que tinha conhecido nesse dia, e também os quatro que conhecia desde o início daquilo, aqueles em quem Bel estava começando a confiar? Ash. Ramsey. Talvez Bel nunca tivesse tido o controle da história e também fosse só um objeto cenográfico, reposicionada onde eles a queriam.

O nó cresceu dentro dela, puxando com mais força, então Bel andou mais rápido, quase correndo.

Passou pela réplica do carro, pelas pegadas na neve falsa, rumo às árvores densas.

Elas a engoliram por inteiro, acolhendo-a em suas sombras, fazendo-a desaparecer.

— Bel?

Bem, não exatamente.

— Ôôô! — Uma voz a seguiu por entre as árvores.

Ash.

— Ôôô — repetiu Bel, acelerando o passo. — Não vem com *ôôô* pra mim, que droga é essa?

— Aonde você vai? — Ele se esforçou para acompanhá-la, a barra da calça enroscando no chão da floresta.

— Tô dando o fora — vociferou ela.

— Ah, sim — respondeu ele. — S-será que você pode fazer isso um pouco mais tarde? A gente ainda tem mais algumas cenas pra filmar.

Bel se virou para ele, os olhos ardendo e um grunhido na garganta.

— Vai à merda, Harry Styles.

Então foi o que ele fez.

SETE

Bel correu.

As árvores guardaram o segredo dela, convidando-a a continuar avançando, pequenos caminhos se abrindo e se fechando conforme ela se movia. Será que tinham feito o mesmo com Rachel Price naquele dia, no meio da neve pesada e da escuridão do inverno?

A rodovia estava próxima, os carros barulhentos passavam, mantendo Bel quieta. O coração batia forte, dando vida àquele nó em seu estômago.

Idiotas. Eles nunca deviam ter concordado com aquele documentário. Nunca deviam ter deixado desconhecidos com câmeras bisbilhotarem a vida triste e despedaçada deles. Porque para eles, não era uma vida triste e despedaçada, mas era isso que as pessoas de fora veriam.

As árvores aos poucos foram ficando mais espaçadas, dando lugar a uma estradinha residencial que fazia uma curva e retornava à rodovia. Bel poderia ligar para o pai e pedir que ele a buscasse ali. Ele estava no trabalho, mas não iria se importar.

O nó ainda estava apertado demais, e ela não queria ter que ligar agora, não queria explicar por que tinha desistido das filmagens. O pai não merecia aquilo, e Bel queria pensar direitinho no que diria antes de ligar, com palavras gentis, como ele a tinha ensinado, mas ela não sentia um pingo de gentileza naquele momento.

Era possível ir para casa andando dali. Ainda contava como dar o fora, mesmo se levasse quase uma hora para chegar a seu destino? Andar até em casa, se acalmar, ligar para o pai. Um plano de três passos que Bel poderia seguir, um pé depois do outro.

Ela caminhava pela rodovia, os nervos à flor da pele, quando um caminhoneiro pervertido buzinou para ela, fazendo o chão tremer com o barulho. E isso quando ela ainda tentava se acalmar... Valeu aí pela ajuda de merda.

Sob o sol do meio-dia, Bel caminhou pelas sombras projetadas pelos fios de energia feito uma equilibrista na corda bamba. Um quadriciclo fazia barulho perto demais dela, uma bandeira cheia de estrelas balançando ao vento. Quando passou pelo posto de gasolina na rua principal, sentiu uma ardência na parte de trás do calcanhar, o início de uma bolha. Ainda havia um longo caminho pela frente.

Contou os carros até perder a conta.

Contou as nuvens, mas elas eram mais rápidas e a ultrapassavam.

Quando o McDonald's surgiu no horizonte, ela soube que estava quase em casa. Aqueles arcos dourados guiariam seu caminho.

Virou à direita depois da loja de coisas baratinhas, na rua Church. Seguiu em direção aos trilhos da ferrovia, onde ela e Carter costumavam brincar de desafio. Tinham arranjado problemas por causa daquilo também.

Bel pressionou o dedo do pé nas partes de metal do trilho ao atravessar. Não conseguia só andar entre eles, sempre tinha que tocá-los. Era uma regra tácita.

Olhou para cima, para o cemitério adiante, e então para casa.

Mas ela não estava sozinha. Uma mulher tinha acabado de atravessar os trilhos na frente dela, do outro lado da estrada. Andava devagar.

Não estava nem sequer andando, na verdade, estava mais se arrastando. Os pés raspavam o concreto em sapatos grandes demais, as solas caindo aos pedaços, parecendo bocas de peixe fora d'água. Seus passos faziam um barulho horrível e áspero, e a mulher mancava pesadamente, como se tivesse andado muito mais do que Bel.

Então a garota analisou as roupas que ela usava.

Uma blusa vermelha de manga comprida. Uma calça jeans preta.

Cabelo loiro-dourado curto.

Cacete, era a Rachel Falsa. Como ela tinha chegado ali antes de Bel?

— Você está levando seu papel um pouco a sério demais, não acha? — gritou para a mulher. — Não é como se você fosse ganhar um Oscar ou algo do tipo.

Bel se aproximou dela, a estrada continuava entre as duas, o que foi uma sorte para a Rachel Falsa, porque a raiva de Bel ainda não tinha se dissipado por completo. Ao chegar mais perto, Bel notou algo estranho. A blusa vermelha não parecia vibrante: estava desbotada, suja, com manchas marrons e um aspecto de pó esbranquiçado. Estava cheia de buracos, pequenas ilhas de pele em um mar vermelho, rasgada na bainha, uma manga meio arrancada. O jeans preto também parecia desbotado, cinza-escuro, uma fenda na parte de trás da coxa, fios espalhados no buraco.

Bel estreitou os olhos.

— O que aconteceu? Você caiu num bueiro vindo pra cá?

Mas como o cabelo dela também teria mudado na última hora? Estava um pouco mais escuro, cortado de forma descuidada na altura do pescoço, emaranhado e grosso de tanta sujeira.

— O quê...?

Mas a pergunta de Bel nunca chegou a ser feita. Ela se aproximou da mulher, observando-a, acompanhando seus passos lentos e cambaleantes.

— Quem é você? — gritou Bel do outro lado da estrada.

A mulher parou de andar e se virou para Bel devagar, piscando para conseguir enxergar apesar do sol.

Ela não precisou responder.

Bel sabia quem ela era. Conhecia aquela mulher profundamente, de forma inata e inexplicável, algo que não poderia ter aprendido, só entendido, sentido. O coração de Bel dançava à beira de um penhasco, prestes a despencar no ácido turbulento de seu estômago.

Os olhos azul-acinzentados que combinavam com os dela. O queixo delicado e pontudo. A pele cinzenta que estava mais pálida do que Bel imaginava, mais enrugada, dezesseis anos mais velha. A pequena marca de nascença no alto da testa.

A mulher olhou para Bel como se também soubesse de algo.

Era Rachel Price.

Tinha voltado.

OITO

Bel não conseguia respirar, mas Rachel conseguia, uma respiração ofegante e pesada, estremecendo com a luz do dia, com a pressão que sentia nos pés, que sustentavam o corpo num ângulo estranho e retorcido. Devia doer voltar dos mortos.

Rachel ergueu a mão pálida para se proteger do sol, os dedos a denunciando, trêmula e fraca. Observou Bel do outro lado da estrada, balançando de leve na brisa, como se fosse explodir, desaparecer outra vez. Ela era de verdade, definitivamente de verdade, mas, de alguma forma, também impermanente.

Os olhos de Rachel se estreitaram, depois se arregalaram, piscando com força como se estivesse tentando tirar uma foto com o olhar, reconhecendo algo dentro de Bel.

Deu um passo à frente em direção ao meio da estradinha.

Um grunhido estranho soou quando ela tentou falar, primitivo e artificial. Uma voz vinda de outro mundo, aonde as coisas perdidas iam. As que não tinham sido feitas para voltar.

O som mexeu com Bel, devolvendo o ar a seus pulmões num suspiro de pânico. Trouxe o coração da garota de volta, a dúvida entre lutar ou fugir martelando rápido seu peito, abafando seus ouvidos. Os pés de Bel se mexeram antes que ela conseguisse controlá-los, o terror tomando conta dela. Protegendo-a.

Bel correu.

Fugiu.

Os sapatos batiam no concreto, o coração num embalo desenfreado, deixando Rachel para trás.

Passou pelo cemitério.

Virou à esquerda.

Deu uma olhada por cima do ombro para ver o que estava vindo atrás dela, justamente o que não se deve fazer em pesadelos ou quando se está no inferno.

Mas Rachel Price não a estava seguindo.

Tinha ido embora outra vez.

Bel, no entanto, não diminuiu a velocidade, voando pela calçada. Procurou as chaves no bolso da frente da calça jeans, uma camada de suor escorrendo pelos lábios.

Desviou do caminho, pulando por cima do canteiro de flores do pai e subindo as escadas até a porta da frente. Errou a fechadura, arranhando a madeira pintada de verde com a chave. Conseguiu na segunda tentativa, destrancou a porta e entrou.

Bel agarrou a porta e a fechou, verificando, e depois verificando mais uma vez, se havia algo separando-a daquele novo mundo lá fora.

Então caiu no chão, recostando-se na porta.

Forçando-a com o corpo.

Escondida.

Abraçando os joelhos.

Isso não podia estar acontecendo. Não podia. Mas estava. Aquela era Rachel Price, não restava dúvida. Nenhuma. Se Bel tentasse com muito afinco, será que conseguiria fazer alguma dúvida brotar? Daria qualquer coisa para desconfiar da veracidade daquela Rachel. Será que estava vendo coisas, que aquela Rachel tinha sido implantada em sua mente por conta da simulação do documentário? Será que aquilo havia sido uma cena sobre a qual Ramsey se esquecera de contar para ela? Não, não seja idiota, não havia câmeras. E como uma atriz poderia ter roubado o exato rosto de Rachel, um nariz que se enrugava do mesmo jeito que o de Bel?

A verdade que não fazia o menor sentido. Mas era a única coisa que fazia sentido.

Rachel Price estava de volta, e Bel havia enlouquecido.

Ela teria que encontrá-la outra vez, logo, porque precisava fazer alguma coisa, certo? Não poderia ficar só sentada ali, contendo a porta com o corpo, e desejar que tudo aquilo não estivesse acontecendo, poderia? Na verdade, ela bem que poderia, se quisesse. Rachel já tinha ido embora uma vez, passara a vida inteira de Bel desaparecida, então talvez ela fosse embora de novo se Bel ficasse ali sem se mexer, sem nem respirar. Se permitisse que o mistério interviesse novamente e levasse Rachel embora mais uma vez.

Fazer algo ou não fazer nada. Era a decisão que Bel tinha que tomar. E qual caminho doeria menos? Não fazer nada. Era o que Bel queria. Ficar sentada ali e desejar que a vida voltasse a ser como era cinco minutos atrás. Ela e o pai, e um mundo que girava ao redor deles. As pessoas podiam até pensar que a vida de Bel era triste e despedaçada, mas era a vida dela, era tudo o que ela conhecia e era feliz daquele jeito, era mesmo.

Mas aí ela pensou no pai. Pensou nele de verdade. No fim das contas, todas as escolhas dela sempre se resumiam a uma questão: como fazer o pai feliz. Ele merecia ser feliz, depois de tudo pelo que tinha passado. Fizera o mesmo por ela, a eterna dupla. Qual caminho o pai escolheria se estivesse ali?

Bel lembrou dele brincando com a aliança, girando-a de um lado para o outro num movimento interminável. Lágrimas nos olhos. As palavras dele quando Ramsey perguntou, hipoteticamente, o que ele faria se algum dia Rachel voltasse. Não mais tão hipoteticamente assim.

Eu só ia querer abraçar a Rachel, dissera o pai. Bel se lembrava disso. *Envolvê-la nos braços e dizer o quanto eu a amo. Como eu senti saudade dela. Faria isso antes de perguntar qualquer coisa, porque tudo mais pode esperar.* Ele tinha sonhado com isso: sonhos, não pesadelos. E deve ter tido muitos pesadelos também.

Uma vida difícil, assombrada pela terrível constatação de que as pessoas ainda o consideravam um assassino. E lá estava ela, a prova de sua inocência, cambaleando do lado de fora. Finalmente uma prova indiscutível: o pai não havia matado Rachel.

Rachel tinha feito o pai de Bel feliz. Para ele, tudo se iluminava quando ela aparecia. Rachel o faria feliz outra vez, melhoraria a vida dele. Era isso o que Bel queria.

Então escolheu.

Decidiu que ia fazer alguma coisa.

Voltar lá fora. Encontrar Rachel. Trazê-la de volta para casa.

Bel se levantou, os joelhos estalando, e uma batida soou na porta da frente.

Três batidas, nós dos dedos na porta, osso na madeira. O coração de Bel disparou em cada uma delas.

Um fantasma turvo através do vidro fosco, um reflexo dela.

Bel sabia.

Ela não estava pronta, mas era hora de fingir que estava. Estendeu o braço, os dedos se fechando ao redor da maçaneta, o metal frio, a pele quente.

Ela abriu a porta até a metade e finalmente ficou cara a cara com a mãe, morta havia muito tempo, mas de volta dos mortos.

Rachel Price.

Bem ali, do outro lado da soleira, as duas separadas por apenas alguns centímetros, não por dezesseis anos, não pela vida e pela morte. Respirando com dificuldade e piscando com força. Um cheiro metálico de suor e algo mais forte. Rachel estremeceu, segurando-se no batente da porta para se manter em pé, deixando uma marca suja de mão.

Uma porta rangeu no fundo da garganta de Rachel, silenciosa e perturbadora.

— Você mora aqui? — perguntou ela, a voz gutural e áspera, uma voz que ou tinha sido usada raramente, ou em demasia.

Bel havia perdido a própria voz, escondida em algum lugar atrás da boca.

Então assentiu.

— V-você é...? — perguntou Rachel, parando de repente, os olhos pesados e úmidos analisando Bel do cabelo até as mãos. Havia uma pergunta em seu olhar.

— S-sim — respondeu Bel, mas as palavras dela falhavam também, como se tivesse se esquecido de como falar. — Sou eu.

— Annabel — disse ela em um sussurro rouco, e dessa vez não era uma pergunta. Como se Rachel só tivesse precisado dizer aquilo para juntar dois mais dois. Para vincular o rosto ao nome. Desaprender e reaprender.

A mão de Rachel deixou o batente da porta, flutuando no ar em direção a Bel, indo tocá-la, talvez para ter certeza de que era real. Uma imaginando a outra e errando. A mão dela não chegou até Bel, que deu um passo para trás. A garota escancarou a porta, convidando Rachel para entrar com aquele gesto, porque não conseguia encontrar palavras.

— Meu pai não está — avisou Bel, recuando mais.

Rachel mancou e entrou na casa. A casa dela. A casa *deles*. Olhou ao redor, lacrimejando.

— Está do mesmo jeito — falou ela, baixinho, tocando as paredes e deixando marcas.

Bel a contornou, mantendo os olhos fixos em Rachel, enquanto ia fechar a porta. Fechando-as ali dentro, juntas.

Uma trilha escura vinha da entrada. Não era só lama. Rachel estava sangrando, os sapatos manchando as tábuas de madeira do assoalho.

— Essa luminária é nova — observou Rachel, na entrada da sala.

— Será que é melhor eu...?

Rachel começou a tossir, uma tosse pesada e repulsiva que a fez se curvar.

— Você devia se sentar — disse Bel, evitando-a ao passar. — Vou pegar um pouco de água pra você.

Bel correu até a cozinha, as mãos trêmulas e desajeitadas enquanto tirava um copo do armário. Ela o encheu e levou de volta, lembrando-se de fechar a torneira.

Sangue fresco e marcas de lama sujavam o tapete e levavam até Rachel, agora sentada no sofá.

— Aqui.

Bel ofereceu o copo.

Rachel estendeu a mão para pegá-lo, os dedos tocando os de Bel enquanto envolviam o copo. Unhas afiadas e longas. Bel estremeceu e soltou, a água escorrendo pela borda.

— Obrigada, Anna.

A mulher levou o copo aos lábios rachados, bebendo de maneira insaciável, como uma criança que tinha brincado por muito, muito tempo. Então bebeu todo o líquido do copo e o colocou sobre a mesa, o baque fazendo Bel estremecer, ecoando em seu peito.

Rachel a encarou, esperando, como se estivesse na expectativa de Bel falar primeiro. Ou como se estivesse dando uma oportunidade para que ela falasse. Bel não sabia o que dizer, mal se lembrava de como falar. Como aquilo era possível? Como era possível que Rachel Price estivesse sentada ali, bem na frente dela?

Com os ouvidos zumbindo, o coração batendo rápido, uma estranha sensação de dormência desceu pelas costas de Bel. Será que era o choque?

— Acho que a gente devia ligar pra alguém — disse Bel depois de um tempo, em dúvida se era a coisa certa a fazer. — Posso ligar para o meu pai; ele chegaria em poucos minutos.

Um brilho nos olhos de Rachel. Bel não sabia o que aquilo significava. Aquela mulher era uma completa estranha.

— Acho que a gente devia ligar pra polícia primeiro — grunhiu Rachel, sem saber o que fazer, as duas perdidas.

Fazia sentido, lógico. Chamar a polícia.

Bel assentiu.

— Posso fazer isso. Não sai daqui. Quer mais água?

— Estou bem — disse Rachel, sibilando ao arrancar os sapatos enormes que estavam presos a seus pés e que se desfizeram em suas mãos.

Os pés dela estavam um trapo — inchados, machucados, sujos, sangrentos. Uma unha estava presa por um triz. De onde ela tinha surgido? Quanto tempo levara para chegar em casa? Por que tinha vindo direto para a casa deles em vez de procurar ajuda?

Rachel a viu olhando.

— Não está tão ruim. — Ela abriu um sorriso que mais parecia uma careta. — Não se preocupa.

— Vou buscar ajuda.

Bel voltou para a cozinha, tirando o celular do bolso. Ajuda para Rachel ou para si mesma? Não era a mesma coisa? Bel não estava dando conta daquilo sozinha, era demais. Muito além de demais, tanto que a mente dela estava caótica, mal conseguia pensar dois segundos à frente e dois segundos atrás.

Ela desbloqueou o celular. Cinco chamadas perdidas de Ramsey — ah, nossa, ele teria uma surpresa. Ele e o resto do mundo que — naquele exato momento — ainda achavam que Rachel Price tinha desaparecido para sempre, tão desaparecida quanto era possível estar. Só Bel e Rachel sabiam a verdade. Mas não por muito tempo.

Rachel queria que ela chamasse a polícia, e parecia a coisa certa a se fazer, mas não era isso que ela sentia ser o certo. O que a delegacia de Gorham já tinha feito para ajudar? Tinham tido dezesseis anos para resolver o caso e nunca haviam encontrado Rachel. A polícia não fizera nada, saíra jogando a culpa no pai dela, pois era uma saída fácil. Mas o pai saberia o que fazer — era ele quem se preocupava, pensava, planejava, ajudava. E se Bel chamasse a polícia, o pai nunca teria um momento com Rachel, aquele com o qual ele tinha sonhado. Bel não poderia tirar isso dele.

Apagou o número da polícia da tela e digitou o número do pai. Ele atendeu no quarto toque.

— Oi, estou com um cliente — disse ele, a voz como um cobertor quente: segura, íntima. O inverso da voz de Rachel. — Te ligo em uns...

O pânico assumiu o controle, arrancando o cobertor quente.

— Não, pai. Você precisa vir pra casa agora. Neste exato momento. É uma emergência — sussurrou Bel, para que Rachel não pudesse ouvir.

— O que aconteceu? — Agora ele soava preocupado, e era mesmo o melhor nisso.

— Não posso te contar por telefone. — Ela não podia, não queria que Rachel ouvisse, e não queria acabar com o momento do pai. Ele tinha esperado dezesseis anos por aquilo. — Só, por favor, volta pra casa agora.

— Bel, o quê...?

— Pai, por favor!

— Já vou — disse ele, e ela conseguiu ouvir o barulho das botas dele no chão e a batida da porta de um carro. Lógico que ele estava vindo; ela tinha pedido. — Pode ficar comigo na linha?

— Não, não posso. Vem logo.

— Você está em perigo? — perguntou.

— Não — respondeu Bel, embora não tivesse certeza se o que dizia era verdade. O corpo dela não acreditava, o coração martelando. — Não é isso. Só vem logo, o mais rápido que puder.

— Já estou indo, filhota.

— Anna?

Bel se virou e desligou o telefone. Rachel estava parada ali, uma silhueta escura na porta, os olhos brilhando, pegadas vermelhas nos azulejos pretos e brancos.

— Acabei de ligar pra polícia — falou Bel. — Já estão vindo.

Uma mentirinha. Mas Rachel não a conhecia, não conseguiria decifrar o comportamento de Bel do jeito que uma mãe deveria fazer.

— Obrigada — grunhiu Rachel, avançando, puxando uma cadeira da mesa da cozinha e se largando nela.

Bel recuou, encostando-se no balcão.

— Você não precisa ter medo, Annabel — disse Rachel, lágrimas cristalinas percorrendo o rosto sujo. — Vai ficar tudo bem agora, eu prometo.

Como Bel diria a ela que tudo já estava bem antes?

— Nem acredito que estou em casa. — Rachel piscou, absorvendo o cômodo, e também Bel. — Geladeira nova.

A garota engoliu em seco.

— Sei que deve ter muitas perguntas pra mim, Anna — falou Rachel, juntando as mãos.

— É Bel — corrigiu ela rapidamente, antes de perder a coragem.

— Quê?

— Bel. Meu apelido. Agora é Bel, não Anna. Faz muito tempo que não é mais Anna.

— Ah.

Rachel olhou para a frente, para o nada, enxergando alguma coisa que Bel não conseguia ver. Algo que talvez só aqueles que tinham desaparecido pudessem enxergar.

— Eu te chamava de Anna. Fiquei pensando em você como Anna esse tempo todo.

— Desculpa.

— Imaginando como você estava com cada idade. Como estava comemorando os seus aniversários. No que você era boa e no que era ruim. Se gostava das mesmas comidas que eu. No que te fazia feliz. Eu formei uma imagem sua na minha cabeça e foi isso que me apeguei para sobreviver. — Rachel afastou aquele outro lugar, seja lá qual fosse, e voltou o olhar para Bel. — Você é melhor do que eu jamais poderia ter imaginado. Senti tanta saudade sua, Anna. Desculpa. Bel.

— Tudo bem — falou Bel, o que foi bom, porque era uma desculpa para não responder à outra parte.

Se Rachel realmente sentira saudade de Bel, isso significava que ela não tinha conseguido voltar até aquele momento? Havia uma montanha de perguntas difíceis, e Bel nem sequer sabia por onde começar: pelo início — aquele dia de neve em fevereiro, quando Rachel desapareceu não uma, mas duas vezes, para preencher as lacunas das memórias que Bel não conseguia preencher — ou por agora, dezesseis anos depois, e aqueles pés estropiados?

— Onde...? — Ela respirou fundo e se preparou, travando a mandíbula. — Onde você estava?

Rachel assentiu, olhando para as mãos sujas. A voz saiu num fiapo rouco quando ela falou outra vez.

— Não faço ideia.

NOVE

Não faço ideia.

Aquelas três palavrinhas que Bel conhecia melhor do que ninguém. Tanto uma verdade quanto uma barreira, para se esconder quando fosse preciso. Mas agora que ela estava recebendo aquelas palavras, finalmente entendeu por que isso deixava as pessoas fora de si, a ponto de sequestrarem uma garotinha assustada e gritarem com ela no banco de trás do carro.

— Como assim você não faz ideia?

Bel encarou Rachel, chutando aquela barreira.

— Eu não faço ideia de onde estava. — Rachel fungou, repetindo, como Bel sempre fazia. — Não sei onde ele me prendeu.

A mente de Bel travou, revirando as palavras de Rachel, procurando por algum detalhe que explicasse tudo.

— Ele? Ele quem?

— Não faço ideia — disse Rachel outra vez.

Um lampejo de frustração, quente, fez cair uma gota fria de choque.

— Você não faz ideia? — perguntou Bel, incapaz de esconder o próprio sentimento no tom de voz.

Rachel se encolheu.

— O homem que me sequestrou. Eu nunca soube o nome dele. Nunca consegui olhar pra ele direito.

— Mas como...?

— Ele me deixou no escuro — interrompeu Rachel. — Acho que era um porão. Não sei direito.

Bel fez uma pausa, pensando sobre isso. As perguntas se desprendiam de sua língua, caindo em seu estômago como moedas em um poço. Mas ela não encontrou nenhum desejo. Tudo o que conseguiu encontrar foi:

— Esse tempo todo?

Rachel assentiu. Como se um aceno de cabeça fosse o bastante para aquele horror. E era tudo o que ela daria.

— Q-quanto tempo foi? — perguntou Rachel, tirando suas próprias dúvidas agora. — Eu tentei ter noção do tempo, mas nem sempre era fácil. Eu sei mais ou menos, acho, mas... — Bel não se mexeu, e Rachel a analisou, examinando seu rosto em busca de pistas. — Quanto tempo? — insistiu.

— Dezesseis anos e dois meses.

A respiração de Rachel vacilou, e ela enxugou uma nova lágrima antes que ela se formasse.

— Então agora você tem dezoito — comentou, como se essa fosse a parte mais triste.

Ela tinha perdido muito mais do que só o aniversário de dezoito anos de Bel.

— Pois é.

— Me desculpa — disse Rachel.

Desculpar pelo quê? Por ter sido sequestrada, mantida em cativeiro? Por todo o resto? Elas ainda não tinham chegado na parte em que pediam *desculpas*, havia questões demais para serem respondidas. Não tinham chegado nem a arranhar a superfície das dúvidas uma da outra, as garras afiadas e famintas. Mas havia uma pergunta que significava muito para Bel — uma espiada através dos arranhões. Se um homem tinha sequestrado Rachel e a mantido em um porão escuro aquele tempo todo, isso queria dizer que ela nunca tinha abandonado Bel? Era isso, certo? Ou não?

Aquela resposta mudaria tudo.

Bel deu um passo em direção a ela, deslizando pelo balcão.

— Como você escapou? — questionou em seguida, querendo saborear aquela pergunta importante; ela não estava pronta para que tudo mudasse ainda.

Muita coisa já tinha mudado.

— Eu não escapei. — Rachel fungou. — Nunca consegui. Tentei tantas vezes, de tantas maneiras.

— Então como você está aqui?

— Ele me deixou ir embora — respondeu ela.

— Por quê?

— Não faço ideia.

As mesmas palavras mais uma vez. Mas agora Bel não estava brava; sabia que não dava para saber o que não se sabia, independentemente da quantidade de vezes que as pessoas perguntassem. Ela mesma tinha vivido aquilo repetidas vezes.

— O que aconteceu? — quis saber Bel, mudando a linha de raciocínio para algo que Rachel talvez soubesse.

Rachel balançou a cabeça.

— Você não precisa ouvir tudo isso, Anna. Não tem que saber, não quero que saiba, não é justo...

— Por favor? — Bel a pressionou, deixando a expressão mais severa.

Rachel sustentou o olhar dela.

— Tá. Ele... ele desceu as escadas. Achei que fosse pra trazer comida. Mas ele não estava carregando comida. Colocou uma bolsa na minha cabeça, uma bol... tipo uma bolsa de tecido, uma ecobag, pra eu não poder ver, mas ainda conseguir respirar. E aí ele me soltou.

Rachel olhou para a perna esquerda, até o tornozelo. Bel fez o mesmo e viu: pele vermelha com bolhas em um pedaço de carne viva.

— Fita? — perguntou Bel, incentivando-a a continuar.

— Não, era uma corrente. Uma algema.

Bel assentiu.

— Ele nunca tinha me tirado de lá. Eu não tinha saído desde que cheguei. Mas ele me acompanhou escada acima. Talvez fosse uma casa, eu não conseguia ver nada. Me colocou na traseira de um carro. Perguntei o que estava acontecendo, mas ele não disse nada. Nunca foi muito de falar.

— E aí? — Bel se aproximou mais.

— A viagem durou umas duas horas. Tentei contar o tempo, mas estava distraída. Estava com medo. Achei que estivesse me levando para algum lugar para finalmente me matar. Mas também era um alívio, de certa forma. Um desfecho. Eu me despedi mentalmente das pessoas.

Uma dessas despedidas tinha sido para Bel, não tinha? Talvez a mais importante.

Bel deu um passo para a frente e chegou o mais perto possível, sentando-se na cadeira diante de Rachel.

— Mas aí a gente parou — continuou ela, olho no olho. — Ele não chegou nem a desligar o motor. Saiu, abriu minha porta e me puxou para fora. Era grama, dava pra sentir, meus pés estavam descalços, eu me lembrava da sensação da grama. Achei que ele ia me dizer pra ficar de joelhos. Achei que meu tempo tinha acabado. Mas aí... ouvi a porta bater e o carro foi embora. Ele me largou lá. Esperei alguns minutos, pra ter certeza, porque pensei que ainda estivesse ouvindo o motor. Aí tirei a bolsa da cabeça. Ele tinha ido embora. Eu estava sozinha ao lado de uma estrada, entre as árvores. Fazia tanto tempo que eu não via árvores. Estava escuro. Havia um rio por perto, era tudo o que eu conseguia ouvir.

Bel assentiu, perguntando-se como seria se esquecer de uma árvore, do barulho do rio, da sensação da grama. Ela não conseguia nem imaginar uma coisa daquelas.

— Segui o rio até encontrar uma rua. E depois segui por ela. Não havia ninguém por perto. Tinha casas, mas devia ser tarde demais, ou cedo demais. Eu não queria acordar ninguém porque a pessoa levaria um susto. Então continuei até encontrar uma placa. Lancaster. Eu já estava na rota 2. Sabia que, se seguisse a rodovia para leste, ela me levaria até em casa. Eu só queria chegar em casa. Fico tão feliz por vocês não terem se mudado. — Ela deu uma risadinha chorosa sem sorrir de verdade.

— Você veio *andando*? — perguntou Bel. — De Lancaster até aqui? Isso deve ter levado... — Ela pensou um pouco. — Tipo, umas oito horas.

Rachel olhou para os pés esfolados em resposta.

— Achei esses sapatos no lixo. São grandes demais pra mim. Mas é melhor do que nada.

— Ninguém te viu? — perguntou Bel.

— Teve gente que me viu. Depois que o sol nasceu.

— Ninguém tentou te ajudar?

— Uma pessoa tentou — respondeu Rachel. — Mas eu não ia entrar no carro de alguém que não conhecia. Eu sabia o caminho pra casa e cheguei até aqui sozinha.

— Cacete.

Bel suspirou. Eles não moravam no fim do mundo, não era outro estado, mas... cacete... era um caminho muito longo. Um reaparecimento lento e doloroso. Não um piscar de olhos, do jeito que ela tinha desaparecido.

Bel ficou olhando para a desconhecida à sua frente, menos desconhecida do que cinco minutos atrás, balançando na cadeira, o esforço para piscar quase a derrubando de lado.

Ela devia estar tão cansada, com tanta fome.

— Você está com fome? — disse Bel, e foi estranho perguntar algo tão ridiculamente normal.

A normalidade não fazia parte daquele cenário entre as duas; uma garota já adulta que refletia o rosto de uma criança, uma mulher que voltara dos mortos.

— Eu... eu posso fazer um sanduíche ou...

A porta da frente bateu, reverberando além da sala.

Rachel se encolheu, os olhos arregalados ficando com as pupilas dilatadas pela adrenalina. Os braços dela travaram nas costas da cadeira, quase a levantando.

— Está tudo bem, é só o meu pai. — Bel se levantou.

Rachel lhe lançou um olhar com aqueles olhos de outro mundo, erguendo-se de um jeito que deve ter doído. Ela sibilou, segurando a lateral do corpo.

— Bel? — chamou Charlie pela casa, preocupado. — Bel, cadê você?!

— Na cozinha! — gritou em resposta, e Rachel estremeceu com a voz dela também.

— O que está acontecendo? O que você está...?

Charlie apareceu na porta, os olhos fixando-se nas pegadas enlameadas e ensanguentadas no piso.

— O que foi que...?

— Pai — disse Bel, obrigando-o a erguer a cabeça.

Sua atenção foi primeiro para Bel, os olhos semicerrados e o rosto franzido. Então avistou a nova pessoa parada ali, o olhar seguindo as pegadas até ela.

— O qu...? — A palavra morreu em sua boca, os olhos se arregalando como se fossem tomar conta de todo o rosto.

Ele encarou Rachel, imóvel.

As chaves de Charlie caíram no chão, fazendo um barulho alto.

Ninguém se mexeu, peças de xadrez de mármore apontadas uma para a outra, posicionadas em seus próprios quadrados no ladrilho preto e branco.

O lábio inferior de Charlie relaxou, deixando-o de queixo caído. Bel se perguntou o que se passava na cabeça dele. Será que tudo estava acontecendo como ele sonhara?

— Não — disse ele, quase num sussurro, recuando até a parede, ofegando ao bater com as costas nela. — Não pode ser.

Bel observou os pais se encarando, embora só pudesse ver o rosto dele, e havia algo errado.

O pai estava boquiaberto. Piscava com força para Rachel, como se ela pudesse desaparecer entre uma piscada e outra. Parecia surpreso toda vez que ela não sumia.

Aquilo estava errado.

Ele devia estar feliz. Envolver Rachel nos braços e dizer que a amava. A esposa dele, sua maior defesa, parada bem ali depois de todo aquele tempo.

Estaria em choque? Porque não parecia feliz. Parecia bastante assustado.

— Como isso é possível? — Ele encontrou as palavras mais uma vez.

Mas ele tinha dito que as outras coisas poderiam esperar. Deveria primeiro abraçá-la, dizer que a amava e que sentia saudade dela. A ordem estava errada.

— Olá, Charlie — disse Rachel, e ele recuou ao som de sua voz rouca, pressionando a parede, batendo no relógio.

Que quebrou.

O barulho ecoou no estômago de Bel, onde encontrou o nó, crescendo e se retorcendo, transformando-se em espinhos. Havia mesmo algo errado.

— Como isso é possível? — repetiu Charlie, com mais convicção, como se tivesse saído do sonho, embora nada daquilo estivesse de acordo com o plano. — Como você chegou aqui?

— Eu voltei.

— Como? — questionou Charlie, mais alto.

— Ele me deixou sair — disse Rachel, mais baixo.

— Ele *quem*? — perguntou Charlie, os olhos tensos, a voz também.

— O homem que me levou.

— Quem?

— Eu não sei — respondeu Rachel.

O peito de Charlie se ergueu quando ele prendeu a respiração.

— Quem? — questionou outra vez.

— Ela não sabe quem foi — interveio Bel, mas o pai nem olhou em sua direção, como se apenas uma delas pudesse existir por vez, e os olhos dele ainda estavam em Rachel.

— Levou como? — perguntou Charlie.

Porque as perguntas não tinham parado por ali e estavam vindo primeiro, o mistério falando mais alto. Talvez o *eu te amo* e o *senti saudade* viessem depois.

— Pra fora do carro.

Rachel se mexeu, grunhindo com o movimento.

— Ele me seguiu, a nós duas, desde o shopping. Eu não sabia quem era, mas sabia que estava me seguindo. Desci por aquelas estradinhas secundárias, tentando despistá-lo. Ele ultrapassou, me cortou e me fez desviar na estrada. Só sei que, depois disso, ele me puxou pra fora do carro. Consegui fechar a porta, torcendo pra que ele não reparasse na Annabel.

Rachel olhou de volta para Bel, os olhos dela cheios de alguma coisa. Talvez a lembrança da última vez que tinha visto o rosto de Bel, aquele bebê, no banco de trás do carro e sozinha enquanto Rachel desaparecia na sua frente.

— Ele me arrastou pela neve até o carro. Bati a cabeça no porta-malas antes de ele me jogar lá dentro. Não consegui mais sair. Ele deu a partida e foi embora. Ninguém conseguia me ouvir gritando.

Bel abaixou a cabeça, imaginando, recriando a lembrança que nunca tinha existido, que ela devia ter visto e esquecido, porque era nova demais para conseguir elaborar. A verdade do que tinha acontecido e a resposta que mais importava para ela, dentre todas. Rachel não a abandonara. Havia sido levada. Saber disso devia deixar Bel feliz, mas por que não estava deixando? Por que o cômodo estava abafado e o nó em seu estômago repuxava cada vez mais?

Mas aquela ainda não fora a resposta mais importante para o pai dela. Ainda havia muito para saber.

— E quanto ao shopping? — perguntou ele, afastando-se da parede. Rachel parecia confusa. — Você desapareceu duas vezes, Rachel. As câmeras nunca viram você saindo do shopping. Explica isso. Por que você e a Bel desapareceram ali antes? Como conseguiram desaparecer?

— Você ligou pra polícia? — indagou Rachel para Bel.

— Liguei — mentiu outra vez, encarando o pai, perguntando se era hora de ligar para a polícia de verdade.

Talvez após as perguntas do pai e a parte que viria depois, a parte pela qual ele mais ansiava.

— Rachel? — chamou ele, dividindo o nome dela em metades. Ainda assustado, ainda em choque. Bel já tinha superado o próprio choque? — O que aconteceu?

Rachel cambaleou, virando-se para encará-lo.

— O homem estava lá também. Foi quando percebi pela primeira vez que ele estava seguindo a gente, me observando. Foi a primeira vez que reparei nele, mas acho que não foi a primeira vez que ele reparou em mim. Eu já vinha me sentindo observada fazia alguns dias, como se estivesse sendo seguida. Tive a impressão de que havia alguma coisa errada, muito errada, e eu sabia que não seria bom se ele seguisse a gente até o carro. Então, depois que a gente saiu da cafeteria, fiz com que a gente desaparecesse por um tempo. Ficamos escondidas.

— Escondidas onde? — pressionou Charlie, não de um jeito suave como Ramsey fazia.

— Antes, eu trabalhava naquele shopping — disse Rachel, respondendo de um jeito áspero também. — A praça de alimentação ficava na esquina da cafeteria. Quando esvaziavam as latas de lixo, sempre levavam os sacos por uma *Entrada exclusiva para funcionários*. A gente foi por ali, estava destrancada. Só tinha um corredorzinho com lixo e lixeiras grandes de reciclagem. Fiquei com medo de que o homem tivesse visto a gente e pensei que a porta para o lado de fora teria alarme, então ficamos escondidas. Dentro de uma lixeira de reciclagem. A de descarte de vidro. A de papel estava cheia demais.

— Você se escondeu em uma lixeira com a nossa filha? — falou Charlie, como se não conseguisse acreditar na história.

Pelo menos a reação dele estava melhor do que o medo de antes, mais próxima do normal.

Rachel assentiu.

— Eu queria esperar até ter certeza de que o homem não encontraria a gente, que tinha mesmo ido embora. Talvez tenha ficado lá por uma hora e meia. A Annabel estava com sono. Mas aí ouvi vozes e a lixeira começou a se mexer. Tinha alguém levando a gente pra fora, uns funcionários. Eles não sabiam que a gente estava lá. Fiz com que a Anna ficasse bem quietinha. Empurraram a gente porta afora, virando uma esquina, reclamando da quantidade de vidro. Acho que a reciclagem ia ser coletada logo.

— Foi assim que a gente saiu do shopping? — perguntou Bel. — Dentro da lixeira?

A resposta para o mistério impossível, que nunca poderia ser alcançada.

— A gente estava dentro da lixeira — confirmou Rachel. — Depois que os funcionários foram embora, abri a tampa e a gente saiu. Ali era a parte dos fundos, atrás do estacionamento. Acho que não tinha câmeras lá, se ninguém nunca viu a gente sair, se ninguém nunca ficou sabendo do que aconteceu. Eu nunca pensei nisso — disse ela para Charlie. E Rachel tinha tido um tempão para pensar em tudo. — A gente voltou para o carro, a algumas ruas de distância, e eu comecei a dirigir pra casa. Mas o homem devia estar esperando pelo nosso retorno ao carro. Talvez tivesse visto o carro, soubesse que era meu por outras vezes que tinha me seguido, sei lá. Mas eu sabia que era ele atrás da gente. Foi por isso que eu não vim direto pra casa, desviei pelo Moose Brook para despistá-lo. Mas ele alcançou a gente.

Rachel parecia estar com os ombros mais leves, uma vez que a história estava quase acabando, o horror quase no fim. Aí talvez o pai pudesse viver o sonho dele, afinal. Mas Bel não tinha mais certeza de que aquilo ia acontecer.

Havia algo que ela não estava entendendo ali, entre eles. Um clima estranho. Talvez dezesseis anos fosse tempo demais. Será que ainda dava para amar alguém depois daquele vasto universo de tempo, espaço e mistério? Talvez agora tudo estivesse estranho demais, mas com o tempo eles conseguissem reavivar o sentimento. Devagar e de um jeito doloroso, não assim, de uma hora pra outra. Essa era a diferença entre a vida real e os sonhos.

— Foi lá que você ficou? — perguntou Charlie, uma névoa passando por seus olhos. — Por dezesseis anos?

— No porão dele — respondeu Rachel.

— Quem é ele? — Tentou Charlie outra vez, cerrando o punho.

Concentrando-se no *quem*, agora que ele já tinha o *como*. Quem tinha feito tudo aquilo com Rachel? Com ele? Quem merecia a ira de Charlie? O homem que havia sequestrado a esposa dele e depois a devolvido.

Foi então que Bel também focou no *quem*, porque não tinha pensado naquilo antes, não de verdade: aquele mesmo homem sem nome da história de Rachel era uma pessoa real, ainda à solta. Bel espiou pela janela dos fundos. Naquela época, ele tinha ficado espiando, será que não poderia estar fazendo o mesmo nesse momento?

— Eu não sei o nome dele, nunca descobri. Posso descrever a aparência física dele, mas na maior parte do tempo ele me deixou no escuro.

Charlie avançou um pouquinho, as botas esmagando o vidro quebrado do relógio.

— E ele deixou você ir embora? Hoje? Como? Como você chegou aqui?

Rachel cambaleou, apoiando-se na cadeira, segurando-se como em uma muleta.

— Ele foi até o porão, soltou meu tornozelo e colocou um tecido na minha cabeça. Uma ecobag. Não disse nada. Só me levou pra cima, por uma casa, eu acho, até a traseira de um carro.

— Por quanto tempo ele dirigiu?

— Eu não sei, perdi a conta. Umas duas horas, talvez.

— Você viu algum ponto de referência, qualquer coisa que conseguisse reconhecer?

— Não. — Rachel tossiu com o punho fechado. — Tinha uma ecobag na minha cabeça.

— Mas suas mãos estavam livres? Você podia ter arrancado aquilo da cabeça? — Charlie deu mais um passo à frente, o vidro estilhaçando.

— Eu não queria fazer nada que pudesse levá-lo a me matar — rebateu Rachel. — Ele estacionou em algum lugar, desligou o motor. Me puxou pra fora e me deixou lá. Eu estava em Lancaster. Encontrei a estrada e vim caminhando até em casa. A Annabel me encontrou.

Ela tinha deixado de fora a parte sobre Bel ter fugido dela e se escondido. Recontara de uma maneira mais gentil. Espera aí... tinha outra coisa diferente. Alguma coisa tinha mudado da história que ela havia contado a Bel para a que acabara de contar a Charlie. Antes, Rachel havia dito que o homem tinha deixado o motor ligado quando a tirara do carro, largando-a naquela estrada, certo? Mas ela tinha acabado de falar para Charlie que o homem tinha desligado o motor antes de tirá-la do carro.

Isso, o carro com certeza havia mudado de uma versão para a outra, fora alterado de uma hora para a outra, Bel tinha certeza disso. Já era bem grandinha para se lembrar das coisas.

Teria sido um erro?

Bel estreitou os olhos, analisando a nuca de Rachel.

Só uma versão poderia ser a verdadeira. Rachel devia ter se confundido, fosse dessa vez ou quando contou a Bel. É, devia ter sido só um erro, porque a única outra opção era que ela estava mentindo, e por que Rachel mentiria sobre algo assim, um detalhe tão pequeno em uma história tão grande?

Um erro.

Isso, só um errinho. Mas o corpo de Bel não acreditou nisso, não totalmente. Havia algo errado, algo no ar, no zumbido que preenchia seus ouvidos. Será que o pai também estava sentindo aquilo? Será que era por isso que ele tinha voltado a recuar até a parede, onde o relógio ficava pendurado, com medo estampado no rosto apesar de ter esperado dezesseis anos pelo momento que estavam vivendo?

Bel e o pai estavam cada um em uma extremidade da cozinha, mantendo os olhos em Rachel, no centro. Como se fosse uma coisa cheia de dentes para a qual não deviam dar as costas.

Tinha sido só um erro, né?

Ou talvez o problema tivesse sido Bel, será que ela tinha ouvido errado?

Mas ela parou de pensar nisso quando uma batida soou na porta da frente. Alta e forte. Não com os nós dos dedos, mas com o punho.

Charlie foi quem deu o maior salto, a cabeça batendo na parede.

— Quem é? — perguntou ele, deslizando devagar pela parede da cozinha, e então correndo pela sala.

Rachel olhou para Bel, marcas limpas no rosto imundo, mais lágrimas, embora a menina não as tivesse visto cair. Bel assentiu, gesticulando para que ela avançasse: Rachel deveria ir primeiro.

Rachel se arrastou pela sala com os pés mais secos agora, descamando em vez de sangrando.

Os olhos de Bel se voltaram para as janelas da frente, as luzes vermelhas e azuis girando através do vidro junto ao sol da tarde. Mas... ela não tinha ligado para a polícia.

Ouviu o som da porta da frente se abrindo.

— Desculpa incomodar, Charlie... — Uma voz ecoou pela casa, fragmentando o silêncio agitado e onírico que a dominava.

A vida real tinha vindo bater à porta.

Bel seguiu Rachel pelo corredor, mantendo certa distância.

O pai bloqueava a maior parte da porta, mas Bel conseguia ver o rosto de Dave Winter, o chefe da polícia, pairando no espaço acima do ombro do pai. Um rosto pálido e o cabelo, ainda mais sem cor, enfiado sob o quepe de aba reluzente do uniforme. Os dois já tinham estado naquela exata posição muitas vezes. O homem que bateu e o homem que abriu a porta.

— Recebemos algumas ligações esquisitas. Uma delas da sua vizinha, a sra. Nelson. Ela disse que viu a Ra...

Os olhos escuros de Dave vasculharam o interior da casa, passando por Bel antes de pousarem em Rachel. E permanecerem nela.

A boca dele pendeu, o bigode cobrindo o lábio superior.

— Minha nossa! — exclamou. Ele tirou o quepe e o apertou contra o distintivo preso no lado esquerdo do peito. — É verdade.

DEZ

Havia um pedaço de papel na mesa à sua frente, uma caneta disposta na diagonal. A declaração de Bel, digitada.

— Se você já leu tudo, está de acordo com o texto e afirma que não tem mais nada a acrescentar, pode assinar ali embaixo — indicou Dave Winter, do outro lado da sala de interrogatório, o quepe em cima da mesa.

Correu a mão pelo cabelo ralo de uma forma que deixava a escassez ainda mais evidente, um hábito de quando estava nervoso. Se ele estava nervoso, como achava que Bel se sentia?

— Onde ela está?

Os olhos de Bel percorreram a página, a história do retorno de Rachel Price como ela havia testemunhado, instante por instante, havia apenas algumas horas, mas que tinham parecido uma vida inteira.

— A sua mãe? — perguntou Dave, sentando-se novamente. — Neste momento, ela está com o FBI. Tentando descobrir se foi mantida em outro estado, se o caso passou para a jurisdição federal ou não. A procuradoria-geral vai querer falar com ela depois.

Bel assentiu.

— Assine no seu tempo.

Será que ela deveria tocar no assunto agora? Talvez o momento certo estivesse passando. Mas ela não poderia considerar aquele homem um amigo; ele fora atrás do pai dela, quem o tirara dela. Bel não podia confiar nele, não devia. Mas o mundo se encontrava de ponta-cabeça e continuava capotando. Rachel estava de volta, viva, cada detalhe visto sob uma ótica diferente, as alianças mudando, novos lados se delineando no tabuleiro. Talvez Bel e o chefe da polícia estivessem do mesmo lado no momento, apesar de ela odiá-lo por todos aqueles anos.

Mas talvez ela não precisasse mencionar aquele fato; talvez tivesse outro caminho.

— Rachel andou mesmo de Lancaster até aqui? — perguntou Bel, mantendo a voz impassível, como se aquilo não importasse de verdade. — Ela teria que ter andado umas oito horas, né?

Dave assoviou.

— É uma caminhada e tanto. Ela é uma mulher corajosa. Entendo por que ela não quis entrar no carro de outra pessoa depois de tudo pelo que passou.

— Vocês têm alguma prova? — pressionou Bel.

— Prova de quê?

— De que tenha andado de Lancaster até aqui, como ela falou.

Dave ficou encarando a menina. Bel piscou, tentando manter a expressão impassível.

— Ainda não consegui ver as gravações das câmeras para conferir. Mas algumas delegacias ligaram hoje de manhã, preocupados com uma mulher suja andando pela rodovia. Então, sim. Acho que ela percorreu mesmo todo aquele caminho a pé para chegar em casa e reencontrar vocês.

— Vocês mandaram alguém até a estrada onde ela foi deixada? — Bel se inclinou para a frente. — Vocês devem conseguir encontrar o culpado. Será que a ecobag ainda está lá? A bolsa que estava cobrindo a cabeça dela? Rachel disse que tirou da cabeça. Ainda deve estar lá.

Se estivesse, significaria que Rachel estava dizendo a verdade, que o lance com o motor tinha sido só aquilo mesmo: um engano. Bel só precisava de uma prova para se acalmar e suavizar o nó que sentia no estômago.

— Vocês encontraram a ecobag?

— Ainda não — respondeu Dave. — Mas todas as evidências vão ser analisadas, não se preocupe. As roupas dela, a cena do crime onde ela foi deixada... quando conseguirmos localizá-la... as marcas de pneus. Vamos pegar as gravações das câmeras de segurança, das de trânsito, tudo o que pudermos utilizar para achar o homem que a raptou. E levá-lo à Justiça. Vamos encontrar o cara, esse é o meu trabalho. Não se preocupe.

Não era com isso que Bel estava preocupada. Ainda não. Só queria uma prova de que Rachel estava dizendo a verdade, para que aquilo parasse de incomodá-la, de alimentar o nó em seu estômago.

Bel olhou para a declaração na folha à sua frente e passou o dedo pela tinta seca, que saiu limpo.

— Preciso te contar uma coisa — disse ela, observando o dedo.

— O quê?

— É uma coisa pequena, provavelmente não significa nada.

A cadeira de Dave rangeu quando ele mudou de posição.

— Teve uma coisa — continuou Bel —, uma leve discrepância, acho, na história que Rachel me contou comparada com a história que ela contou ao meu pai. Está no meu depoimento, não sei se percebeu.

Não dava para confiar que Dave Winter perceberia; ele nunca tinha se importado muito com o fato de Charlie Price ser inocente aquele tempo todo.

— Que coisa? — perguntou ele, aguçando os olhos cansados e secos.

— O motor — disse ela. — Rachel me contou que o homem deixou o motor ligado quando a largou naquela estrada. Mas depois, contou para o meu pai que ele tinha desligado o carro antes de abandoná-la. É só um detalhezinho, na verdade. — Ela fingiu dar de ombros. — Só um erro, né?

— Ah, sim, claro. — Dave recuou, como se aquilo não merecesse atenção. — Sua mãe passou por uma experiência infernal. *Infernal*. O pior tipo de coisa que uma pessoa pode enfrentar. Pense em como ela estava exausta, na grande emoção que sentiu ao ver o marido e a filha de novo depois de todo esse tempo. Tentando explicar coisas naquele estado delirante. Não é o momento para declarações precisas, é óbvio que ela cometeria erros, diria algo errado. Agora conseguimos uma declaração completa dela, depois de ter tempo para descansar e processar tudo, não se preocupe.

Viu? Ela podia acreditar naquilo, agora que alguém tinha dito. Havia sido só um erro, nada de mais.

— Eu sei que muitas coisas estão mudando para você — disse Dave, tentando ser gentil, interpretando errado o silêncio dela. — Ninguém estava pronto para isso. Ninguém. Não parece verdade ainda. Mas em breve você vai sentir que esse é o seu novo normal. Sua família está reunida outra vez, é um final feliz. E sei que deve ser assustador saber que o homem que sequestrou sua mãe, que fez isso com a sua família, ainda está solto por aí. Mas vamos pegá-lo, eu prometo. Ele vai responder por tudo o que fez, vai ter que enfrentar a Justiça.

Esse era o lema de Dave... *enfrentar a Justiça*? Será que falava aquilo na cama pra esposa?

— Muitas coisas estão mudando para você também — disse Bel, prestes a acabar com aquela tentativa de gentileza. — Nossa, deve ser terrível saber que vocês estavam tão errados sobre o meu pai. Acreditavam que ele era um assassino e tentaram colocar ele atrás das grades. Mas ele não matou a Rachel. Porque ninguém matou. Essa é quase a pior parte de tudo isso para você, né?

Dave suspirou e deixou a cabeça pender.

— Desculpa, Annabel. Sinto muito mesmo. Uma mulher tinha desaparecido e eu só estava tentando fazer meu trabalho, descobrir a verdade. Já falei com o seu pai hoje, depois do nosso interrogatório, e pedi desculpa.

— Ah, você pediu desculpa? — perguntou Bel, com um sorriso falso, tão afiado que era cortante. — Ah, bom, então é lógico que isso compensa todos os dezesseis anos infernais pelos quais você fez a gente passar. Obrigada pelo seu serviço, policial.

Ela fez uma reverência.

— Certo, entendi — disse ele, erguendo a cabeça. — Está pronta para assinar?

Bel pegou a caneta. Pressionou-a no fim da página em um rabisco circular, assinando o próprio nome. O que era bom, porque tinha sido só um errinho e ela poderia parar de pensar no assunto.

— Então... como vão ser as coisas a partir de agora? — perguntou, entregando a declaração assinada.

Hesitou quando ele pegou o papel, esticando-o antes que ela desistisse e o soltasse.

— Agora vou te levar até nossos técnicos, que vão fazer o *swab* bucal. Com a sua permissão, é claro.

Bel o encarou com um olhar confuso.

— É para o teste de DNA — explicou. — Coletamos uma amostra da Rachel também. Para provar quem ela é.

— Ela... pode não ser a Rachel Price? — indagou Bel.

E talvez fosse isso, a coisa que parecia errada. Porque se aquela mulher fosse mesmo mãe dela, será que Bel não se sentiria mais...

— Não, não, com certeza é ela. — Dave quase riu, ficando de pé. — Não temos a menor dúvida de que aquela mulher é a sua mãe. A menor dúvida. É só procedimento padrão, sabe?

Ele se dirigiu à porta.

Assim que o policial virou de costas, Bel colocou as mãos sobre a caneta, passando-a pela manga e ficando em pé num movimento fluido.

— E depois disso? — perguntou ela.

Dave girou o corpo, a mão já na maçaneta.

— Bom, agora é com as nossas equipes investigativas, que vão trabalhar bastante. Vamos precisar entender a jurisdição do caso. E aí nos preparar para a coletiva de imprensa. O mais provável é que aconteça na segunda-feira de manhã. As coisas vão ficar caóticas quando a mídia for avisada, então queremos ter controle de quando isso vai acontecer.

— Não, eu estava querendo saber mais, tipo, o que vai acontecer de imediato. Tipo, hoje à noite. Mais tarde.

Dave estreitou os olhos.

— Para onde ela vai? — perguntou Bel. — Pra o-onde a Rachel vai?

— Sua mãe? — retrucou ele, os olhos ficando mais gentis, um sorriso tranquilo neles criando ruguinhas. — Annabel, ela vai poder voltar para casa com vocês.

— Ah.

ONZE

Ficaram todos parados na sala de estar: Bel, o pai e Rachel, sem saber o que dizer um ao outro, o que fazer, como agir, o cômodo zunindo pela pura ausência de vida.

Bel de repente ficou muito interessada nas próprias unhas, mexendo nas cutículas.

O pai foi o primeiro a quebrar o silêncio, salvando-os.

— Hã, você quer tomar um banho? — ofereceu a Rachel.

Uma pergunta que não precisava de resposta.

Ela usava um moletom cinza enorme e chinelos, as roupas que a polícia lhe dera depois de pegar as antigas dela como evidência. Mas ainda estava imunda, um cheiro de mofo pairando no ar ao seu redor, pútrido e intenso. Sangue, suor, urina e tudo o mais.

Só suas mãos estavam quase normais; devia ter lavado depois que a polícia terminara de tirar as fotos e recolher amostras. A equipe médica também tinha limpado seus pés a fim de desinfectar as feridas e bolhas, além de tratar do tornozelo em carne viva. Tinham dito a ela que não precisaria ir para o hospital, só descansar (e muito) e se reidratar. Tinha recebido um frasco de analgésicos e sido liberada.

Rachel ficou olhando para ele por um tempo.

— Claro — disse ela, a voz sombria e grave, como se pertencesse à noite. — Seria ótimo tomar um banho.

— Você sabe o caminho — falou Charlie, sem jeito, o corpo travado igual ao de Bel, todo rígido. — O chuveiro é novo, na verdade. A gente fez uma reforma há alguns anos. Tem toalhas limpas no armário de roupas de cama e banho.

Rachel assentiu, mas não se mexeu.

Por que ela não estava indo?

— Tem um xampu ótimo lá em cima — disse Bel, incentivando-a com gentileza. — Eu exijo que o papai compre umas coisas melhorzinhas.

Rachel sorriu para ela. Os dentes ainda estavam em bom estado; ela devia ter conseguido escová-los, onde quer que estivesse. O pai deve ter pensado a mesma coisa.

— Tem escovas de dente novas debaixo da pia — acrescentou ele. — Fica à vontade.

— Pode deixar. — Ainda não tinha se mexido. — E roupas? Ou jogaram todas fora? Devem ter achado que eu estava morta...

Charlie coçou a cabeça.

— Pode ser que tenha algumas coisas no guarda-roupa. Vou dar uma olhada.

Rachel não disse nada.

— Vou arrumar o quarto de hóspedes pra você enquanto toma banho — continuou ele. — Vou botar qualquer coisa sua que eu encontrar lá. E vou deixar três travesseiros; você gostava de dormir assim.

Rachel deu de ombros.

— Qualquer travesseiro já seria ótimo. — Uma maneira indireta de aceitar a proposta.

Aquilo deveria deixá-la triste, né? Descobrir que os pais dormiriam em quartos separados. Mas Bel não conseguiu sentir nada ao constatar aquele fato, porque havia outra coisa pulsando dentro dela, um motor que parecia nunca querer desligar. Ela precisava falar com o pai, a sós.

— Tá bom, então — disse Rachel, por fim, as mãos escondidas nas mangas compridas. — Já, já eu desço.

— Pode levar o tempo que quiser. — Charlie baixou a cabeça quando Rachel passou por ele, como se estivesse evitando olhar nos olhos dela.

Eles ouviram os passos suaves de Rachel subindo a escada, e então houve silêncio. O clique da porta do banheiro, o giro da fechadura.

— Vou arrumar o quarto pra ela — disse o pai, o corpo agora destravado, e apertou o ombro de Bel. — Pode ficar sentada aí, filhota. Você teve um dia e tanto.

Mas Bel não conseguiu ficar sentada, não por muito tempo, e seguiu o pai escada acima alguns minutos depois. Passou pelos sons da floresta vindos do banheiro, o vapor escapulindo pela fresta debaixo da porta. Os respingos de um corpo se mexendo sob a água. E outro som mais baixinho: Rachel estava cantarolando? A melodia, suave e desafinada, fez os pelos dos braços de Bel se arrepiarem. Ela passou correndo pela porta como se algo pudesse surgir dali para pegá-la.

— Pai? — sussurrou Bel, encontrando-o no quarto de hóspedes próximo ao dela.

Ele estava colocando fronhas brancas limpas em dois travesseiros novos. Uma pilha de roupas dobradas na ponta da cama: uma calça jeans, camisetas e suéteres, um pijama listrado. Bel não sabia que ele tinha guardado roupas de Rachel.

— Pai? — sussurrou ela outra vez, um pouco mais alto, para que a voz não fosse encoberta pelo barulho do chuveiro.

— Hã? Tudo bem aí, filhota?

Não, óbvio que não, que pergunta mais idiota. Mas talvez fosse algo que se devesse perguntar, fingindo que as coisas estavam normais quando, na verdade, nunca mais seriam.

— Tudo bem com *você*? — perguntou ela.

Ele olhou para a cama, correndo a mão pelo edredom estampado, alisando os vincos.

— Tudo — respondeu, sem confirmar com os olhos, mantendo-os distantes. — É só que... eu ainda estou meio em choque, só isso. Não parece verdade. Parece que eu vou acordar a qualquer momento e aí isso...

Bel terminou o pensamento dele: *isso tudo vai desaparecer*. Como se Rachel fosse desaparecer.

— Vai levar um tempo pra gente se acostumar — continuou ele, pegando as roupas dobradas e guardando-as na gaveta de cima da cômoda vazia. — Você tem alguma calcinha pra emprestar pra sua mãe, Bel?

O lábio de Bel se ergueu em um sorriso de desdém, mostrando os dentes.

— Desculpa — disse ele.

— Pai. — Ela deixou a voz mais séria, conseguindo atrair a atenção dele de novo.

Não sabia quanto tempo eles tinham. Rachel não estava ali, não dava nem para ouvi-la, mas mesmo um corredor de distância parecia perto demais. Bel voltou a sussurrar:

— Pai. Você acha... acha que ela está falando a verdade?

Ele estreitou os olhos, desviando-os e olhando de um lado para o outro, percorrendo o rosto de Bel e depois se concentrando no quarto.

— Como assim?

— Sobre o que aconteceu com ela... Como desapareceu, como reapareceu...

O rosto dele assumiu outra expressão, a boca se mexendo, sem dizer nada. Mas então falou:

— Por que ela mentiria sobre o que aconteceu?

E não se tratava de uma pergunta idiota.

— Sei lá — respondeu a garota.

— Olha, Bel. — Ele segurou os ombros dela de maneira gentil, mas firme. — Acho que ela passou por alguma coisa horrível, algo inacreditável, o que torna difícil de acreditar mesmo. — Um músculo se contraiu na bochecha dele, o vislumbre triste de um sorriso. — Mas ela não tem motivo pra mentir, Bel, e você não tem motivo pra não acreditar nela.

Aquela tinha doído. Bel recuou para se equilibrar. Achou que o pai talvez fosse ficar do seu lado. Ele sempre ficava. E se ele estava dizendo que Rachel estava falando a verdade, então Bel teria que acreditar. Mas por que era tão difícil? Aquela única discrepância como mãos tentando estrangular Bel, uma coisa que a repelia de toda aquela história.

O pai foi até a mesa de cabeceira, abriu a gaveta para conferir se estava vazia e tirou uma camada de poeira da superfície com a manga. Acendeu a luminária amarela na forma de um cogumelo metálico.

— Você não está feliz por ela ter voltado, né? — perguntou a garota.

Isso estava nítido para Bel. Ela percebeu no instante em que ele tinha entrado na cozinha, visto Rachel ali e a reconhecido.

— Estou feliz por ela ter voltado — disse ele; ou melhor, insistiu. — Estou feliz por ela estar viva, é óbvio. Ela é a minha esposa, a mulher que eu mais amava no mundo. É só que... não está sendo do jeito que eu imaginava, depois de tanto tempo. Nós estamos em choque, todos nós. As coisas vão ficar meio esquisitas por um tempo, filhota, e lamento muito por isso. Mas não quer dizer que eu esteja infeliz. Tá?

Ele deu um tapinha no queixo dela ao passar.

— Agora estou com as duas pessoas mais importantes da minha vida. Minha família.

Ele checou o relógio.

— São nove horas. Sei que está tarde, mas acho que seria melhor eu fazer o jantar, né? Nenhum de nós três comeu direito.

Ele apontou com a cabeça para o corredor, em direção ao banheiro fumegante.

— O que acha que ela ia gostar de comer?

— Sei lá, eu não conheço ela — respondeu, ainda sentida.

Será que Bel era quem havia cometido o erro, e não Rachel? Talvez ela não tivesse ouvido direito. Às vezes era distraída assim mesmo. O pai tinha dito que as coisas ficariam estranhas por um tempo, e isso significava que Bel também ficaria. Ela estava mesmo se sentindo estranha.

— Pizza — concluiu o pai, assentindo, concordando consigo mesmo. — Vou pedir pizza. Se existe uma desculpa melhor pra pedir comida...

E deixou a frase pela metade, abandonando Bel ao sair do quarto e adentrar o corredor no exato momento em que o chuveiro foi desligado.

Eles se sentaram na sala. O pai já tinha ocupado a poltrona — era o lugar dele —, então Bel e Rachel se sentaram no sofá, em lados opostos, as pernas de Bel esticadas à frente. Sobressaltava-se toda vez que sentia algum movimento nas almofadas, toda vez que via uma mudança pelo canto dos olhos.

Era ainda mais estranho agora que Rachel estava limpa, parecendo-se mais com quem um dia tinha sido. Com a Rachel Price dos vídeos de família, cartazes de desaparecida e notícias de jornal. O rosto do mistério sem solução, agora solucionado, a versão de quarenta e três anos daquela mulher que havia desaparecido aos vinte e sete. Estava usando um pijama velho de listras azul-marinho. A bochecha ainda corada pelo banho quente, a pele branca e limpa, sulcos rosados onde havia esfregado com força demais. Os pés descalços: rachados e com bolhas, apoiados no sofá. O cabelo molhado, penteado para trás, deixando a marca de nascença à mostra. Agora ela cheirava a coco e aloe vera, o que tornava tudo ainda mais estranho, porque aqueles cheiros costumavam pertencer a Bel.

Rachel se inclinou para pegar outra fatia de pizza da caixa, deixando-a cair no prato. Não comeu assim que se serviu, as imagens tremeluzentes da televisão passando por seus olhos vidrados.

Ela flagrou Bel a encarando. Um sorriso se estendeu por seu rosto, novas linhas que não dava para ver antes, e se prolongou até as bochechas. O queixo pontudo assim como o de Bel, mas que, na verdade, tinha vindo dela. Rachel parecia feliz por estar em casa. Bel tentou sorrir de volta.

— Peguei a sua escova de cabelo emprestada, Anna — comentou Rachel. — Desculpa, Annabel, Bel. Espero que você não se importe.

Bel se importava, sim. Só que mais com o nome.

— Tudo bem — respondeu, forçando-se a comer mais uma fatia para não ter que falar.

— Uau. — Rachel encarou a TV. — Olha só essas imagens. Parece quase um dragão de verdade. Quer dizer, sabe...

Mas ninguém sabia, e ninguém falou nada até Charlie enfim pigarrear.

— Você tinha TV no porão? — perguntou ele, olhando para o dragão, não para ela.

Rachel balançou a cabeça, o que o fez olhar para ela.

— Não tinha TV. — Ela deu uma mordida e continuou falando, a boca cheia. — Não tinha livros. Ele me dava papel e canetas. Eu desenhava. Fiquei boa nisso até. Era algo com que me ocupar. E eu escrevia histórias. Várias. Sobre vocês, na verdade. — Rachel olhou para Bel. — Vocês dois. O que estariam fazendo. Imaginando novos capítulos da vida de vocês. Imaginando nossa vida se eu nunca tivesse sido sequestrada. Escrevia e guardava pra ler pra mim mesma mais tarde, meses ou anos depois. Não sou uma Jane Austen. — Ela deu uma risadinha baixa e controlada. Quem riria de uma coisa daquelas, falando sobre o tempo que havia passado em cativeiro? — Mas pelo menos eu tinha alguma coisa pra fazer. Pra me manter sã.

Ninguém disse nada por um tempo, e o silêncio era incômodo demais, causando uma coceira ao escalar as costas de Bel.

— Tem mais um pedaço de pizza — disse ela, para ninguém em específico, balançando a caixa.

— Não, obrigado, Rachel — respondeu Charlie, sem olhar. — Pode ficar.

Bel travou a mandíbula.

— Pai, fui eu que perguntei — disse a garota, baixinho.

— Ah, desculpa, Bel. — Ele corou. — Obrigado, pode ficar, eu já estou satisfeito.

Rachel não reagiu, mas devia estar pensando em alguma coisa, impedindo-se de deixar os próprios pensamentos transparecerem.

Na televisão, o dragão tinha sumido. Nesse momento, havia um homem que deveria ser um príncipe empurrando uma mulher contra a parede úmida de uma masmorra. Erguendo o vestido dela. Ela implorou para que ele não fizesse aquilo.

Charlie pegou o controle remoto e mudou para outro canal.

— Vamos assistir a alguma coisa mais tranquila — disse ele em voz baixa, parando em um desenho em que os personagens falavam mais palavrão do que Bel.

Rachel também ficou olhando para ele com uma expressão diferente no rosto, meio indefinida.

— Ele não encostou em mim — contou ela para quem quisesse ouvir. — Nunca, não desse jeito. A polícia me perguntou também. Ele só ficava sentado na escada e me observava de vez em quando. Só se aproximava pra levar comida e papel. Acho que gostava da ideia de me deixar presa, só isso.

— Entendi — falou Charlie, alguns segundos depois. Afinal, o que dizer quando alguém contava algo assim?

— Então pode voltar pros seus dragões, se quiser — disse ela. — Por mim, tudo bem.

— Acho que já está na hora de dormir mesmo. — Charlie desligou a TV e se espreguiçou de um jeito meio constrangedor. — Seria bom se a gente tivesse uma boa noite de sono. Nós três tivemos... um dia e tanto. Bel, você leva os pratos pra cozinha?

Rachel mordeu a parte interna da bochecha.

Bel estendeu a mão para pegar o prato que estava na frente de Rachel, empilhando-o com o seu e depois com o do pai. Levou-os para a cozinha e os colocou na máquina de lavar louça, sem se concentrar no que as mãos estavam fazendo, mas com os ouvidos atentos, escutando.

Quando voltou para a sala, Charlie estava explicando onde guardavam os copos na cozinha. Bel não sabia que antes ficavam em outro lugar.

— No armário em cima do micro-ondas. Me pareceu um lugar melhor. Se quiser levar um copo d'água para o quarto ou algo assim.

Agora, Rachel também estava de pé.

— Você precisa de mais alguma coisa? — perguntou Charlie para Rachel. — Antes de a gente ir deitar?

— Não, já tenho tudo o que preciso — respondeu. Mas o jeito que falou quase soou como uma ameaça.

— Perfeito, então. — Charlie deu um sorriso contido e desesperado, lutando para mantê-lo no rosto. — Bom, então boa noite, eu acho. A-até amanhã.

— Aham. — Ela esfregou os olhos com uma manga de listras azul-marinho. — Boa noite. E boa noite, Annabel.

— Boa noite — disse Bel, quase desmoronando com a estranheza de tudo aquilo, de brincar de família. De como tudo o que era normal agora parecia anormal.

Bel não conseguia dormir. O coração palpitava no peito, martelando os ouvidos. Ficou se perguntando se o ar que entrava pelas frestas da porta era o mesmo ar que Rachel Price já tinha respirado.

Na última vez que ela tinha consultado o celular eram três da manhã. A luz já estava apagada, mas isso não ajudava, o sono dançando na frente dela, sempre um passo fora do seu alcance. Ela *precisava* dormir. Porque talvez acordasse e descobrisse que, no fim das contas, nada daquilo era real. Que só tinha caído nos trilhos do trem e batido a cabeça, inventado tudo daquele momento em diante. Rachel Price voltaria a desaparecer, do mesmo jeito que tinha desaparecido antes.

Mas desejar não tornaria aquilo realidade. Rachel estava mesmo ali e era real, mas essas coisas não significavam que a história que tinha contado também era. Dave Winter dissera que havia sido só um erro. E o pai também tinha acreditado em Rachel, ou pelo menos dizia que acreditara. Mas talvez ele estivesse fazendo isso pelo bem de Bel. Sempre tinha colocado a filha em primeiro lugar. Talvez achasse que ela precisava de uma mãe.

Mas ela não precisava. Não precisava de ninguém.

Bel estava prestes a ver de novo que horas eram, mas, quando estendeu a mão, ouviu um clique no escuro. O barulho baixinho da porta sendo aberta, arrastando-se pelo carpete espesso. Bel baixou o braço e prendeu a respiração. Havia uma silhueta escura na porta, um contorno prateado destacado pelo luar.

Não era o pai.

Era Rachel.

Bel forçou os olhos a se fecharem, fingindo estar dormindo. O coração estava mais acelerado ainda, versos de puro pânico martelando uma palavra em seu ouvido, que soava como *pe-ri-go, pe-ri-go, pe-ri-go*. Nós surgindo em seu estômago.

A garota ouviu Rachel dar um passo para dentro do quarto. A tempestade de vento suave da respiração dela, entrando e saindo do nariz.

Rachel a estava observando dormir.

Só que ela não estava dormindo.

Vai embora, pensou Bel, apertando os olhos com mais força. *Por favor, vai embora.* Travando uma batalha com a própria mente. Empurrando Rachel para longe.

Devia ter funcionado. Alguns segundos depois, a porta foi arrastada uma segunda vez, fechando-se com um clique.

Bel abriu um olho para conferir, procurando um fantasma no escuro.

Mas Rachel havia sumido.

DOZE

A manhã finalmente chegou, uma promessa amarela arranhando o céu e a janela. Bel ficou escondida no quarto. Sua fortaleza mal defendida, cercada por todos os lados pelas possibilidades de Rachel Price. Ela podia estar em qualquer lugar, uma silhueta na forma de mãe, rastejando por aí, reivindicando a casa, embora Bel tivesse morado nela por mais tempo.

Bel esperou, a orelha encostada na porta, prestando atenção. Ouviu passos lá embaixo, um barulho na cozinha, mas não sabia se era o pai ou Rachel. Parecia uma pessoa, mas não havia voz.

A porta da frente bateu, e Bel deu um pulo. Novos passos, mais pesados, e o farfalhar de sacolas plásticas. Devia ser o pai, mas aonde ele tinha ido? Isso significava que havia deixado Bel sozinha na casa com Rachel? Ainda bem que ela não tinha saído do quarto.

No momento, havia vozes baixas, abafadas.

Bel se endireitou, o estômago roncando.

Agora que o pai também estava lá, era seguro. Bom, pelo menos mais seguro do que antes.

Abriu a porta e desceu a escada.

Charlie estava com o corpo projetado para dentro da geladeira, esvaziando as compras de uma das sacolas.

Rachel estava no balcão, e foi a primeira a ver Bel, como se estivesse esperando por ela, os olhos fixos na entrada da cozinha.

— Ah, bom dia — disse ela, com um sorriso tão brilhante quanto o sol. — Eu já ia te levar isso aqui. Fiz café pra você, Anna. — Ela deu um passo para a frente, estendendo uma caneca. — Desculpa. Bel. Não consigo me acostumar.

Bel não se mexeu para aceitar a bebida.

— V-você gosta de café? — Rachel hesitou também, o sorriso se esvaindo. — Desculpa. Eu não sei do que você gosta. Ainda. Mas quero aprender. Tudo.

O pai olhou para Bel, cutucando-a com os olhos. Tudo ficaria meio estranho mesmo, lembra?

Bel deu um passo à frente, aproximando-se alguns centímetros de Rachel.

— Eu gosto de café — respondeu.

O sorriso reapareceu.

— Com leite, né?

Ela entregou a caneca, os dedos das duas colidindo outra vez, um fulgor gelado no ponto em que a pele de Rachel tocou a de Bel. Pelo menos aquelas unhas afiadas e grandes tinham desaparecido.

Bel lançou um olhar para o café.

— Coloquei leite demais? Ou tem leite de menos? Quero aprender — repetiu Rachel, sem recuar, como seria o esperado, ocupando espaço demais.

— Está ótimo.

Bel tomou um golinho, usando-o como desculpa para se afastar e se sentar à mesa.

De pé, Rachel sorriu, radiante, para Bel.

— Quer mais alguma coisa? Um suco de laranja? Você gosta de suco?

— Não precisa de nada, não — respondeu Bel, as palavras ecoando dentro da caneca.

— Vou fazer ovos e bacon para o café da manhã — disse Charlie, se afastando da geladeira, amassando a sacola de plástico vazia em uma das mãos.

Então tinha sido por isso que ele saíra; foi fazer compras no mercado. Não tinha só ido embora e abandonado Bel ali.

Começou uma barulheira de panelas e frigideiras quando ele as pegou, posicionando-se diante do fogão. Ele tirou dois pratos da gaveta, desatento, e voltou para pegar um terceiro, deixando tudo na bancada. Rachel se sentou a uma cadeira de distância de Bel, tomando o próprio café. Na caneca do Papai Noel; a favorita do pai.

— Bel — chamou Charlie, quebrando os ovos em uma vasilha. — Você quebrou um prato ontem à noite, quando colocou na máquina de lavar.

Será que tinha quebrado? Ela não se lembrava, mas não estava prestando atenção no que fazia com as mãos naquela hora, concentrada em ouvir o que os pais estavam dizendo no outro cômodo. Um devia ter escorregado.

— Desculpa. Eu nem percebi.

— Tudo bem, filhota. Só pra te avisar.

Ele abriu um sorriso para ela, colocando o bacon na frigideira em fileiras organizadas.

— Então, Anna-bel — disse Rachel em voz alta, corrigindo-se a tempo, quebrando o nome de Bel em duas metades constrangedoras. — Você deve estar no último ano, não falta muito pra terminar o ensino médio. Está estudando na Escola Gorham? Como está a sua média? Já se inscreveu pra faculdade?

Os olhos dela queimaram os de Bel.

A garota piscou para afastá-los, fixando-se na própria caneca de café.

— Sim, eu estudo na Escola Gorham. Minha média está boa. — Porque "boa" era mais fácil de dizer do que *exatamente na média*, como o diretor Wheeler tinha se referido ao seu desempenho escolar. — Vou começar o curso de Artes Liberais na Faculdade Comunitária das Montanhas Brancas no outono.

Uma boa escolha, assim ela podia ficar em casa com o pai, uma promessa tácita entre eles de nunca abandonar um ao outro. Só que agora também haveria uma desconhecida em casa com eles.

— Que maravilha — disse Rachel, o sorriso escondido pela caneca do Papai Noel. — Já sabe o que vai fazer depois? Eu não sabia quando tinha a sua idade e sempre odiava quando me perguntavam. Desculpa.

Aquilo tinha sido uma pergunta?

— Não faço ideia — respondeu Bel, apegando-se a essas palavras seguras e confiáveis.

— Tudo bem, você tem todo o tempo do mundo pra descobrir. E o que você gosta de fazer no tempo livre? Tipo, esportes... Você pratica algum?

— Na verdade, não.

Rachel piscou, uma tensão no sorriso.

— Então o que gosta de fazer pra se divertir?

Bel deu de ombros.

— Só, tipo, ficar em casa, acho.

— Seus amigos vêm muito aqui?

Por que Rachel estava fazendo tantas perguntas? Ela não tinha perguntado nada a Charlie. Estava interrogando Bel, encurralando-a. E quando Bel era encurralada, normalmente reagia de maneira combativa. Mas dessa vez resolveu engolir em seco, realmente dando uma chance, porque não estava preparada para uma guerra; ainda não sabia se ela e Rachel pertenciam ao mesmo lado do campo de batalha.

— A Carter vem pra cá direto — respondeu.

Rachel assentiu, um brilho de gratidão no olhar.

— E... q-quem é Carter?

Bel havia se esquecido: elas nunca tinham se conhecido. Carter sabia sobre Rachel, mas não o contrário.

— Ela é minha prima — explicou Bel. — Filha do Jeff e da Sherry. Nasceu alguns meses depois de você ir embora.

Os olhos dela se arregalaram. Talvez as duas tivessem reparado nas palavras que Bel decidiu usar. *Ir embora.*

Rachel apertou a mão contra o peito, a que estava com as alianças: de casamento e de noivado. Tinha ficado com elas aquele tempo todo.

— Que legal. Fico feliz por eles. Sempre quiseram um bebê.

— Ela não é mais um bebê — comentou Bel. — Tem quase dezesseis anos.

— Eles ainda moram aqui no número 19? — quis saber Rachel. — O Jeff e a Sherry.

— Moram. — Foi Charlie quem respondeu dessa vez.

— E o Pat, Charlie? — perguntou Rachel de repente, estreitando os olhos. — Ele ainda está...?

— Ele ainda está vivo, sim. — Charlie fungou, mexendo os ovos na frigideira. — Aliás, fui visitá-lo hoje de manhã. Ele teve alguns AVCs, o primeiro no verão passado. Está com demência vascular, não se lembra de muita coisa. Não está muito bem. A gente contratou um cuidador pra ficar com ele em tempo integral.

— Ah, sinto muito.

Rachel baixou a caneca com um baque, derramando um pouco de café pela borda, o Papai Noel chorando lágrimas marrom-escuras.

— Deve estar sendo difícil. E os meus pais? Ah, eu devia ligar pra eles.

Ela se levantou da cadeira, quase como se quisesse fazer isso naquele mesmo instante.

— Rachel... — disse Charlie, em voz baixa. Não se virou para contar. — Seu pai faleceu quatro anos atrás. De câncer. Sinto muito também.

Ela caiu de volta na cadeira, o sorriso desaparecendo, recuando músculo por músculo.

— Sinto muito — repetiu Charlie, embora a morte do vovô não tivesse sido culpa dele.

Rachel foi *lavar as mãos antes de tomar café da manhã*. Ela demorou seis minutos para voltar, e, quando reapareceu, os olhos estavam vermelhos. Os ovos, o bacon e as torradas estavam prontos, à espera dela.

— O Dave Winter ligou — disse Charlie, partindo uma fatia de bacon ao meio. — O chefe da polícia — explicou, vendo a confusão no rosto de Rachel. Talvez ele não tivesse dificuldade em decifrá-la. — Vão passar aqui mais tarde pra discutir os detalhes da coletiva de imprensa que vai acontecer amanhã de manhã. E ver como você está, é claro. Querem que você marque uma consulta com o psiquiatra.

Rachel assentiu, distraída.

Deu outra garfada antes de perguntar:

— Você o conhece bem? Quer dizer, o chefe da polícia?

— Já tive que lidar com ele antes, sim — respondeu Charlie, tossindo para ajudar o bacon a descer. — Foi ele quem me prendeu pelo seu assassinato, Rachel.

Os olhos dele estavam tímidos, voltados para o prato.

— Entendi — disse ela, igualmente tímida, passando o garfo pela pilha de ovos fofinhos.

Haveria mais perguntas sobre aquilo depois, pensou Bel, quando Rachel criasse coragem. Estavam pisando num campo minado; cada vez que abriam a boca, podiam detonar uma bomba. Pais mortos, prisões injustas e sobrinhas desconhecidas.

O celular de Charlie tocou, uma pausa bem-vinda na tensão, vibrando furiosamente na mesa. Ele olhou para a tela e recusou a ligação, o rosto sem revelar nada.

O de Bel também tocou, vibrando no colo dela. A garota olhou para o nome na tela, *Ramsey Lee*, e deixou tocar.

— Você devia ligar de volta — sugeriu Rachel, os olhos recaindo sobre as bordas pontudas do dispositivo retangular na frente de Charlie como se fosse a primeira vez que visse um smartphone e ainda estivesse entendendo as funções do aparelho. — Para o seu irmão e para a Sherry. Convidar os dois pra vir aqui. Eu queria vê-los, conhecer a filha deles. Precisam saber antes do resto do mundo, da coletiva de imprensa amanhã. Você devia ligar para o Jeff.

— Está bem.

A intenção de Rachel não parecia ter sido incentivar Charlie a ligar para o irmão naquele mesmo segundo, afinal ele nem tinha terminado de tomar café, mas ele pegou o telefone e saiu da cozinha, desaparecendo escada acima como se, durante todo aquele tempo, estivesse tentando arranjar uma desculpa para escapar. Como se fosse insuportável permanecer sentado ali, fazendo parte de uma família de três pessoas. Bel se levantou para limpar a mesa e escapar também, agarrando-se ao murmúrio baixo da voz do pai que vinha do teto.

Ouviram uma batida na porta. Uma batida inquieta, bem séria e descontraída ao mesmo tempo, cinco batidas que formaram um ritmo. Devia ser o tio Jeff, que não tinha o menor tato, nem mesmo quando ainda não havia chegado aos lugares.

O pai tinha acabado de contar para Jeff por telefone, e repetido até ele acreditar. Então sabiam o que esperar, os três. Mas a cara que fizeram quando Bel abriu a porta e viram Rachel parada atrás dela, ainda com aquele pijama listrado, não parecia ser a de alguém que sabia.

— Ai, meu Deus! — Sherry ficou sem fôlego, oscilando entre um sussurro e um grito. — Ai, meu Deus! — Dessa vez era mais um grito, enquanto ela passava por Bel e envolvia Rachel num abraço apertado.

Rachel retribuiu, tão apertado quanto.

— Ai, meu Deus! — Sherry segurou Rachel para olhar para ela, passando os dedos pelo cabelo curto.

O sorriso no rosto de Rachel correspondia ao de Sherry, os olhos arregalados e úmidos.

— Rachel, querida. Não dá pra acreditar que você está viva! — exclamou Sherry. — A gente pensou que você não voltaria mais. Não dá pra acreditar que você está aqui, querida. Não dá pra acreditar que é verdade.

Sherry abraçou Rachel com força outra vez, desabando em soluços que balançavam as duas, presas juntas em um terremoto.

— Sentimos tanta saudade — continuou Sherry. — Meu Deus, isso é um milagre!

— Sai da frente, Sher — retrucou Jeff, entrando na casa. — Deixa eu dar uma olhada nela.

Rachel saiu do abraço e endireitou o corpo, o rosto novamente visível, as lágrimas caindo em seu enorme sorriso.

— Olá, Jeff — disse ela, mas os olhos desviaram para trás dele, para Carter, que agora estava ao lado de Bel.

Carter apertou a mão da prima, que a apertou de volta. Elas nem sempre precisavam falar, aquilo já dizia o bastante, uma linguagem só delas.

— Vem cá — falou Jeff, os braços abertos como uma pinça, agarrando Rachel. — Não dá pra acreditar que você voltou mesmo. Faz tanto tempo. A gente ainda tinha esperanças, mas eu nunca pensei que... — Ele se afastou. — É tão bom ter você de volta, Rach.

— É bom estar de volta — disse ela, a atenção desviando para a porta, para Bel e Carter, paradas contra o sol.

Jeff seguiu o olhar dela.

— Ah, Rachel, essa é a nossa filha, Car...

— Carter — completou Rachel, assentindo, quase com uma reverência. — A Bel já me falou de você.

— Oi, tia Rachel. — Carter deu um passo à frente, acenando sem jeito. — É um prazer te conhecer.

Rachel também deu um passo à frente, diminuindo a distância entre as duas. Elas se inclinaram para um abraço, os braços se abrindo.

— É um prazer te conhecer também, querida — disse Rachel, os olhos brilhando enquanto se afastava.

Querida. Ela não tinha chamado Bel assim, não tinha nem conseguido acertar o nome dela. Pensando bem, Rachel também não tinha tentado abraçar Bel. Nem Charlie, aliás, que era marido dela. As pessoas que ela supostamente mais amava. Mas Sherry, Jeff e Carter tinham recebido abraços, sorrisos e *queridas* assim que passaram pela porta.

— Muito bom te conhecer — insistiu Rachel, lançando mais um sorriso para Carter e dando outra facada no estômago de Bel.

Não era um ciuminho bobo, não seja idiota. Era alguma outra coisa, um efeito colateral do erro que aquela situação toda representava, de Rachel, de tudo o que ela tinha dito e feito. Alguma coisa estava errada, independentemente do que o pai estivesse fazendo questão de acreditar.

— Quando você faz aniversário, Carter?

— No dia 10 de julho — respondeu a menina, ainda perto demais de Rachel.

Algo dentro de Bel queria afastar a prima, protegê-la do olhar de Rachel.

A mulher assentiu.

— Então você já devia estar grávida quando eu fui sequestrada, né, Sherry?

— Eu estava. Mas ainda não dava pra notar.

— Tenho certeza de que todos nós temos muito assunto pra colocar em dia, o equivalente a dezesseis anos. Não dá pra fazer tudo aqui na porta — disse Rachel.

Agora que as lágrimas já tinham desaparecido, havia apenas um tremor quase imperceptível no lábio inferior, ameaçando trazê-las de volta. Talvez Rachel só tivesse percebido naquele momento que a vida das pessoas tinha continuado no tempo em que não estivera presente.

— Vamos sentar, por favor — insistiu Rachel.

Jeff e Sherry entraram na sala de estar, cumprimentando Charlie com mais uma porção de *Ai, meu Deus* e *Não dá pra acreditar*. Rachel lançou um olhar de esguelha para Bel com uma expressão ainda indecifrável. Em seguida, gesticulou para que Carter avançasse com um "Pode ir na frente" gentil, seguindo atrás dela.

Então ninguém se importava com Bel. Ela fechou a porta de casa com mais força do que o necessário.

O pai foi fazer mais café. E Sherry trouxera cupcakes; estava com vários em casa, então tinha achado uma boa ideia trazê-los. Mas aquilo dera um ar estranho à situação... A cobertura azul e amarela com granulado de alguma forma transformou a cena numa celebração. Bel já estava satisfeita por conta do café da manhã: não queria nada, obrigada.

Ninguém perguntou sobre o tempo que Rachel tinha passado fora, contornando aqueles dezesseis anos com voltas grandes e desconfortáveis. O pai devia ter pedido para não a questionarem. Rachel pareceu feliz com aquilo e decidiu se concentrar na vida de todos os presentes. Já devia estar cansada da história do desaparecimento e do reaparecimento também, dada a quantidade de vezes que teve que repeti-la nas últimas vinte e quatro horas: para Bel, para Charlie, para a delegacia de Gorham, para a Polícia Estadual, para o FBI, para a procuradoria-geral. Deve ter sido cansativo, principalmente porque ela tinha precisado tentar se lembrar de cada detalhezinho. E já havia se enganado uma vez. Bel precisava parar de pensar no assunto, talvez devesse aceitar um cupcake.

— Vai, Carter, me fala de você — pediu Rachel, analisando a sobrinha, sentada no sofá entre os pais. — Que matérias você gosta na escola? O que faz pra se divertir?

Essa pergunta de novo. Será que Rachel tinha esquecido o que *diversão* significava? Era isso o que passar dezesseis anos desaparecida fazia com uma pessoa?

— Gosto de língua inglesa, principalmente. — Carter mexeu na manga da blusa.

— Sério? — Rachel sorriu. — Você estuda na Escola Gorham com a Bel? Eu ensinava língua inglesa lá.

Carter assentiu educadamente. Ela já sabia disso; também era obrigada a passar pelo Altar da Rachel todos os dias. Mas não tinha como Rachel saber disso ainda... que ela era o mistério mais popular da cidade.

— Então você deve gostar de ler, né? Qual é o seu livro favorito? — quis saber Rachel.

Ela ainda não tinha feito essa pergunta para Bel. E Bel também gostava de ler.

— Hã, eu gosto de...

— Na verdade, a Carter é dançarina, Rachel — interveio Sherry, tomando um gole dramático de café. — É bailarina. Tem muito potencial, pode chegar longe.

— Uau, sério? — perguntou Rachel, os olhos brilhando. — Que incrível. Eu ia adorar te ver dançando.

Carter engoliu um pedaço de cupcake.

— Vai ter uma apresentação na minha escola de dança daqui a umas semanas — disse ela.

Aquilo era um convite? Carter nunca tinha pedido para Bel ir assisti-la.

— Deve ser puxado ter que conciliar o balé com os trabalhos da escola — comentou Rachel. — Você gosta tanto assim de dançar, Carter?

— Ela ama — respondeu Sherry pela filha, apertando com orgulho o joelho ossudo de Carter. — É a vida dela.

Carter assentiu. Tinha dito para Bel que às vezes era mais fácil deixar a mãe falar por ela; Sherry adorava falar, e Carter, nem sempre. Elas funcionavam bem daquele jeito, do jeito que deveria ser a relação de mãe e filha.

— Então, Rachel... — Sherry voltou a atenção para ela. — Charlie disse que vão fazer uma coletiva de imprensa amanhã de manhã. Está pronta para contar pro mundo que você está de volta? Vai ser uma puta reviravolta para os jornalistas, perdão pelo linguajar.

Rachel parecia não saber o que dizer.

Então Charlie resolveu tomar a dianteira; já estava quieto havia um tempo, hesitante perto da cadeira de Bel.

— A gente já lidou com esse tipo de reviravolta antes, a gente consegue lidar com isso de novo. Unidos, como uma família.

— E vão ser notícias mais felizes dessa vez — acrescentou Jeff. — Finalmente uma chance de limpar sua reputação de vez, Charlie. Agora nunca mais vão poder pensar que você matou sua esposa.

— Eu não tenho o que vestir — comentou Rachel em voz baixa, um lampejo de vergonha ao olhar para o pijama que vestia enquanto todos estavam com roupas do dia a dia.

— Querida — disse Sherry, com um biquinho de simpatia e uma batidinha de mão. — Não precisa se preocupar com isso; posso te emprestar alguma coisa. Ou talvez a Bel tenha algo que você possa pegar. — Sherry lançou um olhar na direção da garota. — Vocês duas são do mesmo tamanho. Bel, você deve ter alguma coisa que a sua mãe possa usar. Um vestido preto, alguma coisa arrumadinha?

Todos esperaram pela resposta dela.

— Hã, claro — disse Bel. — Vou achar alguma coisa.

— Obrigada, Anna — respondeu Rachel, um sorrisinho para combinar com a voz baixa.

Cacete, o nome dela era Bel. Esperava que alguém na sala corrigisse Rachel por ela, mas foram salvos por uma batida na porta.

Charlie ficou tenso.

— Você está esperando alguma entrega, Bel?

Ela balançou a cabeça e o seguiu sala afora para fugir dos olhos de Rachel, que eram muito parecidos com os seus.

Charlie abriu a porta, respirando fundo.

Ramsey estava parado do outro lado. James o acompanhava, uma câmera apoiada no ombro. Saba e Ash estavam atrás deles, nos degraus, um boné amarelo virado para trás cobrindo o cabelo encaracolado de Ash, o microfone pairando sobre todos eles.

— Desculpa aparecer sem avisar — disse Ramsey, um som áspero quando passou a mão pela barba por fazer. — Venho tentando falar com vocês, os dois, na verdade, desde que você abandonou o set ontem, Bel.

Ele parecia se sentir mal pelo ocorrido, como se tivesse descoberto o que aconteceu, resolvido um mistério menor à sombra do principal. Ramsey não sabia que o maior de todos também tinha sido resolvido. Embora Bel apostasse que ele descobriria em *três...*

— Remarcamos a simulação, mas não é por isso que a gente veio aqui.

Dois...

— Escuta, eu não sei bem como dizer isso, mas está rolando um boato. A Kosa, dona do hotel, disse que ouviu alguém falando que a Rachel re...

Um...

Ramsey perdeu toda a cor do rosto de uma vez só, os dentes cerrados no formato de uma palavra incompleta. Os olhos arregalados. Horror, fascínio ou os dois.

Lá estava ela, parada no final do corredor, como se tivesse sido convocada pela menção do próprio nome. Não tinha funcionado nos últimos dezesseis anos, mas no momento parecia que era o que mais acontecia.

— ...apareceu — sussurrou Ramsey, terminando a frase.

Ash ficou na ponta dos pés, os olhos procurando o que Ramsey tinha visto, começando por Bel e continuando até a mulher atrás dela.

— *Caralho* — murmurou ele baixinho, a boca ainda aberta depois de ter dito aquela palavra.

— Olá — disse Rachel, estreitando os olhos, surpresa ao ver uma equipe de filmagem britânica parada na porta de casa, encarando-a em estado de choque.

— R-Rachel? — Ramsey hesitou. — Rachel Price?

Ela deu um passo à frente, olhando para Bel e depois para Charlie, como se primeiro quisesse ter certeza de que eles aprovavam aquilo. Nenhum dos dois disse nada para impedi-la.

— Eu mesma. — Ela baixou a cabeça. — Quem é você?

— Jesus Cristo. — Ele soltou um assovio. — Não, meu nome não é esse. Meu nome é Ramsey Lee, sou cineasta.

Ele estendeu a mão para ela, tremendo visivelmente quando Rachel correspondeu. Será que ele estava assustado ou aquela tinha sido a melhor coisa que já lhe acontecera? Ele provavelmente não teria dificuldade de encontrar alguém que se interessasse pelos direitos do documentário agora.

— Desculpa, isso é muito surreal. — Ramsey fungou. — A gente está fazendo um documentário sobre você. Não acredito que está viva. Depois de todo esse tempo.

— Foi uma surpresa pra todos nós — comentou Charlie.

Bom, não para Rachel. Ela sabia que estava viva.

— Desculpa, eu ainda não tive tempo de te falar sobre isso — disse Charlie para Rachel, apontando para a equipe.

— Meu Deus, é tão estranho te conhecer — continuou Ramsey. — Fiz tanta pesquisa sobre você nos últimos meses, quase parece que a gente já se conhece.

— Opa, parou, espera aí — interveio Charlie, de repente, um raro traço de raiva na voz que fez todo mundo recuar, até Rachel e Bel. — Vocês estão filmando?

Ele olhou para a câmera apoiada no ombro de James.

Ramsey esgueirou-se de volta para a soleira, os Price dentro, a equipe fora, reestabelecendo os limites entre eles.

— É, estamos, sim — disse, sem encontrar os olhos de Charlie. — Minha intenção era registrar como seria a sua reação a esse boato maluco. Nunca, nem em um milhão de anos, eu pensaria que a Rachel ia mesmo...

— Para de gravar. — Charlie ergueu as mãos para bloquear a lente da câmera. — Não fazem nem vinte e quatro horas que ela voltou. Nós ainda estamos processando tudo. A investigação está em andamento. A polícia não vai querer que a gente fale com vocês até definirem quais informações serão divulgadas.

Charlie deu um passo à frente e os fez recuar, descendo as escadas sem quebrar a formação em que estavam, sem mudar a ordem já estabelecida. Ash estava na faixa do terreno que levava à casa, olhando para Bel, como se tentasse chamar a atenção dela. Ela correspondeu por um segundo.

Você está bem?, perguntou Ash, sem de fato falar.

Então Bel parou de dar atenção a ele.

— Vai haver uma coletiva de imprensa amanhã de manhã na prefeitura — disse Charlie, enxotando-os para mais longe. — Depois disso, vou falar com a polícia e confirmar como fica essa questão do documentário.

— Ok — respondeu Ramsey, baixando a cabeça rapidamente, um dedo em riste —, mas eu...

— Qual é o nome? — interrompeu Rachel, junto à porta, os olhos franzidos contra o sol. — Do documentário?

Ramsey engoliu em seco e a encarou.

— *O desaparecimento de Rachel Price*. Só que acho que agora a gente vai ter que mudar o nome.

— Para qual?

TREZE

O mundo ficou sabendo antes do meio-dia de segunda-feira.

Rachel Price havia reaparecido, um microfone de mesa apontado para o rosto dela, usando um vestido preto de tricô que pertencia à Bel. Sentada entre Charlie e a garota. Em uma extremidade da mesa comprida, Dave Winter, o chefe da polícia; na outra, alguém do FBI.

Estava passando no jornal de novo, era a terceira vez que aquele mesmo canal transmitia a matéria. Bel, vendo-se na TV, traída pelo próprio rosto, já que a câmera a fazia parecer muito com Rachel, sentadas lado a lado.

— O suspeito continua foragido — disse Dave outra vez, segurando um vago esboço do homem que Rachel havia descrito, um retrato falado aparecendo na tela. O desenho não ajudava em nada. — Por favor, ligue imediatamente para o número a seguir se tiver qualquer informação que possa ajudar nas investigações.

Charlie e Bel não chegaram a falar nada, apesar de terem recebido microfones. Eram só enfeites ali, para formar a imagem de uma família reunida. Feliz, mas não muito, tinha sido o que Dave havia pedido a eles. Não seria um felizes para sempre até que o homem fosse preso.

Passaram a palavra para Rachel fazer uma pequena declaração no final.

— Me sinto muito grata por estar a salvo e por ter voltado para casa, na companhia da minha filha e do meu marido. Eu agradeceria muito se todos respeitassem nossa privacidade nesse momento em que estamos nos readaptando à vida normal.

Normal era uma escolha de palavra estranha; a vida *tinha sido* normal antes de Rachel voltar. Fora ela quem tirara aquilo deles.

Não iam abrir para perguntas, obrigado e tenham um bom-dia. Saíram da sala enquanto jornalistas murmuravam avidamente e o flash das câmeras espocava, lançando raios em seus olhos.

— Aqui. — No momento, Rachel rondava Bel, entregando um sanduíche num prato. Bel pegou-o com cuidado para garantir que não tocaria a mão de Rachel. — Queijo, presunto e picles, cortado em triângulos.

Rachel se sentou no sofá ao lado dela, usando a calça jeans e a camiseta velha que o pai tinha encontrado, ambas as peças grandes demais.

— Você disse que era seu favorito, não foi, Anna?

Era o que ela tinha dito, na véspera. Mas não percebera que aquilo seria usado contra ela. Será que Rachel achava que aquele era o caminho para se tornar mãe de Bel de novo? Tentando ser normal demais, rápido demais? Não parecia muito certo. Pelo contrário: parecia errado.

— Obrigada.

Bel olhou para o sanduíche, ainda sem muita fome. Dar uma mordida nele pareceu, de certa forma, uma derrota, mas ela não tinha escapatória; Rachel estava bem ali, observando, à espera.

Bel deu uma mordida num cantinho do pão e mastigou.

— Está bom, obrigada — agradeceu.

Rachel abriu um sorriso vitorioso.

Charlie entrou na sala, olhando para o prato de Bel. Rachel não tinha feito um sanduíche para o marido. Ele vestia a jaqueta que usava para trabalhar, as chaves da caminhonete penduradas em um dedo. Ah, não.

— Vai sair? — questionou Bel.

Ela sempre perguntava a mesma coisa, toda vez que ele pegava as chaves; fazia parte da rotina deles, um de seus rituais. Mas, naquele instante, aquela informação importava mais do que nunca.

— Preciso voltar para o trabalho, filhota. Falei para o Gabe que eu estava indo.

Será que o pai não podia tirar o resto do dia de folga? Bel faltara à escola; não havia sentido ir no meio de tudo o que estava enfrentando. E ela sabia que seria horrível; com a notícia divulgada, todo mundo ficaria a encarando.

— Precisa mesmo? — insistiu Bel, o pânico tomando conta de seu estômago, dando uma chance de o pai mudar de ideia, de ficar com ela.

— Eu volto antes do jantar.

Bel olhou para o celular. Eram duas da tarde, então faltavam pelo menos cinco horas até a hora do jantar. Ele ia mesmo abandoná-la ali, sozinha com Rachel?

— Pai?

Talvez Bel conseguisse convencê-lo de que teria que ir para a escola para o último tempo. Afinal, o que seria pior: as encaradas ou ficar ali?

Na rua, alguém fechou a porta de um carro com força, tão perto que chamou a atenção de Bel. A de Charlie também, que foi até a janela da frente e puxou a cortina de renda para espiar.

— Ótimo — murmurou ele, e soltou a cortina, ficando parado atrás dela.

— O que foi? — perguntou Rachel antes que Bel conseguisse perguntar.

— Uma van da Fox News acabou de estacionar aí na frente. A CNN já estava aqui. E é assim que começa. — Ele esfregou o nariz na manga. — Não abram as cortinas. Evitem que eles consigam gravar qualquer coisa.

Bel assentiu. Rachel não.

— Será que a gente não devia levar alguma coisa pra eles? — sugeriu ela. — Café? Vão ter que ficar o dia todo lá fora.

— Melhor não dar corda — respondeu Charlie, sem olhar nos olhos dela. — A gente já passou por tudo isso antes, Rachel.

— Nunca duvidei disso — rebateu ela.

Bel engoliu em seco. Tinham acabado de se aproximar de outra bomba daquele campo minado. O pai não ia mesmo deixá-la ali sozinha, ia?

— Hã, Charlie... — chamou Rachel, o que o fez parar no meio do caminho.

A voz dela já não estava mais tão rouca e áspera, estava mais próxima do normal. O que de alguma forma era pior, porque ela a tinha roubado de Bel também.

— Será que você poderia deixar o cartão de crédito comigo?

Ele a encarou, as mãos nos bolsos.

— Já faz dois dias que eu voltei — explicou, levantando-se do sofá e dando um passo forte naquele terreno instável em que estavam. — Estou precisando de algumas coisas. Um celular. Roupas pra eu poder parar de roubar as da Annabel. Só até eu voltar a ter acesso ao meu próprio dinheiro, se ele ainda estiver lá.

— Tá. — Charlie engoliu em seco. — Aham, imagina.

Ele bateu nos bolsos da calça jeans, procurando a carteira.

— Aqui.

Aproximou-se e colocou o cartão de crédito na mesinha de centro com um estalo. Recuou outra vez, afastando-se daquele campo minado.

Então, olhou para as duas e fechou o zíper da jaqueta.

— A gente vai ficar bem, né? — perguntou Rachel, lançando um sorriso para Bel. A expressão era doce demais, forçada demais, fazendo com que o nó se apertasse de maneira mais incisiva. — Vai ser legal passar um tempo só nós duas. A gente pode ver um filme. Preparar o jantar juntas. Quem sabe tentar um jogo de tabuleiro. O que você quiser, Annabel. É você que escolhe.

O que Bel queria era que o pai ficasse ali, queria impedi-lo de ir. Ou criar uma barricada no quarto e ficar longe de Rachel. Era isso que ela escolheria, se pudesse.

— Pai?

Ela o seguiu pelo corredor enquanto o observava se aproximar da porta da frente e estender a mão até a maçaneta.

— Pai, espera.

Bel queria chorar. Nunca chorava, mas choraria nesse momento só para impedi-lo de ir embora.

— A gente ainda tem o Banco Imobiliário? — perguntou Rachel atrás dela.

O pai abriu a porta.

— Até mais tarde — disse ele, sem olhar para trás, mesmo com os olhos de Bel queimando em sua nuca.

Tentando mantê-lo ali.

— E se a gente jogasse xadrez? — sugeriu Rachel, alheia à tempestade dentro de Bel.

A porta da frente se fechou, afastando o pai, vedando a casa às costas dele.

Bel ainda estava parada ali, abandonada com Rachel, sozinha.

Uma erupção de vozes veio do lado de fora, abafadas pelo vidro.

— Charlie! Como você se sente, agora que tem sua esposa de volta?

— Como Rachel está? Como a família está lidando com esse súbito retorno?

— Qual é a sensação de finalmente se ver livre das suspeitas de ter matado a própria esposa? Deve ser ótimo, né?

— Você pode comentar sobre o...?

Uma batida. O ronco do motor da caminhonete abafando as vozes.

— Charlie! Charlie Price!

O próprio nome dele o perseguia enquanto engatava a ré e ia embora.

Um silêncio estranho irrompeu em seu rastro, uma espuma que surgia pelas beiradas conforme Bel voltava para a sala, evitando o olhar de Rachel, assistindo à TV enquanto os apresentadores do jornal passavam mais uma reprise da coletiva de imprensa, uma legenda de *Urgente* que dizia: *Rachel Price encontrada viva depois dos últimos dezesseis anos sendo dada como morta.*

Bel engoliu em seco: ela tinha sido uma daquelas que tinham dado a mãe como *morta.*

Rachel desligou a TV sem perguntar se podia e estendeu a mão para a mesinha de centro. Pegou o cartão de crédito de Charlie e o ergueu.

— Ei — disse ela, abrindo um sorriso para Bel. — Se não estiver a fim de jogar alguma coisa, que tal a gente ir fazer compras?

Bel a encarou.

— O quê?

— Eu, você. No shopping, juntas. — Rachel mostrou o cartão, quase se abanando com ele. — É isso que mães e filhas fazem, né? Vão ao shopping? Fazem desfiles de moda com as compras na sala depois de voltar para casa. É uma das grandes coisas que a gente perdeu, acho. Eu queria mesmo tentar. Podemos comprar umas coisas pra você também, lógico. Você precisa de um casaco novo?

Ela guardou o cartão no bolso, esperando a resposta de Bel.

A garota hesitou, apoiando o corpo no braço do sofá, tentando pensar em motivos para não ir ao shopping.

— Você pode sair daqui? — questionou. — A notícia acabou de ser divulgada, a investigação da polícia está em andamento, o homem ainda está solto. Você tem permissão pra sair por aí?

Rachel não gostou daquela pergunta; Bel percebeu isso pela mudança que viu em seus olhos. Talvez ela não fosse *tão* indecifrável assim.

— Eu fiquei presa por quinze anos, Anna — respondeu Rachel, a voz gentil com um toque de tristeza. — Não preciso ficar presa nunca mais, por motivo nenhum. Qual é, vai ser divertido, eu prometo.

Bel sentiu o estômago embrulhar. Levou um segundo para entender, para enxergar além do nome errado, perceber mais uma coisa errada.

— Foram dezesseis anos — corrigiu Bel, querendo que as duas prestassem atenção naquele fato.

Rachel fez uma pausa, a expressão cansada.

— Foi o que eu disse, não foi?

— Você disse quinze.

Rachel estreitou os olhos por mais um segundo e depois balançou a cabeça, o rosto inexpressivo e controlado.

— Foi o que eu falei? Desculpa. Quis dizer dezesseis. Lógico.

É óbvio que tinha sido o que ela queria dizer, mas não foi o que tinha dito. Mais um erro inocente, tipo aquele negócio do motor. Mas dois erros não formavam algum tipo de padrão? Teria sido um mero deslize na hora de falar ou um descuido quanto à verdade de tudo aquilo? Devia haver uma explicação lógica: Rachel tinha perdido a noção do tempo no porão, como havia contado. Porque a única outra explicação seria que, por algum motivo, Rachel estava mentindo, que nunca tinha ficado presa por tantos anos, e não era possível que essa fosse a verdade, né? Era só mais um erro; o segundo que Bel pegava em dois dias. Por que ninguém mais estava por perto quando aconteciam, para ouvi-los também?

— O que me diz? — insistiu Rachel, analisando Bel tanto quanto a garota a analisava.

— Não sei — respondeu Bel, falando com cuidado. — É o dinheiro do meu pai. As coisas estão meio apertadas no momento, acho que a gente não devia sair gastando assim.

O vislumbre de um sorriso passou pelo rosto de Rachel, estranhamente vazio, reforçando a expressão em seus olhos.

— Annabel, querida, você não tem que se preocupar com isso. Só vamos comprar o essencial — falou, dando uma piscadela. — Além disso, ele deve estar recebendo alguma coisa por esse documentário sobre mim que concordou em fazer.

Rachel não estava errada quanto a isso, mas aquele dinheiro era para o vovô.

Bel estava ficando sem desculpas, Rachel as rebatia uma por uma.

— A gente não tem carro. — Fez mais uma tentativa.

— Tudo bem. A gente pode pegar o ônibus pra Berlin. Ou ir de táxi.

Aquela tinha sido a última cartada da menina. Xeque-mate, Rachel tinha vencido. Então ela e Rachel sairiam para fazer compras, a menos que Bel conseguisse quebrar a perna nos próximos minutos, a dela ou a de Rachel. Sairiam em público, ficariam cercadas por outras pessoas, mas ela ainda estaria sozinha com Rachel.

Espera, Bel teve uma ideia.

— Já sei — disse ela, em um beco sem saída, partindo para o contra-ataque. — A gente devia pedir pra equipe do documentário acompanhar a gente.

Rachel deu um passo para trás.

— S-sério? É isso o que você quer?

— Lógico. — Bel deu batidinhas nos joelhos. — Aposto que amariam te filmar no Shopping das Montanhas Brancas, o lugar em que você desapareceu pela primeira vez; quer dizer, em que *a gente* desapareceu. É o tipo de coisa que deixa eles animados. Esse negócio de artista, sabe?

Agora foi a vez dela de dar uma piscadela, tão forçada quanto a de Rachel.

— Talvez seja legal ter um registro da nossa primeira ida ao shopping juntas, para marcar a ocasião. Não é sempre que dá pra confiar na própria memória pra guardar um momento assim. — Bel sorriu, mostrando os dentes.

— Ah, t-tá bom — gaguejou Rachel. — Se é isso que você quer. Eu só achava que talvez a gente pudesse ter um dia só nosso...

— Beleza, então vou ligar para o Ramsey. — Bel pegou o celular. — Ele vai ficar feliz à beça com isso, talvez até solte um gritinho.

Ela selecionou o nome dele na tela, afastando-se de Rachel e indo até a cozinha.

Ramsey atendeu no terceiro toque.

— Bel?

— E aí, Ramsey — disse ela, animada.

— E aí, tudo bem?

— De boa, só queria conversar.

— Bel? — repetiu ele, sacando que tinha alguma coisa acontecendo, pronunciando o nome dela com outra ênfase.

— Tive uma ideia — disse, alto, fazendo a voz alcançar o outro cômodo. — A Rachel e eu vamos comprar algumas coisas que ela está precisando no Shopping das Montanhas Brancas. Fiquei me perguntando se vocês não iam querer ir com a gente e filmar essas paradas, o que acha? Esses lances artísticos.

Ramsey respirou fundo do outro lado da linha.

— É sério?

— Lógico.

— É uma ótima ideia Bel, e eu amei, de verdade. Mas será que você não quer passar um tempo sozinha com a sua mãe? Faz só dois dias que ela chegou em casa.

— Imagina, não tem problema — respondeu Bel, com mais entusiasmo.

Ramsey fez uma pausa, a respiração e um vento forte fazendo um ruído no microfone do aparelho.

— Tem certeza? — perguntou ele, ainda parecendo um pouco inseguro.

— Absoluta. Fala para o Ash vestir algo normal, a gente não quer chamar atenção.

Ramsey fungou com o sarcasmo.

— Na verdade, a gente está no fim da rua, filmando os jornalistas do lado de fora da sua casa.

— Perfeito — disse Bel. — Então pode aparecer aqui em uns trinta segundos.

Ela desligou, sem dar a Ramsey a oportunidade de responder. Depois se inclinou na direção da sala de estar, fazendo um sinal de positivo com o polegar para Rachel.

— Eles vão chegar já, já — avisou.

— Que bom. — Rachel tentou sorrir, juntando as palmas das mãos. — Vai ser legal. Obrigada, Annabel.

— De boa.

— Você devia comer o resto do sanduíche antes de a gente ir — comentou Rachel, apontando o prato.

— Tudo bem, eu não estou com muita fome. Mas obrigada.

Não eram só palavras: eram ataques e contra-ataques, uma batalha não verbal, sanduíches e compras.

Um erro era perdoável, fazia sentido. Mas dois? Dois começava a parecer algo completamente diferente. Ela sorriu para Rachel, e Rachel sorriu de volta. Parecia verdadeiro, mas e se não fosse? Bel não tinha certeza, só podia confiar naquele nó que sentia no estômago. E ele estava dizendo o que ela queria ouvir.

Que Rachel Price talvez estivesse mentindo.

CATORZE

O Shopping das Montanhas Brancas tinha uma iluminação forte que agredia os olhos e uma musiquinha alegre que não era bem-vinda. Pelo menos não para Bel; ela não sabia dizer se Rachel sentia o mesmo.

A câmera estava aninhada no ombro de James, e Saba segurava a haste do microfone que pairava sobre a cabeça de Bel e Rachel, lutando para mantê-lo estável apesar de estar em movimento. Ramsey caminhava emparelhado com a câmera, fora do enquadramento, e Ash era o último, lá atrás, um pontinho de cor cítrica e viva no corredor, com uma camisa de bolinhas amarelas enfiada em uma calça laranja.

Rachel estava andando rápido demais, esse era o problema, como se estivesse correndo de algo, sendo perseguida pela câmera. Bel mantinha o ritmo ao lado dela, mas não perto demais, às vezes até ultrapassando Rachel, como se estivessem competindo para ver quem cruzava primeiro uma linha de chegada imaginária.

— Então, Rachel... — disse Ramsey, cauteloso. — Como é, para você, voltar aqui? No mesmo shopping onde desapareceu pela primeira vez, há dezesseis anos...

— Não tenho permissão para falar sobre certas coisas — respondeu ela —, porque ainda se trata de uma investigação em andamento.

Ela não se virou para dizer isso, não mostrou o rosto para a câmera.

— Claro, eu entendo — falou Ramsey, com um aceno de cabeça respeitoso.

Já tinham tido aquela conversa, quando Ramsey tentou puxar papo no caminho até ali. Bel havia se sentado no banco do carona, ao lado dele, deixando Rachel sozinha lá atrás, observando atentamente o mundo passar, sorrindo quando via cachorros ou crianças.

Ramsey tentou de novo.

— Pra você, é surreal estar aqui, agora que sabe que esse lugar desempenhou um papel importante no mistério do seu desaparecimento?

Dessa vez, Rachel virou o corpo, abrindo um sorriso para a câmera.

— Vai ser ótimo conversar sobre isso com você quando tivermos uma entrevista, em alguma outra hora — respondeu, sem ser cruel. — Talvez amanhã, quando a Anna for pra escola.

Ramsey pareceu confuso com o nome; e não foi o único. Não era tão difícil assim, né? Era só usar a sílaba final do nome dela, em vez da inicial.

— Mas, por enquanto — continuou Rachel, ampliando o sorriso, mostrando mais dentes —, eu realmente só quero levar minha filha pra fazer compras. Esperei tempo demais por isso.

— É, com certeza. — Ramsey recuou. — A partir de agora, vocês vão nos ver, mas não nos ouvir. Prometo. Finjam que a gente não está aqui.

— Vou fingir mesmo — respondeu Rachel, mais uma vez sem maldade, porém não tinha como interpretar a fala dela de outra maneira

Era algo que Bel teria dito. Um pequeno tremor passou pelos lábios de Ramsey, como se ele também tivesse percebido aquilo. Não, imagina, nada a ver, elas não se pareciam em nada.

O shopping não estava movimentado; era segunda-feira de manhã, então mães e pais passeavam com carrinhos de bebê. Mas todos os olhares logo se voltaram para eles, o que era óbvio. Se Bel ganhasse cinco dólares toda vez que isso acontecesse, já estaria rica. O burburinho aumentava conforme as pessoas reconheciam *a* Rachel Price que tinha aparecido no jornal daquela manhã, surgindo com uma equipe de filmagem e entrando na H&M.

— Certo — disse Rachel lá dentro, o braço roçando no de Bel. — Só preciso de coisinhas básicas, sério. Uns dois pares de sapato. Uma jaqueta. Algumas blusinhas, calças. Talvez uma saia, não sei. — Ela piscou, tímida e insegura. — Me ajuda a procurar? Me fala o que ficar bom? Parece que tudo aqui tem uma cintura mais alta do que eu me lembro.

— Claro — falou Bel, porque Rachel continuava encurralando a garota a concordar com isso. — De que cores você gosta?

— Qualquer uma, na verdade — falou Rachel, a voz doce como mel. Que não combinava em nada com os olhos. — Talvez não vermelho.

Então as duas pensaram na mesma coisa; a blusa vermelha com a qual ela havia desaparecido, as gravações de baixa qualidade que tinham visto daquele mesmo shopping, aquela blusa vermelha imunda que fora forçada a usar nos últimos dezesseis anos. Quer dizer, isso se a história que Rachel havia contado fosse verdade. Ela já tinha errado duas vezes ao falar sobre o que aconteceu.

— Nada de vermelho — concordou Bel.

A garota se afastou, a missão distraindo-a do nó de tensão que sentia no estômago. Rachel e a equipe a seguiram como patinhos, entrando e saindo dos corredores. Parte dela queria escapar e se esconder de Rachel em uma arara de roupas, como nunca pudera fazer quando era criança. Causar pânico na própria mãe como prova de que ela realmente amava os filhos; pelo menos Bel achava que era por isso que crianças tinham aquele comportamento. Mas a garota já estava velha demais para isso, e o teste não funcionaria; afinal, Rachel entendia bem mais sobre desaparecer do que Bel. As duas nem sequer se conheciam, então essa coisa toda de amor era forçar a barra.

Bel escolheu algumas camisas legais, suéteres finos para o dia, botinhas pretas, tênis brancos lisos...

— Versáteis — disse ela, entregando os sapatos.

Uma calça xadrez que provavelmente deixaria Ash com inveja. Uma jaqueta meio bege, estilo trench coat, só que mais curta...

— Isso aqui combina com tudo — falou para Rachel, oferecendo o cabide. — Dá pra criar camadas com ela. E também é ótima para o verão por não ser tão pesada.

Rachel produziu um som gutural. Os olhos brilhando, como se fosse chorar. A jaqueta não era *tão* legal assim.

Uma saia mídi cáqui com botões de cima a baixo. Um vestido preto estilo chemise...

— Dá pra usar de um jeito mais elegante ou meio casual. — Bel acrescentou as peças à pilha nas mãos de Rachel.

Alguns moletons.

— Pra relaxar em casa, sabe?

Rachel não disse nada dessa vez, e Bel olhou para trás para ter certeza de que a mulher ainda estava ali. Ela estava, só que chorando, lutando contra todas as roupas para conseguir enxugar o rosto.

— Você não gostou dessas coisas? — perguntou Bel, desconfortável, entre corredores.

— Não, eu amei tudo, obrigada. — Rachel finalmente alcançou a lágrima que escorria por seu rosto, secando-a.

Bel sentiu uma dor no estômago, algo novo, menos urgente que o nó. Sua expressão ficou mais gentil e ela lançou um meio sorriso na direção de Rachel.

A mulher o completou, formando um sorriso inteiro.

— Obrigada por fazer isso, Anna.

Anna de novo. O nó voltou a indicar sua presença, ainda mais apertado agora que Bel tinha dado atenção para ele. Rachel provavelmente percebeu a mudança em sua expressão.

— Quer alguma coisa pra você? — ofereceu ela, arregalando os olhos. — Aquela blusinha verde que estava olhando? Alguma outra coisa? E aquele macacão? — Ela gesticulou com a cabeça na direção da peça, as mãos ocupadas. — Ele ficaria bom na Carter, não acha?

— Não estou precisando de nada — disse Bel, dando as costas para Rachel.

Dirigiram-se aos provadores e deixaram a equipe para trás. Estavam carregando mais itens do que era permitido, cada uma delas com vários cabides nas mãos, mas a funcionária da loja abriu uma exceção. Talvez tenha reconhecido *a* Rachel Price. Bel teria que se acostumar com isso, supôs.

— Aqui. — Bel pendurou as roupas no cubículo mais longe e gesticulou para Rachel entrar.

Rachel, então, andou devagar, lançando um olhar pelo provador antes de entrar nele. Bel começou a fechar a porta para ela, mas a mão de Rachel foi mais rápida e segurou a madeira.

— Talvez a gente não precise fechar completamente — disse, a voz em um sussurro que beirava o medo. — É bem apertado aqui.

Apertado tipo o porão no qual ela havia passado dezesseis anos.

Bel sentiu outro aperto no estômago. Talvez estivesse sendo injusta. Dois enganos não faziam de Rachel uma mentirosa, né? As coisas entre elas pareciam meio estranhas e Rachel *estava mesmo* agindo de uma forma estranha, mas Bel também estaria, não estaria? Se tivesse ficado presa no escuro aquele tempo todo, sozinha...

— Claro, a gente pode deixar um pouquinho aberta — respondeu Bel com gentileza, puxando a porta, dando alguns centímetros de abertura para Rachel.

Sentou-se do lado de fora do cubículo, vislumbres de pele e tecido através da frestinha.

— Os sutiãs são mais complicados do que antes — reclamou Rachel, bufando lá dentro.

Bel lutou contra um sorriso; e perdeu.

— Tudo bem aí? — quis saber.

— Terminando — respondeu Rachel.

Apareceu alguns minutos depois, a saia cáqui roçando as panturrilhas e combinando com uma blusa preta de babados, além de um tênis branco. Mostrou para Bel: de pé ali, as mãos erguidas em um gesto animado, mas com um ar triste de derrota.

— Eu gostei — comentou Bel, se esforçando, embora aquela situação não fosse nada natural para ela. — Espera.

Aproximou-se de Rachel e ficou de joelhos à sua frente.

— Que foi? — Rachel olhou para ela. — Não ficou bom?

— Não, está ótimo. São só as meias — disse Bel, estendendo a mão. Ela hesitou, buscando permissão com o olhar. Rachel assentiu de cima. — As pessoas não usam mais desse jeito. Precisa puxar pra baixo.

Bel enrolou as meias para ficarem abaixo do tornozelo de Rachel, em cima do curativo do lado esquerdo, onde tinha ficado acorrentada. Agora que estava tão perto, percebeu outra coisa, escapando acima do Band-Aid.

Havia uma cicatriz grande na parte interna do tornozelo esquerdo de Rachel. Um semicírculo, retorcido e já curado, com a pele perolada e enrugada. De onde tinha vindo aquilo? Quando o ferimento ocorrera? O pai nunca o havia mencionado, e não estava nas notas de imprensa que descreviam a marca de nascença de Rachel como o único sinal que havia para identificá-la. Então devia ter se machucado em algum momento depois de desaparecer.

— Melhor? — perguntou Rachel.

Bel se endireitou e recuou.

— Melhor — confirmou.

Por que Rachel não havia mencionado aquilo ao contar a história? O homem suspostamente nunca tinha tocado nela, fora o que dissera, então como ela havia conseguido a cicatriz? Teria sido resultado de algum ferimento impossível para alguém que tivesse ficado trancado em um porão por todo aquele tempo?

— Experimente outra roupa? — perguntou Rachel, voltando para o cubículo, deixando a porta entreaberta.

Não, se controla. Bel precisava fazer um esforço. Precisava dar uma chance para Rachel. Provavelmente tinha sido por causa da mesma algema que gerava atrito, igual ao ferimento embaixo, mas em uma versão mais antiga. Bel tentou espantar o nó no estômago; ele nunca lhe dava ouvidos.

Rachel saiu do provador novamente, dessa vez com a calça xadrez e uma camisa branca com a botinha preta e a jaqueta por cima.

Bel pigarreou, tentando se esforçar para uma nova rodada.

— Ficou muito bom — comentou.

Rachel olhou para cima, avaliando-se no espelho grande, mas sem encarar os próprios olhos.

— Você não gostou? — perguntou Bel.

— Gostei — disse Rachel. — Só é estranho me ver.

Bel não conseguiu decifrar os olhos de Rachel porque eles não ficavam parados no mesmo lugar, inquietos olhando de cima a baixo o próprio reflexo. Ela deu meia-volta para um lado, depois para o outro.

— Eu estou... bonita.

Deu para ouvir um pigarro vindo de Rachel, algo entre uma fungada e uma risada. Bel decidiu ela mesma o que aquele som tinha sido, soltando uma risadinha baixa também.

— É, está mesmo. Ficaria ainda melhor se você usasse uns acessórios.

Rachel estendeu um braço, a manga esticada, olhando para o pulso nu.

— Tipo aquela pulseira dourada que você tem — falou.

Bel paralisou, a boca aberta. De que pulseira Rachel estava falando?

— Aquela com as caveiras, sabe? — explicou Rachel, como se pudesse ouvir os pensamentos de Bel.

A garota não gostou nada disso. Mas tinha uma coisa da qual não gostava ainda mais. A risada congelou em seu rosto, o sorriso ficou amargo.

— Eu não tenho mais ela.

Então tudo aconteceu muito rápido, em um segundo. Os olhos de Rachel se arregalaram, encarando o reflexo de Bel escondido atrás do espelho. E aquela expressão se foi com a mesma rapidez com a qual tinha surgido, Rachel deixando o braço cair e recuperando o sorriso anterior.

— Eu devo estar pensando em uma que a Sherry costumava usar.

Bel sentiu o nó se agitando.

— É — respondeu ela. — Deve ter sido isso.

— Acho que já experimentei tudo. — Rachel sorriu para si mesma, compartilhando o gesto com Bel enquanto voltava para o cubículo.

A porta se fechou e Bel parou de sorrir, agora que não estava mais sendo observada, sem ter que ficar alerta.

Aquela pulseira.

A que Sam Blake dera para Bel em seu aniversário de catorze anos. A que Bel jogara no rio uma semana depois, quando Sam tinha dito aquilo sobre seu pai. Não era como se Rachel tivesse visto a pulseira largada pela casa depois de voltar; Bel já não a tinha havia muito tempo. Então como Rachel sabia de uma coisa dessas?

Mais uma dúvida. Mais um erro?

Bel não queria fazer o que fez em seguida, mas o nó insistiu.

Ela pegou o celular e procurou até encontrar o aplicativo do Instagram. Entrou no próprio perfil, intocado havia anos. Selecionou a última foto que tinha postado: uma selfie dela e de Sam, sorrindo para a câmera, o nariz de Sam roçando sua bochecha. O punho de Bel na mesa à frente delas, aquela pulseira dourada refletindo a luz, duas caveirinhas penduradas no fecho. Provavelmente a única foto já tirada daquela pulseira, a única prova da existência dela antes de Bel fazer com que desaparecesse.

Verificou pela fresta da porta para ter certeza de que Rachel ainda estava se trocando. A única maneira da mulher saber sobre a pulseira seria se tivesse visto a foto depois de reaparecer. Mas aquilo também não seria possível. Rachel ainda não tinha celular, não tivera acesso a dispositivos que se conectassem à internet. Nem tivera tempo; Bel tinha estado com ela desde seu retorno, tirando quando estiveram na delegacia e enquanto dormia. Não tinha como Rachel ter visto aquela foto na internet desde sábado. Então como poderia saber da pulseira se saíra do porão havia só dois dias?

Dessa vez, a resposta era evidente: era impossível.

Algo que a própria Rachel sabia que não tinha como saber se a história que contara fosse verdade. O que significava que não era. Pelo menos uma parte; talvez o relato inteiro. A pulseira não tinha sido só um erro. Tinha sido mentira. O que significava que os outros dois erros também não tinham sido só erros.

Três mentiras.

Bel a tinha pegado em flagrante.

E se aquelas coisas eram mentiras, sobre o que mais ela poderia estar mentindo? Uma parte da história? O resto dela? A história inteira? Será que não passava disso, uma história elaborada para se ajustar aos detalhes necessários e solucionar o mistério? Nem fazia sentido: por que o homem apenas deixaria Rachel ir embora depois de todos aqueles anos? E se o homem nem sequer existisse?

Rachel Price tinha desaparecido e reaparecido. E agora Bel sabia com certeza que a mulher estava mentindo sobre uma parte dessa história, talvez sobre ela inteira.

A porta se abriu e Rachel saiu vestindo as roupas velhas, indiferente, ou ao menos fingindo estar, uma montanha de roupas novas nos braços, quase cobrindo seu rosto.

— Tudo certo? — perguntou para Bel, tentando decifrar seu olhar.

Bel a deteve, olhando para baixo. O jogo tinha virado outra vez; os lados mudaram, Bel e aquela estranha agora ocupando o lugar exato ao qual pertenciam, extremidades opostas. Uma mentirosa e a pessoa que estava ciente da mentira.

— Tudo. — Bel fungou.

Rachel insistiu no assunto.

— Está com sede? Você está parecendo meio febril.

— É o shopping... — disse Bel, como se isso explicasse tudo.

Pegaram o fim da fila do caixa para pagar, a equipe de filmagem esperando por elas na frente da loja.

Um punho de ferro agarrou o nó no estômago de Bel, torceu, apertou, enrolou seus órgãos nele. Atingira um limite, e Bel não podia mais ignorá-lo.

Rachel estava distraída, olhando para o display com meias, então aquela era a única oportunidade que Bel teria. Serpenteou a mão em direção à prateleira mais próxima, envolvendo um daqueles potinhos de hidratante labial. Enfiou-o na manga e depois no bolso da jaqueta jeans, onde estaria em segurança.

O hidratante labial alimentou o nó em seu estômago, saciando-o. Uma sensação de alívio, um afrouxamento, novos ares mais tranquilos e necessários, um empurra e puxa, uma luta oculta na qual Bel não tinha que se colocar de lado algum porque era o próprio campo de batalha.

A garota desviou o olhar e acidentalmente encontrou o de Ash, que estava parado ali perto dos acessórios, passando o polegar numa faixa de cabelo rosa brilhante. Ele não tinha visto, né?

O alívio não durou muito. Bel ficou parada perto de Rachel, avançando aos poucos até serem o "Próximo, por favor". O nó se intensificou, os fios ainda mais apertados enquanto Rachel pegava o cartão de crédito de Charlie. Aquela sensação escaldante de vergonha, bem na hora.

Se Ash tinha visto, ele não disse nada.

O shopping estava mais movimentado quando saíram da H&M. Será que era o movimento normal de uma segunda à tarde ou o passeio de Rachel já tinha virado fofoca? Pessoas indo até ali para verem a mulher com os próprios olhos. Nem todo mundo reconhecia Rachel de imediato, mas sabiam que era alguém que devia ser encarada: *Ela é aquela atriz do filme da advogada que veste rosa?* Não, não era, mas aquilo não significava que Rachel não estava atuando, mesmo naquele instante, com uma sacola de papel balançando ao lado do corpo, combinando com a que estava na mão de Bel.

As pessoas já não estavam mais só encarando e apontando. Sacaram seus celulares, filmando Rachel, Bel e a equipe enquanto passavam pelos corredores. Tirando selfies com eles no fundo, trocando os rostos deles por curtidas e comentários. Bel coçou o nariz com o dedo do meio para estragar os vídeos.

Rachel parou de repente, os sapatos fazendo um barulho alto no chão, olhando para a frente.

— Ah. É uma Starbucks agora.

Ela mordeu o interior da bochecha, virando-se para Ramsey para explicar. Talvez não tivesse percebido que ele já sabia tudo que era possível saber sobre ela.

— Aqui tinha uma cafeteria antes, a Cafeteria Alce & Cia. Foi onde trabalhei depois da faculdade. Tinham os melhores rolinhos de canela. Meu sonho era comer um de novo. Annabel, acho que você não se lembra, né? Seu rosto ficava todo cheio de açúcar.

Bel balançou a cabeça. Não, os rolinhos de canela não existiam mais, tinham desaparecido junto às lembranças do desaparecimento de Rachel e do que realmente acontecera naquele dia. Que não era a mesma história que Rachel havia contado sobre o que tinha acontecido.

— Eu queria que a gente comesse um juntas. — A voz de Rachel foi ficando mais baixa, os olhos marejados.

James virou a câmera para capturar as duas na frente da Starbucks. Embora a cafeteria não estivesse mais ali, o local ainda era o mesmo da última filmagem de Rachel Price viva, antes de ela e a filhinha desaparecerem, como se tivessem evaporado.

— Devem vender rolinho de canela na Starbucks — disse Bel.

— Não é a mesma coisa — respondeu Rachel, com uma fungada triste, e seguiu andando.

Bel não teve escolha senão ir atrás dela.

Na esquina, Rachel se aproximou, inclinando-se.

— Bem ali — sussurrou para que a câmera e a equipe não pudessem ouvir, apontando para uma porta de *Entrada exclusiva para funcionários*. — As lixeiras de reciclagem. Foi onde a gente se escondeu.

Os olhos dela estavam próximos demais, fundindo-se com os de Bel de uma forma que chegava a doer.

Era o segredinho *delas*, do qual só uma das duas se lembrava. Bel piscou para interromper aquela aproximação e se afastou. Será que pelo menos naquela parte da história ela podia acreditar? De que outra forma as duas teriam desaparecido entre uma câmera de segurança e outra?

A última parada foi na loja de uma operadora de celular para comprar um aparelho para Rachel. Ash pediu para que o vendedor assinasse um termo de autorização de uso de imagem: o cara foi prestativo, prestativo até demais, entregando seu melhor ângulo para a câmera enquanto conversava com Rachel sobre planos e celulares, verificando se o cabelo estava bom no reflexo da vitrine.

Optaram pelo modelo mais novo de iPhone com um plano mensal: tudo ilimitado. Bel estremeceu em nome do cartão do pai quando Rachel foi pagar.

— Talvez você ache meio difícil de configurar — disse o cara, agarrando-se aos seus quinze minutos de fama. — Hoje em dia todos os celulares são touchscreen. Mas tenho certeza de que a sua filha pode te ajudar com isso.

— Você ajuda, Anna? Desculpa, B-Bel. Me ajuda a configurar o celular? — Rachel a encarou.

— É claro que ela ajuda — respondeu o vendedor por Bel.

A garota sorriu porque a câmera estava gravando.

— Claro.

Ela deixou Rachel ali e se posicionou atrás da câmera, no fundo da loja, para poder dar uma pausa na atuação. Ash também estava lá. Devia ser só uma coincidência, porque ela não tivera a intenção de ficar *perto* dele.

— Então — comentou Ash em voz baixa, as mãos nos quadris —, alguma novidade desde sábado?

Bel abriu um sorrisinho.

— Nada de mais. Comecei a tricotar.

— Sério? — Ash balançou a cabeça. — Nossa, eu que não confiaria em deixar agulhas nas suas mãos.

— Por que não?

— Bom, porque você parece o tipo de pessoa que dá muita alfinetada.

Os olhos dos dois se encontraram e ele deu uma piscadinha lenta.

— Valeu. — Bel assentiu, chegando ainda mais perto. — E você parece uma tangerina triste.

— *Eu* que agradeço.

Ele meneou a cabeça.

Era irritante o quanto ele gostava da acidez dela, respondendo ao azedume sempre com um sorriso. A postura dela afastava a maioria das pessoas (todo mundo, na verdade), então Ash não devia bater bem da cabeça. Bel não sabia como lidar com isso.

— É inacreditável, né? — comentou ele, agora sério, os olhos na direção de Rachel. — Essa coisa toda. Inacreditável.

Bel o analisou em segredo, desde o contorno do nariz reto até a protuberância dos lábios, contraídos enquanto ele pensava. Sabia o que aquilo queria dizer; *inacreditável* significava extraordinário, chocante, surpreendente. Mas será que tinha alguma chance de ele ter usado uma palavra abrangente que poderia ter outro sentido? Que não estava comprando muito aquela história de Rachel, pelo menos a parte que sabia do que aconteceu, uma pontada de dúvida escondida na fala?

Será que se Bel contasse tudo para ele, Ash acreditaria nela? Será que ficaria do lado dela e Bel teria alguém com quem conversar?

Não, ela estava sendo ridícula. Bel desviou o olhar. Ash não se importava. Só estavam ali para fazer o documentário, e depois dariam no pé, voltariam para a Inglaterra, para sempre. Bel nem precisava pressionar; ele iria embora de qualquer forma.

— É. Inacreditável — repetiu Bel, mas quis dizer naquele segundo sentido.

QUINZE

— Qual a sensação de finalmente ter a sua mãe de volta, Annabel?

— Eu não sou a Annabel — disse Carter para o repórter que gritava, seguindo-os pela calçada com um microfone estendido e com um cinegrafista sem fôlego atrás.

— Ah. — O repórter voltou a atenção para Bel, ao lado de Carter. — Qual a sensação de finalmente ter a sua mãe de volta, Annabel?

Bel afastou o microfone, depois outro, como se fossem mariposas irritantes se debatendo contra uma lâmpada, sem nunca conseguir o que queriam.

— Chega, chega! Para trás. Eu pedi pra irem para trás! — gritou o policial, fazendo um gesto amplo com os braços uniformizados, prendendo a multidão de jornalistas irritantes em uma rede invisível, afastando-os. — Deixem as meninas em paz, elas só estão tentando ir pra escola. Eu já pedi pra irem para trás!

De manhã, Dave Winter enviara alguns policiais para escoltarem Bel pelo circo midiático que havia sido montado do lado de fora da sua casa.

— Está com medo de que o homem que levou sua mãe ainda esteja solto? De ele voltar para buscá-la? — Outro grito que ultrapassou a rede invisível.

Não, Bel não estava com medo daquilo. Por ela, o homem seria bem-vindo, porque provavelmente nem sequer existia.

— Elas não vão responder a nenhuma das perguntas de vocês — disse a outra policial, erguendo a voz. — Agora saiam do caminho, por favor.

— PARA TRÁS!

Os repórteres desistiram quando chegaram à esquina do cemitério, rastejando de volta ao acampamento na frente do número 33.

Contudo, os policiais não foram embora. Andaram atrás das duas, distantes, balançando a cabeça obedientemente quando Bel lançou um olhar para eles. Será que não tinham algum crime para cuidar?

— Como tem sido, de verdade? — perguntou Carter, uma vez que estavam praticamente sozinhas. — Vi um vídeo seu no shopping ontem. Alguém postou na internet. Deve ter sido legal, né, fazer compras juntas?

— Foi de boa.

Bel deu de ombros. Na verdade, não tinha sido nada de boa, mas pelo menos ela sabia que podia parar de duvidar de si mesma. Rachel Price era uma mentirosa. Bel só não tinha certeza do que fazer com essa informação, nem quem acreditaria nela.

— O que mais você viu na internet? — quis saber.

Alguém também devia suspeitar da história de Rachel; Bel não podia ser a única, qual é, era para isso que os fóruns do Reddit e os fios do Twitter serviam.

— Alguém postou uma filmagem da Rachel caminhando sozinha pela rodovia — disse Carter. — Apareceu pra mim no TikTok. Não quis ver; ela parecia machucada. Acho que a polícia tirou do ar.

Bel olhou de soslaio para ela.

— Era de verdade?

— Parece que sim.

— Onde?

— No TikTok.

— Não, em que rodovia? — perguntou Bel, agindo como se a resposta não tivesse a menor importância.

— Do lado de fora do Santa's Village.

O parque Santa's Village ficava em Jefferson, na metade do caminho entre Lancaster e a casa dela. Cacete. Então havia mesmo um vídeo provando que Rachel tinha caminhado pela rota 2. Talvez tivesse de fato caminhado as oito longas horas de Lancaster até ali. Bom, ela tinha que ter machucado os pés de alguma forma mesmo, mas tudo bem; não queria dizer que o resto do desaparecimento e do reaparecimento fosse verdade. A melhor forma de esconder uma mentira era enterrá-la com algumas verdades, Bel sabia disso.

— Você está bem? — Carter estreitou os olhos.

Bel tinha ficado quieta por tempo demais, e Carter a conhecia muito bem.

— É estranho, só isso.

Será que podia dividir suas dúvidas com Carter? Bel confiava na prima para a maioria das coisas, dificilmente havia algo não dito entre elas, mas aquilo parecia grande demais; uma vez que fosse compartilhado, seria difícil voltar atrás. Mesmo assim, ela tentou.

— É que a Rachel... Assim, tem algumas coisas que ela disse que não se encaixam. Umas inconsistências.

Carter soltou um suspiro, batendo no cotovelo de Bel.

— Bel, você está fazendo aquela coisa de novo — disse ela com gentileza, como se estivesse andando na ponta dos pés em um campo minado só delas. — Tentando encontrar algo de ruim em tudo. Procurando motivos pra afastar as pessoas, e você sempre encontra. Mas o que está acontecendo é bom. Tenho certeza de que você torceu a vida inteira para que isso acontecesse. É um milagre que ela esteja de volta, Bel; a maioria das pessoas não tem tanta sorte. E a Rachel parece legal. Legal de verdade. Você tem que dar uma chance pra ela, é a sua mãe.

Foi a vez de Bel suspirar. Essa doeu. E foi porque Carter tinha feito uma análise profunda dela e entendido tudo errado. Bel não afastava as pessoas, só acelerava o processo, que era inevitável. Carter não tinha permissão para opinar, visto que logo daria o fora dali. Não entendia Bel porque ninguém nunca a tinha abandonado; ela era praticamente um ímã, os cabelo longos e as pernas compridas.

— Para — disse Carter, franzindo as sobrancelhas.

— Parar com o quê?

— De ficar brava.

— Eu não estou brava — mentiu Bel.

— Mas está tentando ficar.

— Não.

— Mentirosa. — Carter sorriu, um sorriso menos tranquilo do que o de costume. — É só uma sugestão. Tenta não ficar procurando pelo em ovo. Só conhece ela. Acho que você provavelmente vai gostar dela.

Bel estava certa em hesitar mencionar o assunto para ela, porque agora Carter agiria como a sensata, a racional, a que controlava a prima selvagem. Bel não era o problema, Rachel é que era.

— Deixo você me dar um soco se isso for te fazer se sentir melhor.

— Combinado.

Os nós dos dedos de Bel bateram na carne macia do braço de Carter.

— Ai — choramingou ela, esfregando a pele. — Não achei que você fosse me dar um soco mesmo, credo.

— Ué, não era você que me conhecia tão bem? — retrucou Bel.

— Ah, é?

Carter cerrou os dentes, desarmou Bel com uma cutucada forte nas costelas e passou um braço ao redor do pescoço da prima quando ela se curvou, prendendo-a. Bel mexeu as pernas, tentando desequilibrar as de Carter. Por que as dela eram tão compridas? Trapaça.

— Vou te soltar quando você parar de ser mal-humorada. — Carter riu, as mochilas das duas colidiram.

— Eu nunca sou mal-humorada — disse Bel, mal-humorada. — Solta a minha cabeça.

Carter não soltava.

— Pede *por favor*. E diga *eu te amo, Carter Price*.

— Por favor e eu te amo, Carter Price.

— Isso mesmo.

Carter soltou o pescoço dela e Bel se endireitou. Seu cabelo estava bagunçado, um rubor nas bochechas combinando com ele.

— Vou te matar quando você estiver dormindo — disse Bel, endireitando a mochila e seguindo em frente.

— A polícia está bem atrás da gente — sussurrou Carter, cobrindo a boca com a mão.

— Eles nunca iam conseguir me pegar.

Os policiais acompanharam as garotas pela rua principal até a escola. As duas ainda nem tinham entrado quando as encaradas começaram, mais difíceis de evitar por conta da escolta policial. Não eram encaradas discretas: vinham acompanhadas de sussurros animados, e *Rachel* era um nome que se ouvia de longe, com aquele chiado no meio.

— Vê se não mata ninguém de verdade hoje — pediu Carter, segurando a porta aberta para ela.

— Não vou prometer nada.

A multidão se abriu para elas, um burburinho de vozes, um barulho crescente que mais parecia uma motosserra, os estudantes lutando para vê-las antes de o sinal tocar.

— Ei, Bel! — chamou alguém.

Bel olhou para o outro lado, ignorando.

— Bel, como *ela é*?

Ignorou aquela pergunta também.

O corredor se dividiu, e Bel e Carter seguiram caminhos diferentes. Bel se sentia mais exposta sem ela, um exército de uma pessoa só. Cruzou os braços para se proteger.

No fim do corredor, passou pelo Altar da Rachel. Não deviam ter desmontado aquilo? Não se faz altares para pessoas que não morreram.

O sinal tocou no momento em que ela passava pela porta da sala de aula, burburinhos transbordando dali quando ela entrou. Bel se sentou perto da janela, colocando a mochila na cadeira ao lado como uma defesa.

— Olá, Bel — disse uma voz grave acima dela.

Era o sr. Tripp, brincando com as lapelas do blazer, bem-vestido, o cabelo ruivo-escuro penteado para trás.

— Sentimos sua falta ontem — comentou ele, um tique nervoso contraindo a bochecha, travando a boca em um meio sorriso.

— Precisei ir ao shopping.

— Tudo bem, achei mesmo que fosse tirar um tempinho, sabe, pra se adaptar.

Ele empurrou os óculos. Parecia que era ele quem precisava se adaptar às hastes dos óculos.

— Eu amo demais vir pra escola, nunca faria isso — respondeu ela.

O sr. Tripp se inclinou mais para perto, apoiando os cotovelos na mesa.

— Como ela está, a sua mãe? — Baixou a voz, mas lógico que os outros estudantes ficaram em silêncio para escutar.

— Bem. — Então, diante da expressão preocupada do professor, acrescentou: — Considerando tudo.

Ele se endireitou, afastando os cotovelos com um rangido.

— Se precisar falar sobre qualquer coisa, Bel, pode contar comigo.

— Aham, pode deixar.

A obsessão por Rachel tinha chegado nele também, a escola toda surtando por causa disso. Aquele dia seria um inferno, mas pelo menos Bel passaria as próximas sete horas na dela, sem Rachel.

Rachel estava ali.

Não deveria estar, Bel tinha vindo para a escola para escapar dela. Mas lá estava Rachel, quando Bel e Carter saíram no fim do dia, de pé na grama do lado de fora. Estava cercada por um círculo de professores tagarelas, a voz do diretor Wheeler soando mais alta.

O sr. Tripp também estava lá, parado, encarando-a. Quase nem piscava, talvez com medo de Rachel desaparecer no meio segundo em que seus olhos se fechassem. Tinha levado só alguns minutos da última vez.

— Então, Rachel... — cantarolou o diretor. — Será que vamos precisar arranjar uma desculpa para contratar mais uma professora de língua inglesa? Sua antiga mesa está te esperando, hein?

Rachel sorriu, afastando a ideia com um gesto da mão.

— Ainda não estou pronta pra pensar em nada disso.

— Lógico que não — disse a sra. Torres. — Você não devia ter que trabalhar mais nenhum dia da sua vida, querida.

— Acho que também não é por aí. A gasolina está mais cara do que eu me lembrava.

Isso arrancou risadas sérias e educadas da multidão, os pés se arrastando.

— Ei, Julian. — Rachel avistou o sr. Tripp quando surgiu uma brecha entre o público que a acompanhava. Seus pés seguiram a linha de seu olhar, e ela abriu espaço para dar um abraço nele. Julian segurou Rachel por um tempo meio longo, como se o abraço fosse uma prova de que ela era mesmo de verdade. — Quanto tempo!

— Tempo demais. — O sr. Tripp fungou. — Achei que você tinha morrido.

— Eu estou viva — atestou Rachel, se virando desajeitadamente ali no meio. — Acho que é estranho pra todo mundo. Eu sempre soube que estava viva. Sempre torci para conseguir voltar. Queria te agradecer, Jules. Por ter achado a Annabel tantos anos atrás.

— Só calhou de eu estar indo pro mesmo lado. — Ele esfregou o nariz. — Se pelo menos eu tivesse aparecido antes...

— Ficar pensando desse jeito não vai ajudar ninguém — argumentou Rachel, com um sorriso, mostrando-o para todo mundo. — A gente precisa sair pra conversar de verdade qualquer hora. Acabei de comprar um celular novo. Minha filha vai me ajudar a configurar mais tarde.

Bel não havia feito aquilo no dia anterior, fingiu que tinha esquecido de fazer algum dever de casa como desculpa para se esconder no quarto.

— Aí talvez vocês possam me passar o número de vocês — concluiu Rachel.

— Claro, querida. — A sra. Lawrence apertou o ombro dela. — Eu tenho papel e caneta aqui.

Ela os tirou da bolsa e escreveu, passando o caderninho para os outros que tinham trabalhado com Rachel no passado. O sr. Tripp foi o último, depois rasgou a página e a entregou para Rachel.

— Obrigada. — Ela segurou o papel contra o peito. — Que bom rever todo mundo. Acho melhor eu encontrar minha filha... ah, Annabel. Oi! Anna! Carter!

Ela acenou, saindo do meio da gangue de professores. Então Bel conseguiu ver que Rachel estava vestindo o casaco novo e a calça xadrez com os tênis brancos reluzentes, novos demais.

— Oi. — Carter foi a primeira a falar quando Rachel as alcançou.

— Oi, meninas. — Ela sorriu, guardando o pedaço de papel no bolso do casaco. Alguma coisa tilintou quando ela fez isso, um barulho semelhante ao de chaves. — Como foi a escola?

— Bem — respondeu Carter.

— Ok — disse Bel.

Rachel arregalou os olhos, esperando mais do que uma resposta de uma palavra só.

— Como foi o seu dia, tia Rachel? — perguntou Carter, mudando de assunto.

— Bem corrido — respondeu ela, caminhando em direção à rua principal, usando os olhos para arrastar Bel e Carter junto, forçando-as a andar. — Ao que tudo indica, a gente precisa resolver muita coisa quando volta dos mortos. — Ela soltou uma risada seca. — Mais interrogatórios na polícia. Consultas com o psiquiatra forense. Preenchi uma papelada pra poder tirar uma carteira de motorista temporária. Reabri minha conta no banco, fiz uma cópia das chaves de casa. Aí minha mãe apareceu pra tomar um café.

A escrota deixou os cavalos para fazer uma visita, então. Será que algum dia ela ia admitir que estava errada em relação ao pai de Bel já que Rachel estava... bem... viva?

— A gente se falou no domingo, mas ela veio de avião hoje e vai ficar na cidade por algumas semanas. Depois eu me encontrei com a equipe do documentário.

— *Isso* é que é dia corrido — comentou Carter, dando toda a atenção para Rachel.

Bel, por sua vez, estava encarando os tênis brancos demais, vendo que só as solas acumulavam sujeira.

— Ainda mais corrido — continuou Rachel, acelerando, Carter mantendo o ritmo, Bel ficando para trás.

Ela tinha vindo até ali só para acompanhá-las a pé até em casa? O circo midiático não ia parar de falar disso.

— Aí à tarde a Sherry me deu uma carona até a concessionária fora da cidade. Comprei um carro usado. — Ela puxou um molho de chaves, a etiqueta da concessionária ainda nele, balançando no dedo do meio dela. — Nada muito chique. Mas pensei em dar uma primeira voltinha e vir pegar vocês na escola. Está bem aqui.

Rachel apertou um botão e um carro piscou, as luzes acendendo e apagando na direção delas do outro lado da faixa de grama que margeava o estacionamento do Royalty Inn. Um Ford Escape prata com olhos malvados e uma grade de dentes cerrados.

— Venham.

Rachel atravessou a grama a passos saltitantes, Carter atrás dela.

Bel ficou parada na calçada.

— Geralmente a gente volta andando — explicou ela. — Não é longe.

— Ah, eu sei — disse Rachel, abrindo a porta do motorista. — Mas eu queria vir pegar vocês. Nunca pude pegar vocês na escola, e, se eu esperar demais, vou acabar perdendo a oportunidade. Não se preocupa, eu me lembro de como se dirige.

Bel atravessou a grama, parando antes de chegar ao carro. Carter estava ao lado do banco do passageiro, a mão hesitante no ar.

— Na frente ou atrás? — perguntou para Bel, dando à prima o direito de escolher.

Rachel estava esperando também, apoiando-se no teto do carro.

— Entra aí — indicou ela, mantendo aquele sorriso que combinava com o carro novo.

Bel engoliu em seco, os cotovelos e as mandíbulas travados. Era evidente que Rachel queria que ela se sentasse na frente, bem ao lado dela. Mas será que, se fizesse isso, ficaria parecendo que estava achando tudo aquilo normal ou de boa? Entra aí, simples assim, mas nada que Rachel dizia era simples, sempre havia camadas, uma tensão entre as palavras. O que Rachel ganharia se Bel concordasse em entrar no carro?

— Bel? — Carter lançou um olhar para ela, gesticulando entre os bancos da frente e de trás, à espera de uma resposta.

Bel também tinha a opção de escolher o banco de trás, que ficava mais afastado de Rachel, uma espécie de recusa, mas ainda assim seria o banco de trás.

Uma escolha binária, isso ou aquilo, na frente ou atrás, mas Bel não queria nenhuma das duas opções.

— Acabei de me lembrar — disse ela, de repente, se afastando das duas, olhando para o céu e implorando por uma mentira. — Falei que ia encontrar uma pessoa depois da aula hoje.

Carter estreitou os olhos.

— Quem?

Ela sabia. Sabia que Bel não tinha ninguém para encontrar. Eram aqueles mesmos amigos inexistentes que Ramsey queria entrevistar na semana passada.

— A gente está fazendo um trabalho em grupo que vale nota extra pra aula de biologia. Com tudo que está acontecendo, acabei me esquecendo que combinamos de fazer na terça depois da aula.

— Ah. — Uma sombra passou pelos olhos de Rachel, levando o sorriso embora.

— Bom, então eu vou indo — disse Bel, o polegar apontado por cima do ombro, afastando-se do carro. — Não quero deixar eles esperando.

— Tem certeza? — perguntou Carter de maneira incisiva, o rosto querendo dizer algo totalmente diferente, algo que Rachel não entenderia.

A prima sabia, ou achava que sabia, que Bel estava só fazendo de novo aquilo que tanto fazia. Mas Carter não estava tão imersa naquela situação; não entenderia.

— Aham — falou Bel, sem dar respostas secretas com o rosto. — Agora preciso ir.

— Q-quer que eu venha te pegar mais tarde? — ofereceu Rachel, os nós dos dedos se cravando na parte inferior do rosto, deixando marcas brancas feito fantasmas para trás.

— Não sei direito que horas a gente vai terminar. Relaxa, eu vou pra casa andando, obrigada. Até mais tarde.

Bel ergueu uma mão para se despedir, um gesto que pegou apenas o ar, e virou-se quando chegou na calçada. Uma porta do carro se fechou e outra se abriu quando Carter decidiu se sentar no banco da frente, ao lado de Rachel, já conversando com ela, ignorando o constrangimento que Bel devia ter deixado para trás. Carter era boa naquilo e se esforçava ainda mais para compensar.

Bel sentiu o estômago revirar, o nó repuxando com mais força. Não gostava da ideia de deixar Carter sozinha com Rachel, mas que escolha tinha? Carter não a estava ouvindo. Estava tudo bem, só levaria alguns minutos para Rachel deixar Carter em casa, no número 19. Mas o nó não dava ouvidos à razão, alimentando-se de sentimentos ruins, por menores que fossem.

Bel ouviu quando o ronco do motor se juntou ao barulho dos outros veículos na rua principal conforme Rachel arrancava, levando Carter embora. Em um piscar de olhos, as duas já tinham desaparecido no meio de um fluxo de carros.

E agora?

O pai estava no trabalho. Carter estava com Rachel. O vovô não se lembrava dela.

Bel era uma pessoa caseira; o mundo dela tinha o tamanho do número 33 da rua Milton. Mas a casa havia sido tomada, invadida lentamente por um sorriso de queixo afiado, e agora Rachel tinha as próprias chaves.

Bel queria se manter longe, mas não tinha para onde ir, ninguém para ver, ninguém com quem conversar. Ninguém mesmo.

A não ser, talvez...

DEZESSEIS

Ash estava saindo do hotel quando Bel chegou à porta, quase trombando com ele e com a câmera portátil. Ela mal conseguia enxergar por causa do próprio reflexo.

— Opa, pera aí. — Ele protegeu a câmera. — O Ramsey me mata se eu quebrar isso.

— Acrescentaria um pouco de drama ao documentário — disse Bel, recuando, saindo da frente dele. — Vai ser meio sem graça se ninguém morrer.

— Você está de bom humor. — Ele a olhou de cima a baixo, e ela fez o mesmo com ele. Estava usando um boné virado para trás e um macacão bordô com camiseta listrada. — Tá fazendo o quê?

— Nada. Acabei de sair da escola. Minha escola é logo ali. Daí estava de passagem. E você, tá fazendo o quê? — atacou ela de volta.

— O Ramsey vai passar o dia inteiro em reuniões, então pediu pra eu gravar as reações de umas pessoas pela cidade. Como os moradores daqui estão se sentindo em relação ao reaparecimento da Rachel e tal. Então vou sair pra fazer isso agora.

— E *como* os moradores daqui estão se sentindo? — questionou Bel, usando o truque de Rachel e começando a andar, para Ash ser obrigado a fazer o mesmo.

— Chocados, no geral. — Ele ajeitou a câmera para conseguir acompanhá-la. — Mas felizes pela história ter tido um final feliz.

— Final feliz — murmurou Bel para si mesma.

O chefe da polícia dissera que não conseguiriam um final feliz de verdade até o homem que raptara Rachel ter sido pego. Então, se ele não existisse de verdade, não tinham a menor chance.

— V-você não acha isso? — perguntou Ash, tímido.

— É sério? — Ela riu. — Tá querendo analisar meus *mommy issues*?

— Ué, parece que é o seu maior problema no momento. — Ele pigarreou. — É que eu percebi que você não estava bem ontem, no shopping. Se todo mundo acha que você devia estar feliz e você não está, pensei que ia querer falar com alguém sobre isso. Tipo, uma pessoa de fora.

Ash estava mais do que fora, parecia ter vindo de um mundo diferente. Tinha três irmãs mais velhas e uma mãe que ele amava a ponto de tatuar homenagens no braço.

Será que deveria tentar contar pra ele? No máximo sentiria repulsa por ela, e isso funcionaria a favor de Bel também, porque Ash finalmente se afastaria dela antes de se aproximar demais e Bel começar a achar que se importava com ele.

De um jeito ou de outro, ela não tinha nada a perder.

E, com ele, não havia um assunto familiar que fosse um campo minado a ser evitado; Ash não era alguém que acreditava conhecer Bel melhor do que ela mesma.

— Acho que a Rachel está mentindo — disse, sem rodeios, observando o rosto dele, em busca de uma reação.

— Tá. — Ele mordeu o lábio inferior, mas Bel não tinha certeza do que aquilo significava. — Mentindo sobre o quê?

— Sobre o desaparecimento dela. E o reaparecimento também. Onde ela realmente esteve nos últimos dezesseis anos.

Os olhos de Ash piscaram, contraídos pela brisa criada por um caminhão que passava.

— E por que você acha isso?

Espera, ele estava mesmo dando a Bel o benefício da dúvida? Ela aceitou a oportunidade, se apressando em falar antes que ele voltasse atrás.

— Ela deu umas escorregadas, contou uns detalhes errados. Falou pra mim que o homem deixou o motor ligado quando a soltou naquela estrada, mas depois disse para o meu pai que ele tinha desligado o motor primeiro. Aí sem querer falou que tinha ficado presa por quinze anos, e não dezesseis. Você se lembraria do número exato se fosse verdade, né? E ontem, no shopping, ela mencionou uma pulseira que eu tive. E que joguei no rio anos atrás, depois que uma amiga... enfim, a única prova de que aquela pulseira existiu era uma foto velha no meu Instagram. Não tem como ela ter entrado na internet desde que voltou, então não existe a menor chance de ter olhado meu perfil no Instagram nesses dois dias. Ela não deveria nem saber o que é Instagram. Deve ter visto a foto em outro momento. O que significa que não ficou trancada em um porão até sábado de manhã. E outra: o tal homem a prendeu por todo esse tempo só pra deixar ela sair assim, sem mais nem menos? E, ainda por cima, ela não consegue nem descrever ele direito! E tem também o fato de que... — Ela fez uma pausa, olhando no fundo dos olhos de Ash. — Estou com um pressentimento, sabe. De que tem alguma coisa errada, de que ela não está falando a verdade.

Ash tocou o queixo, balançando a cabeça para cima e para baixo.

— Entendi — disse ele.

— Entendeu? — questionou Bel, descruzando os braços. — Você não vai me falar que estou errada, que estou exagerando, que as coisas vão ficar meio esquisitas mesmo ou que estou afastando ela porque tenho problemas com abandono?

Ash contraiu a boca, não exatamente em um sorriso.

— Por que eu faria isso? Morro de medo de você.

— Obrigada. — Bel inclinou a cabeça. — Então você... acredita em mim?

O nó se apertou; ela ficou na expectativa.

— Aham — disse ele.

Tão fácil. Nem era uma palavra direito. Mas, meu Deus, como ela estava precisando ouvir aquilo. Uma sensação leve no estômago quase a fez flutuar. Ele acreditava nela, ou pelo menos tinha dito que acreditava, o que por enquanto já era bom. Alguém estava do lado dela, por mais inesperada e ridícula que essa pessoa fosse.

Uma família de quatro pessoas passou por eles na calçada, todos encarando, sem tentar disfarçar a curiosidade, uma intromissão sincronizada. Aquele garoto fosforescente que se vestia feito um palhaço e a filha da Rachel Price. Estranhos, mas estranhos que estavam do mesmo lado.

— Se ela estiver mentindo — Ash começou a dizer quando as pessoas foram embora —, teria que haver um motivo, né? Pra desaparecer, em primeiro lugar, e aí reaparecer depois de dezesseis anos. Se tiver sido tudo planejado.

— Não sei, não — respondeu Bel, conseguindo digerir tudo aquilo pela primeira vez em voz alta, usando Ash para manter as próprias ideias no plano da realidade. — Se uma pessoa consegue desaparecer com tanto sucesso a ponto de acharem que ela morreu, pra que voltar e correr o risco de ser exposta?

— Acho que é o mesmo motivo que está por trás da maioria das coisas: dinheiro — comentou Ash, segurando a câmera na dobra do cotovelo.

— Mas que dinheiro? — Bel gesticulou, as mãos vazias.

— Sei lá — respondeu Ash, as palavras dele subindo um tom no final, como se estivessem levando os dois a algum lugar, não a um beco sem saída, como as de Bel. — Rachel teve uma reunião com o Ramsey hoje, falaram de contratos pra ela participar das entrevistas e das filmagens. Ela não concordou em negociar os direitos para reproduzir a história da vida dela até o Ramsey oferecer um dinheirão. E quis negociar *royalties* também, o que foi muito esperto.

Bel parou, pensando.

— Quanto?

— Não sei direito, mas foi muito mais dinheiro do que o contrato do seu pai. Acho que é porque *ela* é o assunto do documentário e, com a volta dela, Ramsey sabe que o filme com certeza vai ser comprado. Na verdade, ele está tendo reuniões por Zoom com os maiores nomes do mercado hoje.

Um nó surgiu na cabeça de Bel, combinando com o do seu estômago, e se contorceu enquanto sua mente jorrava perguntas e suposições.

— É mesmo conveniente que, por acaso, uma equipe de filmagem estivesse fazendo um documentário sobre ela bem quando resolveu voltar dos mortos, né? — disse ela. — Que *timing* maravilhoso para ambas as partes. Cadê o Ramsey? — Bel se virou para Ash.

— Na sala de reuniões, ainda falando com os possíveis interessados. Por quê?

Bel apontou para a câmera dele.

— Me empresta?

— Aham, empresto.

Ele entregou a câmera, que era mais pesada do que Bel esperava, e nenhum dos dois hesitou quando os dedos deles se tocaram.

Bel deu meia-volta, direto para o hotel.

Ash foi atrás dela, confuso.

— Calma, espera. — O pânico aumentou na voz dele. — Por que eu fiz isso? Devolve. Isso aí é megacaro, parceira.

— Relaxa, não vou deixar cair nem vou quebrar isso só porque estou com raiva.

Ela se aproximou da porta principal.

— Então por que falou isso? Porque parece mesmo uma coisa que você faria.

Ash a seguiu para dentro do saguão do hotel, mordendo o polegar com ansiedade.

— Como faço pra gravar? — perguntou ela, indo na direção da sala de reuniões.

— Me devolve! Aonde você vai? — sussurrou Ash.

— Larga de ser estraga-prazeres, *parceiro*. Acho que é esse botão grande e vermelho aqui, né? A não ser que isso acione o modo de autodestruição.

Ela o apertou, e a imagem apareceu no visor lateral, gravando. Bel fez um barulho de explosão, soltando o ar das bochechas, fingindo largar a câmera para se divertir com a expressão de puro pavor no rosto de Ash.

— Foi fácil demais — disse para ele.

Era para ele estar aproveitando aquilo com ela.

Bel empurrou a porta com um braço.

— O quê...? — O rosto de Ramsey emergiu de trás de um Mac-Book em cima da mesa. — Ash, eu te disse que ia ter reuniões. Sorte sua que acabei de terminar uma.

— Isso é coisa dela — defendeu-se Ash, apontando na direção de Bel.

— Fala, Ramsey — disse Bel, de um jeito alegre, observando o rosto dele no visor, passando de surpreso a confuso.

— Lembra que eu te pedi pra cuidar da câmera, Ash? — perguntou Ramsey.

— Aham. — Ash coçou a cabeça por baixo do boné, erguendo-o, fazendo a cabeça parecer maior. — Mas aí eu sem querer a entreguei pra Bel.

— Por quê?

— Porque ela me pediu.

— Você fica enfiando essas câmeras na minha cara o tempo todo — acusou Bel. — Agora é a minha vez. Como foi o seu dia?

Ela deu um sorriso largo.

Ramsey arregalou os olhos.

— Foi bom, na verdade. Tive umas conversas bem animadoras com algumas empresas interessadas. Todo mundo está desesperado pelo documentário agora que Rachel voltou. A gente mudou o nome dele oficialmente também para *O reaparecimento de Rachel Price*.

Ramsey contornou o título com os dedos, desenhando no ar.

— Criativo — disse Bel. — Ótima aliteração.

— Foi o que eu pensei, e os executivos concordaram. Acabei de sair de uma reunião com o streaming do N vermelho, se é que você me entende.

Bel entendeu, mas fez uma expressão de quem não tinha entendido.

— Começa com *Net* — disse Ramsey, pondo-se de pé. — Termina com *flix*.

— Desculpa, nunca ouvi falar — respondeu Bel com um dar de ombros, desarmando-o antes de continuar.

O truque tinha funcionado; Ramsey balançou a cabeça e sorriu para os próprios pés. Meu Deus, ela conseguia mesmo ser irritante de um jeito cativante, né? Não era possível que uma garota dessas fosse inteligente também, era?

— O que você quer, Bel? — Ele encarou a câmera, sentindo que alguma coisa estava por vir.

— Só achei que era a sua vez de responder algumas perguntas. Uma entrevista ao contrário.

— Tá bom, vamos nessa. — Ramsey se recostou na mesa, cruzando as pernas. Tinha colocado uma camisa azul impecável para o serviço de streaming do N vermelho. — O que quer saber?

— É mais um comentário do que uma pergunta — respondeu Bel. — Fiquei pensando na incrível coincidência de você estar fazendo um documentário sobre o desaparecimento da Rachel e ela milagrosamente voltar dos mortos no meio da filmagem. O que dá um ótimo material de antes e depois. E todos esses caras e serviços de streaming agora estão interessados nos direitos e devem estar jogando dinheiro em você. O que é fantástico, porque assim tanto você quanto a Rachel lucram. Bem conveniente, né? Até meio suspeito, seria o que uma pessoa mais cínica pensaria.

Ramsey contraiu os lábios; sabia que Bel era aquela pessoa.

— Pode continuar — disse ele, incentivando-a, quase como se estivesse gostando daquilo.

— Você e Rachel trabalharam juntos pra orquestrar o reaparecimento dela, assim vocês dois lucrariam com o alvoroço da imprensa? Você devia estar desesperado, né, depois do seu último documentário não ter sido vendido e com o fato de que ele não chegou a ser lançado?

Ramsey estremeceu; esse último ponto machucou um pouco.

— Não, Bel. A gente não fez isso — respondeu ele de maneira suave, com uma expressão no rosto que demonstrava, ao mesmo tempo, repreensão e comoção, tanto no tamanho real quanto na miniatura do visor. — Eu não orquestrei nada. A primeira vez que encontrei com a Rachel Price foi quando bati na porta da sua casa domingo de manhã. Não tive qualquer contato anterior com ela; nem sabia que isso seria possível. De verdade, Bel, achei que ela estivesse morta, igual você achava. Na minha cabeça, eu não tinha dúvidas, tinha cem por cento de certeza de que Rachel Price estava morta. Estou tão chocado quanto o resto do mundo por ela ter voltado para casa. É uma coisa que só dá pra testemunhar uma vez na vida. E quanto a Rachel, ela ficou trancada em um porão até três dias atrás, não tinha como entrar em contato com ninguém pra orquestrar nada.

— Entendi — disse Bel. — Então é tudo só uma grande coincidência mesmo.

Ramsey deu de ombros.

— Coincidências acontecem.

Ele a analisou com interesse, bem diferente da maneira superficial como os *moradores da cidade* a encaravam. Decifrando-a, não só olhando para ela, intrometendo-se com aqueles olhos de cineasta.

— Por quê? Acha que a sua mãe *não* ficou trancada em um porão por dezesseis anos?

— Sou eu quem está fazendo as perguntas dessa vez, eu que estou com a câmera.

O aparelho tremeu em suas mãos.

— Interessante — comentou Ramsey, passando o dedo pelo queixo. — Por que acha que a sua reação mais instintiva foi pensar que sua mãe está mentindo, Bel?

— Não foi.

— É menos doloroso pra você achar que ela estava no controle, que foi embora de propósito? Ter voltado por um motivo?

— Para de fazer perguntas, sou *eu* quem está fazendo as perguntas. — Bel respirou fundo. — Por que você escolheu a Rachel? Por que escolheu a gente pra ser o assunto do seu próximo documentário?

— Para ser sincero? — perguntou Ramsey, cruzando as pernas para o outro lado, lançando um olhar para Ash. — Eu nunca tinha ouvido falar do caso Rachel Price antes. Sei que é algo bastante conhecido *aqui*, mas, sabe, há muitos assassinatos e muita gente desaparecida nos Estados Unidos. Só comecei a investigar no ano passado, quando eu estava no Maine. Fiz um tweet meio ressentido sobre ter que abandonar a filmagem do meu último documentário. Alguém respondeu que o caso Rachel Price daria um documentário interessante, se eu estivesse procurando por uma ideia para um novo projeto. Pesquisei no Google, só por desencargo de consciência, na verdade, e foi aí que tudo começou. Tudo por causa daquela pessoa aleatória nos comentários do meu tweet. Não tem conspiração aqui, viu? Entendido? Mas vamos voltar para o motivo pelo qual você queria que tivesse uma conspiração.

— Não, não vamos — negou Bel, incisiva, entrando na dança dele. — E em toda essa sua pesquisa, você chegou a encontrar alguma coisa que fosse contra o que a Rachel disse que aconteceu com ela?

Ramsey voltou a olhar para ela daquele jeito analítico, e Bel desejou que ele parasse com aquilo. Se ele seguisse fazendo todo aquele lance de psicoanalisar Bel, ela faria o mesmo com ele. Jogaria sal na ferida; faria outro comentário sobre o documentário fracassado.

— Assim — disse ele —, a gente vai entrevistá-la amanhã e na quinta, então eu ainda não sei a história inteira dela, ou melhor, a história inteira até onde a lei vai permitir que ela conte. Mas, pelo que sei, não. Não existem contradições, nem motivos pra não acreditar em cada palavra dela. Bom, a não ser que você esteja considerando todas aquelas vezes que as pessoas imaginaram ter visto Rachel por aí. No Brasil. Em Paris. — Ramsey soltou uma risada, um barulho ofegante e desdenhoso.

— Calma aí. — Bel o deteve, tentando se lembrar de alguma coisa. — Você chegou a dizer que alguém tinha visto ela recentemente em New Hampshire. Onde foi? Quem era?

— Sério? — questionou Ramsey.

— Sério.

— Tá. — Ele cedeu, batendo nas coxas.

Bel o seguiu com a câmera enquanto ele voltava para o notebook, clicando e digitando.

— Foi em North Conway — disse ele. — Deixa só eu procurar isso nos meus documentos. Aqui! É. North Conway. Uma mulher chamada Alice Moore. Postou no Facebook, em janeiro, que apareceu uma mulher na loja dela que ela jurava ser a Rachel Price.

— Onde posso encontrar essa Alice Moore? — quis saber Bel. — Qual é o nome da loja?

— Ela é dona de uma lojinha de roupas — explicou, verificando as anotações. — O nome é Bé-Bé Boutique. Mas...

— Legal. — Bel deu um passo à frente para colocar a câmera, ainda gravando, em cima da mesa, prendendo Ramsey dentro dela. — Manda o endereço para o Ash.

— O quê? — disse Ash ao ouvir o próprio nome.

— Bel — respondeu Ramsey —, acho que você não dev...

— Vamos, Ash — chamou Bel, dando um tapinha nas costas dele. — Vamos nessa. Você dirige.

— Eu... o quê? — Ele parecia horrorizado. — Mas eu não tenho...

— Aqui — disse Ramsey, mudando de postura de repente, um novo brilho no olhar.

Enfiou a mão no bolso de trás da calça e jogou um molho de chaves do outro lado da sala. Ash as pegou de um jeito meio desastrado, paralisado de medo, sua atenção indo de Bel para Ramsey.

— Dirige do lado direito, viu? Não esquece — lembrou o diretor.

— Mas...

— Ash! — gritaram os dois, Bel à espera na porta, batendo palmas, impaciente.

— Leva a câmera — sibilou Ramsey, arrumando e pressionando o aparelho contra o peito de Ash com uma piscadela, que ele pensou que Bel não fosse ver. Em um sussurro, acrescentou:
— Mão firme, não esquece de conferir o enquadramento.

— Ah, t-tá — gaguejou Ash, por fim entendendo.

— Espera! — Ramsey correu de volta até a mesa. — Termos de autorização de uso da imagem. As pessoas têm que assinar isso aqui — disse ele, enfiando alguns papéis nas mãos de Ash.
— Tá levando caneta?

— Eu tô levando a droga da caneta — disse Bel. — Agora, vamos logo antes que eu mude de ideia. Obrigada, viu?

DEZESSETE

Soaram buzinas e uma porção de *ei, presta atenção* enquanto Ash saía da estrada principal e estacionava perto da biblioteca de North Conway.

— As estradas dos Estados Unidos são uma bosta — disse ele, acenando um pedido de desculpas pela janela e desligando o motor.

— Na verdade — disse Bel —, é você que dirige muito mal.

Ele fez cara feia para ela, colocando o boné de volta.

— Na verdade, você que é uma péssima copilota. Podia avisar quais entradas pegaríamos antes de gritar pra eu virar.

— Mas se eu fizesse isso, não seria tão divertido.

Bel pegou a mochila entre as pernas e abriu a porta do carro.

— Você é... — murmurou Ash, mas nunca chegou a especificar o que ela era, e saiu do carro.

Pegou a câmera no banco de trás, passando os dedos pelo protetor felpudo do microfone, e verificou a bateria. Depois, pegou a bolsa, uma mochilinha de couro. Ficava ridícula nele.

— Bolsa legal.

— É da minha mãe — explicou ele. — Eu fico com as coisas dela e das minhas irmãs que ainda estão boas.

Bel assentiu, os olhos arregalados e rudes para contradizer o sorriso que abriu. Não tinha crescido com uma mãe ou irmãs para receber coisas usadas delas, só havia dado algumas peças para Carter quando eram crianças e Bel perdeu algumas calças jeans.

Atravessaram a rua, Bel olhando para a Bé-Bé Boutique à frente deles. Uma vitrine pitoresca: ripas de madeira pintadas de branco e azul como o oceano, embora o mar estivesse muito, muito longe dali. Era vizinha de uma loja chamada Presentes do Mundo Mágico, com vitrines cheias de filtros dos sonhos e galhadas, esculturas que encaravam enquanto Bel e Ash se aproximavam.

Ash apertou o botão de gravar na câmera, centralizando Bel no enquadramento, e fez uma panorâmica para mostrar o nome da loja e o logo de ovelhinha.

— Você não tem que dizer *Ação* ou *Gravando* ou algo do tipo?

— *Ação* ou *Gravando* ou algo do tipo — disse ele, com um sorriso torto.

Um sininho tilintou acima da cabeça de Bel quando ela abriu a porta e entrou, sem segurá-la para Ash, que lutou para abri-la com uma mão só. A garota passou por uma arara de roupas, uma camiseta cropped amarela com uma estampa que dizia *Apoie doguinhos, não droguinhas*, com um pug triste e barrigudinho no meio. O tipo de coisa que Ash provavelmente usaria. Ela se virou e o pegou de olho na camiseta, estendendo a mão para o tecido.

— Foco — sussurrou, dando um tapinha nos dedos do garoto. — A gente não veio fazer compras.

— É que ele tem um jeitinho tão triste e é tão pequenininho. — Ash fez um bico. — Precisa receber amor.

Bel revirou os olhos para a lente da câmera, as duas confabulando, bem debaixo do nariz de Ash. Ela os conduziu até o caixa, onde uma mulher de quarenta e poucos anos, que vestia uma blusa listrada de branco e azul combinando com a entrada da loja, estava anotando preços em etiquetas.

— Bem-vindos à Bé-Bé Boutique — disse ela, entediada, os olhos vidrados, isso até ver Ash. Então, endireitou-se e alongou o pescoço, jogando o cabelo escuro para um lado. Focada nele, perguntou: — Como posso ajudar?

— Estamos aqui pra falar com a proprietária, Alice Moore — informou Bel, sem conseguir atrair a atenção total da mulher.

— Sou eu — respondeu ela, rugas se formando ao redor da boca quando enfim percebeu a câmera nas mãos dele. — O quê...?

— Nós estamos filmando para um documentário — explicou Bel. — *O desaparecimento de Rachel Price*.

Ash tossiu.

— Na verdade, agora é *O reaparecimento de Rachel Price*.

— Ah, sei, as notícias, é incrível, sério... — Alice perdeu o rumo, finalmente olhando para Bel, os olhos estudando-a de cima a baixo. — Mas você se parece tanto com... você deve s-ser a...

Bel deixou Alice gaguejar, deixou a mulher e aquelas frases intercortadas pairarem no ar.

— É, essa é a Bel — interveio Ash. — Filha da Rachel.

— Ah, querida. — Agora, a atenção de Alice estava cem por cento voltada para Bel. — Você deve estar tão feliz por finalmente ter sua mãe de volta.

— Aham, devo, sim — disse Bel, deixando mais um silêncio constrangedor para Ash resolver.

— Será que você poderia assinar um desses termos de autorização de uso de imagem? — perguntou ele, tirando um papel da mochila comicamente pequena. — Pra concordar que seu rosto e sua voz apareçam no documentário.

— Sim, lógico. — Alice pegou o termo, assinou depois de uma olhada rápida, sem ler, e o devolveu. — Apesar de eu não estar entendendo por que vocês estão me filmando. Não conheço a Rachel, não tenho nem conhecidos em comum com ela.

— Na verdade — disse Bel, assumindo as rédeas —, estamos aqui pra conversar sobre uma coisa que você postou no Facebook em janeiro. Disse que achou que tinha visto a Rachel Price aqui, na sua loja.

— Ah, sim. — Alice baixou o rosto, soltando uma risada ofegante, e contou para eles do que achava tanta graça. — Lógico que eu estava errada, não tinha como ser ela, agora que a gente sabe onde a coitada da Rachel esteve de verdade.

— Mas será que você poderia falar pra gente sobre esse incidente, sobre a mulher que você viu? Mesmo que agora a gente saiba que não era possível que fosse a Rachel... — insistiu Bel.

A mulher estreitou os olhos.

— Não estou entendendo.

— Sabe... — Bel se afastou, falando por trás da mão em concha, como se as duas fossem velhas amigas. Era isso o que velhas amigas faziam, né? — É só pra gente encher linguiça no documentário, pegar algumas informações que estavam circulando antes de ela de fato aparecer, para mostrar o interesse do público, mostrar como o caso da Rachel já era bastante conhecido antes de ela voltar.

Bel não deixou muita abertura para a mulher não entender, insistindo outra vez. Talvez ela tivesse as respostas que entregariam as mentiras de Rachel, e Bel ia consegui-las. Ah, se ia.

— Então, o que pode nos dizer sobre essa mulher que você viu?

Alice fez uma pausa para pigarrear.

— Assim, eu não consegui olhar para ela direito, talvez por isso tenha ficado tão convencida de que fosse a Rachel. Ela estava usando uma máscara, sabe, uma máscara cirúrgica, daquelas da Covid, então só consegui ver os olhos dela, na verdade. E ela estava usando um gorro; estava congelando lá fora. Mas o cabelo dela estava longo, quase batendo na cintura, de um tom loiro-escuro, como o da Rachel quando ela desapareceu. A gente não interagiu muito, só quando ela veio até o caixa, e não teve nada fora do normal. Eu só olhei nos olhos dela e me veio o pensamento, tipo: "Ai, meu Deus, ela parece a Rachel Price." Na hora, não falei nada, mas fiquei brava comigo mesma depois, quando estava certa de que era ela. Eu tinha que contar pra alguém, só por desencargo de consciência, pra não parecer um segredo. Então, publiquei no Facebook. Só que agora, em retrospecto, teria *mesmo* sido bem ruim se eu tivesse dito alguma coisa pra ela, porque é óbvio que não tinha como ser a sua mãe.

— Lógico que não — concordou Bel, mas não era isso o que queria dizer, porque era possível que a mulher daquele dia fosse mesmo Rachel Price, a de verdade, então teria sido mesmo tão ruim se Alice tivesse falado com ela? Mas se fosse Rachel, Bel precisava de uma prova. De evidências. — Você tem alguma câmera na loja? Será que deu pra gravar essa mulher?

— Tenho — disse Alice. — Eu olhei a gravação no dia seguinte pra ver se eu não estava ficando doida.

— Será que a gente poderia ver a gravação? — quis saber Bel.

— Não tenho mais; apaga automaticamente toda semana.

Bel ficou desanimada.

— Mas eu salvei uma imagem de um momento em que ela apareceu de maneira mais nítida, quando estava parada exatamente onde você está agora. A qualidade não é das melhores, mas acho que ainda tenho no celular, espera aí.

Bel e Ash esperaram, se entreolhando enquanto Alice quase batia na tela.

— Desculpa, tenho muitas fotos do meu cachorrinho — comentou, deslizando para cima. — Aqui.

Ela estendeu o celular para mostrar a foto para eles, e Ash deu zoom na tela antes de se virar para capturar a reação de Bel. Ela se aproximou do aparelho, forçando a vista. Havia uma mulher com uma jaqueta *puffer* escura e uma máscara, o cabelo de uma cor similar ao de Rachel, comprido o bastante para ficar preso na dobra do cotovelo enquanto ajustava a máscara, a imagem a congelando naquela posição. Não dava para ver muito do rosto dela, o gorro cobria onde a marca de nascença poderia estar. Podia ser Rachel, usando a máscara e o gorro como disfarce, camuflando-se no meio de todos, e não havia nada que contrariasse essa possibilidade. Ou podia ser só qualquer outra mulher branca com a mesma cor de cabelo. O que não faltava por ali.

— Consegue me passar a foto por AirDrop? — pediu Bel.

— Por favor — acrescentou Ash.

Alice olhou para ela, impassível.

— Não sei o que isso quer dizer.

— Assim — disse Bel, impaciente, pegando o celular das mãos de Alice.

Apertou o botão com o símbolo azul, esperando que seu aparelho fosse detectado, depois clicou para aceitar a foto em seu dispositivo. Então devolveu o celular para Alice sem olhar.

— Obrigado — completou Ash mais uma vez, porém Bel não estava ouvindo direito, focada em ampliar o rosto pixelado, apenas um terço à mostra.

Era impossível ter certeza, seus instintos oscilando entre o sim e o não. Havia apenas um lado para o qual queria pender. Mas se fosse de fato Rachel, o que ela havia ido fazer ali?

— Ela veio até o caixa? — questionou Bel, mas aquela não era a pergunta que queria fazer de verdade. — Comprou alguma coisa?

Alice assentiu, como se o mero gesto já respondesse à questão.

— E aí? — incentivou Bel, irritada. — O que a mulher comprou?

— Foram só duas coisinhas, se eu bem me lembro. — Alice esfregou o rosto como se o olhar de Bel a tivesse queimado. Ah, se fosse possível... — Ela pagou em dinheiro, apesar de a gente ter uma plaquinha dizendo que prefere cartão.

Alice fez uma pausa para apontar a plaquinha.

— Acho que comprou só uma calça jeans e uma blusinha.

Aquilo despertou ainda mais a atenção de Bel, e o nó de tensão em seu estômago se remexeu, também alerta.

— Que tipo de blusinha?

— Uma blusinha simples de mangas compridas. Vermelha, eu acho. Não trabalho com cores sem graça.

O coração de Bel acelerou.

— Uma blusinha vermelha de mangas compridas — repetiu ela para garantir que tinha entendido direito.

— Isso.

— E a calça jeans que ela comprou era preta?

— Acho que sim. Uma cor um pouco mais versátil que azul, né? Dá pra usar para sair à noite também.

Bel ficou paralisada, pensando naquela resposta. Alice não tinha percebido o que acabara de dizer. Talvez só reconhecesse Rachel Price pela única foto que tinham usado nos cartazes de desaparecida e nos jornais: Rachel vestindo uma camisa branca. Não entenderia o significado de uma blusa vermelha de mangas compridas e uma calça jeans preta. As roupas que Rachel estava usando quando desapareceu. As mesmas que estava usando quando reapareceu. Elas estavam caindo aos pedaços, esfarrapadas e manchadas.

— Bel? — indagou Ash, sem entender a pausa da garota ou entendendo e querendo conferir se ela estava bem.

Bel o ignorou.

— Os seus produtos têm etiqueta própria?

— Lógico. — Alice sorriu. — Bé-Bé Boutique, é um nome bom demais pra não colocar em todas as roupas. Você quer ajuda para encontrar alguma coisa, querida? É pra sua mãe?

Bel não falou nada, então Ash interveio outra vez, desajeitado, balançando um pouco o corpo.

— Eu gostei daquela camiseta de dogui...

— Na verdade, a gente precisa ir — interrompeu Bel, segurando o macacão de Ash para girá-lo, a câmera captando uma imagem da parte debaixo do queixo dela. — Tchau, viu? Obrigada, tchau — gritou para a mulher atrás dela e atravessou a porta, o sininho tilintando acima deles num tom frenético e estridente.

Não conversaram até chegarem ao carro, e Bel percebeu que o havia segurado pelo caminho todo. Soltou o macacão de Ash e eles entraram no veículo. Ele ainda estava gravando, com a câmera no colo apontada para ela.

— Que foi? — Ele fungou. — Acha que era ela? Achei que a foto está borrada demais pra ter certeza, e ela estava com a cara toda coberta.

— Não... sim... não — disse Bel, incerta de que palavra deveria sair primeiro. — Sim, a foto está borrada, tanto pode ser ela como pode não ser. É óbvio que ela teria que ter cortado o cabelo desde aquele dia. Mas as coisas que ela comprou...?

— A blusa vermelha e a calça jeans preta? — perguntou ele, sem entender direito.

— Ash... sem querer ofender, mas já ofendendo um pouco... você está prestando um pingo de atenção no documentário que está fazendo? — Bel falou com agressividade, a câmera funcionando como uma barreira entre os dois. — São as roupas que a Rachel estava usando no dia em que desapareceu. As mesmas roupas que ela estava usando quando eu a encontrei voltando pra casa no sábado. Sujas, rasgadas, cheias de buracos, como se tivesse usado a mesma roupa nos últimos dezesseis anos. Mas e se não tiver sido isso o que aconteceu? E se ela só quisesse dar a impressão de que tinha sido isso?

A expressão no rosto de Ash mudou.

— Então você está querendo dizer que...

— Eu estou querendo dizer que, se ela não tivesse mais aquelas roupas do dia em que desapareceu, teria que comprar outras bem parecidas para seu grande plano de reaparecer. Se for isso, então é possível, *sim*, que ela tenha vindo a essa loja em janeiro. É perto, mas ela estaria disfarçada. Usando uma máscara cirúrgica. Isso explicaria como ela vinha andando por aí... pelo menos nos últimos quatro anos... escondendo a própria identidade. Será que é possível desgastar uma blusinha e uma calça jeans daquele jeito... deixar tudo em farrapos em apenas alguns meses?

— Provavelmente, sim — disse Ash. — Se essa for a intenção da pessoa. Mas, tipo, isso não é uma evidência sólida, sabe? Se basear no que a dona da loja se lembra de ter visto a mulher desconhecida comprar.

Bel sabia disso, sabia que precisaria de mais, algo mais concreto se quisesse expor as mentiras de Rachel. Convencer o pai e a polícia. Mas o que tinham era mais do que uma coincidência, disso ela tinha certeza. Um golpe do acaso até passava: o momento da gravação do documentário coincidir com a volta de Rachel. Mas dois golpes do acaso já eram suspeitos. As roupas tinham um significado; Bel sentia um fogo por dentro, queimando em sua barriga, provando que seus instintos estavam certos o tempo todo.

— Queria saber no que você está pensando — comentou Ash.

— Estou pensando que você está parecendo o Ramsey — respondeu ela, uma nova onda de energia subindo pelas costas.

Virou a cabeça para se libertar dela, estalando o pescoço.

— Não sei a parte do desaparecimento da Rachel ainda, mas está começando a parecer que ela planejou o próprio reaparecimento, que já está de volta há mais do que só alguns dias. O que significa que é impossível que a parte do porão seja verdade. Que o homem seja verdade. E, por algum motivo, ela quer que o mundo ache que essas coisas são. — Hesitou. — Isso parece loucura?

Ash balançou a cabeça.

— Não. Quer dizer, você *com certeza* é louca. Mas não por isso.

Bel sorriu para ele, um sorriso verdadeiro que ela não pensou duas vezes antes de abrir.

— Parceira, acho que a gente fez um trabalho bem bom na loja — disse ele, coçando o nariz. — Uma boa dupla: o policial malvado e o policial bonzinho.

— Quem era o malvado? — perguntou Bel, ainda sorrindo, dessa vez de propósito.

Ash ofegou e olhou para ela.

— Qual é?! Tá falando sério?

DEZOITO

Bel não estava mais sorrindo quando Ash a deixou em casa.

Rachel havia ocupado a vaga do pai de Bel, o carro novo estacionado em frente à garagem, onde a caminhonete dele ficava. Como não dava para ver a caminhonete em lugar nenhum, o pai ainda não devia ter chegado do trabalho. Que maravilha. Nem sinal do pai, mas a CNN, a NBC, a ABC e a Fox estavam todas ali.

— Acho que a gente se vê por aí — disse Ash enquanto ela descia.

— É — concordou Bel. — Já que eu sou contratualmente obrigada a te ver.

— Foi um prazer também, Bel.

Ele esticou a mão para cima em um cumprimento quando ela fechou a porta do carro. Estava tentando ser mais espertalhão que Bel; mas ela sairia por cima na próxima.

Bel caminhou até a porta da frente, ignorando os quatro repórteres que se espichavam em sua direção gritando perguntas, protegida pelo limite da propriedade, uma fronteira invisível que não tinham a permissão de cruzar. Fingiu que o som também não conseguia atravessar aquela barreira.

Bel lançou um olhar para o carro de Rachel. Mal fazia três dias e ela já estava assumindo o controle, dando um jeito de expulsá-los, reivindicando território. Bel tinha feito progresso (contava com um aliado e uma pista), mas estava longe de ser suficiente. Precisava de mais provas para tomar a casa de volta de Rachel Price. Porque era a isso que tudo se resumia, né? Era uma ou outra.

Ela enfiou a chave na fechadura. Pelo menos ainda tinha o próprio quarto; o último lugar seguro que Rachel não poderia reivindicar. E era para lá que ela estava indo naquele momento, isolando-se até o pai voltar, fingindo que tinha dever de casa.

Bel abriu a porta, prendeu a respiração e se preparou para enfrentar Rachel novamente, embora sentisse que nunca estava preparada para isso.

O corredor encontrava-se vazio.

Bel travou a mandíbula e caminhou até a sala. Rachel também não estava ali, nem na cozinha, embora o forno estivesse aceso, fazendo aquele barulho de sempre. Será que Rachel não estava em casa? Talvez tivesse saído para dar uma volta.

Bel sentiu algo despertar, aquele instinto que surgia em uma casa vazia, de gritar o nome de alguém, desesvaziá-la, mas ela o reprimiu, ignorando-o. Por que chamaria por Rachel? Não queria encontrá-la. Tivera um golpe de sorte; Bel poderia se esconder no quarto sem ter que inventar desculpas.

Começou a subir a escada, pulando o degrau que rangia. Parou no alto. A porta do quarto de hóspedes — era importante pensar nele assim, não como o quarto de Rachel — estava aberta, e o cômodo se encontrava vazio. A porta do banheiro, porém, estava fechada. Não havia nenhum som de água corrente, mas quem sabe Rachel estivesse na banheira?

Bel deu passos cuidadosos, na ponta do pé, só para garantir. Não queria que Rachel soubesse que estava em casa, forçando-a a reaparecer outra vez.

Chegou até a porta do próprio quarto e a abriu.

Alguém suspirou de susto e Bel fez o mesmo, sentindo um pigarro súbito na garganta e tossindo.

Rachel estava dentro do quarto de Bel, estudando as prateleiras de livros.

— Ah, Anna — disse Rachel, o suspiro de susto se transformando em uma risada tímida. Estava segurando um livro, agora apertado junto ao peito, como um escudo. — Não te ouvi chegar.

Sim, tinha sido esse o intuito de Bel. E Rachel não devia estar ali, no quarto da garota, no refúgio dela.

Bel deixou a mochila cair no chão com um baque pesado.

— O que você...? — começou a dizer, sem saber como terminar a pergunta, porque *O que você está fazendo aqui?* era uma pergunta que ia além do fato de Rachel estar no seu quarto.

— Desculpa — disse Rachel, arrastando os pés no carpete. — Eu estava procurando um livro, a Carter disse que você gosta de ler. Achei que podia pegar um emprestado. Espero que não se incomode.

Bel se incomodava, sim, e, naquele exato momento, não conseguiu fingir o contrário. Rachel a tinha desestabilizado estando onde não deveria estar, o coração de Bel batendo violentamente em um instinto de reagir ou fugir.

Rachel ergueu o livro nas mãos, balançando-o de modo que a capa batesse como asas presas.

— Esse livro é bom — comentou ela.

Bel reconheceu a capa verde: *O ladrão de lembranças*. Era um de seus favoritos, sempre tinha sido.

— Um dos meus favoritos — disse Rachel, roubando aquilo de Bel também.

— É bom — disse a garota. — Lá pelo meio fica chato.

Rachel olhou para o livro, os dedos percorrendo os cantos afiados e as saliências das páginas dobradas.

— Alguém te deu esse livro ou...? — perguntou a mulher, constrangida, tentando puxar conversa.

Talvez Bel a tivesse desestabilizado também.

— Não, comprei esse exemplar alguns anos atrás. Meu avô costumava ler pra mim quando eu era criança, aí quis ler de novo sozinha, depois que cresci.

— Que fofo. — Rachel colocou o livro no espaço vazio da estante, completando a fileira outra vez. — Que o seu avô lia pra você.

— Ele começou quando meu pai foi preso pelo seu assassinato — disse Bel, recuperando o equilíbrio e dando um passo à frente.

Rachel assentiu, ruminando seus pensamentos sigilosos, protegidos por sua expressão impassível.

— Acho que preciso visitar o pai do Charlie.

— Ele provavelmente não vai se lembrar muito de você — comentou Bel, numa tentativa de sair ganhando. — Ele se esqueceu de mim e da Carter, e a gente sempre esteve aqui.

Rachel ponderou ainda mais, mordendo o interior da bochecha, e então piscou, sua expressão mudando.

— Vocês acabaram se desencontrando; a Carter foi embora ainda há pouco. Ela é um amor, né? Não podia ficar pra jantar, mas, aliás, ela me ajudou a configurar o celular. Está tudo certo, só preciso praticar até entender como usar. — Ela colocou as mãos às costas, escondendo-as, um estalo em seu ombro. — Sei que estava ocupada demais ontem. Mas, enfim, agora está tudo certo, e ela me passou o seu número.

Valeu, Carter.

— Vou te mandar uma mensagem, aí você salva o meu — continuou Rachel. — Pode me ligar a qualquer hora. Você sabe disso, né? A qualquer hora.

— Aham — disse Bel.

A qualquer hora, só não nos últimos dezesseis anos, os anos em que as pessoas mais costumavam precisar da mãe.

Bel deu um passo à frente, abrindo espaço para Rachel passar pela porta. Queria que ela saísse, embora não tivesse certeza de que o quarto algum dia voltaria a ser seguro, os rastros daquela mulher deixados em tudo o que ela tinha tocado e olhado. Quanto tempo ficara bisbilhotando as coisas ali? Será que tinha se sentado na cama? Aberto a gaveta da mesa de cabeceira ou o guarda-roupa? Encontrado a coleção de coisas roubadas de Bel?

— Vou filmar minhas entrevistas nos próximos dois dias — acrescentou Rachel, procurando alguma coisa para dizer, mais um motivo para ficar.

— Legal.

— Na verdade, liguei para o Ramsey, tentei usar meu celular novo. — Ela esfregou um olho. — Ele teve a ideia de jantarmos em família na sexta à noite, a família inteira: a gente, o Jeff, a Sherry, a Carter, minha mãe, seu avô também, e o cuidador. Qual é o nome dele mesmo?

— Yordan.

— Yordan. O Ramsey vai contratar um serviço de catering, assim não precisamos cozinhar. Você pode me ajudar a escolher o menu, se quiser. Vão filmar o jantar pra colocar no documentário. Vai ser legal, né? Juntar todo mundo de novo.

Legal não era a palavra que Bel teria escolhido. Mas pelo menos a casa estaria lotada, cheia de vozes, não aquele bate e volta desconfortável dela sozinha com Rachel.

— Vai ser bom rever todo mundo.

Rachel sorriu.

— A gente pode pedir qualquer coisa. Bife? *Paella*?

— Meu pai não gosta de camarão. Teve intoxicação alimentar uma vez.

O sorriso de Rachel vacilou um pouco.

— Como foi o dever valendo ponto extra? — perguntou.

— Foi de boa.

— O Ramsey mencionou que te viu hoje, depois da escola.

Merda. Talvez Bel estivesse conseguindo pegar Rachel em algumas mentiras, mas ela estava prestes a pegá-la também. A menos que Bel pensasse rápido.

— Ah, sim, eu dei uma passada no hotel — disse Bel, improvisando. — Tive uns cinco minutos livres antes de encontrar o pessoal, aí lembrei que tinha deixado meu elástico de cabelo lá quando filmei a entrevista. Fui ver se estava nos achados e perdidos.

Até que essa história parecia convincente. Não tinha furos, a não ser que Rachel corresse atrás do que de fato aconteceu.

Rachel assentiu.

— E achou?

— Não, nem sinal.

Ramsey não teria contado para Rachel sobre o que eles conversaram, né? Que Bel estava desconfiada de Rachel, começando a desvendar as mentiras dela. Não, ele não faria isso, Bel sabia pelo brilho no olhar dele; o homem só tinha visto uma oportunidade nas suspeitas de Bel. E não dava pra ele estar tirando vantagem dela se era ela quem estava tirando vantagem deles. Usando-os para documentar qualquer prova que encontrasse, para ter um registro permanente. Um lavando a mão do outro, com Ash como intermediário.

— Será que seu pai volta para o jantar? — perguntou Rachel, encontrando algo novo para dizer, o que significava que Bel devia tê-la convencido, encoberto os próprios rastros.

— Geralmente ele chega em casa mais cedo do que isso — respondeu.

— Vai ter lasanha hoje. De mercado. Não tive tempo de cozinhar — disse Rachel, quase culpada. — Você gosta de lasanha?

Se Bel tivesse que responder mais uma vez se gostava ou não de alguma coisa, talvez desse um grito.

A porta da frente bateu no andar debaixo.

— Olá? — A voz de Charlie reverberou. — Filhota?

Nossa, ainda bem.

O pai havia chegado, o que era bom, porque ela não se sentia em casa sem ele.

DEZENOVE

No dia seguinte, quando Bel voltou da escola, só a Fox, a CNN e a ABC estavam do lado de fora de sua casa. Minguando, um canal de notícias por vez. Se continuassem nesse ritmo, até sábado todos teriam ido embora, como nos versos de uma música infantil. Até que algo novo surgisse (como o fato de Rachel ter inventado tudo), e aí todos voltariam correndo. *Dez emissoras foram passear...*

— Tenha uma boa aula de dança! — gritou Bel para Carter enquanto descia a rua Milton, erguendo o capuz para ignorar os repórteres.

Bel procurou as chaves no bolso. Não percebeu até olhar para cima. A caminhonete do pai não estava no lugar habitual, e o carro de Rachel também não estava lá.

Rachel tinha saído? Talvez ainda estivesse no Royalty Inn, gravando a entrevista com Ramsey. Bel devia ter dado uma olhada no estacionamento quando passaram pelo hotel.

Destrancou a porta da frente e entrou em casa, o coração acelerado, só para caso precisasse.

— Olá? — gritou, só para confirmar.

Sem resposta.

Passou pela sala de estar. Tentou outra vez.

— Oi? Pai? Rachel? Tem alguém aí? — A mão apoiada no corrimão, olhando para cima. — Rachel? Mãe? — disse ela, só como teste. — Mamãe querida?

Nada. Nem um barulho. Ela estava sozinha em casa.

Suspirou e levou a mão ao peito para desacelerar os batimentos cardíacos. Tirou os sapatos e largou a mochila, deixando-a no lugar em que caiu. Rachel não parava de arrumar as coisas, apesar de não saber onde ficavam: colocava pratos no lugar das tigelas, canecas no dos copos, e os sapatos de Bel no armário do corredor. Então Bel ia aproveitar enquanto Rachel estava fora para deixá-los bem ali e ter a casa só para si.

A casa só para si.

Bel era idiota: não tinha percebido o que aquilo significava. Não era só uma oportunidade para deixar os sapatos no meio do caminho, mas também uma chance para procurar por respostas sem Rachel bisbilhotar. Tinha sido a mulher quem começara, fuxicando o quarto de Bel na véspera, então era a vez da garota, uma retaliação justa e igualitária. Ela talvez tivesse deixado algo no quarto, algo real, concreto, que Bel pudesse usar para desvendar suas mentiras.

Bel já havia esperado tempo demais; Rachel poderia voltar a qualquer momento.

Subiu a escada a passos pesados, sem nem se preocupar com o degrau que rangia, e correu até a porta do quarto de hóspedes. Segurou a maçaneta e abriu a porta, entrando no cômodo. Se houvesse uma barreira invisível ali também, não era tão forte a ponto de mantê-la do lado de fora.

A cama estava arrumada, quase arrumada demais, como se fosse um objeto cenográfico, e não o lugar onde alguém dormia de verdade. O sol da tarde se espalhava pelo espaço entre as cortinas abertas, enchendo o quarto de raios dourados, reivindicando Bel também, conforme ela entrava, curvando-se para checar debaixo da cama. Nada além de poeira.

Primeiro a cômoda. Havia algumas coisas novas em cima dela: uma lata de desodorante, dois hidratantes e uma vela perfumada. Bel abriu a gaveta de cima. Calcinhas, sutiãs e meias; tudo que tinham comprado na H&M. Deu tapinhas ao redor, conferindo se Rachel não havia escondido nada debaixo ou entre as coisas, mas sentiu apenas o toque do tecido.

A gaveta seguinte tinha blusas dobradas, tanto as novas como as velhas, que o pai havia encontrado.

Saias, calças e calças jeans na gaveta abaixo dessa. Rachel devia estar usando o vestido estilo chemise para a entrevista.

E não tinha nada na última.

Bel se virou e percebeu um movimento pelo canto do olho. Virou-se na direção dele. Uma forma escura e fantasmagórica pairava ali. Bel piscou e soltou a respiração. Era só uma toalha, de um tom cinza-carvão, pendurada atrás da porta, ainda balançando suavemente depois que ela entrou de supetão no quarto.

Bel olhou além da porta, para o corredor, concentrando-se para tentar ouvir alguma coisa, qualquer tipo de barulho. Os repórteres lá fora funcionariam como um tipo de alarme, não? Com perguntas desesperadas feitas aos gritos, avisariam quando Rachel voltasse. Iam ajudá-la, mas não era uma perspectiva muito reconfortante. Ela já estava nervosa só com os sons que o próprio corpo fazia, seu estômago se comprimindo.

Foi até a mesa de cabeceira.

Havia um carregador de iPhone enrolado na base da luminária, conectado na tomada. Um copo d'água, pelo menos dois goles deixados para trás. Nenhum livro, mas um pedaço de papel dobrado, uma caneta apoiada na diagonal para mantê-lo no lugar.

Bel afastou a caneta para ver o que estava escrito nos garranchos de Rachel.

Lista de tarefas:
☐ *Escolher o menu de sexta*
☐ *Marcar oftalmologista*
☐ *Marcar dentista*
☐ *Seguro*
☐ *Annabel*

Bel se concentrou no próprio nome ali, no fim da lista. Então passou o dedo por ele. Que droga estava fazendo ali? O nome dela como uma tarefa a ser concluída, abaixo do seguro e do dentista. Nenhum item da lista estava marcado, então nada havia sido feito ainda. E o que motivou Rachel a colocá-la ali, o que estava planejando fazer com ela?

Bel sentiu um arrepio subir por sua coluna, estranho e frio, embora o quarto estivesse quente. Colocou a caneta de volta onde a tinha encontrado, e os olhos pousaram na maçaneta da gaveta da mesa de cabeceira. Um lugar para guardar segredos (onde Bel escondia os dela), o único onde ela ainda não tinha investigado. Os dedos da garota beliscaram o ar e se fecharam ao redor do puxador retangular. Ela abriu a gaveta, a madeira rangendo nos entalhes esculpidos.

A caixa vazia do iPhone estava lá dentro, com um recibo em cima. Um hidratante labial. Um pacotinho de lenços de papel. Era isso. Não, não era possível. Bel tinha procurado em tudo que era canto do quarto. Tinha que ter alguma coisa; ela precisava de alguma coisa.

A gaveta não abria mais do que aquilo, rangendo quando Bel tentava forçá-la. Deslizou a caixa do iPhone para o lado, a fim de verificar o espaço atrás dela, nas sombras.

Espera, havia alguma coisa ali. Uma coisa pequena e rosa, enfiada bem lá no fundo.

Bel estendeu a mão e fechou os dedos ao redor da coisa, pequena e macia.

Ela a puxou e segurou para ver na luz.

Rosa-clara, com babados na parte de cima.

Era uma meia de bebê, levíssima, enrolada na palma da mão de Bel.

Ela a analisou, erguendo e deixando pendurada na mão. Não dava para acreditar que seu pé já tinha sido tão minúsculo. Porque a meia tinha que ter sido dela, né? Tinha que ser, de antes de Rachel desaparecer. Mas o que estava fazendo ali?

A gaveta estivera vazia na primeira noite depois de Rachel reaparecer, quando o pai de Bel arrumara o quarto para ela. A garota estivera no cômodo quando o pai inspecionara a mesa de cabeceira, soprando a poeira de cima do móvel. E a meia não estava naquele lugar. Então como é que tinha ido parar ali?

Só havia uma explicação: Rachel devia ter levado com ela. Ela mesma devia ter guardado na gaveta, enfiado bem no fundo, como se estivesse tentando escondê-la.

Mas como era possível? Se Rachel estivesse com a meia quando reapareceu, talvez no bolso, a polícia a teria levado como prova junto ao resto de suas roupas. Mas a meia não estava entre as provas, estava bem ali. Será que Rachel podia ter escondido em algum lugar antes de saírem para a delegacia? Em algum canto da casa ou no meio do caminho, em algum lugar da cidade? Tivera tempo suficiente, desde então, para pegar de volta, trazer para cá e esconder na gaveta. Essa era a única possibilidade, a menos que o pai tivesse guardado algumas coisas de quando Bel era bebê em algum cômodo da casa (no sótão, talvez) e Rachel tivesse ido procurar quando ficara sozinha.

Mas, se Rachel a *tivesse* trazido para casa, por que estava guardando uma das meias de bebê de Bel? E por quanto tempo a tinha guardado? Desde seu desaparecimento?

Bel correu os dedos pela meia minúscula, examinando-a. Parecia velha, fina e desgastada, como se não fosse a primeira vez que dedos a acariciavam, tentando tirar algo dela.

Bel não via outra possibilidade, nenhuma alternativa para a origem da meia de bebê que tinha na mão. E, se fosse verdade, se Rachel tivesse levado um souvenir de Bel no dia em que tinha desaparecido, então aquela era a prova, né? De que ela sabia que ia desaparecer, que tinha planejado, que tinha escolhido. Não se leva um souvenir da filha se a pessoa não planeja ir embora para sempre, abandonando-a no banco de trás do carro.

O fato de a terem visto em North Conway havia três meses: o jeans preto e a blusa vermelha denunciavam que Rachel tinha planejado o reaparecimento. E aquela meia de bebê denunciava a outra metade da história. Que Rachel também tinha planejado o desaparecimento, que tinha escolhido ir embora, como Bel sempre soubera, lá no fundo.

Encarar a verdade, naquele momento, não foi doloroso, foi mais como uma vitória, uma confirmação. Rachel tinha se importado apenas a ponto de levar consigo uma meia de Bel, mas não o bastante para ficar ali. A meia era uma prova, ainda muito frágil para qualquer outra pessoa, mas suficiente para Bel seguir em frente. Para tentar descobrir por que Rachel tinha escolhido desaparecer e depois reaparecer, e o que havia feito naquele intervalo de dezesseis anos além de guardar uma meia de Bel.

O nó se contorceu em seu estômago, os fios sendo repuxados.

Bel cerrou o punho ao redor da meia de bebê, o polegar sobre os outros dedos.

Ora, por que não? Antes de tudo, a meia tinha sido dela, não de Rachel. Então, levou-a consigo, deixando o quarto de hóspedes como tinha encontrado.

E entrou no próprio quarto, que já não era mais tão seguro.

Escondeu a meia na mesa de cabeceira, enfiando bem lá no fundo, debaixo de todos os outros segredos minúsculos.

VINTE

Abrir mão de uma coisa que você ama é difícil demais. Para ser sincero, não sei se algum dia eu vou fazer outro documentário. Seiscentas e vinte e nove curtidas, quarenta e um retweets, onze comentários.

Os olhos de Bel se iluminaram. Tinha encontrado, finalmente, o tweet que @DiretorRamseyLee havia postado em outubro do ano anterior. Tinha que ser aquele.

Era quinta-feira à noite, e ela estava sentada na cama, o notebook apoiado no colo, o estômago roncando porque não tinha matado a fome no jantar.

Clicou nos comentários e rolou para baixo.

Não desista!

Eu amei Neve pra cachorro... me fez chorar!

E aí:

Já ouviu falar do caso da Rachel Price? Se estiver pronto pra sua próxima história, daria um ótimo documentário. Nem dá pra acreditar que ninguém fez ainda.

Por Lucas Ayer, sem foto no perfil. Bel clicou no nome. A conta não tinha nenhum seguidor e não seguia ninguém. Aquele tweet tinha sido seu primeiro e último, a conta fora criada no Twitter em outubro de 2023, como se o único objetivo dela fosse postar isso. Bel estreitou os olhos, analisando o rosto vazio e cinza de Lucas sem encontrar nada.

O notebook tremeu em suas mãos, chacoalhando, quando um som horrível preencheu a casa, áspero e agudo, parando do nada.

Alguém estava usando uma furadeira. Lá em cima. E não era o pai, porque a TV estava ligada lá embaixo.

O barulho da furadeira recomeçou.

Bel deixou o notebook escorregar do colo para o colchão e se levantou para seguir o som.

Abriu a porta, hesitando no corredor.

Rachel estava de joelhos do lado de fora da porta do quarto de hóspedes, posicionando a broca no batente da porta, no lugar em que ficava o buraco da trava, cortando as bordas. Havia uma caixa aberta no chão ao lado dela, com uma nova maçaneta prateada aparecendo. *Maçaneta de alavanca: tranca nos dois sentidos*, dizia a caixa.

Rachel soltou o botão, parando a broca, e soprou a serragem.

— O que você está fazendo? — perguntou Bel.

Rachel estremeceu, o dedo acionando o gatilho, a furadeira rosnando uma vez em resposta.

— Você me assustou, Anna... Bel, desculpa. Bel.

Mas Rachel já a tinha assustado mais vezes.

— Vai colocar uma fechadura na porta? — Bel avançou, cutucando a caixa com o dedão do pé.

— Aham.

Rachel tirou a maçaneta da caixa, mostrando para ela. Havia uma peça para girar do lado de dentro e uma fechadura com chave do lado de fora.

— Não ando dormindo muito bem — disse Rachel, esfregando os olhos com a manga da blusa. — Acho que é porque ainda fico pensando que ele está em liberdade, que pode estar em qualquer lugar. O homem que me raptou. Talvez eu durma melhor se souber que posso me trancar aqui dentro. Vale a pena tentar.

Bel assentiu, como se aquilo fizesse sentido, evitando os olhos de Rachel.

— Mas essa fecha do lado de fora também. — Apontou para a caixa. — Com chave.

— Ah, é mesmo — disse Rachel, como se não tivesse percebido até aquele momento, voltando a atenção para a furadeira, evitando o olhar de Bel.

Mudou a configuração da máquina para parafusadeira e a ligou de novo, removendo os parafusos da maçaneta existente, fazendo a casa tremer outra vez.

Mas Rachel *já tinha* percebido que a maçaneta fechava dos dois lados, né? Essa era a razão para tê-la comprado. Não tinha nada a ver com isso de conseguir dormir. E sim de conseguir trancar o quarto quando não estivesse ali, mantendo intrusos do lado de fora. Devia ter percebido que Bel estivera ali no dia anterior e pegara de volta a meia de bebê cor-de-rosa.

Será que Rachel sabia que Bel sabia que ela estava mentindo? Ou pelo menos que suspeitava que estivesse? Bel não queria ficar muito tempo ali para descobrir. Virou-se na direção da escada e desceu correndo.

O pai estava sentado na poltrona, cerveja na mão, enquanto assistia a reprises de beisebol, o volume no máximo.

Bel parou atrás da poltrona, querendo ficar perto dele sem que ele soubesse, fingindo que eram só os dois de novo, sem as mudanças e as distâncias que Rachel havia criado.

— Você chegou tarde hoje — comentou ela. — Perdeu o jantar.

Ele tomou um gole.

— Foi um dia corrido no trabalho — disse, os olhos fixos na TV.

— E ontem?

Bel se inclinou e deu um abraço nele, os braços em volta de seu pescoço quente, o rosto pressionando a nuca dele. Teria que soltar em breve, antes que ele perguntasse o que havia de errado, mas não queria. Ele vinha evitando ficar em casa, a cada dia ficando até mais tarde no trabalho. Logo talvez só parasse de voltar para casa. Bel sabia o motivo. Todos sabiam o motivo, e ela não deixaria aquilo acontecer.

— O trabalho anda meio corrido — respondeu ele. — Não posso fazer nada.

Não, ele não podia. Mas Bel, sim. O pai não precisava ser a pessoa com a tarefa de se preocupar, pelo menos não daquela vez. Bel estava disposta a se preocupar, consertar, planejar. Rachel tinha voltado havia apenas cinco dias e já estava afastando o pai de Bel, a garota conseguia sentir isso. Ele tinha dito que acreditava na história de Rachel, em cada palavra. Mas não havia dúvidas de que o retorno dela havia mudado alguma coisa para ele.

Uma parte de Bel soube, no instante em que viu o rosto dele, quando percebeu que Rachel tinha voltado, que isso se resumiria a uma escolha. Um ou outro. Agora, sabia que não conseguiriam coexistir naquela casa, e para Bel isso não era uma escolha, nem de longe. Era por isso que tinha que lutar: precisava encontrar provas de que Rachel Price era uma mentirosa e se livrar dela antes que ela se livrasse do pai.

— Está tudo bem aí, filhota? — perguntou Charlie, dando tapinhas no braço dela até que soltasse. — O que ela está fazendo?

Ele se referia a Rachel.

— Colocando uma fechadura na porta do quarto de hóspedes.

— Tudo bem — disse ele.

Era só isso? Tão calmo, como se nem soubesse que estava participando de uma guerra.

Bel se sentou no sofá, do lado mais próximo a ele.

— Alguém deixou a janela aberta aqui embaixo ontem à noite — comentou ele. — Não sei se foi você ou se foi ela.

Bel também não sabia.

— Desculpa — disse, só para garantir. — Ei, pai.

— Ei, Bel. — Ele a saudou, a cerveja na mão.

— Por acaso você guardou alguma coisa de quando eu era bebê? Brinquedos ou roupas? Tem alguma coisa no sótão?

— Não. — Os olhos dele seguiram a bola de beisebol. — Não guardei nada do tipo. Doei tudo pra caridade, ou para o Jeff e para a Sherry por causa da Carter. Por quê?

— Ah, nada, não. A equipe de filmagem estava perguntando se a gente tinha alguma lembrança. — A mentira veio naturalmente, embora estivesse falando com o pai e não costumasse fazer esse tipo de coisa com ele.

Charlie grunhiu, tomando mais um gole de cerveja.

O barulho da furadeira recomeçou, estremecendo e rosnando. Crescendo até chegar a um grito agudo.

O pai pegou o controle remoto e aumentou o volume.

Depois aumentou de novo, os dois barulhos ficando cada vez mais altos, um em cada ouvido de Bel, os comentaristas berrando por cima do barulho da furadeira.

Cada vez mais alto.

VINTE E UM

A casa estava irreconhecível, a sala inteira ocupada, reorganizada ao redor deles.

O sofá e a poltrona do pai tinham sido retirados para abrir espaço, a mesa da cozinha fora posicionada no meio, sua extensão aberta para acomodar nove pessoas, com quatro cadeiras a mais emprestadas da casa de Jeff e Sherry. O vovô não precisava de uma, tinha vindo na própria.

Duas câmeras estavam a postos, prontas para gravar dos dois lados da mesa aumentada. Ash estava atrás de uma delas, a menor, que tinham confiado a ele, e mexia nas pernas do tripé. Usava uma calça jeans *flare* e uma camiseta verde fluorescente com uma estampa de maçãs sorridentes: maçorridentes. James estava do lado oposto, as câmeras estrategicamente posicionadas para uma não aparecer no enquadramento da outra. Bel os observara resolver aquilo, gostando de ver a equipe mandar Ash fazer um monte de coisas, observando como ele mexia os ombros, como fechava um olho para analisar o visor. Não houve tempo para os dois trocarem nem uma palavra, e não tinha problema nisso, porque era difícil ser rude com alguém em uma palavra só.

Ramsey estava perto dos softboxes, ajustando-os milimetricamente, vendo algo que ninguém mais via. Saba estava nos fundos, fones de ouvido e equipamento de áudio a postos; todo mundo já estava microfonado.

Os funcionários do catering estavam ocupados na cozinha, aquecendo no forno as refeições que haviam trazido prontas. Rachel observava o caos, e Bel a observava, movimentos e conversas por todos os lados, quinze pessoas em uma casa feita para duas.

Vovô já estava posicionado em uma das cabeceiras da mesa, Yordan apertado ao seu lado para ajudar com a comida. O vovô parecia tão perdido quanto Bel.

Ela brincou com a pulseira nova no punho, sentindo a corrente fria e estranha nos lugares em que apertava seu osso. Rachel a havia surpreendido com o acessório, antes de todo mundo chegar. Disse que tinha muitos aniversários e Natais para compensar.

— E aí — disse Carter, conseguindo chegar até Bel em meio ao caos.

— E aí.

— Tudo bem? — A prima a cutucou, os cotovelos se chocando. — As coisas já estão parecendo mais normais?

Lógico que não, as *coisas* estavam menos normais do que nunca, e agora Bel tinha ainda mais certeza de que Rachel era uma mentirosa. Mas não podia responder isso, porque já estava microfonada e Saba ouviria.

— Claro — respondeu, o que obviamente não passou muita confiança, porque Carter ficou irritada. — Obrigada por ajudar a escolher a pulseira.

Bel a estendeu, a corrente de ouro contra a pele pálida do punho. Sem caveiras, mas com algum tipo de mensagem, depois que Rachel cometera o deslize de mencionar a pulseira antiga de Bel no shopping.

Carter assentiu.

— Rachel queria comprar algo que tinha certeza de que você ia amar. E eu te conheço melhor. Ela está mesmo tentando, sabe?

— Ah, eu sei — respondeu Bel, porque, independentemente do que tivesse para dizer sobre Rachel, não podia falar que a mulher não estava tentando.

Era de se esperar mesmo que uma pessoa ao menos *tentasse* escapar impune ao contar uma mentira após ter desaparecido por dezesseis anos e depois reaparecido. Não era só uma pulseira, né? Era um contra-ataque, depois de Bel bisbilhotar o quarto dela e roubar aquela meia. Uma fechadura para mantê-la do lado de fora e uma pulseira para mantê-la quieta.

— As entradas já estão prontas — gritou Ramsey, reaparecendo, vindo da cozinha. — Vamos lá, pessoal, podem se sentar. Ash, James, vamos começar a rodar. Rachel, será que você poderia ficar aqui no meio, deste lado?

— Claro.

Rachel sorriu, sentando-se na cadeira, trazendo sua taça de vinho tinto.

Bel sabia o que ia acontecer, então foi mais rápida que Ramsey e se sentou do outro lado da mesa, oposto ao de Rachel. Ramsey a encarou, os olhos arregalados. Ele se aproximou e se abaixou para sussurrar algo para ela.

— Eu estava pensando em te colocar do lado da sua mãe — disse ele, pisando em ovos.

— Mas agora eu já estou sentada.

Bel lhe ofereceu um sorriso radiante. Era tarde demais, de qualquer forma: a mãe de Rachel já havia se sentado do lado esquerdo dela, e Carter do direito, o restante da família se aproximando da mesa.

Ramsey mordeu o lábio.

— Na verdade, lados opostos funcionam melhor — afirmou ele, em um tom baixo e discreto, tentando reivindicar a pequena vitória de Bel.

Ele saiu do caminho de Charlie, já em sua terceira cerveja, os rótulos retirados para a filmagem.

A conversa se acalmou, todos esperando instruções. Jeff estava na cabeceira da mesa, depois Carter, Rachel, a vovó Susan (a que gostava de abrir as pernas para os cavalos), Yordan e o vovô na outra cabeceira, depois o pai de Bel, ela e Sherry.

— É um prazer rever você, Pat — disse Rachel, quebrando o silêncio constrangedor, observando o vovô enquanto tomava mais um gole de vinho.

Os olhos do vovô ficaram sombrios. Yordan sussurrou algo em seu ouvido.

— Rei-chul — falou o vovô, dividindo a palavra em dois como se não fosse um nome.

Os funcionários do catering apareceram, segurando dois pratos cada, servindo do meio da mesa até a cabeceira, começando por Rachel e Bel. Torta de queijo de cabra e cebola roxa. Tinha sido Bel quem sugerira o prato, mas achava que Rachel não fosse incluir no cardápio. Ela olhou para cima e pegou Rachel sorrindo para ela. Bel ergueu a faca e o garfo em resposta.

— Podem atacar, pessoal — disse Rachel, como se a casa fosse dela e ela fosse a anfitriã.

Carter deu a primeira mordida.

— Está uma delícia.

— A Anna que escolheu — contou Rachel. — Desculpa. Bel. Ainda estou me acostumando com isso.

— Ah, é. — Sherry se virou para Bel, ao seu lado. — Esqueci que o seu apelido era Anna, faz tanto tempo. — Voltou a olhar para Rachel. — Ela tinha uns seis anos quando começou a insistir que a gente a chamasse de Bel, garota teimosa. Parece que ela é a Bel desde sempre, pra ser sincera.

— Bom — disse Rachel —, eu não peguei essa parte.

— Não, lógico que não. — Sherry sorriu. — Tem muitas coisas novas com que se acostumar. Com o resto do mundo também, as coisas estão bem diferentes hoje em dia. De verdade, agora não dá pra *falar nada* sem acabar ofendendo alguém. — O garfo de Sherry parou a meio caminho da boca. Como se estivesse fazendo uma oferta de paz, observou: — Que roupa linda, Rachel.

A atenção de Rachel foi até a própria blusa.

— Obrigada. A Anna... merda... a Bel escolheu pra mim. — Uma das mãos dela se fechou em um punho, os nós dos dedos se projetando como o topo de uma colina.

A vovó se contraiu com o *merda*. Ah, qual é, a filha dela tinha passado, supostamente, dezesseis anos num porão, e a parte que ela achava desagradável era aquela palavrinha de cinco letras?

— Não, sério, você está linda, Rachel — insistiu Sherry. — Tão magrinha. Acho que passar dezesseis anos em cativeiro é a melhor dieta que existe.

Alguém deixou um garfo cair.

Carter ficou boquiaberta.

— Mãe — sussurrou ela, os olhos arregalados, encarando-a do outro lado da mesa. — Não é legal dizer uma coisa dessas!

Sherry olhou para a câmera por um instante e então soltou uma risada.

— Ah, larga de ser boba — respondeu. — A Rachel sabe que eu estou só brincando, né?

Rachel deu um sorrisinho de volta, com algo cortante nele, e Bel sentiu, embora fosse dirigido a Sherry. Pelo visto, a família Price tinha ainda mais bombas naquele campo minado, armadas e em pleno funcionamento, mesmo depois de dezesseis anos. Não tinham nem terminado as entradas ainda e uma delas já havia explodido. O que acontecera com aquele monte de lágrimas e abraços felizes de alguns dias atrás?

— Alguém quer mais vinho? — Rachel agarrou o gargalo da garrafa. — Jeff? Yordan? Aliás, é um prazer te conhecer, Yordan. Você é da Bulgária, né?

— Posso beber? — perguntou Bel, jogando uma bomba também.

— Hã, eu... — Rachel começou a dizer.

Ao mesmo tempo, o pai de Bel respondeu, bufando:

— Não.

— Talvez outra hora — acrescentou Rachel.

— Eu disse que não. — Charlie foi mais incisivo e esfaqueou o último pedaço de torta, evitando olhar nos olhos de Rachel.

Bel se lembrou daquilo que o pai dissera para Ramsey, sobre Rachel iluminar os lugares para ele. Bem, ela não iluminava mais. Na verdade, ele quase sempre saía do cômodo em que estava assim que ela entrava. Mas ali estavam eles, juntos, emboscados pela família inteira e por duas câmeras, sentados de lados opostos da mesa. Bel tinha escolhido o seu.

— Então, Susan... — começou Charlie, os olhos brilhando por conta do softbox mais próximo. — Fiquei imaginando se você teria alguma coisa pra dizer pra mim e para o resto da minha família, agora que a Rachel voltou, vivíssima.

Vovó baixou o garfo delicadamente.

— Que estou muito feliz, muito grata por minha filha estar viva e bem. Meu único lamento é que Edward não esteja vivo pra ver a Rachel voltar pra casa.

Os olhos dela ficaram marejados, dando tapinhas no ombro de Rachel.

— É só isso? — retrucou Charlie, com um sorriso incrédulo. — Não vai pedir desculpa?

— Nem se dê ao trabalho, pai — disse Bel, baixinho.

— O que está acontecendo aqui? — Rachel colocou o vinho na mesa, o olhar alternando entre os dois lados da família.

— Conta pra ela, Susan — falou Charlie.

— Nada, querida. — Vovó agarrou o braço de Rachel. — Esse jantar deveria ser uma ocasião feliz, uma comemoração.

— Você não consegue, né? — Charlie riu. — Tem tanto orgulho que nem consegue pedir desculpa, mesmo depois de tudo. Eu não matei a Rachel, matei? Ela está sentada bem do seu lado.

— Mãe? — Rachel olhou para ela.

Vovó mexia, distraída, na própria echarpe de renda.

— Eu tinha tanta certeza de que ele tinha te matado... Não tinha outra resposta. Tinha que ter sido ele. — Ela enxugou uma lágrima que Bel não conseguiu ver.

— Está tudo bem — disse Rachel, com gentileza.

— Não está, não — interveio Bel, menos gentil.

Os olhos do vovô acompanhavam a conversa, um garfo cheio pairando perto da boca, Yordan distraído também.

— Desculpa, Charlie, tá legal? — A vovó enxugou o rosto com a echarpe. — Você entenderia meu ponto de vista se alguma coisa acontecesse com a Annabel, se ela desaparecesse assim do nada.

— Quem me dera — murmurou Bel, e, naquele momento, era mesmo o que ela desejava.

Tinha pensado que o jantar seria um cessar-fogo, que todos se comportariam da melhor maneira possível, mas estavam no primeiro prato (de uma refeição de três) e olha só o clima. Ramsey ficou imóvel perto da porta da cozinha, observando com atenção; deve ter ficado animado.

— Tá tudo bem, mãe. O Charlie nunca me machucaria — disse Rachel, ou melhor, anunciou, como se ele não estivesse ali.

O pai ficou tenso; Bel conseguia sentir isso no ar. Era confuso: Rachel defendendo o pai de Bel. Aquela sempre tinha sido uma tarefa de Bel. Sempre.

— Agora todo mundo acha que eu sou a vilã. — A vovó assoou o nariz no guardanapo.

— Não, ninguém acha isso. — Rachel esfregou as costas da mãe. — Deve ter sido muito difícil pra você durante todos esses anos, ter que conviver com ele, se era isso o que você achava que tinha acontecido. Eu entendo.

— Bom, isso não foi lá um grande problema — disse Charlie, finalmente atraindo o olhar de Rachel.

— Como assim?

— Foram raras as vezes em que a gente viu os seus pais.

O rosto de Rachel foi atravessado por um ar sombrio; uma dor que Bel não entendia.

— Mãe? — chamou Rachel, a voz soando áspera. — Você nunca visitou eles? Nem nos aniversários? Nem uma vez por ano?

A vovó se afastou da filha, sentindo a mudança, o perigo.

— Teria sido muito difícil olhar para a cara dele sendo que a gente pensava que ele...

— E a Annabel? — retrucou Rachel.

A vovó se encolheu, mas Rachel não tinha terminado de falar.

— Não estou acreditando numa coisa dessas. A Annabel era tão pequena; ela precisava de você. Você deveria ter estado lá para ajudá-la quando eu não podia.

— A gente achou que ele era um assassino — protestou a vovó.

— Bom, ele não é! — vociferou Rachel. — Mas isso significa que você preferiu deixar a minha filha sozinha com o homem que você tinha certeza de que tinha me matado, né?

— Me desculpa. Pensei em entrar com uma ação para pedir a guarda, mas... — A cabeça da vovó se inclinou, sem força, uma sombra em seus olhos.

Uma desconexão entre elas, maior do que dezesseis anos de distância.

Não deixava de ser meio hipócrita da parte de Rachel, ficar brava com qualquer pessoa por ter abandonado Bel.

— Todo mundo já terminou? — interveio Jeff, sem jeito, coçando o cotovelo. — A comida, no caso.

O pessoal do catering retirou os pratos, a mesa se dividindo em pequenas conversas paralelas, o pai de Bel verificando se o vovô já não precisava ir para casa. Qualquer desculpa para ir embora, para fugir. Sherry estava falando com Jeff, então Bel não tinha com quem conversar. Tirou o microfone do colarinho e ergueu até a boca.

— Acho que o jantar está indo megabem até agora — sussurrou. — Famílias felizes.

No canto do fundo, viu Saba reagir. Ash também, as mãos em volta dos fones de ouvido, atrás da segunda câmera. Ele tossiu, disfarçando uma risada, o que era bom, porque ela tinha dito aquilo para ele.

Carter também não conversava com ninguém. Rachel e a vovó Susan ainda trocavam sussurros ríspidos. A prima parecia chateada; Carter não gostava de atritos, mesmo quando não estava envolvida neles. Bel chutou a perna dela debaixo da mesa, rezando para que tivesse acertado Carter e não Rachel. A prima estremeceu, a encarando. Sua careta de desgosto se transformou em um sorriso, mas o gesto não conseguiu mudar a expressão de seus olhos.

Duas travessas de prata enormes chegaram, cheias de *paella*, com colheres grandes para se servirem.

Com uma das colheres, Charlie botou uma porção no prato e ficou encarando a comida.

— Eu avisei pra ela — disse Bel, baixinho.

— Tudo bem, filhota. Posso tirar o camarão. — Ele lhe ofereceu um sorriso triste. — Nem estou com tanta fome.

Do lado oposto, Rachel passou a bandeja para Carter primeiro. A garota sorriu educadamente, servindo-se de duas colheradas de arroz e ervilhas.

— Não exagera, hein, filha — disse Sherry, do outro lado. — Você tem ensaios no fim de semana. Não quer que a srta. Dunn arranje uma desculpa pra não te colocar na primeira fileira.

Carter não disse nada ao passar a travessa de volta para Rachel. A mulher retribuiu o sorriso educado, uma troca, mas o dela parecia mais forçado, lutando para se esticar nos cantos.

— Dança isso, dança aquilo — repreendeu Jeff, esperando que uma das travessas chegasse até ele.

— É importante pra ela, Jeff — retrucou Sherry, bruscamente. — Você podia se interessar mais.

— Eu me interesso bastante. — Ele fungou. — Deixei ela gastar duzentos contos no meu cartão de crédito outro dia porque tinha alguma coisa a ver com *dança*. O que era, Car, um collant novo ou algo do tipo?

Carter se concentrou no prato, balançando o queixo para cima e para baixo em um movimento curto.

— Olha só, agora você está expondo nossa filha ao ridículo e a deixando envergonhada, Jeff. — Sherry arrancou a travessa das mãos de Bel. — É um investimento no futuro dela.

— Eu não falei nada — respondeu Jeff, dando uma risada desconfortável. — Só falei que, se eu soubesse como esse negócio de dança sairia tão caro, teria me tornado um gênio do crime da *deep web* em vez de trabalhar no Sport Center. Meu amigo Bob, de Vermont, faz... ah, espera, estão gravando. Deixa pra lá.

Sherry soltou um suspiro, um sibilo de cobra, e se virou para deixar Jeff de lado, no canto. Ficou evidente que nenhuma parte da mesa estava imune a surtos e crises. Desde que Rachel tinha voltado, eles aconteciam por todos os lados e a culpa só podia ser dela, embora Bel ainda não soubesse como exatamente, a tensão fervilhando em segundo plano o tempo todo. Por que estavam jantando em família mesmo?

Bel fitou o outro lado da mesa; Rachel escondia os olhos, deixando marcas na *paella* com a parte de baixo do garfo. Ótimo, pelo menos ela também não estava se divertindo.

Ninguém estava comendo, na verdade, a não ser o vovô, devagar, garfadas lentas e constantes, num mundo próprio, sem perceber as explosões ocorrendo ao seu redor. Carter também estava comendo, já dando a última garfada, talvez para não ter que falar nem se envolver em nada.

Rachel seguiu o olhar de Bel até Carter e, sem dizer uma palavra, estendeu a mão para a colher da tarefa e despejou mais uma porção de *paella* no prato da prima.

Sherry se encolheu, o dedo em riste, tentando engolir uma garfada. Mas retraiu o dedo sem dizer nada, só soltando outro suspiro, mais agudo desta vez, feito duas cobras enroladas.

— Obrigada — disse Carter para Rachel, baixinho, um cantinho da boca tremendo ao abocanhar a comida.

— Não precisa agradecer, Carter. — A voz de Rachel ganhou um eco quando ela aproximou a boca da taça de vinho.

Sherry tomou um grande gole da própria taça.

— Alguém mais está ficando com calor? — Jeff mexeu na gola da camiseta. — Posso abrir uma janela?

Os olhos de Ramsey estavam arregalados, em transe. Ele devia estar adorando: não precisava dar instruções nem deixas, o jantar por si só já estava um caos.

— Então, Charlie... — Rachel espetou um pedaço de chouriço. — A Carter me falou que você teve uma namorada por dois anos, mas você não me contou isso. Ela chegou até a se mudar pra nossa casa por alguns meses...?

As palavras surgiram como uma pergunta, afiadas de propósito. Por que Carter diria uma coisa daquelas para Rachel? De que lado ela estava?

Charlie tomou um grande gole de cerveja.

— Não tinha surgido uma oportunidade pra conversarmos sobre isso, em *particular*. — Ele enfatizou a palavra. — Aconteceu faz um tempão. A Bel tinha dez anos.

— Onze — interveio Bel, os olhos em Rachel, travando os cotovelos para colocar um escudo em volta dela e do pai, preparando a língua afiada.

— Aparentemente, essa mulher foi a jurada principal no seu julgamento pelo meu assassinato — completou Rachel, rindo consigo mesma, com um camarão fazendo piruetas no garfo.

Charlie largou a cerveja, já vazia.

— Foi só uma coincidência. A Ellen e eu nos esbarramos alguns anos depois. Ela me reconheceu.

A Ellen era legal; Bel gostava da Ellen. O que também tinha sido um problema porque a garota sabia que ela acabaria indo embora em algum momento, como todo mundo. Então Bel a afastou primeiro, disse que não precisava nem queria uma mãe nova. Crianças às vezes eram cruéis, e Bel conseguia ser ainda mais. Ellen fez as malas no dia seguinte.

— Mas deve ter sido muito estranho — comentou Rachel, partindo o camarão. — Namorar a mulher que te considerou inocente no assassinato da sua esposa.

— Pelo menos *ele* esperou até você ir embora — murmurou Sherry, limpando a boca com a manga.

Ninguém mais na mesa tinha ouvido, todos à espera da resposta de Charlie, mas Bel ouviu, sentada bem ao lado de Sherry. Ela se virou e analisou a tia, os lábios apertados em uma linha tensa. Qual foi a intenção dela com aquele comentário? Dizer que Rachel estivera com mais alguém antes do seu desaparecimento? Em momento algum a imprensa mencionou um relacionamento. Isso não seria uma baita notícia? Um suspeito em potencial? O que Sherry quis dizer com aquilo? Bel guardou a informação dentro do nó, deixando que ele se alimentasse de seu estômago quase vazio.

— Eu estava me sentindo solitário — defendeu-se Charlie, a voz comedida e firme. — Fiquei de luto por você durante anos. Todo mundo dizia que eu tinha que seguir em frente. Foi difícil e o relacionamento não durou, então não sei por que você tem que tocar nesse assunto justo agora.

— Só estou querendo puxar papo. — Rachel deixou o garfo balançar, raspando no prato. — É o tipo de coisa que as pessoas fazem no jantar. Você mal tem parado em casa desde que eu voltei, então a gente não teve muita oportunidade de conversar em *particular*. — E enfatizou a palavra da mesma forma que ele havia feito.

O pai deixou as mãos caírem no colo e cerrou os punhos, um músculo pulsando na mandíbula.

Bel não sabia o que dizer, como defendê-lo, porque Rachel estava certa, o pai estava mesmo evitando ficar em casa, mas de quem Rachel achava que era a culpa?

— Talvez a gente devesse encerrar por aqui — sugeriu Charlie, olhando para o vovô.

— A sobremesa já vai sair — interrompeu Ramsey pela primeira vez, surpreendendo o pessoal do catering e mantendo o pai de Bel no lugar.

Ele cerrou a mandíbula, como se conseguisse fazer um esforço para sobreviver à sobremesa, o que significava que Bel conseguiria também, por mais inquieta que estivesse se sentindo. Aquele bolo de tensão girava em seu estômago, empanturrando-se de todas as coisas não ditas ou ditas pela metade. O que Sherry quis dizer?

O prato de Bel foi retirado e outro foi colocado à sua frente, torta de maçã com uma camada grossa de creme. Outro prato que ela tinha sugerido. Qual era a estratégia de Rachel?

— Então, Pat... — Rachel se voltou para o vovô. — Você vai fazer oitenta e cinco daqui a alguns dias. Não dá pra acreditar! Como o tempo passa, né?

É, Rachel, como o tempo passa, né? O vovô estava sem foco, inexpressivo, como se nem a tivesse ouvido.

— Por favor, para de fazer perguntas pra ele — interveio Charlie. — Ele não consegue se lembrar. Vai deixá-lo angustiado.

— Eu só falei do aniversário dele.

— Alguém quer o depósito, não quer? A corretora de imóveis... — resmungou o vovô.

— Carter — sussurrou Sherry.

Carter hesitou, largando a colher.

— Fica bom com creme — comentou Rachel com ela.

— Sherry? — chamou Jeff.

O nó no estômago de Bel ficou ainda mais apertado, se contraindo, o oposto de uma explosão, como se ela pudesse não suportar seu peso e desmoronar.

— Cadê a Maria? — perguntou o vovô, uma mudança, os olhos severos e maldosos.

— Pai. — Charlie repousou a mão no braço do vovô. — A mamãe não está...

— Ela está só comendo sobremesa, Sherry — retrucou Rachel.

— Rachel, eu acho que... — começou a dizer a vovó Susan.

— Maria?

— Pai, está tudo bem.

Bel não aguentava mais.

— Ei! — gritou por cima do barulho, atraindo todos os olhares. — Ei. E se eu propusesse um brinde, gente?

Ela se levantou, a cadeira raspando no chão, e pegou seu copo de limonada pela metade.

— Que ideia excelente? Parabéns, *Bel* — emendou Sherry, usando o nome dela como uma espécie de arma, apontando-a para Rachel.

Rachel a ignorou, pegando a taça de vinho e sorrindo para Bel.

Bel esperou até todos levantarem a própria taça, menos o vovô, que ainda procurava por Maria. Ela olhou para todos que a rodeavam, até para os que estavam atrás das câmeras, e ergueu o copo bem alto, apertando com força demais.

Pigarreou.

— Um brinde à família mais cagada dos Estados Unidos.

VINTE E DOIS

Bel tomou a bebida de uma vez só e bateu o copo vazio na cabeça.

— Annabel! — A vovó Susan se sobressaltou.

— Um brinde! — Yordan sorriu, porque não devia ter ouvido a primeira parte.

— Não tem graça, Bel. Senta aí — repreendeu o pai.

— Não fala com ela desse jeito! — rebateu Rachel, os olhos em chamas, batendo uma mão na mesa.

A taça de vinho dela tombou, parecendo uma poça de sangue derramada sobre a toalha de mesa branca, um garfo vermelho no meio da mancha, estendendo-se na direção de Bel.

Vovô desatou a rir. Sherry desatou a chorar.

— Chega, o jantar acabou. — Charlie se levantou, acenando para as câmeras.

— Pai — chamou Bel, indo atrás dele.

Mas ele desapareceu no corredor e dois segundos depois a porta da frente bateu. Bel estava triste porque talvez tivesse sido ela quem o fizera ir embora. Não, tinha sido Rachel. Tudo o que tinha acontecido havia sido por causa da Rachel. Bel olhou feio para ela.

— Vem, Carter, vamos. — Sherry fungou, pegando o braço de Carter, puxando a garota da mesa.

— Era pra ser uma noite legal — murmurou Rachel, quase para si mesma.

Quase, mas havia um microfone nela.

Saba foi atrás de Sherry e Carter, alcançando-as no corredor. Yordan se levantou e foi empurrar a cadeira de rodas do vovô.

— Fique tranquilo, Yordan — disse Jeff, apressando-se. — Eu coloco meu pai no carro. Pode ficar, termina a sobremesa. Não precisa ter pressa.

Jeff empurrou a cadeira de rodas do vovô na direção da porta lateral com rampa.

— Vamos lá, pai — disse bem alto, guiando-o para fora.

A vovó Susan saiu em seguida, parando para encarar Bel, balançando a cabeça.

— Sempre um prazer. — Bel acenou em resposta.

Rachel foi até a cozinha conversar em voz baixa com Ramsey e com o pessoal do catering.

— Torta gostosa — disse Yordan para Bel, desconfortável, os dois últimos na mesa.

— A melhor — respondeu Bel, e se retirou, largando Yordan como o último sobrevivente no campo de batalha, e ele nem era da família.

Bel estreitou os olhos para Ash e gesticulou para o corredor. Ele se afastou da câmera e deu três passos atrás dela.

Sherry e Carter já tinham ido, a porta da frente fora deixada aberta.

— Ei — disse Ash, parecendo quase sem fôlego. — Isso foi...

— Tira pra mim? — Ela se virou para mostrar a bunda para ele.

— O quê? Ah.

Ash mexeu no transmissor preso na calça jeans. Enrolou o fio e tirou o microfone da blusa dela, os dedos roçando em sua clavícula. Bel estremeceu — por causa da brisa vinda da porta aberta.

— Isso foi... — repetiu ele.

— Eu sei. — Ela mordeu o lábio. — Continua flertando comigo e você vai acabar fazendo parte dessa família.

— Nem a pau. — Ash engoliu em seco.

— Preciso tomar um ar — disse Bel, dirigindo-se para o retângulo escuro do lado de fora.

— Sim, e-eu também respiro ar.

Ash a seguiu para fora.

Ainda havia duas vans de canais de TV estacionadas na rua, nem sinal dos repórteres.

Mais adiante, o tio Jeff colocava o vovô dentro do carro amarelo, que Yordan passara a usar desde que o vovô parara de dirigir. Jeff estava desarmando a cadeira de rodas e se inclinando para falar com o vovô.

Do outro lado da rua, Bel conseguia ver a silhueta da sra. Nelson contra o brilho amarelo da porta da frente, parada ali, sem vergonha nenhuma, observando. Aproveitando o espetáculo, como sempre.

— Por aqui — disse Bel, conduzindo Ash da garagem até o quintal.

— Isso foi... — falou Ash mais uma vez.

— Eu sei que foi, agora para de falar isso — respondeu Bel. — Olha, acho que encontrei mais uma coisa uns dois dias atrás.

— O quê?

— Uma das meias de quando eu era bebê, estava na mesa de cabeceira da Rachel. O que significa que: a) ela escondeu isso em algum lugar quando voltou, assim a polícia não levou como evidência. E: b) se ela pegou uma lembrancinha da filha dezesseis anos atrás, meio que dá a entender que ela tinha planejado desaparecer, né?

— Meio que dá... — concordou Ash, repetindo as palavras dela. — Ou quer dizer que ela estava com a meia quando foi levada, no bolso ou algo assim, e guardou esse tempo todo.

Bel lançou um olhar feio para ele.

— Estou só bancando o advogado do diabo — explicou ele. — Se você está procurando por provas, essa não funciona. Você precisa de algo inquestionável, que não dá pra ter outra explicação.

Bel olhou para o brilho das janelas da cozinha, as silhuetas de Rachel e Ramsey se mexendo lá dentro.

— Como foram as entrevistas dela essa semana? — quis saber Bel.

Ash pigarreou.

— Nenhuma inconsistência — respondeu, sabendo o que ela estava *mesmo* querendo saber. — Nenhum detalhe mudou quando Ramsey repetiu as perguntas. Ela ficou emocionada nas horas certas. Explicou quando não podia responder alguma coisa porque a polícia disse que iria interferir na investigação. Falou muito de você, na real.

Ash fez uma pausa para coçar a cabeça, quase como se estivesse sentindo pena.

— De mim?

— Que pensar em você e precisar voltar pra você foi o que não a deixou desistir. Foi o que a motivou a ficar viva, a lutar. Que ela perdeu muita coisa da sua vida, mas estava determinada a compensar cada dia perdido.

— Que palhaçada do cacete, hein? — sussurrou Bel, voltando-se para a silhueta escura de Rachel na janela. — Dá pra ver que tem alguma coisa *muito* errada desde que ela voltou, não dá?

Ash parou ao lado de Bel.

— Todo mundo da família parece estar nervoso, sim. Mas acho que é uma situação tensa.

— Preciso que ela vá embora daqui de casa.

Esse assunto tinha ficado muito mais urgente, agora que a garota conseguia sentir o pai se afastando. Bel tinha escolhido ficar do lado dele, como sempre ficaria, então Rachel tinha que ir embora.

— A única forma de fazer isso é provando que ela está mentindo — continuou Bel. — Expondo ela. Se ainda não posso provar que ela planejou o reaparecimento, preciso mudar o foco. Me concentrar no desaparecimento.

— Sem ofensas — disse Ash, o que era uma pena, porque Bel gostava de trocar ofensas, principalmente com ele. — Mas centenas de policiais, até do FBI, além de jornalistas, já não tentaram isso? Não conseguiram encontrar nada; por isso que o desaparecimento dela sempre foi um grande mistério.

Bel ignorou o que ele disse, um lampejo nos olhos, como se pudessem brilhar no escuro.

— Do que uma pessoa precisaria pra desaparecer de verdade por tanto tempo assim? Dinheiro. — Ela levantou um dedo como se estivesse contando.

— Um monte de dinheiro — observou Ash —, pelo menos no começo. Mas Rachel não levou dinheiro nenhum quando desapareceu. A carteira dela ficou no carro com você, os cartões ficaram em casa e ela não fez nenhuma transação suspeita em nenhuma das contas no banco por semanas antes do desaparecimento.

— Talvez ela tenha tirado o dinheiro aos poucos durante um bom tempo — ponderou Bel —, assim não levantaria suspeitas. Ou talvez tivesse dinheiro guardado em outro lugar. Com alguém. Além disso: um documento de identidade novo?

Ash assentiu.

— Ela precisaria de um documento novo, um nome novo. Pra viver livre por dezesseis anos e conseguir se sustentar. E teria que mudar a aparência também. Tirar uma carteira de motorista nova. Talvez um passaporte, se não estivesse nos Estados Unidos. Isso tudo teria custado uma boa grana.

— Então voltamos para a questão do dinheiro — comentou Bel. — O que mais? Talvez alguém a tenha ajudado?

— Um motivo — disse Ash de maneira sombria.

— Quê?

— Ela precisaria de um motivo, Bel, pra passar por todo esse sufoco. As pessoas não decidem simplesmente desaparecer. Ela precisaria de um motivo. Uma razão. — A palavra chiou em sua boca como uma abelha presa. Depois acrescentou: — Alguma coisa que ela ou outra pessoa tenha feito, ou estivesse prestes a fazer. Alguma coisa de que ela estivesse fugindo.

Bel pensou na vovó Susan, na delegacia de Gorham e aonde esse tipo de pensamento os tinha levado, apontando erroneamente para o pai dela.

— Talvez ela não estivesse fugindo *de* alguma coisa, mas *para* alguma coisa.

— Como assim? — Ash passou a mão pelo antebraço tatuado, esfregando-o para se aquecer no frio da noite.

— Você ouviu o que a Sherry disse quando Rachel estava pegando no pé do meu pai sobre a Ellen?

Ash balançou a cabeça, negando.

— Ela disse: *Pelo menos* ele *esperou até você ir embora.*

Ash ficou boquiaberto.

— Eu com certeza perdi essa.

— Espero que os microfones tenham pegado. E essa fala dela me fez ter a impressão de que...

— Que a Sherry acha que a Rachel teve um relacionamento com outra pessoa antes de desaparecer — completou Ash.

— Exatamente. Uma razão — concordou Bel, a palavra borbulhando em sua boca, outra troca. — Preciso saber de quem ela estava falando. A Sherry sabe de alguma coisa, algo que manteve em segredo esse tempo todo. Ela não contou pra polícia, mas aposto que consigo fazer ela me contar. Sei muito bem como dar um empurrãozinho.

Bel tinha passado a vida toda aprendendo a afastar as pessoas para longe, e já havia algo rolando entre Rachel e Sherry, algo que foi varrido para debaixo do tapete e lá permanecera por dezesseis anos. Ela só precisava descobrir o que era.

Juntou as mãos e estalou o nó dos dedos, o barulho como o de galhos se partindo, encarando a sombra no formato de sua mãe. Mais uma promessa silenciosa feita no escuro.

VINTE E TRÊS

O pai já tinha saído quando Bel acordou. *No trabalho*, avisou por mensagem. Mas era sábado, e a mensagem de Charlie podia muito bem ter sido *estou em qualquer lugar que não seja a nossa casa*. Bel sabia.

— Vou sair — avisou ela, pegando os sapatos no lugar ao qual não pertenciam.

— Pra onde? — Rachel se levantou do sofá num pulo, como se tivesse a intenção de ir junto.

— Ver uns amigos. — Bel a dispensou. — Vai ser bom fazer alguma coisa normal. — Foi ainda mais incisiva. Elas não tinham conversado sobre a noite anterior.

— Ah — respondeu Rachel, sentando-se, cobrindo as feridas emocionais com os braços cruzados, porque sabia muito bem que *normal* não a incluía. — Vou ter o dia só pra mim, então. Liga se precisar de alguma coisa, Anna. Droga. Bel. Estou tentando acertar, juro. Faz só uma semana que eu descobri.

Bel franziu o rosto para ela, ensaiando um sorriso.

— Tchau, Rachel.

Ela bateu a porta ao sair com muito mais força do que o necessário.

A van de uma emissora de TV estava do lado de fora. Nenhum repórter à vista. Mas havia outra coisa, uma viatura estacionada diante da casa da sra. Nelson. Dava pra ver o chefe da polícia, Dave Winter, falando com a própria dona Intrometida na porta da frente, rabiscando em uma caderneta.

Bel precisava falar com ele, na verdade. Induzir o policial a investigar o reaparecimento enquanto ela ia atrás do desaparecimento, encurralando Rachel. Atravessou a rua.

A sra. Nelson a olhou com cautela. Por quê? Será que não gostava de vê-la tão de perto ou não gostava de Bel bisbilhotando também?

— Oi. — Bel ergueu uma mão em cumprimento. — Tudo bem?

Dave virou a cabeça, o olhar recaindo sobre ela.

— Annabel. Eu ia passar na sua casa depois. Tudo indo bem? Todo mundo se ajeitando?

— Ah, sim — respondeu Bel, escondendo as mãos nos bolsos. — Ela já está se sentindo em casa.

— Que ótimo. — Ele mordeu a ponta da caneta. — A sra. Nelson estava me falando que viu um homem parado na rua, vigiando a sua casa. Tarde da noite.

— Ele estava ali. — A sra. Nelson apontou, os cabelos grisalhos e rebeldes se eriçando com a brisa. — Escondido bem debaixo daquela árvore. Umas quatro da manhã, eu o vi quando vim soltar o gato. Não foi a primeira vez essa semana. Ele usa um boné de beisebol pra esconder o rosto.

— Obrigado, sra. Nelson — respondeu Dave, a maneira mais educada de mandá-la calar a boca. — Você já viu um homem que bate com essa descrição... Annabel... rondando a sua casa?

— Aham, vários deles. A gente chama de repórteres. Tem muitas vans com eles. — Ela apontou para a última restante. — Hoje é o primeiro dia que está tranquilo.

A sra. Nelson balançou a cabeça.

— Não, ele não estava com os repórteres. Ficou parado ali por horas, observando a casa.

— Entendi, sra. Nelson. — Dave fechou a caderneta. — Que tal a senhora passar um café? Vou entrar em um minuto para colher seu depoimento completo, tá legal?

— Eu só tenho descafeinado. — Ela bufou, voltando para dentro e empurrando a porta.

— Descafeinado — murmurou Dave, andando até a calçada. — Mas, falando sério agora, você viu alguém suspeito rondando a sua casa?

Só a mulher que passou a morar lá dentro.

— Não — respondeu Bel.

— Porque o tal homem ainda está por aí. E, até que a gente o pegue, ele ainda representa um perigo para Rachel e para a sua família.

Ele não sabia: o perigo já estava dentro de casa. E o tal homem não existia. Mas um outro homem, sim, e Bel estava determinada a descobrir quem era.

— Não vi nada. Desculpa — declarou ela. — Ei, o resultado daquele teste de DNA já saiu? Ela é mesmo a Rachel Price?

Dave soltou o ar pelo nariz e só parou ao ver o rosto de Bel.

— Desculpa, achei que estivesse brincando. Sim, sim, chegou. É cem por cento ela. Mas você já sabia disso, né?

— Aham. Eu estava brincando, você me pegou. — Ela ergueu as mãos, de olho na arma dele. — Já encontraram a ecobag? Na estrada em Lancaster, onde o homem deixou ela?

Dave coçou a cabeça.

— Aham, bem onde ela disse que estaria.

Merda.

— Tinha alguma coisa na ecobag?

Dave considerou a pergunta por um momento.

— O DNA dela está na ecobag, mas até o momento é a única coisa que conseguimos achar. Ainda não temos pistas do homem que a raptou.

Porque homens que não existiam não tinham DNA. Dave devia ter interpretado a decepção de Bel como pavor.

— Não se preocupa — disse ele —, estamos investigando todas as possibilidades para conseguirmos encontrar esse cara. Rastreando placas de veículos. Alguma coisa vai acabar vindo à tona.

— E as roupas dela? — perguntou Bel.

A polícia não serviria de nada se tudo o que estivessem fazendo fosse procurar um homem que nunca encontrariam.

— Só havia o DNA da Rachel também. Bom, e o seu. De quando você a encontrou.

— Mas e as etiquetas dentro das roupas? Dava pra ver de onde eram?

Dave franziu as sobrancelhas, sem saber o que pensar.

— Ah, tinham saído fazia bastante tempo, acho. Estavam tão estragadas e velhas; ela usou na maioria dos dias desde que desapareceu. Sua mãe não conseguia lembrar onde as tinha comprado.

Merda de novo. As etiquetas tinham convenientemente saído, né? Porque Rachel as tinha comprado na Bé-Bé Boutique alguns meses antes. Certamente encobrira os rastros para o reaparecimento, pensando nos mínimos detalhes. Se tinha cometido algum deslize, devia ter sido com o desaparecimento; devia ter tido menos tempo para planejá-lo.

A conversa que estavam tendo era inútil, o chefe da polícia comendo na mão de Rachel. Não importava, Bel poderia muito bem encontrar respostas sozinha.

— Preciso ir, estou com pressa — disse ela.

E realmente saiu apressada, correndo de leve para se afastar dele, desceu a rua e passou pelas casas de número 30 e 28. Então atravessou para voltar ao lado ímpar.

Demorou mais quarenta segundos até parar na frente do número 19; a casa de Jeff e Sherry, pintada de verde-azulado na metade inferior, branca em cima, as venezianas combinando. Tocou a campainha daquele jeito de sempre, para que soubessem que era ela, no ritmo de "Baby Shark", o que ninguém achava irritante.

— Bel, isso é tão irritante — reclamou Sherry, abrindo a porta. O cabelo dela estava despenteado, o rosto inexpressivo e cansado, sem sinal da maquiagem feita para a gravação da noite anterior. — Vou levar a Carter para o balé daqui a uma hora.

— Uma hora me parece bastante tempo pra uma visita da sua sobrinha favorita. — Bel forçou caminho para entrar, contornando-a até a cozinha.

— Um segundo — gritou Carter lá de cima.

— Relaxa — gritou Bel de volta. E realmente não queria que a prima se apressasse.

Não tinha certeza se Sherry seria tão franca com ela se Carter estivesse presente. Mas era difícil encontrar um momento em que Sherry estivesse em casa e Carter não; ela costumava ficar no pé da filha, mesmo que não tivesse que compensar dezesseis anos de ausência.

Bel foi até a geladeira, onde havia uma foto antiga de uma garota com um tutu de bailarina presa por um ímã do Bob Esponja. Sherry, não Carter; não dava para confundi-las. Bel se serviu de uma Coca Zero.

— Então... — disse Sherry, recostando-se no batente da porta. — Conversou bastante com a sua mãe desde ontem à noite?

— Não muito. — Bel tomou um gole da espuma que vazou da lata. — Ela estava quieta no café da manhã. Meu pai saiu cedo de novo.

Sherry assentiu. Mas Bel precisava de muito mais do que aquilo.

— Então, ontem à noite foi *interessante* — recomeçou, abrindo um sorriso e arqueando uma sobrancelha para que Sherry soubesse que Bel estava do lado dela.

— Foi mesmo — disse Sherry, aquelas cobras sibilando em sua voz outra vez. — Fazer um jantar daqueles provavelmente não foi a melhor ideia do mundo. Meio cedo demais. As emoções ainda estão à flor da pele, né? Só Deus deve saber como você está se sentindo dentro daquela casa, sem ter pra onde fugir.

Bom, Deus não sabia. Mas Carter e Ash, sim.

— Pois é — concordou Bel. — Tem sido *interessante*.

— O que tem sido interessante? — Carter apareceu no fim do corredor, passando pela mãe.

Estendeu a mão, pedindo um gole em silêncio. Bel lhe entregou a lata.

— Tudo — disse Bel, irritada por ter desperdiçado aqueles segundos sem Carter. — Desde que ela voltou.

— Ela está tentando — retrucou Carter, baixinho, os dedos amassando a lata. — Acho que todo mundo poderia tentar também.

— Ah, nós estamos tentando, querida. — Sherry se empertigou. — Mas não é tão fácil assim quando uma pessoa some por dezesseis anos. O desaparecimento da Rachel não afetou só ela, mas todo mundo ao redor dela. É normal que tenha mesmo...

— Ela parou de falar.

— Uma tensão? — sugeriu Bel.

— Isso — concordou Sherry. — Leva um tempinho para todo mundo se adaptar.

Aquela palavra de novo.

— Bom, é... — Carter começou a falar, mas foi interrompida pela campainha, apertada demoradamente. Devolveu a lata a Bel. — A entrega é pra mim. — Saiu correndo da cozinha na frente da mãe. — São coisas de dança — gritou, abrindo a porta.

Ouviram o murmúrio baixo de uma voz.

— Sim, sou eu, obrigada — falou, a voz nítida de Carter.

A porta foi fechada outra vez.

— Só vou dar uma olhada nisso aqui — gritou Carter, e subiu a escada.

Perfeito, aquela era a chance de Bel mudar de assunto e dar um empurrãozinho necessário.

— A Carter sempre tenta ver o lado bom das pessoas — comentou, porque queria que Sherry soubesse que ela também achava que Rachel era nenhuma maravilha.

E Bel sabia que a tia havia ficado chateada pela noite anterior, Rachel pisando em seus calos, usando Carter para pisoteá-los. Mas, pensando bem, quem será que Rachel tinha tentado chatear, Sherry ou Bel?

— Tenta mesmo.

Sherry suspirou, os olhos vagando até o teto, sua mente também longe dali.

— Acho que meu pai não está feliz, sabe? — continuou Bel, colocando um pouco mais de pressão.

— Não? — Sherry voltou a se concentrar nela.

— Ah, não parece. Acho que as coisas devem ser um pouco mais complicadas do que só continuar de onde pararam dezesseis anos atrás.

— Bom... — respondeu Sherry, tentando medir as palavras, Bel conseguia ver, pela maneira como a boca se contraía, quase se entregando.

Anda, tia Sherry. Ela precisava de mais um empurrãozinho.

Bel foi direto ao ponto; não sabia quanto tempo ainda tinham a sós.

— Acho que a gente está do mesmo lado, tia Sherry. Do lado do meu pai. Nós duas queremos que ele seja feliz, não é?

— Não é? — Sherry se agarrou àquelas palavras, estreitando os olhos.

— Eu ouvi o que você disse ontem à noite, pra defender ele.

Sherry cobriu a boca com a mão.

— Espero que não tenham gravado. Eu não devia ter dito aquilo.

— Não! Você devia, sim. — Bel se aproximou da tia, baixando o tom de voz no processo. — Você achava que a Rachel estava saindo com alguém antes de desaparecer, não é?

Tinha sido mais um tranco do que um empurrãozinho.

Sherry conferiu o corredor atrás da garota.

— Por favor, Sherry. — Bel deu mais um passo à frente. — Eu não tenho mais dois anos. Estamos falando da minha família. Quero apoiar meu pai, ele precisa de mim. Como é que eu vou conhecer a Rachel se todo mundo fica guardando segredos de mim? Quero entender qual é a dela.

Sherry suspirou, as cobras murchando em sua garganta.

— Eu não tenho certeza de nada. É só uma coisa que eu vi, uma sensação que tive naquela época.

— O que você viu? — perguntou Bel, e recuou uma vez que havia feito Sherry se abrir, dando-lhe espaço.

A mudança no rosto de Sherry foi instantânea, o tom de voz um sussurro. Sherry amava fofocar; os olhos dela eram péssimos em guardar segredos, a verdade ficando evidente sempre que ela piscava.

— Havia um cara. Eram amigos... bom, pelo que a Rachel *disse*, eram só amigos. Era óbvio que ele queria algo além de amizade, parecia um cachorrinho atrás dela, pra ser sincera. Vi os dois juntos uns dois dias antes de ela desaparecer, acho. Indo da escola até o carro dele no meio da neve. Pareciam meio próximos demais, na minha opinião, tipo como se já tivessem avançado o sinal. Foi tudo o que eu vi.

— Quem era ele?

— Essa é a questão — sussurrou Sherry, demonstrando ainda mais prazer em futricar. — Foi por isso que fiquei me perguntando se ele era o assassino dela. Não só porque eles eram amigos, mas porque se viam no trabalho o tempo todo. E ele foi o primeiro a chegar na cena do crime quando ela desapareceu. O homem que te encontrou.

— O sr. Tripp? — Bel sentiu a garganta grudenta, o ar ficando preso ali.

Sentiu-se traída mais uma vez. Ela lembrou dele, o cabelo ruivo ralo e os óculos de aro de tartaruga, perguntando: *Como ela está, a sua mãe?* O que era irônico pra cacete, porque era óbvio que ele sabia muito mais sobre Rachel do que Bel.

— Por que você não disse nada? Não contou sobre o sr. Tripp pra polícia? Devem ter feito várias perguntas sobre isso, não?

Sherry se irritou, apoiando as costas na geladeira.

— A polícia já tinha investigado ele. É claro que tinha; as impressões digitais dele estavam por tudo que era canto da cena do crime, já que foi ele quem te encontrou. Foi liberado.

— Ainda assim. — Bel insistiu. — Você não devia ter contado pra eles?

— Às vezes o *silêncio* vale ouro, Bel, querida. Pensa nisso.

Bel tentou pensar naquilo, mas não conseguiu.

Sherry soltou um suspiro.

— Se eu tivesse contado pra polícia sobre o Julian Tripp, isso só teria machucado *a gente*, o seu pai. Seria só mais um motivo para a polícia apontar o dedo para o Charlie. Seu pai já estava na mira deles como suspeito, e eu não queria dar mais razões pra isso, uma motivação em potencial pra ele ter matado a Rachel. Família em primeiro lugar. Sempre.

— Família em primeiro lugar — concordou Bel, grata que o primeiro instinto de Sherry tinha sido proteger o pai dela.

Afinal, era isso o que Bel estava tentando fazer no momento.

— Além do mais — disse Sherry —, isso não importa agora. O Julian Tripp evidentemente não matou a Rachel. Ninguém matou.

Mas a tia Sherry estava errada sobre isso; importava, sim. Não, o sr. Tripp não tinha matado Rachel, mas poderia estar envolvido de outra forma. Talvez tivesse sido o motivo para Rachel forjar o próprio desaparecimento, ou talvez a tivesse ajudado, guardando segredo durante todo aquele tempo. De qualquer forma, o sr. Tripp era a chave para desvendar as mentiras de Rachel, Bel tinha certeza disso. O nó em seu estômago também.

Se precisar falar sobre qualquer coisa, Bel, o sr. Tripp tinha dito, *pode contar comigo*.

No fim, eles precisavam mesmo conversar. E, para o azar dele, Bel sabia onde o sr. Tripp morava.

VINTE E QUATRO

— Pode repetir?

— É sério? Será que estou falando sozinha? — Bel abriu bem os olhos e em seguida os revirou, sem paciência para Ash, que deslizava pela calçada com a calça *flare* xadrez e um boné virado para trás. — Você é o pior ajudante.

Ash balançou a cabeça, escondendo um sorriso torto.

— Não é pra mim, é pra câmera. O Ramsey disse que... se a gente vai sair por aí, falando da Rachel, investigando ela, tudo bem se eu continuar gravando? — Ergueu a câmera portátil e fez um estalo com a boca duas vezes. — Se você não achar invasivo demais. — Ele pronunciou a palavra de um jeito desajeitado, tropeçando nela com a própria língua.

— O documentário inteiro é invasivo. — Bel deu de ombros, conduzindo-os por uma estrada secundária. — Mas não tem como você me explorar se eu estiver te explorando de volta.

— Entendi... — disse ele, piscando, meio incerto diante daquela informação. — Só estou tentando fazer um bom trabalho pro Ramsey. Ele está contando comigo, já que sou a pessoa em quem você confia.

— Eu não confio em você — zombou Bel.

— Ah, vai, confia um pouquinho, sim.

— Não.

— Nem um tiquinho?
— Não.
— Um pinguinho?
— Nem ferrando.

— Bom, foi você que me procurou hoje — retrucou ele, as bochechas coradas, um cacho do cabelo aparecendo por cima do regulador do boné.

— Só porque eu *quero* ter isso registrado, pode servir de prova. — Bel abriu um sorriso que combinava com o dele, porém mais doce, mais letal. — Eu não confio em você e não gosto de você, além de definitivamente não precisar de você.

Ash se encolheu; ela tinha acertado em cheio no alvo.

— Mas preciso da sua ajuda, e você e o Ramsey querem fazer um bom documentário, né?

— É...

— Ótimo, que bom que não restam mais dúvidas agora. — Ela fungou. — Pode começar a gravar.

Os lábios de Ash se esticaram em um meio sorriso. Sério? Ele ainda estava sorrindo depois do que ela falara? O que havia de errado com ele?

Apontou a câmera para ela e abriu o visor, um bipe soando quando apertou o botão de gravar.

— O que você queria que eu falasse mesmo? — perguntou Bel, acelerando o passo.

— Explica pra gente o que aconteceu, suas impressões disso tudo. Quais são os seus objetivos agora? — indagou Ash, uma imitação barata de Ramsey.

— Estamos investigando o desaparecimento da Rachel. Ela não está falando a verdade sobre o que aconteceu com ela; acho que planejou as duas coisas, tanto o desaparecimento quanto o reaparecimento. No jantar que tivemos em família ontem à noite... que aliás foi ótimo, zero constrangedor... minha tia Sherry deixou escapar que a Rachel podia ter tido algum tipo de relacionamento antes de desaparecer.

As árvores balançavam acima dela, na rua ladeada de casas, sussurrando coisas desconhecidas, revelando seus segredos para o vento.

— Ninguém nunca soube disso — continuou Bel, quase sem fôlego, andando e falando. — Daí fui ver a Sherry hoje de manhã e ela me contou que estava falando do Julian Tripp, um dos meus professores da escola, e também o homem que me encontrou naquele carro dezesseis anos atrás. Ele e a Rachel eram colegas de trabalho, amigos, só que talvez tivessem sido mais do que isso: a Sherry viu ele e a Rachel "meio próximos demais" entrando no carro do sr. Tripp, poucos dias antes de a Rachel desaparecer. Então estamos indo até a casa dele pra perguntar sobre isso.

Ash assentiu, como se ela devesse continuar falando.

— E meu objetivo? Descobrir a verdade, cacete, e tirar aquela mentirosa da minha casa. Está bom pra você?

Ash engoliu em seco, olhando da Bel no visor da câmera para a garota da vida real, encontrando seus olhos e se fixando neles.

— Aham, tá ótimo, na verdade.

Bel ergueu as mãos em um sinal de vitória, levando um troféu invisível no ombro.

— Mas você sabe que o sr. Tripp não desapareceu também, é óbvio — continuou Ash. — Então não é como se eles tivessem fugido juntos ou algo do tipo.

— Uau, boa, Sherlock Holmes. — O troféu de Bel desapareceu e ela bateu palmas. — Mas talvez ele seja o motivo pra ela ter ido embora, ou talvez a tenha ajudado. Deve saber de alguma coisa, não é possível. É aquela casa, lá no fim da rua. — Bel indicou com os olhos.

Ash focalizou a câmera no imóvel e depois voltou a enquadrar Bel.

— Aliás, como é que você sabe onde o seu professor mora?

— Ele vendeu algumas coisas antigas na garagem uns anos atrás. Vim com a minha amiga, a Sam.

Na ocasião, Bel tinha roubado uma coisa; não conseguia lembrar o que era. Assim como não conseguia se lembrar de como Sam a fazia rir.

Os dois chegaram mais perto da entrada da casa do sr. Tripp, o jardim coberto de mato e malcuidado. A caixa de correio capenga e enferrujada.

Ash baixou a câmera, seguindo Bel até a porta.

— O que está fazendo? — Bel estalou os dedos para ele. — Continua gravando.

— Não posso — explicou Ash, dividido entre as duas, Bel e a câmera. — Ele tem que concordar primeiro. Assinar o termo de autorização de uso de imagem...

— Ele já deu uma entrevista. Tenho certeza de que vai adorar dar outra. Continua gravando.

— Continua gravando — imitou Ash, erguendo a câmera outra vez, ajustando Bel ao enquadramento. — Só pra constar, Ramsey — sussurrou ele no microfone felpudo —, estou fazendo isso contra a minha vontade, caso dê merda e alguém processe a gente. Mas foi ideia sua, então...

Bel fuzilou-o com o olhar, depois cerrou a mão e bateu o nó dos dedos na porta.

Seis batidas, fortes e urgentes.

Ash agarrou a mão dela antes que chegassem em sete.

— Para — sussurrou ele. — Por que você não consegue ser legal fazendo nada?

Uma tosse abafada soou atrás da porta, e uma corrente raspou no trinco. A porta foi aberta, só uma fresta, o rosto pálido do sr. Tripp aparecendo. Os olhos baixos, o sol refletido nos óculos.

— Eu ainda não tenho... — começou a dizer, interrompendo-se ao olhar para cima e ver os dois parados ali. — Ah.

Ele exibiu um sorriso cauteloso e abriu a porta por completo. Estava vestindo uma camiseta amarela suja e um moletom cinza, as mãos escondidas nos bolsos.

— O que veio fazer aqui, Bel? — perguntou ele, a protuberância do pomo de adão subindo e descendo. — Aconteceu alguma coisa? A Rachel está bem?

— Está ótima.

Bel deu um sorriso forçado, mostrando os dentes, os olhos desviando do sr. Tripp para o corredor atrás dele. Uma marca escura no carpete, debaixo dos pés descalços do homem. Uma torre de caixas de papelão quase tão alta quanto ele, cheias de latas vazias de cerveja. Dedos fantasmagóricos moldando o metal.

Ele percebeu que Bel estava olhando e segurou a porta novamente, bloqueando a visão deles.

— A gente queria saber se você poderia dar outra entrevista para o documentário — disse ela. — Agora que a Rachel voltou, a gente queria entrevistar de novo todo mundo, né, Ash?

— É-é. — Ash tossiu, o cotovelo roçando no dela.

— Acho que não estou com tempo — respondeu o sr. Tripp.

O cheiro forte de álcool pairava no ar ao redor dele. As olheiras escuras passaram a fazer mais sentido, assim como a palidez de sua pele. Bel nunca tinha se importado a ponto de perceber os sinais antes.

— Ah, está, sim. São só uns minutinhos — disse Bel.

O sr. Tripp passou um dedo na lente dos óculos.

— Eu estava de saída.

— Sério? Não parece. — Bel inclinou a cabeça. — Aliás, as pessoas podem achar estranho você ter se colocado à disposição pra falar sobre Rachel quando todo mundo achava que ela estava morta, mas não agora que está viva. Como se você estivesse feliz com a possibilidade de ela ter morrido ou algo assim. — E ela soltou uma risada.

O sr. Tripp pestanejou; os olhos ampliados pelos óculos.

— Não é isso o que...

— Então, como você se sentiu quando ficou sabendo que a Rachel Price tinha voltado dos mortos? — perguntou Bel, juntando os dedos do jeito que Ramsey fazia às vezes.

O sr. Tripp lançou um olhar para a câmera e piscou um pouco mais. Passou a mão pelo cabelo.

— Bom, fiquei em choque, assim como o resto do mundo. Achei que tinha sido um engano, que devia ser outra mulher. Daí, quando vi a Rachel na escola, uns dias depois, fiquei... feliz. Muito feliz por ela estar viva. Não achei que fosse possível. Mas isso só serve pra mostrar que, às vezes, mesmo depois de uma coisa terrível, coisas boas acontecem com pessoas boas.

Pessoas boas não orquestravam o próprio desaparecimento, fazendo a própria família viver um verdadeiro inferno.

— Você era muito próximo da Rachel antes de ela desaparecer? — perguntou Bel, ciente da presença de Ash às suas costas. — Passavam tempo juntos além do trabalho?

Os óculos do sr. Tripp deslizaram pelo nariz.

— Não muito. Ela era minha colega de trabalho e eu a considerava uma amiga, mas a gente não se via fora do trabalho.

— Sério? Nem mesmo *do lado de fora* do local de trabalho?

— Como assim?

— Você alguma vez chegou a dar carona pra Rachel do trabalho até a casa dela? Chegaram a passar algum tempo juntos no carro?

Ele cerrou a mandíbula.

— Não — respondeu. — Ela nunca entrou no meu carro.

Mentiroso.

— Que estranho. — Bel bufou. — A minha tia Sherry viu a Rachel entrar no seu carro uns dias antes de ela desaparecer.

— Sua tia deve ter se enganado.

— Ou é você que está mentindo — retrucou Bel, um sorriso que era só uma linha no rosto. — Meio suspeito, né? Considerando que você também foi a primeira pessoa a chegar na cena do crime quando a Rachel desapareceu, a pessoa que me encontrou. Suas digitais no carro inteiro. Foi porque você ajudou a Rachel a desaparecer? Sabe onde ela esteve esse tempo todo? Ainda é apaixonado por ela?

Ash ficou tenso.

Houve uma mudança no rosto do sr. Tripp: a mandíbula dele se projetou para a frente, as sobrancelhas franzidas, eclipsando seus olhos.

Bel esperou, pronta para a briga. Será que ele não sabia que ela tinha passado a vida toda lutando?

— Te vejo segunda de manhã, Annabel — murmurou ele, os dentes cerrados.

Parecia mais uma ameaça.

O sr. Tripp voltou para dentro da casa, dando uma última olhada para a câmera antes de bater a porta na cara deles, um trovão sem tempestade.

VINTE E CINCO

— Você ficou fora o dia todo — comentou o pai, sentado na poltrona, equilibrando uma cerveja no ombro.

— Você também — disse Bel.

— As coisas estão uma loucura no trabalho esses dias, filhota. — Ele não tirou os olhos da televisão.

Bom, em casa também estava.

— Aconteceu alguma coisa hoje?

Bel demorou a responder. Como assim? Um monte de coisas tinha acontecido, mas nada que ele devesse saber.

— Eu não... — Bel começou a dizer.

— Minha caneca estava quebrada. — Ele finalmente olhou para ela. — A minha preferida.

— A do Papai Noel?

— Tive que jogar fora. Alguma de vocês a quebrou?

Bel não gostou nada daquilo, de ser colocada no mesmo grupo de Rachel com a palavra *vocês*. Mas tinha sido Bel quem bebera naquela caneca de manhã; Rachel tinha feito café para ela e ainda não havia aprendido que a caneca do Papai Noel era de Charlie. Será que Bel a tinha quebrado? Não conseguia se lembrar, só tinha bebido tudo e se apressado para se afastar de Rachel. Já havia feito coisas do tipo antes, sem cuidar, no automático. A menos que Rachel *soubesse* que era a caneca preferida do pai e tivesse quebrado de propósito, afastando-o cada vez mais.

— Não sei, pai, desculpa. — Bel se sentou. — Vou comprar uma nova pra você.

— Não tem importância — murmurou ele.

Mas tinha, sim.

— Tenho que conversar com você sobre uma coisa. — O pai se inclinou para pegar o controle remoto e pausou o que estava vendo na TV. — Acabei de receber uma ligação do seu diretor. Ele disse que você foi até a casa de um professor hoje. O sr. Tripp. Que o incomodou.

O olhar de Bel ficou sombrio, ela sentiu um forte aperto no estômago.

— Que fofoqueiro desgraçado — resmungou ela, pensando no homem, em pisar e esmagar os óculos dele.

— Parece que você fez umas perguntas estranhas pra ele sobre a Rachel. O que está acontecendo, filhota? — questionou ele, as mãos imóveis no próprio colo.

Bel tinha sido pega.

Mas estava tudo bem. Ela não tinha provas o bastante para a polícia, mas tinha o bastante para o pai. Ele sempre ficava do lado dela. Bel lançou um olhar para a escada.

— Cadê a Rachel?

— Foi tomar banho.

Bel contorceu os dedos e baixou a voz.

— Acho que ela está mentindo, pai. Sobre tudo o que aconteceu.

O pai se sentou, a poltrona rangendo com o peso.

— Sobre o desaparecimento, sobre o reaparecimento. Ela planejou tudo. Não acho que um homem tenha raptado ela. Tiveram algumas inconsistências na história dela, coisas que ela sabe que não dava pra saber se tivesse passado os últimos dezesseis anos trancada em um porão. Ela apareceu em North Conway uns meses atrás, livre, leve e solta, comprando roupas iguais às que estava usando quando desapareceu. Foi tudo planejado. Eu acho que o sr. Tripp sabe de alguma coisa. A Rachel é uma mentirosa, pai, e eu não sei o que ela quer, mas a gente tem que descobrir o que realmente aconteceu pra poder...

— Já chega, Bel — interrompeu ele, de maneira gentil, mas firme. — Nós já conversamos sobre isso. A Rachel não está mentindo.

— Mas...

— Eu não quero ouvir mais nada. — Ele puxou a ponta do rótulo da cerveja. — A Rachel está falando a verdade sobre o que aconteceu com ela. Lógico que está; de que outro jeito teria ficado fora por tanto tempo?

O olhar dele ficou mais severo, um barulho cortante quando o rótulo se desprendeu.

— Confia em mim, eu conheço ela mais do que você. E acredito nela, tá, filhota? Então você devia acreditar também. Quero que pare de pensar nisso. Tá bom?

Bel levou um soco no estômago, a marca do nó dos dedos gravada no nó dentro dela. O pai deveria ficar do lado de Bel. Como é que ele não enxergava a verdade?

— Você sabe que tem algo errado — tentou ela outra vez, desesperada. — Você mudou desde que ela voltou, anda evitando ficar em casa, trabalha o tempo todo. Eu mal te vejo.

O pai soltou um suspiro.

— As coisas só estão complicadas. É a vida real, filhota. Faz só uma semana, e demora mais do que isso pra se acostumar com uma coisa que muda tanto a nossa vida. Tanto a minha quanto a sua. Por favor, Bel, deixa isso pra lá. Desse jeito você só está dificultando as coisas. Promete que vai deixar essas ideias de lado?

Bel já tinha feito uma promessa: livrar-se de Rachel, voltar para a vida antiga deles antes de Rachel reaparecer e estragar tudo, voltar para quando eles eram felizes. Bel tinha escolhido o pai. Ele era a constante dela, o único que nunca a abandonaria. Ela sempre o escolheria. Mas ele não estava pedindo para ela escolher, estava pedindo para ela deixar pra lá, aceitar Rachel, fazer uma nova promessa.

Talvez todos pudessem viver juntos naquela casa.

Bel tinha que tentar, uma vez que era o pai quem estava pedindo. O pai acreditava em Rachel; e isso deveria ser o bastante para ela também. Deveria ser.

A garota murchou, mas o nó cresceu, ficando mais apertado.

— Tá bom — disse, baixinho. — Prometo.

O pai sorriu para ela, erguendo a cerveja em uma saudação triste.

— O diretor Wheeler disse que você estava com uma pessoa da equipe de filmagem hoje...

— É. Estava com o Ash. O assistente de câmera.

O pai tossiu.

— Eu tomaria cuidado, andando por aí com esse cara. Estão tentando contar uma história mais interessante, deixando tudo mais sensacionalista, usando a gente pra isso. Orquestrando situações tensas em que sabem que a gente vai ter algum tipo de reação na frente das câmeras. Estão tentando te manipular, filhota, com esse negócio todo sobre a Rachel. Acho que você não devia mais ficar sozinha com o Ash.

Bel fungou.

— É, acho que você tem razão — respondeu, porque o pai sempre tinha.

E Ash estava se aproximando demais mesmo. Devia ter um motivo para ele ser o único a acreditar nela sobre Rachel, não?

— Só estou tentando te proteger.

O pai pegou o controle remoto, o dedo pairando sobre o botão.

— Será que dá pra gente fazer alguma coisa amanhã? — sugeriu Bel rapidamente, antes de ele despausar a TV. — Você e eu. E a Rachel também, acho. Nós três. Talvez uma trilha, sei lá... Estou com saudade de você.

Ele não saberia, mas aquela tinha sido uma das coisas mais difíceis para Bel dizer, expondo tudo, o peito aberto, o coração exposto. Ela estava se esforçando.

A expressão do pai se suavizou e ele abriu um sorriso.

— Lógico, filhota. O que você quiser.

No andar de cima, ouviram a porta do banheiro se abrir. O barulho baixo dos pés descalços de Rachel andando pelo carpete. Eles ali embaixo, ela lá em cima. Será que Rachel tinha ouvido alguma coisa do que Bel acabara de falar sobre ela? Será que estivera tentando ouvir? Talvez ela...

Não, chega. Bel estava deixando aquilo pra lá.

Estava tentando deixar pra lá de verdade, superar o pressentimento ruim que embrulhava seu estômago.

Prendeu a respiração e esperou, escutando atentamente. Então veio o som da porta do quarto de hóspedes se fechando, um clique duplo quando Rachel se trancou lá dentro.

VINTE E SEIS

Bel acordou sobressaltada, alguma coisa dura batendo no interior de sua bochecha. Um rosto pairando centímetros acima dela na penumbra matinal.

Piscou, e a pessoa também.

Bel balbuciou, esfregando os olhos para afastar o sono.

— Oi, dorminhoca — cumprimentou Carter, sentando-se na cama, o corpo de Bel deslizando na direção do desnível que o corpo da prima fez no colchão.

— Cacete, achei que você fosse a Rachel. — Bel apertou o peito, devolvendo o coração acelerado a seu lugar. — Você cutucou a minha boca? — quis saber, tateando com a língua seca.

— Você fica me cutucando o tempo todo — rebateu Carter, agora de costas.

— Não dentro da sua boca enquanto você está dormindo, sua maluca. — Bel a chutou, a pancada amortecida pelo edredom. — Acho que tenho sido uma má influência pra você.

— Chamei o seu nome duas vezes e você não acordou, então tive que recorrer a medidas drásticas.

— Deixa eu te mostrar medidas drásticas, então.

Bel a chutou novamente, com os dois pés dessa vez, até que Carter caísse da cama.

Ela se levantou, segurando a alça da mochila amarela, a maior parte da mochila ainda apoiada no chão.

— Como foi o balé ontem? — perguntou Bel, prendendo o cabelo bagunçado em um rabo de cavalo.

— Tranquilo — respondeu Carter, de maneira incisiva, interrompendo o assunto. — Eu estava torcendo pra gente passar um tempo juntas hoje. Minha mãe está me deixando maluca de novo.

Carter não sabia o verdadeiro significado daquela frase.

— Pensei de a gente assar uns biscoitos com a Rachel, algo do tipo — continuou Carter. — Ou assistir a um filme no cinema. Só, por favor, alguma coisa que me distraia.

Sentada, Bel se virou e saiu da cama.

— Meu pai e eu estávamos pensando em fazer uma trilha hoje. Pode vir, se quiser. — Ela pegou o moletom amarrotado no chão e o vestiu. — Ele está lá embaixo?

— Não vi ele. — Carter se dirigiu para a porta. — A Rachel está lá embaixo. Disse que ia tentar fazer panquecas agora de manhã.

— Era pra ser uma ameaça?

— Bel — repreendeu Carter, dando uma cotovelada nas costelas dela.

Desceram a escada juntas, Bel empurrando Carter na frente, um escudo quando entraram na cozinha e conseguiram ouvir o barulho crepitante do fogão.

— Bom dia, A-an... Ah, Bel, quase consegui dessa vez — cumprimentou Rachel, levantando com cuidado a borda de uma panqueca grossa, olhando para trás e sorrindo para as duas.

Rachel parecia estar cansada, com olheiras ainda mais escuras, como se aquela fechadura na porta não tivesse ajudado em nada e ela ainda não estivesse conseguindo dormir.

— Bom dia.

Bel estalou os ossos do pescoço. Ela, por outro lado, tinha dormido demais.

— O café está no bule, pode pegar — disse Rachel. — Carter, quer panquecas também?

— Sim, por favor, Rachel. — Carter abriu um sorrisinho, sentando-se à mesa. O sorriso dela vacilou. — S-se não for incomodar...

— Lógico que não. Pode até ficar com a primeira leva.

Rachel colocou as panquecas em um prato.

— Cadê meu pai? — perguntou Bel, colocando o café em sua caneca favorita, a simples, com um *B* amarelo. *B* de Bel, não *A* de Anna.

— Não vi o Charlie — respondeu Rachel, voltando a olhar para a frigideira e despejando mais um pouco da massa.

— Ele não está em casa?

— Acho que não.

Mas Bel não confiava na resposta dela.

— Pai? — gritou, andando até o fim da escada. — Pai?!

Nada.

— Não está mesmo — disse Bel quando voltou para a cozinha, e Rachel lhe entregou um prato com uma pilha de três panquecas com gotas de chocolate.

Talvez ele tivesse saído pra comprar sanduíches para a trilha. Bel se sentou e tirou o celular do bolso do moletom. Nenhuma mensagem do pai. Só uma de Ash: *Me avisa se quiser fazer alguma coisa hoje*. Bel não devia ter dado seu número para ele, havia sido um erro. O pai estava certo: a equipe de filmagem não era confiável.

Deu uma mordida na panqueca, a massa se transformando em uma pasta grossa na boca seca. Forçou-se a engolir e se levantou outra vez, a cadeira arranhando o piso.

— Aonde você...? — Rachel começou a perguntar, sentando-se à mesa.

Bel não respondeu, dirigindo-se à porta da frente, o nó em seu estômago se manifestando, espreguiçando-se e bocejando. Abriu a porta, parou na soleira e olhou para os dois lados da rua, como se pudesse invocar o pai no horizonte. Ele voltaria das compras a qualquer momento, se tivesse mesmo ido fazer isso.

A rua estava quieta, quieta até demais, como se estivesse faltando alguma coisa: não havia vans com repórteres. Nenhuma. Rachel Price tinha oficialmente alcançado o patamar de Notícia Antiga, oito dias depois. Seria aquele o começo do fim?

Bel avistou outra coisa, algo que não estava faltando, mas devia estar. A caminhonete do pai. Estava bem ali, estacionada na frente da garagem, no lugar de sempre, o carro de Rachel do lado. Então... ele não tinha ido fazer compras.

— Pai?! — gritou Bel outra vez pela casa, fechando a porta atrás de si.

— Annabel, seu café vai esfriar — avisou a voz de Rachel em resposta.

Bel vagou pela casa e parou na entrada da cozinha, nem dentro do cômodo, nem fora.

— Não faz sentido — murmurou para si mesma. — A caminhonete do meu pai está aqui, mas ele não.

— Se não for comer suas panquecas, eu quero — disse Carter, balançando as pernas enquanto comia.

— Você viu o meu pai hoje de manhã? — Bel encarou Rachel.

— Não. — Rachel engoliu em seco. — Ele deve ter saído antes de eu acordar. Não ouvi nada.

— Mas a caminhonete dele está aqui.

Rachel dividiu uma panqueca no meio.

— Talvez ele tivesse planos com alguém.

— Ele tinha planos — disse Bel —, comigo. A gente combinou de sair pra fazer trilha hoje. Ele prometeu.

Os dois tinham feito uma promessa na noite anterior, e Bel estava cumprindo a dela. Então onde ele estava?

Ligou para ele, apertando o celular com força demais contra a orelha.

A ligação não chegou nem a chamar.

— *Olá, você ligou para...* Charlie Price — interrompeu a voz dele, rouca, gravada —, *que não pode atender a sua ligação no momento. Por favor, deixe uma mensagem após o sinal.*

— Que estranho. Foi direto pra caixa postal.

Bel abriu a conversa com o pai. Enviou: *Pai, cadê você? Me liga.*

A mensagem não foi entregue, a bolinha azul do status esperando no éter, presa em algum lugar entre o celular dela e o dele.

— An... B-Bel, suas panquecas.

— Não estou com fome.

Bel deu as costas. Não havia espaço em seu estômago, o nó girando e crescendo, alimentando-se de cada pensamento ruim e de uma única pergunta: onde o pai estava?

Ela se sentou na poltrona do pai e esperou.

Tentou outro número.

— Olá, Auto Mecânica Bryson, aqui é o Gabe. Como posso ajudar?

Bel pigarreou.

— Oi, Gabe. É a Bel Price, filha do Charlie.

— Oi, Bel. Tudo bem? — cumprimentou Gabe, a voz chiando.

— Queria saber se meu pai está aí. Ele foi trabalhar hoje? Porque tinha me falado que ia ficar em casa, mas não consigo achá-lo de jeito nenhum.

Duas respirações pesadas vazaram de Gabe até seu ouvido.

— Seu pai não está aqui hoje. Ele geralmente não trabalha nos fins de semana.

— Entendi. — Bel mordeu o polegar. — Mas como vocês andam ocupados, ele trabalhou até tarde ontem... trabalhou até tarde a semana toda, então achei que...

— Na verdade, ele está saindo mais cedo. Disse que são assuntos de família — respondeu Gabe, alguma ferramenta fazendo barulho no fundo. — Ele também não veio ontem. Mas olha só, se eu esbarrar com ele, peço pra dar uma ligada pra você, tá?

— T-tá, valeu.

Bel encarou o celular antes de desligar. Ficou encarando depois disso também.

O pai não tinha ido trabalhar no dia anterior, não tinha trabalhado até tarde a semana inteira, diferente do que vinha dizendo, e perdera o horário do jantar todos os dias. Tinha falado para Bel que estava no trabalho e falado no trabalho que estava em casa. Então onde ele tinha passado aquele tempo, e onde estava no momento?

— Ainda não conseguiu falar com ele? — A voz de Rachel irrompeu atrás dela, sobressaltando-a.

Bel balançou a cabeça.

— Bom... a gente pode sair pra fazer uma trilha, você, a Carter e eu — sugeriu Rachel. — Se é isso o que você tinha planejado pra hoje. A gente pode fazer a trilha Mascot Mine.

— Colocaram umas barreiras lá — respondeu Carter, do outro lado de Bel, prendendo-a entre as duas. — Um pessoal da escola arrombou a grade que dá para o poço da mina. Eu não estava junto — apressou-se em explicar, erguendo as mãos.

— Vocês vão na frente — disse Bel, retirando-se. — Vou esperar meu pai. Ele disse que ia ficar em casa hoje. Acho que vai voltar.

Ela não tinha motivo para acreditar nisso além do fato de que ele tinha que voltar, porque o pai era o único que sempre voltava. E Bel esperaria por ele bem ali para provar que estava certa.

Carter e Rachel jogaram Banco Imobiliário. Bel supostamente também estava participando: ela lançava os dados, mas não comprava nada, feliz por ficar na prisão por três rodadas.

Tentava ligar para o número do pai a cada três minutos. Caixa postal. Caixa postal. Caixa postal. A mensagem ainda não tinha sido entregue. Por que o celular dele estava desligado? Ele nunca desligava.

Carter foi embora e Rachel ficou ali, orbitando Bel.

— Tenho certeza de que ele vai voltar mais tarde. — Ela estendeu a mão, como se estivesse prestes a pousá-la no ombro da garota.

Bel deu um pulo antes que isso acontecesse.

— Vou sair pra procurar por ele — anunciou, subindo a escada num arroubo para se trocar.

Bel passou pelo Royalty Inn e pela escola, os dois lugares tranquilos por ser domingo. Foi até a Auto Mecânica Bryson para ver se Gabe por acaso tinha se enganado. Havia mais alguém trabalhando lá também, consertando algo debaixo de um carro vermelho, um par de pernas e botas.

— Pai?

O homem deslizou de debaixo do carro; não era ele.

— Desculpa.

Ela saiu e ligou para Jeff.

— Você teve notícias do meu pai? — perguntou, assim que ele atendeu. — Desde ontem à noite?

— Oi pra você também. Não, não fiquei sabendo de nada. Por quê? Ele não está em casa?

— Nem no trabalho — respondeu Bel. — Não está atendendo o celular.

— Tenho certeza de que ele está bem. Não precisa se preocupar — disse ele, o que foi algo bem observador da parte do tio Jeff, já que Bel *estava mesmo* preocupada, o coração subindo pela garganta, em direção ao pânico.

Onde ele estava? *Onde ele estava?*

Procurou em todos os bares e cafeterias de Gorham, checando duas vezes:

— Você aqui de novo. Você é menor de idade, dá o fora.

Mandou mais uma mensagem. Ligou para ele mais uma vez, o corpo a traindo, acalmando-se com o som da voz gravada do pai: "Charlie Price." Que bosta, não era ele de verdade, e o coração voltava a martelar com a constatação.

Ligou para o telefone fixo da casa do vovô e perguntou se Yordan o tinha visto.

— Não o vi desde sexta à noite. Desculpa.

O que Bel ia fazer?

Ela voltou para casa, caso tivessem se desencontrado, um indo e o outro vindo. Ramsey estava na rua em frente ao hotel quando ela passou, fechando o zíper da jaqueta.

— E aí? — Um sorriso se abriu no rosto dele, familiar e excessivamente amigável. — Que coincidência. Tem um segundo?

Não, ela não tinha.

— Desculpa, estou sem tempo. — Passou por ele correndo. — Estou procurando o meu pai.

— Por quê? — A voz de Ramsey flutuou até ela. — Ele desapareceu?

A frase foi dita como uma piada, mas fez Bel se contorcer, dando forma ao seu pior pesadelo.

— Não — gritou de volta. — Ele vai estar em casa.

Ele não estava em casa.

Ela esperou por mais uma hora. Depois duas. Dava respostas monossilábicas para Rachel, observando a porta da frente, desejando que ela se abrisse.

— Ele vai voltar para o jantar, tenho certeza — comentou Rachel, os olhos fixos nas mãos de Bel, que ela contorcia no colo, pressionando-as contra o nó que sentia no estômago. — Você gosta de salmão?

Às sete, Bel foi verificar o quarto do pai.

A cama estava desfeita. O que não era incomum; na maioria das vezes, o pai deixava os lençóis revirados, sinais reveladores de por onde havia saído da cama. Bel passou os dedos pelo travesseiro como se pudesse sentir através do tecido. Para onde ele tinha ido depois de se levantar de manhã, o que se passava em sua cabeça.

Depois, o guarda-roupa. Bel analisou os cabides: alguns estavam vazios e balançaram quando ela passou a mão, mas aqueles suéteres e camisas provavelmente só estavam no cesto de roupa suja. Tinha mais uma coisa faltando. A bolsa de lona cáqui que o pai usava sempre que iam passar um fim de semana fora. A bolsa havia sumido, não estava no lugar habitual, no chão do guarda-roupa. Também não estava em nenhum outro lugar. Não estava ali.

— Merda.

O nó aumentou além do estômago de Bel, procurando outros lugares para morar.

Onde estava a bolsa? O pai não podia ter feito as malas, porque daria a entender que queria ir embora. E o pai não faria isso. O pai não iria embora.

— Achou alguma coisa? — perguntou Rachel ao pé da escada.

— Não. — Bel deu de ombros, evitando olhar nos olhos dela.

Foi até o aparador no corredor, onde o pai deixava as chaves e a carteira. A carteira não estava ali, mas as chaves (tanto a da caminhonete quanto a da casa) estavam. Ela as pegou para ter certeza, analisando o chaveiro: uma foto dos dois sorrindo no Story Land, no aniversário de doze anos dela. O pai não tinha saído com a caminhonete, mas não precisaria das chaves de casa para poder voltar quando quisesse?

A garota abriu a gaveta do aparador. Havia papéis e contas. Enfiou a mão no canto lá atrás, onde deixavam os passaportes.

Só havia um ali. Ela conferiu, apalpando o resto do fundo da gaveta. Puxou o passaporte e folheou até a página da foto. *Annabel Price*, o rosto impassível dela a encarava de volta.

Onde estava o passaporte do pai? Deveria estar ali, com o dela.

Não, não, não. O nó se retorceu, puxando fios enterrados lá no fundo, os dedos de Bel se contorcendo com ele. O coração dela disparou, em pânico, batendo cada vez mais forte.

Tinha alguma coisa errada. Alguma coisa muito, muito errada mesmo.

— A gente pode jantar?

Não, porque ela estava esperando o pai. Ele não tinha levado as chaves, então precisaria de alguém para abrir a porta. Bel esperaria bem ali, na porta da frente, para ser esse alguém.

Observou a rua escura pela janela, o rosto entre as ripas das persianas, os olhos piscando a qualquer sinal de movimento: uma mulher passeando com um cachorro em uma coleira verde de LED, uma criança em uma scooter sendo perseguida por outra criança mais velha, um homem correndo, apressado, puxando a aba do boné de beisebol.

Bel verificou o horário no celular. O pai estaria de volta às nove para o jantar, com um sorriso e uma explicação simples de onde havia ido, de por que o celular havia ficado desligado. Nove horas era o prazo; ele tinha que voltar até lá.

Mas as nove horas também passaram.

— Quer que eu esquente seu prato, Anna-desculpa-Bel? Você deveria vir se sentar.

Bel esperou até as 21h59.

Então, desbloqueou o celular e ligou para um número diferente.

O de Dave Winter, chefe da polícia.

Os toques ressoaram através de Bel, ecoando em seu peito vazio, um clique quando ele atendeu.

— Oi, é a Bel. Annabel Price. Meu pai desapareceu.

VINTE E SETE

— O passaporte dele também sumiu?

Dave Winter lançou um olhar para ela do outro lado da mesa, batendo uma caneta no bloco de anotações, o movimento fazendo o objeto entrar e sair da área banhada pela luz do sol matinal.

— Sim, eu procurei em todos os cantos — explicou Bel, sem fôlego. — Mas... é o que eu estou tentando dizer... meu pai não iria embora. Sério. Alguma coisa aconteceu com ele, alguma coisa ruim.

— E tudo indica que ele fez uma mala? Peças de roupa também sumiram? Com a carteira dele?

— Isso. — Bel prolongou a palavra, pegando as cobras da tia Sherry emprestadas. As mãos se apertavam, as unhas deixando marcas de meia-lua. — Mas é como eu falei, ele não me abandonaria. Não é do feitio dele... é isso o que você costuma perguntar, né? É o que todos os relatórios falavam sobre Rachel na época. Aconteceu alguma coisa ruim e eu quero comunicar o desaparecimento dele. Vocês precisam procurar por ele. É urgente. Já demoraram até demais... a gente deveria ter começado ontem à noite.

Dave Winter soltou um suspiro, apertando a caneta para fechá-la.

— Annabel, eu entendo que isso pareça uma emergência pra você. Mas, como ele é adulto, seu pai tem o direito legal de desaparecer sem avisar a família, se é isso o que ele quer fazer. Sabe, não é por nada, mas todos os sinais indicam que ele foi embora voluntariamente, não há nenhum indício de crime. Malas feitas, a carteira e o passaporte sumiram...

Bel balançou a cabeça.

— É isso o que alguém quer que a gente pense. Por que ele não levaria a caminhonete se tivesse decidido ir embora?

Dave deu mais um suspiro, pegou a caneta de novo e voltou algumas páginas.

— Quando foi a última vez que você o viu?

— Às dez da noite de sábado, quando fui dormir. — Bel se inclinou para a frente, afastando as mãos. — Não sei exatamente quando ele desapareceu, foi em algum momento antes de amanhecer. Mas isso significa que faz quase trinta e seis horas que ele foi visto pela última vez. Ninguém teve notícias dele, e o celular ficou desligado o tempo todo. Vocês precisam começar a procurá-lo. Agora.

A perna dela tremeu junto à parte de baixo do tampo da mesa; havia apenas nove dias que estivera ali pela última vez, para falar não sobre um desaparecimento, mas sobre um reaparecimento, e agora a situação era outra, os lados se invertendo outra vez. E Dave Winter ainda não estava ouvindo.

— Acho que não tem nada que eu possa fazer.

— Como assim? — Bel se endireitou, travando o maxilar, o nó no estômago em chamas. — Você pode fazer exatamente o que fez da última vez que um dos meus pais desapareceu. Procurar. Rastrear o celular. Mandar cães farejadores atrás dele. Essas coisas todas.

— Não há nada concreto que justifique uma investigação completa assim — respondeu ele, tentando ser compreensivo, mas sem sucesso. — O desaparecimento da sua mãe foi diferente; as circunstâncias eram suspeitas, e era evidente que ela estava em perigo. O seu pai... um homem adulto tem o direito de tirar um ou dois dias para ele, se quiser. Dá para entender, dada a situação. A volta da Rachel provavelmente não tem sido fácil para a família. A sra. Nelson me disse que parece que teve algum tipo de briga na sua família na sua casa sexta-feira. Ela viu o seu pai saindo furioso pela rua. É só estresse, ele está espairecendo. Tenho certeza de que vai estar de volta daqui a uns dias.

— Você está errado. — Bel bateu com o punho na mesa, fazendo as páginas do caderno se abrirem. — Você já errou antes; disse que ele provavelmente apareceria ontem à noite. Ele não apareceu. Aconteceu alguma coisa, uma coisa ruim. As circunstâncias *são* suspeitas e ele *está, sim,* em perigo.

— Perigo? Quem teria interesse em machucá-lo?

— A Rachel! — O nó em seu estômago explodiu, e Bel também, a promessa para o pai quebrada e esquecida. — Tem alguma coisa a ver com a Rachel! Ela voltou faz só uma semana, e agora o meu pai desaparece? Existe uma ligação entre essas duas coisas. Tem algo a ver com ela.

Não só algo; tinha tudo a ver com ela. Rachel era uma mentirosa; tinha orquestrado o próprio desaparecimento e agora fizera o pai de Bel desaparecer também. Bel devia ter descoberto mais coisas, mais rápido, encontrado evidências e tirado Rachel da vida deles. Agora, poderia ser tarde demais; o pai já tinha sumido, o pior já tinha acontecido. A última coisa que ele havia pedido tinha sido para acreditar em Rachel, e agora Rachel o havia tirado dela.

— Eu tenho certeza de que *existe mesmo* uma ligação entre tudo isso — retrucou Dave. — A volta da Rachel depois de ser dada como morta por tanto tempo foi um acontecimento sem precedentes. Fora o estresse de saber que o homem que a raptou ainda está por aí. Acho que até *eu* ia querer dar um tempo se tudo isso tivesse acontecido comigo.

— Meu pai não foi embora! — berrou ela, os dois punhos na mesa.

— Annabel, você precisa se ac...

— Não manda eu me acalmar. — Ela o fuzilou com o olhar. — Você *precisa* fazer o seu trabalho. Registrá-lo como desaparecido e procurar por ele.

A boca de Dave se abriu bem devagar, formando mais um suspiro. A raiva não o pressionaria, mas outra coisa talvez logo o fizesse.

— Você tem uma dívida com ele — continuou Bel em tom sombrio, baixando a voz. — Tem uma dívida com ele e sabe disso. Você estava enganado. Convencido de que ele tinha matado a Rachel. Prendeu meu pai e fez com que fosse a julgamento. Você estava errado e fez da vida dele um inferno. Essa é a sua chance de se redimir. Você tem uma dívida com ele. Por favor. Me ajuda a encontrar o meu pai.

Dave permaneceu com a boca aberta, mas houve uma mudança no seu olhar e na postura dos ombros.

— Tá bom — disse, com gentileza. Os dedos tamborilaram na mesa como aranhas dançantes. — Vou precisar de uma declaração sua por escrito para colocar no relatório. E vou precisar de todos os dados dele: número de celular e operadora. Vai levar alguns dias para conseguir uma intimação para obter todos os registros. Preciso dos dados bancários dele, se os achar em documentos na sua casa.

— Pode deixar — respondeu Bel, sem fôlego outra vez. Um sentimento novo brotou nela: esperança. Era pequeno e frágil, e a garota alimentou o nó no estômago com ele. — Posso encontrar. Num instante.

— Um policial vai ter que ir até a sua casa fazer uma busca. E vamos precisar que Rachel nos forneça uma declaração também.

— Obrigada — disse ela, a garganta seca e áspera. Os olhos também, devido à luta que teve contra o sono a noite toda, Bel vigiando a porta caso Rachel viesse pegá-la também.

Dave se levantou da mesa e bateu no tampo uma vez só com o nó dos dedos.

— Não precisa agradecer — respondeu ele, segurando o bloco de notas contra o peito, os olhos pesarosos e tristes. — Como você falou, eu tenho uma dívida com ele.

Bel assentiu. Todos eles tinham.

Bel só voltou para casa depois que já estava escuro. Fechou a porta da frente, estremecendo com o som do trinco, que a denunciou. Estava em casa, mas aquele não era mais seu lar; o ar estava diferente, amplificando cada rangido e suspiro que uma casa deveria fazer. E os que não deveria: passos vindos da sala, abafados e arrastados.

A cabeça de Rachel apareceu no fim do corredor e o resto do corpo em seguida, encurralando Bel.

— A-An... B-Bel. Onde você estava?

Bel tirou a jaqueta.

— Na casa do Jeff e da Sherry. E você? — disparou de volta.

A boca de Rachel tremeu, o que deixou seu queixo mais pontudo.

— Depois que os policiais terminaram a busca aqui, fui prestar meu depoimento para o chefe da polícia e contei pra ele a última vez que vi o Charlie, antes de tomar banho naquela noite. Não ouvi ele saindo, mas deve ter sido no meio da noite.

Bel deu um passo à frente, forçando Rachel a recuar e libertá-la.

— Achei que você não estivesse dormindo bem — comentou ela, indo para a cozinha. Rachel a seguiu. — Estranho você não ter ouvido nada.

Bel queria usar uma mentira para desmascarar outra.

Abriu a geladeira e tirou uma caixa de suco de maçã que Rachel havia comprado. Tinha dito que sentira falta dele quando estava no porão.

— Ele deve ter feito silêncio — comentou Rachel, da porta.

— Deve mesmo. — Bel tomou um gole direto da caixa.

Rachel não reagiu. Em vez disso, disse:

— Vai ficar tudo bem. Prometo.

Bel inclinou a cabeça para trás e entornou o restante da caixa, limpando a boca na manga depois.

— Onde você passou o resto do dia? Não demora seis horas pra dar um depoimento.

— Fiquei dirigindo por aí — respondeu Rachel. — Fui pra lugares em que achei que ele pudesse estar. Procurei por ele.

Bel apertou a embalagem vazia, deformando-a. Jogou-a na lata de lixo, em cima de um copo vermelho de café para viagem, com o logo de uma vaca soprando uma caneca fumegante. Rachel devia ter parado em uma cafeteria enquanto estava *procurando pelo pai de Bel.*

— Então não encontrou ele? — Bel se virou.

Rachel tinha entrado no cômodo quando Bel estava de costas, os pés traçando o caminho silenciosamente. Uma rondando a outra, um cabo de guerra. Se preparando.

— Não, eu não o encontrei — respondeu Rachel.

— Pois eu vou encontrar. — Bel olhou nos olhos dela. — Vou encontrar meu pai, vou trazê-lo pra casa — disse como uma promessa, mas na intenção de soar como uma ameaça.

Rachel piscou.

— Tem risoto para o jantar. Você gosta de risoto?

— Já jantei.

VINTE E OITO

A campainha tocou, um som forte o suficiente para dividir a casa em duas, espalhando-se como um tremor pelas fissuras já existentes e a desafiando a permanecer inteira.

— Eu atendo!

Bel desceu a escada às pressas, reivindicando aquela metade como sua. Rachel podia até se mexer fazendo menos barulho, porém a garota era mais rápida.

Abriu a porta da frente e se deparou com Dave Winter na soleira, com seu uniforme escuro.

— Annabel! — gritou um repórter lá da rua. — Por que você acha que seu pai desapareceu?

O mesmo que Bel tinha mandado à merda mais cedo, bem no microfone esticado na direção dela.

As vans brancas tinham voltado no dia anterior, quando a notícia do desaparecimento de Charlie Price viera a público, somente uma semana depois de a esposa dele ter voltado dos mortos.

Uma figura parental aparece, a outra some, uma família estilo porta giratória. Ótimo material para uma matéria, visto que no momento havia sete vans na calçada, incluindo a da BBC. Uma *fonte próxima à família* havia vazado a informação para a imprensa. Devia ter sido a vovó Susan; ela já tinha feito aquilo antes, e era uma escrota mesmo.

— Saia da propriedade, senhor. Não me faça ir até aí! — gritou Dave, agitando as mãos ao afastar a horda de jornalistas que berravam.

— Oi — disse Bel para a nuca virada e avermelhada do chefe da polícia.

Ele se desvirou, encarando-a, a boca em uma linha fina e melancólica.

— Annabel. Que bom ver você. A sua mãe está em casa? Tenho uma novidade.

O coração dela saltou, indo parar na boca. Seriam boas notícias? Ou se tratava do pior cenário imaginável?

— Pode entrar.

Bel gesticulou para que ele passasse, desejando que se mexesse mais rápido, o nó revirando no estômago, mastigando um pedaço dela de cada vez.

— Olá, Rachel — disse Dave, a boca se curvando nos cantos em um quase sorriso.

Será que ele estaria sorrindo se viesse informar que tinham encontrado o pai dela morto? Não teria sorrido se Charlie estivesse morto, né?

Bel estudou o rosto dele em busca de mais sinais, fez o mesmo no de Rachel.

Será que ela já sabia o que Dave estava prestes a contar? Se Rachel o tivesse matado, Bel com certeza a mataria; essa era mais uma promessa.

— Quer um café ou...? — ofereceu Rachel.

— O que houve? — Bel não conseguia mais esperar.

O pai já estava desaparecido fazia quase quatro dias, e as ligações sempre paravam na caixa postal: "*Você ligou para* Charlie Price", embora ele estivesse indisponível.

— Tem algumas coisas. — Dave enfiou as mãos nos bolsos. — Intimamos a operadora a nos fornecer os registros telefônicos do celular do seu pai. Ainda estamos esperando, isso não acontece do dia pra noite. — Ele tirou uma das mãos do bolso e a deixou cair ao lado do corpo. — Mas conseguimos acessar a conta bancária do Charlie.

— E aí? — quis saber Bel, encurralando o homem, fazendo com que dissesse para ela, não para Rachel.

— Ela foi movimentada nos últimos quatro dias. Ele tirou dinheiro e fez algumas compras... em Vermont.

— Vermont? — perguntou Rachel, a voz subindo um tom no fim da palavra.

Dave se virou para ela.

— Estamos trabalhando com a Polícia Civil de Vermont agora, usando os saques e gastos para tentar localizá-lo. Mas é uma boa notícia. — Ele se virou para Bel ao dizer a última parte, sua boca menos melancólica agora. — Quer dizer que seu pai está bem, que está em Vermont para espairecer, dar um tempo. Como a gente imaginou. Provavelmente vai voltar pra casa quando estiver pronto.

Bel ficou paralisada, a mente zunindo com o que ele tinha acabado de dizer. O pai estava em Vermont? Era uma notícia boa, não era, como Dave havia dito? Muito melhor do que o pior cenário imaginável. Então por que havia uma sensação de aperto em seu estômago, alimentando-se daquele lampejo de esperança? Porque Bel o conhecia. O pai nunca a abandonaria, não iria para Vermont sem falar nada, não desligaria o celular e a deixaria ficar tão preocupada; ele não faria isso. E talvez nada daquilo fosse tão simples quanto *espairecer* ou *dar um tempo*. Tinha desaparecido sem deixar rastros, só que agora havia rastros... em Vermont.

— É uma boa notícia — concordou Rachel, baixinho.

— Mas vocês vão continuar procurando por ele? — insistiu Bel, nem um pouco baixinho.

— Como eu disse, estamos trabalhando com a Polícia Civil do Estado de Vermont para tentar encontrá-lo da próxima vez que usar o cartão. E estamos esperando os registros telefônicos. O celular de alguém pode revelar muito sobre a pessoa.

Os olhos de Bel seguiram a mente dela, repousando no retângulo preto na mesinha de centro.

Não era o celular do pai, era o de Rachel.

Dave ainda estava falando com a garota:

— Vou continuar procurando o seu pai, mas não precisa se preocupar, pode parar de espalhar cartazes de desaparecido pela cidade. Embora eu agradeça a ajuda. Você provavelmente deveria retornar para a escola, voltar à rotina.

— Eu fui hoje — respondeu Bel.

Por uma única razão: não para voltar à rotina, mas para encurralar o sr. Tripp e forçá-lo a responder perguntas. Ele não estava lá. Pelo que tinham dito, passara a semana toda doente. Quanto tempo ele conseguiria continuar fazendo aquilo para evitá-la?

— Aviso quando tivermos alguma novidade. — Dave baixou a cabeça como se estivesse se curvando para Rachel. — Me avisa se os repórteres lá fora estiverem causando algum problema.

— Obrigada, Dave — disse Rachel, com um sorriso sem emoção. — Eu te acompanho até a porta.

O murmúrio baixo das vozes deles, afastando-se pelo corredor. Bel não os seguiu, dando ouvidos aos próprios instintos e à própria mente, porque às vezes eles não estavam do mesmo lado que ela. *Se* houvesse a possibilidade de o pai ter escolhido ir embora, que tivesse ido para Vermont, então teria feito aquilo por causa de Rachel, para ficar longe dela. E talvez não voltaria até Rachel ser exposta como mentirosa e mandada para fora de casa. Talvez estivesse com medo do que tinha acontecido da última vez, todos aqueles dedos apontados para ele, e tivesse preferido fugir a enfrentar aquilo de novo. Então, de qualquer maneira, fosse pelo ponto de vista de sua mente ou de seus instintos, o caminho a seguir era o mesmo: provar que Rachel estava mentindo, descobrir como e por que ela realmente tinha desaparecido e reaparecido dezesseis anos depois. Rachel era o caminho que levaria ao pai.

E, se Bel não conseguisse as respostas do sr. Tripp, então teria que obtê-las da própria Rachel.

Talvez evitá-la tivesse sido a coisa errada a se fazer, havia se esforçado para não ficar em casa ou então permanecer trancada no quarto. Talvez estivesse na hora de mudar a abordagem. Analisar Rachel. Mostrar interesse, passar tempo com ela. Aproximar-se até ela cometer um deslize e se revelar. É aquele ditado: manter os amigos perto e os inimigos mais perto ainda.

O barulho dos repórteres aumentou quando a porta da frente foi aberta, enquanto Dave se despedia. Bel olhou para o celular de Rachel outra vez, dando sopa. *O celular de alguém pode revelar muito sobre a pessoa.*

Os dedos de Bel estavam coçando ao lado do corpo, se abrindo e se esticando, sentindo o ar passar por entre eles. Rachel tinha o número do sr. Tripp, os dois deviam ter se falado. Então talvez as respostas estivessem bem ali, naquele aparelho.

Ela deu um passo em direção ao celular, estendeu a mão para pegá-lo e depois parou, com um pressentimento. Rachel apareceu na sala, silenciosa, observando.

— A notícia é boa, né? — perguntou Rachel. — Sobre a conta bancária. Sei que você anda preocupada. Meio quieta, distante.

Bel assentiu. Estava prestes a ser o oposto de distante. De se aproximar em vez de fugir. Ela precisava que Rachel ficasse longe do celular por tempo o bastante para dar uma olhada nele. E teria que desbloqueá-lo para conseguir isso. Para sua sorte, os dois problemas levavam à mesma pessoa.

— Ei, Rachel — disse ela, alegre, abrindo um sorriso. — Eu estava pensando em chamar a Carter pra vir pra cá hoje à noite. Pra gente se distrair um pouco — falou, quando na verdade tinha tido a intenção de dizer *te distrair*. — A gente podia fazer uns biscoitos ou algo do tipo. Passar um tempo juntas.

Os olhos de Rachel brilharam, o queixo afilado em um sorrisinho.

— Que ideia ótima, A-An… B-Bel. Eu ia amar.

***

— O quê? — sussurrou Carter enquanto Bel a arrastava para dentro.

— Falei pra você vir *agora*, não em dez minutos.

Bel soltou a prima, virando no corredor para entrar na sala. O coração batia forte no peito e ecoava em seus ouvidos. Será que Carter também conseguia ouvir?

— Eu estava tomando banho. — Carter lançou um olhar para ela, interpretando o nervosismo de Bel como outra coisa. — Você não disse que era uma emergência. Teve alguma notícia do t-tio Charlie?

— Não. Quer dizer, s-sim, explico depois. — Elas não precisavam fazer silêncio, mas tinham que ser rápidas. — A Rachel saiu pra comprar umas coisas no mercado, deve estar de volta a qualquer momento.

Bel tinha insistido que fizessem biscoitos de manteiga de amendoim porque sabia que estavam sem manteiga de amendoim e que Rachel se ofereceria para ir comprar, ainda mais com a tão tentadora oferta de paz de Bel.

— Você ajudou a Rachel a configurar o celular novo dela, né?

— Aham — respondeu Carter, semicerrando os olhos, desconfiada. — Porque você anda evitando ela.

— Sabe qual é a senha?

Carter estreitou ainda mais os olhos, duas fendas suspeitas de um azul intenso.

— Por quê?

Mas, a julgar pela linha tensa de sua boca, ela já sabia o motivo.

— Preciso que me diga a senha.

Carter soltou um suspiro, esticando o pescoço, os olhos voltados para o teto.

— Por quê, Bel?

— Preciso dar uma olhada no celular dela.

— Por que você *precisa* dar uma olhada no celular dela? — A voz da prima soava próxima à irritação.

— Porque... — Bel baixou a voz, embora Rachel não estivesse em casa. Não parecia algo que poderia ser dito em voz alta; tinha que ser dito aos sussurros. — Ainda acho que a Rachel está mentindo sobre o desaparecimento dela, e tenho certeza de que esse é o motivo para o meu pai ter desaparecido.

— Bel, isso é...

— Às vezes temos que confiar nos nossos instintos, Carter. Sei que foi isso que aconteceu, só preciso provar, e as respostas podem estar no celular dela. Preciso da sua ajuda, pelo meu pai.

Carter hesitou, olhando Bel nos olhos.

— Você conhece meu pai há muito mais tempo do que conhece a Rachel — continuou Bel, tentando ser gentil, tentando pressioná-la sem afastá-la. — Por favor. Por mim?

— Bel, eu preciso te cont...

Bel pediu silêncio, os ouvidos atentos a um novo som. O barulho de rodas no cascalho, os repórteres em ação, agitando-se. Aquele era o alarme que ela vinha esperando, a sirene.

— A Rachel chegou — sussurrou Bel. — Rápido, Carter. — Agarrou os braços da prima. — Me passa a senha.

A porta do carro bateu, as vozes esganiçadas como pássaros voando.

Carter soltou outro suspiro, com um sinal de alerta baixo na voz.

— É *cinco, seis, sete, oito*. Tipo quando a gente conta para a música começar.

— *Cinco, seis, sete, oito* — murmurou Bel, decorando. — Obrigada. Te amo.

Carter resmungou.

— Só mais uma coisa — disse Bel rapidamente, competindo com o barulho apressado do sapato de Rachel na entrada. — A gente vai fazer biscoitos. Só preciso que você distraia a Rachel enquanto pego o celular e dou uma olhada.

— Bel — repreendeu Carter.

— Só deixa ela ocupada, você é boa nisso.

Carter abriu a boca para protestar, mas era tarde demais. Ouviram o barulho da porta da frente se abrindo, o farfalhar de sacolas de mercado.

— Voltei! — A voz de Rachel reverberou pela casa.

— Que bom — respondeu Bel. — A Carter chegou e está insistindo em ser a chef.

Ela piscou para Carter assim que Rachel apareceu no corredor.

As bochechas de Rachel estavam coradas, e o sorriso refletia nos olhos.

— Oi, Carter. Por mim, tudo bem, vou estar às ordens, chef.

— Chef não — corrigiu Carter —, quero que a gente trabalhe em *equiiipe*. — E deu um enorme sorriso na última palavra, mostrando os dentes para Bel. Isso aí.

Carter foi ajudar Rachel com as sacolas.

— Achei uma receita na internet. A gente pode usar meu celular — interveio Bel, pegando o aparelho e desbloqueando-o com a identificação facial.

Uma mensagem de Ash apareceu na tela: *Cheguei*. Bel havia mandado uma mensagem para ele quando mandara uma para Carter: *Vem pra minha casa agora, traz a câmera. Espera na garagem (a porta lateral está aberta). Não deixa os repórteres te verem.*

Ao que Ash respondeu: *Tá planejando me assassinar? Tô indo.*

— Achou? — perguntou Rachel.

Bel olhou para cima.

— Aham: farinha, manteiga, manteiga de amendoim, ovos... — Passou o resto dos ingredientes, seguindo Rachel e Carter até a cozinha.

Ficou de olho em Rachel enquanto a mulher largava uma sacola no balcão, as chaves ao lado. Mas onde estava o celular?

— Comprei uma farinha nova — avisou Rachel. — Não sabia há quanto tempo o seu pai tinha comprado essa antiga.

Rachel deu um tapinha nos bolsos da jaqueta. Mergulhou a mão lá dentro e tirou o celular. Bel ficou imóvel, apenas os olhos se mexendo. Rachel deu uma olhada rápida na tela e colocou o aparelho virado para baixo na mesa da cozinha.

— Vou só pendurar minha jaqueta. — Rachel a tirou, apoiando-a em um braço. — A-An... B-Bel, pega a tigela pra gente bater a massa, por favor? Não faço ideia de onde o seu pai guardou.

— Claro.

Bel se dirigiu ao armário, usando-o como desculpa para se aproximar da mesa e analisar a posição do celular. Estava no meio do caminho entre os lugares em que Bel e o pai costumavam se sentar, num ângulo ousado, a poucos centímetros da ponta. Ela piscou para olhá-lo sob um novo ângulo, tentando memorizar o local exato.

Carter a observava enquanto Rachel estava fora da cozinha.

Bel levou um dedo aos lábios antes de a prima poder falar qualquer coisa.

— Alexa! — gritou Rachel, de volta à cozinha, o que fez Bel estremecer. A mulher tinha acabado de pegar o conceito da coisa, de fazer uma pausa depois de falar o nome da assistente virtual. Ou estava fingindo tudo. — Toca uma música alegre e tranquila.

— *Aqui está uma playlist de músicas alegres e tranquilas.*

Bel entregou a tigela para Rachel.

— Obrigada, querida. Foi uma ótima ideia fazermos isso.

Bel assentiu, surpresa por Rachel ter acreditado.

— Quanto vai de manteiga? — perguntou Carter, indo em direção à geladeira.

— Uma xícara. Vou deixar a receita aqui no meu celular.

Bel o colocou em cima do balcão. Ora, Bel deixaria o próprio celular com Rachel. Era tipo uma troca, mais ou menos. Os olhos das duas se encontraram. Ela não podia só pegar o aparelho; Rachel estava parada bem ali, a encarando.

— Meninas, se sobrarem alguns biscoitos, será que eu deveria levar para o avô de vocês? — Rachel entregou um novo pacote de açúcar para Carter.

— Ele ia gostar — respondeu Carter, pegando o açúcar, sem estremecer quando os dedos de Rachel roçaram os dela.

— Sabe, eu fiquei pensando... — continuou Rachel. — Será que eu deveria perguntar ao Yordan se ele precisa de alguma ajuda com o Pat, enquanto o seu pai está fora, Annabel? Sei lá, ajudar de alguma forma, tipo limpar a casa? O Yordan leva ele pra passear todo dia, dar uma volta ou algo do tipo?

— O vovô não anda — disse Bel, esquecendo-se de que estava sendo boazinha, acrescentando um sorriso estranho para suavizar a fala. — Não esquenta, o Yordan dá conta. E o tio Jeff pode ajudar mais.

No entanto, a menção ao vovô foi uma ótima inspiração para Bel.

— Mas é uma boa ideia levar os biscoitos. O vovô deve estar confuso com o sumiço do meu pai. Eu levo um Tupperware; você não sabe onde é a casa dele.

Bel abriu o armário, as tampas dos potes já escorregando das pilhas instáveis. Pegou dois recipientes, um transparente, outro azul-escuro, e as respectivas tampas.

— Aqui.

Ela as levou até a mesa da cozinha e as colocou na frente do celular, escondendo o aparelho do campo de visão de Rachel.

E assim como já fizera centenas de vezes com pequenas coisas insignificantes, para alimentar aquele nó no estômago, alcançou o celular. Os dedos dela contornaram as bordas frias. Encobriu-o com a mão para deslizá-lo pela manga até que desaparecesse. A mão no peito para segurá-lo ali.

Pronto.

Rachel não era a única especialista em desaparecimentos.

Carter lançou um olhar para Bel, como quem sabia das coisas, e revirou os olhos.

— Preciso fazer xixi. — Bel saiu para o corredor.

Fora de vista, transferiu o celular para o bolso de trás da calça jeans.

Esperou, tentando pensar em algo, qualquer coisa, que pudesse mantê-la longe por mais tempo do que *vou fazer xixi*. Bel olhou ao redor, procurando inspiração. Poderia dizer que estava passando mal? Não, não funcionaria, Rachel ia querer ficar por perto, dar uma de mãe para cima dela.

Qual é, tinha que pensar em alguma coisa, qualquer coisa. Havia uma pilha de sapatos perto da porta. Um zumbido de repórteres do lado de fora. Uma carta no aparador endereçada a *Charlie Price*, porque os desaparecidos ainda recebiam correspondência.

Espera, uma ideia.

Bel agarrou o envelope, certificando-se de que o endereço estivesse voltado para ela, não para o outro lado.

Foi em direção à cozinha, disfarçando a expressão para parecer alguém que não tinha segundas intenções.

— Ei — disse, ao chegar na porta. — Entregaram uma carta aqui para a sra. Nelson. Parece importante, pode ser alguma coisa médica, de convênio. — Fingiu estudar a frente da carta. — Vou só deixar isso aqui na casa dela. Já volto — falou, virando-se antes que alguém pudesse protestar.

— Será que a gente deveria pré-aquecer o forno? — perguntou Carter, trazendo a atenção de Rachel de volta para ela.

— Em que temperatura? — indagou Rachel.

Todos estavam desempenhando o próprio papel à perfeição. Bel deixou a carta onde a havia encontrado e abriu a porta da frente.

Os repórteres saíram das vans, câmeras, microfones e olhares esperançosos no rosto.

— Annabel *isso*.

E:

— Annabel *aquilo*.

Bel ignorou todos eles, descendo os degraus até a garagem, então tirou o celular de Rachel do bolso de trás, encarando o próprio rosto na tela escura apagada.

VINTE E NOVE

— Cacete, você me assustou! — exclamou Ash, segurando com uma das mãos o lado esquerdo do peito, coberto de morangos.

Ele recuou e esbarrou em um ancinho. Bel ofegou e se afastou dele também.

— Que foi? Os repórteres gritando meu nome não fizeram você perceber que eu estava vindo? — Com cuidado, Bel contornou o cortador de grama coberto por uma lona. — Então... — disse ela, segurando o celular. — Meu pai desapareceu.

— Eu vi no jornal.

Os olhos dele ficaram enevoados, encontrando os dela quando Bel olhou para cima, como se ele estivesse magoado por ela não ter contado aquilo para ele antes.

— O que aconteceu? — perguntou Ash.

— Ele sumiu no sábado à noite. O celular dele está desligado. Parece que fez uma mala e levou o passaporte, mas ele não foi embora por conta do estresse, não faria isso. — Ela não fez nenhuma pausa, sem dar brecha para Ash discordar ou tentar ser o advogado do diabo, já que o diabo estava jogando do lado de Rachel. — A Rachel está por trás disso, eu sei que está, e meu pai está correndo perigo. A gente precisa descobrir a verdade, a gente tem que salvar meu pai.

— Ele sumiu mesmo?

— Sumiu.

O medo mais profundo dela se tornou realidade em uma pequena palavra, profunda e cruel. O lábio tremeu e ela sentiu um ardor nos olhos. Mas Bel se segurou. Não aqui, não na frente de Ash, pelo amor de Deus.

— Acho que os Price são fãs de desaparecimentos — brincou ela, usando uma fungada para mascarar os sentimentos. — Logo, logo chega a minha vez.

— Sinto muito, Bel.

Ele pegou a mão dela, mas não havia tempo para darem as mãos, aquilo não ajudaria.

— Você está gravando? — questionou ela, recuando.

— Eu deveria estar gravando?

Bel assentiu, esperando o garoto abrir o visor da câmera, o bipe de quando apertou o botão de gravar, o joinha para ela com a mão livre.

Bel ergueu o celular, mostrando-o para a câmera.

— O celular da Rachel — explicou.

Os olhos de Ash se arregalaram.

— Como?

Bel gostou daquela expressão no rosto dele.

— A Carter está lá dentro distraindo ela. A gente não tem muito tempo. Preciso achar o que a Rachel e o sr. Tripp estão escondendo. Ele sabe de alguma coisa, por que mais mentiria, batendo a porta na nossa cara? Ficou afastado do trabalho a semana toda, doente. Talvez saiba o que a Rachel fez com o meu pai, talvez tenha ajudado.

— Tá. — Ash estendeu a palavra por alguns segundos. — Então agora você quer que eu grave evidências de *você* cometendo um crime?

— Já fiz coisa pior. — Bel piscou para ele. — E faria ainda piores pra encontrar meu pai.

Tocou na tela do celular. O plano de fundo apareceu, uma foto antiga que eles tinham emoldurado; Rachel com a Bel bebê equilibrada no quadril, uma olhando para a outra, um sorriso aparecendo no rosto mais jovem de Rachel. Eram os segredos daquela mulher que Bel queria, os da Rachel pré-desaparecimento, assim como os da mais velha, que se encontrava dentro da casa.

Bel deslizou o dedo para cima. O aparelho primeiro ativou o reconhecimento facial, e a tela tremeu por não identificá-la, em seguida a senha foi solicitada e o teclado apareceu. O polegar de Bel se mexeu, pressionando *cinco, seis, sete, oito*.

Celular desbloqueado.

— Consegui — disse ela, Ash se aproximando, apontando a câmera para baixo a fim de gravar a tela.

Bel abriu o aplicativo de mensagens de Rachel. Tinha uma mensagem não lida de Sherry enviada fazia dez minutos: *Pede pra Carter estar em casa pro jantar, obg*.

Descendo a lista, Bel viu Carter, Jeff, algumas notificações de entregas da Amazon. O nome de Bel aparecia abaixo deles, e ficou surpresa ao ver que Rachel havia salvado corretamente: *Bel*, não *Anna*.

E então, bingo, Julian Tripp.

Bel abriu o histórico de mensagens, endireitando o celular para a câmera conseguir captar também. Rolou até o início, os olhos passando pelas mensagens.

A primeira era de Rachel, havia sido enviada na terça-feira passada: *Oi, aqui é a Rachel Price, configurei meu celular novo, estou só enviando mensagem pra todo mundo salvar meu número.*

O sr. Tripp tinha respondido quatro minutos depois: *Oi, Rachel. Foi muito bom te ver, bem surreal, na verdade. Espero que esteja voltando à rotina, me avisa se eu puder te ajudar com qualquer coisa. Seria ótimo a gente se encontrar, temos dezesseis anos de papo para colocar em dia. Fui até casado por um tempo!*

— *Dezesseis anos de papo para colocar em dia*. — Ash leu a mensagem na tela. — E ele contou para ela que tinha sido casado. Parece que não mantiveram contato quando ela desapareceu, né?

— Acho que não. *Mas...* — Ela projetou a voz para que aquela palavra virasse um argumento. — Ele claramente está escondendo alguma coisa sobre a Rachel. Sobre o desaparecimento dela. — Bel leu a resposta de Rachel em voz alta: — *Sim, precisamos conversar qualquer hora.*

— Meio seco — comentou Ash. — Como se ela não estivesse a fim de vê-lo.

O sr. Tripp enviara mais uma mensagem, dois dias depois, um balão de fala grande e cinza. Ash leu em voz alta:

— *Foi ótimo te encontrar na loja. Espero que tenha dado um jeitinho na fechadura! Não queria tocar nesse assunto de novo, mas preciso daquilo de volta o mais rápido possível. Sei que as coisas devem estar meio complicadas por aí, mas vai me avisando* — concluiu Ash, olhando para a tela através da câmera. — Do que ele está falando? O que ele quer de volta?

— *Não queria tocar nesse assunto de novo, mas preciso daquilo de volta o mais rápido possível.* — Bel leu outra vez, dando uma entonação diferente para as palavras para ver se o significado ficava mais evidente.

— Alguma coisa que ele tinha dado para a Rachel antes de ela desaparecer? — sugeriu Ash. — E agora quer de volta.

Bel passou para a resposta de Rachel, a última mensagem dela para ele.

— *A gente fala disso outra hora.*

Julian tinha enviado uma última mensagem na sexta de manhã.

— *Tá bom* — leu Ash —, *mas é muito urgente. Vai me avisando.*

— Que droga — resmungou Bel. — É só isso? Por que as pessoas não podem deixar as conversas enigmáticas mais claras? Como a gente vai descobrir do que eles estão falando?

— Mandando uma mensagem para ele? — sugeriu Ash, incerto. — A gente podia enviar uma mensagem pra ele agora, fingindo ser a Rachel. Ele não quis falar com você, mas vai falar com ela.

Ash a encarou por cima da câmera, os olhos vidrados e arregalados, descendo por meio segundo até os lábios de Bel.

Ela ponderou um pouco.

— Não. Ele pode demorar para responder. Tenho que voltar logo, senão a Rachel vai achar que aconteceu alguma coisa. E aí, se ele responder mais tarde, quando a Rachel já estiver com o celular de novo, vai saber que eu peguei o aparelho, vai saber o que eu fiz. Ela não pode saber que estou desconfiando dela.

Havia mais coisas para dizer, mas ela não queria falar nada, não queria colocar em palavras e trazer uma dimensão real ao que pensava. Que Rachel era perigosa, que Rachel a assustava, que Rachel já tinha pegado coisas demais, e Bel não queria dar um motivo para que pegasse mais ainda.

Mas Ash assentiu, como se ela tivesse dito todas aquelas coisas e ele entendesse. O que era idiota, na verdade, porque ele não a conhecia, e ela desejou que ele parasse de fingir. Mas, ainda assim, ele continuava assentindo, com um novo brilho no olhar.

— Não, mas você pode *ligar* pra ele — sugeriu.

— Você ficou doido?

— Claro que não, me escuta. Acho que vai querer me socar por dizer isso, mas o seu jeito de falar e o da Rachel são quase idênticos. Vocês têm literalmente a mesma voz. Você pode ligar pra ele do celular da Rachel, fingindo ser a Rachel, e ele não vai saber, contanto que você finja direito.

— Eu não posso *ser* a Rachel.

— Lógico que pode, superpode. — Ele procurou os olhos dela na escuridão. — Se você excluir a ligação do registro de chamadas depois, ela nunca vai descobrir. Você não tem nada a perder se ele não acreditar. Mas tem só mais uns minutos e precisa dessas respostas.

Ela precisava de respostas, pelo pai, mas de jeito nenhum...

— Está com medo? — perguntou Ash, e ela sabia que ele só tinha dito isso para pressioná-la, mas se sentiu pressionada mesmo assim.

— Não tenho medo de merda nenhuma. — Ela desbloqueou o celular, que já estava com a tela apagada. — Posso ser a Rachel — disse, mais para si mesma, ao clicar nas informações de contato de Julian Tripp, o dedo pairando sobre o botão de chamada. — Eu sou a Rachel — sussurrou enquanto se desafiava e pensava no pai, pressionando a tela com o polegar.

Ligando para Julian Tripp...

O toque duplo da chamada soou no seu ouvido.

— Coloca no viva-voz — sussurrou Ash, estabilizando a câmera. — Vai ajudar a abafar sua voz.

Bel apertou o botão do alto-falante com um clique, e o som de discagem foi interrompido. Um zumbido silencioso na sequência.

— Alô, Rachel? — A voz do sr. Tripp ecoou.

Bel pigarreou, olhando para Ash enquanto se transformava em Rachel, seguindo as dicas dele.

— Oi, J-Julian. Desculpa não ter te respondido ainda, os últimos dias foram uma loucura. Não sei se você ficou sabendo do Charlie...

— Fiquei sabendo, sim, sinto muito. Você tem alguma ideia de pra onde ele foi?

Isso significava que então poderiam descartar o sr. Tripp da lista de suspeitos pelo desaparecimento do pai, né?

Ash percebeu a pausa e a encorajou com um breve aceno de cabeça.

— Não — respondeu Bel —, acho que tem sido uma situação estressante pra todo mundo. A polícia acha que ele vai voltar pra casa logo.

— Bom, então isso já é alguma coisa, acho — respondeu o sr. Tripp, e estava funcionando; ele achava mesmo que era Rachel. — Então... — falou, uma deixa para ela.

Mas Bel não sabia como puxar o assunto. Lançou um olhar para Ash, que estava com os lábios entreabertos, meio que formando uma palavra que talvez fosse *mensagem*.

— Então... sobre a sua mensagem — disse Bel —, achei que seria melhor a gente conversar sobre isso.

— Não, eu entendo. — O sr. Tripp fungou. — E me desculpa por pedir de novo tão cedo. Mas é bastante dinheiro, sabe?

O coração de Bel bateu forte, os olhos se voltando para Ash. *Dinheiro*, disse ela sem emitir som. O sr. Tripp tinha dado dinheiro para Rachel antes de ela desaparecer. Isso mudava tudo.

Quanto?, perguntou Ash, em silêncio, apontando o dedo na direção do celular.

— Rachel, você está bem? — perguntou o sr. Tripp, do outro lado da linha.

— Sim, tudo certo. — Bel fungou. — Eu entendo. Hã... é que faz um bom tempo, muita coisa aconteceu, eu não lembro exatamente quanto foi...

Ash estreitou os olhos para Bel e ela torceu para que não tivesse se denunciado.

— Foram três mil, Rachel.

O coração dela deixou o peito e chegou até a garganta. Bel apertou o botão de mudo, a mão trêmula.

— Puta merda! — gritou, uma risada cortando sua voz.

Ash interceptou a risada, calando-a.

— Continua — sussurrou.

Ao mesmo tempo, o sr. Tripp disse:

— Rachel? Você está aí?

Bel tirou o celular do mudo, assim como o sorriso do rosto.

— Desculpa... — disse ela, mas o sr. Tripp não a deixou terminar.

— Sei que é esquisito... constrangedor, sabe, pedir o dinheiro de volta assim, mas sempre achei que você me pagaria quando pudesse. Aí depois achei que você tivesse morrido, eu e todo mundo. Mas agora você não está... sabe, a vida não tem sido muito fácil. Tenho despesas médicas pra pagar. Dívidas. Peguei um monte de dinheiro emprestado também. Ajudaria muito se você pudesse me devolver o dinheiro.

— Não, é claro — disse Bel. — Eu entendo. — Embora não entendesse; embora uma partezinha dela quisesse ficar do lado de Rachel e não do dele, um homem muito mais interessado em receber o dinheiro de volta do que no fato de uma velha amiga ter retornado do mundo dos mortos. — As coisas andam meio complicadas, eu voltei faz só uma semana e meia. Mas você vai receber tudo o que eu te devo, prometo.

Do outro lado da linha, ouviu uma respiração muito ruidosa, quase à beira das lágrimas.

— Meu Deus, isso é um alívio e tanto. Obrigado.

— Imagina. — Bel engoliu o que realmente queria dizer, o que Rachel talvez também tivesse dito. — Você nunca contou pra ninguém sobre o dinheiro, né?

Ash fez outra careta.

— Não, lógico que não. Não falei nada pra polícia, fiquei com medo de pensarem que eu tive algo a ver com o seu desaparecimento, o que obviamente não foi o caso. Ainda mais por ter sido eu a encontrar o carro, a encontrar a Bel. Mas ter contado não teria ajudado em nada, no fim das contas, porque o dinheiro não teve nada a ver com aquele homem ter te raptado do carro, né?

— Claro que não — disse ela, repassando mentalmente a resposta dele, os pensamentos dela se tornando os de Rachel. — Não, que bom que você nunca falou.

Bel respirou fundo, arriscando-se mais.

— Quando você me emprestou o dinheiro mesmo? Foi um pouco antes, né?

— Foi por isso que guardei segredo. Você me pediu na sexta e eu te entreguei o dinheiro depois da escola na segunda-feira, quando te dei carona.

Estava explicado, tinha sido no momento em que a tia Sherry vira os dois juntos. Mas talvez tivesse entendido tudo errado, e a razão para eles estarem *meio próximos demais* tivesse sido porque um estava passando uma enorme quantia de dinheiro para o outro, o segredinho deles.

— Isso foi só dois dias antes de el... eu desaparecer? — perguntou Bel.

Ash gesticulou com as mãos, e ela gesticulou de volta, formando as palavras *cala a boca*, mas sem usar a voz.

— Isso mesmo — respondeu o sr. Tripp. — Então você não está brava por eu não ter contado pra ninguém?

— Não estou brava, Julian.

Bel fez uma careta.

Silêncio, a saliva escorrendo ao redor da boca do homem do outro lado da linha.

— Rachel? — O som do nome atravessou Bel.

— Sim? — respondeu ela.

— Sei que isso já não é mais importante, considerando tudo pelo que você passou. Mas nunca saiu da minha cabeça o fato de eu não saber. Você nunca me disse pra que era o dinheiro. Só que não dava para usar o seu dinheiro e que precisava dele, disse que era uma emergência. — Ele fungou. — Quando te entreguei, você disse que eu estava *salvando a sua vida*, o que pensei que fosse só força de expressão, um agradecimento. Mas, depois de você desaparecer, fiquei me perguntando se você quis dizer alguma coisa com isso e que você estava errada, que o dinheiro não tinha salvado a sua vida.

Bel ficou sem reação, procurando nos olhos de Ash o que responder. Ele não sabia também, dando de ombros atrás da câmera.

— Não posso dizer.

— Qual é, Rachel. — O sr. Tripp fungou. — Eu sabia que tinha alguma coisa errada. Você vinha agindo de modo estranho havia semanas, meses até. Agitada, paranoica. Perdeu peso, suas roupas ficaram largas. Parou de ir nas Noites de Vinho, às quartas, depois da escola. Precisava do dinheiro e estava com medo. De quem você estava com medo, Rachel? Você não conhecia o homem que te sequestrou. Sempre achei que tivesse sido o Charlie, fazia sentido ele ter sido preso pela sua morte. Fiquei tão preocupado naquela segunda-feira que coloquei um...

— Você está errado — retrucou Bel, falando por si mesma, não por Rachel. — Eu não estava com medo do Charlie.

O sr. Tripp fez uma pausa.

— Bom, você estava com medo de alguém. Quem era? O irmão do Charlie?

— Jeff? — Bel estreitou os olhos. — Por que eu teria medo do tio...?

Ela se interrompeu, cobrindo a boca com a mão.

Ash franziu o cenho, só um olho aberto, e ficou imóvel.

Bel tentou consertar:

— Quer dizer, não acho que...

— Annabel, é você? — Os alto-falantes vibraram com a voz dele em um chiado sombrio.

Bel apertou o botão vermelho para desligar, mantendo o celular longe de si como se o aparelho estivesse com uma contagem regressiva para explodir.

— Ah, bom — comentou Ash, sem fôlego por algum motivo, ainda parado. — Você ia acabar estragando tudo em algum momento.

Bel foi até o registro de chamadas e excluiu a última, para Julian Tripp, desaparecendo com todos os vestígios do que tinham acabado de fazer, a pele dela formigando, eletrizada.

— Você acha que ele vai contar pra Rachel?

— Provavelmente não — respondeu Ash. — A gente acabou de pegar ele no flagra, admitindo ter ocultado informações da polícia pra não parecer suspeito. Acho que ele quer, assim como a gente, deixar isso quieto.

Bel sentiu conforto naquele *a gente*. Um conforto do qual se ressentiu no mesmo instante, oferecendo-o para alimentar o nó no estômago. Não havia *a gente*. Bel só tinha uma pessoa, e ela estava desaparecida.

— Valeu a pena — disse ela, estalando os ossos do pescoço. — Três mil dólares em dinheiro dois dias antes de ela desaparecer. Parece inegável, né? É uma quantia que dá pra começar uma nova vida em outro lugar, não acha? Pra sumir?

A boca de Ash se franziu.

— A gente acabou de provar isso, não? — Os olhos de Bel brilharam no escuro. — Que Rachel Price não foi sequestrada; ela escolheu ir embora. Planejou o próprio desaparecimento.

Ash hesitou, mordendo o lábio inferior.

— Acho que isso não vai valer pra polícia nem pra um tribunal. Na verdade, acho que é ilegal gravar uma ligação sem o consentimento da outra pessoa. Vamos deixar o Ramsey se preocupar com isso. Mas... concordo, acho que talvez a gente tenha acabado de provar o que aconteceu.

Um sorriso apareceu nos cantos da boca de Bel. Ela cedeu, dando uma piscadela para a câmera na mão de Ash.

— Eu sabia.

— Mas ainda não sabemos pra onde ela foi. Por que foi embora. Como. Por que voltou.

— Vamos descobrir. Precisamos descobrir, pra encontrar meu pai — afirmou Bel, enfiando o celular de Rachel na manga. — Tenho que ir, já demorei demais.

— Ok.

Os lábios de Ash se abriram como se quisesse dizer mais alguma coisa, mas ele se conteve.

— Falou, valeu. — Bel acenou para ele como se fosse qualquer um, indo em direção à porta.

— Falou, valeu — respondeu Ash, gravando-a sair da garagem em direção ao sol baixo da tarde.

Os repórteres se agitaram.

— Annabel, *por favor*.
— Annabel, *espera*.

Ela os ignorou, incapaz de tirar o sorriso do rosto, cobrindo-o com a outra manga.

— Aonde seu pai foi? — gritou a CNN.

Depois de subir os degraus, Bel destrancou a porta da frente e a abriu.

Um cheiro doce de baunilha a envolveu ao caminhar pela casa.

— Voltei.

Ficou parada na entrada da cozinha, observando Rachel e Carter se virarem, um olhar semelhante nos olhos e um rubor quente nas bochechas.

— Foi mal — disse ela antes que alguém perguntasse. — A sra. Nelson não calava a boca. Ela é meio solitária, acho. Como estão os biscoitos?

— Feitos — respondeu Carter, ríspida. — Já estão no forno.

A expressão de Bel mudou, fingindo estar decepcionada. Rachel sorriu para ela.

— Bom, você não perdeu a parte de comer — comentou ela.

— Nem a de limpar — acrescentou Carter.

Bel entendeu e adentrou o cômodo, aproximando-se da mesa.

— Falta quanto tempo pra ficarem prontos? — perguntou, esperando que a pessoa certa respondesse.

Rachel se inclinou para olhar o cronômetro do forno e Bel não hesitou. Esticou o braço e deslizou o celular da mulher, devolvendo-o para onde o havia encontrado, protegido atrás do Tupperware, girando-o na diagonal.

Bel retirou a mão bem a tempo.

— Quatro minutos — respondeu Rachel, virando-se.

— O cheiro está maravilhoso.

Bel se juntou a Carter na pia, arregaçando as mangas. Carter lançou um olhar para ela, que retribuiu, piscadinhas em vez de palavras.

Ela ouviu uma lufada de ar atrás de si. Não chegava a ser um suspiro, era só uma respiração que tinha parado no meio do caminho.

Bel se virou.

Rachel estava parada ao lado da mesa da cozinha, olhando para baixo. Para o celular.

Bel parou de respirar.

Os dedos de Rachel percorreram a superfície de madeira, indo até o aparelho. E em um movimento curto, girou o celular de uma diagonal para outra, batendo o dedo ao lado dele, analisando-o.

Rachel olhou para cima sem aviso, encontrando o olhar de Bel.

Então, abriu um sorriso doce e aconchegante.

E Bel sorriu de volta, os lábios apertados, sem mostrar os dentes.

TRINTA

Bel parou em frente ao número 39, o quarto de hotel de Ash. Ajeitou o cabelo e arqueou as sobrancelhas.

A porta se abriu antes que ela batesse.

Era Ramsey, a cabeça baixa enquanto saía do quarto.

Os olhos dele se fixaram nos dela quando a porta se fechou.

— Oi, Bel.

— E aí — disse ela, sentindo-se estranha por ele tê-la flagrado ali. Então começou a se explicar: — O Ash me pediu pra vir até aqui, disse que tinha encontrado alguma coisa.

Ramsey assentiu com um meio sorriso de quem sabe das coisas.

— Eu sei — falou, confirmando a expressão em seu rosto. — Encontramos uma coisa e queríamos mostrar pra você.

Ele passou por ela, seguindo reto pelo corredor.

— Você não vem? — perguntou Bel.

Ramsey se virou, o sorriso meio torto.

— Melhor não. Um bom cineasta sabe quando está atrapalhando o próprio filme.

Ele fez arminhas com os dedos e fingiu atirar na direção dela, desaparecendo no fim do corredor.

Bel bateu na porta.

Que se abriu, de leve, o rosto pálido de Ash aparecendo na fresta.

— Por que você bate na porta parecendo um assassino em série? — resmungou a cabeça flutuante dele.

— Você está pelado?

— Não.

Os olhos dele vagaram de um lado para o outro, confuso.

— Então abre a porta — disse Bel, empurrando-a.

Ela entrou, o quarto de hotel sujo, as cortinas emoldurando o céu noturno. Um notebook aberto sobre a mesa, com um brilho branco fantasmagórico emergindo dele, a câmera pequena conectada ao aparelho. Uma teia de cabos ao lado. A cadeira da escrivaninha e a poltrona tinham sido posicionadas em frente ao notebook.

— Você deixou uma cueca boxer na cama. — Bel apontou, tentando envergonhá-lo.

Ash assentiu, tentando não ficar envergonhado.

— É aí que elas moram, na verdade.

Voltou para a mesa, murmurando para si mesmo.

— Preciso de um cartão de memória vazio pra câmera. — Vasculhou uma pilha de caixas de plástico transparentes, algumas etiquetadas com um X vermelho. — Por isso é importante deixar uma etiqueta nelas, como diz o Ramsey. Arrá.

Ele abriu uma e tirou o cartão SD, inserindo-o na câmera pequena.

— Isso é tudo filmagem para o documentário?

— Tudo o que eu filmei — confirmou ele. — O Ramsey está editando o material inicial para mostrar para os serviços de streaming, mas quer manter essas cenas aqui em segredo até a gente saber o que tem em mãos. Sou o responsável pelos cartões de memória, saber quais estão cheios e quais já transferi para o computador e apaguei. — Ele apontou, os dedos a guiando em um passeio pela mesa desarrumada. — Fica tudo salvo neste queridão aqui.

Ele bateu os dois dedos em um HD externo preto, conectado ao notebook.

— Sei, armazenamento, essas coisas empolgantes. — Bel fez um estalo de desdém com a língua.

— É por causa dele que não posso passar o dia todo por aí com você.

— Não que você fosse querer — comentou Bel.

— Não, sua companhia é horrível.

O celular de Bel vibrou no bolso da jaqueta, salvando-os daquele momento propositalmente desconfortável. Ela o pegou e ofegou.

— É o chefe da polícia. Sobre o meu pai.

— Atende — disse Ash, virando-se e desviando o olhar, como se dessa maneira ele não pudesse ouvir.

Bel apertou o celular contra o ouvido e falou antes que Dave Winter tivesse chance:

— Tem alguma novidade? Encontraram o meu pai?

A linha chiou com a respiração de Dave.

— Oi, Annabel. Não, nós não o encontramos, mas tenho uma novidade. Os registros telefônicos do seu pai finalmente chegaram.

Bel recuou, as botas deslizando pelo carpete áspero.

— E...?

— Ele fez uma ligação na noite em que desapareceu. Na verdade, no meio da noite, às 3h20. Durou só uns segundos, mas veio de uma torre de celular perto de Danville, em Vermont. Então era onde ele estava quando fez a ligação.

— Pra quem ele ligou? — quis saber Bel, tentando não o apressar, absorvendo tudo.

— Ele ligou para um número que pertence a Robert Meyer, que mora nos arredores de Barton, em Vermont. Deixa eu te perguntar: você sabe quem é? Já ouviu falar dele? É amigo do seu pai?

Bel procurou em sua memória, tentando encaixá-la com o nome.

— *Robert Meyer*. Não, acho que não reconheço — falou, irritada. Caramba, pai.

— Tudo bem — respondeu Dave —, a Rachel também não reconheceu.

— Você falou com a Rachel?

— Liguei pra ela antes — disse Dave, sem saber que era uma traição ligar para Rachel primeiro, avisá-la de que o plano dela estava funcionando sem problemas. — A polícia de Vermont vai falar com esse tal de Robert Meyer, ver o que ele sabe, e te aviso se ele tiver alguma informação útil. Danville fica no caminho para Barton, então parece que era para lá que seu pai estava indo.

Mas como ele estaria indo para lá se a caminhonete havia ficado em casa?

— Tinha mais alguma coisa? — perguntou ela, a voz falhando, arranhando sua garganta.

— Como assim?

— Nos registros telefônicos. Ele fez mais alguma ligação?

Só havia um nome com o qual ela se importava: o dela. Queria ter sido a última pessoa para quem o pai tentara ligar, mesmo que não tivesse nenhuma chamada perdida no celular.

— Não — respondeu Dave, sem perceber o impacto desse *não*. — Parece que ele desligou o celular depois de dar aquele telefonema. Está desligado desde então, sem atividade.

O coração de Bel ficou pesado, endurecendo dentro dela, aproximando-se do nó que vivia no estômago.

— Ele sumiu já faz seis dias. — Não era uma pergunta, mas um lembrete da promessa de Dave, da dívida que ele tinha com Charlie Price, aqui, do outro lado de toda a história deles.

— Estamos fazendo o possível. Houve mais algumas movimentações no cartão dele, uma na quinta, outra hoje, então estamos rastreando dessa forma também. Não deve demorar muito, Annabel.

— Certo. — Ela hesitou em encerrar a chamada. Será que devia contar a Dave sobre Julian Tripp? Sobre os três mil dólares? — Policial Winter...

— Pode me chamar de Dave, querida. A gente já se conhece há bastante tempo.

Quando ele terminou de falar aquilo, Bel já tinha mudado de ideia. Não, ela não devia contar para ele. Queria que Dave se concentrasse em encontrar o pai; ele tinha as ferramentas para fazer isso, ao contrário dela. Bel não devia distraí-lo com Rachel. Era tarefa da garota acabar com Rachel, responsabilidade dela.

— Pode começar a me ligar primeiro pra dar as notícias, e não pra Rachel? Ela quer que eu lide com isso; ainda está se sentindo sobrecarregada.

A linha chiou outra vez.

— Claro. Espero que vocês duas fiquem bem, tá?

Ah, elas estavam ótimas.

— Preciso desligar — disse ela, a despedida de Dave ficando cada vez mais baixa conforme Bel afastava o celular do ouvido, e por fim apertou o botão vermelho.

— Quem é Robert Meyer? — perguntou Ash, voltando a encará-la.

— Não sei. Ele mora em Vermont. Foi a última pessoa pra quem meu pai ligou na noite em que desapareceu.

— Então o seu pai está em Vermont?

— Ou é lá que a Rachel quer que a gente pense que ele está.

Uma mensagem apareceu na tela de Bel. Caramba, hoje ela estava popular, hein? Ash, depois Dave Winter, agora Carter.

Posso dormir na sua casa? Minha mãe está um pesadelo de novo.

Bel digitou uma resposta: *Não, foi mal, não tô em casa!*

Deslizou o celular de volta no bolso da jaqueta e olhou para Ash com expectativa.

— Então... eu não vim até aqui só pra insultar esse seu suéter horroroso. Você disse que encontrou alguma coisa, certo?

— É, a gente encontrou enquanto editava a cena do jantar. Espera, eu já devia estar com a câmera ligada.

Abriu o visor e apertou o botão de gravar, estalando os dedos na frente das lentes, como uma claquete improvisada. Havia livros em cima da mesa, *A mulher que desapareceu duas vezes* em cima, um antigo livro de *true crime* sobre Rachel. Ash ajeitou a câmera sobre a pilha, apontando-a para eles.

— Pode sentar aqui.

Ele deu um tapinha na poltrona mais próxima da câmera, uma nuvem de poeira flutuando ao redor dela.

Bel se sentou.

Ash a seguiu, puxando a cadeira para perto demais, inclinando-se por cima da garota para alcançar o notebook.

Ele congelou, a respiração de Bel em seu pescoço exposto.

Bel olhou para o formato da boca dele, e Ash olhou para a dela. Um segundo se passou, o coração de Bel descompassado, batendo vezes demais, reencontrando os olhos verdes dele.

Ai, caramba.

Ela piscou e se afastou, recostando-se no assento. Ash tossiu, cobrindo a boca com o punho, e mexeu na posição da câmera bem na hora, como se estivessem prestes a cruzar uma fronteira invisível. Sorte que a câmera estava entre eles para manter os limites. Porque isso teria sido mesmo estúpido pra cacete. Inútil também. Ash iria embora para sempre quando o documentário estivesse pronto. Isso era tudo o que eles eram um para o outro. A Entrevistada e o Assistente de Câmera.

Bel afastou a cadeira alguns centímetros. O Lado Dele e o Lado Dela.

Era bom que ele ficasse longe do dela.

— É sobre meu pai? — perguntou ela.

Ash se voltou para o notebook e clicou em uma pasta chamada *Jantar*.

— Sobre a Rachel? — tentou ela.

— Você vai ver. — Ele clicou duas vezes no arquivo de áudio. — Ou melhor, vai *ouvir*.

A seta na tela pairou sobre o botão de play, mexendo-se junto com o dedo de Ash no touchpad.

— Eu estava ouvindo o áudio do jantar para ver se seu pai disse alguma coisa quando saiu furioso, quem sabe alguma pista sobre pra onde tinha ido.

Bel se inclinou para a frente, esquecendo-se do Lado Dela.

— E aí?

Ash balançou a cabeça.

— Ele disse *puta merda*, só isso, e depois desligou o microfone. Mas teve uma pessoa que não fez isso. Uma pessoa que esqueceu que estava usando o microfone e que estava sendo gravada.

Bel piscou para ele, uma pergunta nos olhos.

— Seu tio Jeff — respondeu ele. — Jeff foi ajudar seu avô a entrar no carro depois que todo mundo saiu da mesa.

— Eu lembro — disse Bel.

— Essa é a conversa que eles dois tiveram, o que o microfone captou.

Ash apertou o play.

Um farfalhar.

Respiração pesada.

— Entrou, pai? — Era a voz rouca de Jeff, sem fôlego pelo esforço. — Deixa eu pegar o cinto de segurança.

— E-eu... — gaguejou o vovô.

— Não se preocupa, eu pego.

Mais um farfalhar.

Um clique.

— Pai... — A voz de Jeff ficou mais baixa, sussurrada. Bel fechou os olhos para se concentrar no que estava ouvindo. — Preciso te perguntar uma coisa, e preciso que você se lembre.

Um barulho de movimento, uma cacofonia de roupas esfregando umas nas outras.

Ash parou o áudio.

— Essa parte tem som, mas está baixa demais para ouvir por causa do barulho de fundo, eu tentei.

Deu play outra vez.

Um som áspero vindo do fundo da garganta de alguém; o som que o avô fazia quando procurava palavras.

— Eu não sei quem é — murmurou ele.

A voz de Jeff voltou mais clara.

— Você sabe, pai. Sabe, sim. Onde ela estava? Onde encontraram ela?

— Eu não sei.

— Pai, preciso que você tente. É importante.

— Eu não... eu quero ir pra casa — disse o vovô, a voz frágil, cada sílaba um esforço. — Cadê o... Y-Y...?

— O Yordan? — Jeff suspirou, as unhas arranhando a barba por fazer. — Vou chamá-lo. Fica aqui, pai.

— É isso. — Ash pausou o áudio, o silêncio abrupto zumbindo nos ouvidos de Bel. — Saba tirou o microfone do Jeff quando ele voltou lá pra dentro.

Bel abriu e fechou a boca, procurando por palavras, sem ter mais sucesso nisso do que o vovô.

— O quê? — Foi tudo o que conseguiu dizer.

— Eu sei — respondeu Ash, num tom baixo e suave. — Mandei uma mensagem pra você assim que a gente ouviu isso.

— *Onde ela estava?* — disse Bel, repetindo a fala do tio. — *Onde encontraram ela?* Ele está falando da Rachel, né?

Procurou a confirmação nos olhos de Ash.

— Foi o que a gente pensou também.

Bel considerou as implicações das novas circunstâncias por um tempo, caminhos bifurcados em *e se* e *mas*, a cabeça dela correndo em cada direção e voltando.

— Espera aí — disse ela, um pouco para si mesma também. — Então o Jeff acha que o vovô sabe alguma coisa sobre a Rachel. Sobre onde ela esteve nesses últimos dezesseis anos e sobre o reaparecimento dela. *Onde encontraram ela?* Parece que ela teve que voltar porque alguém a encontrou... mas *quem*?

Ash olhou para ela; contato visual demais evoluindo para contato visual de menos.

— Parece que o Jeff também não conseguiu as respostas que estava procurando.

— Mas por que o Jeff acha que o vovô sabe de alguma coisa sobre a Rachel? Ele tem demência, não sabe de *nada*.

Ash deu de ombros.

— O seu tio parece convencido de que ele tem as respostas, dá pra ouvir o desespero na voz dele.

Bel ponderou isso também.

— Cacete.

Ela se recostou na cadeira, enterrando os dedos no cabelo.

— Sabe, eu fiquei pensando — falou Ash — se isso não tem alguma coisa a ver com o que o Julian Tripp disse. O comentário da Rachel sobre ele estar *salvando a vida dela* e ela estar com medo de alguém, mencionando até o Jeff.

Bel tentou pôr os pensamentos em ordem, estabelecer relações entre todas aquelas informações. Rachel estivera com medo de Jeff? Tinha planejado o desaparecimento, pegado o dinheiro do sr. Tripp para ninguém suspeitar que ela havia desaparecido de propósito? O vovô sabia alguma coisa sobre Rachel? Jeff tinha certeza de que o vovô sabia alguma coisa, mas não o que era? Como tudo se encaixava?

— Seja lá o que o Jeff acha que o vovô sabe sobre a Rachel, ele não contou para ninguém, e agora o meu pai sumiu. — Bel contraiu o maxilar. — Mas ele não vai guardar segredo por muito tempo. Vai me falar amanhã.

Bel conseguiria fazer o tio Jeff se abrir; fizera o mesmo com Sherry. Porque tinha alguma coisa escondida entre os membros da família Price, algo que o retorno de Rachel havia perturbado.

Debaixo do campo minado, havia segredos também.

TRINTA E UM

Com a chave na porta, Bel hesitou. Um arrepio percorreu suas costas, eriçando os pelos da nuca. Um tipo de aviso prévio, um instinto primitivo ao perigo.

Bel olhou por cima do ombro, procurando na escuridão, os olhos fixos nas árvores do outro lado da rua, as sombras que dançavam as transformando em rostos ameaçadores. Mas seus olhos estavam enganados: o perigo não vinha daquele lado, estava atrás da porta.

Ela enfiou a chave na fechadura e empurrou a porta, pisando na zona de guerra que a esperava.

Risos e vozes calorosas, o cheiro de algo amanteigado e doce. Ela não estava esperando por isso.

— A-An... Bel, é você? — A voz de Rachel se estendeu, encontrando-a do outro lado do corredor.

Bel largou a bolsa no chão e tirou os sapatos, deixando-os na passagem.

— Querida, cheguei — disse ela em um tom sombrio para si mesma, acompanhando os sons da TV até a sala de estar.

— Oi, meu bem.

Os olhos de Rachel brilharam no escuro, fixando-se em Bel. A televisão iluminava o rosto dela a cada cena do que estava assistindo, clarões de um branco intenso seguidos de um brilho esverdeado.

Ela estava no sofá, as pernas enfiadas sob um cobertor xadrez. E não estava sozinha.

Carter estava na outra ponta. As pernas escondidas debaixo do mesmo cobertor.

Um balde de pipoca entre elas, já meio vazio.

Rachel pegou mais um punhado.

— Estamos fazendo uma noite de filmes. Fica com a gente, tem bastante espaço. — Ela levou a pipoca ao colo.

Os olhos de Bel se voltaram para Carter, o rosto brilhando nas mesmas cores do de Rachel.

— Estamos vendo *Entre facas e segredos* — completou Carter, embora ela devesse ter percebido que essa não era a pergunta nos olhos de Bel.

— Eu te disse que não estava em casa hoje. — Bel ficou imóvel.

— Eu sei. — As mãos de Carter também desapareceram debaixo do cobertor. — Quando você respondeu, eu já tinha vindo pra cá. Rachel disse que eu podia dormir aqui. Ela também não tinha nada pra fazer, então a gente decidiu ver um filme. Já viu esse, Bel? Acho que você ia gostar.

Bel não dava a mínima para o filme; do que não gostava de jeito nenhum era aquela situação. Das duas juntas, sem ela. Uma onda de ácido em seu estômago, o nó remando nela. De alguma forma, aquele movimento havia sido calculado; Rachel estava trocando as peças do tabuleiro, tentando puxar Carter para o lado dela.

Bel não desistiria tão fácil.

— É sobre o quê? — A voz de Bel ficou mais alegre e ela andou na direção do sofá, bloqueando a TV para Rachel, que ficou no escuro total.

— É um filme desses de mistério sobre um assassinato — respondeu Carter. — E sobre uma família toda cagada.

— Já gostei.

Bel ocupou o assento do meio, entre as duas, o corpo da garota como uma barricada entre Carter e Rachel, reivindicando a prima, que não conseguia enxergar quem Rachel de fato era.

Enfiou as pernas sob o cobertor, puxando-o até que os pés de Rachel ficassem expostos.

Rachel lhe ofereceu pipoca.

Bel hesitou, mas pegou um punhado. Era tudo fingimento: a mãe, a filha e Carter.

— Com certeza foi ele. — Rachel apontou para a tela, tentando atualizar Bel ou querendo dizer que era melhor que ela nesse tipo de coisa.

— Não tem nem uma van das emissoras lá fora — comentou Bel, falando por cima da personagem.

— Foram embora hoje cedo — respondeu Rachel. — Acho que alguma hora eles têm que dormir.

— Ou então não se importam tanto com o desaparecimento do meu pai quanto com o seu reaparecimento... — concluiu Bel, encarando a televisão, porque não conseguia esconder com quem *ela* se importava mais; estava tentando se aproximar de Rachel, analisando-a para, na verdade, descobrir como destruí-la.

E olha só, ela estava indo bem; tinha chegado tão perto que dava para ouvir o tremor leve da respiração de Rachel.

— Ele vai voltar, Bel. — Carter pressionou a planta do pé no da prima, juntando-os. — Os policiais de Vermont vão achar ele logo, logo, e aí seu pai vai voltar pra casa. Não vai?

Carter se inclinou para se fazer ouvir, encoberta por Bel, e encarou Rachel.

A mão da mulher ficou suspensa no ar sobre o balde de pipoca, os olhos passando de Carter para Bel.

— Sim, tenho certeza de que vai — respondeu ela.

Bel estava conseguindo decifrar as expressões de Rachel melhor agora, e entendeu que Carter a tinha colocado numa situação difícil. Talvez a prima não estivesse assim tão perdida, afinal. E talvez o pai também não.

— É bom que volte — acrescentou Bel, parecendo mais uma ameaça, porque era mesmo.

Rachel voltou o olhar para a televisão.

— Na próxima sexta é o aniversário de oitenta e cinco anos do avô de vocês — disse ela, e a entonação de sua voz não era de pergunta. — Carter disse que o seu pai costuma fazer um jantar aqui todo ano. Que a tradição é macarrão com queijo. A gente ainda pode fazer isso, sabe, mesmo se ele não voltar até lá.

Bel engoliu em seco. Tentou não mexer a cabeça, forçando um olhar de soslaio para analisar Rachel. As imagens da TV brilhando em seus olhos. Qual teria sido a intenção dela ao dizer aquilo? Será que Rachel tinha deixado algo escapar? Será que ela sabia que o pai não estaria de volta na próxima semana? Que ele nunca mais voltaria, porque ela tinha se assegurado disso?

— Aham. — Bel fungou. — Seria legal.

Rachel pegou mais um punhado de pipoca. Bel se encolheu ao ouvir o som da porção sendo esmagada na sua boca.

— O Yordan costuma levar o seu avô pra dar uma volta? — perguntou Rachel. Bel estava perto demais; dava para sentir o hálito amanteigado dela. — Não é bom ficar dentro de casa o dia todo.

Bel estava prestes a responder, mas se conteve. Não era a primeira vez que Rachel perguntava sobre o vovô e Yordan, sobre a rotina deles. Bel estava percebendo esse tipo de coisa agora que não evitava Rachel o tempo todo. Haveria algum motivo para isso ou será que Rachel só estava tentando fingir que se importava?

— O vovô está bem — respondeu, cortando pela raiz o que quer que Rachel estivesse tentando fazer. Então, para confundi-la, mudou a direção das perguntas: — Mas e você, gosta de macarrão com queijo?

Um sorriso apareceu nos lábios de Rachel.

— Gosto, sim.

O filme terminou, apenas migalhas e grãos de milho no fundo do balde.

— A gente devia fazer isso mais vezes — disse Rachel, com um brilho nos olhos, combinando com o brilho de seus dentes à mostra. — Se vocês quiserem. Noites de filme. Nós três. Eu gostei muito.

— Eu também — respondeu Bel, exatamente ao mesmo tempo que Carter.

As duas começaram a rir, e Rachel estragou tudo ao fazer o mesmo.

— Talvez uma vez por semana? Tenho muitos filmes pra assistir. — Rachel se levantou, os grãos de milho chacoalhando no balde quando o pegou. — Carter, onde você quer dormir? Posso arrumar a cama do Charlie pra você?

Bel enrijeceu, e Carter deve ter sentido essa movimentação pelos pés da prima.

— Não precisa. — Carter sorriu para ela. — Vou dormir com a Bel, como a gente normalmente faz.

— Perfeito.

Rachel abriu um sorriso enorme, e talvez Bel estivesse ficando pior em desvendar as expressões dela, porque não achou aquela nem um pouco falsa.

Bel se arriscou depois de escovar os dentes, apressando-se pelo corredor para que Rachel não pudesse alcançá-la, aqueles olhos brilhando no escuro.

— Boa noite, meninas! — exclamou a mulher do quarto de hóspedes, a porta entreaberta; sem trancar, sem nem mesmo fechar.

Bel estremeceu, um calafrio, embora a casa estivesse quente.

— Boa noite — gritou Carter do quarto de Bel.

Bel também desejou boa-noite meio segundo depois; um eco mais grave e sombrio.

Ela conseguiu chegar ao quarto e fechou a porta, encostando-se nela.

Carter já estava na cama, aconchegada do seu lado habitual.

— E aí? — Bel apagou a luz principal e se enfiou debaixo do edredom.

— E aí o quê? — respondeu Carter.

Bel levou os pés frios à pele exposta das pernas de Carter, que chutou para afastá-la.

— E aí? E a *Rachel*? — perguntou Bel, o volume da voz diminuindo para um sussurro.

Não confiava em Rachel e nem em sua porta entreaberta; a mulher poderia estar se esgueirando lá fora, entreouvindo.

— O que tem ela? — questionou Carter, sem seguir a deixa de Bel, sem baixar o tom da voz. — Ela disse que não tinha planos e propôs que a gente visse um filme e esperasse você voltar. Eu não queria ficar lá em casa. Não foi nada de mais. Foi divertido, não foi?

Bel não conseguia dizer que tinha sido.

— Por que está na defensiva?

— Não estou nada — retrucou Carter, as mãos cruzadas sobre o peito.

— Está, sim.

— Porque sei que você vai achar algum motivo pra ficar irritada com isso.

— Não vou, não — respondeu Bel.

— Vai, sim — rebateu Carter.

— Irritada, não. A gente só precisa ter cuidado perto dela, tá? — murmurou Bel.

— Por que a gente tem que ter cuidado? A Rachel é legal. Ela é legal com nós duas, e a vida dela foi um inferno até agora. Por que você sempre tem que fazer isso?

— Eu não estou fazendo *nada* — retrucou Bel. — Se tem alguém fazendo alguma coisa, é a Rachel. Ela é quem está fazendo tudo. Ela volta com uma história inventada sobre onde passou os últimos dezesseis anos e aí uma semana depois meu pai some? É óbvio que ela quer que você pense que ela é *legal*.

— Bel — alertou Carter.

— Carter — repreendeu Bel, no mesmo tom de alerta. — Por acaso ela te falou alguma coisa?

— Sobre o quê? — Carter cruzou os braços de novo do outro lado da cama, encarando o teto.

— Sobre qualquer coisa. Sobre o meu pai. Sobre os seus pais. Sobre por que ela escolheu desaparecer e mentir a respeito disso. Cometeu algum deslize?

— Talvez. — Carter mordeu o lábio inferior. — Ela me disse que é uma supervilã e que tem um plano pra dominar o mundo.

— Carter. — Bel se virou para encará-la, um aviso final, os olhos se estreitando.

— Não, não falou nada. — Carter suspirou. — Ela me perguntou sobre a escola e sobre a dança, e aí a gente falou sobre o filme. Nada de suspeito, desculpa, Bel — disse, mas não parecia nem um pouco arrependida.

Ergueu um braço e o deixou cair em cima do edredom, uma linha reta entre ela e Bel, uma forma de armar a própria barricada.

Bel desligou a luminária, lançando as duas na escuridão. Foi a vez dela de encarar o teto. Quem Bel ia conseguir convencer se não estava conseguindo nem convencer Carter? Será que Rachel já tinha vencido?

Não, porque Bel ainda tinha um plano, já planejara o passo seguinte. Jeff sabia de algo sobre Rachel, ou acreditava que o vovô sabia. Seria por meio do tio Jeff que Bel iria conseguir o que queria: o pai de volta em casa e Rachel fora dela, como era para ter sido desde o início.

Bel não vinha prestando tanta atenção no tio desde a volta de Rachel, mas talvez devesse ter ficado de olho nele.

— Seu pai falou alguma coisa? — quis saber Bel, pisando em ovos, algo que só poderia perguntar no escuro.

— Sobre a Rachel? — Carter se mexeu, e o edredom também. — Não. Quer dizer, é óbvio que ele falou dela: sobre ela ter voltado, sobre o estresse dessa situação toda e que ele acha que foi por isso que o tio Charlie viajou pra dar um tempo. Mas meu pai estava feliz por ela ter voltado pra casa.

Bel pensou sobre isso. Poderia mostrar o áudio à prima, o que tinham flagrado Jeff dizendo para o vovô. Mas e se Carter contasse para Rachel e tirasse a vantagem deles?

— Ele anda agindo de um jeito estranho? Desde que a Rachel voltou?

Uma pausa, o barulho do cabelo de Carter roçando no travesseiro.

— Não — respondeu ela. — Por quê?

— Nada, não, eu só estava pensando.

O branco dos olhos de Carter reluzia à sua frente. Uma piscada lenta levou o brilho embora.

— Pra falar a verdade, talvez um pouco — admitiu Carter. — Mas todo mundo anda estranho desde que a Rachel voltou. — Mais uma piscada. — Principalmente você.

Carter rolou de lado, dando as costas para Bel.

— Vou dormir — disse ela.

TRINTA E DOIS

O sininho acima da porta soou, irritando Bel.

Ela percorreu a loja, passou pelo corredor de acessórios para acampamento, pela área de hóquei, andou em direção à porta da sala de descanso, ignorando a placa de *Somente funcionários*, e a abriu.

O tio Jeff estava lá dentro, fazendo uma xícara de café, a máquina gorgolejando.

— Bel — disse ele. — O que está fazendo aqui? Você não pode entrar nessa parte.

— Vim falar com você. — Ela cerrou o maxilar.

— Ah, entendi. Estou encrencado? — perguntou ele, colocando leite no café.

— Não sei, o que você acha?

— É sobre a Carter? — Ele tomou um gole. — Ela passou a noite com vocês ontem, né? Ela e a Sherry andam... ah, você sabe como adolescentes são.

— Bom, eu também sou adolescente. Mas não, não é sobre a Carter.

— É sobre o seu pai? — Jeff olhou para cima, rugas ao redor dos olhos. — Aposto que ele vai voltar amanhã. Faria sentido. Tirar uma semaninha pra espairecer. Os policiais não parecem preocupados com ele.

— Também não é sobre o meu pai. É sobre a Rachel.

Jeff tomou mais um gole como se estivesse agindo de propósito, a fim de ganhar mais tempo.

— O que tem ela? — quis saber.

Bel não tinha certeza de qual seria a melhor maneira de abordar o que estava prestes a dizer: se deveria ir com tudo ou segurar a onda, deixando um pouco para outra ocasião.

— Acho que você sabe alguma coisa sobre ela que não está falando.

A boca dele se abriu e depois fechou.

— Sei tanto quanto você — respondeu, terminando a frase com uma tossida e encobrindo a tosse e a mentira com o punho.

Porque Bel sabia que o tio estava mentindo e tinha como provar.

— Deixa eu te mostrar uma coisa. — Bel gesticulou para a mesa, onde o celular de Jeff estava virado para cima.

Ela se sentou e pegou o próprio celular, esperando que ele se sentasse na cadeira do outro lado.

— Semana passada, quando teve o jantar em família, você ajudou o vovô a entrar no carro.

— Foi — concordou Jeff, o olhar para cima, o café abaixo, na mesa. — E o quê...?

— Você estava usando um microfone. Que estava gravando tudo o que você falava.

Bel observou Jeff engolir em seco, uma das mãos fechadas em punho, a cordilheira ossuda do nó dos dedos forçando a pele, denunciando-o.

— Quer ouvir a gravação?

Ela não esperou a resposta: foi até o arquivo de áudio e apertou o play, aumentando o volume no máximo.

— *Entrou, pai?* — A voz do Jeff da semana passada soou, metálica e estridente, pelos alto-falantes.

Bel observou o tio à sua frente enquanto o da semana passada falava. Ele se remexeu, passando a mão pelo pescoço.

— *Deixa eu pegar o cinto de segurança.*

— *E-eu...* — gaguejou o vovô.

— *Não se preocupa, eu pego.*

Um farfalhar. Um clique.

— *Pai...* — Uma pausa. — *Preciso te perguntar uma coisa, e preciso que você se lembre.*

Jeff apoiou o rosto nas mãos, os cotovelos na mesa.

O farfalhar de algum material raspando no microfone.

— *Eu não sei quem é* — resmungou o vovô em resposta.

— *Você sabe, pai* — insistiu Jeff, o de agora ainda escondendo o rosto. — *Sabe, sim. Onde ela estava? Onde encontraram ela?*

— *Eu não sei.*

— *Pai, preciso que você tente. É importante.*

Bel parou a gravação, a sala silenciosa demais. Usou o silêncio cada vez maior contra Jeff, encarando-o até que o rosto dele emergisse das mãos.

— Bel, eu posso explicar — disse ele, os olhos arregalados imóveis sob o olhar severo dela.

— Pode? — Ela pigarreou. — Por que você acha que o vovô sabe onde a Rachel estava? Que ele sabe quem a encontrou, e por quê?

Jeff hesitou, piscando rapidamente, os músculos se contorcendo ao redor da boca.

— Hã... — Ele hesitou. — É, eu estava perguntando pra ele sobre a Rachel. Não sei de nada, juro. Mas meu pai tinha mencionado uma coisa estranha sobre ela, então estava pressionando para tentar conseguir mais informações dele. Agora acho que ele só estava confuso.

Bel estreitou os olhos.

— Na gravação, o vovô não diz nada sobre a Rachel antes de você tocar no assunto. Está tudo gravado.

— Não. — Jeff balançou a cabeça, ao mesmo tempo devagar e rápido demais, os olhos ficando sombrios. — Não foi nessa hora. Foi uns dias antes, quando eu estava na casa dele.

— O que ele disse? — pressionou Bel.

— Não consigo lembrar direito. — Jeff tossiu. — Alguma coisa sobre a Rachel. Sobre e-encontrar ela. Talvez uma lembrança antiga tivesse vindo à tona e pareceu que era sobre o reaparecimento dela. Ele está confuso. Não dá pra confiar na memória dele. Mas quis confirmar quando tive uma oportunidade de ficar sozinho com ele, depois de ele olhar para ela, ver se o encontro tinha provocado alguma reação. Ficou bem óbvio que ele não conseguia se lembrar de nada. Eu não devia ter feito isso, não é justo.

Bel sentia que ele ainda estava mentindo, mais uma tosse para disfarçar, mantendo o contato visual com seu reflexo na tela do celular dela, mas não com a garota.

— Então o vovô sabe de alguma coisa sobre a Rachel ou não? — Ela abrandou voz, tentando encontrar o olhar dele.

— Sei lá. Acho que não.

Bel deixou uma mão cair sobre a mesa, um baque que finalmente chamou a atenção do tio.

— E você não sabe mais nada sobre o desaparecimento ou o reaparecimento dela?

— Não, eu não *sei* de nada — respondeu ele, e talvez estivesse mentindo, mas talvez não.

Jeff não gostava de confrontos, e Bel os considerava sua missão na vida; os dois não poderiam ser mais diferentes. Porém, ela não tinha gostado nada da maneira como ele havia dito a palavra *sei*, como se talvez suspeitasse de algo, ou acreditasse parcialmente em outra coisa, e ela só tivesse escolhido a palavra errada ao lhe perguntar sobre o assunto.

— Tem certeza? — Decidiu dar mais uma chance para ele.

— Absoluta.

— A Rachel alguma vez teve medo de você, por qualquer motivo que seja?

A expressão facial de Jeff ficou turva, as sobrancelhas eclipsando o branco dos olhos.

— De mim? Não — disse ele, baixinho. — Por que você está me perguntando isso? Eu sempre gostei da Rachel. Ela sempre gostou de mim, acho.

— Mesmo agora?

Jeff deu de ombros.

— Claro, ela é da família.

— Família em primeiro lugar — falou Bel, ecoando as palavras de Sherry.

Mas Rachel era menos família do que os outros, ainda menos que o pai de Bel. E se Jeff soubesse de alguma coisa que pudesse ajudar a trazê-lo de volta para casa...

— Você sabe onde o meu pai está? Ele falou alguma coisa sobre querer ir embora depois que a Rachel voltou?

Jeff balançou a cabeça.

— Não sei onde ele está, mas sei que vai voltar. Ele é o coração dessa família. Nunca chegou a falar nada, mas dava pra ver como ele estava sobrecarregado com...

Jeff foi interrompido pelo celular, que vibrou na mesa, girando enquanto tocava, um inseto furioso de barriga para cima.

Os dois olharam para a tela.

Uma chamada recebida de *Bob*.

O amigo de Jeff, que ele sempre mencionava em conversas mesmo quando não tinha nada a ver com o assunto. *Bob de Vermont*.

O coração de Bel foi parar na boca.

Merda, espera um segundo.

Jeff estava prestes a rejeitar a ligação, mas Bel deu um tapa em sua mão.

— Bob de Vermont — disse ela, a voz urgente, arranhando a garganta. — O nome inteiro dele é Robert Meyer?

Jeff estreitou os olhos.

Bel bateu uma palma para tirá-lo do transe.

— É.

— Cacete! — Bel pegou o celular antes do tio.

— Ei, me dá...

O dedo de Bel deslizou na tela para atender a ligação e ela levou o celular ao ouvido.

Jeff ficou de pé, e Bel saltou para trás dele.

— Alô? — disse uma voz rouca do outro lado da linha. Bob de Vermont, não só um nome, mas uma voz também. — Jeff, preciso te contar um negócio.

— Oi, Bob — cumprimentou Bel, afastando-se de Jeff, uma dança de desvios, as mãos abertas para afastá-lo.

— Você não é o Jeff.

Bob de Vermont era observador, isso ela tinha que admitir.

— Não, não sou. Sou a Bel, sobrinha dele.

— Filha do Charlie?

— Filha do Charlie — repetiu. — Já que você falou dele, preciso te fazer uma pergunta.

— Já sei o que você vai perguntar. — Um suspiro atiçou o fone.

— Você foi a última pessoa pra quem o meu pai ligou antes de desaparecer — continuou Bel mesmo assim, forçando a barra. — Às três da manhã no sábado passado, na noite em que ele desapareceu. O que ele falou pra você, Bob? Preciso mesmo saber — acrescentou ela, a voz tensa e desesperada agarrando-se às paredes da garganta.

Mais um suspiro. Não era só observador, como também respirava pela boca, esse Bob de Vermont. Mas talvez ele fosse a única pessoa que sabia onde o pai dela estava.

— Já passei por isso com a polícia. Acabei de voltar de um interrogatório com eles, achei que seria bom avisar o Jeff.

Bel não dava a mínima para o motivo da ligação.

— O que o meu pai disse no telefone? É importante.

Jeff havia recuado agora, escutando, os olhos observando.

— Ele não disse nada — respondeu Bob, de maneira clara. — A ligação durou só uns segundos. Eu atendi e falei, *Alô, quem é*, aí ninguém respondeu. Só consegui ouvir um som de vento, como se alguém estivesse na linha, mas sem falar nada. E foi isso. Não sei de mais nada, como disse pra polícia.

Bel prendeu a respiração, aprisionando o ar nas bochechas, pensando. Se o pai não tinha falado nada, talvez não tivesse sido ele fazendo a ligação, poderia ter sido Rachel usando o celular dele. Ou existia uma terceira opção: Bob de Vermont estava mentindo.

— O que ele está dizendo? — perguntou Jeff em um sussurro.

Ela o ignorou.

— Meu pai fez a ligação para você de Danville, Vermont. Talvez estivesse a caminho da sua casa?

Não era uma pergunta, mas Bel fez com que soasse assim.

— Bom, se estava, ele nunca apareceu, e eu não tive mais notícias dele. E não sei por que vocês me meteram nos assuntos da sua família. Agora esses policiais ficam me perguntando um monte de merda.

— Que tipo de merda? — Bel olhou para Jeff, tentando se lembrar de todos os comentários que ele havia feito sobre Bob ao longo dos anos.

Não tinha dito algo sobre a *deep web*?

— Só coisas sobre por que escolhi viver de forma mais discreta — tagarelou Bob.

— E como andam suas *atividades on-line*? — perguntou Bel, formulando da melhor maneira que pôde.

— Agora você está parecendo um dos policiais — zombou Bob. — E não, antes que me pergunte, eu não vendi uma identidade falsa para o seu pai. Nunca nem vi ele. Sério.

Bel fez uma pausa. Ela podia até ter recebido a garantia de Bob, mas tinha conseguido também outra coisa, algo muito mais valioso.

— Você vende identidades falsas? — questionou, agarrando-se ao que ele sem querer deixara escapar.

Houve uma pausa.

— Não... não vendo.

— Ok, mas se você estivesse por dentro desses assuntos, quanto custaria pra alguém comprar uma identidade nova? Que envolvesse passaporte? Carteira de motorista?

— Estou te falando, eu não sei de nada sobre *esses assuntos* — respondeu Bob, uma negação meio enfática demais.

— E se alguém te desse três mil dólares? — perguntou Bel, arriscando. — Acha que daria?

Bob soltou um longo suspiro, a linha chiando.

— Acho que com essa quantia daria, sim — disse ele, com cuidado.

O estômago de Bel se revirou, o nó pesando nele.

O pai não tinha ido até Bob de Vermont, Bel tinha a garantia dele. Mas talvez outra pessoa tivesse ido.

Ela arriscou de novo, sem nada a perder, embora o tio Jeff estivesse bem ali, na frente dela.

— Dezesseis anos atrás, Rachel Price procurou você para comprar uma identidade nova? Sei que ela tinha o dinheiro pra te pagar.

Uma sombra cruzou os olhos de Jeff, esperando a resposta de Bob transparecer no rosto de Bel.

Bob tossiu, e Bel não conseguiu evitar o pensamento de que, se ele fosse parecido com Jeff, uma mentira estava a caminho.

A garota esperou.

— Não, ela não me procurou — respondeu Bob, a fala pausada, pronunciando bem as palavras. — Eu nunca conheci a Rachel Price. Acha que eu não teria contado para o Jeff se ela tivesse me procurado? Poupado sua família de toda a dor ao longo desses anos? Ela nunca me procurou, eu te garanto isso também. Nenhum dos seus pais, então não faço ideia do motivo para o seu pai ter me ligado e me arrastado para o meio dessa confusão. Mas quero ficar fora disso, entendeu?

Bel murchou. Será que ele poderia estar mentindo sobre um de seus pais, mas não sobre o outro? Ou ela confiava em todas as respostas dele ou não confiava em nenhuma.

— Está mais do que entendido, Bob de Vermont — disse ela.

Bel ouviu um bipe e a linha ficou muda.

— Cara legal. — Bel jogou o celular de volta para o tio.

Ele se atrapalhou e o agarrou contra o peito.

— O que foi que ele disse?

— Nada. — Bel fungou. — Meu pai ligou pra ele naquela noite, mas pelo visto não falou nada. O Bob nunca chegou a ver ele.

Jeff assentiu.

— Eu acredito em tudo que o Bob diz. Ele não ia mentir.

— Óbvio que não. Criminosos da *deep web* são muito honestos mesmo, tio Jeff.

Ele hesitou, piscando devagar.

— Por que você acha que a sua mãe está mentindo sobre o desaparecimento?

— Ué, eu não acho. — Bel deu de ombros, fingindo surpresa. — Você acha? — Jogou a pergunta de volta para ele.

— Não... — A voz de Jeff foi sumindo aos poucos.

— Que bom que a gente concorda, então.

Jeff tossiu contra o punho fechado.

— Não conta pra Rachel sobre essa ligação — disse Bel, agarrando o próprio celular abandonado. — Senão falo pra ela que você acha que sabe pra onde ela foi de verdade quando desapareceu.

Jeff se mexeu desconfortavelmente, dando de ombros.

— Fechado — concordou ele, encarando o chão.

— Ótimo. — Bel empurrou a porta com o calcanhar, libertando Jeff. Fez um joinha para ele. — Família em primeiro lugar.

Cada um entregava um pouco mais sobre Rachel, pouco a pouco. E também se entregava bastante no processo.

Família em primeiro lugar, e o vovô era o próximo.

TRINTA E TRÊS

— Oi, Yordan.

Bel mostrou os dentes em um sorriso feroz demais, a julgar pelo rosto alarmado de Yordan.

— Olá, Annabel — respondeu ele, abrindo a porta por completo. — Não estávamos esperando visita. Acabei de preparar o almoço para o seu avô.

— Ótimo, vou ficar para o almoço, então.

Bel não deu escolha ao homem, cruzando a soleira da porta e a arrancando das mãos de Yordan. Ao entrar, uma onda de calor seco a envolveu e seus olhos arderam.

Yordan assentiu quando ela estremeceu, entendendo.

— Seu avô anda sentindo frio.

Bel o seguiu corredor adentro, a escada serpenteando para a direita.

O vovô não conseguia mais subir todos os degraus, então a casa estava dividida para ele. O escritório tinha virado o quarto dele, e Yordan dormia lá em cima, no quarto onde o pai tinha crescido. Havia muita história ali, os alicerces da família Price. A avó que Bel nunca havia conhecido morrera bem ali, depois de cair da escada e bater a cabeça de mau jeito. Bel e Carter tinham tentado invocar o fantasma dela antes da ideia de fantasmas se tornar assustadora. *Ei, vovó Price, olha eu aqui plantando bananeira. Ei, vovó Price, o diabo existe mesmo?*

O vovô estava na sala de estar, em sua poltrona, a mesma em que costumavam se sentar para ler juntos.

— Pat, você tem visita — anunciou Yordan, articulando cada palavra de maneira exagerada. — Sua neta Annabel. Não é legal?

Bel entrou no campo de visão do avô, sentando-se no sofá diante dele.

— Oi, Tatá, que bom te ver. — Ela seguiu o exemplo, enfatizando cada sílaba do que dizia.

— Vou esperar na cozinha — disse Yordan para ela. — Quer alguma coisa? Café?

— Estou bem, obrigada.

Yordan saiu em silêncio, deixando-os a sós.

Fazia tempo que Bel não ficava sozinha com o vovô, desde o AVC no verão passado. O pai de Bel estava sempre por ali para assumir a liderança, intervir quando o vovô ficava confuso, ser um rosto familiar no meio de tantas lembranças distorcidas.

— Está quentinho aqui, né? — comentou Bel, começando a suar.

O vovô soltou um resmungo gutural.

— Você gostou do jantar em família semana passada, vovô? — indagou ela bem alto. — Da *paella*?

O vovô ergueu um dedo trêmulo e finalmente olhou para ela.

— Charlie?

— Meu pai não está aqui. — Ela sentiu uma dor quase física ao dizer aquilo. — Ele está viajando por um tempinho, lembra? Vai voltar logo, prometo.

O vovô balançou a cabeça para cima e para baixo, a pele flácida do pescoço se esticando.

— Está animado para o seu jantar de aniversário semana que vem?

O vovô a encarou, o rosto impassível. Talvez ela tivesse falado rápido demais. Ou talvez fosse o que o pai tinha dito: o vovô não se lembrava de Bel, ela fazia parte daquele tempo perdido. Talvez Rachel também. Bel conhecia muito bem aquela sensação. As lembranças podiam ser cretinas, né? Se uma delas some, não tem pergunta que a faça voltar. Mas Bel perguntaria mesmo assim; ela precisava.

— Quem é você? — perguntou o vovô, como se fosse uma deixa para a garota.

— Sou a Bel. Annabel. Filha do Charlie.

— Rachel? — indagou o vovô, e os fios de cabelo da nuca de Bel se arrepiaram.

— Não. Eu sou a filha da Rachel. — Era estranho afirmar isso de maneira tão simples quando não era nada simples.

Os olhos do vovô percorreram o rosto dela.

— Rachel?

— A Rachel é a minha mãe. — Bel tentou reformular a frase, e pareceu errado demais usar aquela palavra proibida. — Você se lembra da Rachel?

A cabeça dele se mexeu; não tinha chegado a ser um aceno de confirmação, mas quase. Bel estava disposta a aceitar qualquer indício que fosse. Era idiota depositar esperanças em um senhor que não conseguia se lembrar de nada, mas era o que ela tinha. As mesmas esperanças haviam sido depositadas em Bel uma vez, quando era um bebê que mal conseguia falar.

— A Rachel desapareceu, você sabia? — perguntou Bel, devagar, prendendo as mãos entre os joelhos.

Um lampejo nos olhos do vovô. Uma mão caiu em seu colo.

— Charlie?

— Isso, a esposa do Charlie, a Rachel.

O vovô olhou por cima do ombro para o corredor. Será que estava procurando Yordan?

— Tatá?

— ...foi um acidente? — murmurou. — Ninguém queria matar ela.

— Ninguém matou a Rachel, vovô — respondeu Bel, sentindo o calor da frustração e sabendo que não era justo. — Ela voltou, lembra? Você a viu.

A boca do vovô se contorceu.

— Você sabe onde ela estava antes de voltar, vovô? Alguém achou ela? Você se lembra?

Bel precisava que ele se lembrasse.

O vovô apertou os olhos.

— Estou com fome.

— Vovô, por favor. — Bel foi para a ponta do sofá. — Me conta o que você sabe sobre a Rachel. Não posso ajudar o meu pai se você não me ajudar.

O vovô a encarou, sem foco, sem ver, a boca se mexendo, mas sem emitir som.

— A Rachel? — Bel tentou outra vez.

Nenhuma reação.

Era inútil, e tanto Bel quanto o nó em seu estômago, com os fios se contorcendo, estavam cientes disso. O vovô não sabia de nada, e mesmo se soubesse, a lembrança já tinha se perdido àquela altura, junto com o resto das memórias distorcidas, junto com as duas netas esquecidas. Jeff devia ter se equivocado ao interpretar os murmúrios confusos do vovô. Caramba, Jeff tinha mandado Bel para a direção errada.

— Esquece, vovô. — Bel desistiu, esfregando o rosto com as costas da mão. — Desculpa.

A cabeça de Yordan apareceu na porta.

— Ainda faltam uns minutos para o almoço ficar pronto, Pat — disse ele, se concentrando em Bel, uma expressão cautelosa nos olhos escuros, uma torção relutante nos lábios franzidos.

— Que foi? — retrucou Bel, assustando-o.

— D-desculpa. — Ele tropeçou para trás, e então cambaleou para a frente. — Acabei ouvindo o que você falou.

— Acabou ouvindo? — perguntou ela, a decepção se tornando irritação.

Yordan ergueu as mãos em um sinal de rendição.

— A casa é pequena, você estava falando alto, não foi minha intenção. — Ele avançou mais para dentro do cômodo. — Sinto muito pelo seu avô não ter conseguido responder as perguntas, mas tenho certeza de que você estava tentando, não estava, Pat?

O vovô grunhiu.

— Podemos conversar ali? — perguntou Yordan, apontando com o polegar para trás.

Bel se levantou e o seguiu até a cozinha pequena onde o micro-ondas fazia barulho, o almoço do vovô girando sob a luz amarela.

— Desculpa. — Ele ergueu as sobrancelhas grossas, vincos ondulados se formando na testa. — Não gosto de falar na frente dele como se ele não estivesse ali. Eu diria pra você não levar isso para o lado pessoal, ele também não se lembra de mim na maioria dos dias, mas ele não é meu avô. Deve ser difícil.

— Tudo bem.

Bel fungou. Não era como se o vovô tivesse escolhido esquecê-la. Escolher abandonar alguém, por exemplo, era muito pior: era só perguntar para a Rachel.

— Ele fica confuso e tem mais dificuldade com coisas de longo prazo. Mas você estava querendo saber da Rachel, né? Achei que talvez eu pudesse ajudar.

Bel inclinou a cabeça, um gesto que dispensava palavras para que ele continuasse falando.

— Ele se lembra, sim, da Rachel — continuou Yordan, verificando o contador de tempo do micro-ondas. — Talvez de uma versão mais jovem dela, antes de desaparecer. Ele fala dela de vez em quando. Na maioria das vezes chama ela de "Rachel, a namorada do Charlie", e diz que ela gosta de livros, que é professora de língua inglesa. Na verdade, ela veio aqui ontem pra tomar um café. Também sem avisar. — Yordan apertou os lábios em um sorriso. Bel desejou que ele não tivesse feito isso; colocado ela e Rachel no mesmo grupo daquele jeito. — O Pat pareceu à vontade com ela, como se soubesse quem era. Então isso responde uma das suas perguntas.

O nó se agitou no estômago de Bel.

— A Rachel veio aqui?

Yordan assentiu.

— Ela queria ver como o Pat estava agora que o Charlie não está aqui. Perguntou se podia entrar pra tomar um café.

— Sobre o que eles conversaram?

— Só jogaram conversa fora. Falaram de como a casa parecia exatamente a mesma desde a última vez que Rachel a viu. Fiz café pra eles e depois fui dobrar roupa pra dar um pouco de privacidade.

— E você não ouviu sobre o que eles falaram? — quis saber Bel. — Achei que a casa fosse pequena.

— Eu fui lá pra cima — rebateu Yordan. — Só deixei os dois sozinhos por cinco minutos. Mas... — Ele fez uma pausa, torcendo os lábios de novo, como se estivesse tentando se segurar.

— Yordan?

A boca do homem voltou ao normal.

— Assim, longe de mim querer dizer qualquer coisa ruim, só foi um pouco estranho. Eu desci e a Rachel não estava aqui, onde eu a tinha deixado. — Ele apontou para a mesinha. — Seu avô estava aqui com os dois cafés, mas a Rachel, não. Eu a chamei, mas ela não respondeu.

— Aonde ela tinha ido?

Um bipe insistente preencheu o cômodo, soando três vezes. A atenção de Yordan se voltou para o micro-ondas. Bel pigarreou para trazê-lo de volta à conversa.

— Encontrei a Rachel na sala de estar — disse ele. — Perguntei o que ela estava fazendo, se estava procurando alguma coisa, e ela disse que só estava dando uma olhada pra ver se algo tinha mudado. Daí ela me agradeceu pelo café, que não tinha nem terminado de tomar, e foi embora.

Bel ouviu um clique quando seu maxilar travou, os últimos dentes de cima pressionando os de baixo, mordendo o nada, abocanhando alguma coisa.

— Em que lugar da sala ela estava?

Yordan se virou para o micro-ondas.

— Perto da lareira, mas ela saiu assim que entrei.

— Ela pegou alguma coisa de lá?

— Não, lógico que não — respondeu Yordan, puxando o prato quente do micro-ondas.

Cenouras e um pedaço de empadão de frango.

Bel tentou recriar a cena: a lareira no fundo da sala, além do sofá e das estantes. Não conseguia pensar em nada perto da lareira que pudesse ser do interesse de Rachel. Era só uma sala de estar normal onde tinha vivido uma família e agora morava um idoso que só se lembrava de metade deles.

O que Rachel estivera tentando fazer? Porque não havia sido só uma fugidinha durante a visita espontânea da véspera, né? Não, tinha sido um sem-número de vezes em que ela havia perguntado para Bel e Carter sobre a rotina do vovô, perguntado se Yordan o levava para dar umas voltas fora de casa. As duas coisas levavam à mesma conclusão inevitável: havia algo dentro daquela casa que Rachel queria, ou algo de que precisava, algo que queria manter em segredo. E, se era importante para Rachel, então era importante para Bel.

— Yordan — chamou Bel, tentando soar gentil, mas falhando no mesmo instante.

— Pois não? — respondeu Yordan, não a conhecia bem o bastante.

— Acho que o meu pai não chegou a te contar isso, com tudo o que está acontecendo — improvisou ela, pensando rápido. — Mas, no aniversário do vovô, meu pai sempre o levava ao Parque Estadual Moose Brook. Para caminhar, pescar. — Era mentira; eles só tinham feito aquilo uma vez na vida. — Meu pai tinha planos de levá-lo esse ano de novo. Sei que está tudo diferente, desde o AVC, e você não conseguiria fazer as trilhas, mas tem umas partes ao redor da área de acampamento em que dá para passar com a cadeira de rodas. Parece que o clima vai estar bom amanhã. Fiquei pensando se você não conseguiria levar o vovô, por uma ou duas horas. Dar uma caminhada, almoçar. Ele ia gostar mesmo disso, eu acho. Com sorte, isso o distrairia do fato de meu pai ter sumido.

Aquela era a única parte que Bel não tivera que inventar, seus olhos se arregalando demais, transbordando, com a ideia de o pai ter sumido.

Yordan apertou os lábios numa expressão que Bel não conseguiu entender: ela também não o conhecia bem.

— Se é isso o que seu pai ia querer — disse ele, ou perguntou, oscilando entre uma coisa e outra.

— É, sim — reiterou Bel. — É isso.

O pai mantinha tudo sob controle mesmo quando não estava ali.

— O Jeff pode ir também — acrescentou ela. — O vovô deveria levar um dos filhos com ele.

— Está bem — concordou Yordan, relutante, dividindo cada sílaba, como se talvez soubesse que ela estava mentindo, mas estivesse feliz em concordar porque recusar seria mais difícil. E Bel teria dificultado mesmo. — Que horas?

— Talvez vocês pudessem sair umas onze horas? — sugeriu Bel, contando, calculando os horários. — É, onze da manhã. Eu falo para o Jeff te encontrar lá.

Que se dane o tio Jeff: ele estivera errado, então agora tinha planos para o dia seguinte.

Assim como Bel e Ash.

E Rachel.

Um dia muito, muito ocupado para todos eles.

— Certo, ótimo.

— Ótimo — repetiu Bel.

Melhor do que ótimo.

— Rachel! — Bel fechou a porta da frente ao entrar, o clique duplo da trava funcionando quase como uma contagem regressiva para alguma coisa. — Cheguei!

Bel esperou, tentando ouvir os rangidos e suspiros de uma pessoa viva dentro de casa. Rachel se movia silenciosamente, os passos delicados e mortais. Bel estava aprendendo mais sobre ela a cada dia. A maneira como andava, a forma como piscava quando estava cansada, o jeito como mexia os dedos, pressionando-os nos polegares quando pensava.

Rachel apareceu no final do corredor em silêncio, com um sorrido no rosto.

— Tendo um bom dia? — perguntou ela, recuando para deixar Bel entrar na sala.

Bel simplesmente largou a jaqueta no sofá. Estava tendo um dia *ótimo*, para ser sincera.

— Tudo certo — respondeu.

Rachel assentiu.

— Ei, a Carter estava bem de manhã? Parecia meio quieta no café.

— Ela está bem. — Bel sabia o que Rachel estava tentando fazer, tentando usar Carter contra ela, mas Bel se recusava a entrar naquele jogo. Criando o seu próprio, acrescentou: — Acho que todo mundo está só preocupado com o meu pai. Eu estou com saudade dele.

Rachel baixou os olhos, mexendo nas linhas do tecido da calça jeans, transformando montanhas de jeans em vales, subindo e descendo.

— Eu sei, querida — disse ela. — Sinto muito.

Sentia muito pelo quê, Bel queria perguntar, mas sabia que seria um erro. Rachel não podia saber que Bel desconfiava dela, não até que fosse tarde demais.

— O vovô também sente saudade dele — afirmou Bel, olhando para a mulher com atenção. — Fui visitar ele hoje e o vovô não para de falar "Charlie", acho que não entende.

Rachel engoliu em seco.

— Deve ser difícil. — Uma frase que não acrescentava nada.

Bel pigarreou.

— Ainda mais com o aniversário dele chegando. Todos os anos, meu pai o leva para dar uma volta no Moose Brook. O Yordan disse que vai levar o vovô de qualquer jeito, como presente de aniversário. — Houve uma contração por trás dos olhos de Rachel, o globo ocular se movendo sob a pele fina das pálpebras. — Acho que o tempo vai estar bom amanhã, e tem rotas em que a cadeira de rodas dele consegue passar. Eu não vou, o vovô não se lembra de mim, então ele fica confuso... mas o Jeff vai. Não substitui o meu pai, mas... já é alguma coisa.

Agora foi a vez de Bel baixar os olhos; não queria que Rachel se sentisse vigiada.

Vai, morde a isca, cai na armadilha.

Era exatamente isso o que Rachel queria: o vovô e Yordan fora daquela casa por algumas horas, para que ela pudesse entrar e fazer o que fosse necessário. Bel saberia que ela tinha caído na armadilha se perguntasse que horas eles iriam. Vai, Rachel.

— É uma boa ideia — disse ela, pressionando o polegar no lábio inferior, criando um vale ali também. — Talvez eu devesse ir junto. Que horas eles vão?

Caiu.

Bel tentou não abrir um sorriso.

— O Yordan disse que eles sairiam às onze e meia.

Rachel assentiu de novo, movimentos curtos, como se estivesse distraída, mas Bel não era boba.

— Acho que tenho médico ao meio-dia — comentou ela, já improvisando uma desculpa. — Vou dar uma olhada na minha agenda.

Rachel saiu pelo corredor silenciosamente em direção à escada.

Bel esperou alguns segundos e logo em seguida pegou o celular. Digitou uma mensagem para Ash: *Você tem uma câmera ainda menor? Uma que seja imperceptível?*

Foi entregue e lida no intervalo de um segundo, o estômago de Bel se contraindo quando os três pontinhos apareceram na tela.

A resposta dele veio em seguida.

Cacete, o que a gente vai fazer agora?

— Pra quem você está sorrindo assim? — perguntou Rachel, de volta à sala, um sorrisinho no rosto.

Bel não a tinha visto chegar.

— Ninguém. — Bel guardou o celular. — É só o Ash — disse, porque não conseguiu pensar numa mentira melhor.

— Da equipe de filmagem? — questionou Rachel, o sorrisinho se abrindo mais. — Ah, ele é bonito.

Deu uma piscadinha para Bel.

Um rubor subiu pelas bochechas da garota, tingindo-as de rosa.

— Não é, não.

Rachel riu.

— Ah, para, Rachel — soltou Bel, rindo também, só para acompanhá-la.

Rachel parou, terminando com um suspiro, a risada ainda presente nas rugas ao redor dos olhos.

— Sabe, B-Bel — disse ela, hesitando. — Eu só voltei há umas duas semanas, e tudo ainda deve ser muito estranho pra você. Mas não precisa me chamar de Rachel. Pode me chamar de mãe. — Ela se remexeu, pressionando os polegares nos outros dedos. — Mas só se você se sentir confortável com isso.

Um silêncio constrangedor se estendeu naquele território inóspito entre elas. Uma fronteira havia sido ultrapassada, e Bel não sabia o que fazer. Remexeu as mãos também, brincando com as pontas do cabelo. Não era a pior das ideias: Bel queria que Rachel confiasse nela, precisava disso, de modo que a mulher não visse o fim se aproximando. E ele estava se aproximando. No dia seguinte, Bel a desmascararia.

Bel pigarreou, dando um passo na direção de Rachel, cruzando a fronteira.

— Vamos preparar o jantar juntas, Ra... m-mãe?

Rachel abriu um sorriso radiante.

TRINTA E QUATRO

Uma folha atingiu o olho de Bel. Ela a afastou, batendo os cotovelos nos de Ash.

— Cuidado com a câmera — sussurrou ele, esquivando-se de um galho. Estavam escondidos nas árvores que margeavam a avenida Madison, do lado oposto à casa branca e achatada do vovô. — Que horas são?

Bel checou o celular.

— São 11h01. Falei pra Rachel que eles sairiam onze e meia. A gente não vai ter muito tempo pra se preparar.

— Não vai precisar.

Ash virou a câmera, percebendo a expressão nervosa no rosto da garota.

— Anda logo, Yordan — resmungou Bel, observando enquanto o cuidador finalmente colocava o vovô no banco do passageiro do carro amarelo.

Yordan dobrou a cadeira de rodas e guardou-a no porta-malas antes de entrar. O motor ligou.

— Aproveita o passeio, vovô — desejou Bel, enquanto o carro dava ré e passava por eles. — Vamos lá.

Eles atravessaram a rua vazia: Bel, a câmera e Ash. Uma linha escura projetava-se antes do jardim frontal; uma sombra da fiação telefônica acima deles. Cruzaram-na também; dali em diante não havia mais volta.

Ao lado dos degraus da porta da frente havia um barril de madeira com flores de plástico e um sapo feio de cerâmica segurando uma vara de pescar.

Bel pegou o sapo pela cabeça; uma chave prateada a esperava ali, seu contorno sujo. Ela a pegou.

— Todo mundo sabe que o vovô guarda a chave reserva debaixo do sapo, ele sempre fez isso.

Ela contava que Rachel também soubesse.

— Vai — disse, fazendo Ash sair do caminho na escadinha. Bel enfiou a chave na fechadura e abriu a porta. — Preciso lembrar de colocar de volta no lugar antes de a gente sair.

— Positivo, capitã.

— O sapo é macho e se chama Barry — comentou e seguiu em frente, entrando no calor abafado e estagnado da casa do vovô. — A Carter que escolheu o nome.

— Não, eu usei capitã para me referir a... — começou a explicar Ash, caindo na brincadeira dela. — Ah, você tinha sacado. — Percebeu, então, que era ele quem não tinha sacado a piada. — Nossa, como está quente aqui.

Ele fechou a porta, atrapalhando-se com a câmera.

— Por aqui.

Bel gesticulou para que ele atravessasse o corredor e entrasse na sala, que de alguma forma estava ainda mais quente.

— O Yordan pegou a Rachel se esgueirando por aqui, na sala — explicou ela, por causa da câmera. — Perto da lareira.

Bel seguiu naquela direção, olhando ao redor, da cesta com lenha ao lado da lareira para o rack da TV, e então até o aparador sob a janela da parede oposta.

— A gente precisa descobrir o que ela está procurando. Tenho certeza de que vai ser importante.

Esperou que Ash se juntasse a ela do outro lado da sala. Tinha dito para ele usar uma roupa mais discreta, o que para Ash significava uma blusa de gola alta amarela e um macacão jeans. Parecia um Minion.

— O melhor lugar para colocar a câmera é na estante.

Bel apontou para a estante reforçada, centenas de livros empilhados de lado e de pé, em uma ordem que só o vovô entendia. Muitos ela reconheceu, de quando ele costumava ler para ela.

— É menos provável que ela veja se estiver aqui, né? Você trouxe a câmera pequena?

— Óbvio. — Ash largou a mochila e abriu-a com uma das mãos. — Mas ninguém nunca te disse que é grosseiro perguntar pra um cara o tamanho da câmera dele?

Bel soltou uma risadinha, mas logo se arrependeu, porque Ash estava sorrindo, satisfeito demais consigo mesmo.

— Vai logo — falou ela, ríspida. — A Rachel ainda estava em casa quando eu saí, mas a gente não sabe que horas exatamente ela vai aparecer.

— Já tô indo. — Ele puxou um quadradinho preto com uma lente minúscula, um cabo preto preso a ela. Tudo isso menor do que a própria mão. — Esse tamanho tá bom pra você?

— Serve. — Ela recompôs a expressão, acabando com a gracinha dele.

— Para filmagens *discretas*, é o que o Ramsey diz — comentou Ash, colocando a câmera portátil na mesa de centro para deixar as mãos livres, o aparelho ainda gravando, apontado para ele. — Precisamos de uma tomada.

— Tem uma atrás da estante, acho — comentou Bel, pegando a câmera.

Ash se ajoelhou e tirou alguns livros de capa dura da prateleira mais baixa.

— É mesmo. Perfeito, dá pra esconder o cabo atrás de todos os livros. Onde a gente vai colocar a câmera?

Pegou o objeto da mão dela sem pedir, os dedos dos dois roçando.

— Sou o assistente de câmera — explicou, ao ver a expressão azeda no rosto de Bel.

— E eu sou o cérebro por trás dessa operação.
— Não sei, não.

Ash posicionou a câmera na segunda prateleira mais alta, na altura da cabeça, enfiada entre duas pilhas de livros na horizontal. As lombadas eram escuras, a maioria preta, e a câmera se camuflava bem, perdida na bagunça. Só dava para ver se estivesse procurando. E Rachel não estaria procurando, estaria atrás de outra coisa.

— Ficou bom? — quis saber Ash, conferindo.

Bel assentiu.

— Vou deixar esse fio aqui atrás. Assim. — Ash mordeu a língua, se concentrando.

— Igual na segunda vez em que a gente se viu, quando você deu uma apalpada na minha blusa — disse Bel, tentando deixá-lo desconfortável porque era divertido, e ela precisava se distrair do nó no estômago.

— Não foi isso o que aconteceu — respondeu ele sem se deixar abalar. — Sou esquisito demais pra isso.

— Você deu uma mexidinha na minha bunda também.

— Bel, eu estou tentando me concentrar — respondeu ele, passando o fio de cima para baixo. — Vou precisar da senha do Wi-Fi pra configurar. Vai procurar.

E mandou Bel embora, porque não dava para ele mesmo ir.

— Achei — disse ela, porque já sabia onde encontrar.

No rack, havia um pedaço de papel com a letra do pai, mas do dobro do tamanho normal: *Senha do Wi-Fi: PatPrice123*

Bel traçou as palavras com os dedos, algo que ele havia tocado.

Ash devolveu os livros à frente da tomada, recuando para admirar seu trabalho.

— Somos ótimos espiões. Meu nome é Maddox, Ash Maddox.

— Meu nome é *Anda logo e liga essa bosta*.

— Tá bom, chatonilda — disse ele, a voz num tom mais agudo. — Você não devia falar com o seu marido espião desse jeito.

— Você desperta esses sentimentos em mim, meu amor. — Abriu um sorrisinho enojado para ele, ainda tentando afastá-lo, embora houvesse uma pequena parte dela que não quisesse mais fazer isso.

— Ah, porque você é tão *durona* — respondeu Ash com um olhar astuto, pegando um iPad. — Uma garota durona com um coração de pedra.

— À prova de balas — acrescentou ela.

— Cem por cento blindado — brincou ele, a voz grave e ressoante.

Bel abriu um sorrisinho, mas não gostou daquilo; que Ash achava que a conhecia. Que a conhecia tanto que sabia o jeito dela.

— Senha? — Ele abriu a tela de configurações.

— *PatPrice123*.

Ele digitou.

— Espera aí.

Apertou um botão na camerazinha, que apitou só uma vez, sem uma luz de LED para denunciá-la.

— Conectei — disse ele, os olhos focados na tela do iPad, levando-o para perto de Bel de forma que ela pudesse ver.

Ficaram lado a lado, os ombros colados, encarando as duas pessoas aparecendo na tela, também lado a lado, com os ombros colados, olhando para o iPad. Uma vestida igual a um Minion. A outra com um sorrisinho meio encoberto.

Bel acenou, sua versão em miniatura copiando o gesto com um segundo de atraso.

— Somos nós — constatou ela.

Dava para ver a maior parte da sala, desde a lareira no fundo até a poltrona do vovô e a TV, a imagem com uma qualidade melhor do que ela esperava.

Bel olhou do Ash na tela para o Ash a poucos centímetros de distância, os olhos passando pelos dele.

— A gente vai desmascarar ela, né? Conseguir uma prova em vídeo. Acabar com o documentário dela também.

— Bom. — Ash coçou o nariz. — O documentário não é *dela*.

— *O reaparecimento de Rachel Price*? — disse Bel, a voz ficando ríspida, porque ela não suportava idiotas, e Ash definitivamente era um.

— Ah, valeu, eu não sabia o nome. — Ele sorriu. — O documentário não é sobre a Rachel. É sobre você.

Bel piscou, confusa.

— O Ramsey disse que percebeu, depois da sua primeira entrevista, que você merecia o foco. E, na verdade, mesmo depois que a Rachel voltou e tudo mudou, você ainda era a protagonista.

— Como assim?

O estômago dela embrulhou, esquecendo-se do nó.

— Você é a protagonista do documentário, pelo menos segundo o Ramsey, e ele é o cineasta. — Ash fez uma pausa, mordendo o lábio, olhando para o dela. — O seu nome pode não estar no título, mas a protagonista é a pessoa que mais vai mudar ao longo da narrativa. E o Ramsey diz que essa pessoa é você.

O coração de Bel bateu forte, a pele formigando, eletrizada, uma sensação diferente onde o braço de Ash havia encostado no dela.

— Eu, hein — disse, tentando estragar tudo.

Não conseguiu.

Os olhos de Bel pousaram no iPad e ela viu como Ash olhava para ela, a curva suave da boca aberta, o desejo contido nos olhos. Ele era ridículo, né? Na tela, uma das mãos de Ash flutuou na direção dela. Bel se viu alcançar a frente do macacão dele, puxando-o.

Olhou para cima.

Os olhos dos dois se encontraram.

Depois os lábios.

A mão quente de Ash segurou sua nuca, um tipo diferente de arrepio, que, em vez de subir pelo corpo, descia. O lábio inferior de Bel deslizou entre os dele, afastando-os, como se aquilo fosse a coisa mais fácil do mundo. Não parecia sem sentido, era como se tudo o que tivessem feito até então tivesse os levado àquele momento, um brilho que a fez se esquecer de que o nó sequer existia. O nariz de Ash encostou no dela, os cantos rígidos do iPad pressionando a barriga dos dois.

Bel foi a primeira a dar um passo para trás, os olhos pesados, os lábios ardendo.

— Opa — sussurrou Ash, a respiração roçando a bochecha dela.

A voz dele a trouxe de volta a si, naquela sala quente demais, e Bel se lembrou do quanto estava desprotegida, indefesa, sendo burra. Desejou que o nó voltasse, e foi o que aconteceu, esvaziando-a.

— Você tem razão. — Ela recuou mais, sem olhar para ele. Por que deveria olhar? Ele iria embora em breve e a abandonaria. Ligar para isso era a coisa mais idiota que ela poderia fazer. E ela não ligava mesmo. — A gente não devia ter feito isso.

Os olhos de Ash ficaram turvos.

— Eu não disse isso.

Bel esfregou a boca na manga.

— Eu estava só tirando uma com a sua cara — disse ela. — Sabe, desse jeito que a gente fica agindo. Sendo desagradável um com o outro.

— Bom, aquilo não foi nada desagradável pra mim.

Ela o encarou.

— Tudo bem, Bel. — Ele abriu um sorriso fraco e torto, os olhos encarando os dela. — Você tem razão. Te acho totalmente desagradável, mas preciso te aturar porque faz parte do trabalho e eu estou ajudando o meu cunhado.

— Beleza. — As coisas ficavam muito, muito melhores assim. — A gente devia ir lá pra fora. A Rachel deve chegar a qualquer momento.

Ash enfiou o iPad debaixo do braço, colocou a mochila em um ombro e pegou a câmera. Bel podia se oferecer para pegar alguma coisa, mas estava tentando ser desagradável, desfazer o que tinham acabado de fazer. Além disso, ele *era mesmo* o assistente de câmera. E Bel era a protagonista, o que era uma ideia imbecil agora que ela parava para pensar no assunto. Ramsey estava errado; não seria ela quem mudaria. Na verdade, se Bel conseguisse o que queria, tudo voltaria a ser como antes de todas aquelas câmeras aparecerem. Rachel iria embora, e seria somente Bel e o pai, como deveria ser. Ramsey ia ver só.

Bel fechou a porta da frente e seguiu Ash pelos degraus, dando meia-volta para recolocar a chave embaixo do sapo de cerâmica. Pronta para ser encontrada por Rachel.

Atravessaram a rua de novo, passando por entre os arbustos e as árvores que ladeavam o outro lado, sob o silvo constante de carros vindo da rua principal.

Ash largou a mochila quando já estavam bem longe.

— Pode segurar o iPad? — perguntou ele, sem fazer contato visual, passando o aparelho para ela. — Pra eu poder filmar você assistindo?

— Claro, eu sou a *protagonista* — disse ela, também sem fazer contato visual.

A tela mostrava a sala vazia, esperando. Bel e Ash deviam estar em algum lugar naquela imagem também, minúsculos e escondidos, atrás do muro verde pixelado do lado de fora da janela da frente.

— Que horas são? — indagou Ash.

Bel verificou no topo da tela.

— São 11h29. Que sorte que a gente não perdeu mais tempo — disse ela, outra alfinetada, e Ash cambaleou, recuando.

Os olhos dela foram da imagem da sala para o horário no canto superior, contando os minutos.

— Ela vai aparecer, eu tenho certeza.

Onze e meia.

O nó piorou, corroendo-a por dentro. Será que Bel estava errada? Ela não poderia estar. Apareça, Rachel.

Eram 11h31, e um barulho sibilante de pneus avançou na direção deles, afastando-se da rua principal. Ash inspirou e Bel expirou.

Por favor, que não seja o vovô e o Yordan, pensou ela, torcendo para não ver o amarelo-vivo através das folhas.

E não viu.

Viu a cor prata. Um Ford Escape prata, com olhos malvados no lugar de faróis.

A forma difusa de Rachel ao volante.

Isso.

Bel e Ash se entreolharam, um sorriso perverso que ela não dividiu com ele.

— Acho que você a conhece bem demais — comentou Ash, e Bel não conseguiu entender se o objetivo dele tinha sido ser cruel com ela só para dar o troco.

Rachel estacionou, duas rodas na grama em frente à casa do vovô.

Ash virou a câmera, dando zoom para capturar Rachel enquanto saía do carro e fechava a porta.

Bel forçou a vista, o coração acelerado.

Rachel se aproximou da casa, sem olhar por cima do ombro, fingindo que pertencia àquele lugar. Contornou o corrimão, rumo ao sapo de cerâmica. Abaixou-se, fora da vista deles, bloqueada pelo carro prata, mas, quando se endireitou, segurava algo pequeno na mão.

— Ela pegou a chave — sussurrou Ash. — Bom trabalho, Barry.

Rachel subiu dois degraus de uma vez, encaixou a chave e abriu a porta da frente. Esgueirou-se para dentro da casa, girou o corpo e fechou a porta ao entrar, mas o som não alcançou o outro lado da rua.

— Ela entrou. — Bel baixou os olhos para o iPad, inclinando-o para que Ash e a câmera pudessem ver.

A sala de estar se encontrava vazia.

Bel contou dez segundos até Rachel aparecer no enquadramento, passando pela poltrona de couro do vovô.

Parou ali, estendendo a mão para amarrar o cabelo em um rabo de cavalo e abrir a gola da blusa.

Começou a se mexer de novo, para além do sofá.

— O que você quer aí, Rachel? — perguntou Bel para o outro lado da tela.

Havia um sentimento profundo de que, o que quer que fosse, poderia ser o começo do fim para Rachel. Para todos eles.

Rachel foi ficando maior na tela conforme caminhava na direção da câmera.

Bem na direção da câmera.

Seu rosto e olhos se movendo, fixando-se naquele local.

— Droga, ela não... — começou a dizer Ash.

Rachel parou, uma mão suspensa no ar. Aproximou-se mais um passo, inclinando a cabeça enquanto olhava diretamente para eles, através da câmera escondida. Os olhos fixos.

— Droga, ela viu — respondeu Bel, estremecendo enquanto encarava Rachel através da tela e ela a encarava de volta.

Não, não, não. Como ela podia já ter achado a câmera? Estava bem escondida.

Rachel franziu a testa, o rosto coberto pela mão que crescia monstruosamente em direção à camerazinha. Cobrindo a lente com o rosa-vivo da pele, que tomou conta da tela.

O campo de visão se transformou em escuridão, mostrando a parte inferior escura da prateleira de cima.

Ela tinha encontrado. Era o fim.

TRINTA E CINCO

— Não, não, não. — Bel encarou a tela preta vazia.

— Shhh — sibilou Ash. — Ela pode te ouvir.

— Não é justo, era pra gente desmascarar ela hoje.

— Sinto muito — disse Ash, mas não era o bastante, nem perto disso.

— Não. — Bel entregou o iPad, agora inútil, para ele. — Ela não vai ganhar.

— Aonde você vai? — Ash agarrou a mão dela.

— Tenho que descobrir por que ela veio até aqui.

— Bel. — O nome dela foi moldado num suspiro, mas a garota já estava fugindo dele, para o outro lado da rua.

Saltando sobre a sombra da fiação telefônica para o lado esquerdo da casa, agachou-se sob as janelas da frente.

Dobrou a quina da casa, com a mão nas ripas de madeira para se equilibrar, o coração tentando arrastá-la de volta. Mas Bel não o escutaria, a cabeça triunfante, dizendo que era a chance que tinha de acabar com Rachel.

Bel deu mais três passos apressados e depois caiu de joelhos sob a janela, a que ficava na parede oposta da sala, ao lado da lareira, em cima do aparador.

Se Rachel estivesse distraída, procurando o que quer que fosse, não veria Bel. A garota plantou os pés e devagar, muito devagar, levantou-se, estendendo as pernas.

Ficou paralisada quando os olhos passaram por cima da moldura da janela, olhando através do canto inferior do vidro.

O próprio reflexo de Bel a atrapalhou, obscurecendo a sala à frente.

Ela se aproximou, pressionando o nariz na janela, colocando as mãos em concha ao redor dos olhos.

A sala apareceu.

Assim como Rachel, imóvel, encarando-a de volta.

Foi o coração de Bel que a avisou, pulando do peito.

Rachel inclinou a cabeça.

— Annabel? — chamou, a voz abafada pelo vidro.

Merda.

Bel se endireitou, os olhos ainda em concha na janela.

— Oi! — Ela controlou o tom de voz, suavizando o medo. — Achei mesmo que tivesse alguém aí dentro.

Rachel sorriu, mas os olhos não transmitiram alegria.

— Entra aqui. — Ela gesticulou em direção ao corredor e à porta da frente, um círculo no ar, para Bel dar a volta.

Merda. Merda.

— Tá! — Bel sorriu, recuando até ver o próprio reflexo outra vez, e o sorriso em seu rosto não convencia nem ela mesma.

Bel dobrou a quina da casa, planejando suas desculpas, descartando as que não serviriam, as que Rachel acharia suspeitas.

Ash já devia ter visto a garota. Bel acenou com um braço em sua direção, dizendo para ele ir embora dali. Passou o indicador no pescoço duas vezes, um gesto que dizia que já era, estava morta, duas vezes morta. Rachel tinha mordido a isca, mas o plano havia fracassado.

Bel subiu os degraus e a porta da frente foi aberta, Rachel parada no calor de dentro da casa com uma expressão indecifrável.

— Oi. — Ela recuou para permitir que Bel entrasse.

— Oi — cumprimentou ela, mais alegre, para não levantar suspeitas. — Que engraçado — disse, ainda sem saber o que falar nem o que era engraçado.

— O que está fazendo aqui? — perguntou Rachel.

Bel tinha sido encurralada, precisava improvisar uma mentira.

— Não estava achando minha garrafa de água. Pensei que talvez tivesse deixado aqui ontem. Você viu se está por aí? — Bel entrou na sala, dando uma volta nela casualmente. — Espera. — Estreitou os olhos de propósito. — O que *você* está fazendo aqui? Não tinha médico?

Porque tudo bem, talvez Rachel tivesse pegado Bel no flagra, mas Bel também tinha pegado Rachel no flagra. Estavam num impasse, um teste para as duas. Bel sentiu como se tivesse passado a vez. Era a vez de Rachel.

— Ah, eu errei o dia — respondeu Rachel, apoiando-se com as mãos na parte de trás da poltrona do vovô.

— Errou?

— Pois é. Aí decidi ir no passeio com o seu avô. Mas acho que cheguei atrasada.

Bel assentiu, como se aquilo fizesse sentido. Então parou, o queixo erguido, como se um novo pensamento a tivesse feito voltar à pergunta inicial.

— Por que você entrou, então?

Rachel se remexeu, as mãos úmidas no couro da poltrona.

— Quando percebi que eles não estavam aqui, entrei com a chave reserva. — Ela fez uma pausa. — O aniversário do Pat é na semana que vem e eu não tinha certeza do que comprar pra ele. Pensei em dar uma olhadinha e ver se conseguia descobrir do que ele poderia gostar.

Bel finalmente concluiu o aceno de cabeça que tinha começado. A mentira não tinha sido tão boa quanto a dela.

Rachel apontou para a estante.

— Mas acho que fui pega. Percebi que tem uma câmera na estante.

O olhar de Bel seguiu a direção do dedo de Rachel, passando pela estante, procurando, como se não soubesse exatamente onde a câmera estava.

— Ah, aquilo. — Deu um aceno de desdém com a mão. — Meu pai colocou isso aí meses atrás, pra conseguir ver como o vovô estava durante o dia, antes do segundo AVC. Acho que está desconectada; não ligamos desde que o Yordan começou a cuidar do vovô.

O maxilar de Rachel ficou tenso.

— Faz sentido.

Sim, fazia. Bel ficou satisfeita com a desculpa.

— Por que estava na janela? — perguntou Rachel, jogando a bola para ela de novo.

— Achei que tivesse ouvido alguém aqui dentro — rebateu Bel. — E a chave reserva não estava debaixo do sapo.

Rachel não pegaria Bel com essa.

— Você não viu o meu carro estacionado ali na frente? — Rachel estreitou os olhos.

— Eu vi que tinha um carro, mas não percebi que era o seu, ainda não decorei a placa. Que sorte que era só você — comentou ela, com uma risada ofegante, como se estivesse se sentindo segura com Rachel ali, como se Rachel não fosse a pessoa mais perigosa para ela.

— É, que sorte.

Rachel olhou para trás, através da porta que dava para o corredor. Fixou os olhos na escada, subindo-os degrau por degrau enquanto o silêncio crescia entre elas e se tornava mais afiado.

Bel analisou o rosto de Rachel, procurando pelos sinais que estava aprendendo a identificar, as contrações, as linhas de expressão. Será que Rachel sabia? Quem realmente tinha flagrado quem ali?

— Acho que a gente devia ir pra casa, né? — sugeriu Rachel, solucionando o impasse, oferecendo uma saída. — Quer uma carona?

Bel não podia recusar.

TRINTA E SEIS

— Obrigado por ter vindo, Annabel.

Dave Winter se sentou à frente dela, a luz berrante da sala de interrogatório refletida no distintivo.

— O que aconteceu? Alguma coisa ruim?

Era ruim, Bel sabia. O nó desabando no abismo de seu estômago, sem nada ao que se agarrar.

Já fazia dez dias que o pai tinha desaparecido. Seria um problema temporário, um teste, uma questão que Bel saberia resolver. Não podiam tirar isso dela, Bel não sabia como viver sem ele.

— Vai ser muito difícil pra você ouvir isso, Annabel.

Seria mais difícil ainda se ele não falasse logo, cacete.

Bel travou o maxilar, se preparando.

Se o pai estivesse morto, Rachel também estaria.

— Rastreamos o cartão de crédito dele — começou Dave, os ombros tensos, quase tocando as orelhas. — Recebemos o alerta de uma nova movimentação em um caixa eletrônico e a Polícia Civil do Estado de Vermont conseguiu chegar até o local a tempo. Não era o seu pai que estava usando o cartão. Era um estudante universitário de vinte e dois anos chamado Matthew Abbey. A polícia o interrogou sobre qual seria a ligação entre ele e Charlie Price. Nenhuma. — Dave fungou. — Ele disse que encontrou o cartão de crédito debaixo da mesa em uma cafeteria na segunda-feira passada.

— Que cafeteria? — quis saber Bel, juntando as mãos, contendo a emoção.

Dave deu uma olhada em suas anotações, virando a página.

— Fica em Vermont. O Café Nem que a Vaca Tussa, perto de Barton.

Bel reconheceu a cidade.

— É onde o Robert Meyer mora.

Dave assentiu.

— Ele declarou não ter visto o seu pai naquela noite e, ainda, que a outra pessoa não disse nada durante a ligação. Mas o cartão de crédito ter sido encontrado naquela área indica que seu pai esteve lá.

O que ainda deixava uma questão no ar: se Bob de Vermont havia mentido para Bel ou não.

— O Matthew Abbey está sendo acusado de fraude de cartão de crédito, mas isso não nos oferece nenhuma pista nova sobre o paradeiro do Charlie, só que esteve naquele restaurante na segunda passada. Antes que você pergunte, não havia câmeras.

— Ok — disse Bel.

Tinha sido uma novidade, é verdade, e não tão ruim assim. Era boa, até; mostrava que o pai não estava passeando por Vermont, gastando dinheiro com hambúrgueres e cerveja, como se tivesse escolhido ir embora.

— O que mais? — quis saber ela.

Dave soltou um suspiro, correndo os dedos pela boca por um instante. O pior ainda estava por vir, óbvio. Primeiro a notícia ruim e depois a notícia muito ruim.

— O que aconteceu? — insistiu Bel, um aperto no fundo da garganta, aquele tremor que surgia antes de chorar ou de vomitar, algo entre os dois.

— A gente não encontrou só o cartão de crédito — admitiu Dave, devagar e com cuidado.

A mente de Bel deu um pulo na frente dele, perdendo-se ali. Não... O que mais tinham achado? O corpo dele não. *Não, não, não.*

— Encontramos o celular e o passaporte dele. O celular estava desligado, como já sabíamos. Foram encontrados juntos por um zelador em uma lata de lixo num aeroporto particular de Vermont. — Dave fez uma pausa. — Bem perto da fronteira com o Canadá.

E parou de falar como se isso fosse tudo, a história completa: começo, meio e fim.

— O que está tentando me dizer?

Bel se inclinou para a frente, deixando um rastro de sombras pela mesa com o cabelo, o estômago dela caindo de um penhasco interminável rumo ao fim do mundo.

— Annabel — disse ele, num tom mais gentil. — Acho que o seu pai não está mais no país. Parece que queria ir embora, que saiu voluntariamente. Os gastos no cartão de crédito confundiram a gente por um tempo, mas ele provavelmente cruzou a fronteira na semana passada. — Dave pigarreou. — Entrou num avião pequeno, particular, e a gente não tem nenhuma informação sobre esse transporte, porque, bom, nossa teoria é que ele abandonou o passaporte antigo e conseguiu outro, assumindo uma nova identidade.

Bel balançou a cabeça.

Dave continuou.

— Acreditamos que tenha sido esse o motivo para ele procurar Robert Meyer. Um indivíduo que tem ligações com atividades criminosas on-line, que pode estar envolvido nesse tipo de coisa.

— Não.

— Sinto muito, Annabel — falou Dave, e parecia sentir muito mesmo, os olhos caídos, abatido, um vinco preocupado no queixo. — Eu queria mesmo te ajudar a encontrar seu pai, depois de... tudo. Mas todos os sinais indicam que Charlie tinha a intenção de ir embora, que saiu do país, provavelmente usando outro nome. Não é crime abandonar sua vida antiga, por mais que isso doa.

— Não — repetiu Bel, a voz falhando e soando como um sussurro.

— Agora ele se encontra fora da nossa jurisdição. Totalmente fora. Sinto muito, mas não podemos continuar as buscas. — Os olhos de Dave ficaram ainda mais sombrios. — Vou ser honesto com você, Annabel, porque já passamos por tudo isso antes. No desaparecimento da sua mãe, você foi grande parte do motivo que me fez continuar pensando no caso dela por tanto tempo, aquela garotinha abandonada sozinha no banco de trás. E depois o que aconteceu com o Phillip Alves, e tudo desde que a Rachel voltou. Quero que confie no que vou te dizer: a gente não pode mais procurar o Charlie, e, pra ser sincero, parece que ele não quer ser encontrado.

Bel bateu com força a porta da frente, o barulho soando como uma explosão e ecoando pelos corredores e trincheiras do número 33. Bateu com força a porta do quarto também, caindo de cara na cama, enterrando a cabeça entre os travesseiros.

Não houve reação à explosão dupla, nem pés rastejando, nenhuma batida de leve na porta. Rachel não devia estar em casa. O que era bom, porque Bel não ia conseguir olhar para a cara dela no momento. Se olhasse, sabia que a guerra fria pegaria fogo, e seria Bel quem o atearia.

O pai não tinha escolhido sumir e ir para o Canadá, abandonar a vida antiga junto com Bel. Dave Winter estava errado. Inacreditável, pedindo para ela confiar nele. Bel não confiava nele; não confiava em mais ninguém.

Deu um soco no travesseiro com o punho fechado, depois outro. Era Rachel, era Rachel, era tudo coisa da Rachel, e ela era a única que conseguia enxergar isso. A alternativa era ficar do lado de Dave Winter, acreditar que o pai tinha escolhido ir embora, abandoná-la, e Bel nunca seguiria por esse caminho. Doeria muito, muito mais.

Bel rolou na cama e encarou o teto.

O cartão de crédito deixado em uma cafeteria, para alguém encontrar, para distrair a polícia: devia ter sido Rachel, né? Ela devia ter armado a ligação para Bob de Vermont também. Devia ter plantado o celular e o passaporte para fazer com que parecesse que o pai tinha cruzado a fronteira. Afinal, Rachel era especialista em desaparecer; talvez só tivesse recriado o próprio desaparecimento. Mas como Bel faria para provar isso, agora que a polícia já tinha desistido do pai, agora que ela estava sozinha nessa?

Não sabiam quando o celular e o passaporte tinham sido descartados, mas o cartão de crédito devia ter sido deixado para trás na última segunda-feira, ou no último domingo, e então o estudante o encontrou na tarde de segunda-feira.

E onde Rachel tinha estado naqueles primeiros dois dias depois que o pai desaparecera? No domingo, havia ficado ali, em casa. Mas segunda...

Uma lembrança ganhou vida. Na cozinha naquela noite. Bel jogando fora uma caixa de suco de maçã; só tinha bebido para irritar Rachel. Tinha visto um copo de café para viagem no lixo, não tinha? Bel achava que havia sido isso, tentando forçar a mente a voltar para aquele momento, a se lembrar do logotipo no copo. Espera, qual era o nome da cafeteria mesmo, onde o cartão de crédito do pai tinha sido encontrado?

O Café Nem que a Vaca Tussa; repetiu essa informação na voz de Dave Winter, chamando atenção para isso.

Bel correu para pegar o notebook nos pés da cama. Apertou o botão, desejando que ele ligasse mais rápido.

Digitou *Café Nem que a Vaca Tussa Vermont* no Google e apertou enter, o notebook balançando com o toque dela.

Uma página de resultados.

O site da cafeteria e uma imagem do logotipo.

Um fundo vermelho. Uma vaca branca soprando uma caneca fumegante de café. Devia ter sido isso, né? O mesmo logotipo que vira no lixo na semana anterior. Não conseguia se lembrar com tanta clareza, não tinha se agarrado a esse momento porque pensara que não seria importante. Mas isso já era o bastante, e não dava para ser coincidência.

Na segunda anterior, Rachel tinha plantado o cartão de crédito naquela cafeteria em Barton, Vermont, antes de deixar o celular e o passaporte mais ao norte, no aeroporto particular. Tinha pedido um café para tomar no carro durante o caminho de volta para Gorham. Levado a embalagem para o lixo dentro de casa. Havia planejado tudo, só não tinha contado com Bel avistando o copo no lixo.

Era uma prova. Uma prova real de que tinha sido Rachel quem montara a ilusão de que o pai tinha desaparecido. Se Bel encontrasse o copo, então Dave Winter teria que confiar nela de novo, não?

Bel não perdeu nem mais um segundo.

Saiu do quarto em um rompante, os passos pesados e estrondosos como um trovão.

Na cozinha, abriu o armário, e as latas de lixo duplas rolaram e bateram na extremidade da dobradiça.

Estavam quase vazias. O conteúdo enterrado lá no fundo, escondido pelas ondas e dobras do saco de lixo.

Bel enfiou a mão lá dentro. Agarrou punhados de lixo e os trouxe para cima, para a luz, onde conseguia enxergar.

Cascas de ovo e de banana.

Embalagens plásticas de alimentos.

Grãos de café usados, sangrando um líquido marrom por todos os seus dedos. O copo não estava naquela lata de lixo.

A outra parecia mais promissora; rolos de papel toalha e pedaços de papel. Mas Bel enfiou as mãos e não conseguiu encontrar o copo.

Rachel devia ter levado o lixo para fora. Estaria nas latas de lixo do lado de fora.

Bel ficou em pé outra vez de um pulo, disparando pela casa.

Colidiu com a porta da frente, deixando-a aberta enquanto descia os degraus correndo rumo às latas de lixo. As duas estavam do lado de fora, na calçada, porque sempre tinha sido função do pai levá-las para dentro.

Bel derrapou até parar na frente delas.

A lata de metal primeiro. Bel desenganchou o elástico da tampa. Afinal, estavam em temporada de ursos-negros, certo?

Arrancou a tampa, que caiu fazendo barulho, girando na borda como se estivesse em um jogo, um rufar de tambores crescente.

Bel olhou lá para dentro; só havia um saco de lixo preto nela, amassado no fundo. Enfiou o braço. O metal frio pressionou sua axila quando estendeu a mão. A garota agarrou a parte superior do saco e o puxou para fora.

Seus dedos se atrapalharam no processo de desfazer o nó.

Ele se soltou liberando o cheiro do seu conteúdo, um toque azedo no ar primaveril.

Bel abriu a boca do saco, vasculhando-o com a mão, estremecendo toda vez que encostava em algo úmido.

O interior dele estava escuro demais para ver qualquer coisa, então ela teve que confiar mais nos olhos do que nos dedos, que mentiam para ela, transformando tudo em aranhas e lesmas.

Bel se levantou e virou o saco de cabeça para baixo, o lixo caindo por todos os cantos, uma embalagem grudando em suas botas.

Abaixou-se no meio de tudo, passando a mão pela bagunça. Miolos de maçã e cabinhos de brócolis — o jantar da noite anterior —, pedaços pegajosos de plástico, papel-toalha amassado, com manchas alaranjadas de gordura, cascas duras de uma cebola, um pedaço de queijo coberto de mofo. Bel verificou tudo; o copo não estava ali.

Mas não ia desistir. Rachel podia ter colocado na lata para reciclagem, então. Devia ter feito isso.

Bel abriu a tampa da segunda lixeira, pedaços de caixas de papelão dobrados, papel e embalagens se mexendo diante de seus olhos.

Sentiu o coração disparar, uma pressão crescendo em sua cabeça, alcançando os olhos. Bel agarrou a lata de lixo e a virou, jogando tudo na grama. Sacudiu para desgrudar os pedaços tímidos presos no fundo.

Caiu de joelhos, verificando embaixo e dentro das caixas dobradas. Passando pelas embalagens e pacotes, os olhos se mexendo mais rápido que as mãos. Eles registraram antes dela. O copo também não estava lá.

Bel vasculhou tudo de novo, o lixo descartável e o para a reciclagem, a imundície encharcando os joelhos de sua calça jeans, a sujeira se incrustando sob as unhas, na esperança de poder mudar a resposta se desejasse muito. Tinha que estar ali. Por favor, por favor...

Ela caiu no chão, sentada no meio do redemoinho desesperado de lixo, caindo em cascata e rolando ao redor dela, as mãos sujas, manchadas e vazias.

Não estava ali. Não estava ali, e Rachel tinha ganhado mais uma vez.

Bel chutou o lixo, um grunhido saindo da garganta, provocando uma chama intensa dentro dela de novo.

— O que está fazendo aí? — perguntou uma voz atrás dela. Frágil e familiar.

A cabeça de Bel se virou.

Era a dona Intrometida do número 32, sendo intrometida como sempre, fazendo jus ao apelido. Parada na calçada com os braços às costas, observando Bel na pilha de lixo, uma careta no rosto.

— Estou colocando o lixo pra fora — disse Bel, quase descontrolada, os braços abertos, mostrando seu trono de lixo.

— Você não devia ter feito isso — resmungou a sra. Nelson. — Hoje é quinta. Só recolhem o lixo na segunda de manhã.

Bel sentiu o estômago afundar ao lado da fonte de brasa escaldante. E ali estava a resposta. O copo tinha estado bem ali. Mas Bel chegara tarde demais. Um dia e meio de atraso, e sua prova tinha desaparecido, perdida para sempre.

— Que merda! — explodiu, chutando outra vez.

A sra. Nelson ficou tensa.

— Tudo bem, querida. Com certeza vão voltar na semana que vem de novo.

A garota não podia chorar, então riu, encarando as mãos imundas.

A sra. Nelson riu também, nervosa, balançando o corpo e se apoiando nos calcanhares.

— Você devia limpar isso aí e selar as latas de lixo. Não vai querer atrair ursos. Sabe, estamos em temporada de ur...

— Eu sei que estamos em temporada de ursos-negros — retrucou Bel, limpando as mãos na calça jeans.

— É, isso mesmo. — A sra. Nelson inspecionou as próprias mãos limpas. — Estava para te perguntar uma coisa: essa semana é o aniversário do seu avô, não é?

— É sexta — murmurou Bel, sem olhar para cima.

Porque havia uma espécie de prazo em sua mente. Uma voz que dizia que, se o pai não estivesse em casa até aquele dia, nunca mais voltaria.

— Sabe, ele costumava ser um dos meus melhores clientes — comentou a sra. Nelson, como se fosse culpa de Bel, de alguma forma. — O Pat aparecia quase toda semana na livraria. Faz tempo que não vejo ele por aí.

— Pois é — respondeu Bel, porque não queria ter essa conversa, aliás conversa nenhuma, enquanto estivesse sentada ali, naquela pilha fedorenta de lixo, sem ter como trazer o pai de volta para casa.

— Fiquei pensando em deixar uns livros novos lá pra ele, de aniversário. Acha uma boa ideia? — perguntou a sra. Nelson, olhando para ela ali embaixo.

— É uma ótima ideia, sra. Nelson, só que ele não consegue mais ler. Nem lembra mais de mim.

Esquecer era só outra forma de abandonar, e todo mundo a abandonava, uma hora ou outra. Com sorte, a sra. Nelson também a abandonaria, porque era difícil desmoronar com ela parada ali na frente.

— Ah. — A mulher respirou fundo, soltando um assovio por entre os dentes.

Mesmo assim, não a abandonou. Aproximou-se ainda mais.

— Tentei ligar para o policial Winter hoje — comentou ela. — A polícia fez mais alguma coisa sobre aquele homem?

— Que homem? — perguntou Bel, cerrando os dentes até doerem.

— O que anda vigiando a sua casa.

— Não tem homem nenhum vigiando minha casa! — explodiu Bel, sentindo o calor intenso atrás dos olhos agora. — Não existe merda de homem nenhum! A Rachel inventou isso, tá? Ela fez o meu pai desaparecer, e a culpa é minha, eu não devia ter perdido ela de vista!

A sra. Nelson deu um passo para trás, confusa.

Bel soltou um longo suspiro, tentando se afastar do precipício.

— Era só um repórter, sra. Nelson. Sabe aquelas vans? Tinha um monte de homens vigiando a casa. Mas já foi todo mundo embora.

Bel ficou de joelhos, alcançando o saco de lixo descartado, enchendo-o com a brisa para expandi-lo.

— Bom te ver, sra. Nelson — disse Bel, esperando que finalmente caísse a ficha de que a vizinha devia deixá-la em paz.

Mas Bel não podia deixá-la ir sem desferir um último golpe, sem compartilhar um pouco da raiva que fervia tão perto da superfície.

— Talvez fosse bom a senhora parar de vigiar nossa casa também. Todo mundo sabe que fica olhando. Já ouvi até alguns vizinhos chamarem a senhora de dona Intrometida.

A expressão da sra. Nelson desabou, a boca se contraindo em uma linha fina, mas aquilo não fez Bel se sentir nem um pouco melhor.

Então a vizinha foi embora, dando as costas sem se despedir enquanto Bel começava a recolher punhados de lixo, jogando-os dentro do saco.

Tinha que limpar tudo antes de Rachel chegar em casa. Porque se Rachel não soubesse que havia algo errado, ainda haveria uma chance. O pai não estava no Canadá, Bel e seus instintos sabiam disso, mas ele tinha que estar em algum lugar, assim como Rachel estivera em algum lugar durante aqueles dezesseis anos.

O que Bel dissera à sra. Nelson era verdade: não devia ter perdido Rachel de vista. Bel tinha cometido um erro ao evitar tanto Rachel no começo, ficando fora de casa e fora do caminho dela. Tudo o que tinha feito dera à mulher tempo de sobra para planejar e executar o plano, e agora o pai tinha sumido.

Chega.

Bel havia deixado Rachel entrar em sua vida, tinham passado tempo juntas, fingira criar um vínculo de mãe e filha. Isso a tinha levado até bem perto da verdade, mas precisava dar um passo adiante.

Observar Rachel a cada segundo do dia, não sair do lado dela, tornar-se sombra daquela mulher.

Porque aí ela a levaria direto até o pai de Bel.

— Não vou te perder de vista.

TRINTA E SETE

Bel já estava acordada antes mesmo de abrir os olhos, forçada a sair do sono por um suspiro preso na garganta.

Sentou-se na cama. Verificou o celular na mesa de cabeceira: 2h04. Devia haver algum motivo para ter despertado, mas teria acordado por conta própria ou sido acordada? Um pesadelo ou...?

Ouviu um barulho no térreo.

Um farfalhar, uma batida silenciosa de passos no chão.

Rachel estava de pé, andando por aí.

Devia estar tentando ir para algum lugar, achando que Bel estaria dormindo.

Ora, Bel não estava, tinha bebido café demais naquele dia e nas duas últimas noites também, para garantir que seu sono fosse leve, tirando apenas cochilos espaçados. Para garantir que Rachel não fosse a lugar algum no meio da noite. Que era o que estava acontecendo no momento.

Bel jogou as pernas para fora da cama, mexendo-se o mais silenciosamente possível.

Pensou que Rachel talvez fosse tentar algo do tipo. Bel não tinha dado outra escolha para ela; tinha sido companheira fiel da mulher nos últimos dois dias. Fingira estar tossindo para ficar em casa, doente, em vez de ir para a escola, e não deixara Rachel sair de casa sozinha.

— *Tenho que ir até o banco.*
— *Eu vou junto.*
Se Rachel tinha percebido, nunca demonstrara ou hesitara.
— *Tudo bem, B-Bel. Eu também não gosto de ficar sozinha.*
Bel ouviu mais um barulho abafado de sapatos vindo do andar debaixo. Um baque abafado; algo que tinham pegado e colocado no chão.

Vestiu um moletom com capuz e agarrou o celular, abrindo as mensagens com Ash; não se falavam desde terça-feira. Digitou:

Espero que essa mensagem te acorde. A Rachel está fugindo pra algum lugar, vou atrás dela. Me encontra com a câmera. Acho que finalmente chegou o momento tão esperado.

Em seguida, deslizou o celular para dentro do bolso da frente do moletom e caminhou até a porta na ponta dos pés, os passos tão leves quanto os de Rachel.

Embora a mulher não estivesse mais tão quieta; Bel ainda conseguia ouvi-la arrastando os pés lá embaixo, perambulando de maneira furtiva, fazendo a escuridão tomar forma por meio do som de seus passos. Devia ter pensado que não precisava tomar tanto cuidado, com Bel dormindo e o pai fora.

Bel abriu a porta devagar, xingando a parte debaixo que ficava presa e arrastava no carpete. Saiu pelo corredor. Bel tinha certeza de que Rachel logo estaria se dirigindo para a porta da frente. E provavelmente entraria no carro, que era o primeiro problema de Bel. Mas a garota conseguiria segui-la na bicicleta velha; estava na garagem e Bel poderia pedalar rápido (afinal, tinha tudo a perder se não conseguisse). Também existia a possibilidade de que, se Ash saísse naquele momento, talvez chegasse a tempo com um carro, uma carona para seguirem o rastro de Rachel.

Viu só, Bel também era boa com planos.

Transformou-se em uma sombra entre as sombras, uma silhueta escura entre as silhuetas escuras, parada no topo da escada. Desceu os degraus na ponta dos pés antes de apoiar os calcanhares no chão, um som baixo entre os sons baixos.

Pulou o degrau que rangia e parou três antes de chegar ao térreo. Esquadrinhou a sala de estar.

Rachel ainda estava lá, o som dos sapatos no tapete, o farfalhar do tecido, as batidas do coração de Bel ressoando nos próprios ouvidos.

Se a menina se dirigisse à cozinha, poderia dar uma volta, tentar ver o que Rachel estava fazendo a partir da abertura entre um cômodo e outro. Preparar-se para segui-la assim que Rachel saísse.

Bel desceu os últimos degraus em silêncio, atravessou o corredor e entrou na cozinha, sentindo o frio dos azulejos através das meias. Estava um breu ali dentro também, nenhuma luz acesa naquele andar, apenas o brilho fraco e prateado da lua. Se Rachel pensava que Bel estava dormindo, por que não tinha acendido a luz?

Bel deslizou ao lado do balcão, escondida de Rachel pela parede entre as duas, passando pela mesa de jantar, atravessando por cima das pernas das cadeiras. Bel se agarrou à parede e envolveu a borda do umbral com três dedos. Inclinou-se, aproximando-se ainda mais, em silêncio, a cabeça flutuando no escuro ao virar a esquina, os olhos arregalados e vigilantes.

Rachel estava de costas, perto do móvel da TV. Segurava algo nas mãos, olhando para baixo. Bel reconheceu a moldura dourada com ondulações. Sabia exatamente que foto era aquela: ela e o pai, tirada durante uma refeição em família na Pizzaria da Rosa, o braço dele ao redor de seu ombro. Carter era um borrão andando no fundo.

Por que de repente Rachel estava tão interessada na foto? Tivera semanas para analisá-la, se quisesse.

Agachou-se para devolver a foto a seu lugar, um baque suave no processo.

Endireitou-se na escuridão, crescendo, crescendo demais, quinze centímetros acima do normal, os ombros se expandindo, ficando mais largos do que deveriam.

O coração de Bel disparou, com uma descarga do instinto primitivo de lutar ou fugir. Ela piscou para decifrar melhor a escuridão, enxergar o que estava com medo de ver. Afastou-se um pouco para ter certeza.

Não era Rachel, era um homem.

Bel não conseguiu segurar o som que veio da garganta, a meia escorregando debaixo de seus pés.

O homem deu meia-volta, a cabeça se virando para ela. A escuridão também o atrapalhava, roubando todo o senso de direção. Eles se encararam, as duas silhuetas escuras, a dele lá, a dela aqui, congeladas e imóveis.

Até Bel se mexer, o instinto assumindo o controle. Com os olhos ainda na silhueta, serpenteou a mão pela parede, a ponta dos dedos pousando no plástico frio do interruptor.

Antes de os raios de luz iluminarem o cômodo, houve um breve lampejo de esperança de que aquela sombra à sua frente fosse o pai, que finalmente tinha voltado para casa.

Ela apertou o botão, os olhos lacrimejando pelo brilho amarelo repentino.

Bel piscou.

Não era o pai.

Mas também não era um desconhecido; ela conhecia aquele rosto, a expressão naqueles olhos.

O homem estava na casa dos cinquenta anos, dez anos mais velho do que da última vez que ela o vira. O cabelo escuro raspado, começando a ficar grisalho nos círculos ao redor das orelhas grandes, cobertas pelo boné. Os olhos arregalados, com a parte branca bem exposta, fazendo-o parecer eternamente em estado de choque.

— Você não devia estar aqui. — Bel tentou esconder o medo na voz. Mas não conseguiu. — A gente tem uma medida protetiva contra você, Phillip.

Phillip Alves sorriu, iluminado, abrindo os braços, balançando-os ao lado do corpo.

— Ops — disse ele, curvando-se ao soltar uma risada que parecia um cachorro com dor, chiada e perturbadora. — Em minha defesa, você também não deveria estar aqui. Achei que a casa estava vazia.

Vazia? A palavra se revirou na cabeça de Bel. A casa não estava vazia, e Bel não estava sozinha, porque se não era Rachel quem estava se esgueirando pela sala, então ela devia estar no andar de cima, na cama.

— Rachel — chamou Bel, do outro lado da cozinha, na direção do corredor. — Rachel! — Mais alto. — Mãe?!

— Ela não está aqui — respondeu Phillip.

Ele tinha chegado mais perto dela enquanto os olhos de Bel não tinham ficado fixos nele, deixando de mantê-lo no lugar.

— Mãe?!

— Já falei que a Rachel não está aqui. — Phillip ergueu a voz, mais alta do que os gritos dela. — Queria que me escutasse. Vi Rachel saindo de carro faz uns vinte minutos.

Bel parou, os lábios prontos para gritar *mãe* mais uma vez, porém engoliu em seco, a palavra grossa e gelatinosa em sua boca.

Rachel não estava ali. Rachel havia saído de fininho, e Bel tinha perdido isso, tinha perdido sua oportunidade. Rachel havia ido embora, e de repente, por um motivo muito diferente, Bel desejava que ela não tivesse partido.

— Você voltou a vigiar a nossa casa, Phillip? — Bel baixou a voz, suavizando as palavras, quase de um jeito amigável, tentando desfazer o dano que sua gritaria causara.

O ar vibrava com a presença daquele homem, fazendo pressão contra os ouvidos dela. Bel não sabia do que ele era capaz, e não sabia se sua língua afiada o irritaria.

Ele assentiu.

— Desde que a Rachel voltou.

Bel também assentiu, amaldiçoando a sra. Nelson por estar certa e ela mesma, por não ter acreditado na vizinha.

— Tudo bem. Enfim, como você disse, a Rachel não está aqui agora, então talvez fosse bom você voltar outra hora.

A risada ofegante e irregular soou de novo, os olhos congelados como em um pesadelo.

— Como está a sua mãe? — perguntou ele, limpando a boca na manga. — Desde que voltou?

— Hã...

Bel não sabia o que fazer, como levá-lo a ir embora. Talvez devesse continuar deixando-o à vontade para falar, ser simpática. Tinha mandado mensagem para Ash, e ele poderia estar a caminho naquele momento. A menos que estivesse dormindo, o celular no silencioso. Ou talvez a boa e velha sra. Nelson tivesse visto Phillip invadindo e chamado a polícia. Não, Bel tinha acabado de falar para ela parar de xeretar a casa deles, para largar de ser intrometida. Não sabia que ia precisar dela tão cedo, então tinha sido impulsiva e prejudicado a si mesma.

— E aí? — Phillip acenou para ela.

— Desculpa.

Bel engoliu em seco. Não deveria deixá-lo esperando. Poderia falar sobre Rachel enquanto decidia o que fazer, falar sobre o que ele queria ouvir. Uma obsessão de dezesseis anos não perdia sua força; afinal, ali estava ele de novo, exatamente onde tinham começado.

— Ela está bem.

— Bem? — Phillip não gostou da resposta.

— Estamos todos nos *adaptando* — disse Bel, usando a palavra que todo mundo usava. — Mas ela está tranquila.

— Tranquila? — A palavra rachou na boca de Phillip. Ele também não tinha gostado daquela resposta.

— Assim — retomou, tentando outra vez —, nem tudo tem sido uma maravilha. É estranho alguém voltar depois de todo esse tempo. Rolaram alguns atritos, coisas antigas vindo à tona, sabe?

Phillip fez um barulho gutural.

— Ela te disse alguma coisa? Sobre onde estava?

— Ela falou que foi mantida num porão. — Bel engoliu em seco. — Que não conhecia o homem que a sequestrou.

Phillip deu risada outra vez.

— Aham, aham — disse, as mãos para cima, os dedos tremendo. — E ela contou onde estava *de verdade*?

Bel coçou a nuca e se deu um tempo para pensar. O que Phillip estava querendo ouvir? O que o faria ir embora?

— Ela estava em um porão.

— Aham — repetiu ele, de maneira irônica e malvada, zombando dela, a cabeça balançando. — Então por que o seu pai fugiu, hein? — Ele deu um passo na direção dela. — Rachel Price volta pra casa e aí uma semana depois Charlie Price some. Parece suspeito, não acha? Não vá me dizer que você acreditou que era só coincidência, pensei que fosse uma garota inteligente.

Bel sentiu a chama lamber seu estômago, mas a avisou que aquela não era a hora. Precisava ter autocontrole.

— O meu pai não fugiu — retrucou, impassível.

— Fugiu-sim — rebateu Phillip, divertindo-se e fazendo as palavras saírem de uma vez.

Bel respirou fundo para acalmar o coração. Anda, Ash, por favor, esteja acordado, por favor, esteja por perto.

— Ele não fugiu. Não faria isso.

Phillip apertou os lábios, como se estivesse tentando não rir de novo. Graças a Deus não riu.

— Fugiu, sim — insistiu o homem. — Eu o vi.

Bel desistiu de pronunciar a frase que já tinha preparado.

— O que você disse? — questionou ela.

Aqueles olhos estranhos lhe lançaram um olhar demorado.

— Agora você está ouvindo.

— Como assim você o viu? — Bel deu um passo à frente e se arrependeu.

— Eu estava vigiando a casa — falou, simplesmente. — Estava tarde, perto das duas da manhã, e eu vi o seu pai saindo pela porta da frente. Ele estava com uma mala. Fechou a porta bem devagar, como se não quisesse acordar ninguém.

Bel balançou a cabeça.

— Quando foi isso?

— Você sabe quando. Na noite em que o seu pai foi embora, no sábado retrasado. Entrou na caminhonete e fugiu. Eu estava do outro lado da rua. Achei que pudesse ter me visto, que ia voltar, então fui embora.

Bel ainda estava balançando a cabeça sem parar.

— Não, não pode ser. A caminhonete dele ainda estava aqui de manhã, como ele teria saído com ela?

Phillip deu de ombros, as mãos no ar perto das orelhas.

— Eu não acredito em você — disse ela.

— Só estou dizendo o que vi.

— Ele estava sozinho?

— Estava. — A língua do homem se mexeu, umedecendo os lábios.

Bel ainda não acreditava nele. Phillip era um mentiroso. Lógico que era um mentiroso: era um stalker desequilibrado, tinha perdido tudo porque não conseguira parar de pensar no mistério de Rachel Price. Ainda não havia conseguido. Tinha muito mais a perder.

— Vai, me conta, por que acha que o seu pai fugiu? — Phillip se sentou na beirada do sofá, acomodando-se.

— Ele não fugiu.

— A Rachel deve ter te falado alguma coisa.

Bel transferiu o peso de uma perna para a outra.

— Ela me disse que um homem a raptou e a manteve presa num porão por dezesseis anos, depois simplesmente a deixou ir embora.

— Que mentira — vociferou Phillip naquele grito sussurrado do qual Bel se lembrava. — Você deve saber de mais alguma coisa.

— Eu não sei.

Só que sabia, ela sabia bem mais do que só "alguma coisa". Mas por que Phillip merecia aquelas respostas quando ninguém as dera para Bel? Ele que se dane.

— Me conta. — Ele ficou de pé em um pulo, coçando o pescoço, deixando um rastro de quatro linhas vermelhas furiosas.

— Eu não sei de mais nada!

Ela era a garota de oito anos novamente, sentada no banco de trás do carro, um desconhecido em um uniforme de policial gritando com ela.

— Ah, fala sério, Bel — insistiu Phillip naquele grito ofegante, muito pior do que se tivesse apenas gritado. — Você está morando nessa casa com os dois. Deve saber de alguma coisa. Deve ter visto alguma coisa, ouvido alguma coisa.

— Não. — Bel observou a mudança em Phillip, a raiva, o vermelho se espalhando pelos arranhões até o rosto.

Vai, Ash. Vai, sra. Nelson. Ninguém estava vindo, né? Bel estava sozinha.

Não exatamente sozinha: o celular continuava bem ali, no bolso da frente do moletom. Será que conseguiria ligar para a polícia sem que Phillip notasse? Na verdade, não; como tudo precisava ser selecionado na tela do aparelho, não dava para tentar nada sem ver a tela. Ainda assim, enfiou uma mão no bolso, tocando o celular para saber que estava lá.

— Você tem que saber alguma coisa. Preciso descobrir o que realmente aconteceu. Esperei tanto tempo.

Ele não tinha esperado tanto quanto Bel, não eram os pais dele, não era a vida dele desmoronando. Um lampejo de raiva se formou no estômago dela, mas não podia libertá-lo, então, em vez disso, deu ouvidos ao medo.

— Por que você não acredita no que a Rachel disse que aconteceu com ela? — perguntou Bel, tentando acalmá-lo.

— Porque preciso de uma resposta melhor. Da verdade. Se a história dela fosse verdade, o seu pai não teria dado o fora.

— Ou talvez a Rachel tenha feito alguma coisa com ele? — sugeriu Bel, a verdade escapando sem querer.

— Por que a Rachel teria feito alguma coisa com ele se ele não tivesse feito algo com ela antes? — Phillip abriu um sorrisinho, achando que a havia encurralado com a pergunta. — Eu vi o seu pai indo embora, não esquece. E ela não estava com ele.

Bel suspirou.

— Meu pai não teve nada a ver com o desaparecimento da Rachel, a própria Rachel afirmou isso. Ele tinha um álibi.

— Aham — zombou Phillip outra vez.

— Meu pai foi considerado inocente — insistiu Bel, contendo-se quando queria explodir com ele, aquele homem que tinha se apoderado da história dela, que não merecia parte nenhuma daquilo tudo. — Você não viu o rosto dele quando Rachel voltou. Ele não sabia que ela estava viva, isso eu garanto. Ninguém conhece meu pai melhor que eu. Ele foi para o hospital naquele dia e depois voltou para casa. Não estava envolvido.

Phillip cambaleou para a frente, curvando-se com aquela risada ofegante e terrível, o som rastejando e invadindo Bel.

Ela agarrou o celular com mais força.

— Do que está rindo? — questionou, sem ter certeza de que queria saber, com medo de que Phillip Alves fosse o ponto final do caminho que tinha escolhido para si.

Será que ela soava assim quando falava sobre Rachel?

— Sabe — disse Phillip, ainda rindo —, não é a primeira vez que entro nesta casa. Quase fui pego antes também.

— Do que está falando? — Bel mudou de posição de novo, as pernas formigando.

— Eu estive aqui dezesseis anos atrás. Entrei do mesmo jeito. Aliás, o trinco daquela janela está quebrado. — Ele apontou por cima do próprio ombro. — Vocês deviam consertar. Enfim... — Os olhos dele se arregalaram ainda mais, se é que isso era possível, sem piscar. — Achei que fosse encontrar algumas pistas quando não tinha ninguém em casa. A polícia estava começando a investigar o seu pai, em abril, acho, antes de ele ser preso. Eu sabia que descobrir quem havia matado a Rachel era minha responsabilidade. Estava na cozinha quando ouvi um carro estacionando. Não tive tempo de sair, então fui para o andar de cima. Entrei na primeira porta que vi. Acontece que era o seu quarto, com um berço no canto.

O lugar seguro de Bel. Talvez nunca tivesse sido tão seguro assim.

— Eu me escondi no seu quarto, prestando atenção aos barulhos. Charlie entrou pela porta da frente. Estava com mais alguém, outro homem. Não reconheci a voz desse homem. Não deu pra ouvir tudo, mas estavam discutindo alguma coisa. *Shhh, não acorda a Annabel*, disse o seu pai, então você devia estar lá também.

Phillip não estava olhando para ela, estava concentrado em um ponto atrás do ombro dela, perdido na lembrança. Talvez aquela fosse a oportunidade de Bel, enquanto ele estava distraído. A garota recuou, escondendo um braço atrás da entrada da cozinha, trocando as mãos no bolso da frente.

— Não ouvi muita coisa, estavam falando baixo por sua causa — continuou Phillip, como se a culpa fosse dela.

Bel apertou o celular e começou a tirá-lo devagar do bolso pelo braço escondido.

— Mas Charlie estava bravo porque sabia que a investigação da polícia o considerava o principal suspeito. Gritou alguma coisa, e eu ouvi. E nunca esqueci.

Phillip ainda não tinha piscado, os olhos estranhos lacrimejando. Bel olhou para baixo, deslizando a tela do celular para fora do bolso. O aparelho não fez o reconhecimento facial e, em vez disso, pediu para a senha ser inserida, mas Bel apertou o botão de emergência.

Phillip ainda não estava olhando para ela; pigarreou antes de continuar:

— O seu pai disse: *Eu não aceito suas desculpas. A gente combinou duas da tarde. Você atrasou e olha só o que aconteceu.*

O teclado estava aparecendo. Bel apertou o 1, o polegar flutuando em direção ao 9, erguendo os olhos para verificar se podia continuar.

Não podia.

Sufocou um suspiro, transformando-o em uma tosse. Phillip a encarava, à espera de uma resposta. Mas não dava para ele ver o que a mão esquerda dela fazia atrás da parede.

— Pode ter sido sobre qualquer coisa. — Bel sustentou o olhar do homem, mas não conseguiria voltar a encontrar o 9 sem focar na tela. — Ele provavelmente estava falando sobre algo daquele dia, alguém podia ter se atrasado para o almoço ou algo assim.

Phillip estalou o pescoço e contraiu uma só bochecha.

— Estavam falando sobre a Rachel. Sobre a investigação da polícia — atestou ele, como se pensasse que a tinha encurralado outra vez.

— A Rachel desapareceu por volta das seis — rebateu ela, os olhos ansiosos para irem para baixo, lacrimejando.

Bel desceu sua atenção, encontrou o 9 e o 0. Apertou um, depois o outro, enquanto voltava a olhar para cima.

— Mas o álibi do seu pai começava às duas da tarde, não é mesmo? — Phillip sorriu. — Foi quando ele cortou a mão.

Bel fingiu pensar no assunto, baixando os olhos, mas não os levou ao chão e sim na direção do celular. Encontrou o botão de ligar na parte inferior, o polegar indo até ele, seguindo seu olhar.

— Ei! O que você está fazendo?

Passos pesados se apressaram, e Phillip logo estava em cima dela. Bateu a mão na de Bel, e o celular despencou no chão.

— O que estava fazendo, tentando chamar a polícia? — Os olhos dele estavam em chamas, os dedos agarrando os punhos de Bel, apertando com força demais.

— Não. — Bel lutou contra o aperto dele, a adrenalina escondendo dela mesma a dor. — Estava tentando te mostrar uma coisa. Evidências que achei. Sobre a Rachel.

— Ah.

Phillip se afastou, a boca meio aberta ainda guardando resquícios de por onde a interjeição havia escapado. Ele soltou Bel, se virou para onde o celular havia escorregado e se abaixou para pegá-lo.

— Vai à merda — rosnou Bel, atacando Phillip.

Ele não deveria ter virado as costas para ela, Bel não tinha mais oito anos, nem era um bebê abandonado no banco de trás. Empurrou o homem, que caiu, rolando com o impulso.

Bel não esperou para ver a expressão de choque no rosto dele. Voou em direção à porta dos fundos, forçando a maçaneta para baixo.

Phillip se levantou rápido demais; Bel sentiu o deslocamento do ar às suas costas.

Ela puxou a porta na hora em que ele agarrou o rabo de cavalo dela, forçando sua cabeça para trás e expondo seu pescoço.

Bel ergueu o braço, dobrando o cotovelo. Acertou-o na cara dele, bem entre os olhos. Ouviu um estalo.

Phillip gritou, levando as mãos ao rosto, que sangrava.

Bel saiu para a noite escura. Atravessou o quintal em três passos, pisando na grama molhada, encharcando as meias.

— Socorro! — berrou. — Soc...

O rabo de cavalo foi puxado de novo, machucando o couro cabeludo de Bel.

Ela escorregou com força e caiu na grama, o ar saindo dos pulmões em um grito desesperado.

Phillip também caiu, prendendo os punhos dela no chão.

— Que evidência você tem? — perguntou, ofegante, o sangue escorrendo do nariz para o rosto dela, deslizando até seu cabelo. — O que você sabe?

— Socorro! — gritou Bel. — Sra. Nelson...

Uma das mãos de Phillip soltou um dos punhos dela e foi em direção à boca para silenciá-la; Bel sentiu o sal do sangue e da mão suada. Mas ele não conseguia tapar a boca e segurar as mãos da garota ao mesmo tempo. Ela estendeu a mão livre, os dedos esticados, arranhando aqueles olhos estranhos dele. As unhas de Bel arranharam algo macio e molhado.

Phillip soltou um grito agudo, as pálpebras se fechando, e se apressou para segurar os dois punhos dela outra vez, liberando sua boca.

— Me fala o que você sabe! — vociferou ele.

— Eu não sei de nada!

Ela se agitou na grama, tentando derrubá-lo. Anda, sra. Nelson. Anda, Ash. Venham ajudar. Por favor.

— Eu preciso saber! — O grito dele repuxou os tendões do pescoço, proeminentes e vermelhos.

— Vai à merda — gritou Bel no rosto dele, forçando um joelho contra seu peito. — Você não precisa saber. *Eu* preciso! Por que acha que *você* merece as respostas, cacete?

— Me fala!

— Não!

Um grito. Mas não vinha de Bel, nem de Phillip.

Duas mãos pálidas brotaram da escuridão.

Phillip foi tirado de cima dela, rolando na grama iluminada pela luz da lua.

Bel olhou para cima, a respiração rápida e irregular.

Rachel estava parada ali, contra o céu sem estrelas.

Seus olhos brilhavam, enraivecidos, a boca escancarada com os dentes à mostra. Ela olhou furiosa para Phillip, jogado no chão, e berrou. Um barulho desesperado e terrível, mas Bel não estava mais com medo, não estava sozinha.

— Eu vou te matar! — gritou Rachel. Virou-se, pegando o ancinho do quintal. — Encosta na minha filha pra você ver. Eu te mato, filho da puta! — Ela ergueu o ancinho acima da cabeça, cambaleando na direção de Phillip.

Ela ia mesmo matá-lo.

Rachel tomou impulso, mas Phillip recuou, o ancinho atingindo um de seus tornozelos. Ele gritou. Rachel puxou o objeto de volta e tomou impulso novamente.

Phillip não deu outra brecha para ela. Levantou-se e saiu em disparada pela grama escura, indo até as árvores dos fundos e desaparecendo na noite.

Rachel deixou o ancinho cair.

Bel se sentou.

Os olhos de Rachel se voltaram para ela, sem a fúria, ainda brilhando. Ela correu, caindo de joelhos ao lado de Bel.

— Você está bem? — perguntou ela, segurando as laterais da cabeça da menina com gentileza. — Você está machucada.

Bel olhou para o moletom cinza, manchado com algumas gotas vermelhas.

— O sangue não é meu. Acho que quebrei o nariz dele.

— Você está bem? — repetiu Rachel, e talvez não estivesse se referindo ao sangue, afinal.

— Estou. — A voz de Bel falhou. — Onde você estava?

— Me desculpa. — Rachel puxou Bel para mais perto, os braços ao redor dela, a mão na parte de trás de sua cabeça como se fosse feita para se encaixar ali. E de novo: — Me desculpa.

Bel queria afastá-la, mas também queria ficar assim por mais um tempinho, estava exausta, os tremores aumentando, o calor de Rachel combatendo-os. O corpo de Bel a traiu, esquecendo-se de que devia temer Rachel.

— Era o Phillip Alves — explicou, dando a si mesma um motivo para se afastar. — A polícia te falou sobre ele, né? O cara obcecado por você, pelo seu caso. Ele que me sequestrou quando eu tinha oito anos.

Rachel a observou com atenção. Não havia estrelas no céu, mas elas estavam ali, em seus olhos.

— Não vou deixar ele chegar perto de você de novo, prometo — declarou Rachel. — Minha obrigação é te proteger.

— Você não estava aqui. — A voz de Bel foi diminuindo.

— Preciso ligar pra polícia — falou Rachel, enxugando os olhos. Ela passou a mão pela manga de Bel e se endireitou. — Aí a gente te leva lá pra dentro, tá?

Rachel pegou o celular e o levou até a orelha.

Bel conseguia ouvir o som de espera da chamada, estilhaçando a noite tranquila como seus gritos deviam ter feito.

Um clique.

— Policial Winter? — Rachel se virou, observando os fundos da casa da família. — Aqui é a Rachel Price. É uma emergência. O Phillip Alves estava na nossa casa. Ele atacou a Bel.

— Eu estou bem — avisou Bel ao fundo, levantando-se e tirando a grama molhada das pernas.

— Isso — disse Rachel, respondendo a uma pergunta que Bel não tinha conseguido ouvir. — Isso. — Outra. — Ele fugiu pelo quintal. Mande policiais agora mesmo. Vocês têm que pegar ele.

Rachel se virou, os olhos traçando Bel em meio à escuridão. O brilho amarelo da luz da casa iluminava metade de seu rosto, e a luz cinzenta da lua, a outra. Ela respirou fundo.

— É ele, Dave. Phillip Alves. O cara que você está procurando. O homem que me sequestrou.

TRINTA E OITO

Rachel desligou o motor, tirou a chave da ignição e a segurou como se fosse útil para destrancar alguma outra coisa.

— A gente pode cancelar o jantar de aniversário do seu avô hoje, B-Bel. Depois de ontem à noite...

Bel deu de ombros.

— Não, estou bem — disse, porque não sabia o que devia estar sentindo.

Pensou nos olhos selvagens de Phillip, em sua risada entrecortada. Phillip era o homem que tinha mantido Rachel presa num porão por dezesseis anos e a libertado.

— Acabou — falou Rachel, estendendo a mão para ela, apertando a da garota.

Bel não recuou, estava cansada demais, não sabia no que acreditar. Se tinham descoberto o homem, isso significava que Rachel não estava mentindo sobre nada daquilo? Bel estava errada?

— Vamos lá. — Rachel desceu do carro, Bel fazendo o mesmo do outro lado.

A sra. Nelson estava parada diante da porta aberta, observando, como fizera na noite da véspera, quando a polícia aparecera. Bel tinha acenado com a cabeça para ela. Um pedido de desculpas, uma trégua.

— Bel? — Uma voz soou pela rua.

Era Ash, correndo na direção delas, com um suéter azul-marinho com pássaros brancos.

Bel lançou um olhar para Rachel.

— Vou entrar — avisou Rachel. — Começar a faxina.

Bel esperou até que a porta da frente se fechasse.

Ash foi o primeiro a quebrar o silêncio.

— Eu estava te esperando. Recebi sua mensagem. Desculpa, meu celular estava no silencioso. — Suas sobrancelhas se franziram de preocupação. — O que aconteceu? Você seguiu a Rachel? Aonde ela foi? O que estava fazendo? Alguém disse que a polícia veio até aqui. O que você descobriu?

Bel respirou fundo, sabendo que tinha que explicar tudo e sem saber como. Gesticulou para que ele a seguisse para longe da casa, na direção do cemitério.

— A polícia não estava aqui por causa da Rachel. Estava aqui por causa do Phillip Alves.

— Phillip Alves? — sibilou Ash. — Aquele cara obcecado pelo caso? O que te sequestrou?

— Ele invadiu minha casa quando viu que a Rachel tinha saído. Estava procurando pistas. Mas eu estava em casa. Ele achou que eu sabia alguma coisa sobre a Rachel. Ficou bravo.

Ash mudou de posição, os passos no ritmo dos dela. Quase estendeu a mão para segurar a dela.

— Ele te machucou?

— Podia ter machucado — respondeu Bel. — Se a Rachel não tivesse voltado pra casa a tempo. Ela o ameaçou, e ele fugiu.

— Ela te salvou?

Bel não queria responder àquela pergunta. Rachel não devia nem ter saído de casa, para começo de conversa. E, se não estava mentindo, por que tinha escapulido na calada da noite? As coisas estavam muito confusas. Onde estavam as fronteiras do campo de batalha? Quem estava do lado de quem?

— Não é só isso — disse Bel, em vez de responder à pergunta. — A gente acabou de voltar da delegacia, de prestar depoimento. A Rachel disse que foi ele. Que o Phillip Alves foi o homem que a sequestrou.

Ash parou, encarando-a.

— Foi o Phillip?

— Foi o que a Rachel falou.

As sobrancelhas dele se uniram, franzindo também seu nariz.

— Mas... — Ele estacou. — O Phillip não ficou preso por três anos depois de sequestrar você?

Bel arrastou os pés, raspando os calcanhares na calçada.

— A Rachel disse que por um bom tempo o homem não chegava nem perto para ela ver quem era, mantinha as luzes apagadas e o rosto coberto quando deixava a comida. Pode ter sido outra pessoa e ela não percebeu na hora; um irmão, um amigo.

— Phillip Alves — pronunciou Ash, testando o nome, hesitante, como se aquela informação não se encaixasse.

— A polícia mostrou a foto de Phillip quando ela voltou e perguntou se era o cara. Na época, ela tinha dito que não. Não havia reconhecido até vê-lo pessoalmente, o jeito que se mexia, como respirava.

— Inacreditável — disse Ash. Mas o que ele tinha pretendido dizer com isso? Caminharam pelo cemitério, folhas vermelhas pontilhando a grama. — E agora precisam encontrar o cara?

— Já encontraram. A Polícia Civil pegou ele umas horas depois, andando pela rodovia, na rota 2. Foi preso e está sendo interrogado pelo FBI. Aliás, eu quebrei o nariz dele — acrescentou, para que Ash soubesse que ela não precisava de Rachel, que poderia ter ficado bem sozinha.

— Phillip Alves — repetiu Ash, deixando o nome ali, pairando na frente deles, atravessando-o.

— Por que você continua repetindo o nome dele? — rebateu Bel.

Ele parou de andar.

— É só que... você acredita nela?

O nó se contorceu no estômago de Bel. Ela voltou para uma resposta segura, escondendo-se atrás dela.

— Não faço ideia.

— Mas e aquilo tudo que a gente descobriu? Se a resposta é só que o Phillip Alves, um desconhecido, sequestrou a Rachel, então por que ela pediu aquele dinheiro emprestado para o Julian Tripp logo antes de desaparecer?

— Não faço ideia. — Bel se escondeu ainda mais atrás daquela frase. — Talvez os três mil dólares fossem pra outra coisa? Não pra fugir.

— E a moça da loja de roupas, que a viu em janeiro? Quando comprou a blusa vermelha e a calça jeans preta?

— Sei lá, talvez não fosse a Rachel.

— O que ela estava tão desesperada pra encontrar na casa do seu avô?

— Não faço ideia. Talvez isso nem importe.

E talvez o copo que ela tinha visto no lixo fosse só um copo de café qualquer com um logo de vaca. Não devia ser algo raro.

Ash ficou olhando para Bel como se não estivesse entendendo nada, e talvez Bel também não estivesse. Por que estava defendendo Rachel, tomando partido dela mesmo quando isso parecia errado? Porque a outra opção, se não tinha sido Phillip Alves, era confiar no que o homem havia dito, quem ele achava que tinha levado Rachel depois de ter ficado obcecado pelo caso durante dezesseis anos. O pai teria ido embora de mala e cuia no meio da noite, o pai conversando com um desconhecido sobre seu álibi nos meses que tinham sucedido o desaparecimento de Rachel. Bel podia escolher acreditar em Rachel ou em Phillip Alves, e Rachel era a escolha mais fácil, não doía tanto.

— Phillip Alves — repetiu Ash.

— Para de falar desse jeito.

— Foi mal. — Ele a encarou sob a sombra da árvore vermelha. — Acho que só pensei que a resposta seria algo mais perto da sua realidade.

Bel inclinou o queixo.

— Mais perto da minha realidade? O que está querendo dizer com isso?

— N-nada. Só parecia que...

— Você está falando do meu pai, não está?

— Não foi isso que eu disse — defendeu-se Ash, as mãos para cima, andando na ponta dos pés no campo minado, ao redor de uma mina que ele mesmo havia detonado.

— Mas foi o que você quis dizer, não foi? — Bel travou a mandíbula, os olhos ficando severos. — Por que isso sempre acontece? Ele tinha a droga de um álibi. — Ela ficou na defensiva, silenciando as hipóteses perturbadas de Phillip. — Tem que ter sido o Phillip. Meu pai não fez nada. Tenho certeza disso, Ash.

Tinha certeza, tinha que acreditar. Estava sozinha no mundo sem ele.

— E talvez eu esteja errada, talvez ele tenha me abandonado mesmo, fugido para o Canadá. Talvez tenha pensado, agora que a Rachel voltou, que as pessoas começariam a achar que ele estava envolvido no desaparecimento dela, do mesmo jeito que você está fazendo. Talvez ele já esperasse que as pessoas fossem acusá-lo de novo, e estava com medo. E agora, quando saírem as notícias sobre a prisão do Phillip, quando finalmente houver uma resposta para o mistério da Rachel Price, talvez ele possa voltar pra casa. Finalmente vai estar livre de pessoas como você.

Charlie Price, um homem marcado para sempre depois que Dave Winter o havia prendido por algo que ele não fez. É, fazia sentido o pai ter ido embora por isso, Bel poderia reorganizar as coisas em sua cabeça para aceitar essa explicação.

— Não foi isso que eu quis dizer, Bel...

— Ele me falou pra ficar longe de você logo antes de desaparecer, sabia? — contou Bel, apelando para um golpe baixo.

Ela já conhecia Ash, e ele a conhecia. E isso significava que ela sabia exatamente como magoá-lo, como atacar.

— Ele me avisou. Disse que você estava me usando para o documentário. Me manipulando sobre a Rachel. É uma surpresa que você não esteja com uma câmera neste momento, seria uma cena e tanto para o seu filminho, hein? O meu nome não está no título, mas eu sou a protagonista, lembra? Ou talvez você só tenha me dito isso pra me manipular. Pra poder impressionar o Ramsey, fazer ele pensar que você não é um completo inútil.

Sentiu os olhos arderem. Não estava funcionando, não do jeito que deveria, porque já era tarde demais; ela o deixara se aproximar demais, e agora isso a estava machucando também.

— Cadê a sua câmera, hein, Ash? — Ela empurrou seu ombro e o cutucou com dois dedos. — Foi só isso que a gente sempre foi, não é, você e eu? Não faz a menor diferença, é inútil. Você vai embora, eu sempre soube que iria embora. Só se importa em fazer um grande filme para o Ramsey, nada além disso. Um documentário empolgante, com reviravoltas, um que fature uma boa grana nas negociações. Qual é, cadê a sua câmera?

— Bel, para. — A voz de Ash falhou, os olhos marejados. — Não é justo. Sei o que você está fazendo...

— Então acabou, tá bom? — Bel sentiu a respiração ficar presa na garganta, as mãos tremendo. — Acabou.

Ela o deixou ali, perto de uma fileira de sepulturas, sob a árvore que sangrava.

Esperou até que Ash não pudesse mais vê-la para enxugar os olhos.

— Comprei um bolo de aniversário. Você acha que ele vai ficar bravo? — perguntou Rachel, mexendo o macarrão com queijo no fogão. — Achei que a gente não ia ter tempo de preparar um.

— Não tem problema. Ele não vai nem lembrar.

Bel olhou para a porta dos fundos enquanto a noite caía, para o próprio reflexo enquanto Phillip puxava seu cabelo para trás, expondo sua garganta.

— Tudo bem aí, Bel? — Rachel parou, colocando sal na panela.

— Aham. — Ela fungou. — Você... você está bem?

Rachel se virou. Parecia surpresa pela pergunta. Pra ser sincera, Bel também estava. Um sorriso surgiu no rosto de Rachel, meio incerto a princípio, até encontrar os olhos de Bel. Uma de cada lado do cômodo, porém a distância não era mais tão grande.

— Aham — disse também. — Estou bem.

Bel assentiu.

— Acho que vou me arrumar. A gente falou pra todo mundo chegar às sete e meia, né?

Rachel conferiu o relógio do forno.

— Faltam vinte minutos. Dá tempo.

Bel subiu as escadas, colocou uma calça jeans e um cardigã e penteou o cabelo. Tinha-o lavado duas vezes desde que Phillip o tocara, quando o sangue dele caíra nos fios dela. Mas Bel ainda estava com a sensação de que estavam sujos.

Colocou a escova de cabelo no parapeito da janela, ao lado do porta-retrato. Ela e o pai sorrindo para a câmera, a mesma foto que ele tinha no chaveiro, no Story Land no aniversário de doze anos dela.

Bel passou o polegar pela foto, vendo o rosto refletido no vidro, a jovem Bel em um lado, o pai no outro. Ele estava desaparecido havia treze dias. Mas no momento, graças a Phillip Alves, tudo ficaria bem, o pai finalmente poderia voltar para casa. Bel estava pronta para isso. Pronta para a paz, para a trégua, para reconstruir tudo outra vez, deixar sua armadura do lado de fora da casa.

Bel e Rachel poderiam estar do mesmo lado, se estivessem do lado do pai também. Como uma família.

Família em primeiro lugar.

Os olhos de Bel desviaram para a mesa de cabeceira. Ela os seguiu, abrindo a gaveta e observado a coleção de coisas roubadas. Percebeu uma coisa ao olhar para as canetas e hidratantes labiais, aquele AirPod inutilizável, a rainha daquele xadrez. Bel não pegava nada havia duas semanas. O nó estava no estômago, mas não tinha pedido para ser alimentado, não houve necessidade disso. Ela devia ter andado distraída, focada demais em Rachel.

Enfiou a mão lá dentro, os dedos se fechando ao redor de algo pequeno e macio. Puxou para fora a meia rosa minúscula, enrolando-a na palma da mão. Bel poderia devolvê-la para Rachel, botá-la de novo onde a encontrara. Era óbvio que a meia significava algo para Rachel. Seria uma oferta de paz. Um primeiro passo.

Bel deu aquele primeiro passo, depois um segundo, saindo do quarto e atravessando o corredor.

Parou na frente da porta fechada do quarto de Rachel. Tentou abrir a maçaneta. Estava destrancada. Na verdade, Bel não tinha ouvido Rachel trancar a fechadura em nenhuma ocasião nas últimas semanas.

Entrou, andando em silêncio para que Rachel não ouvisse lá do térreo. Ela não tinha arrumado a cama, não tivera tempo. Bel foi até a mesa de cabeceira e abriu a gaveta de cima.

A caixa do iPhone ainda estava lá dentro. Um hidratante labial, que rolou em sua direção. Um pacote de lenços de papel.

Bel pegou a meia pequena de bebê e empurrou para o canto mais distante, onde a tinha encontrado.

Mas havia outra coisa ali agora. Escondida nas sombras, o toque frio do metal contra a pele do nó dos dedos de Bel. A garota não conseguiu se conter. Soltou a meia e procurou o pequeno pedaço de metal, tirando-o dali.

Era um anel. Um anel simples de ouro. Uma aliança de casamento. Grande demais para ser de Rachel, tinha que ser de um homem.

Bel trouxe a aliança para mais perto, analisando-a, mudando-a de posição para que refletisse a luz.

Tinha algo gravado no lado de dentro.

23 de julho de 2005.

A data em que os pais tinham se casado.

Era a aliança do pai.

A que ele ainda usava. A que não tirava por nada.

E estava ali, na gaveta de Rachel.

O coração de Bel afundou até o estômago, o nó dando uma mordida nele. *Não, não, não.* Ele não podia ter tirado. Isso significava que...

Nada ia ficar bem. O pai não tinha fugido, Rachel havia feito algo com ele, algo que não poderia ser consertado. Respostas se desenrolaram novamente, aquela última partícula de esperança engolida por inteiro. E um novo sentimento, de que o pai nunca voltaria para casa.

Bel se desfez, seguindo o coração, para baixo, para baixo, para baixo. Encontrando suas próprias minas terrestres, detonando-as de uma vez.

— Rachel! — gritou, incendiando a casa.

Bel saiu do quarto, o anel quente no punho, pegando fogo também.

— Rachel!

Desceu a escada, o trovão de seus pés se transformando em algo pior.

— Mãe!

— Só estou afofando as almofadas — gritou ela de volta.

Bel seguiu a voz pela porta, adentrando a zona de guerra.

— Não sei nem por quê, já que ninguém liga se as almofadas estão afofadas. — Ela sorriu.

— Não dá mais pra mim! — berrou Bel, a voz sacudindo a sala.

Rachel deixou a almofada cair.

— Bel, do quê...?

— Não dá mais! Você está mentindo pra mim! Vem mentindo desde que voltou!

Rachel piscou, boquiaberta.

— Bel, eu...

Bel a interrompeu, avançando sala adentro. Bateu com o anel na mesinha de centro.

— Essa aqui é a aliança do meu pai. — Ela apontou. — Ele não a tirava por nada!

Os olhos de Bel se fixaram nos de Rachel, firmes, prestes a disparar.

— O que foi que você fez com ele, Rachel?

TRINTA E NOVE

Rachel cambaleou para trás, encarando o anel entre as duas.

— Bel — disse com calma, embora os olhos a traíssem. — Eu posso explicar.

— Não! — berrou Bel. — Chega de mentiras!

— Eu não quero mentir pra você — disse Rachel, as mãos para cima, desarmada.

— Então não mente. O que você fez com o meu pai? Cadê ele?!

— Eu não sei — respondeu Rachel, mas Bel conhecia aquele truque bem demais, e explodiu a barreira de Rachel para que não houvesse nada que pudesse lhe servir de esconderijo.

— Você está com a aliança dele. Você o matou, Rachel? Mãe, você matou o meu pai?

Rachel não disse nada, não conseguia mentir tão rápido.

— Ele era o único que nunca ia me abandonar. — A voz de Bel soou rouca e áspera enquanto as lágrimas finalmente surgiam, a caixa toráxica vazia, o coração caindo no abismo sem fim, talvez para sempre. — Todo mundo vai embora. Ele era o único que eu tinha, e você o tirou de mim.

Os olhos de Rachel também se encheram de lágrimas, vendo Bel em ruínas.

— Bel, escuta...

— Não, eu não vou te escutar, você é uma mentirosa!

— Bel.

— O Phillip Alves não te sequestrou, né?! — Ela enxugou as lágrimas, reconstruindo a barricada, cerrando os dentes. — Você nunca nem tinha visto o cara antes de ontem à noite, tinha?

Rachel engoliu em seco.

— Fala logo! — vociferou Bel.

— Não.

Rachel abraçou o próprio corpo, protegendo-se. Mas eram apenas braços, e Bel poderia ultrapassá-los facilmente.

— Mas ele tentou te machucar. Eu entrei em pânico. Não fazia parte do plano, eu só queria te proteger, mantê-lo longe de você. Ninguém encosta na minha filha.

— Então existe um plano? — questionou Bel, sem deixar aquela informação escapar, agarrando-se a ela a todo custo. — Sempre existiu um plano, não existiu? O Phillip Alves não te sequestrou porque ninguém te sequestrou. Onde você estava esse tempo todo?

— Bel, eu não...

— Me fala onde você estava! — Mais uma mina terrestre explodiu. — Você não estava trancada em um porão, então onde estava?!

— Eu não posso te contar! — exclamou Rachel, a explosão de Bel desencadeando a dela, os olhos arregalados. — Eu não posso fazer isso com você!

— Você já fez muito pior! — gritou Bel de volta, mais alto. — Você me abandonou no banco de trás do carro! Eu era só um bebê!

Rachel balançou a cabeça de um lado para o outro, libertando as lágrimas presas em seus olhos.

— Não, Bel. Eu nunca te abando...

— Não mente! — Bel apontou para ela, golpeando o ar. — Você pegou três mil dólares emprestados do Julian Tripp dois dias antes de desaparecer. Você escolheu ir embora!

Rachel deu um passo para trás, o golpe atingindo-a bem no peito, as mãos apertando a ferida.

— Não, não, isso não é...

— É, sim! — Bel se aproximou dela. — Você sabia que não poderia movimentar sua conta pessoal porque todo mundo saberia que você tinha planejado fugir, então pegou dinheiro emprestado com o sr. Tripp. Você me abandonou! Pra onde foi? Comprou uma identidade nova do Bob de Vermont, amigo do Jeff? Foi assim que se escondeu, foi assim que fez parecer que o meu pai tinha feito a mesma coisa? Por que você foi embora? Me conta a verdade!

Rachel estremecia a cada disparo, encolhendo-se, os olhos rápidos e desesperados.

— Não, não, Bel. Por favor.

— Para de dizer *não*, me fala onde você estava!

— Eu não posso! — gritou Rachel, ainda mais forte, chegando perto de Bel. — Eu não posso te contar a verdade! Eu não faria isso com você. Minha obrigação é te proteger. Posso fazer isso sozinha. Fiquei sozinha por um bom tempo, sei como é.

Percebendo que ela estava resoluta, Bel chegou à conclusão de que não conseguiria dissuadi-la, nem mesmo desmoronando na frente dela.

— Por favor, mãe! Me fala onde o meu pai está. O que você fez com ele?

Rachel não disse nada, só balançou a cabeça. Não se importava, importar-se não fazia parte do plano.

— A culpa é minha. — Bel chorou. — Eu sabia desde o começo que você estava mentindo. Devia ter tentado provar antes de você conseguir atingir meu pai. Agora ele se foi e a culpa é minha.

Os olhos de Rachel reluziram, inundados de novas lágrimas.

— Nada disso é culpa sua, Bel! Está ouvindo? Nada mesmo. Me escuta. Tive quinze anos pra imaginar quem você seria quando crescesse, e você é mais perfeita do que qualquer versão que eu pudesse imaginar. — Lágrimas se acumularam no canto de seus lábios. — Nada disso é culpa sua, é de todas as outras pessoas envolvidas, e eu vou te proteger delas.

Bel conseguiu perceber aquele erro por entre as lágrimas. Ergueu o queixo.

— Foram dezesseis anos que você ficou presa, Rachel. Não quinze. Você se perdeu nas próprias mentiras.

A respiração de Rachel estremeceu no peito.

— Eu sinto muito — disse ela.

E isso só piorou as coisas.

— Não sente, não! — exclamou Bel sem desistir da luta interna. A garota chutou a poltrona, que deslizou para trás, fazendo um barulho estridente contra o chão. — Se sentisse, me contaria a verdade. Me conta!

— Não. — A voz de Rachel falhou.

Bel desistiu. Mas, se estava afundando, então Rachel afundaria com ela. Prendeu a respiração enquanto as emoções cresciam dentro dela.

— Eu queria que você tivesse continuado desaparecida! — berrou, as palavras arranhando sua garganta. — Queria que nunca tivesse voltado!

A campainha tocou, ressoando pela casa.

Rachel enxugou o rosto, os olhos sem vida, como se algo tivesse quebrado atrás deles.

— Bel, meu amor... — respondeu ela suavemente, a voz desgastada. — Quer que eu fale pra todo mundo voltar outro dia? A gente não precisa lidar com isso agora.

— Não. — Bel secou as próprias lágrimas na manga, o rosto ardendo e avermelhado. — Não. Eu não quero ficar sozinha nessa casa com você nunca mais.

Ela deixou Rachel para trás, indo em direção à porta da frente e abrindo-a.

Sherry estava parada lá, segurando um prato com um bolo que fizera. Escrito em um glacê azul irregular, estava: *Feliz aniversário de 85 anos!* Carter estava atrás dela nos degraus, Jeff na entrada.

— Tudo bem por aqui? — perguntou Sherry, os olhos arregalados, sondando.

Eles deviam ter ouvido a gritaria, deviam ter entendido tudo pelo rosto de Bel. Carter definitivamente havia conseguido, as sobrancelhas franzidas, um aceno de cabeça curto, perguntando se Bel estava bem daquele jeito secreto que as duas compartilhavam.

— Sim, tudo bem — respondeu Bel, mas outra voz também disse o mesmo.

A de Rachel, parada bem atrás dela. Falando juntas, agora duas mentirosas.

Isso não incomodou Rachel.

— Podem entrar — convidou.

Com todo mundo já presente, o vovô estava na cabeceira da mesa, Yordan ao seu lado. Estavam na cozinha, a mesa expandida, posta para oito lugares. Mas não havia oito pessoas, porque o pai não estava lá. Ninguém sequer o havia mencionado.

Rachel serviu o macarrão com queijo, que fez *pluft* ao cair nos pratos, longos fios de queijo presos na colher.

— Prontinho, Bel, querida. — Ela devolveu o prato, passando a mão pelo ombro da garota antes de seguir em frente.

Bel não entendeu aquilo, nem a suavidade na voz dela. Não deveria estar com raiva? Bel tinha acabado de dizer a pior coisa possível para ela, as duas em extremos opostos do fundo do poço, e ainda assim lá estava Rachel, sendo meiga e gentil.

Rachel devia ser uma mentirosa melhor do que ela pensava. Admitira que havia mentido sobre Phillip Alves, o que significava que tudo o que dissera antes também era questionável, tudo aquilo sobre o desaparecimento e o reaparecimento. Bel tinha pedido a verdade, dera uma última oportunidade a ela, e ainda assim Rachel a recusara. Para o relacionamento delas, aquele era um ponto sem volta, nunca mais seria possível se recuperarem disso, não conseguiriam mais fingir, não daria mais para brincar de casinha nem de mãe e filha. Então o que quer que acontecesse naquela noite, era a última ceia, um encerramento, de certa forma.

— Então foi o Phillip Alves esse tempo todo? — questionou Sherry, o garfo a meio caminho da boca. — Eu sabia que ele era louco quando bateu na nossa casa fingindo ser policial. Fez todo tipo de pergunta bizarra sobre você. E durante esse tempo todo ele sabia exatamente o que tinha acontecido com você, porque era no porão dele que você estava. Que doente. Eu sempre soube, juro... tinha um pressentimento.

Jeff tossiu, os olhos passando de Sherry para Rachel.

— Você deve estar aliviada por tudo isso ter finalmente acabado, né? — perguntou Sherry. — Você também, Bel. Deve ter sido assustador ontem à noite.

— É — disseram Bel e Rachel em uníssono mais uma vez, e aquilo tinha que parar.

— É bom saber toda a verdade. — Bel franziu a testa para Rachel, que estava sentada à sua frente.

Rachel fixou os olhos nos dela.

— É mesmo — concordou Sherry.

Jeff tossiu outra vez, batendo com o punho no peito.

— E se a gente mudasse pra um assunto mais leve? Estamos aqui pra comemorar. Feliz aniversário, pai. — Jeff ergueu a própria cerveja, tomou um longo gole e engoliu quatro vezes.

Vovô nem percebeu, levando o macarrão à boca, um tubinho de cada vez.

Carter estava comendo igualmente devagar, girando o garfo, espetando pedaços de macarrão e depois soltando-os. Talvez a outra metade dos Price também tivesse brigado antes do jantar; Carter estava quieta demais, e o tio Jeff, inquieto demais, já terminando a primeira cerveja.

Sherry não havia percebido nada, ou talvez fosse melhor em esconder o jogo.

— É muito bom saber que agora as coisas podem voltar ao normal. — Sherry lançou ao marido um olhar penetrante, a atenção focada na cerveja vazia. — Aliás, peço desculpas por termos atrasado um pouco. Foi coisa dessa aqui. — Apontou para Carter. — Estava fazendo o dever de casa de ciências. No computador, olhando pra gráficos em vez de se arrumar. Ficou irritada por eu ter arrastado ela de lá. Eu só disse: *bailarina nenhuma precisa aprender biologia, o que você precisa mesmo é aprender a ser pontual.*

— Ah, imagina, não tem problema nenhum — disse Rachel para Carter, não para Sherry. — Também sou péssima em calcular tempo.

Talvez tivesse sido a primeira coisa verdadeira que Rachel falava. Ela era *mesmo* péssima em calcular tempo; por exemplo, tinha dito quinze anos duas vezes quando deveria ter dito dezesseis.

— É verdade — interrompeu Sherry outra vez. — Você não se atrasou para o próprio casamento?

Rachel baixou a cabeça para o prato. Não tinha muita gente com apetite naquela mesa.

— Só dez minutos.

Era bom que Sherry estivesse ali para guiar a conversa, guiar a família. O pai normalmente tinha essa função, quando estava presente. Ninguém o havia mencionado ainda, o oitavo espaço vazio, a aliança enfiada no bolso da calça jeans de Bel.

— Está satisfeita, Bel? — perguntou Rachel, os olhos brilhando de uma forma que não era fácil de fingir.

— Ah... aham — disse Bel, apesar de também quase não ter tocado na comida.

Não entendia como Rachel estava sendo legal com ela. Era só um teatro, uma encenação para todos os outros? Bel tinha dito a coisa mais cruel de todas para ela, para machucá-la da maneira mais profunda possível, um golpe fatal. E Rachel não fora embora, mesmo sabendo que havia sido desmascarada, mesmo que Bel só faltasse ter falado que desejava que ela estivesse morta. Ainda estava ali.

Bel esfregou os olhos com lágrimas já secas. Nunca tivera uma discussão daquele tipo com o pai, nem uma vez sequer na vida. Ele ameaçava sair de casa no primeiro sinal de vozes mais elevadas, ia dirigir. Bel não queria que ele saísse nunca, então cedia, sempre tinha cedido. Jamais falhava. Nunca haviam gritado um com o outro em lados opostos do cômodo daquele jeito, nunca haviam precisado resolver nada. Mas agora Bel não tinha certeza; será que essa forma de agir tinha sido boa ou ruim? Ela tinha mesmo achado bom gritar a plenos pulmões, compartilhar os sentimentos mais profundos e mais obscuros com alguém?

— Para a sobremesa, a gente tem dois bolos. Obrigada, Sherry. — Rachel acenou com a cabeça para ela.

— O meu é de baixa caloria — anunciou Sherry para a mesa, os olhos fixos em Carter.

Carter remexeu na meia-calça que estava vestindo, puxando o material, deixando que batesse de volta nos joelhos.

— Antes de pegar o bolo — disse Rachel, assumindo o controle, lutando contra Sherry —, pensei que a gente podia abrir os presentes.

Sherry fungou.

— Tudo bem, tudo bem. Em geral, a gente abre os presentes depois do bolo, mas você não tinha como saber; perdeu alguns aniversários.

E soltou um arzinho divertido.

Rachel a ignorou, desaparecendo na sala de estar por alguns instantes. Voltou com um presente embrulhado em papel listrado em azul e branco, no formato de um livro de capa dura. Uma fita vermelha amarrada em volta dele.

— Esse aqui é meu e da Bel, Pat — disse ela, inclinando-se na direção do vovô para entregar o presente. Será que ela havia feito aquilo porque sabia que Bel não tivera tempo de comprar um presente para o avô? Estava só sendo legal ou tentando, de alguma forma, comprar uma briga? — Feliz aniversário.

— R-Rachel? — O vovô ergueu o olhar para ela.
— Isso — respondeu, com um sorriso torto.
— Namorada do Charlie.
— Isso aí, Pat — interrompeu Sherry. — Muito bem.
— Deixa eu te ajudar — disse Yordan, soltando a fita.
— Pode deixar, Charlie. — O vovô pegou o pacote de volta.
Puxou os cantos com os dedos ossudos e cheios de manchas, arrancando o papel.
— Um livro. — Girou o presente nas mãos, e Bel reconheceu a capa verde antes mesmo de ver o título.

O ladrão de lembranças. Um dos livros favoritos de Bel, que o vovô costumava ler para ela quando era pequena.

Sherry se inclinou na direção de Jeff.
— Meio sem-noção — sussurrou, num tom em que Bel e Carter conseguissem ouvir. — Dar para um homem com demência um livro que fala sobre um ladrão de lembranças.
— Achei que fosse gostar — disse Rachel, bem alto, sentando-se novamente em seu lugar. — Foi a sra. Nelson, lá da livraria, que recomendou.

Mas a mente de Bel se prendeu a outra coisa, algo que veio à tona em sua mente. Rachel tinha bisbilhotado o quarto de Bel, folheado o exemplar da garota daquele mesmo livro. Bel a pegara no flagra. Rachel dissera que era um de seus preferidos, e Bel não queria admitir que também era um dos dela. Rachel perguntara se alguém tinha lhe dado o livro, o que (agora, pensando nisso) era uma pergunta bem estranha de se fazer. Mas tudo era estranho quando se tratava de Rachel naqueles primeiros dias. Bel contara que o avô costumava ler o livro para ela quando ainda era criança e que Bel tinha comprado o próprio exemplar alguns anos atrás. Então Rachel sabia que o vovô já tinha esse livro, que estava guardado na estante na casa dele, pois Bel havia falado isso para ela. Será que tinha esquecido?

— Que gesto gentil o da Rachel, não é, Pat? — elogiou Yordan.
— Posso ler o livro pra você na sua casa.

O vovô deixou o livro escorregar das mãos como se já tivesse se esquecido dele. Lançou um olhar para Yordan, depois para Jeff.

— Charlie? — disse, em um tom de voz quase acusatório.

— O Charlie não está aqui, pai. — Jeff se remexeu na cadeira. — Lembra? O Charlie foi fazer uma viagem. Logo, logo ele estará de volta.

A aliança do pai abriu um buraco no bolso de Bel, queimando sua pele. Um segredo que ela não compartilhou, mas que também se tornara um fardo que ela precisaria carregar. Que talvez o pai nunca fosse voltar para casa. Um vazio onde antes ficava o coração dela.

— Acha que ele vai voltar? — perguntou Bel para Jeff, observando a reação de Rachel.

Os olhos da mulher não expressavam nada.

— Lógico que vai. — Os olhos de Jeff se arregalaram, as pupilas dilatadas: por causa da cerveja ou da atenção que estava recebendo? — Ele é o cerne dessa família, sempre foi. É ele que une todo mundo.

Dava para considerá-lo o protagonista: Ramsey estava errado. Não era Bel a protagonista, era o pai. Não era?

— Mas, sabe... — continuou Jeff. — Com a Rachel de volta... desculpa, Rachel... as coisas ficaram bem estressantes e aí toda aquela atenção da mídia voltou, óbvio, e acho que ele só precisava dar uma fugidinha.

— Para o Canadá? Sem o passaporte? — pressionou Bel, o olhar passando do tio para Rachel.

— Bom, se a polícia acha que ele foi para o Canadá, não dá pra dizer que não é do feitio dele. — Jeff terminou sua segunda cerveja. — O Charlie às vezes é meio espontâneo. Me deixava maluco. Sabia que ele foi pra Costa Rica quando tinha vinte anos sem falar pra ninguém e ficou sem dar notícias por seis semanas? Faltou ao trabalho no depósito de toras numa época em que as coisas já estavam indo de mal a pior. Papai ficou furioso. — Jeff meneou a cabeça na direção do vovô. — Sei lá, ele te pediu em casamento depois de quanto tempo de namoro, Rachel? Três meses?

Rachel assentiu, nenhuma mudança em sua expressão.

— O que estou querendo dizer com isso é que às vezes o Charlie só vai lá e faz umas coisas, ainda mais quando se trata de ter que lidar com sentimentos. É o jeito dele. Tipo, teve aquela mulher do Taco Bell algumas semanas depois que a Ellen largou ele. Talvez alguém pudesse até pensar que não era do feitio dele, mas Charlie estava sofrendo, dava pra ver. É a mesma coisa com a volta da Rachel. Um monte de emoções intensas e confusas. Acho que ele vai voltar no fim de semana; duas semanas longe de tudo isso parece ser o suficiente. Daí vamos ter outra coisa pra comemorar. — Ele ergueu a garrafa de cerveja num brinde.

Mas Bel não conseguiria brindar a fala do tio, as palavras circulando em sua cabeça, algo que Jeff tinha acabado de falar.

— Que mulher do Taco Bell?

O rosto de Jeff ficou vermelho, largando a garrafa com um baque.

— Acho que você não vai gostar de ouvir essa história, Bel.

— Ah, vou, sim. — Ela precisava ouvir, o nó aumentando, alimentando-se de seu estômago quase vazio. — Que mulher do Taco Bell?

— Eu não...

— Tio Jeff. — Bel cerrou os dentes, mostrando-os para ele.

Jeff passou a mão desajeitada pelo cabelo.

— É que o Charlie estava na fila do Taco Bell. Em North Conway, acho que foi lá que ele falou que estava. Foi umas duas semanas depois de a Ellen ter largado dele. Estava conversando com uma mulher na fila e... desculpa, Rachel... eles foram para um motel na mesma rua e, sabe...

Bel não sabia, mas podia adivinhar como a frase terminava. Mas havia algo mais, algo maior, seu coração batendo forte, esperando que ela descobrisse o que era. Taco Bell, North Conway, umas duas semanas depois de Ellen ter largado ele, porque Bel tinha feito a mulher ir embora, afastado-a. Espera. Era isso. A viagem para o Story Land no aniversário de doze anos. Aquela foto dela e do pai. Tinham parado no Taco Bell no caminho de casa, e...

O nó se torceu, deixando um buraco em forma de faca, Bel sangrando por ele.

O pai havia mentido para ela.

Aquele tempo todo.

Bel tinha dito que ele demorara três horas, um tempo que justificava ela ter feito xixi duas vezes, soluçando no banco de trás como se o mundo tivesse acabado, porque parte dele tinha de fato sido arruinado. Mas o pai garantira que tinham sido quinze minutos, no máximo, que ela só estava sendo boba. Bel havia acreditado nele, tinha reescrito os acontecimentos na própria cabeça, transformando aquela memória numa história engraçada de infância.

Talvez Bel estivesse passando mal, o coração batendo forte, quase na boca.

Porque não era engraçado. Porque aquilo era a única coisa, a única, que o pai devia saber que ela teria medo. Depois de Rachel, depois de Phillip Alves. O banco de trás era um lugar ruim, onde só coisas ruins aconteciam.

Jeff não devia ter nem ideia do que havia acabado de fazer, do que havia acabado de desfazer.

O pai tinha mentido para Bel, traído a filha. Abandonado a garota no banco de trás por horas para transar com a mulher do Taco Bell, abrindo uma cicatriz que nunca se fecharia.

E, se tinha mentido sobre isso, sobre o que mais poderia ter mentido?

QUARENTA

Bel empurrou a cadeira, os pés rangendo no azulejo, dividindo a sala em pedaços. Vovô tapou as orelhas com as mãos.

— Tudo bem aí, Bel? — perguntou Rachel.

Será que ela conseguia ver algo, decifrar a ruína que surgia por trás dos olhos de Bel?

— Estou com sede.

Mas ela não foi até o armário de copos. Abriu o que ficava embaixo da pia, onde guardavam as canecas sobressalentes, não as que usavam diariamente. Seguindo um palpite, uma intuição que sentia bem lá no fundo, o nó agindo como um guia. Sherry começou a falar de si mesma, reivindicando o foco, enquanto Bel se escondia atrás da porta do armário.

A mão da garota procurou lá dentro, afastando fileiras de canecas floridas e estampadas até localizar uma específica. A preferida do pai. A que ela ou Rachel tinham quebrado, que ele havia jogado fora. Bel não se lembrava de ter quebrado, e tinha pedido desculpa por precaução.

Estava ali, escondida lá no fundo. O rosto radiante e a pele castigada do Papai Noel. Inteira. Nunca sequer havia sido quebrada. Bel piscou para garantir que estava vendo direito.

Tinha acreditado porque havia sido o que o pai dissera para ela. Assim como a história do Taco Bell. Assim como todo o resto: ter se esquecido de fechar as latas de lixo, mesmo estando em temporada de ursos-negros e de ela se lembrar de tê-las fechado. De ter deixado as janelas abertas, mesmo sem ter qualquer lembrança disso. As torneiras abertas.

Bel desmoronou, vasculhando as próprias memórias, aquelas que o pai havia obscurecido, tentara mudar. Pensou em todas, retrocedendo nos anos, afastando-se dele, separando as verdadeiras daquelas que só-eram-verdade-porque-o-pai--havia-falado-para-ela.

Quando terminou, totalmente desfeita, reconstruiu-se, assumindo uma nova forma. Então endireitou-se, a caneca pendurada nos dedos.

Rachel também fazia aquelas coisas, foi o que o pai sempre dissera. Ela deixava a porta da frente aberta. O forno ligado, queimava a comida. A ideia de que compartilhava algo com aquela mãe fantasma, de que se parecia com ela de alguma forma, costumava apavorar Bel. Mas agora tinha percebido que nada daquilo havia acontecido na casa, nem uma vez, desde que o pai desaparecera. Porque o que unia todas essas coisas o tempo todo não era Rachel, era o pai. Ele havia mentido para elas, fazendo-as duvidar da própria memória para que precisassem ainda mais dele. E Bel precisara dele, talvez até demais, a segunda voz em sua cabeça, não conseguindo se sentir completa sem ele.

Cacete.

Uma das últimas coisas que o pai lhe dissera havia sido um aviso de que ela estava sendo manipulada. Mas a manipulação vinha de uma pessoa muito mais próxima.

Bel abriu a lata de lixo e jogou a caneca do Papai Noel lá dentro, aonde ela pertencia.

Não se incomodou em dar qualquer outra desculpa, saindo da cozinha, olhos focados no caminho, finalmente sabendo para onde devia ir.

Subiu a escada e foi até o próprio quarto.

Os pais dela eram mentirosos. Rachel não era quem a garota pensava que ela era. Mas o pai também não.

Um pensamento lhe ocorreu, assumindo a voz exaltada de Phillip Alves. *Por que ela faria alguma coisa com ele se ele não tivesse feito algo com ela antes?*

Bel sabia para onde estava indo, os instintos assumindo o controle e a guiando.

Na direção das prateleiras.

A lombada verde de capa dura que conhecia tão bem.

Bel pegou seu exemplar do exato livro que Rachel acabara de presentear o vovô e o folheou, algo ali dentro encarando-a de volta, mas ela não sabia o quê. Só sabia que era importante, um sinal que Rachel havia deixado e que a garota finalmente conseguia enxergar.

Voltou até bem no comecinho, a página com os direitos autorais e as informações da editora, correndo os olhos pela página.

Então encontrou, na metade da folha.

Publicado pela primeira vez em capa dura e e-book em março de 2008.

Ela passou o dedo pela data.

Março de 2008. Depois que Rachel já tinha desaparecido. Um mês depois.

Rachel havia dito para Bel que era um de seus favoritos, mas não podia ter lido antes de desaparecer. O homem não havia deixado que ela tivesse livros no porão, mas Bel sabia que nunca existira um homem, nem um porão. Portanto, a menos que Rachel estivesse mentindo sobre ter lido o livro — e essa não parecia ser a resposta ao mistério —, ela tinha lido aquela história em algum momento durante os dezesseis anos em que estivera desaparecida.

E tinha mais, um longo caminho à frente. Mas não se tratava daquele exemplar que Bel tinha em mãos. Ou do novo lá embaixo, que Rachel tinha embrulhado. Tinha mais a ver com o exemplar na casa do vovô. *Alguém te deu este livro?*

Bel sabia que aquele era o caminho para finalmente solucionar o mistério do que de fato acontecera com Rachel Price.

Mas, para seguir adiante, teria que aceitar o lugar para onde a verdade a conduziria. Que as respostas para o desaparecimento e o reaparecimento de Rachel apontavam para o pai de alguma forma; Bel já sabia disso lá no fundo, de maneira tão tangível quanto o nó no estômago. Tinha rejeitado todas as pistas, deixando-as de lado para encontrar outra alternativa, escondendo-se delas, agarrando-se ao álibi como a resposta para as dúvidas de todo mundo, até as próprias. O que a vovó Susan tinha dito. O que o sr. Tripp tinha dito. O que Phillip Alves tinha dito. A fechadura na porta de Rachel, que ela não trancava desde que o pai havia ido embora.

Bel guardou o livro, olhando para o porta-retrato no parapeito da janela. O aniversário de doze anos. Story Land. O pai radiante, os braços ao redor dela. Ela segurou a moldura e olhou nos olhos do pai.

Quem era aquele homem de verdade? Alguém que deixaria a filha sozinha por três horas no banco de trás, molhada de xixi e com lágrimas nos olhos porque pensara que tinha sido abandonada no mundo outra vez. Bel nunca mais poderia ficar do lado dele, porque ele nunca estivera do dela.

Colocou a foto de volta no lugar, virada para baixo, fazendo o pai desaparecer, e aquela garota triste e sozinha também.

Bel aceitou o destino e se sentiu pronta. Sabia o que tinha que fazer.

Saiu em disparada do quarto e desceu a escada.

Mas não estava sozinha.

Carter estava lá, subindo enquanto Bel descia.

— E aí — disse Carter, baixinho, bloqueando o caminho da prima.

— E aí. — Bel desceu mais três degraus para encontrá-la.

— Você está bem? — Carter a encarou, os olhos refletindo as luzes do teto.

— Tudo certo. E você?

Carter abriu a boca, uma pausa antes de as palavras saírem.

— Posso falar com você sobre uma coisa? — E acrescentou, ao ver a expressão no rosto de Bel: — É importante.

Bel ouviu a dor na voz dela, embora a prima estivesse tentando escondê-la. Conhecia Carter melhor do que a si mesma, porque Bel não tinha feito um bom trabalho em se conhecer.

— Você sabe que sempre pode falar comigo. Mas agora não posso, desculpa. Tenho que fazer uma coisa. Você me ajuda a fugir deles? É importante.

Carter soltou o ar. Não foi um suspiro, foi algo mais profundo.

— Tá — disse em voz baixa, tirando o braço para Bel passar. — Pode deixar comigo.

— Valeu. Te amo.

Bel correu escada abaixo depressa, entrando na sala de estar. Passou pelo sofá, onde Yordan havia colocado a mochila que preparara para o vovô com tudo o que ele poderia precisar enquanto estivesse fora de casa.

Bel enfiou a mão lá dentro. Fraldas geriátricas e lenços umedecidos. Uma muda de roupas limpas. Mais de um frasco de comprimidos. Puxou um deles e analisou. Analgésicos. Não, esse não. Devolveu a embalagem e tentou outra vez. Encontrou um frasco laranja com comprimidos e forçou a vista para ler as palavras no rótulo. *Um comprimido após cada refeição*, era o que dizia. Era isso o que ela estava procurando.

Bel escondeu o frasco na manga usando os dedos bem treinados. Não porque o nó havia dito que era o que devia fazer, mas porque precisava de um motivo para sair dali e ir para a casa do vovô sem que Rachel percebesse.

A chance dela apareceu quando o vovô terminou a fatia de bolo e empurrou o prato para longe.

Bel esperou, desejando que Yordan fosse mais rápido. Ele não sabia, mas estava participando de mais um dos planos de Bel. Ela não falharia dessa vez.

— Vocês estão todos muito quietos hoje — comentou Sherry, o que não ajudou a acabar com o silêncio, foi só uma solução temporária.

Yordan se levantou, pedindo licença, as fatias de bolo no prato ainda intocadas (uma de cada, para ser diplomático), e foi para a sala de estar.

Ficou lá por um minuto inteiro e depois reapareceu na entrada da cozinha.

— Desculpa, não estou conseguindo achar os comprimidos de estômago do Pat. Devo ter deixado em casa. Vou lá pegar rapidinho.

Bel estava pronta. Levantou-se.

— Relaxa, Yordan. Deixa que eu pego, você ainda não terminou de comer o bolo.

— Não. — Yordan sorriu, levantando a mão para recusar. — Esse é o meu trabalho. Fui eu que esqueci.

— Sério mesmo, eu não me incomodo — insistiu ela, reiterando com o olhar. — Pode ficar aqui com o vovô. Eu estava mesmo precisando tomar um ar. Está abafado aqui dentro.

Yordan franziu os lábios. Será que ele desconfiava de alguma coisa?

— Bom, se faz tanta questão...

Bel assentiu.

— Por mim é tranquilo.

Rachel empurrou a cadeira para trás.

— Bel, você não dirige. Talvez eu devesse...

— Eu vou de bicicleta — interrompeu Bel.

Se Rachel chegasse na casa antes de Bel, então talvez a garota nunca descobrisse a verdade. Rachel não queria que ela a encontrasse.

— Volto no máximo em uns vinte minutos. Onde estão os comprimidos, Yordan?

— Devem estar no armário em cima da máquina de café — respondeu ele, retomando seu lugar.

Só que estavam escondidos no bolso de trás de Bel, na verdade. Foi mal, Yordan.

— Eu já volto — anunciou Bel, antes que Rachel pudesse discordar outra vez.

Rachel a observou sair, algo a mais em seus olhos. Nos de Carter também.

Bel acenou, deixando-os novamente em silêncio, e se dirigiu à porta da frente.

Fechou-a ao passar, a brisa fresca da noite brincando com seu cabelo, jogando-o em seu rosto, pinicando seus olhos cansados.

Correu para a garagem, passando pela porta lateral. Ash não estava mais esperando por ela ali, mas a bicicleta velha estava. Era pequena demais, mas daria para o gasto. Empurrou-a noite adentro até a calçada e passou uma perna por cima do selim.

Pegou o celular e o ergueu para que o aparelho reconhecesse seu rosto. Mas isso não aconteceu, talvez por conta da escuridão, ou talvez porque ela tivesse mudado. Bel o desbloqueou com a senha e foi até as mensagens trocadas com Ash.

Eu estava errada, me desculpa, digitou e apertou o botão de enviar. Nunca tinha pedido desculpa, porque nunca quisera ninguém de volta depois de ter afastado a pessoa. *Eu sei como descobrir a verdade. Preciso de você. Me encontra do lado de fora da casa do vovô. Traz a câmera. Chegou a hora.*

Bel colocou os pés nos pedais e partiu, vagando pela rua banhada pela luz da lua, finalmente no caminho certo.

O vento uivava em seus ouvidos como se ele também soubesse o inevitável.

Tudo acabaria naquela noite.

QUARENTA E UM

Rua do vovô. A estrada áspera raspando nas rodas da bicicleta, um rangido que soava como sussurros, incitando-a a seguir em frente.

Não havia postes acesos, apenas o brilho prateado da lua pairando sobre as montanhas escuras. Mas era o bastante. Bel conseguia distinguir uma silhueta do lado de fora da casa. Reconheceu a curva dos ombros de Ash, o aceno desengonçado dele.

O garoto tinha dirigido até ali no carro alugado de Ramsey, e fora assim que chegara antes da garota, que pedalara em disparada.

Bel apertou os freios. Derrapou e pulou da bicicleta, largando-a na grama.

— Oi — cumprimentou Ash, mais um aceno desengonçado, como se o primeiro não tivesse contado.

Bel se aproximou até ele se tornar mais do que um contorno, a câmera apoiada na curva do braço.

— Desculpa — disse ela, o peito apertado, esmagando seu coração. Então ela não o tinha perdido para sempre. — Não quis dizer aquilo de verdade. Só estava tentando... Eu estava errada.

Os olhos de Ash se fixaram nos dela. Ele abriu um sorriso.

— Uau. Bel Price pedindo desculpa. Devia ter ligado a câmera pra gravar esse momento. Ninguém vai acreditar em mim.

Bel soltou o ar pelo nariz, uma risada perdida em algum lugar ali. Aproximou-se ainda mais dele, dando um soquinho em seu braço.

— Saquei. — A respiração de Ash estava quente em seu rosto, aquecendo-o. — Desculpa também. Eu não devia ter dito aquele lance de *mais perto da sua realidade*. Não estava falando do seu pai, mas...

— Não — interrompeu Bel. — Você estava certo. A resposta era mesmo algo mais perto da minha realidade. Não foi o Phillip Alves. Minha mãe acabou de admitir. Disse que não podia me contar a verdade, que não faria isso comigo. Mas sei como descobrir quem foi. E acho que a resposta... — Ela parou de falar, tentando encontrar as palavras, tentando encontrar forças para dizer aquilo em voz alta.

— Bel? — incentivou Ash, a voz suave, ajudando-a a ultrapassar aquela barreira.

— Acho que a resposta tem a ver com o meu pai, de alguma forma. — Fez uma pausa. — Não sei se ele é quem eu achava que fosse. Acho que fui a última a perceber isso.

Ash mordeu o lábio e olhou de soslaio para a casa.

— Por que a gente está aqui, então?

— É onde está a resposta. O que a Rachel estava procurando. Alguma coisa que vai nos levar à verdade. Por isso ela queria vir aqui. Não quer que ninguém descubra a verdade.

— Mas a gente não sabe o que ela...

— Eu sei o que ela estava procurando — interrompeu Bel, olhando para a casa escura.

Uma das três moradias que tinha chamado de lar, parte de sua história, parte da família Price. Mas as casas tinham escondido segredos dela também.

— A Rachel não viu a nossa câmera por acaso. Estava muito bem escondida pra isso. Ela a encontrou porque a gente escondeu exatamente no lugar onde Rachel estava indo procurar. Ela estava indo até a estante, Ash.

Os olhos dele se estreitaram, como se a informação fizesse todo o sentido, e, ao mesmo tempo, nenhum.

— É um livro. — Bel tentou explicar, todas as peças que ela havia juntado se encaixando, o sentimento dentro dela as mantendo unidas ali. — *O ladrão de lembranças*. O vovô lia esse livro para mim. Sempre me disse que era um *livro muito especial*. Era o que ele dizia: *muito especial*. Peguei a Rachel no meu quarto, alguns dias depois de ter voltado, dando uma olhada no meu exemplar. Disse que era um dos preferidos dela, mas ele foi publicado depois que ela já tinha desaparecido. Rachel me perguntou uma coisa também, e não entendi o porquê na época. Perguntou se alguém tinha me dado o livro. Ela estava se referindo ao meu avô, tenho certeza disso. E hoje, de aniversário, ela deu um exemplar novo pra ele, como se fosse uma mensagem, mesmo que ele não consiga se lembrar. Por isso ela queria que o vovô e o Yordan saíssem da casa, por isso foi direto para a estante. Queria aquele livro, aquele exemplar específico do livro.

Ash estava balançando a cabeça, já acompanhando o raciocínio da garota, juntando as peças também.

— Mas por quê?

— Vamos descobrir.

Bel disparou pelos degraus e levantou o sapo de cerâmica pela cabeça gelada.

— Você deveria ligar a câmera. Acho que a gente está prestes a resolver o mistério.

Bel já tinha esperado demais. Tipo, a vida inteira.

— O Yordan e o seu avô saíram? — Ash parou atrás dela, um bipe soando quando apertou o botão de gravar.

— Eles estão na minha casa. — Bel procurou a chave. — Com a Rachel.

Subiu os degraus, o som dos passos ecoando em seu peito. Ela destrancou a porta e a empurrou.

A parede de calor tentou empurrá-la para trás, ressecando seus olhos e irritando sua garganta. Bel resistiu a ela, abrindo caminho, e o calor a envolveu, carregando Ash logo em seguida.

Ele fechou a porta e Bel acendeu a luz, olhando para trás, direto para a câmera. Não estavam mais gravando para pegar Rachel. Gravavam para preservar a verdade, para que a resposta fosse algo tangível, algo que ninguém poderia tirar da garota, diferente da lembrança do dia em que Rachel havia desaparecido. Uma resposta que Bel devia ter visto, mas nunca guardara. Um caminho que a levava de volta até aquela garotinha que era nova demais para entender, nova demais para falar.

Bel entrou na sala de estar, o ar mais abafado ali, mais seco. Um cômodo que acompanhara muitas vidas, décadas e gerações da família Price. Ash estava bem atrás dela, acendendo a luz.

— Pronta? — quis saber ele, os dois encarando o outro lado da sala, na direção da estante de madeira.

Bel finalmente estava pronta.

Os pés dela seguiram o olhar. Pararam diante das prateleiras caóticas, livros colocados tanto na horizontal quanto na vertical. Livros demais, arrumados sem uma ordem específica.

O olhar de Bel percorreu a estante, vasculhou-a, procurando por aquela lombada verde que conhecia tão bem.

O coração da garota disparou e ela soltou um suspiro alto.

Ali estava. *O ladrão de lembranças*, de Audrey Hart. Na segunda prateleira de cima para baixo, no nível dos olhos dela. Apenas a alguns centímetros de onde tinham escondido a câmera.

Bel estendeu a mão para o livro.

Um dedo enganchado na capa, um arrepio passando da lombada do livro para ela, sorrateiro e gélido. Bel puxou o livro, que tombou, separando-se dos companheiros. Arrastou-o para fora da estante, os exemplares deslizando e caindo para preencher o espaço deixado.

Bel olhou para o objeto em suas mãos e o abriu.

Deu uma olhada na folha de rosto. Depois, passou para o primeiro capítulo, e a primeira linha da primeira página era sobre um homem em um mundo inventado, amaldiçoado a nunca criar as próprias lembranças, tendo que roubá-las de outras pessoas após abrir suas cabeças.

— Que troço macabro. — Ash lia por cima dos ombros dela.

Bel folheou o primeiro capítulo, depois o seguinte, os olhos percorrendo as páginas abertas, tão secos que quase conseguia ouvi-los arranhar ao se moverem nas órbitas.

Chegou até a página cem e foi adiante, as páginas soprando uma brisa em seu rosto. Deu uma olhada rápida em cada uma delas até chegar aos agradecimentos.

— Nada — disse Bel, a confusão dando espaço ao desespero, esvaziando-a. — Pensei que...

— O quê?

— Achei que teria uma mensagem ou algo do tipo... sei lá. — Estava quente demais ali; o desespero dela pegou fogo, transformando-se em raiva. Bel fechou o livro com força, juntando as duas metades em um baque. — Era pra ser isso.

A boca de Bel estava aberta, exalando um último fôlego de esperança.

Ash estendeu a mão livre e ajeitou o cabelo dela atrás da orelha.

— Vamos procurar mais uma vez — disse, com gentileza. — Devagar. Você deve ter deixado alguma coisa passar.

Bel inspirou, forçando-se a recuperar o último resquício de esperança. Abriu o livro outra vez no primeiro capítulo e parou ali por um bom tempo. Ash se aproximou, primeiro olhando diretamente para o livro, depois através da câmera. Bel não apenas olhou, mas leu, a voz em sua cabeça pronunciando a primeira frase, a entonação e as pausas iguais às que o vovô costumava fazer.

— Espera — disse Ash, avistando algo no visor enquanto dava zoom.

Mas Bel não conseguia esperar, porque também tinha percebido, lendo a segunda frase, algo saltando aos seus olhos.

Ele não tinha passado, só o agora e o que estava por vir.
— Esse *s*. — Ela o acariciou com a ponta do dedo. — É mais grosso do que as outras letras. Como se alguém tivesse escrito por cima dele.

Um brilho levemente acinzentado revelou-se quando Bel mexeu o livro sob a luz, como se a letra tivesse sido contornada por um lápis, engrossando as bordas, destacando-as, mas só de leve, sem chamar muita atenção para aquilo.

— Bem fraco — confirmou Ash. — Muito sutil. Mas, sim. Parece que alguém contornou o *s*. A menos que seja um erro de impressão.

— Acho que não. Olha... — Bel apontou para a última linha da página.

Eu não me lembro de você.

— O *o* de *lembro* — disse ela, a voz se atropelando enquanto a mente dela avançava, passando para a página seguinte.

Bel forçou a vista. Havia mais letras destacadas, agora que sabia como procurar por elas, escondidas entre as palavras, tão de leve que mal dava para notá-las, a não ser que a pessoa soubesse que se tratava de um *livro especial*.

— Com certeza *tem* uma mensagem aqui!

Apertando o livro contra o peito, Bel correu até a mesinha de centro. Apoiou-o nela, aberto nas duas páginas seguintes.

— Preciso de papel e caneta.

Estalou os dedos e procurou ao redor da sala. Alguma coisa branca chamou sua atenção. A folha de papel no rack, a que tinha a senha do Wi-Fi escrita na letra enorme do pai. Serviria. Bel a agarrou e a virou, o verso em branco a encarando.

— Caneta, caneta, caneta — balbuciou, andando em círculos. — Yordan, onde é que você deixa a droga da caneta?!

Encontrou uma na cozinha, em um potinho ao lado do micro-
-ondas. Voltou correndo e se ajoelhou na frente do livro aberto, Ash acima dela com a câmera, uma mão em seu ombro para acalmá-la, para que soubesse que ele estava ali. Ele a abando-

naria, Bel sempre soube que Ash a abandonaria, mas estava ali naquele momento, e isso também tinha seu valor.

s o

Bel escreveu as duas letras no topo da folha e depois voltou a se concentrar no livro.

*Isso **c**ertamente deve ser o inferno.*

Acrescentou aquele *c*.

*Nã**o** há alternativa.*

Então, aquele *o*.

*Ele pigar**r**eou.*

Aquele *r* duplo.

*Eng**o**liu em seco.*

E aquele *o*.

s o c o r r o

socorro

Bel olhou para Ash, os olhos arregalados procurando os dele, o coração batendo tão forte que pensou que talvez ele pudesse ouvir, talvez pudesse sentir também.

— Continua — incentivou ele, recuperando a voz.

Bel continuou. Encontrou *m e u n o* na outra página.

Passou para as próximas duas páginas, os dedos para cima e para baixo, procurando as letras realçadas.

m e é r a c

Virou para as páginas seguintes, a caneta tentando acompanhar os olhos.

h e l p r i c e

— *Socorro. Meu nome é Rachel Price* — leu Ash em voz alta, organizando as letras confusas em palavras.

Apesar do calor da sala, Bel sentiu um calafrio, um nó na garganta, um aperto no coração que já saíra do peito.

Era uma mensagem de Rachel.

E aquele não era o fim dela.

Bel passou para o capítulo dois.

*Ele não conseguia ver **p**or cima da colina.*

p a t r

Ao virar as páginas, a mente se esvaziava, focando apenas nas letras. Uma mensagem do passado, da mãe dela, uma mensagem que Rachel não queria que Bel encontrasse. Passou para a página seguinte e depois para a outra, fileiras de letras se acumulando, sem sentido, mudando sob o olhar de Bel como se estivessem escorregando do papel. Cada vez mais letras em destaque, os olhos já peritos em encontrá-las.

Seguiu fazendo isso até a página quarenta e dois. Não havia nada depois disso, Bel conferiu; o livro todo estava vazio, sem mais marcas de lápis. Escreveu aquele último *a* escondido na palavra *lágrimas* e então voltou a respirar, piscando até sentir que caía em si novamente. Os olhos de Ash estavam semicerrados, passando devagar pelas linhas de letras espalhadas, mas Bel tinha que ser a primeira a ler.

Pegou a caneta de novo, apoiando a ponta na página, abaixo da última linha, e começou a organizar as letras, dividindo-as e agrupando-as até que formassem palavras, reescrevendo a mensagem completa:

Socorro. Meu nome é Rachel Price.
Patrick Price me prendeu
em um caminhão vermelho
no Depósito de Toras Price.
Chame a polícia.

QUARENTA E DOIS

A caneta caiu da mão de Bel, uma linha fantasma serpenteando pela página.

— Meu Deus — sussurrou Ash em algum lugar acima dela.

Algum lugar bem acima, porque Bel sentia que estava caindo, no rastro de seu coração, além da beirada do penhasco dentro de si.

Tinha sido o vovô.

Alguém de fato havia levado Rachel, ela não tinha mentido sobre aquela parte, mas não fora um desconhecido. Tinha sido o vovô. Ele havia tirado Rachel do carro naquele dia frio de fevereiro havia dezesseis anos, abandonando Bel. As portas fechadas, o aquecedor ligado, para a única neta dele não congelar no banco de trás enquanto ele desaparecia com a mãe da menina, a nora dele.

Um nó se alojou na garganta de Bel, pontiagudo e amargo.

— Foi o vovô.

O olhar da garota disparou sobre o nome dele na própria caligrafia, as letras ficando mais pontiagudas, criando espinhos que espetavam seus olhos. Patrick Price. Pat. Vovô. Tatá.

Ela arfou, mas o ar não conseguiu passar pelo nó da garganta. O sr. Tripp dissera à polícia que Bel parecia bem quando ele a encontrou, que estava balbuciando palavras inventadas, o mesmo som sem sentido várias vezes. Bel parou para refletir;

será que naquela época ela estava tentando lhe contar? Será que os sons que fizera na verdade tinham sido: *Tatá, Tatá*?

— Sinto muito, Bel. — Ash passou a mão pelas costas dela, amenizando o calafrio.

Uma lágrima solitária escapou dos olhos ressecados de Bel e caiu na página, na mensagem de Rachel, escondida por todos aqueles anos.

— Depósito de Toras Price — leu Ash em voz alta, uma pergunta na cadência baixa da voz.

— É o depósito do vovô. Fechou muito antes de eu nascer.

— Onde é?

— Aqui mesmo, em Gorham. Caramba. — Bel arranhou o rosto e passou os dedos pelo cabelo. — Ela estava na cidade. Rachel estava sendo mantida em cativeiro bem aqui. Conheço aquele caminhão vermelho. Lá tem uma pilha enorme de equipamentos de serragem antigos, carros e caminhões. A gente costumava ir pro depósito de vez em quando, quando nevava. Tem uma ladeira lá, boa pra andar de trenó. O vovô costumava gritar comigo e com a Carter quando a gente se aproximava demais dos caminhões mais antigos. Dizia que não eram seguros, que a gente tinha que ficar longe deles. — A respiração de Bel vacilou. — Não porque não era seguro, mas porque era onde ele estava mantendo a Rachel. Ela estava logo ali, tão perto da gente, e eu nunca soube.

Ash fechou os olhos e os apertou como se não soubesse o que dizer. Nenhuma palavra poderia caber naquele espaço horrível, as lembranças de Bel sendo reescritas ali.

— Eu nunca soube — disse ela outra vez, um eco silencioso, reverberando em sua cabeça vazia naquele momento.

Olhou para *O ladrão de lembranças* ali, ainda aberto.

— Eu li este livro, exatamente este exemplar. — De certa forma, parecia uma confissão. — O vovô devia estar levando comida pra Rachel, dando livros pra ela passar o tempo. Este livro. — Ela acariciou com um dedo a borda das páginas. — Ela ficou com este exemplar no caminhão vermelho e escondeu uma mensagem dentro. Eu li este livro e nunca a achei, nunca vi nenhuma dessas marcações.

Tinha tocado o mesmo livro, talvez meras semanas ou meses depois de Rachel, seus dedos pequenos nas marcações quase invisíveis deixadas pela mãe.

— A Rachel devia estar tão desesperada. Torcendo para que alguém encontrasse a mensagem. Que o vovô doasse o livro ou que mais alguém o lesse e fosse resgatá-la. Esperou todos esses anos por isso. Podia ter sido eu. Devia ter sido eu. Mas nunca vi. Nunca soube.

Ash ainda não sabia o que dizer.

O ladrão de lembranças. Um livro em que Rachel havia depositado todas as suas esperanças. *Um livro especial.*

Bel desviou a atenção, dirigindo-se novamente à estante.

— A Rachel ficou lá por um tempão. O vovô deve ter dado mais de um livro pra ela ler.

Talvez houvesse mais *livros especiais.*

Ash a seguiu com a câmera enquanto Bel escolhia livros aleatórios, tirando-os da estante.

Jogos Vorazes. Bel passou pelo primeiro capítulo, procurando em meio às palavras. Também estavam ali, as marcações leves a lápis, letras em destaque. *Socorro* inteira na primeira folha. Bel, de olhos arregalados, virou-se para Ash.

— A mensagem da Rachel. Está aqui também.

— Cacete.

Ash posicionou a câmera na mesinha de centro, as lentes apontadas para eles, para gravar tudo. Parou ao lado dela, os ombros roçando os dela, e examinou todos os livros, lombadas e títulos.

Tirou uma brochura da prateleira mais alta, *O circo da noite*, e a abriu, os olhos brilhando ao percorrerem as páginas.

— *So-corro. Meu no-me é Rach...* — Então parou, folheando as dez páginas seguintes. — Está nesse também. A mensagem toda.

Bel largou *Jogos Vorazes* e pegou outros dois livros. Conferiu neles: *Tragam os corpos* e *Entre quatro paredes*. A mensagem estava nos dois, até a parte de chamar a polícia, terminando na página quarenta e seis em um e na quarenta e nove no outro.

Deixou os livros caírem aos seus pés, um estrondo e um farfalhar de páginas, e pegou mais dois.

Ash estava com uma pilha nos braços, olhando para o que estava no topo.

— Neste aqui também — disse ele, deslizando-o para o chão. — E neste.

E no próximo e no seguinte.

As pilhas cresciam aos seus pés, fazendo-os tropeçar enquanto procuravam por mais livros.

Garota exemplar, Estação onze, A metade perdida, A lista de convidados. Todos tinham a mensagem. *Socorro. Meu nome é Rachel Price.*

Ash parou por um instante com o livro que tinha em mãos, indo e voltando, o dedo ainda na página.

— Nesse aqui é diferente. *Socorro, meu nome é Rachel Price. Patrick Price nos prendeu* em vez de *me prendeu.*

— Que livro é esse?

Bel passou por cima da confusão crescente de exemplares, o calcanhar pisando em um, dobrando a lombada.

Ele mostrou para ela.

— Um livro antigo. *À espera de um milagre*, de Stephen King.

Bel encarou a página e encontrou as três letras.

— *Nos?* Você acha que o vovô estava mantendo mais alguém lá?

— Não faço ideia — disse Ash. — É o único livro que encontrei assim. No resto está *me*.

Bel puxou mais livros das prateleiras, procurando as letras realçadas, em busca de qualquer variação. *A Biblioteca da Meia-Noite, Uma vida pequena, Six of crows: Sangue e mentiras* e *A guerra dos tronos.*

— Alguns desses livros são recentes.

Bel deixou *Malibu renasce* cair na pilha crescente, picos e vales de livros deslizando, as prateleiras esvaziando diante de seus olhos.

Ash assentiu, segurando um livro em capa dura, os olhos dançando pela página de créditos.

— Esse foi publicado no ano passado. Janeiro de 2023, é o que está aqui.

Bel estendeu a mão para pegar outro livro, mas se conteve, retraindo os dedos, perdendo-os dentro da manga. O que mais havia para saber?

— Ela ficou lá esse tempo todo, né? — perguntou Bel, a voz não mais do que um sussurro, olhando para a bagunça, a devastação ao redor.

Uma fileira de livros deslizou por cima de outra, numa queda mortal, todos rumo ao chão. O barulho trouxe Bel de volta à realidade. Ela estendeu o braço para impedir que Ash também continuasse, descansando-o no peito do garoto.

Olhou para os livros, respostas para o mistério que estavam ali o tempo todo.

— Li vários deles. Estes exatos exemplares. Ninguém nunca encontrou a mensagem dela. Eu devia ter encontrado.

Talvez Rachel tivesse esperado que fosse a própria filha (a Anna que imaginara) que algum dia encontraria as mensagens, quem a salvaria. Marcando a mesma mensagem em dezenas de livros. Talvez centenas. Centenas de esperanças. Centenas de oportunidades. Uma estante cheia delas, o vovô as guardando ali, dizendo para Bel que eram especiais, mas nunca explicando o motivo. Porque a mãe dela os tinha lido primeiro.

— Me desculpa — sussurrou Bel para os livros, para a mãe.

— Por que este é o favorito dela? — Ash se voltou para *O ladrão de lembranças* e pegou a câmera.

— Talvez tenha sido o primeiro. — Bel se juntou a ele. — Deve ter ficado aqui por mais tempo. A maior esperança dela.

— Cacete — disse Ash, de alguma forma suavizando a palavra. — Que horror. Coitada da Rachel.

A verdade era horrível, mas não era só essa. A resposta era o vovô, e estava bem ali, nas próprias palavras de Rachel, na caligrafia de Bel, mas onde o pai da garota se encaixava naquela história toda?

Só havia um caminho a seguir, o caminho que mais doía.

Bel tomou uma decisão, sabendo em seu âmago que a escolha já tinha sido feita no momento em que lera a mensagem da mãe.

— Preciso ir até lá. Ao depósito de toras. Ao caminhão vermelho. Tenho que ver com meus próprios olhos. Preciso ver o que eles fizeram com ela.

Ash estreitou os olhos.

— Eles?

— O meu pai. — Só dizer aquilo já doía. — Por que ela faria alguma coisa com ele se ele não tivesse feito algo com ela antes?

Quem dissera aquelas palavras havia sido Phillip, mas a essa altura já pertenciam a Bel.

Bel se virou, as mãos vazias, e saiu da sala. Não olhou para trás: nem para a estante meio vazia, nem para o caos no chão, o resultado da busca. Ela não precisava ver mais nada ali.

Ash a seguiu com a câmera até a porta da frente.

Um outro mundo a encontrou do lado de fora, um brilho prateado na silhueta de seus dedos, uma brisa fresca subindo por suas costas, mais um calafrio.

Bel jogou a chave na direção do sapo de cerâmica, sem tempo para voltar e escondê-la. O coração e a mente dela estavam do mesmo lado, dizendo que ela precisava ir até lá, que já estava perto demais do fim.

Olhou para a bicicleta jogada na grama.

— A gente pode ir de carro — ofereceu Ash, decifrando o olhar dela no escuro.

***

Ele deu a partida no motor, os faróis fortes demais, iluminando a casa do vovô, ofuscando o vidro como uma careta acusatória.

— Tem dois jeitos de chegar lá — explicou Bel. — O depósito fica do outro lado do rio. Daqui, é mais rápido ir pela ponte no começo da trilha da montanha. A gente vai ter que largar o carro lá e fazer o resto do caminho a pé.

A ponte pela qual dava para passar de carro ficava do outro lado da cidade. Os dois caminhos levariam à mesma dor, mas um seria mais rápido, e o coração de Bel não tinha tempo para o outro, um anseio violento fechando sua garganta.

— Entra aqui à direita.

Ash entrou na rua principal.

Bel agarrou a câmera, observando a estrada pelo visor enquanto Ash acelerava. Passaram sob um poste de luz bruxuleante, onde a cidade ficava mais estreita e as árvores tomavam conta da paisagem. Bel sentia o sangue pulsando nos ouvidos, ou talvez fosse o rio Androscoggin competindo com eles à direita.

— Estamos perto.

A velha ponte ferroviária que cruzava a estrada, atravessando o rio também, agora só era usada por motos de neve.

— Vai mais devagar.

Passaram por baixo de uma ponte de metal verde enorme com pilares duplos de concreto, a escuridão parecendo ainda mais escura por meio segundo.

— Pode estacionar aqui.

Ash seguiu o comando dela, entrando em um terreno pequeno de cascalho na base da ponte. O carro foi parando aos poucos e Ash estacionou bem em frente à placa que indicava a trilha da montanha.

Bel entregou a câmera para ele e saiu do carro, o zumbido nos ouvidos se transformando em um rugido, um barulho que ela não sabia dizer se estava dentro da própria cabeça ou se era o rio logo ali.

Os faróis se apagaram e Bel esperou por Ash na escuridão total, a lua fraca demais para alcançá-la. Ela tirou o celular e ligou a lanterna, um brilho branco fantasmagórico mirando seus pés. Não havia luzes ali, e não haveria mais pelo resto do caminho até o Depósito de Toras Price & Filhos.

Ash saiu do carro e mexeu no visor da câmera.

— Tem um modo de visão noturna. Espera aí, só um instante. Pronto. Agora dá pra enxergar — disse, usando o visor para ver no escuro.

Bel iluminou o caminho até a base da rampa, os passos ocos e metálicos enquanto caminhava no local onde a passarela de pedestres havia sido acrescentada, em um nível inferior na ponte, mais próximo da agitação da água abaixo.

— Tudo bem aí? — perguntou ela a Ash, saindo da parte logo acima do rio.

O barulho metálico produzido por seus pés na ponte, fora de compasso na corridinha que deram, recriava a batida no peito de Bel. Ela balançou a lanterna para iluminar os pés, a estrutura em treliça da ponte confinando-os, prendendo-os.

— Ô cacete. — Ash tropeçou atrás dela. Bel se virou a tempo de vê-lo tropeçar de novo, soltando outro: — Ô cacete.

— Que foi? — sussurrou ela.

— Nada, é só que você fica meio assustadora nesse modo noturno da câmera. Seus olhos têm um brilho verde.

Chegaram na outra ponta, os pés de Bel acelerando conforme a rampa de metal se inclinava para baixo. O rio estava bem atrás deles, posicionados do outro lado, do lado mais selvagem, as árvores se avolumando ao redor. Bel ergueu o celular, os galhos e as folhas dançando ao vento, lançando sombras de pesadelo ao longo do caminho.

— Falta quanto tempo daqui? — perguntou Ash, sem sair de perto dela.

— Dez minutos, se a gente andar rápido. O depósito fica perto do pé da Montanha do Cervo. Por enquanto, é só seguir o rio.

Bel manteve a lanterna nos próprios pés, observando cada passo, a única coisa que impedia a escuridão de engoli-los por completo.

— Este caminho vai dar numa usina elétrica antiga que fica em cima do reservatório.

— Tem ursos aqui? — perguntou ele, virando a câmera para a copa densa das árvores.

— Ash. Estamos em New Hampshire. O que você acha?

— Bacana.

Atravessaram a pequena ponte de concreto por cima do reservatório, mais uma correnteza de água escura que não dava para ver.

— Agora é por aqui.

A estrada fez uma curva à esquerda, afastando-os do rio, contornando a forma enorme de uma montanha. O caminho era irregular, uma estrada de exploração madeireira velha, desgastada por rodas pesadas.

Ash tropeçou e Bel ofereceu a mão, evitando olhar para a câmera para manter seus olhos brilhantes apenas para si mesma.

— Chegamos — disse ela, por fim, iluminando a cerca alta de metal que rodeava o depósito, uma clareira gigantesca entre as árvores, cortando a floresta.

A placa enferrujada dizia: *Propriedade particular. Entrada proibida*. Isso sempre estivera lá ou o vovô só havia colocado quando começara a esconder alguma coisa lá dentro?

Caminharam ao longo da cerca até o portão enorme na frente, uma placa maior ali, letras antigas pintadas, descascadas pela ação do tempo. *Depósito de Toras Price & Filhos*.

Olhando pelo visor da câmera, Ash se aproximou do portão e estendeu a mão para o cadeado grande, uma corrente grossa em torno das grades do meio, trancando-as. Deixou o cadeado balançar para trás com um estrondo que ecoou pelas árvores.

— Como a gente vai fazer pra entrar?

— Tem um buraco na cerca por aqui — respondeu Bel, guiando-o com a lanterna.

Caminharam até depois do portão, onde a cerca de arame estava danificada, o canto inferior se soltando.

Bel a levantou e enfiou a cabeça por ali, e depois a segurou para Ash atravessá-la.

— A gente costumava entrar com os trenós assim — disse ela, depois de se certificar de que ele tinha passado por inteiro.

Mais uma barreira ultrapassada, um mundo do lado de dentro da cerca e outro, diferente, do lado de fora. Tinha sido ali que tudo acontecera, o lugar onde a mãe ficara em cativeiro por todo aquele tempo.

Ash a seguiu, o depósito agora tomado por trechos de grama alta e densa. O terreno era plano até determinado ponto, em que subia em direção ao trecho onde as árvores começavam. Ela e Carter apostavam corrida, arrastando o trenó, saltando nele juntas, acelerando pela neve recém-caída em direção à cerca e ao rio. Será que Rachel tinha conseguido ouvir os gritos das meninas? Elas não tinham ouvido os dela.

— Vem — chamou Bel, deixando de iluminar os pés para focar no caminho à frente, em direção à montanha de entulho na outra extremidade.

Era mais ou menos ali, bem naquele lugar, naquela linha invisível, que o vovô costumava gritar: "Pronto, até aí tá bom, depois fica perigoso. Essas serras podem cortar vocês. Esses caminhões podem cair em cima de vocês. Volta pra cá, Bel."

Mas dessa vez Bel não voltou. Continuou a avançar, esperando pelas formas escuras e enormes dos carros enferrujados, procurando por aquela estrutura usada para puxar toras, tão grande quanto uma girafa, que ela e Carter costumavam chamar de Larry, a distância, atrás daquela linha invisível.

O pé de Bel ficou preso em alguma coisa. A luz da lanterna seguiu seus olhos em direção ao objeto. Era uma lâmina de serra, velha e enferrujada, a grama crescendo no buraco do meio, dentes formando um círculo perfeito.

— A gente vai ter que dar um jeito de abrir caminho por aqui — disse para Ash. — O caminhão vermelho fica no meio de tudo.

Bel seguiu em frente, mas parou quando bateu em uma barreira. Dois carros, sem vidros nem pneus, só a carcaça, para-choque contra para-choque. Ela passou por cima dos capôs, a luz desaparecendo no metal. Subiu no carro e ajudou Ash a ultrapassá-lo.

Mais obstáculos, coisas invisíveis agarrando nas roupas deles no escuro, segurando-os. Uma máquina que Bel não entendia o que era estava interligada por rodas e engrenagens. Era grande demais para escalar, então a contornaram.

Parte de uma serraria; uma lâmina enorme e redonda projetando-se da terra.

— Cuidado — alertou Ash.

Bel estava perdida naquele labirinto de coisas quebradas e enferrujadas. Lâminas, serras, machados e carcaças de metal que um dia haviam sido máquinas.

— Está vendo alguma coisa? — perguntou para ele.

Ash olhou pelo visor, girando a câmera pelos arredores.

— Não tenho certeza — respondeu ele, a voz rouca e cansada. — Dá pra ver um caminhão para lá, mas não sei se é vermelho. O modo de visão noturna não mostra cores.

Bel ergueu a lanterna na direção em que ele apontou a câmera. Forçou a vista, seguindo o feixe de luz.

O caminhão vermelho estava bem ali, a dez metros de distância, apenas uma pilha de pneus entre os dois pontos, separando-os.

Um semirreboque com um contêiner antigo ainda preso à carroceria do caminhão abandonado. A cabine do caminhão e o contêiner, ambos vermelhos, sujos e enferrujados. Mas se destacavam em meio aos tons frios de cinza e marrom de tudo mais que a luz de Bel havia encontrado, o coração no centro da besta de metal.

Ash arfou; também tinha visto.

O fim da jornada deles.

Bel foi até o caminhão, pulando e contornando pneus.

Ash se demorou atrás dela. A garota se virou, uma pergunta nos olhos verdes brilhantes.

— N-não tenho certeza se eu deveria estar filmando isso — gaguejou Ash. — É uma cena de crime. Não parece certo mostrar o lugar onde a Rachel...

Ele parou de falar.

— O Ramsey não ia querer que você gravasse? Para o filme?

Ash balançou a cabeça, apertando os olhos quando Bel iluminou o rosto dele. O garoto parou de gravar e um bipe ecoou pelo labirinto de metal. Então, colocou a câmera debaixo do braço, pegou o celular e acendeu a lanterna. Duas eram melhores do que uma.

— Algumas coisas são mais importantes do que o filme. — Ele apertou a mão dela. — O Ramsey diria a mesma coisa.

— Ash... — Bel começou a falar, mas as palavras morreram antes que pudesse dar vida a elas, os ouvidos da garota atentos a um novo som, trazido pelo vento.

Um grito, abafado e fraco.

E mais outro.

Bel seguiu o som com os olhos, até o caminhão vermelho.

— Tem alguém ali dentro. — Ash ficou de queixo caído.

Mais um grito, abafado dentro do contêiner de metal.

— Tem alguém aí?

Bel sentiu o coração se apertar, subindo até a garganta.

— Cacete — disse ela, pegando a mão de Ash de volta.

Outro grito baixo, que soava como:

— Socorro!

— O que a gente vai fazer? — perguntou Ash, a voz baixa e urgente.

Bel sabia, não precisava dizer. Tinha que continuar. O caminhão vermelho tinha as respostas pelas quais ela tinha esperado a vida toda.

Largou a mão de Ash, passando por entre os pneus, os olhos voltados para o contêiner, as quatro barras de metal e as travas que mantinham as portas fechadas.

Um pneu furado de um lado, dois empilhados atrás, como uma espécie de escada para a parte de trás do contêiner.

Bel subiu no primeiro pneu, depois no outro, apoiando os pés na borracha grossa e os dedos no metal frio.

Outro grito, mais alto agora que ela estava bem do lado de fora, encostando nele.

Bel lançou um olhar para Ash.

Ele era apenas um pontinho de luz flutuando em algum lugar lá embaixo.

— Alguém me ajuda! — O som veio lá de dentro.

Bel respirou fundo, absorvendo a escuridão e se enchendo com ela.

Alcançou a primeira trava, apertando a alavanca de metal com força até a pele arder. Puxou-a para a esquerda, o que fez o metal guinchar, bloqueando os gritos lá de dentro enquanto aquele lado era destrancado.

Agarrou a outra alavanca, girando-a, a barra se soltando, destravando a porta esquerda. Ela rangeu, mostrando uma fenda de escuridão diferente à sua frente.

Bel segurou a trava, puxando a porta para si e a abrindo por completo.

Soube antes de abrir a porta, antes de apontar a lanterna lá para dentro, antes de vê-lo curvado à parede mais distante do contêiner.

Ele estendeu as mãos para bloquear a luz e cobriu o rosto.

— Quem é? — gritou ele, a voz rouca e falhando.

— Sou eu — disse Bel, escondida atrás do feixe de luz de sua lanterna.

— Rachel?

— Sou eu, pai.

Ele baixou as mãos, os olhos arregalados e sombrios, encarando sem enxergar a silhueta dela.

— Bel.

QUARENTA E TRÊS

A claridade dançava pelo interior do contêiner, trazendo-o à vida em feixes de luz e sombras, mexendo-se junto a Bel, que entrava nele.

As paredes e o teto estavam revestidos de um tipo de painel de espuma, um tipo de isolamento. Cobriam o chão também, debaixo dos tapetes e cobertores.

Havia um colchão no canto mais afastado, com travesseiros e mais cobertores. Um vaso sanitário portátil de acampamento ficava do outro lado, com um tanque removível. Um ventilador elétrico, com um cabo enrolado na base. Uma lâmpada também, desconectada. Pilhas de roupas esfarrapadas e toalhas velhas. Tonéis gigantes com garrafas de água potável, algumas vazias. Uma órbita caótica de comida: pacotes, latas e caixas. Um garfo solitário em cima de uma lata aberta de milho doce. Artigos de higiene pessoal, lenços umedecidos, uma caixa de pilhas.

E o pai de Bel, sentado na parede mais distante, entre o banheiro portátil e a cama. Havia uma algema em um dos seus tornozelos, uma corrente que serpenteava ao redor dele, desaparecendo por um buraco pequeno na parede do contêiner, presa em algum lugar lá fora.

— Bel.

Ele se levantou, a corrente fazendo um barulho quando se mexia, desenrolando-se, seguindo-o. Ele só chegou a dois terços do caminho até ela antes que a corrente o impedisse de seguir adiante.

Havia algo escuro em sua mão. Fez um clique. Era uma lanterna muito mais potente que a dela. Ele a apoiou em uma caixa de biscoitos, mirando o teto e iluminando o ambiente.

— É *você* — disse o pai, a voz mais firme, a sombra de uma barba escura no rosto, onde a luz não conseguia alcançar. — Graças a Deus é você, Bel. E não ela. — Mais uma sombra cruzou seus olhos. — Achei que tivesse ouvido vozes. Gente conversando. Tem alguém com você?

— É o Ash. — Ela olhou para trás, procurando por ele.

Ash estava do lado de fora, dando uma olhadinha lá para dentro, demorando para piscar, como se a qualquer momento tudo pudesse desaparecer se ele não ficasse olhando.

— Quem?

— O Ash, da equipe de filmagem — explicou Bel, mais alto, encontrando a própria voz.

A expressão do pai mudou, um olhar estranho e desconhecido tomando conta do rosto, iluminado de baixo para cima.

— Manda ele embora, Bel. Ele precisa ir embora agora.

Bel olhou de um para o outro, presa entre eles.

— Você precisa ir embora daqui — bradou o pai, dirigindo-se a Ash. — Vai embora, está me ouvindo? E não liga pra polícia. Nada de polícia. Isso é um assunto de família.

Ash se virou para Bel.

— Acho que eu não devia te deixar aqui sozinha, não.

— Vai! — O pai apontou com um dedo curvado, a aliança faltando naquela mão.

— Espera. — Bel ergueu o próprio dedo. — Ash, vem comigo.

Ela saiu do contêiner e desceu os degraus feitos de pneus velhos, Ash ao seu lado.

— Bel — sussurrou ele. — Que droga é essa? Eu não vou te deix...

— Posso lidar com isso sozinha. — Ela segurou a mão dele.
— É o meu pai. Eles são meus pais. Minha família. Preciso saber da verdade, de toda a verdade.

Bel não podia se esconder atrás da equipe de filmagem para sempre.

— Não posso deixar você aqui sozinha com ele, o qu...?

— Eu fiquei sozinha com ele minha vida inteira. Meu pai e eu, só nós dois. Ele mentiu pra mim, Ash. Preciso saber o que ele fez, que papel teve nessa história toda. Ele me deve a verdade, pra mim e pra mais ninguém. E não vai falar com você aqui, mas talvez finalmente esteja pronto pra falar comigo.

Ash olhou para o contêiner, brilhando no meio do labirinto de metal.

— Tem certeza?

— Família em primeiro lugar, né? — confirmou ela. O problema era saber quem merecia ser da família, no fim das contas.

— Vou ficar bem. Preciso passar por isso. Você consegue voltar para o carro sozinho?

Ele deslizou os dedos por entre os dela.

— Não é comigo que estou preocupado.

— Não liga pra polícia, Ash — pediu Bel, mas não porque o pai havia mandado.

E, sim, porque Bel precisava da verdade antes de decidir o que fazer com ela. Com a família. Com os pais. Antes de tomar uma decisão.

— Volta para o hotel. Eu te ligo quando tiver terminado. Tá?

Ash não respondeu. Ele a puxou para si, os braços apertados, a câmera presa entre eles. Bel descansou a cabeça no peito do garoto, ouvindo as batidas do coração dele.

— Se cuida — sussurrou ele, os lábios roçando a orelha dela.

— Pode deixar.

O pai estava acorrentado; não poderia fazer nada com ela. E então, outro pensamento surgiu, sobrepondo-se a esse: o pai nunca faria nada com ela de qualquer forma, né?

Os dedos de Ash percorreram o braço dela enquanto o garoto se virava, erguendo o celular a fim de iluminar as formas enormes de serras e carros enferrujados, verificando por onde era possível passar.

Bel o observou desaparecer, o labirinto o engolindo.

Ela respirou fundo a escuridão. Estava pronta, acalmando-se enquanto subia os degraus.

Parou dentro do contêiner, do lado oposto ao pai.

— Ele foi embora.

— E a polícia? — perguntou o pai, a urgência da pergunta se refletindo em seus olhos.

— Ele não vai chamar a polícia.

— Que bom. — Ele se mexeu, a corrente tilintando no processo. — Meu Deus, eu estou tão feliz de ver você, filhota. Não sei como me achou, mas tem que me tirar daqui.

— Pai... — Bel começou a dizer, mas ele a interrompeu.

— Ela é doida. A Rachel — disse ele, cuspindo o nome, os olhos arregalados de pânico. — Ela me trancou aqui no meio da noite, disse que tinha uma coisa pra me mostrar. Me trouxe até o caminhão. Antes que eu pudesse entender o que estava acontecendo, ela colocou essa algema no meu tornozelo. Quanto tempo faz, filhota? Ela trouxe comida e água umas duas vezes, mas não disse por que fez isso, disse que dar qualquer resposta seria uma *gentileza*. Você tem que me ajudar. A Rachel está com a chave daqui. — Ele gesticulou na direção do próprio tornozelo, em carne viva onde o metal tocava a pele. — Talvez você consiga achar um serrote nas tralhas. Me ajuda, filhota.

Bel não se mexeu.

— Foi a Rachel que fez isso? — perguntou, se escondendo por trás de uma máscara de ignorância.

Ela sabia muito mais do que o pai achava que ela sabia.

— Foi — respondeu ele, a voz suplicante. — A Rachel é maluca. Alguma coisa deve ter acontecido quando ela sumiu, ela deve ter enlouquecido. Me trancou aqui sem motivo nenhum.

— Por que ela faria isso com você, te trancaria aqui, se você não tivesse feito algo com ela antes?

Os olhos do pai ficaram arregalados.

— Do que você está falando, filhota? Nunca fiz nada com ela. Isso não faz sentido.

Bel mordeu o lábio.

— Hum... você sabe o que mais não faz sentido?

O pai a encarou.

— Se a Rachel é louca, se ela te trancou aqui sem motivo nenhum, por que você não quer que eu chame a polícia?

Ele deu um passo para trás, os olhos indo de um lado para o outro.

— Porque... — Ele estendeu a palavra, tentando ganhar tempo. — Porque você sabe como os policiais de Gorham são. O Dave Winter provavelmente encontraria um jeito de botar a culpa em mim. Ia querer me prender de novo.

— Talvez ele devesse.

— Do que você está falando, filhota? — perguntou Charlie, a última palavra tão cortante que penetrou a pele dela. — Qual é, você precisa achar um jeito de me tirar dessa algema. Abrir ela à força, cortar a corrente, sei lá. Vai procurar alguma coisa. Agora!

— Não — respondeu Bel, estremecendo ao ver a expressão dele.

Ela nunca tinha dito *não* para o pai desse jeito, sempre cedia, fazia qualquer coisa para deixá-lo feliz, porque todo mundo a abandonava em algum momento. Só que talvez isso nunca tivesse sido verdade, para começo de conversa.

— Não, pai. Me desculpa, mas preciso saber por que a Rachel te trancou aqui.

A boca do homem se abriu e se fechou, o movimento projetando sombras diferentes no teto.

— Eu não sei, filhota. Estou falando a verdade. Sério! Ela deve ter ficado maluca quando sumiu, porque isso...

— Ela não sumiu, pai. A Rachel nunca sumiu. Tinha ficado bem aqui, neste exato caminhão vermelho, neste contêiner. Acorrentada pelo tornozelo. Foi aqui que ela esteve todos esses anos. Bem aqui.

O pai olhou em volta como se estivesse vendo tudo aquilo pela primeira vez. Bel não podia confiar no teatrinho dele, não mais.

— E eu sei quem a manteve aqui. — O olhar de Bel ficou mais severo.

O pai balançou a cabeça, a corrente chacoalhando atrás dele.

— Por que você está olhando pra mim desse jeito? Não fui eu. Não tive nada a ver com isso.

Ele mentia com uma facilidade enorme, com a maior naturalidade do mundo. Talvez porque tivesse passado a vida dela inteira praticando.

— Foi o vovô. — Bel o analisou, procurando qualquer reação que indicasse a verdade. — Foi o vovô que pegou a Rachel. Que a prendeu aqui, neste depósito, neste contêiner. Ele trazia comida e água. Trazia livros pra ela ler pra passar o tempo. Esses anos todos, ela esteve bem aqui. — Bel soltou o ar e um pouco daquela escuridão a deixou. — Você sabia.

— Não! — A voz dele falhou e os olhos se arregalaram ainda mais, novas dobras se formando em sua pele. — Eu não sabia. Juro pra você, filhota. Você tem que acreditar em mim.

— Eu sempre acreditei em você — retrucou Bel, a voz dela quase falhando também. Decidiu construir um novo muro protegendo-a, para que não cedesse. — Você era inocente. Era a única pessoa que realmente se importava comigo, que nunca ia me abandonar. Eu acreditei em você. Defendi você, disse pra todo mundo que estavam errados. Porque você tinha um álibi, não podia ter nada a ver com o desaparecimento da Rachel, né?

— É, isso mesmo. Por favor. Você tem que me tirar daqui.

— E era um álibi quase perfeito, né? — continuou Bel, ignorando a súplica no olhar dele. — Quase funcionou. Você cortando a mão exatamente às duas da tarde. Porque foi nesse horário que combinou com o vovô, a hora em que ele ia sequestrar a Rachel. Seria um corte feio, um desses que precisa de pontos. E, com isso, você estaria no hospital, aparecendo nas câmeras de segurança de lá, com um álibi incontestável para as horas seguintes, pra ninguém poder suspeitar de você.

O pai balançou a cabeça.

— Só que o vovô não pegou a Rachel às duas horas, né? Ele se atrasou porque ela foi para o shopping em Berlin. O vovô não conseguiu raptar a Rachel até ela chegar naquela estrada onde eu fui encontrada dentro do carro. Ele não a sequestrou até as seis da tarde, bem no finalzinho do intervalo do seu álibi perfeito. Daí ele deixou de ser tão perfeito, né? Permitia uma frestinha, alguns minutos a mais, só o suficiente pra dar margem à dúvida... e a polícia aproveitou. — A mão de Bel caiu ao lado do corpo, em alerta. — Ser preso nunca fez parte do seu plano, mas isso acabou acontecendo porque o vovô se atrasou.

— Bel, me escuta.

— Não, me escuta você! Uma pessoa acabou ouvindo a conversa, pai. A sua conversa com o vovô.

A boca dele se contraiu de leve, tarde demais para ele esconder. Queria perguntar quem tinha sido, mas não podia, e os dois sabiam disso.

— Foi você que planejou tudo com o vovô. O desaparecimento da Rachel. Você sabia que ela estava aqui!

— Não! — gritou ele, as mãos tremendo enquanto as mantinha no alto. — Eu não sabia. Não sabia que ela estava aqui!

Então arregalou os olhos, passando-os do rosto dela para o chão, boquiaberto. Não conseguia nem olhar para ela enquanto mentia.

— Sim, você...

— Ele não sabia — disse uma voz atrás de Bel, uma voz tão familiar que quase parecia a dela.

QUARENTA E QUATRO

Bel piscou e Rachel emergiu da escuridão atrás dela, entrando no contêiner. Sem olhar para Charlie, os olhos apenas em Bel. A mão se contorcendo ao seu lado, como se quisesse estendê-la para a garota.

— Ele não sabia — repetiu ela. — Contrariando as expectativas, dessa vez ele está falando a verdade.

Bel posicionou os ombros de forma que não estava virada nem para o pai nem para a mãe, a meio caminho dos dois.

— Como você sabia que eu estava aqui? — perguntou ela.

— Esperei vinte minutos e você não voltou pra casa. Fui de carro até a casa do seu avô pra te procurar e vi os livros jogados no chão. Vi que você encontrou minha mensagem. Eu sabia que você viria até aqui, até o caminhão vermelho. Me desculpa.

Rachel baixou a cabeça por um segundo.

— Não queria que você descobrisse desse jeito. Não queria que você soubesse da verdade, para ser sincera. Estamos falando da sua família, das pessoas que te criaram. Vi o quanto você as ama, e, por mais que doesse em mim, eu não queria te machucar. Queria que você nunca tivesse descoberto.

Era tarde demais para isso.

— Como assim ele está dizendo a verdade? — Bel lançou um olhar para Charlie. — Ele não sabia que você estava aqui?

Rachel não olhou para Charlie, mas decidiu falar sobre ele, falar ao redor dele.

— É verdade. Ele não sabia que eu estava aqui neste caminhão esse tempo todo. Porque achou que eu tinha morrido.

Nesse momento, Rachel o encarou, os olhos em chamas. As correntes chacoalharam quando Charlie recuou, mas ela não tinha acabado.

— Ele achou que eu tinha morrido, porque foi isso que ele mandou o Pat fazer. Esse era o plano. O resto você acertou, Bel. Mas o seu avô não devia ter me sequestrado às duas da tarde naquele dia. Ele devia ter me matado.

O pai emitiu um som baixo e gutural.

— Está surpreso, Charlie? — Rachel jogou aquelas palavras nele, tão mortais quanto o olhar que lançou. — Deve ter sido um choque e tanto quando você me viu na sua cozinha três semanas atrás, depois de ter certeza que eu estava morta fazia dezesseis anos, né? Todo mundo achava que eu havia morrido, mas você era o único que tinha certeza.

Rachel soltou o ar pelo nariz, uma risada enterrada em algum lugar bem lá no fundo.

— Você ficou com uma cara! Achei que fosse ter um ataque do coração. Meio que estava torcendo pra que tivesse.

— Não sei do que você está falando — resmungou Charlie.

— Ah, não tem problema. — Rachel fez um som de reprovação. — Porque acontece que *eu* sei; na verdade, até mais do que você. O Pat me contou tudo. Me explicou cada detalhe pra que eu entendesse que a culpa não era dele. Que, na verdade, ao escolher me manter presa aqui, ele estava *me salvando*. Pat estava muito desesperado pra acreditar nisso. E muito desesperado pra me fazer acreditar nisso também. Que, ao não me matar, ao me deixar aqui, ele tinha me salvado de você.

— Você pediu para o vovô matar ela? — Bel se virou para o pai, quase sem reconhecê-lo. — Por quê? — Eram muitos *porquês*. — Por que o vovô concordaria com isso?

A atenção de Rachel foi de Charlie para Bel, os olhos ficando severos para ele e brilhando para ela.

— Não vai contar pra ela, Charlie?

O pai disparou para a frente, um estrondo quando a corrente resistiu. Ele estremeceu, apertando o peito.

— Nada disso é verdade, Bel. Ela está te manipulando!

— Tá bom, então eu conto.

— Para de falar, Rachel! — gritou ele, o rosto ficando vermelho, um monstro feito de sombras se contorcendo no teto. — Não escuta ela, Bel!

A garota se virava de um para o outro, da esquerda para a direita, da mãe para o pai.

— Ela quer saber a verdade, Charlie. Ela merece. E você nunca vai contar a verdade pra ela.

Rachel se concentrou em Bel, os olhos suaves, os dentes não mais à mostra.

— O seu avô concordou com o plano... pelo menos, até onde o seu pai sabia... porque o Charlie chantageou seu avô.

— Chantageou com o quê? — perguntou Bel.

— Com outro segredo dos Price. Que familiazinha, hein? — comentou Rachel, a boca em uma linha rígida. — Quando seu pai era adolescente, certa noite ele ouviu os pais discutindo. Na noite em que a mãe dele morreu. Ele saiu da cama bem a tempo de ver o Pat empurrar a esposa. A Maria caiu da escada, quebrou o pescoço e teve traumatismos cranianos horríveis. O legista declarou que foi um acidente, concluiu que ela tinha tropeçado e caído porque estava escuro. Foi a história que o Pat contou pra eles. Mas o Charlie sabia que não tinha sido um acidente, que ela havia sido empurrada, que o pai dele matara a própria esposa, de propósito ou não. Mas Charlie nunca contou pra ninguém, nem para o Pat, nem para o Jeff. Guardou esse segredo por décadas, até que viu uma oportunidade para se aproveitar disso. Você deve ter pensado que matar as esposas era uma coisa de família, né, Charlie? — vociferou Rachel na direção dele. Então voltou a falar com Bel. — Charlie disse que, se o Pat não concordasse em me matar, ele iria até a polícia e contaria o que viu naquela noite. Que iria até o fim, testemunharia contra o pai. Que conseguiria até fazer o Jeff acreditar que tinha visto também, e então como o seu avô ia dizer que os dois estavam mentindo? Foi por isso que o Pat concordou com o plano dele. Um bando de covardes.

Os olhos do pai se estreitaram, mirando a nuca de Rachel.

— O Pat me contou que, se não tivesse concordado com o plano, se não tivesse me sequestrado, tinha medo de que o Charlie fosse acabar me matando de qualquer forma, então estava *me salvando* desse destino — continuou Rachel, alheia a Charlie. — Mas, para funcionar, Charlie tinha que acreditar que eu estava morta. E foi o que aconteceu.

A corrente fez barulho quando o pai começou a andar.

— O Charlie ainda agradeceu ao pai depois, dá pra acreditar? Disse que não tinha o menor interesse em saber os detalhes, como tinha sido, onde meu corpo estava, só que aquilo tinha sido resolvido. Ele queria ser capaz de negar tudo caso o interrogassem. Seu avô sempre disse que, se algum dia o Charlie demonstrasse remorso, se ele se arrependesse, ia revelar ao filho o que tinha feito de verdade, que eu ainda estava viva. Que eles dariam um jeito de me levar de volta pra casa. Mas o Charlie nunca disse nada. Ele achou que o pai tinha me matado e nem pensou duas vezes no que eles haviam feito, nunca se arrependeu.

O pai desatou a rir, uma gargalhada entrecortada e sem emoção.

— O que está fazendo, Rachel? A Bel nunca vai acreditar em você. Ela nem te conhece! Bel! Olha pra mim, filhota.

Ela olhou, mas só por um segundo, os olhos dele vermelhos e ferozes, estalactites de saliva penduradas nos dentes. Então se virou para Rachel, o rosto demonstrando a dor que sentia em silêncio.

— Por que ele ia querer te matar? — perguntou Bel, virando a cabeça algumas vezes para observar os dois, já que não conseguia vê-los ao mesmo tempo.

Rachel soltou um suspiro.

— Eu já sabia havia algum tempo que o Charlie ia me matar. Não descobri só quando o Pat me raptou. Eu sabia havia semanas, meses.

— Por quê?

— Você conhece o seu pai — disse ela, não de uma maneira grosseira —, talvez melhor do que eu. Você sabe como as coisas funcionam com ele. Como tudo gira ao redor dele, como está sempre certo. Como controla todo mundo da família, mesmo que ninguém nem perceba. Dá pra ver como todo mundo pede desculpa pra ele, mas que ele nunca pede desculpa porque nunca está errado. Ele achou que podia me controlar também. Eu era nova demais quando me casei, ingênua, e ele era muito mais velho, então devia saber mais das coisas. Mas... virar mãe me mudou, e eu comecei a ver como ele era de verdade. Acho que Charlie percebeu que eu estava me afastando dele, então tentou me trazer de volta. Por meses, ele tentou me fazer pensar que eu tinha ficado doida, assim eu ficaria dependente dele, incapaz de ir embora.

Rachel apertou os olhos.

— *Meu Deus, Rachel, você deixou a porta da frente aberta. Rachel, meu amor, você deixou o forno ligado, a casa podia ter pegado fogo.* Nada disso aconteceu. Eu sabia, mas ele era bom demais nesse jogo, e comecei a duvidar de mim mesma. — Ela lançou um olhar para ele, frio e amargurado. — Mas você cometeu um erro, Charlie, um bem grande. Naquele último Natal. *Rachel, você deixou a Annabel sozinha na banheira, ela podia ter se afogado.* Ele estava te segurando, você estava gritando. Foi quando eu percebi. Eu nunca te esqueceria, você era o meu mundo. Eu sabia que ele era perigoso, que eu tinha que largar o Charlie. Acho que ele percebeu que havia perdido, que eu ia embora, e não conseguiria suportar isso... ah, não. Por isso ele queria me matar. Era a forma mais definitiva de me controlar.

— Até parece! — O pai lutou contra a corrente, batendo o pé livre no assoalho do contêiner e fazendo-o estremecer. — Está escutando o que está dizendo, Rachel? Você precisa de ajuda, sério mesmo. Isso tudo é coisa da sua cabeça. A Bel não acredita em nada disso! Eu a criei para ser inteligente demais pra cair nessa!

Ele tinha mesmo criado Bel, e ela era de fato inteligente, mas o pai estava errado. Bel acreditava em Rachel, porque nunca tinha deixado a porta da frente aberta, nem o lixo destravado durante a temporada de ursos, nunca havia quebrado aquela droga de caneca, e o pai a tinha deixado no estacionamento do Taco Bell por horas, não minutos. Mas ela também era inteligente a ponto de enxergar outras coisas, aquelas que Rachel deixara de fora.

— Então você estava *mesmo* indo embora, não estava? — perguntou Bel. — Você pegou três mil dólares emprestados do Julian Tripp dois dias antes de desaparecer. Estava pensando em usar o dinheiro pra abandonar a gente, pra fugir.

Rachel assentiu, um sorriso triste esticando os cantos da boca.

— É isso aí, Bel. E você é inteligente, e não por causa *dele*. O seu pai já tinha confiscado os meus cartões naquela época. Para o meu próprio bem, foi o que ele disse, porque eu tinha estourado o limite do cartão de crédito e esquecido. O que era mentira. Eu não tinha acesso ao meu dinheiro, e precisava de um pouco se fosse fugir. Eu sabia que ele ia me matar. Não era uma questão de *se*, mas de *quanto tempo* ainda me restava. Achei que eu não teria tempo suficiente pra ver como ia ficar essa história do cartão de crédito, principalmente quando ele fingiu que meu carro estava quebrado pra me isolar ainda mais. Não dava pra esperar. O Julian era meu único amigo; o trabalho era o único lugar onde eu me via livre do Charlie. Eu sabia que, se eu pedisse para o Julian, depois da escola, ele me daria o dinheiro. E ele deu, uns dois dias depois. Três mil dólares. Era o suficiente. E aí o Charlie *consertou* meu carro, e eu sabia que tinha que ir embora naquele dia, antes que fosse tarde demais. Naquele mesmo dia. Quarta-feira, 13 de fevereiro. Você tem razão, Bel. Eu estava fugindo. E ia levar você comigo.

Bel soltou o ar e, com isso, libertou-se do resto da escuridão, um arrepio percorrendo sua coluna, mas não um calafrio; era mais quente. Lá estavam elas. As palavras que Bel esperara a vida toda para ouvir, que nunca soubera até aquele momento. A mãe nunca a tinha abandonado, não escolhera abandoná-la. Bel sempre fizera parte do plano; elas deviam ter ido embora juntas.

Uma lágrima caiu de seus olhos, agarrando-se aos cílios.

Rachel estendeu a mão, acariciando o punho de Bel com o polegar, o arrepio quente passando por ali também.

— Passei semanas planejando, Bel. Tudinho. E, assim que eu consegui o dinheiro, foi hora de partir para a ação. Foi o que aconteceu no shopping, o motivo para eu ter desaparecido duas vezes naquele mesmo dia. A primeira vez foi planejada. O que eu contei pra você é verdade, a maneira como a gente desapareceu no shopping. A lixeira de reciclagem atrás da porta de *Entrada exclusiva para funcionários*. Mas não foi uma coincidência, e não foi porque achei que um stalker estava atrás da gente. Eu vinha frequentando o shopping há semanas, planejando tudo, estudando onde as câmeras ficavam, tentando encontrar um ponto cego perto daquela porta. Que horas as lixeiras eram retiradas todos os dias pela porta lateral, pra onde eram levadas, quanto tempo demorava até a coleta do lixo reciclável, se tinha câmeras por ali. Sabia que, se a gente conseguisse passar por aquela porta, entrasse em uma das lixeiras que ficavam lá dentro e fosse levada pra fora, com o carro estacionado algumas ruas à frente, ninguém nunca saberia o que tinha acontecido. A porta de *Entrada exclusiva para funcionários* não ficava destrancada, então roubei a chave de uma pessoa duas semanas antes. Eu tinha preparado tudo, Bel. E o plano funcionou. A gente desapareceu dentro do shopping sem deixar rastros. Você se comportou tão bem naquela lixeira, como se soubesse o quanto era importante que ninguém nos pegasse. Eu queria que as pessoas achassem que a gente tinha desaparecido perto de casa, um mistério impossível de solucionar para manter todo mundo ocupado. Assim nunca procurariam em outros lugares, e o Charlie nunca saberia para onde a gente tinha ido.

Rachel fez uma pausa para recuperar o fôlego, os olhos ficando sombrios junto com a história.

— Eu não sabia... que era o mesmo dia em que o Charlie e o Pat tinham combinado de pôr em prática o plano deles também. O Charlie cortaria a mão por volta das duas horas pra conseguir um álibi. Era a hora em que o Pat deveria me buscar em casa. O Pat chegou bem a tempo de ver a gente saindo na direção do shopping e aí nos seguiu até Berlin. Estacionou o carro perto do nosso e esperou até a gente voltar. Passamos horas escondidas naquela lixeira, Bel, esperando que ela fosse levada pra fora. Mas o Pat não podia ligar para o Charlie e dizer que havia surgido um imprevisto em relação ao horário. O álibi do Charlie tinha que ser perfeito; não podia haver nada ligando os dois naquela hora, o que significava que um não podia ligar para o outro. Com isso, o Pat ficou esperando. Seguiu a gente quando finalmente voltamos para o carro. Achou que a gente estava indo pra casa, mas estávamos prestes a desaparecer para sempre, a encontrar um novo lar. Foi por isso que eu dirigi pelas estradas secundárias, pra nenhuma câmera captar a nossa placa. Eu não sabia que o Pat estava nos seguindo. A gente estava passando por aquela estradinha tranquila e ele viu uma oportunidade, acelerou e ultrapassou o nosso carro, parando na nossa frente. Tive que jogar o carro no acostamento pra não bater nele. Você ficou bem, Bel. Sempre foi uma garota tão corajosa. Eu saí do carro pra gritar com o motorista. Foi aí que percebi que era o Pat. Perguntei que droga era aquela, falei que podia ter matado a gente. Ele disse que precisava me mostrar uma coisa, que era uma emergência. Eu sabia que nosso plano já tinha ido por água abaixo porque o Pat havia nos visto *depois* de a gente desaparecer. Estava distraída, pensando no que fazer em seguida, então não notei as algemas na mão dele. Pat abriu o porta-malas. Agarrou meus pulsos, me empurrou pra dentro e fechou o bagageiro. Aos gritos, pedi pra ele me deixar sair, chutei... teve um momento terrível em que percebi que tinha deixado você lá com a porta do carro aberta. Estava frio demais. Parei de gritar pra me salvar e comecei a gritar por você, dizendo para o Pat que eu não ligava para o que ele fosse fazer comigo, mas que ele tinha que voltar e fechar a porta pra garantir que você ia ficar bem. Então foi o que ele fez: conferiu se o aquecedor estava ligado e fechou a porta do carro. Ele disse que você olhou para ele, Bel, que você o chamou. Ele te deu uma caixinha de suco e te deixou lá, no banco de trás. Queria que eu soubesse que jamais machucaria a neta dele, prometeu cuidar de você quando eu não pudesse. E depois me trouxe pra cá.

Rachel abriu os braços, gesticulando para a cela improvisada.

Bel encarou tudo aquilo de novo, desde a espuma de isolamento até a corrente ao redor do tornozelo do pai, que desaparecia do lado de fora. O lugar pequeno e escuro onde a mãe morara por todo aquele tempo. Tentou imaginar como Rachel tinha encarado aquele espaço no primeiro dia, os cantos ficando mais pontudos, as sombras mais densas, as paredes se fechando. Como ela tinha sobrevivido àquilo tudo?

Rachel parecia estar ouvindo os pensamentos dela, entendendo a expressão nos olhos da menina, assim como Bel agora entendia a expressão dela.

— O Pat teve mais ou menos uma semana pra montar isso tudo, depois que o Charlie pediu pra ele me matar. Colocou o isolamento. — Apontou para a espuma. — Por causa da temperatura, mas eu sempre achei que era pra ninguém ouvir meus gritos. Ninguém nunca ouviu. — Ela fungou. — A algema me prendia pelo tornozelo. Havia buracos pra ventilação nas paredes e no teto. Ele colocou um gerador nos fundos, passou um cabo pelo buraco da parede. Então eu tinha um aquecedor elétrico para o inverno e um ventilador para o verão. Nossa, o verão era horrível aqui dentro, tão quente que eu mal conseguia me mexer. Eu podia usar uma lâmpada nos meses em que o gerador estivesse ligado, assim eu não precisava viver no escuro. Nos outros meses, eu tinha lanternas, com pilhas que permitiam que ficassem ligadas o tempo todo. Ele costumava aparecer duas vezes por semana com comida, água e qualquer outro suprimento que eu pedisse. Ficava um pouco comigo com a porta aberta; eu sempre pensava que era minha oportunidade de convencê-lo a me deixar ir embora. Acho que quase consegui algumas vezes. Mas ele dizia que isso só poderia acontecer se o Charlie o procurasse e se mostrasse arrependido pelo que tinham feito. Senão, ele dizia que me libertar seria o mesmo que me deixar morrer, porque o próprio Charlie ia me matar. Ele me trazia livros novos mais ou menos a cada duas semanas.

Os olhos de Rachel se fixaram nos de Bel outra vez, ancorando-a no presente, onde não era ela a pessoa acorrentada.

— Mas disso você já sabe, pois encontrou todos eles. Achei que o Pat ia dar esses livros pra um sebo ou então pra você. Não achei que fosse ficar na casa dele esse tempo todo. Ele nunca foi muito de ler.

— Ele lia pra mim — falou Bel, ignorando o nó na garganta. — Os mesmos livros, depois de você ler.

Os olhos de Rachel brilharam outra vez.

— Eu pedia pra ele fazer isso. Achei que, quando você fosse mais velha, talvez visse as marcas, encontrasse a mensagem.

— Desculpa. — Os olhos de Bel cravaram o chão, a culpa pesada demais puxando-os para baixo.

— A culpa não é sua, Bel. — Rachel passou a mão pelo braço da garota, acariciando-o, até que os olhos se voltassem para ela. — Você não sabia. Eu tive que deixar bem sutil, então mal dava pra ver. Sinceramente, não fico surpresa que ninguém tenha encontrado as marcações. Mas não havia outro jeito. O Pat tinha me dado um lápis e um papel pra eu escrever as coisas de que precisava. Aí, quando me trouxe o primeiro livro, só escrevi a mensagem enorme em cima do capítulo um. Mas o Pat folheou o exemplar e encontrou a mensagem logo de cara. Ele me falou que queimou o livro, que não ia me trazer outros se eu tentasse fazer aquilo de novo. Então tive que pensar melhor, esconder uma mensagem que o Pat não conseguisse encontrar, porque sabia que ele ia conferir se tinha alguma sempre que eu devolvesse um livro. *O ladrão de lembranças* foi o segundo que ele me trouxe, o primeiro no qual escondi a mensagem. Eu dizia pra ele que era um livro especial, mas nunca expliquei o porquê. Mesmo que não tenha funcionado, me deu um motivo pra sobreviver, me deu esperança.

Bel sentiu os olhos se encherem de lágrimas também, brilhando da mesma forma que os de Rachel, um pranto represado por todas aquelas oportunidades perdidas, anos estando tão perto, sem nunca saber.

— Então você estava fugindo comigo. Por isso os três mil dólares, por isso a gente desapareceu dentro do shopping... Mas aí o vovô parou a gente no meio do caminho e sequestrou você. Por isso você desapareceu duas vezes; uma foi planejada, mas a outra, não.

Rachel assentiu.

— Qual era o resto do plano? — quis saber Bel. A corrente chacoalhou, fazendo-a pular. Quase tinha se esquecido de que o pai estava ali, observando-as. — Pra onde a gente ia depois do shopping?

Bel precisava saber que vida Rachel havia planejado para elas, qual teria sido o caminho alternativo. Já tinha vivido um deles, a garotinha abandonada no banco de trás do carro, sua vida um mistério para deixar os outros boquiabertos, com medo de ser abandonada de novo, sabendo que era algo inevitável. Bel precisava saber qual teria sido o outro caminho, a outra vida que poderia ter tido, que o pai e o vovô tiraram dela.

— Algumas semanas antes daquele dia — disse Rachel —, antes de o Charlie cortar o acesso que eu tinha ao meu dinheiro, comprei um segundo carro. Um bem barato, sem registro, de um casal que só estava interessado no dinheiro. Estacionei em Randolph, uma rua só com casas de veraneio, ninguém por perto para denunciar um carro parado ali. A ideia era a gente trocar de carro, afundar o antigo no lago Durand. De lá, a gente ia até Vermont, pra uma cidade chamada Barton.

— Onde o Robert Meyer mora — completou Bel, sabendo para onde a história estava se encaminhando, porque ela própria havia vivido uma versão daquele plano nas últimas duas semanas.

— O Bob, amigo do Jeff. — Rachel assentiu. — Sempre que surgia uma oportunidade de mencioná-lo, o Jeff falava dele. Uma vez, ele me contou que o Bob vendia identidades falsas na *deep web*, que não era tão caro quanto se pensava. Jeff não sabia que era o tipo de informação da qual eu iria me lembrar, o quanto eu precisaria dela tempos depois. Peguei o celular e o endereço do Bob do celular do Jeff naquela última semana. Anotei em um pedaço de papel, porque ia abandonar meu celular no carro, no fundo do lago. O papel era uma das únicas coisas que eu tinha no bolso quando Pat me sequestrou. Isso e os três mil dólares do Julian. Pat nunca encontrou o dinheiro, eu escondi. Mas aquele pedaço de papel... fiquei olhando pra ele várias vezes, vendo como a gente tinha chegado tão perto de ter uma nova vida. Decorei tudo... o celular, o endereço. Até recitava as informações de vez em quando, para me testar. A gente ia aparecer na casa do Bob naquela noite e comprar uma identidade nova pra você e uma pra mim, Bel. Já tínhamos o dinheiro para as duas, e ainda sobraria o bastante pra nos ajudar a recomeçar. De lá, a gente ia pra um aeroporto particular perto da fronteira.

Convenceríamos alguém com um avião pequeno a nos levar para o Canadá. A gente ia ter passaportes novos pra embarcar no avião, para mostrar às autoridades, e ninguém saberia nossa verdadeira identidade. De lá, com nossos novos nomes, a gente iria pra uma cidadezinha chamada Dalhousie, em New Brunswick. Uma cidadezinha com apenas alguns milhares de habitantes, sem muitos turistas. Usei um computador da escola pra pesquisar tudo, assim não haveria nenhuma conexão comigo. O Charlie nunca ia encontrar a gente, ninguém ia. Seria a nossa nova casa. A gente podia ter desaparecido lá. Podia ter sido feliz lá. Uma família.

Bel piscou. As duas poderiam ter sido felizes naquela cidade, uma alternativa que teria doído menos do que aquela que a menina viveu. Rachel só tinha se esquecido de uma coisa: não estava só com o papel com o número do celular de Bob e os três mil dólares quando o vovô a havia sequestrado; também devia estar com a meia de Bel. A rosinha com babados que ela trouxera quando voltara dos mortos.

— Foi por isso que você conseguiu armar tudo — disse Bel. — Convenceu todo mundo de que o meu pai tinha saído do país, fugido com uma nova identidade. Porque era pra esse ser o nosso plano.

— Era pra esse ser o nosso plano — concordo Rachel.

— Espera — balbuciou Charlie, arrastando a corrente, acenando para chamar a atenção de Bel. — Como assim convenceu todo mundo de que eu fugi?

Bel cerrou a mandíbula.

— Você fugiu, comprou uma identidade nova com Robert Meyer, jogou seu passaporte antigo e o celular na lixeira de um aeroporto particular em Vermont e embarcou em um avião de pequeno porte para o Canadá. É onde a polícia acha que você está agora, então não estão mais te procurando.

Bel observou a mudança na expressão dele, no rosto e no olhar, o pânico que não conseguia esconder dela nem de Rachel.

— Não tem ninguém me procurando? — disse ele, a voz desesperada e áspera, quase um grito.

— Eu procurei por você — disse Bel, mas o pai não devia ter ouvido.

— Não tem ninguém me procurando?! — Agora, ele estava gritando, uma onda vermelha de raiva subindo pelo pescoço, chegando até os olhos. — Acham que eu fugi?!

— Bom, você fugiu mesmo. — Rachel parou diante de Bel, o corpo dela funcionando como uma barricada entre os dois.

— Mentirosa! — berrou ele, inclinando-se para a frente, agitando os braços. Charlie não conseguia alcançá-la, a corrente esticada atrás de si. — A Bel sabe que eu nunca...

— Você foi embora no meio da noite, Charlie. Arrumou uma mala e pegou o seu passaporte; eu nem precisei fazer isso por você.

— Vagabunda mentirosa!

Rachel mostrou os dentes para ele em um sorriso cruel.

— Achei que você fosse ter um troço ao me ver voltar dos mortos. Na real, era o que eu queria. Eu, viva, dizendo para o mundo que um desconhecido tinha me sequestrado. Você não podia nem perguntar para o seu pai sobre isso, a outra única pessoa que sabia da verdade, porque ele não consegue mais se lembrar de nada. Aposto que tentou, né? Ficou se perguntando o quanto eu sabia, o que eu ia fazer. Mas, poxa, você só durou uma semana. E foi embora no meio da noite, fugindo antes que pudesse sofrer as consequências. Eu sempre soube que essa era uma possibilidade. — Para Bel, ela disse: — Eu não estava dormindo à noite, já cogitando que isso viesse a acontecer. Saí alguns minutos depois dele e o alcancei antes mesmo de ele chegar à rua principal. Falei pra ele que era hora de eu revelar a verdade, o que realmente tinha acontecido comigo, mas não dava para dizer, eu precisava mostrar pra ele. Eu o trouxe pra cá, mostrei o caminhão. Fingi que tudo o que eu sabia era que o Pat havia me sequestrado, que tinha sido um plano só dele, que o Charlie não devia saber do que o pai era realmente capaz. Vi aquele brilho nos olhos dele... sei como a mente dele funciona; estava tentando achar uma forma de se safar, de botar a culpa toda no próprio pai sem pensar duas vezes. Mostrei pra ele onde ligar o gerador e, quando Charlie não estava olhando, coloquei a algema no tornozelo dele e o prendi. A expressão na cara dele foi impagável quando percebeu que eu sabia de tudo.

— Mentirosa! — bradou Charlie, um fio de saliva escorrendo pelo queixo. — A Bel sabe que eu não iria embora. Você é louca, Rachel! A Bel não acredita em nada disso!

Ela não queria acreditar, seus instintos lutando contra tudo o que estava sendo dito, mas tinha que acreditar. O pai a havia abandonado, e não era só a palavra dele contra a de Rachel, o pai contra a mãe, porque Phillip Alves tinha visto também.

— Bel — chamou o pai, tentando olhar além de Rachel, direto para a menina. — Olha pra mim, filhota. Não dê ouvidos a ela. É uma maluca. Você precisa acreditar em mim. Que prova você tem de que qualquer coisa que ela está falando é verdade?

O coração de Bel a traiu, reagindo à voz dele, pressionando as costelas, tentando chegar até ele. Os olhos dela passando dele para Rachel.

— O dinheiro, pai. Eu descobri sobre os três mil dólares com o sr. Tripp. E encontrei os livros na casa do vovô, a mensagem que Rachel deixou. Foi por causa deles que vim até aqui. E o Phillip Alves; ele viu você saindo de casa naquela noite.

— Você não acha que ela poderia ter armado essas coisas? — A expressão do pai ficou mais gentil. — Ela está te manipulando, filhota. Ela não bate bem da cabeça. A gente precisa ajudar ela, você e eu, tá? Mas você precisa me tirar daqui. Agora.

— Charlie... — começou a dizer Rachel.

— Eu não estou falando com você, estou falando com a minha filha!

— A nossa filha — corrigiu Rachel, uma expressão nova nos olhos, severa e determinada, encarando-o.

— A Rachel está com a chave da algema, Bel. Você precisa me tirar daqui. Estou neste inferno faz duas semanas. Me ajuda, por favor.

— Duas semanas. — Rachel forçou uma risada. — Você passou duas semanas aqui, Charlie. Não faz ideia do que eu passei neste lugar. Tenta ficar por quinze anos!

O pai abriu a boca para responder, mas Bel falou primeiro.

— Quinze anos. — Ela tocou o ombro de Rachel, fazendo-a se virar. — Não é a primeira vez que você diz isso. Mas já se passaram mais de dezesseis anos desde aquele dia. Então você não saiu daqui há três semanas, quando reapareceu?

— Não.

— Quando você saiu?

— No verão passado — explicou Rachel. — Em agosto. Quando seu avô teve o primeiro AVC.

Bel ficou olhando para ela, reescrevendo a história mais uma vez. Não tinha parado para pensar nisso, no que teria acontecido com Rachel quando o vovô fora para o hospital, quando perdera a memória.

— Em geral, ele vinha duas vezes por semana com suprimentos — contou Rachel. — Quando ele não apareceu em uma visita, não fiquei preocupada, achei que só estivesse ocupado. Mas aí ele não veio na vez seguinte. Então comecei a racionar comida e água, só por garantia. Eu não sabia que ele estava no hospital, se recuperando do AVC. Depois de duas semanas, achei que ele tivesse me largado pra morrer aqui, que não conseguia mais continuar fazendo isso, mas não tinha coragem de me matar. A comida estava quase acabando, e a água também. O gerador desligou, sem ninguém pra botar combustível. Sem ventilador, sem luz. Estava tão quente, eu suava muito e não tinha água pra me hidratar. Achei que fosse morrer aqui, sozinha no escuro. Dava pra sentir isso, bem lá no fundo. Eu estava tão desidratada, tão magra, que não precisava mais de uma chave, a algema simplesmente deslizou e passou pelo meu pé. Estava livre pela primeira vez, mas não dava pra abrir a porta, não aqui por dentro.

Os olhos dela estavam pesados, revivendo a cena: sua morte lenta, bem ali.

— Eu tentei de tudo. Tentei construir ferramentas usando latas vazias, o ventilador, qualquer coisa que pudesse forçar a porta. Nada funcionou. Eu ia morrer aqui. Fazia vinte e um dias desde que eu tinha visto o Pat pela última vez. E aí ouvi movimento do lado de fora. Eu estava fraca demais, mas consegui bater uma lanterna na porta, repetidas vezes, pedindo socorro.

Rachel encarou a porta, agora aberta para a noite interminável e escura.

— A porta foi aberta. Eu estava tão acostumada com a escuridão que não consegui ver nada por alguns segundos. Aí ouvi a voz dele, do Pat, perguntando quem eu era. — Rachel balançou a cabeça. — Fiquei sem entender nada, achei que era algum tipo de brincadeira de mau gosto. Ele me perguntou o que eu estava fazendo no depósito dele e quem eu era. Daí percebi que ele não fazia ideia de nada. Não se lembrava de mim e nem de que era *ele* quem estava me prendendo aqui. Cheguei à conclusão de que ele tinha tido um AVC, que o cérebro dele não era mais o mesmo, afetado pela perda de memória. Era a minha chance, eu não iria desperdiçá-la. Não estava mais acorrentada, e a porta continuava aberta. Falei para o seu avô que eu era uma corretora de imóveis e que tinha um cliente interessado em comprar o depósito, mas que sem querer havia ficado presa no caminhão o dia inteiro. Ele disse que sentia muito por isso ter acontecido. Chegou a me pedir desculpas sinceras. Peguei algumas coisas, os três mil dólares, e aí estava livre. Pat até segurou a porta aberta pra eu sair. Pediu pra eu ligar se houvesse alguma oferta de compra para o depósito. Ele não se lembrava de mim. Nem precisei fugir correndo. Eu não teria nem condições para isso, mesmo se quisesse. Só fui embora andando.

A primeira coisa que fiz foi beber água do rio até passar mal.

Vi um carro estacionado no início da trilha, do outro lado da ponte. Havia comida e água, roupas e itens de acampamento lá dentro. Peguei tudo. Fiquei na floresta por alguns dias até conseguir recuperar as forças.

Bel assentiu, as últimas peças se encaixando, todos os rastros e as meias-verdades que tinha descoberto lhe explicando aquele percurso.

— Mas, se você escapou faz uns oito, nove meses — respondeu Bel —, por que não foi pra casa?

A garota mordeu o lábio, deixando uma marca invisível quando o soltou.

— Eu quase voltei. Quase fui direto para a Delegacia de Gorham. Estava tão desesperada pra te rever! Mas me contive. Não queria que acontecesse o mesmo que daquela vez, com a mensagem nos livros. Naquela época, eu tinha me equivocado, e sabia que precisaria ser mais esperta dessa vez. Só tinha uma chance de voltar, e eu queria estar preparada, acertar nisso. Então fui embora da cidade, daqui de New Hampshire. Pintei o cabelo no banheiro de um posto de gasolina, peguei um ônibus, depois outro. Fui parar em uma cidadezinha chamada Millinocket, no Maine. Achei que estava bem longe e que as pessoas não iam me reconhecer daquele jeito, tão magra, com o cabelo pintado. Tinha aqueles três mil dólares pra me ajudar. Aluguei um quarto. Arranjei um emprego como faxineira e recebia em dinheiro vivo. E aí fiz planos. Pesquisei e tentei ser o mais cuidadosa possível. Usei computadores públicos, longe de onde eu estava morando. Encontrei o seu Instagram antigo, Bel. Devo ter ficado olhando para aquela sua foto com a pulseira umas mil vezes. Até mais. Ela me motivava. E eu precisava daquele ânimo porque o seu avô nunca me disse que o seu pai havia sido preso, que ele tinha sido absolvido do meu assassinato pelo júri. Aquilo me deixou aterrorizada; tinham entendido tudo errado, tinham considerado Charlie inocente exatamente pelo que havia feito, ou pelo menos *tentado* fazer.

Eu sabia que nunca poderia contar a verdade para a polícia, não dava pra confiar que a Justiça puniria o Charlie pelo que ele tinha feito. Como ia ser, afinal? Não havia provas de DNA do Charlie que o ligavam às cenas do crime porque ele nunca estivera nelas. E a única testemunha que eu tinha não conseguia se lembrar de nada do que aconteceu, de nada do que o Charlie havia falado pra ele fazer comigo. Nada. A verdade não era o jeito certo de atingir o Charlie, de afastar ele de você. Então, bolei um plano diferente, uma história diferente sobre onde eu estava, e o que ia fazer com quem havia feito aquilo comigo. E tinha mais... outra coisa que eu precisava encontrar antes de voltar. Levou um tempinho. Acabou que estava mais perto de casa do que eu pensava.

— Você está falando das roupas? — questionou Bel. — A blusa vermelha e a calça jeans preta daquela loja em North Conway? Era você, não era, em janeiro?

Algo mudou no olhar de Rachel, que se tornou mais afiado. Ela não parecia brava; era mais como se estivesse orgulhosa. Os planos intricados dela haviam sido bem traçados, e Bel desvendara todos eles, as duas vivendo uma mentira sob o mesmo teto. Tal mãe, tal filha.

— Sim, era eu. Decidi me mudar pra mais perto, fiquei num trailer próximo de Lancaster. Peguei o carro de um vizinho *emprestado* quando ele não estava em casa. Foi lá que comprei aquela blusa vermelha e a calça jeans, procurei por alguma coisa que fosse parecida com a que eu tinha, aí tirei as etiquetas pra polícia não conseguir descobrir a data da compra e as transformei em trapos. O Pat jogou as antigas fora... queimou, na verdade. Me trazia roupas novas todos os anos. Presente de Natal.

Rachel se aproximou da pilha de roupas, o que a deixou ao alcance da corrente de Charlie. Ele não se mexeu, observando-a com atenção conforme ela chutava os tops e blusas velhos, derrubando o montinho de roupas.

— Quando achei que estava pronta, quando chegou a hora, cortei o cabelo e vesti aquelas roupas caindo aos pedaços. Eu tinha passado um tempo fazendo um ferimento novo no tornozelo, pra parecer que havia acabado de escapar da algema. Destruí até o último vestígio que poderia revelar minha presença naquele trailer. Deixei uma ecobag que teria usado para cobrir o rosto na estrada. E andei de volta pra casa. Sei que me confundi com a história algumas vezes, Bel. Foi tão difícil mentir na sua cara, como se você estivesse sendo punida também. Mas percebi que você não ia acreditar se eu te contasse a verdade; você não estava pronta. Essas foram as pessoas que te criaram, você as ama. Percebi que tinha que fazer tudo sozinha, que eu seria a única pessoa a saber da verdade. Quer dizer, seu pai e eu, porque ele tinha que ir embora, óbvio. Mas estou tão feliz por você estar aqui comigo agora. Por eu não estar mais sozinha.

Rachel respirou fundo, e Bel fez o mesmo. E ali estava: a verdade, por completo. Bel estivera certa sobre tudo, porém ainda mais errada. Rachel havia mentido, tinha planejado o desaparecimento e o reaparecimento. Só que de uma maneira que Bel jamais conseguiria imaginar.

— E qual é o seu plano agora, hein, Rachel? — questionou Charlie na direção dela.

— Isso aqui mesmo. — Ela apontou com o queixo, abrindo os braços. — Fazer você passar pela mesma coisa que fez comigo, Charlie. Quinze anos, cinco meses e vinte e cinco dias. Já foram treze dias. Você ainda tem um bom tempo pela frente.

— Cacete, você é maluca!

— Pense nisso como se eu estivesse *te salvando*, Charlie. A única outra opção era te matar.

— Está ouvindo isso, Bel? — Ele se esqueceu de mudar o tom de voz e apagar a chama dos olhos. — Cacete, ela é maluca. Está falando em me matar.

— Você me matou primeiro, *meu amor* — sussurrou Rachel.

— Bel!

— Parem! — Bel ergueu as mãos, ficando entre os pais, parada no meio deles. — Parem com isso!

Rachel ergueu as mãos também, uma centelha de medo nos olhos.

— Cuidado, Bel. Não chega muito perto dele.

Havia medo nos olhos de Charlie também, mas não era do mesmo tipo que Bel via nos olhos da mãe.

— A Rachel está com a chave — disse ele. — A gente pode resolver isso tudo, tá, filhota? Conseguir ajuda pra todo mundo do jeito certo. Mas você vai ter que pegar a chave dela. Precisa me soltar.

Bel se voltou para Rachel, os olhos fixos nos dela, tão parecidos com os seus. Sempre tinha odiado esse fato, sempre desejara ter nascido com os olhos da família Price.

— Bel, pega a chave!

A voz do pai em um ouvido, a da mãe no outro.

— Tá tudo bem, Bel — disse ela com gentileza, uma mão desaparecendo atrás dela, indo na direção do bolso. Então estava de volta, e ela a abriu. Uma chave pequena e prateada repousava na palma de sua mão estendida. — Está bem aqui.

Charlie se debateu na corrente, avançando na direção de Rachel, o deslocamento do ar agitando o cabelo dela.

— Eu não consigo alcançar! — gritou ele. — Pega a chave, Bel. AGORA!

Bel encarou a chave que contrastava com a pele pálida de Rachel. Contraiu os dedos, a respiração pesada do pai em sincronia com a dela.

— Você me contou tudo, né? — perguntou a garota, ainda olhando para a chave. — Sem mais mentiras?

Houve uma contração na boca de Rachel, a verdade em seus olhos.

— Não — respondeu ela. — Tem mais uma coisa. Preciso te contar uma coisa, mas não aqui, não desse jeito. Prometo te contar tudo. Nunca mais vou mentir pra você.

— Bel, pega a chave! — berrou o pai.

Ele colocou a mão pesada no ombro dela, o polegar pressionando seu pescoço descoberto. Deu um empurrão de leve em Bel, que deu um passo em direção à Rachel, saindo do meio.

— Pega a chave, filhota — sussurrou ele, soltando-a.

— Como assim tem mais coisa? — Bel encarou Rachel. — O que você não me contou ainda?

— Ela está tentando te manipular. Para de dar ouvidos. Só pega a chave.

— Eu vou te contar tudo. Mas não aqui. *Ele* não pode saber.

— Cacete, Rachel, cala essa boca! Bel, pega a chave.

Os dedos dele tocaram as costas dela, outro empurrão, deixando-a ainda mais longe do meio, aproximando-a ainda mais de Rachel.

— Pode pegar, se quiser — disse Rachel, uma lágrima caindo, descendo até o canto da boca. — Não vou te impedir. A escolha é sua. Você nunca teve muita escolha na vida, Bel. Agora tem.

Bel olhou por cima do ombro, na direção do pai, e depois se voltou para a mãe.

— Pega, Bel. Anda.

— Está tudo bem, querida — disse Rachel. — Eu vou entender.

Mas o pai não entenderia.

Bel deu um passo à frente.

— Isso aí, filhota, vai. — A voz dele reverberava atrás dela, incitando-a a seguir em frente, o coração de Bel se atirando contra as grades da caixa torácica, ribombando nos dois sentidos e, ao mesmo tempo, em nenhum.

— Tudo bem. — Rachel observou Bel dar mais um passo em sua direção.

— Ela sabe que está tudo bem, para de falar com ela, Rachel! — A voz do pai parecia mais distante agora.

Os olhos de Bel lacrimejaram, mantendo a chave no lugar, na mão de Rachel.

Pegar a chave ou não.

Escolher Charlie ou Rachel. A mãe ou o pai.

As mentiras dela ou as dele.

Os olhos na chave.

Era um lado ou outro, porque Bel não podia escolher os dois. Um não podia coexistir com o outro. Ela já tinha feito aquela escolha antes; com a cabeça, o coração e os instintos. Escolheu o homem que a criara porque eles eram uma equipe, sempre haviam sido. Os dois tinham mentido para ela, a mãe e o pai, e Bel continuava ali, naquela terra de ninguém, entre os dois, perdida, um zumbido nos ouvidos, um fim que cabia a ela escolher.

Então, escolheu.

Bel deu mais um passo, os pés cambaleando.

E o que seria, afinal? A pessoa que ela mais conhecia, que amara por mais tempo, que amara mais, ou a que tinha voltado dos mortos por ela? Uma com quem passara a vida toda, a outra, apenas por três semanas. As dúvidas se confrontavam, passando num looping por trás de seus olhos.

Mas talvez só uma verdade importasse quando se analisava tudo friamente, quando se tirava da equação as lembranças ou o espaço onde elas deveriam estar. Quem tinha escolhido abandoná-la e quem não tinha. Bel desviou a atenção da chave, os olhos sondando os de Rachel, a cor e a forma iguais às dos seus. E então voltou a chave.

Rachel assentiu.

— Você tem que me tirar daqui, filhota. Por favor!

Os cantos borrados, os olhares se cruzando, dividindo a chave em dois. Ela piscou até a visão entrar em foco, porque só havia um caminho a seguir. Ela só poderia escolher um deles.

A.

Mãe.

Ou.

O.

Pai.

O.

Lado
Dele.
Ou.
O.
Dela.
Um.
Ou.
Outro.

Bel escolheu. E escolheu certo desta vez. Com a cabeça, o coração e os instintos.

Aproximou-se de Rachel, os olhos fixos na chave, lacrimejando porque não podia piscar, se piscasse talvez tudo desaparecesse. Bel estendeu a mão, os dedos deslizando pelo ar, um arrepio ao tocar na pele da palma da mão de Rachel. Quente, não fria.

Fechou a mão de Rachel ao redor da chave, formando um punho cerrado. Pele com pele, osso com osso. Segurou-a ali, apertando cada vez mais.

Os olhos nos da mãe.

Ela a tinha escolhido.

— Bel! — berrou o pai.

Ele não conseguia ver.

Bel a soltou, embora algo da garota tenha ficado para trás, dentro na mão fechada de Rachel. Postou-se ao lado da mãe.

— Não, pai — disse, de maneira sombria, encontrando os olhos dele.

— Como assim? — Ele piscou, sem entender. Ela sabia que ele não entenderia. — Larga de ser burra. Pega a chave.

— Eu disse não. — E não pediu desculpa.

— Cacete, o que você está fazendo?! — vociferou ele, recuando, a corrente fazendo barulho. — Você não pode estar falando sério. Tem que me tirar daqui! Ela fez lavagem cerebral em você.

— Eu fiz a minha escolha, Charlie.

O coração de Bel não vacilou, mesmo com a súplica na voz dele. Bel não conhecia aquele homem, não de verdade. Seu coração também não o conhecia. Família em primeiro lugar, mas ele não era mais da família dela. Nunca fora.

— Bel, cacete! Para, você deve estar doida!

— É, devo estar mesmo — disse ela, calando a boca dele, voltando a seus velhos hábitos, o jeito no qual ficara tão boa porque precisara disso para sobreviver.

Ela o afastou.

Charlie ofegou, o ar estava abafado.

— Não, não, não — disse para si mesmo, a voz subindo um tom a cada repetição e ribombando no peito. — Não! — bradou. — Não! — gritou, fios de saliva entre os dentes de cima e os de baixo, uma expressão animalesca nos olhos. — Você não pode me deixar aqui! NÃO PODE!

— Por que não? — retrucou Bel.

Ele a tinha abandonado. Tinha decidido matar Rachel. Tinha escolhido por Bel, aquela garotinha que ainda não falava coisa com coisa, escolhera o caminho que doeria menos para ele, mas que a arruinara. O nó no estômago de Bel não doía tanto desde que ele fora embora.

— Eu estou implorando! — berrou ele, as mãos em frente ao peito. — Vocês não podem me deixar aqui!

Bel encarou a mãe.

Um piscar de olhos, uma mensagem escondida neles. Sim, elas podiam deixá-lo ali. Um novo segredo de família, sombrio só por causa dos anteriores, um segredo que as unia. Mãe e filha. Rachel e Bel. Uma equipe.

— Não!

Charlie soltou um rugido quando pulou na direção delas, a corrente sendo esticada com um estrondo de metal. A mão dele agarrou o ar, os dedos se fechando ao redor da manga de Bel, puxando-a na direção dele e daqueles olhos desesperados e vorazes.

Bel cravou as unhas na pele dele, criando um arranhão profundo. Rachel pisou no pé de Charlie e liberou Bel da mão dele.

Ela abriu um enorme sorriso, os olhos brilhando igual a quando outro homem tentara machucar sua filha.

— Não encosta nela! — Rachel ficou na frente de Bel. — Eu posso tornar a situação ainda pior pra você!

— Não me deixa aqui! — berrou ele, dando golpes vazios no ar, escorregando e caindo de joelhos. — Eu vou te matar, Rachel! Eu devia ter te matado, cacete!

Rachel estendeu a mão e segurou a de Bel. Apertou de leve.

Era hora de irem embora.

— Eu vou te matar, vagabunda!

Bel se virou para a porta aberta, uma moldura preta, a noite vazia lá fora, esperando-as.

Só que a porta não estava vazia.

Uma esfera de luz branca flutuava acima dos pneus. Uma silhueta escura logo atrás dela.

Uma nova voz e olhos brilhando na noite.

— Meu Deus, o que está acontecendo aqui?

QUARENTA E CINCO

O tio Jeff apareceu sob a luz, o chão do contêiner oscilando com o peso dele, afastando-se de Bel e Rachel.

O queixo dele caiu quando viu Charlie ali, de joelhos.

— Charlie? — Ele correu até o irmão. — O que está fazendo aqui? Não devia estar no Canadá? Cacete! O que está acontecendo? — perguntou, os olhos na corrente presa ao tornozelo de Charlie, a atenção vasculhando o quarto improvisado.

— Ai, meu Deus, que bom te ver! — clamou Charlie, chorando, uma mão correndo por trás dos ombros do irmão, apertando-o, os olhos fixos nos dele. — Você tem que me ajudar, Jeff. A Rachel me prendeu aqui já faz duas semanas. Ela é doida. Encheu a cabeça da Bel de minhoca. Elas querem me deixar aqui. Você tem que me ajudar.

— Por que a Rachel...? — Jeff começou a dizer, olhando para Bel e Rachel, juntas, fora do alcance de Charlie.

— A Rachel está com a chave da algema — disse Charlie, com um rosnado gutural, piscando, uma lágrima nos olhos. — Você tem que pegar, Jeff. Pega a chave e me solta.

Jeff se endireitou, ficando de pé ao lado do irmão.

— Eu não estou entendendo nada.

— Você não tem que entender, só pega a chave.

Charlie ficou de pé, a corrente chacoalhando. Se posicionou ombro a ombro com o irmão, apertando-o de novo.

— Rachel — chamou Jeff, se virando para ela, mudando de foco. — É verdade? Por que você faria...?

— Para de fazer perguntas pra ela — vociferou Charlie, empurrando o irmão para a frente, a cabeça por sobre o ombro de Jeff, a voz em seu ouvido. — Só pega a chave. Está na mão dela.

Jeff deu um passo à frente, chegando mais para o meio do contêiner.

— Olha, não sei o que está acontecendo aqui, mas tenho certeza de que a gente pode achar um jeito de resolver a situação. Somos uma família, né?

— Jeff, para — disse Rachel, um tom ríspido na voz, um aviso.

— Desculpa, Rachel. — Jeff piscou para ela. — Mas vou precisar da chave.

Rachel deu um passo para trás, Bel junto com ela, o pé cutucando a cascata de roupas.

— Como você encontrou a gente aqui? — perguntou Bel para ele, para ganhar tempo.

Foi então que os olhos de Jeff pousaram nela, as linhas de expressão se suavizando, como se ele pensasse que estavam seguros ali.

— Você e a Rachel não voltaram para o jantar, então a Sherry ficou lá pra limpar, e a Carter e eu seguimos o Yordan de volta pra casa do papai pra ver aonde todo mundo tinha ido. A gente viu a bagunça. Livros espalhados pelo chão. Pensamos que alguém tivesse invadido a casa. O papai ficou chateado, então o Yordan foi botá-lo na cama, e a Carter e eu começamos a arrumar tudo. Aí vi o bilhete na mesa de centro. *Socorro. Meu nome é Rachel Price* — recitou ele, lançando um olhar rápido para ela. — Mencionava o caminhão vermelho. Então vim direto pra cá. Larguei a Carter arrumando a bagunça. Que maluquice é essa que está acontecendo aqui?

Bel recuou, sentindo que pisava em alguma coisa. Ergueu o pé. Um vislumbre de cor em meio às roupas pretas e cinza que Rachel tinha usado enquanto ficara presa ali. Cor-de-rosa. Uma meia cor-de-rosa minúscula, com babados em cima. A outra meia, *sua* outra meia. Uma peça estava na mesa de cabeceira da mãe e a outra ali, completando o par. Rachel devia estar com as duas quando o vovô a raptou, conseguira levar uma quando escapou. Bel a segurou, igualmente macia, igualmente pequena. Como era possível que ela já tivesse sido tão pequena?

— O que dizia o resto do bilhete? — Rachel encarou Jeff. — O que dizia, Jeff? *Socorro. Meu nome é Rachel Price...*

Jeff tossiu no punho.

— Vai, fala — incentivou Rachel, a voz gentil, mas os olhos muito longe disso. — *Patrick Price...*

— *...me prendeu* — disse Jeff, trêmulo, perdendo o equilíbrio, os pés se arrastando até pararem. — *Em um caminhão vermelho no Depósito de Toras Price.*

Rachel sorriu. Uma curva no cantos dos lábios, uma expressão cruel.

— Mas você já sabia disso, né?

A cor sumiu do rosto de Jeff, ele mordiscou o lábio.

— O quê? — Bel olhou para cima.

Jeff balançou a cabeça.

— Não, eu não sabia. Eu não...

— Mas você sabe, não sabe? Você *sabe*. — Rachel o fez recuar, dando um passo na direção dele. — Vi a maneira como você olha pra gente. Você sabe. A Sherry sabe também? Há quanto tempo você sabe, Jeff? Desde o começo? Como pôde fazer isso comigo?

— Não! — Jeff acenou com as mãos, a voz tensa e nervosa. — Eu nunca soube, juro pra você, Rachel. Foi só quando você voltou que vi como se parecem.

— Mas você não disse nada — retrucou Rachel.

— Do que vocês estão falando? — perguntou Bel.

— Não interessa! — gritou Charlie. — Jeff, a chave!

— Eu não vou te dar essa chave, Jeff. — A voz de Rachel estava sombria e grave, o queixo proeminente. — Você já tirou muito de mim.

— Por favor — implorou Jeff para ela, piscando para afastar as lágrimas.

— Você tem uma dívida comigo. E sabe disso.

— O que você vai fazer? — perguntou Jeff, as lágrimas vencendo, escorrendo pelo rosto dele. — Por favor, não tira ela da gente.

— *Vocês* tiraram ela de mim! — gritou Rachel.

— Do que vocês estão falando? — Os olhos de Bel dardejaram da mãe para o tio, rondando outro segredo, outra mina terrestre. E só havia um nome que cabia ali, naquele lugar, pronto para explodir. — A Carter?

Rachel fechou os olhos.

Jeff escondeu o rosto com as mãos.

Bel olhou para a meia cor-de-rosa minúscula pendurada entre os dedos.

Uma meia de bebê. Aqui. Mas não pertencera à Bel, nunca tinha pertencido.

Bel sentiu-se vazia, soltando o ar até se esvaziar, um som áspero saindo do fundo da garganta.

Cambaleou, batendo na parede do contêiner, apertando a meia contra o peito vazio.

Rachel estendeu a mão para ela.

— Bel, me desculpa. Eu queria contar pra ela primeiro.

Bel tentou falar, mas não conseguiu, porque não conseguia respirar e não conseguia ver em meio a tanta neblina.

— Do que vocês estão falando? — vociferou Charlie. — Jeff?

A mãe tocou na mão dela e sua respiração voltou, rasgando a garganta, enchendo-a, com uma forma diferente mais uma vez. Uma pessoa diferente. Uma irmã.

Ela chorou, encolhendo-se contra a parede, olhando para a mãe.

— Você estava grávida quando desapareceu. Teve um bebê aqui. — Bel entregou a meia rosa minúscula para ela. — A Carter é sua filha — concluiu.

Rachel apertou os olhos, lágrimas escorrendo pelo rosto, uma de cada olho.

— É — disse, baixinho.

Bel enxugou o rosto na manga.

— Como?

— Eu estava grávida de quatro meses e meio quando o Pat me prendeu. Não tinha falado pra ninguém. Muito menos pra *ele*. — Rachel não precisou dizer o nome de Charlie. — Era mais um motivo pra gente fugir, começar uma vida nova antes de ele me matar. Minha barriga não estava aparecendo, mas comecei a usar roupas largas por garantia. O Julian até pensou que eu estivesse perdendo peso. Eu não queria que o bebê nascesse nesta família. A gente tinha que conseguir nossa própria casa. Construir nossa família de três pessoas. Mas aí vim parar aqui.

Ela olhou para trás, verificando se Jeff não tinha se mexido. Ele estava com as mãos no rosto, puxando as bochechas, as partes vermelhas da cavidade dos olhos aparecendo.

— Eu contei para o seu avô que estava grávida no primeiro dia. Acho que ele não acreditou em mim. Não de verdade, até várias semanas terem se passado, quando a barriga começou a aparecer. Mesmo assim, ele não me deixou sair. Pediu pra eu escrever o que ia precisar. Disse que estaria aqui para o parto, que a gente podia fazer isso juntos. Já tínhamos tudo que seria necessário. Fraldas. Roupinhas.

Rachel acariciou a meia rosa com o polegar.

— Seu avô não estava aqui quando ela nasceu. Passei pelo parto sozinha. Achei que fosse morrer, mas lá estava ela, aos berros pra mim. Perfeita. Minha. O único mundo que ela conhecia era o interior deste contêiner. Mas ela tinha a mim, e eu a ela, não estava mais sozinha. A gente estava bem. Eu não deixei o Pat segurá-la, não deixava nem chegar perto.

A respiração de Rachel estremeceu.

— Só fiquei com ela por duas semanas. Nem tinha escolhido um nome ainda. O Pat veio com uma balança, disse que a gente precisava pesá-la, ter certeza de que estava saudável. Só deixei ele se aproximar por um segundo, e ele a pegou, levando-a para longe do meu alcance.

Ela encarou a corrente.

— Eu gritei, mas ele não a devolveu, disse que não podia deixar a neta crescer em um lugar como este, que não era justo. Que ela iria pra uma casa boa, que seria bem-cuidada, ele prometeu. E a levou. Fechou a porta. E eu nunca mais vi minha bebê.

Bel segurou a mão da mãe, quente e pegajosa, a meia entre elas.

— Sinto muito.

Socorro. Meu nome é Rachel Price. Patrick Price nos prendeu em um caminhão vermelho no Depósito de Toras Price. Porque, por apenas duas semanas, Rachel não estivera sozinha, era o tempo de mandar uma mensagem em um livro. Eram ela e sua bebê.

Carter era filha de Rachel, mas também era outra pessoa. Não era prima de Bel, mas sua irmãzinha. *Meu nenê.* Bel e Carter, Carter e Bel. E, de alguma forma, essa foi a notícia mais chocante, a última verdade, e também não foi nada surpreendente, nem um pouco. Sua irmã.

— Eu perguntava sobre ela todas as vezes em que o Pat vinha trazer comida. E sobre você também. — Rachel fungou. — Minhas meninas. O Pat não quis me contar pra onde o bebê tinha ido. Só disse que estava com uma boa família. Supus então que ela havia ido pra um orfanato, que tinha sido adotada. Foi isso o que fiquei procurando quando saí daqui no verão passado. Passei meses tentando encontrar os registros, procurando por um bebê que tinha nascido em New Hampshire no dia 1º de julho de 2008. Eu precisava encontrar minha segunda filha antes de voltar pra casa, pra você. Nem passou pela minha cabeça que ela estaria aqui.

Rachel lançou um olhar de esguelha para Jeff, as mãos dele agora cobrindo só a boca.

— E aí eu vi a foto da Carter no Facebook da Sherry. Dançando, sorrindo. Soube na mesma hora que ela era minha filha, tinha que ser. A idade batia, e o rosto dela... Conferi, dei uma olhada em todos os álbuns da Sherry, vasculhei as fotos de quando Carter era bebê, quando só tinha algumas semanas de vida. Era ela. Minha menina. Ainda vestindo as mesmas roupas que o Pat tinha comprado quando ela estava comigo. Foi a partir daí que comecei a planejar meu reaparecimento. Para voltar pra casa, pra vocês duas. E pensar no que eu ia fazer com a família Price, com essa família que tirou tudo de mim.

— Eu não sabia — respondeu Jeff, chorando, a boca já descoberta. — Você tem que acreditar em mim, Rachel, a gente não sabia que ela era sua filha. Meu pai disse que conhecia alguém que trabalhava num abrigo de mulheres, que tinha uma mulher lá grávida de seis meses que não queria o bebê, mas não podia entregá-lo oficialmente para adoção porque estava ilegalmente no país, seria deportada. Então o meu pai pensou na gente. Nós estávamos tentando ter um bebê havia mais de dez anos. Meu pai e o amigo dele acharam que essa seria a melhor coisa pra todo mundo. Ele falou que o bebê ia nascer em julho, que os pais eram bem parecidos com a gente e que ninguém ia desconfiar, tinham a mesma cor de pele e um cabelo parecido. A Sherry teria que fingir que estava grávida pra não levantar suspeitas, já que nada daquilo seria feito dentro da lei. A gente estava desesperado, Rachel. A Sherry queria tanto um filho. Acabamos aceitando. A Sherry começou a usar roupas de gestante, a gente comprava barrigas falsas na internet e mudava o tamanho a cada duas semanas. Meu pai avisou pra gente quando o bebê nasceu, disse que era uma menina e que era saudável. Falou que a mãe precisava ficar umas semanas com ela, pra garantir que estava tudo bem, e aí ela seria nossa. A gente ficou na encolha, quase sem sair de casa. O Charlie estava preso, esperando o julgamento. A Bel morava com a gente, mas era nova demais pra entender. Então o meu pai trouxe o bebê no meio da noite. E a gente se apaixonou por ela no mesmo instante. A Bel também.

Outro segredo obscuro da família com o qual ela tinha convivido, mas ao qual era nova demais para se agarrar, para se lembrar. Um parto que nunca tinha acontecido e um bebê que aparecera do nada.

— A gente falou pra todo mundo que ela nasceu dia 10 de julho. Um parto em casa, porque a Sherry não gostava de hospitais nem de agulhas. Registramos a bebê no cartório, lhe demos um nome, prometemos dar a ela a melhor vida possível. A gente era cuidadoso. A Sherry nunca deixava o médico chegar perto dela com uma agulha, nunca fez exames de sangue, nada que pudesse revelar que ela não era nossa. Pra ser sincero, comecei a quase me esquecer de que a Sherry não tinha dado à luz naquela noite de julho. Eu sentia tanto que ela era da família, até o rosto era parecido. Achei que fosse só coisa da minha cabeça.

Jeff tossiu no punho.

— Mas aí você voltou, Rachel. E foi o jeito que você olhava pra ela, o jeito que agia com ela, que me fez perceber. As semelhanças. A Carter tem traços da minha família, mas também parece com você, não de um jeito óbvio, mas, ainda assim, dá pra ver pelo sorriso. Pelo jeito como vocês duas estão sempre inquietas, se mexendo de alguma forma. De repente me bateu uma sensação ruim quando vi vocês duas juntas. Tentei falar com a Sherry. Ela me disse que era uma ideia ridícula, que não era possível. Acho que eu soube mesmo depois daquele jantar para o documentário. Tive quase certeza.

Bel se endireitou, as costas apoiadas na parede do contêiner, a espuma isolante pressionando como se fossem dedos.

— Era isso que você estava perguntando para o vovô naquela noite. — Ela semicerrou os olhos para o tio. — Aquilo que o microfone captou você dizendo. Não estava perguntando sobre a Rachel. Estava perguntando sobre a Carter. *Onde ela estava? Onde encontraram ela?* Porque o vovô sabia de onde a Carter tinha vindo, quem era a mãe biológica, mas não conseguia se lembrar. Ele não consegue se lembrar de nada disso. Eu te perguntei sobre a conversa. Você mentiu na minha cara. — A voz dela foi ficando mais forte, reverberando.

— Me desculpa, Bel. Eu estava querendo proteger a minha filha.

— Mas ela não é sua filha! Ela também é sua sobrinha! Minha irmã!

Charlie se mexeu, a corrente dançando atrás dele.

— Ela é minha filha, Rachel? — questionou Charlie.

— Lógico que ela é sua filha — rebateu Rachel. — Só que nunca mais vai conviver com você.

— Me desculpa, Charlie. — Jeff encarou o irmão. — Eu não sabia que ela era sua filha. O papai mentiu pra gente, pra todos nós.

— Não pede desculpa pra ele! — reclamou Rachel, sibilando, os olhos em chamas agora que os fantasmas tinham sido exorcizados. — Se você acha que o seu pai é um monstro, Jeff, dá uma boa olhada no seu irmão. Tudo isso só aconteceu por causa dele. O Pat só me deixou trancada aqui porque o Charlie pediu pra ele me matar. O Pat se convenceu de que estava me salvando do Charlie, porque ele me queria morta. Isso significa que a Carter teria morrido também. A sua família é assim, Jeff.

Jeff fez o que Rachel havia pedido, virando-se e dando uma boa olhada na direção do irmão. Bel fez o mesmo, e Charlie Price havia assumido uma forma diferente naquele momento, diferente do homem que ela conhecia desde sempre. Ele não era da família dela. Bel tinha uma mãe e uma irmã, e isso era tudo de que ela precisava.

— Por favor — sussurrou Charlie, iluminado pela lanterna de baixo para cima, sombras se formando nele com seus movimentos, um brilho prateado nos olhos. — Me ajuda, Jeff.

Jeff tossiu na mão. Virou-se. Piscou.

— Eu tenho que soltá-lo, Rachel. Me dá a chave, por favor.

Jeff tinha feito a própria escolha e tinha escolhido errado.

— Tio Jeff... — Bel começou a dizer.

— Não, Jeff — retrucou Rachel com firmeza, a voz sombria, os olhos ficando severos. — Estou escolhendo acreditar em você. Acreditar que você não sabia. Que achou que estava acolhendo um bebê que seria abandonado pela mãe, que você é uma boa pessoa. Não precisa dar ouvidos a ele o tempo todo. Você tem direito à escolha.

— Por favor, me ajuda. — Charlie se engasgou.

— Eu tenho que soltá-lo — repetiu Jeff, chorando, os olhos brilhando, divididos. — Eu preciso. Ele é meu irmão. Minha família.

Ele tinha escolhido errado outra vez.

— Não! — Bel estendeu o braço.

Jeff a empurrou para longe.

— Não, Jeff. — Rachel recuou até encostar na parede. — Você tem direito à escolha!

— Me dá a chave, Rachel, por favor. — Ele estendeu a mão na direção dela, sem correntes para mantê-lo distante.

— Não — sussurrou Rachel, uma mudança em seu olhar, mas não era medo.

Ela deu um passo à frente para se aproximar mais dele, o cotovelo no peito de Jeff.

Antes que ele pudesse agarrar o braço dela, Rachel tomou impulso e atirou a chave porta afora, na noite escura.

Ela desapareceu, e Bel prendeu a respiração. Ouviu o leve tilintar quando a chave aterrissou em algum lugar na noite, no labirinto de metal.

— Nãããããão! — Charlie uivou, chutando caixas de comida, a lanterna caindo, o feixe de luz prateado agora no chão, lançando todos ali nas sombras. — Sua vagabunda! Procura a chave, Jeff. Procura!

Jeff encarou a noite lá fora, a boca se abrindo e se fechando, mastigando o ar.

— Eu nunca vou achar. Está escuro pra caramba lá fora, tem tralha por tudo que é canto.

— Jeff!

— Eu tentei, Charlie. — Ele fungou.

Silêncio. Dava para ouvir apenas o coro da respiração de cada um ali, e um zumbido nos ouvidos de Bel.

— Esquece a chave. — Charlie ficou de pé, a mão no ombro do irmão, puxando-o de volta. — Vai procurar um serrote. Deve ter centenas de serras por aí. Acha uma e me solta dessa corrente, Jeff. Agora!

Ele gritou a última palavra, perfurando a noite, trazendo Jeff de volta à vida. Rachel também, os braços paralisados ao lado do corpo.

Jeff se concentrou em Charlie, olho no olho, de irmão para irmão. Pegou a lanterna, os rostos de todos distorcidos, o branco dos olhos reluzindo. Jeff se virou e direcionou o feixe de luz para a porta aberta.

— Tá bom — disse, indo para fora.

Rachel se virou e buscou os olhos de Bel no escuro.

Em seguida, encontrou a mão da garota e a segurou com força.

— Corre, Bel!

QUARENTA E SEIS

De mãos dadas pelo labirinto.

Correndo. O celular de Bel balançando ao seu lado, iluminando o caminho em vislumbres de pesadelos.

Sombras metálicas surgiram, prendendo nas roupas delas, agarrando os cabelos delas.

Havia uma serra enferrujada no caminho, tentando separá-las, mas Bel não largaria a mão da mãe.

Um barulho de metal deslizando em algum lugar atrás delas, a lanterna prateada nas mãos de Jeff a distância, a claridade mais nítida e mais forte que a delas, um holofote espreitando através das formas escuras.

— Achei um, Charlie! — Elas ouviram Jeff gritar.

A voz de Charlie veio em seguida, mais fraca:

— Anda logo!

— Não para — disse a mãe, apressando-se, apertando a mão de Bel com mais força, pele com pele, osso com osso.

Contornaram um carro queimado nos fundos.

Bel ouviu uma inspiração forte ao lado dela.

Rachel havia desaparecido.

A mão arrancada da mão de Bel.

A garota apontou a lanterna na direção da mãe.

Rachel estava de joelhos, as mãos no chão, o sapato preso em uma barra de metal.

— Você está bem? — Bel ajudou a mãe a se levantar, pegando novamente a mão dela.

— Estou — respondeu Rachel, pisando diferente agora, mancando de um lado, apoiando-se na mão de Bel. Isso não a fez diminuir o passo. — Só preciso chegar no carro.

O caminho estava livre na frente delas, sem sombras, sem metais, só grama colina abaixo, fazendo-as ir cada vez mais rápido. Rachel grunhia sempre que sentia o impacto do pé direito no chão.

Chegaram até a cerca.

Bel agarrou a cerca de arame solta e a levantou para Rachel passar. Ela a seguiu, olhando para trás, para o Depósito de Toras Price & Filhos. Uma cerca em volta do nada, só mais escuridão, com exceção de uma luz branca fraca que iluminava o interior do caminhão vermelho lá no meio.

— Vem, eu estacionei na frente do portão.

Saíram correndo outra vez. Dessa vez não juntas, fora de sincronia, os passos de Rachel cada vez mais irregulares.

Ela tirou a chave do carro do bolso e apertou o botão.

Ouviu-se um bipe quando o carro destravou, um feixe de luz branca e vermelha guiando-as adiante, um mapa na escuridão. Uma pontada de alívio iluminou o coração abatido de Bel.

Elas se aproximaram e a lanterna da garota o encontrou também: o carro prata de Rachel, esperando por elas, estacionado com o capô no sentido do portão.

Mas ele não estava sozinho.

Havia outro carro ali também. O de Jeff. Estacionado bem próximo do de Rachel, bloqueando a passagem.

Rachel respirou fundo.

— Ah, não, Jeff!

Ela avançou, analisando a distância entre os carros. Eram só alguns centímetros, só uma mão.

— Desgraçado! — Rachel chutou a roda da frente do carro de Jeff.

Mas pareceu ter doído, e ela soltou um resmungo, agarrando o tornozelo direito.

— Mãe?

— Entra no carro, Bel. — Ela abriu a porta e a luz de dentro se acendeu, um leve brilho amarelo passando pelas janelas. — Talvez eu consiga manobrar. Tenho que tentar.

Bel se sentou no banco do passageiro e fechou a porta.

Rachel deu partida no motor, um rosnado metálico naquele lugar frio, cheio de máquinas mortas. Os faróis se acenderam, iluminando além das grades do portão, brilhando contra a placa velha na escuridão à frente delas.

O cotovelo de Rachel bateu no dela ao engatar a marcha à ré.

As luzes traseiras mancharam a noite de vermelho. Rachel girou o volante para a direita o máximo que conseguiu, os pneus cantando, raspando na estrada de terra. Pisou no acelerador com o pé machucado e fez uma careta.

O carro foi para trás, mas só meio segundo antes de bater na lateral do carro de Jeff.

Rachel suspirou. Engatou o câmbio automático no "D". Virou o volante totalmente para a esquerda.

O carro estremeceu para a frente e bateu nos portões com um baque. Os portões arquearam, dobrando-se o máximo que a corrente pesada que os unia permitia.

Bel olhou pela janela. Não tinham saído muito do lugar; o ângulo do carro mal havia mudado. Estavam presas ali, encurraladas.

— Mãe.

Rachel ofegou, inclinando-se para a frente, espiando pelo para-brisa.

Bel olhou também.

Iluminadas pelos faróis, duas silhuetas minúsculas corriam rápido naquele labirinto de metal, chegando até a grama. Alguém estava na dianteira, uma esfera de luz em uma mão, alguma coisa escura na outra. Disparando na direção delas.

— Ele se soltou. — As mãos de Rachel caíram do volante. — A gente não tem tempo. — Terror tomou conta do rosto dela. — Corre, Bel!

Bel não hesitou desta vez, o coração saindo do carro antes dela, aquele instinto de luta ou fuga arremessando-o contra as costelas.

Ela contornou o carro de Jeff por trás, alcançando a mãe.

— Não olha pra trás, só corre!

Bel não conseguiu se conter; olhou para trás.

As duas portas do carro tinham ficado abertas, deixando a noite entrar, o motor ligado, os faróis brilhando.

Mas era outra luz que ela procurava. Mexendo-se rápido, agora alcançando a abertura na cerca. A esfera de luz se tornou um longo feixe prateado, afastando a escuridão. O som de pés ecoou atrás da lanterna.

E uma voz.

— Charlie, o que você vai fazer?!

O feixe de luz girou, seguindo-as pela estrada.

— Mais rápido. — Rachel se esforçou mais, cerrando os dentes, respirando fundo.

Bel enganchou o braço no dela, ajudando a mãe a tirar um pouco do peso do tornozelo.

— Eu sei o caminho. — A voz de Bel tremia, os pés batendo no chão da estrada. — Pelo reservatório, do outro lado da ponte até chegar à rua principal. A gente pode conseguir ajuda lá.

— Charlie! — gritou Jeff, a voz fraca em algum lugar atrás delas. — O que você está fazendo?!

Será que Jeff tinha percebido tão rápido assim que fizera a escolha errada? Que não deveria tê-lo soltado?

Bel queria se virar, ver o quão perto eles estavam. Mas não precisava, bastava olhar para Rachel; um brilho prateado iluminando seu cabelo desgrenhado. O feixe de luz não as seguia mais; já as tinha encontrado. Charlie e sua lanterna, perseguindo-as.

— Mãe... Ele está alcançando a gente.

Rachel olhou para ela, um lado do rosto iluminado, um olho, o resto se perdendo na noite. Metade aqui, metade desaparecida.

— Vamos sair da estrada. A gente despista ele pelas árvores.

Rachel arrastou Bel até onde as árvores começavam, e então foi a vez da garota arrastar Rachel, o chão ficando áspero e desnivelado.

Bel iluminou o caminho, muito mais escuro agora, as árvores pairando sobre elas, bloqueando o céu, raízes se prendendo nas pernas das duas. Avançavam o mais rápido que conseguiam, disparando pelas árvores, contornando-as.

O mundo se inclinou, subindo a colina, levando as árvores consigo.

A respiração estava represada no peito de Bel, que puxava Rachel ao seu lado.

— Charlie! — Elas ouviram um grito estrangulado atrás delas. — Espera!

Ele também estava em algum lugar no meio das árvores, caçando-as. Bel não conseguia ver o feixe de luz prateado; as árvores bloqueavam a visão, escondendo-as.

— Por aqui — sussurrou Rachel, apontando para onde a vegetação diminuía, um caminho serpenteando. — Para as trilhas.

Subiram juntas, acelerando o passo. Bel conseguia ver a lua através da sombra da copa das árvores, por cima da montanha. A lua guiava o caminho, e o caminho levava para cima.

A mão de Bel ficou pegajosa tocando a de Rachel, mas ela não a soltou.

— Como está o seu tornozelo?

Rachel apertou os dedos dela.

— A gente só tem que continuar.

Sem aviso, as árvores se separaram todas de uma vez numa clareira, deixando que o céu as avistasse. A enorme faixa onde a floresta havia sido desmatada para a instalação de redes de energia elétrica que entravam e saíam da cidade.

Então correram no espaço amplo e aberto, expostas ao luar.

— Mais rápido — disse Rachel, mas era ela quem não conseguia ir mais rápido.

Bel olhou para o abrigo oferecido pelas árvores à frente, correndo até lá, atravessando as sombras dos cabos de energia, retos demais para pertencerem àquele lugar selvagem e com árvores e luar.

Estavam tão perto. Bel olhou para trás para ver o quanto já tinham avançado.

Uma luz prateada emergiu das árvores, acompanhada pela silhueta escura de Charlie, que entrava na clareira. O feixe de luz se deslocou, apontando diretamente para elas, bem para o coração de Bel.

— Droga, ele viu a gente. Vai!

Ela puxou Rachel para o meio das árvores, de volta à trilha.

Cada vez mais para cima, subindo sem parar.

Bel tinha feito sua escolha, escolheu a mãe, e a escolheria de novo, todos os segundos, os dedos em volta dos dela, arrastando-a o mais rápido que conseguia, para longe do homem que a mataria.

Um uivo soou atrás delas, mas não era para a lua.

— Charlie, espera! O que você vai fazer?!

Bel sabia. Rachel também sabia. Jeff deveria saber também.

Ela tentou não olhar para a mãe, ver a dor em seu maxilar, o medo em suas pupilas.

— Aonde a gente vai?

— Para cima — respondeu Rachel, olhando para a frente, sem compartilhar o medo, sem deixar Bel carregar esse peso. — Até a Mascot Mine. A gente pode se esconder perto da mina, despistar eles. Não é muito longe daqui. A gente consegue.

Cada vez mais para cima, cada vez mais íngreme, os joelhos de Bel reclamando, seus músculos queimando.

— A gente tem que sair da trilha. — Rachel ofegou. — Por aqui.

Foram na direção das árvores, que cresciam grossas e indomadas, inclinando-se para o alto da montanha enquanto elas lutavam para continuar.

Rachel soltou a mão de Bel para subir um desfiladeiro íngreme engatinhando, lançando olhares para trás, a lanterna iluminando o suor de seu rosto, sangue escorrendo de um arranhão na bochecha.

Bel agarrou o braço dela de novo, escolhendo a mãe repetidas vezes.

Não havia mais nada, só a adrenalina, só o medo, trabalhando juntos para manter as pernas de Bel em movimento, cada respiração rasgando seus pulmões.

— Por aqui. — Rachel desviou. — A Mascot Mine fica em algum lugar por aqui. Deve ser...

A copa das árvores foi sumindo, dando lugar à lua, o solo rochoso sob seus pés. Bel ergueu a lanterna. Estavam em um penhasco, o chão sumindo adiante, uma queda abrupta na escuridão.

— Não, não, não. — Rachel mancou, aproximando-se da beirada, e olhou para baixo. — A gente subiu demais. — O pé dela cutucou uma pedra, que rolou pela borda, chacoalhando na superfície rochosa. Bel nunca a ouviu atingir o chão. — A mina é lá embaixo.

Bel se juntou a ela, olhando para todo aquele nada, a luz do celular mal chegando até a superfície, o estômago se revirando. Olhou para a frente e viu estrelas no chão, vermelhas e brancas, pontinhos luminosos como faróis, janelas que brilhavam como partículas bem pequenas. Gorham se revelava, não totalmente adormecida, e Bel percebeu onde estavam, uma vez que o lugar até então usara a noite como disfarce. Estavam em Point Lookout, um mirante que oferecia uma vista da cidade inteira e das montanhas ao longe durante o dia. O que significava que a entrada da mina ficava lá embaixo, centenas de metros abaixo, depois do penhasco.

— Tudo bem. — Bel agarrou a mão da mãe e a puxou para trás. — A gente segue a trilha pra baixo, para o outro lado da estrada Hogan.

— Não — respondeu Rachel, baixinho.

Ela soltou a mão de Bel e pegou a outra, puxando o celular dela e desligando a lanterna.

— O que você está fazendo? — Bel piscou, os olhos se ajustando ao luar.

— Ele está seguindo a luz.

Rachel devolveu o celular, apertando a mão de Bel ao redor do aparelho do jeito que Bel fizera com a chave.

— Bel — disse ela, uma mudança na voz, que falhou no meio da palavra como se tivesse acabado de decidir algo também.

Rachel colocou as mãos nos ombros da filha.

— Não. — Bel soube o que a mãe diria antes de ela pronunciar as palavras, então balançou a cabeça.

— Eu estou te atrasando, Bel.

— Não, mãe.

— Corre naquela direção. — Ela apontou. — Sem luz. Toma cuidado. Encontra a trilha de novo. E não para. Eu vou atraí-lo pra cá com a minha lanterna — instruiu ela, de forma rápida e determinada.

— Não, mãe, eu não vou te deixar aqui.

— Sou eu quem ele quer.

Ela sacudiu os ombros de Bel, tentando convencê-la. Bel não seria convencida tão fácil assim.

— Não.

— Ele não vai parar. Você tem que continuar correndo, meu amor. — A voz de Rachel falhou e ela aproximou o rosto de Bel do dela, as mãos em concha atrás das orelhas da filha. — Não olha pra trás.

— Não.

As lágrimas de Bel vieram todas de uma vez, borrando a visão do rosto de Rachel, perdendo-o na escuridão.

— Por favor, Bel. Tenho que saber que você vai estar a salvo. Ele está vindo. — Rachel pressionou a testa na de Bel, olho no olho, coração com coração. — Conta tudo pra polícia. Não deixa ele sair impune dessa vez, não deixa ele se livrar de ter me matado duas vezes.

— Mãe — choramingou Bel, a garganta presa com a palavra. Não era mais uma palavra difícil de se dizer, era a mais fácil do mundo. — Mãe.

— Vai, Bel. — Rachel piscou com lágrimas nos olhos. — Eu te amo. Eu te amo tanto. Cuida da sua irmã por mim. Sei que você sempre cuidou dela.

— Mãe.

— Vai.

Rachel a empurrou.

— Vai.

Bel foi.

Rachel disse para não olhar para trás, mas ela olhou, lá das árvores. Viu a mãe parada lá, no penhasco, balançando a lanterna acima da cabeça, uma estrela onde não deveria haver nada.

Bel não parou, soluços silenciosos partindo-a ao meio, rasgando tudo dentro dela. O nó tinha desatado e ela o perdera para sempre na floresta. Correndo de Rachel, como no dia em que ela reaparecera. Com medo antes e com medo agora.

— Charlie! Para!

Era a voz do tio Jeff, em algum lugar na escuridão.

Bel parou, a respiração irregular como um vendaval.

Ouviu passos nas árvores próximas. O feixe de luz prateado apontando para o fim.

E Bel estava indo na direção errada. Na direção do que mais doeria, a que ela nunca conseguiria suportar, a de viver sabendo que abandonara Rachel.

Rachel nunca a havia abandonado.

A mãe tomara a própria decisão e Bel tomara a dela. Tinha escolhido a mãe.

E escolheu de novo, mesmo que não fosse o que Rachel queria.

Então Bel voltou.

Um grito ganhando força na garganta, seguindo aquele feixe de luz, indo atrás dele.

— Achei você! — A voz de Charlie preencheu a noite, esganiçada e feroz.

— Charlie, não faça isso! — gritou Jeff. — Você não é assim!

Bel desatou a correr, atravessando as árvores até o penhasco sob a luz do luar.

A lanterna estava no chão, aquele feixe de luz prateado e forte apontando para Bel, duas silhuetas escuras emaranhadas.

— Mãe! — gritou Bel.

Charlie colocou um braço ao redor do pescoço de Rachel, empurrando-a contra o chão.

Ela revidou, o tornozelo se dobrou, e Rachel arranhou o rosto dele.

Bel saltou para a frente, mas um braço a agarrou, arrastando-a para longe.

— Não é seguro, Bel. — Jeff a imobilizou, prendendo seus braços para baixo. — Não é seguro brigar com ele.

— Me larga! — bradou ela, lutando contra Jeff.

— Não é seguro. — Ele a agarrou com mais força.

Charlie rugiu, atacando Rachel, os pés raspando na pedra, duas silhuetas escuras dançando na direção do penhasco.

— Me solta! — Bel se debateu.

Jeff era forte demais.

Charlie também, forçando o corpo de Rachel para baixo. As pernas dela cederam e ela caiu com um baque a poucos metros da beira do penhasco.

Charlie pressionou um pé contra o pescoço de Rachel e jogou todo o seu peso nele. O tornozelo dele estava sangrando, a algema havia sumido, cortada. Rachel arranhou e chutou, mas não conseguiu se mexer.

— Mãe! — Bel arranhou os braços de Jeff.

Rachel falou, a voz ofegante, esmagada sob o pé de Charlie.

— Protege minha filha, Jeff. Você me deve uma.

Charlie não olhou para trás, sua atenção estava focada em Rachel. O braço dele esticou mais do que deveria, alongando-se de um jeito anormal, algo escuro preso em sua mão. Bel não conseguiu ver o que era, não até ele o erguer contra as estrelas.

Um machado.

Rachel emitiu um som gutural ao olhar para o objeto pairando sobre sua cabeça.

— Se sua intenção é que eu implore, hoje não é seu dia de sorte, Charlie — resmungou ela. — Já morri uma vez.

Ele rugiu, um som que também era anormal, uma explosão de raiva disforme. Um monstro parado na beirada do mundo, destruindo tudo ao redor.

Isso fez com que Bel sentisse muito mais do que medo, o que quer que fosse mais do que medo.

— Eu mesmo devia ter te matado! — Charlie ofegou como se o grito o tivesse esgotado também, parecendo apenas metade da pessoa que havia sido até então. — Olha só o que você fez!

Ele ergueu o machado.

— Não! — gritou Bel, lutando contra Jeff.

Rachel virou a cabeça e olhou para Bel. *Não olha*, murmurou sem emitir som, os olhos brilhando antes de apertá-los, esperando o fim.

— Mãe!

Um grito. Mas não vinha de Bel.

Um borrão de cabelo castanho-acobreado saiu disparado do meio das árvores. Pernas compridas os ultrapassaram.

Os braços de Jeff cederam.

— Carter? — indagou ele, confuso, soltando Bel. — Carter! — gritou ele, correndo atrás dela.

Mas ela tinha conseguido sair na frente e era rápida demais.

— Carter!

Aquilo desconcentrara Charlie. Ele se virou para olhar bem no momento em que Carter partiu para cima dele, empurrando-o, afastando-o de Rachel.

Charlie cambaleou e tropeçou no braço de Rachel. Largou o machado e acabou tropeçando no cabo dele também, vacilando mais uma vez.

Jeff os alcançou, derrapando, e puxou Carter da beirada do abismo, jogando-a para trás de si.

Charlie ainda estava em movimento, o impulso forte demais, as pedras deslizando sob seus pés.

Os olhos dele se arregalaram.

Ele estendeu a mão para Jeff e agarrou uma parte da camisa do irmão.

Um dos calcanhares dele escorregou pela beirada, o restante do pé deslizando para baixo em seguida.

Charlie tombou.

Caindo para trás, naquele grande vazio.

O outro pé foi junto.

Bel piscou, mas viu tudo.

Charlie desapareceu na beira do penhasco.

E não soltou a camisa de Jeff, arrastando-o com ele.

Um dos dois gritou durante todo o trajeto até lá embaixo.

QUARENTA E SETE

Carter estava de joelhos.

Rachel, caída de costas.

Bel, de pé.

Carter tapou a boca com as mãos e gritou, prendendo ali o grito, que ricocheteou contra ela mesma.

— Carter! — Bel se aproximou dela, caindo de joelhos.

Passou os braços em volta de Carter e segurou a cabeça dela até que o grito da garota cessasse.

— Eles caíram. — Carter chorou, sua voz abafada contra o peito de Bel.

Rachel se levantou, tremendo, o peso apoiado no tornozelo ileso. Pegou a lanterna que Charlie derrubara, o feixe de luz prateada em suas mãos, iluminando o caminho. Mancou até a beirada do penhasco, de onde Charlie havia escorregado. Bel se juntou à mãe, os pés firmes enquanto Rachel apontava a lanterna para baixo, rochas se erguendo como dentes de lá. A claridade não chegou até embaixo.

— Não dá pra terem sobrevivido a essa queda — atestou Rachel, baixinho, como se ela mesma não ousasse acreditar, tentando ouvir qualquer som que provasse o contrário.

— Eu matei eles? — perguntou Carter.

— Não, Carter. — Rachel se virou para ela, curvou-se e ergueu o queixo da garota. — Você salvou a minha vida.

— Eu matei eles. — Carter cerrou os punhos e os pressionou contra os olhos. — Eu empurrei os dois. Meu pai morreu. Mas ele não é meu pai, né? O Charlie que é. Era. Meu Deus.

Bel se sentou ao lado de Carter, cutucando o cotovelo da garota para que soubesse que ela estava bem ali.

Os olhos de Rachel se arregalaram, novamente marejados.

— Carter, você sabe? — perguntou ela. — Que eu sou sua...

— Sei. — Carter fungou, estrelas em seus olhos também, por causa da lanterna.

Rachel ficou boquiaberta.

— Como você sabe, querida?

— Acho que eu meio que só soube. Senti. Porque somos parecidas em muita coisa, mesmo sem sermos parentes de sangue, de você ser minha tia apenas por ser casada com o irmão do meu pai. Pelo jeito que você foi legal comigo, pela forma como queria mesmo me conhecer. Pensei isso no primeiro dia em que você me buscou na escola, quando eu te ajudei com o celular. Na real, o que eu pensei foi: "A Bel tem muita sorte, né, de ter uma mãe como você." E eu não sou nem um pouco parecida com a minha mãe, e ela também fica estranha quando alguém fala sobre eu fazer exames que envolvam agulhas, ela nunca me deixou fazer exame de sangue mesmo quando o médico pedia. Eu queria que fosse verdade, de alguma forma, por mais impossível que parecesse. Comprei na internet dois kits daqueles testes de DNA, sabe? Falei para o meu pai que era coisa de dança. Caramba. O cara que não é meu pai. Meu t-tio, acho. — Carter olhou além de Rachel, para o precipício vazio, onde Jeff também havia desaparecido. — Fiz um meu e um da Bel.

Bel piscou.

— Quê? Quando?

— Não queria te contar, porque eu podia estar errada, né? E você estava tão cismada com a Rachel, tentando provar que ela era malvada. Você não ia acreditar em mim. Foi enquanto você estava dormindo. Esfreguei o cotonete dentro da sua boca.

Foi aí que Bel se lembrou; aquela manhã em que Carter a acordara cutucando sua bochecha. Na mesma manhã, Bel acordara e descobrira que o pai havia desaparecido. Parecia que tinha acontecido fazia uma vida, aquele dia, aquela versão dela.

— Os resultados da Bel chegaram há dois dias, mas sozinhos não serviram para nada — continuou Carter, olhando para Rachel. — Então recebi os meus hoje à noite, pouco antes do jantar do vovô. Diziam que Bel e eu éramos irmãs, que a gente tinha o mesmo pai e a mesma mãe. — Ela piscou, uma lágrima escorrendo pela ponta do nariz. — O que quer dizer que você é minha mãe, e o tio Charlie é... era...

Ela deixou a frase incompleta no ar, o nome dele desaparecendo com sua respiração.

Bel enxugou a lágrima antes que caísse da ponta do nariz de Carter. Olhou nos olhos da irmã. Carter tinha descoberto antes dela. Era isso que ela precisava contar para Bel quando estavam na escada. Era importante, ela tinha dito. *Cuida da sua irmã por mim*, a mãe dissera quando achou que fosse morrer. *Sei que você sempre cuidou dela*. Bel segurou em sua mão a de Carter, suada e ossuda. *Meu nenê*. Elas sempre haviam sido irmãs, Carter cuidando de Bel da mesma forma, mesmo quando Bel não queria admitir.

Carter tinha salvado Rachel, e salvara Bel também.

— Como você achou a gente? — Bel olhou do mirante, a cidade do tamanho de formiguinhas ao longe.

— Vi o bilhete na casa do vovô, a mensagem da Rachel, antes de o meu pai... do J-Jeff pegá-lo. Ele me pediu pra ficar por lá, arrumar os livros. Mas esperei ele sair, dei um tempinho e saí também. A sua bicicleta estava na frente da casa dele, Bel. Cheguei no depósito, não consegui lembrar onde ficava o buraco na cerca e acabei indo longe demais. Mas aí vi vocês duas correndo na direção do carro. E vi o meu pai e o Charlie correndo atrás de vocês, perseguindo vocês. Vi o que o Charlie estava segurando.

Então segui os dois pelo meio das árvores. Achei que ele fosse matar vocês. Ele estava prestes a te matar. Me desculpa. — Ela baixou a cabeça.

Com o dedo sob o queixo dela, Rachel o levantou.

— Você não tem por que se desculpar. Você me salvou dele, Carter. Não interessa que era o seu pai, ele não era da sua família. Não valia a pena salvar aquele homem.

— E o meu pa... o J-Jeff? — perguntou Carter, aos prantos, mais lágrimas escorrendo do que Bel conseguia enxugar.

— Você não empurrou o Jeff. — Os olhos de Rachel estavam determinados, mas gentis. — O Charlie puxou ele. Você não matou o Jeff.

— Mas ele não estaria morto se eu...

— O Jeff fez a escolha dele — concluiu Bel. — Foi ele quem libertou o Charlie. A escolha foi dele.

Era verdade, mas ele também tinha feito outra escolha, e talvez essa tenha desfeito a primeira. *Protege minha filha, Jeff*, Rachel tinha falado para ele. *Você me deve uma.* Ela tinha se referido a Bel, mas, no fim das contas, fora a outra filha dela que ele havia salvado. Jeff dera sua vida por Carter.

Rachel olhou além do penhasco e, quando se virou, havia algo novo em seus olhos.

— Carter, me escuta. — A voz dela soou rígida, carregando a experiência de uma mãe e de uma sobrevivente. — Sobre esses testes de DNA, a polícia conseguiria achar os resultados se procurasse? Eles descobririam que você e Bel são irmãs?

— Acho que não. Desmarquei a opção de compartilhar informações com autoridades, pro caso de eu estar certa.

— Perfeito. — Rachel soltou o ar. — Ninguém pode saber da verdade. Nunca.

— Como assim? — Bel se endireitou. — O mundo precisa saber o que eles fizeram com você...

— Eles morreram. — Rachel apontou para o lugar onde tinham desaparecido. — Já foram punidos. O mundo não pode descobrir o que aconteceu. Vocês duas estão envolvidas agora, e estou disposta a tudo pra proteger vocês, pra garantir que estejam seguras. Minhas meninas. Ou seja, ninguém pode saber da verdade, do que o Pat fez, do que o Charlie fez, que a Carter é minha filha. Que vocês duas estiveram aqui quando o Jeff e o Charlie...

— Eles só morreram porque ele tentou te matar — argumentou Bel.

— Porque eu sequestrei e prendi o Charlie.

— Mas foi ele quem fez isso com você primeiro! Ele pediu para o vovô te matar.

— Não existe nenhuma prova do envolvimento dele, Bel. Agora Charlie está morto e seu avô não se lembra de absolutamente nada do que fez. Você acha que eu já não teria ido até a polícia se denunciá-los fosse uma opção? Mas o que existe são evidências *disto aqui*. — Ela apontou para o penhasco com ainda mais ênfase. — A cena do crime lá embaixo aponta para nós. Carter nos salvou, mas não é isso que ficou parecendo.

Os olhos de Rachel se voltaram para Carter, sentada no chão áspero, a cabeça nas mãos, e Bel entendeu. Carter tinha matado Charlie, empurrando-o para que caísse e morresse. Na visão de alguns, justiça; na de outros, assassinato. Cabia a Bel proteger a irmã, cuidar dela. Família em primeiro lugar. Bel piscou e Rachel piscou de volta, uma linguagem só delas.

— Qual é o plano? — questionou Bel.

— A gente precisa se livrar de tudo. De qualquer coisa que possa levar à verdade, que nos ligue à cena do crime, aqui e agora.

— Tipo o bilhete? — Carter ergueu a cabeça. — *Socorro. Meu nome é Rachel Price.* Está no bolso do meu pai. Está no bolso do Jeff.

Os olhos claros dela se arregalaram de horror, vermelhos de tanto serem esfregados.

Rachel olhou lá para baixo, na direção de todo aquele nada.

Engoliu em seco, fazendo um som de estalo, como se a garganta estivesse apertada demais, esmagada pelo peso de Charlie.

— Vou ter que descer lá. Pegar o bilhete. A chave do carro do Jeff também. E o celular dele... a gente não pode deixar com ele, vão conseguir rastrear. Vou precisar tirar os corpos dali.

— Como assim? — Carter ofegou.

— Não podemos deixá-los a céu aberto. Vão acabar sendo encontrados. Ninguém vai achar que eles pularam, dois irmãos, juntos. Qualquer legista vai saber que o Charlie caiu de costas, que foi empurrado. Carter, você não tinha falado que as grades que davam para a mina tinham sido arrombadas? Eles estão bem na entrada, lá embaixo. Vou arrastá-los pra dentro e jogar no poço antigo da mina.

Uma segunda queda, para esconder a primeira.

Bel mordeu a língua.

— A queda do poço é alta?

— Muito — respondeu Rachel. — Aquela mina devia ser interditada, é perigosa e não dá pra chegar no fundo sem equipamento especial. Pode levar meses, anos, décadas, mas não temos garantias de que eles nunca vão ser encontrados. Por isso nós três temos que estar acima de qualquer suspeita, entenderam? Eu fui sequestrada por um desconhecido. Ele me manteve presa no porão dele por dezesseis anos. E nada disso aqui aconteceu.

Carter assentiu. Bel também. Enfiou a mão no bolso e tirou a aliança de Charlie. Não estava mais quente, nem fria, queimando sua pele, era só um pedaço velho de metal que não significava nada para ela.

— Você deveria colocar isso de volta nele. — Bel entregou o anel para a mãe. — Nenhuma evidência, né?

Rachel assentiu, guardando a aliança no bolso.

— Tem certeza de que está bem pra descer lá? — perguntou Bel. — E o seu tornozelo?

— Já passei por coisa pior — respondeu Rachel, um sorrisinho no rosto para mostrar que ninguém havia tirado isso dela. —

Pode deixar comigo, preciso fazer isso pela minha família. Mas... não consigo sozinha. Achei que conseguiria fazer tudo sozinha, botar meu plano em ação, meu reaparecimento. Mas estava errada, e agora sei disso. Desculpa. Preciso da ajuda de vocês.

— Faço qualquer coisa — respondeu Bel.

Carter se levantou ao lado dela.

— Do que você precisa?

Os olhos de Rachel brilharam ao olhar para as filhas, o luar lançando o mesmo brilho prateado na pele das três.

Ela pigarreou.

— A gente precisa fazer tudo hoje à noite antes de todo mundo perceber que o Jeff sumiu. Vou descer até a entrada da mina. Vocês duas voltam para o depósito. Usa o meu carro, Bel. A chave ficou lá dentro, o motor está ligado.

— Mas está preso, o carro do Jeff está...

— Leva isso. — Rachel pegou o machado, o objeto que quase a tinha matado, que a teria matado se Carter não tivesse aparecido do nada. Entregou-o para Bel, os dedos das duas ao redor do cabo. — Quebra aquela corrente do portão. Assim que abrir, você vai conseguir ir para a frente e manobrar. Esfrega para tirar as impressões digitais quando terminar, do cabo e da lâmina. Joga de volta no meio do entulho. Não se preocupem com o caminhão vermelho. Vou dar um jeito nele quando terminar aqui, me livrar de tudo.

Rachel ia se desfazer da própria cela para ninguém descobrir sobre os quinze anos, cinco meses e vinte e cinco dias que passara presa lá dentro. Sobre o homem que a prendera lá. Sobre o bebê que tivera. Sobre o outro homem que prendera como vingança, por ter começado tudo aquilo. Tudo desapareceria pela manhã.

— Levem a bicicleta da Bel — prosseguiu Rachel. — Depois, vão pra casa do avô de vocês. A chave fica debaixo do...

— ...sapo de cerâmica — completou Bel.

Ao mesmo tempo, Carter falou:

— Barry.

Rachel sorriu.

— As mensagens que mandei em todos aqueles livros... vocês precisam se livrar delas. Era isso o que eu estava tentando fazer antes de você as encontrar, Bel. É arriscado demais deixar lá, informam detalhes do que aconteceu, exatamente onde eu estava. Vocês precisam se livrar delas, apagar as marcas a lápis de todos os livros. Estão sempre nas primeiras cinquenta páginas, nunca depois disso. Vocês dão conta? Deve ter uma borracha em algum lugar da casa.

— A gente acha uma — garantiu Carter.

— O Yordan vai estar dormindo lá em cima, vão ter que fazer o máximo de silêncio possível. Se ele pegar vocês...

— A gente pensa numa desculpa. *Meu pai me mandou arrumar, se eu não fizer isso, ele vai brigar comigo* — sugeriu Carter.

O sorriso de Rachel aumentou.

— Acho que é isso. Nenhuma ponta solta que conduza a polícia à verdade, ao que aconteceu aqui.

O coração de Bel despencou até o estômago, o espaço ainda maior agora que o nó tinha sumido para sempre.

— O Ash — sibilou. — Cacete.

Chutou uma pedra, fazendo-a despencar penhasco abaixo.

Rachel estreitou os olhos.

— Da equipe de filmagem? O que tem ele?

Bel passou a mão pelos cabelos e esfregou o rosto.

— Ele tem me ajudado. Eu estava... investigando você. Tinha certeza de que estava mentindo sobre o desaparecimento e sobre como reapareceu. Achei que, se eu conseguisse provar, minha vida voltaria ao normal. O Ash me ajudou. Ele filmou...

Rachel mancou na direção dela.

— O que ele filmou?

— Muita coisa. — Bel balançou a cabeça, relembrando. — O sr. Tripp falando que te emprestou três mil dólares antes de você desaparecer. A loja onde você foi vista em janeiro... a gente falou com a dona e viu uma imagem sua na gravação interna da loja. A gente te filmou procurando alguma coisa na casa do vovô antes de você encontrar a câmera escondida. Caramba. — Puxou ainda mais o cabelo. — E hoje à noite. A mensagem no livro, em todos os livros, eu escrevendo. O Ash filmou tudo.

— Meu Deus. — Rachel cobriu o rosto.

— E tem mais. — Bel deixou os braços caírem ao lado do corpo, inúteis. — Ele veio comigo, até o caminhão vermelho. Parou de gravar antes de a gente entrar nele, mas...

— Bel?

— Desculpa — sussurrou Bel. — O Ash viu o Charlie acorrentado no caminhão, antes de eu mandar ele embora. Me desculpa, mãe.

Rachel mordeu o lábio inferior. Aproximou-se ainda mais da garota, até estar cara a cara com ela, os olhos de Bel refletidos da mãe.

— Você também não tem por que se desculpar. Nada disso é culpa de vocês. Eu não estou brava. Você tinha razão; eu menti pra você desde o começo, não posso ficar brava por você ter sido inteligente e percebido. Estou orgulhosa, na verdade. Sou *eu* que peço desculpa. Me desculpa por ter mentido pra você. Talvez tivesse sido melhor eu ter apenas contado a verdade pra vocês duas. Eu só... não tinha certeza de que estavam prontas pra ouvir.

— Eu não estava. — Bel não tinha estado pronta, não até que não houvesse outra escolha.

Mas agora estava, e sabia como consertar tudo.

— Posso conseguir as filmagens, mãe. Sei onde o Ash as guarda. Ele viu o Charlie no caminhão vermelho. Acho que ele não contaria pra ninguém, mas isso nem importa, né? Se ele não tiver provas. Posso destruir as filmagens de hoje à noite.

Destruir tudo pelo que se esforçara, todos aqueles momentos com Ash, os grandes e os pequenos, se aproximando até que fosse tarde demais para fingir que não se importava. Ela ainda iria se importar com ele, sabia disso agora, mas tinha que destruir todos os rastros para proteger a irmã e a mãe.

— Tem certeza?

— Eu dou conta disso — respondeu Bel.

Rachel lançou um olhar para Carter.

— Eu consigo apagar as mensagens nos livros do vovô sozinha — disse a garota. — Eu dou conta disso.

Rachel a puxou e abraçou as duas, três cabeças unidas sob as mesmas estrelas.

— A gente dá conta disso.

Rachel enxugou os olhos.

— Família em primeiro lugar — disse Bel.

Não uma ameaça, mas uma promessa.

Rachel cambaleou para longe delas, para onde seu celular tinha caído, uma auréola amarela em volta da lanterna, que estava voltada para o chão de pedra. Ela o pegou e encarou a tela.

— Vamos ter que desligar os celulares pra não nos rastrearem até aqui. Desliguem os de vocês, meninas. Agora. E não liguem de novo até saírem daqui.

Bel desligou o dela.

Rachel tocou na tela.

— Não está funcionando. Como eu desligo esse treco?

— Deixa que eu faço isso — ofereceu Carter, pegando o celular da mão de Rachel. — Tem que segurar esse botão, assim. — Ela mostrou. — Aí você desliza pela tela. Assim.

— Ah.

Bel sorriu, observando-as juntas, aquele breve momento entre mãe e filha naquele lugar escuro e selvagem que tinha encerrado uma família e salvado outra. A lua era testemunha.

Bel entregou a lanterna para Rachel.

— Pode pegar. Você vai precisar mais dela. A gente vai pela trilha. Vamos ficar bem. — Ela olhou para Carter, dando um soquinho em seu braço, porque é isso o que irmãs fazem. — Eu cuido dela.

Rachel aceitou, o feixe de luz prateada iluminando as filhas.

— Vai dar tudo certo, meninas. Amo vocês. A gente se vê mais tarde, quando todas chegarmos em casa.

Bel pegou o machado e começou a se virar, mas Carter hesitou, um ruído áspero no fundo da garganta.

— Que casa? — perguntou.

— A nossa, Carter — disse a mãe. — A nossa casa.

QUARENTA E OITO

Ash, preciso te ver. Estou no McDonald's. Não traz a câmera, deixa ela aí. Preciso te contar uma coisa.

Bel ficou esperando na escuridão, tornando-se a escuridão, recostada na lateral do Empório Scoggins, onde a luz da rua não conseguia alcançá-la. Estava de volta à cidade do tamanho de formiguinhas, era só mais um daqueles pontinhos que vira do mirante. Rachel ainda estava lá em cima, arrastando dois cadáveres para a mina. Mas a noite ainda não tinha chegado ao fim, e sobreviver a ela não era o mesmo que ter que vivê-la. Que é o que Bel faria, porque uma vida já tinha sido roubada dela, da mãe e da irmã antes, e ela não deixaria ninguém tirar isso das três outra vez. Nem Charlie, nem a polícia, nem o documentário.
    Proteger a verdade, proteger Carter.
    Bel estava observando a entrada do Royalty Inn, à espera. Sabia que Ash iria encontrá-la, porque ele se importava.
    O McDonald's era a única opção; nada mais ficava aberto depois das duas da manhã. De qualquer forma, não interessava, Bel não iria até lá. Tudo o que precisava era de cinco minutos sozinha no quarto dele.
    A porta do hotel foi aberta, e o vidro refletiu as lâmpadas de cada lado, escondendo quem quer que fosse.

Ash saiu de lá de dentro.

Bel sabia que ele iria ao encontro dela.

O garoto caminhou em direção ao estacionamento a passos rápidos, afastando-se dela, uma jaqueta *puffer* preta com uma calça com estampa estilo história em quadrinhos. Provavelmente um pijama, mas com ele era difícil ter certeza. Bel sentiria saudade disso. O coração da garota disparou quando viu o vento jogar o cabelo encaracolado e despenteado dele para trás bem quando Ash passava por debaixo de um poste de luz. Ela esperava que ele a perdoasse, que compreendesse, mesmo que nunca fosse entender de verdade.

Bel saiu da escuridão e atravessou a rua silenciosa até o hotel.

O saguão estava vazio, apenas Kosa na recepção, separando papéis no balcão. Ela olhou para cima, a longa trança preta descendo pelo ombro.

— Boa noite — disse a mulher.

— Está tarde, né? — respondeu Bel. — Você sabe como funcionam essas coisas de filmagem, né? Essas gravações noturnas...

Kosa assentiu porque não sabia como funcionavam essas coisas de filmagem, Bel muito menos.

A voz de Bel estava rouca, áspera pelo choro, pelos gritos, pela conversa com Carter durante o caminho de volta para o depósito. Por explicar como a mãe tinha desaparecido duas vezes, os dois planos que haviam entrado em rota de colisão naquele dia, dezesseis anos antes, e por contar do bebê que surgira do nada. Porque Carter não devia se sentir mal, nunca, pelo que tinha feito com Charlie. Tudo tinha parecido irreal demais quando ela mesma contara.

— Tem terra na sua manga — apontou Kosa.

Bel limpou.

— A gente está filmando na floresta, fazendo esse lance de reconstituição. Falando nisso, o Ash acabou de sair daqui, né, o assistente de câmera?

— É?

— Então, ele me mandou mensagem falando que deixou a lente da câmera no quarto. Pediu pra eu pegar. Pode ser? Só que vou precisar da chave, desculpa. É o quarto trinta e nove.

Kosa piscou na direção dela.

— Olha, posso te mostrar a mensagem dele.

Bel tirou o celular do bolso. Era o jeito mais fácil de entrar lá, mas se Kosa não desse a chave para ela, Bel arrombaria a porta e encontraria um jeito de entrar.

— Tudo bem — respondeu Kosa, soltando um suspiro, como se só quisesse se livrar de Bel, voltar para a papelada. — Sei que você já esteve lá antes. Um segundo.

Ela abriu uma gaveta e vasculhou, a língua entre os dentes.

— Trinta e nove. — Entregou a chave reserva.

— Valeu. — Bel a saudou, o tipo de gesto que era típico de Ash.

Ela subiu a escada correndo, os músculos ainda queimando. Ash já devia ter chegado ao McDonald's, mas Bel ainda tinha tempo. Ele esperaria por ela, porque se importava.

Desceu o corredor, contando as portas até a de número trinta e nove.

Colocou a chave e abriu a porta, acendendo a luz.

Como antes, tinha uma cueca boxer no travesseiro.

Bel entrou no quarto, sentiu o cheiro familiar de Ash, seu coração guardando-o. Passou por uma pilha de suéteres ridículos com morangos e dinossauros, correndo o dedo pelos tecidos. Havia mais memórias ali do que as armazenadas nos cartões SD.

Mas era por causa deles que ela viera.

Bel foi até o outro extremo do quarto, a cadeira e a poltrona juntas na frente da mesa. O lugar dele e o dela. Havia uma pilha de caixinhas de plástico transparente na superfície, os cartões de memória guardados dentro delas.

Bel pegou todas, abrindo as caixas, tanto as que estavam marcadas com o X vermelho quanto as que não estavam. Um por um, despejou os cartões SD em cima da mesa. Os segredos de Rachel estavam enterrados naquelas tiras minúsculas de metal. Bel juntou os pontos, encontrou o caminho que levava à verdade; só que mais ninguém poderia fazer o mesmo.

Ela correu a mão pela pilha espalhada e pegou um cartão aleatório.

Quebrou ao meio. E de novo, destruindo o chip de metal.

Passou para o seguinte.

Foi fazendo uma nova pilha com os pedaços quebrados, dobrados, partidos com força.

Até o último.

Só que aquele não era o último. Os olhos de Bel pousaram na câmera portátil que repousava sobre a cadeira de Ash. Era parte dele tanto quanto aquele cabelo idiota, ou as roupas ridículas, ou o jeito como ele dizia *Ah* o tempo todo, ou como conseguia trocar farpas com ela como ninguém. Bel não precisava destruir a câmera, nem conseguiria fazer isso, mas precisava remover a memória.

Ela deslizou os dedos pelo painel atrás do aparelho até ouvir um clique e uma parte se soltar. Ali estava, ainda inserido, a borda vermelha do cartão SD, igual a todos os outros.

Ela o apertou e ele saiu com um pulo, rendendo-se sem resistência.

O cartão que Ash tinha usado naquela noite: os dois encontrando a mensagem de Rachel em todos os livros, a jornada deles até o caminhão vermelho no Depósito de Toras Price & Filhos, mesmo que não tivesse sobrado mais nenhum dos *Filhos*. O cartão continha a parte mais reveladora de toda a verdade, a mais perigosa. A intenção dela havia sido que ele registrasse tudo como prova. Mas agora as provas agiriam contra sua família.

Bel apertou o cartão entre os polegares e depois o girou com uma das mãos, em um movimento rápido. Ele se partiu em metades irregulares, as entranhas de metal se despedaçando no meio.

Mas quebrá-los ainda não era o bastante. Ela tinha que ter certeza de que tudo havia desaparecido de verdade.

Bel reuniu os cartões de memória quebrados, mortos e desmembrados com a mão em concha.

Levou-os até o banheiro, as mãos acima do vaso sanitário, e os soltou.

As peças se espalharam, flutuando na água, afundando lá embaixo.

Apertou o botão da descarga.

Os fragmentos pretos e vermelhos rodopiaram numa dança derradeira e então desapareceram descarga abaixo.

Mas ela ainda não tinha terminado. Alguns daqueles cartões poderiam estar vazios. O próprio Ash havia contado isso; ele fazia backup da filmagem em um HD externo e depois zerava os cartões para reutilizá-los. Agora, Bel tinha que usar o que Ash lhe confiara contra ele.

Encontrou a pequena caixa preta conectada ao notebook. *Este queridão aqui,* fora como Ash o havia chamado, batendo nele com dois dedos.

Bel também bateu no equipamento com dois dedos, depois desconectou-o.

Deixou-o cair no chão.

Esperou aterrissar, terminar de se estrebuchar.

E então pisou forte nele com o calcanhar.

O invólucro de plástico se quebrou.

Ela repetiu o gesto.

Pé direito, pé esquerdo. Os dois juntos, pulou em cima.

Bel não parou até que o HD externo estivesse reduzido a pedacinhos incontáveis e colocou tudo no bolso.

Endireitou-se.

Perdeu o fôlego.

Havia olhos observando-a, mas eram só os dela própria, um reflexo na tela escura do notebook adormecido de Ash. Bel se aproximou do computador.

Não sabia se havia alguma filmagem salva nele, e não tinha a senha para verificar. Mas não podia arriscar deixar evidências.

O notebook já estava aberto, mas Bel o abriu mais, forçando a tela para trás, empurrando até que o encaixe entre as duas partes se soltasse. Arrancou os fios que ainda tentavam manter as duas partes unidas, separando a base da tela.

Sabia que o disco rígido ficava por ali, debaixo do teclado, e por isso ela o levaria embora, sob o braço. A única maneira de ter certeza de que tudo tinha sumido era ver tudo desaparecer. Jogaria aquilo no rio no caminho para casa.

No momento, o que precisava mesmo era ir embora. Alguém devia ter ouvido aquela barulheira. O hóspede do quarto de baixo talvez estivesse reclamando com Kosa naquele exato momento: *Devem estar dando uma festa, ou sei lá o quê, no quarto aqui de cima.*

Mas Bel não poderia deixar as coisas daquele jeito.

Virou a tela quebrada do notebook, a metade que estava deixando para trás. Pegou a caneta vermelha de Ash e pressionou a ponta na maçã prateada já mordida.

Desculpa, escreveu em letras vermelhas minúsculas, não exatamente da cor de sangue.

Bel foi a primeira a voltar.

Ficou olhando para o relógio na parede. Já passava das três. A mãe e a irmã ainda estavam por aí, cumprindo suas tarefas, e tudo o que Bel podia fazer era esperar que voltassem para casa. Estremecia com qualquer som produzido pela casa vazia; o uivo do vento nas janelas do segundo andar, o zumbido da geladeira no qual ela nunca tinha reparado, as batidas do próprio coração.

Contou os minutos sombrios e esperou.

Ouviu o som de algo arranhando a porta da frente, uma silhueta pairando na janela. Bel se apressou para abrir.

Carter.

— Você está bem? — Bel a puxou para dentro.

— Aham — respondeu Carter, sem fôlego. — Deixei sua bicicleta na garagem.

Bel a levou à cozinha e encheu um copo d'água para ela.

— Como foi?

— De boa. — Carter tomou um longo gole, tossindo. — Demorou um pouco, mas apaguei tudo.

Ela tirou algo da cintura, que estava preso na calça jeans. Um livro. *À espera de um milagre*, de Stephen King.

— Guardei esse. — Ela olhou para baixo. — Está escrito *nos prendeu*. Era eu, né? Eu e a Rachel.

Bel estendeu a mão, afastando o cabelo de Carter do rosto.

— Era. Você devia guardar mesmo. É um livro especial.

Carter abriu um sorriso fraco.

— O Yordan acordou?

— Não.

— Que bom. Você foi ótima. — Irmãs mais velhas deveriam dizer coisas do tipo.

— A Rachel... A m-mamãe... — gaguejou Carter, e se conteve.

— Tudo bem — encorajou Bel. — Eu também só consegui começar a usar essa palavra agora. E tive muito mais tempo pra me acostumar com isso do que você.

Carter assentiu.

— Ela já voltou?

— Ainda não. Mas ela tinha mais coisas pra fazer do que a gente. Ela vai voltar pra casa. Ela sempre volta.

Carter passou os dedos ao redor da borda do livro numa dança, nunca parados, do mesmo jeito que Rachel fazia.

— O que a gente faz agora? — perguntou ela.

— A gente espera.

— Tá.

— Quer alguma coisa? — ofereceu Bel. — Está com fome? Posso fazer um sanduíche ou algo assim.

— Para de ser legal comigo. É esquisito.

Bel riu, e isso a surpreendeu também, o som da risada.

— Desculpa. Só estava tentando parecer mais sua irmã.

— Você sempre foi.

Um estrondo preencheu a casa, um punho batendo na porta da frente.

Carter deixou o livro cair.

— Será que é ela? — sussurrou.

Não tinha como ser.

— A Rachel tem a chave — respondeu Bel.

Outra vez, três batidas fortes, o nó dos dedos na madeira.

— A polícia? — O terror tomou conta do olhar de Carter.

— Fica aqui — instruiu Bel, entrando na sala de estar escura e andando na direção das janelas da frente. Aproximou os olhos do vidro.

Uma silhueta escura na porta, o punho erguido. Ela reconheceu a forma; o cabelo cacheado na altura dos ombros e uma jaqueta *puffer* que dividia o braço.

Virou-se; Carter a tinha seguido.

— É o Ash — sibilou. — Eu vou resolver isso. Sobe lá para o meu quarto e vai pra cama.

Carter assentiu, o que não afastou o terror de seus olhos, e desapareceu escada acima.

Bel respirou fundo e abriu a porta da frente.

— Oi — disse, antes que ele pudesse falar. — Está meio tarde pra vir até a minha casa, né? Isso é um hábito britânico?

Os olhos dele estavam arregalados, marejados, os dentes brilhando na escuridão.

— Eu teria deletado tudo se você tivesse me pedido. — A voz dele tremeu. — Era só pedir.

Bel deu um passo para fora, e Ash desceu para o degrau de baixo. Ficaram da mesma altura, olho no olho.

— Não sei do que você está falando — respondeu ela, baixinho.

— Bel. — Ele prolongou o nome dela, mantendo-o na língua. — O que aconteceu?

— A gente fez um jantar de aniversário para o meu avô, e depois todo mundo foi pra casa.

Ele tentou outra vez.

— O que aconteceu naquele caminhão vermelho?

— Que caminhão vermelho?

A respiração dele ficou presa no peito.

— Onde a Rachel tinha ficado. Onde a gente encontrou o seu pai algemado.

Bel balançou a cabeça.

— A Rachel foi sequestrada por um desconhecido. Ficou presa num porão por dezesseis anos.

— Bel! — O nome dela, pronunciado no sussurro mais alto possível. — Eu não me importo com a filmagem. Não me importo com o documentário, não me importo de ter ferrado com tudo. Mas me importo com você.

Ela quase retribuiu a fala, mas o que saiu em vez disso foi:

— Obrigada.

Bel nunca tinha deixado ninguém chegar tão perto a ponto de se importar com a pessoa. Ash havia demonstrado para ela que isso era possível, que ela nem sempre precisava escolher o caminho que doeria menos. Algumas dores eram boas: amigos se afastavam, pessoas seguiam em frente, iam embora. As coisas não precisavam durar por uma eternidade para valerem a pena. Elas acabavam, *aquilo ali* estava acabando, mas não significava que nunca tivera importância.

— Bel. — Ele baixou a voz. — Você está correndo perigo?

Ela deu uma resposta esquiva.

— Não mais.

— Cadê o seu pai?

— A polícia disse que ele fugiu para o Canadá.

Ash respirou fundo, os olhos pesados.

— O que você está fazendo?

— Protegendo minha família.

Ele assentiu.

— Então vai ser assim? — perguntou em um tom triste, as palavras se arrastando.

Bel assentiu de volta.

— Vai ser assim.

— Tá bom.

Ash se virou.

Desceu a escada, os passos ecoando na calada da noite, atingindo o peito dela, envolvendo seu coração.

Ele atravessou o caminho entre a casa dela e a rua. Tudo estava terminando, e ele estava indo embora, como era para ser.

Mas Bel soube, de repente, que não era bem isso.

— Espera!

Correu até ele.

Ash se virou e Bel se chocou contra o corpo dele. O garoto grunhiu de surpresa.

Os olhos dela encontraram os dele, e os lábios dele encontraram os dela.

Bel passou a mão pelo cabelo desgrenhado de Ash, beijando-o com mais vontade, fazendo cada minuto daquela despedida valer a pena.

Os dedos dele roçaram o pescoço dela, subindo, mas o fulgor descia.

Era um adeus, mas era outra coisa também.

Bel se afastou por apenas um centímetro.

— Não foi inútil — sussurrou ela, os lábios roçando os dele.

— E fez diferença.

— Eu sei.

O nariz dele pressionava a testa dela.

Ela se desvencilhou de Ash, recuou e falou:

— Você podia ter me dito isso antes.

Ash deu uma risada e Bel também, os dois parados ali, sob o luar.

— Acho que essa é a minha deixa... — disse ele, quase uma pergunta.

— Acho que é — respondeu Bel, empurrando o ombro dele com dois dedos.

Ele imitou o gesto de saudação dela, a mão torta combinando com o sorriso, e foi embora.

Bel o observou se afastar, rua abaixo, até se tornar pouco mais do que uma silhueta disforme na escuridão.

Ele se foi, e estava tudo bem.

Ash iria embora mesmo, desde o início.

E ir embora não era o mesmo que abandonar.

QUARENTA E NOVE

Carter estava tremendo quando Bel subiu na cama.

Os olhos arregalados, como se não conseguisse se lembrar de como piscar, como se nunca tivesse aprendido a piscar.

Bel puxou o cobertor até que ficasse acima dos ombros.

— Está tudo bem. Estou aqui.

— E se alguém descobrir o que eu fiz?

Bel encostou os pés nos de Carter.

— Você não fez nada. E ninguém nunca vai descobrir. A gente não vai deixar.

A respiração de Carter estava muito fraca, muito rápida.

— Fecha os olhos — disse Bel.

— Já fechei.

— Não fechou, não. Respira fundo algumas vezes.

— Eu estou tentando.

Carter se deitou de costas, as pálpebras trêmulas, lutando para permanecerem fechadas.

— Ela já voltou?

— Não. — Bel olhou de relance para a janela, para as frestas ao redor da cortina. A escuridão estava começando a recuar lá fora, iluminando-se, o primeiro toque do crepúsculo. — Mas ela deve voltar logo.

Rachel tinha que voltar, antes que o mundo acordasse e percebesse que agora Jeff Price também tinha desaparecido.

Aquela família Price... eles gostavam de desaparecer, e como gostavam.

A respiração de Carter desacelerou, tremendo ao sair pela boca entreaberta.

— Está tudo bem — confortou Bel. — Pode dormir. Eu fico esperando. Não vou deixar nada acontecer com você.

Carter inspirou e expirou, quase formando uma palavra.

Ela dormiu, e Bel ficou esperando.

De olhos fechados, porque estavam coçando, e ela não queria ficar assistindo ao amanhecer se esgueirar lentamente, preenchendo as sombras do quarto, projetando novas.

Ela esperou.

O zumbido da geladeira já se tornara apenas um ruído em sua cabeça, imaginado, uma lembrança. Carter dormia perto demais de seu ouvido.

Bel estava ouvindo com atenção, mas não escutou. Não até a porta do quarto se abrir, sendo arrastada pelo carpete, pés silenciosos atrás dela.

Bel abriu os olhos, piscando de leve, a visão embaçada, antes de se fecharem de novo.

Rachel estava parada ali, na soleira da porta às escuras, olhando para as duas.

Não tinha as abandonado. Tinha ficado.

Bel conseguia senti-la, uma calma que a alcançava naquele limbo entre estar adormecida e acordada, entre ontem e hoje, entre irmã e filha.

Finalmente poderia dormir, agora que a mãe estava em casa. Agora que ela estava ali para cuidar das duas.

Bel respirou fundo e se deixou adormecer.

Rachel não as deixou dormir por muito tempo.

Apareceu com o café às sete e meia, sentou-se na ponta da cama, em cima dos pés das duas.

— Desculpa. — Ela mudou de posição, entregando uma caneca para Bel.

A caneca favorita da garota. Esperou Carter esfregar os olhos sonolentos e então entregou a dela.

Bel bocejou.

— Você pode voltar a dormir mais tarde. — Rachel deu um tapinha na perna dela por cima do edredom. — Como foi tudo?

— A minha parte deu certo — respondeu Bel. — A filmagem já era.

— A minha também — acrescentou Carter. — Todos os livros.

— Que bom. — Rachel sorriu, uma tensão visível nos cantos da boca.

Bel se endireitou.

— E com você?

Rachel assentiu, uma expressão distante nos olhos que escondiam uma queda profunda, até o fundo da mina.

— Tudo feito — disse, baixinho.

Parecia que ela não tinha dormido nada. E havia um hematoma escuro se formando em seu pescoço, os azuis e vermelhos de um universo à beira da morte.

— Na verdade, não tudo. — Rachel suspirou. — Tem uma coisa que a gente precisa fazer, juntas. Carter... — Ela se voltou para a filha mais nova. — A gente tem que decidir o que fazer com a Sherry.

— Ai, caramba — sussurrou Bel, ainda com a caneca de café na boca. — Eu não pensei... como a gente vai explicar o desaparecimento do Jeff? E a Carter, bom, a Sherry não vai só deixar você ir embora.

— É capaz de ela aparecer aqui logo, logo, procurando o Jeff e a Carter, querendo saber por que eles não voltaram para casa — respondeu Rachel. — Eu tive uma ideia. Mas, Carter, quero saber o que você quer fazer. Você passou a vida inteira achando que essa mulher era sua mãe. Quero que saiba que tudo bem você se importar com ela, óbvio. Você é quem deveria decidir o que fazer.

Carter tomou um gole para ganhar tempo, embora o café estivesse quente demais; Bel percebeu pela maneira como ela apertou os olhos.

— Ok — disse ela, tamborilando os dedos na caneca, em constante movimento.

Rachel lhes contou sua ideia, discutindo os pormenores, e Carter decidiu.

— Tem certeza? — conferiu Rachel. — Depois que a gente fizer isso, não tem volta.

Carter pigarreou.

— Absoluta.

A campainha tocou às 8h20. Uma nota longa que soou por um tempo.

Elas sabiam quem era e estavam prontas.

Bel se levantou para atender a porta.

— Tia Sherry — disse, piscando para afastar o sol da manhã, os olhos implorando pela escuridão outra vez. — Tudo bem?

— Nem um pouco. — Sherry passou por ela. — A Carter está aqui? Ela não me disse que ia dormir fora.

A mulher forçou caminho até a sala de estar sem ser convidada.

— Ah, olha só, aí está você. Vamos embora. Não sei onde está o seu pai. Será que ele ficou na casa do vovô?

Bel fechou a porta da frente e foi atrás de Sherry.

Rachel e Carter estavam sentadas no sofá, Sherry parada diante delas, a bolsa balançando.

— Carter. — Ela estalou os dedos, impaciente.

— Senta aí, Sherry. — Rachel indicou a poltrona.

Estava usando um dos suéteres de Bel, um azul de gola rulê, para esconder o hematoma no pescoço.

— Não precisa, Rachel — disse Sherry, pronunciando o nome dela com firmeza. — A gente tem coisas para fazer hoje. A Carter tem aula de dança ao meio-dia, então a gente...

— Senta, Sherry.

— Não, sério, Rachel, é muito gentil da sua parte, mas a gente precisa ir. Né, Carter?

Sherry queria deixar a garota sem escolha. Mas Carter já fizera a dela.

Bel passou por Sherry e se sentou na ponta do sofá, Carter no meio.

Três contra uma. Sherry estava em desvantagem.

— Senta — disse Carter desta vez, a mandíbula tensionada.

Isso fez com que Sherry se virasse para Rachel, os olhos semicerrados.

— O que está acontecendo? — Ela se sentou, mas não muito, apoiando-se bem na pontinha da poltrona. — Vocês têm notícias do Charlie?

— Vamos falar de você, Sherry. Do que você fez.

Ela franziu a testa.

— Rachel, eu não sabia que você também ia trazer bolo ontem. Eu só estava tentando ajudar.

— Não é sobre o bolo, Sherry. — Rachel se inclinou para a frente e uniu os dedos. — É sobre você ter roubado a minha filha.

Os olhos de Sherry se arregalaram, e ela se esforçou para não ofegar. Sua atenção se voltou para Carter.

— Do que você está falando? — perguntou ela, com uma risada rouca, puxando a bolsa para o colo, usando-a como escudo. — A Bel ficou com a gente por uns sete meses só, depois que o Charlie foi preso.

— Não estou falando dessa filha. — A voz de Rachel soava sombria. — Estou falando do bebê que você roubou quase dezesseis anos atrás.

Os olhos da mulher se arregalaram ainda mais. Sherry balançou a cabeça.

— Eu não...

— Sabe, sim. Usou barrigas falsas pra fingir que ela era sua filha. Ela tinha só duas semanas quando o Pat a tirou de mim e entregou pra você.

Sherry mexeu a boca, mas nenhuma palavra saiu.

— A gente já sabe de tudo, Sherry. O Jeff contou pra gente. Mas você já sabia há mais tempo. Me fala, você sempre soube que a Carter era minha filha? Deve ter percebido. Afinal, de que outra forma ela se pareceria tanto com um membro da família Price? Você sabia, esse tempo todo, que o Pat e o Charlie tinham me mantido em cativeiro? Isso te torna cúmplice, sabia?

Sherry apertou a bolsa contra o peito. Estava encurralada; negar uma parte era aceitar o resto.

— Não faço ideia do que você está falando — respondeu, escolhendo uma nova opção. — Isso é algum tipo de pegadinha... para o documentário?

— Não — garantiu Carter.

— Bom, isso que vocês estão fazendo não tem a menor graça — retrucou Sherry, levantando-se. — Vem, Carter. Chega dessa brincadeira. Você tem aula de dança.

Ela agarrou o braço de Carter e tentou arrancá-la do sofá.

Carter puxou a mão de volta.

— Não, *tia Sherry* — disse, direto no alvo.

Uma mudança; do choque à raiva. Aconteceu de forma brusca.

— Não me chama assim! — exclamou Sherry, uma gota de saliva escorrendo pelo queixo. — Eu sou sua mãe!

— Não é, não. A Rachel que é.

— Larga de ser ridícula.

— Sherry — advertiu Rachel, com um rosnado baixo. — Acabou, chega de tentar negar. O Jeff contou tudo pra gente ontem à noite. A Carter é minha filha. Você a roubou de mim.

— Não, não, não — falou Sherry, cada negação perdendo a força. — Fui eu que pari essa menina. Ela é minha filha, Rachel. Minha!

Rachel estalou o pescoço e tensionou a mandíbula, do mesmo jeito que Bel fazia antes de uma briga.

— Você não vai se importar se pedirmos um teste de DNA pra polícia, então, né? Mas, lógico, se você aceitasse isso, iria para a cadeia pelo resto da vida, porque a Carter é a prova do que você e o Jeff fizeram comigo. Talvez você não soubesse que o Pat estava me mantendo em cativeiro, que a Carter era minha filha, não até eu voltar, mas não é isso o que parece, Sherry. O que me parece é que você e o Jeff estavam envolvidos no meu sequestro e ainda raptaram a minha filha. A família inteira metida nessa história. — Rachel fez um som de reprovação. — Sei lá, acho que você não é o tipo de pessoa que se daria bem na cadeia.

Sherry balbuciou, a raiva em transformação. Bateu as mãos no rosto e soluçou. Bel não conseguia ver uma lágrima sequer.

— Chega disso — disse Rachel —, a gente está sem tempo. Você tem que fazer uma escolha, Sherry. A mesma que eu apresentei para o Charlie. E para o Jeff também, ontem à noite.

Sherry enxugou os olhos sem nenhuma lágrima.

— Cadê o Jeff? Cadê meu marido?

— Ele foi embora. Admitiu tudo pra gente ontem à noite e foi embora. Dei duas opções pra ele. Ou eu conto tudo pra polícia, insisto que a Carter faça um teste de DNA e você, o Jeff, o Charlie e o Pat vão pra cadeia, ou eu te dou outra escolha, já que você é da família. — Rachel fez uma pausa. — Você vai embora e nunca mais volta, nunca mais entra em contato com a gente. Começa uma vida nova em outro lugar. Charlie fez essa escolha duas semanas atrás. E o Jeff, ontem. Foi embora.

— Foi embora pra onde? — perguntou Sherry, choramingando.

— Foi atrás do Charlie — disse Rachel —, no Canadá. Provavelmente já deve estar lá. Quer que você vá encontrá-lo, me pediu pra te explicar tudo, pra vocês dois poderem começar uma vida nova juntos. Nenhum de vocês quer ser preso, né?

Sherry engoliu em seco, estremecendo, os olhos se voltando para Carter.

— Não.
— Tem certeza, Sherry?
Ela assentiu.
— Certo. O Jeff vai ficar feliz. Você não pode entrar em contato com ele agora, mas ele está te esperando. Você vai ter que prestar atenção no que vou falar, Sherry, é tudo o que você vai ter que fazer pra que isso funcione. Primeiro, precisa arrumar uma mala, só uma pequenininha, não é pra levar tudo. Depois, vai até um caixa eletrônico. O Jeff disse pra usar todos os cartões, estourar os limites. É pra pegar o máximo de dinheiro que conseguir, já que você vai precisar e não vai poder acessar suas contas depois disso.

Sherry encarou as próprias mãos.
— Está prestando atenção, Sherry?
— Estou — resmungou ela.
Rachel tirou dois itens do bolso de trás.
— Ele me pediu pra te entregar isso aqui. O celular e a chave do carro dele. — Rachel jogou os dois itens nas mãos de Sherry. — O carro dele está estacionado no fim da rua, na frente do cemitério. Ele deixou pra você, disse que é menos chamativo que o seu. Quando você já tiver pegado as malas e o dinheiro, ele quer que dirija até Barton, em Vermont. O amigo dele, Bob... Robert Meyer... mora lá. Você se lembra do Bob?

As mãos de Sherry se fecharam em torno do celular e da chave.

— O Bob vai te ajudar, tá, Sherry? Fala pra ele que você e o Jeff estão com problemas e que você precisa da ajuda dele. O número do telefone dele e o endereço estão no celular do Jeff. Pode ligar o celular dele quando estiver lá perto. Anotei pra você, para o caso de acabar a bateria.

Os detalhes ainda estavam gravados na mente de Rachel, do tempo que tinha passado no caminhão vermelho.

— O Bob vai arranjar um passaporte novo pra você e para o Jeff. Nomes novos, documentos novos. Você vai ter o dinheiro pra pagar, mas precisará esperar que fiquem prontos. O Jeff estava sem tempo, então você vai ter que fazer o dele também. Ele ficou de embarcar num avião clandestino hoje de manhã, porque não tinha certeza do que você ia escolher, queria estar fora do país caso eu acabasse envolvendo a polícia. Mas vocês dois vão precisar de identidades novas se quiserem que isso dê certo, então agora você vai ter que ajudá-lo.

— Tudo bem. — Sherry fungou, como se aquilo fizesse muito sentido.

— Quando os documentos estiverem prontos, você vai ter que dirigir até o aeroporto John Mayne, pertinho de Newport. É o mesmo lugar aonde o Charlie e o Jeff foram. O endereço está nesse mesmo papel. Quando chegar lá, vai precisar jogar todos os seus cartões e documentos antigos fora. Deixa em qualquer lata de lixo, ninguém vai encontrar.

Rachel sabia mentir quando não estava mentindo para Bel, quando era algo vital, quando fazia isso para proteger as filhas.

— Nunca mais vai precisar de nada disso, e é melhor não ter nada da sua vida antiga que possa indicar que você esteja lá. Depois, precisa pegar um avião pequeno pra atravessar a fronteira. Vão pedir para ver o seu passaporte no embarque, na hora de mostrar para as autoridades, mas tudo bem, porque aí você mostra o documento novo. Não vão suspeitar de nada e ninguém vai saber quem você era antes disso. Tá bom, Sherry?

— Tá. — Um músculo se contraiu no queixo da mulher.

— Assim que você aterrissar, onde quer que esteja, dirija-se a New Brunswick. Tem que ir até uma cidadezinha ao norte chamada Dalhousie. O Jeff vai esperar por você lá, o Charlie também. A cidade é bem pequena, você vai conseguir encontrá-los. Um lugar legal. Lindo, tranquilo, com montanhas. Você vai ser feliz lá, Sherry. Vai ter uma vida nova.

A vida que as três deveriam ter tido (Rachel, Bel e Carter), e que agora Rachel estava repassando para Sherry.

— Mas assim que você for, Sherry, não vai mais poder voltar. Por nada nesse mundo. Se tivermos qualquer notícia sua, não vou ter escolha senão ir direto até a polícia. Estou te dando essa chance. Não a desperdice.

Sherry jogou o celular de Jeff, a chave do carro dele e o papel com o endereço na bolsa.

— Tem alguma pergunta? — Rachel se levantou, e Bel a ajudou, o peso do corpo apoiado no tornozelo ileso.

Carter também ficou em pé, e a atenção de Sherry se voltou para ela.

Os lábios da mulher se contorceram

— Sabe, nada disso é minha culpa. Eu te amo, Carter. Sempre tentei fazer o melhor pra você.

— Isso não é uma pergunta — respondeu Carter, mexendo os dedos, transformando o tecido da calça de moletom em montanhas e vales.

Os olhos de Sherry não estavam mais secos. Ela forçou uma lágrima a irromper, rastejando devagar pela bochecha.

— Quer mesmo que eu vá embora? Fui eu que criei você.

— Não criou, não — retrucou Carter, a voz baixa, mantendo-a quase para si. — Foi a Bel que me criou. Dá, sim, pra *escolher* a nossa família. E eu escolhi as duas. Sinto muito.

Sherry enxugou a lágrima e a deixou escorrer pelo dedo.

— Hora de ir, Sherry.

Rachel acenou para ela com a cabeça uma vez só. Não de um jeito cruel, embora tivesse todo o direito.

Sherry não disse mais nada; sabia que tinha sido derrotada, que havia perdido. Bel pensou que talvez fosse resistir mais, como uma mãe deveria fazer: os dentes à mostra e os olhos brilhando.

Sherry abraçou a bolsa contra o peito outra vez e se virou para o corredor.

Elas a seguiram, Rachel se apoiando em Bel, cambaleando ao lado dela.

Sherry abriu a porta da frente e parou no primeiro degrau. Virou-se, olhando apenas para Carter.

— Então tchau — disse, ameaçando partir.

— Tchau — respondeu Carter, a voz falhando pela primeira vez.

Os olhos dela revelavam a verdade; aquele adeus estava sendo mais difícil do que ela tinha imaginado. Talvez chorasse depois, talvez todas chorassem.

Ficaram paradas na porta, a família de três pessoas, tudo o que restava agora, e observaram Sherry ir embora. Degraus abaixo, rua abaixo.

Carter se inclinou para dar aquela última olhada, agarrando-se à cena por mais um tempinho, esperando até Sherry realmente desaparecer.

— E o vovô? — perguntou, em uma tentativa de esconder os próprios sentimentos. — Sei que foi o Charlie que começou isso, mas o vovô também participou, e muito. Ele fez as próprias escolhas.

Rachel passou o braço em volta dos ombros da filha caçula, a outra mão estendida para Bel.

— Ele fez mesmo as próprias escolhas, e eu o odeio pelo que causou a nós três. Mas... parece quase cruel punir um idoso que não se lembra de nenhuma das coisas horríveis que fez. — Rachel mordeu o lábio, deixando marcas invisíveis. — Ele não vai viver mais muito tempo. A gente não vai mais visitá-lo. Mas vou continuar pagando ao Yordan pra cuidar dele, para que tenha algum conforto nesse tempo restante. Salvá-lo, mas não de verdade. Ele vai morrer sozinho e confuso. Acho que já é o suficiente. Vocês não acham?

Bel assentiu.

Carter olhou para a irmã e também concordou.

Elas tinham que decidir aquelas coisas juntas, como uma família. Fazer as próprias escolhas para desfazer as que tinham sido feitas por elas.

Do outro lado da rua, a porta do número 32 foi aberta, revelando a sra. Nelson parada na porta numa posição parecida com a delas, observando-as. A mãe e as duas filhas, embora ninguém jamais fosse descobrir isso, nem mesmo a vizinha, por mais observadora que fosse.

Bel ergueu uma mão, acenou, e a sra. Nelson retribuiu o gesto.

— Para de ser legal com ela — sussurrou Carter. — A gente devia agir como sempre.

— Eu sou legal às vezes.

Rachel e Carter se viraram para Bel, a mãe e a irmã com a mesma expressão nos olhos.

Bel sorriu.

— É, tudo bem, ser legal com ela foi fisicamente doloroso.

Rachel riu, enrolando os dedos nas pontas do cabelo de Bel.

— Você vai sair viva dessa, Bel.

E a mãe estava certa; ela sairia mesmo.

CINQUENTA

— O que vocês acham que aconteceu com o Charlie, o Jeff e a Sherry?

Ramsey esperou pela resposta, sentado na sala de reuniões do Royalty Inn, a luz clara do softbox o atingindo por trás.

Bel estava sentada no sofá com as almofadas bem arrumadas ao seu redor.

Desta vez, não estava sozinha. Tinha a mãe de um lado e Carter do outro.

Os joelhos da garota pressionavam a mesa de centro. Uma garrafa de água que elas não podiam beber, três copos desta vez. E o tabuleiro de mármore, ainda sem a rainha. Bel estava com ela no bolso e a colocaria de volta no lugar quando terminassem. Não precisava mais dela.

— Não faço ideia — disse a mãe, tomando a dianteira.

Era a *Entrevista de despedida*. Pelo menos era isso o que dizia a claquete. A última cena de *O reaparecimento de Rachel Price*, com o que restara da família Price.

Ash estava em algum lugar por ali, escondido atrás do brilho das luzes, usando mais uma vez o suéter roxo feioso, o dos dinossauros. James estava atrás da câmera grande, Saba com o tripé do microfone, o protetor cinza felpudo acima deles.

— Já faz duas semanas que o Jeff e a Sherry sumiram. — Ramsey juntou os dedos. — Quase um mês desde que o seu marido, Charlie, desapareceu. Faz alguma ideia de onde eles estão, por que foram embora?

— Não faço ideia de onde eles estão — respondeu a mãe, sustentando o olhar de Ramsey, piscando apenas o bastante para tornar a declaração verossímil. — A polícia está convencida de que o Charlie saiu do país, fugiu para o Canadá. Que o Jeff e a Sherry fizeram o mesmo, encontraram provas pra respaldar a suspeita, como se tudo tivesse sido planejado entre os três. Quanto ao *porquê*... eu só posso tentar supor os motivos deles.

— E o que você supõe, Rachel? — insistiu Ramsey.

Ela respirou fundo, como se precisasse de tempo para pensar.

— O meu retorno criou muita tensão na família. Muito estresse, muitos reajustes, e isso também veio acompanhado de muitas investigações, muitas perguntas e muita atenção da imprensa. — Ela fez uma pausa para causar maior impacto, como Bel a tinha mandado fazer. — Acho que a minha volta acabou tendo outras ramificações. Não sei se eles estavam envolvidos em alguma coisa ilegal, mas acho que meu retorno foi o catalisador, foi parte da decisão deles de partir, do motivo para terem achado que era algo que precisavam fazer. Bel, você vinha ouvindo o seu pai e o seu tio discutirem muito, mesmo antes de eu voltar, não era?

— Aham — respondeu Bel, pegando a deixa. — Estavam brigando bastante. Sempre por causa de dinheiro. Foi por isso que o meu pai concordou em participar desse documentário, inclusive; ele estava desesperado pelo dinheiro. Não sei se isso teve a ver.

A mãe assentiu, retomando a palavra.

— Não temos resposta. Eu até tentei entender, fiquei me perguntando que segredo era esse que eles compartilhavam, que os teria feito ir embora. Talvez tivessem pensado que eu sabia de algo, de antes de eu desaparecer, talvez isso explicasse, mas... eu não sei de nada. Acho que temos que ficar na expectativa de que eles voltem para casa algum dia para que a gente possa resolver isso.

— E você, Carter? — Ramsey se virou para ela. — Teve alguma notícia dos seus pais desde que eles foram embora?

Carter se endireitou no sofá.

— Não desde a noite do aniversário de oitenta e cinco anos do vovô.

— E como você está se sentindo, sabendo que foram embora? Sobre o fato de terem te abandonado?

— É triste. — Carter fungou. — Seja lá qual for o motivo, deve ser bem ruim para terem largado a filha de quinze anos para trás sem falar nada. Eu sinto saudade deles, e espero que estejam bem. Mas fizeram uma escolha, e gosto de pensar que me abandonaram para me proteger, de alguma forma. Ainda estou lidando com isso tudo. Faz só duas semanas.

— Você está morando com a sua tia e a sua prima?

— Isso — respondeu a mãe, no lugar dela. — A Carter é da nossa família e sempre será bem-vinda para ficar com a gente, o tempo que precisar. Estamos felizes de tê-la por perto, né, Bel?

— Me perguntar na frente da câmera é fácil, né, porque aí eu tenho que ser legal. — Bel abriu um sorrisinho.

Carter deu um soquinho no braço dela.

Ramsey sorriu também, observando as duas, respeitando o momento entre elas.

— Então o que aconteceu com o Charlie, o Jeff e a Sherry é mais um mistério? — prosseguiu ele.

A mãe assentiu.

— Mais um mistério.

— Vamos voltar do começo. — Ramsey se inclinou para a frente, o que significava que uma pergunta difícil estava a caminho. — A gente ainda não tem as respostas para o mistério principal do seu desaparecimento, Rachel, o homem que te sequestrou. Você identificou Phillip Alves depois do incidente na sua casa algumas semanas atrás, após a invasão dele. Mas a polícia descobriu, desde então, que Phillip Alves estava no México no dia em que você foi solta, quando reapareceu, então não pode ter sido ele. Tem algum comentário a fazer sobre essa questão?

— Tenho — disse a mãe, como se estivesse esperando por aquela pergunta, porque estava. As três tinham preparado respostas para qualquer questão que Ramsey pudesse trazer. — No momento em que o vi, eu tive certeza de que era ele mesmo. Estava escuro, e eu só via o homem que me sequestrou no escuro, ele nunca se aproximava. Talvez tenha sido o medo, quando o vi atacando a Bel, e o instinto tomou conta de mim. Mas eu estava errada. Não foi Phillip Alves. O homem ainda está à solta, em liberdade, e agora não tenho mais certeza de que o reconheceria se o encontrasse.

Ramsey assentiu, apoiando o queixo na mão.

— Te preocupa pensar que talvez nunca encontrem uma resposta? Que a polícia talvez nunca ache esse homem?

Elas não tinham se preparado para aquela pergunta. Bel deslizou a mão pelo sofá, encostando o mindinho na perna da mãe, avisando-a de que estava bem ali, do lado dela. Não se importou de a câmera gravar o gesto.

A mãe olhou para ela por meio segundo, e foi o suficiente.

— Se você tivesse me perguntado isso algumas semanas atrás, talvez eu dissesse que sim. Pensei que precisasse da resposta, que não conseguiria viver sem ela. Mas, neste momento, acho que fico tranquila em não saber. Minha vida tem sido um grande mistério faz muito tempo, pelos últimos dezesseis anos, então acho que consigo conviver bem com o mistério. — A voz dela falhou, e o que dizia era verdade, Bel conseguia perceber a diferença. — Mas eu não vou mais viver com medo. Vivi com ele por muito tempo e lutei para voltar para casa, para a minha família. Chegou a hora de seguir em frente, com ou sem respostas. E eu tenho essas duas aqui para me ajudarem a superar tudo isso.

Ramsey se recostou, um sorriso que estava mais nos olhos do que na boca, observando as três.

— E corta! — disse ele, unindo as mãos e batendo palmas, direcionando-as às três sentadas ali.

James começou a bater palmas também, juntando-se a ele atrás da câmera. Saba fez o mesmo.

E Ash, surgindo na frente de uma das luzes, brilhante, dando uma piscadinha quando viu que Bel olhava para ele.

Bel também bateu palmas, na direção dele. E então Carter começou. E a mãe também.

A sala ganhou vida com os aplausos dispersos, e ninguém queria ser o primeiro a parar.

Aplaudiram, e não só porque presenciavam um término, mas porque era importante.

Porque aquilo os tinha mudado, a todos eles.

— Vocês vão embora hoje? — perguntou a mãe para Ramsey, já fora do hotel, no estacionamento.

James e Saba estavam atrás deles, colocando os equipamentos na van. Ash lutava para carregar um daqueles malões de metal e esbarrou na porta do hotel com um estrondo.

— Aham — disse Ramsey. — O nosso voo é hoje à noite.

Bel e Carter estavam paradas mais atrás, encostadas no carro da mãe.

— Bom... — Rachel estendeu a mão. — Adeus. Obrigada. Por tudo, Ramsey.

Ramsey pegou a mão dela, mas não a apertou: segurou entre as suas.

— Não. Eu que te agradeço, Rachel. Vamos manter contato. Sobre o filme.

Ash derrubou mais coisas.

— Precisa de uma mãozinha? — ofereceu Carter. — A sua claramente está furada.

Ash abriu um sorrisinho.

— Você está começando a parecer a sua prima.

Os olhos de Ramsey se voltaram para Bel.

— Você não estava pensando em se livrar dessa sem me dar tchau, né, Bel Price?

— Me pegou, *parceiro*. — Ela se aproximou, tomando o lugar da mãe, que foi ajudar Carter. — Então... você finalizou o documentário.

— Pois é. Não vai ser a história cheia de camadas e reviravoltas que eu pensei que seria algumas semanas atrás — declarou ele, de forma incisiva.

Bel baixou os olhos.

Ramsey sabia. É óbvio que sabia. Não devia saber de tudo, de toda a verdade, mas sabia o tanto que Ash sabia. Tinha visto as filmagens que os dois haviam feito naquele dia antes de ela as destruir. Sabia que Rachel estava mentindo, que não tinha sido presa em um porão por um desconhecido e ficado lá por dezesseis anos, que a resposta para aquela questão estava mais próxima do que qualquer um imaginaria e que a família Price tinha segredos, ele só não sabia quais.

Um filme que não atingiria todo o seu potencial.

Ramsey a encarou.

— Na verdade — continuou —, não vai ser a história cheia de camadas e reviravoltas que eu achei que queria. Vai ser melhor, uma história com *um quê de humanidade*. Uma narrativa mais serena sobre mãe e filha se reencontrando, superando suas diferenças e inseguranças. Uma jornada que muda as duas. Não é tão chocante quanto o filme que eu tinha, não mesmo, e provavelmente não vai ser tão lucrativo... com certeza não vai... mas é uma história que vale mais a pena ser contada.

Bel assentiu, sem saber o que dizer.

— Tenho uma coisa pra você. — Ele baixou a voz, tirando algo do bolso, um cartão de memória. — Faz tempo que sou cineasta — disse, quase num sussurro. — Sempre me certifico de ter um backup na nuvem.

O coração de Bel parou.

Os lábios se abriram ao redor de uma palavra fantasma.

Ah, não, ai, droga, a filmagem.

Mas os olhos de Ramsey demonstravam gentileza. Não era uma ameaça, só um presente. Ele estendeu o cartão de memória em sua direção.

— Agora não tenho mais nada. Apaguei tudo, permanentemente, tudo que você e o Ash filmaram juntos. Essa é a última cópia. Achei que quisesse ficar com ela.

Ele entregou o cartão de memória para a garota.

Bel o pegou, os dedos roçando os dele. Ramsey tinha a filmagem; poderia ter feito o filme que queria, o que expunha Rachel, que colocava ela e Bel uma contra a outra, cheio de camadas e reviravoltas, chocante. Mas Ramsey havia escolhido não levar aquilo adiante. Tinha feito a escolha dele.

— Obrigada — respondeu ela, guardando o cartão de memória no bolso.

Ramsey sorriu.

— Essa história é sua, não minha.

Ele ergueu a mão.

— Bom, acho que isso é um adeus, então.

— Espera aí, *parceiro*.

Bel afastou a mão dele. Inclinou-se com os dois braços abertos e o abraçou.

Ramsey retribuiu o abraço, apertando com força, mas não com tanta força quanto ela.

— Se precisar de alguma coisa, minha querida, é só me ligar, viu? — disse ele. — Sei que moro quase do outro lado do mundo, mas estou sempre aqui pra você, tá bom?

— Tá bom — respondeu Bel, a voz abafada pela jaqueta dele.

Ramsey deu um beijo no topo da cabeça dela, em seu cabelo.

— Beleza, pode ir. — Ele se afastou, os olhos marejados. — Sai daqui antes que eu comece a chorar. — Ele enxugou os olhos e acenou com a mão. — Vai, é sério, sai daqui, parceira. Não posso ficar chorando na rua.

Bel riu, afastando-se dele, mas não podia ir embora, ainda não.

— Ash!

Ele estava parado ali, sem ajudar, como se estivesse esperando sua vez.

— Que foi? — Ele se aproximou, a calça *flare* arrastando no concreto. — Eu estou muito ocupado.

— Ocupado demais pra isso? — Bel baixou a mochila das costas até o braço e enfiou a mão lá dentro para pegar um tecido amarelo. Entregou para ele. — Voltei pra pegar isso aqui pra você.

Ash desdobrou a camiseta cropped, e seu rosto se iluminou.

— *Apoie doguinhos, não droguinhas* — disse ele, virando a camiseta para mostrar o pug triste e barrigudinho. — Eu amo esse doguinho. Vou usar essa blusa direto.

— Lógico que vai. Sabe, você é ridículo, e estranho, e muito irritante, sério mesmo. — Ela respirou fundo, aliviando a tensão na mandíbula. — Mas fico feliz por ter te conhecido.

Ash apontou o doguinho para ela.

— Não adianta ficar me bajulando, Bel.

— Juro que foi a última vez.

— Entendi. — Ash enrolou a camiseta, segurando-a contra o peito, diante do coração. — Vou sentir saudade de você — disse ele, baixinho.

— É mesmo? — zombou ela. — Ué, mas eu não era desagradável?

Ash riu, apertando a camiseta contra a boca.

— Totalmente desagradável.

Bel deu um passo à frente. Cutucou o ombro dele com dois dedos.

— Acho que a gente se vê, então — disse a garota.

— É, sei lá, acho que não nos veremos mais. Eu moro em outro país, e...

Ele parou, os olhos brilhando ao encontrar os dela, marejados. Os dois chorariam por causa daquele momento, lágrimas que pareciam felizes, mas tinham um gosto triste, só que não ali, não naquele momento. Ele estendeu a mão e empurrou o ombro dela com dois dedos.

— Acho que a gente se vê, então.
— Bel! — chamou Carter. — A gente pode ir?
— Pode — respondeu ela, controlando-se.

A mãe destravou o carro e abriu a porta do motorista.

Carter hesitou.

— Onde você quer sentar? — perguntou para Bel.

Ela fez uma pausa, os olhos indo da porta do passageiro até a porta de trás.

— Eu vou atrás — respondeu Bel.

Ela entrou e se sentou, porque podia. Não tinha sido o banco de trás que a machucara, tinha sido aquele homem que escolhera machucá-la. Não tinha sido a mãe que a abandonara, então aquela parte do carro não podia ter mais poder sobre ela. E, na real, era só um banco, igual ao da frente.

Rachel ligou o motor e então entrou na rua principal. Bel se virou para observar a equipe de filmagem parada ali, acenando, ficando menores à medida que o carro se afastava, até se transformarem apenas em pontos e pessoinhas, e depois em nada.

Ramsey tinha dito que a história era dela, mas era dele também. E aquele pensamento despertara algo em Bel, uma lembrança que ganhou um novo significado, transformando-se em algo novo.

— Ramsey filmou um documentário no ano passado, mas não conseguiu encontrar ninguém que se interessasse pelos direitos, disseram que faltava *um quê de humanidade*. As filmagens aconteceram em Millinocket, no Maine. Não era o mesmo lugar em que você...

A mãe piscou. Bel a observou pelo retrovisor.

— Era você! — exclamou ela. — Você era o Lucas Ayer do Twitter. Deixou um comentário falando para o Ramsey dar uma olhada no caso da Rachel Price. Foi por sua causa que fizeram esse documentário.

A mãe deu de ombros.

— Eu vi a equipe de filmagem pela cidade, fiquei com medo de que alguém pudesse me ver, me reconhecer no fundo de alguma cena. Então me escondi. Mas fiquei com isso na cabeça, sabe, que um documentário seria útil. Eu queria ver o Charlie mentindo na frente das câmeras, fingindo que não fazia ideia do que tinha acontecido comigo. Mas também tinha a questão do dinheiro. Se eu voltasse, eles pagariam mais pela minha versão da história, aí a gente poderia viver com essa grana por alguns anos. Então entrei no Twitter e fiz essa sugestão, marcando ele. Eu não esperava que aquilo de fato funcionasse. Mas acho que eu era um mistério bom demais pra ser ignorado.

— Você me falou que não entendia o Twitter — comentou Carter, com as pernas compridas estendidas, os pés apoiados no painel.

— Ah, isso ainda é verdade. Mas fico ainda mais confusa com o TikTok. Por que tudo é tão barulhento lá?

Carter riu.

— É só diminuir o volume. Eu já te mostrei como faz, com os botões laterais do celular.

— Tem botões demais.

— São literalmente três.

Uma viatura estava estacionada mais adiante, com Dave Winter, chefe da polícia, do lado de fora, multando alguém. Dave as avistou quando o tráfego diminuiu. Ele acenou, o distintivo reluzindo. A mãe acenou de volta com a cabeça e Bel apertou os lábios em um sorriso. Tinha libertado Dave da promessa dele. O homem tinha razão aquele tempo todo, não devia nada para Bel, e muito menos para Charlie. Contanto que Dave não chegasse perto da verdade.

Carter ficou tensa enquanto passavam.

A mãe percebeu e comentou:

— Acho que deu tudo certo nessa entrevista.

Carter deu de ombros.

— Sei lá. Acho que demorei muito com as minhas respostas, que o meu rosto me denunciava sempre que o Ramsey dizia os nomes do Jeff ou do Charlie. E se alguém perceber que eu estou mentindo? E se as pessoas assistirem e descobrirem que matei os dois?

— Carter. — A mãe parou em um sinal vermelho e se virou para ela. — Não quero mais ouvir você dizendo isso, nem que pense nisso. Você não matou ninguém, confia em mim.

Carter colocou as pernas no banco, as mãos entre os joelhos.

— É... só que eu matei, sim.

— Confia em mim, você não matou ninguém. O Charlie puxou o Jeff e fez com que ele caísse no penhasco. Ele matou o Jeff.

— Mas eu empurrei o Charlie. Eu matei o Charlie.

A mãe respirou fundo, segurando o ar por um bom tempo, a seta piscando, contando os segundos antes de ela expirar.

— Não, Carter. Você não matou o Charlie. Fui eu que matei.

— O quê? — perguntou Bel, atordoada. — Como assim?

Os olhos da mãe estavam na estrada, não nas duas.

— O Jeff estava morto. Achei que o Charlie também, mas ele tinha sobrevivido à queda. Acordou quando comecei a arrastá-lo até a mina. Ele estava mal, não conseguia se mexer, não conseguia falar, mas os olhos estavam abertos. Imploravam. — Ela tossiu, deslizando as mãos pelo volante. — Não sobreviveu à segunda queda.

— O quê? — As mãos de Carter cobriram a boca.

— Você disse que não ia mais mentir pra gente. — Bel se concentrou na nuca da mãe.

Se ela estava dizendo a verdade, por que contar aquilo apenas naquele momento, duas semanas depois?

— Eu não estou mentindo — respondeu a mãe, sem olhar para elas. — Foi o que aconteceu. A Carter não matou ninguém. O Charlie matou o Jeff e eu matei o Charlie.

Houve uma mudança quase que instantânea em Carter conforme a mãe contava a história; Bel observou do banco de trás. Os ombros da garota ficaram mais leves, o olhar mais brilhante, uma nova facilidade na forma como colocava a mão sobre a boca, na maneira como o ar entrava em seu corpo, não tão pesado.

E Bel entendeu.

Talvez a mãe estivesse mentindo para elas, uma última mentira, mas, mesmo se fosse o caso, aquela tinha sido a razão para a mentira. Para proteger Carter não da polícia, mas da culpa. E, se era aquilo o que ela estava fazendo, então era uma mentira com a qual Bel poderia conviver, uma que poderia perdoar. Uma verdade que não precisava saber, um último mistério da grande e desaparecida Rachel Price. O tipo de coisa que uma boa mãe faria.

A mãe entrou no estacionamento, parando o carro em uma vaga.

— Então nunca mais repete isso, Carter, porque não é verdade. Você não fez nada de errado. — Ela desligou o motor e estendeu a mão, os dedos sumindo no cabelo acobreado de Carter. — Combinado? — perguntou ela, segurando uma mecha.

— Combinado. — Carter pronunciou a palavra com um sorriso, jogando o cabelo para trás.

Talvez até conseguisse dormir no próprio quarto aquela noite. Não que Bel se importasse, mas é que a irmã chutava enquanto dormia. Aquelas pernas compridas pra caramba.

O quarto de hóspedes passara a pertencer a Carter, e a mãe tinha voltado para o quarto antigo, com uma cama nova, um colchão novo; tinha jogado fora tudo em que Charlie havia tocado.

— Beleza, então, vamos lá. — A mãe desafivelou o cinto de segurança. — A gente tem tinta pra comprar.

— Chega de tinta — resmungou Bel, saindo do carro. — *Você gosta mais do tom casca de ovo, do aveia ou do pomba da paz?* É tudo branco, mãe, só escolhe um.

— Você viu as amostras que ela colocou na parede do meu quarto? — perguntou Carter, enquanto saía do carro. — Falou que eu posso escolher, mas pelo menos três têm cor de vômito.

— Meninas, parem de fazer bullying comigo senão vou colocar as duas de castigo. — Ela sorriu.

— Se for pra deixar uma de nós duas de castigo por alguma coisa — argumentou Bel —, devia ser a Carter — pela quantidade de vezes que ela fala palavrão.

— Vai à merda. — Carter tentou fazê-la tropeçar, apoiando o calcanhar no chão.

Elas riram. A risada de Carter parecia a de Bel, e a de Bel parecia a da mãe, todas elas se encaixando como deveriam.

— Carter! — gritou uma voz do outro lado do estacionamento.

As três se viraram para procurar de onde o grito tinha vindo, Bel ficando tensa, o corpo travando. Mas eram só as amigas de Carter da escola, paradas do lado de fora da Pizzaria da Rosa, ao lado da loja de ferragens.

Carter acenou para elas.

— Posso ir? — perguntou para a mãe, mas sua atenção estava focada em Bel, esperando pela resposta.

Bel baixou a cabeça de leve, inclinando o queixo.

— Lógico que pode — falou, os olhos dizendo mais do que isso. — Vai lá.

— Valeu — respondeu Carter. — Depois eu te encontro, mã... tia Rachel. — Ela se corrigiu enquanto as pessoas passavam pelo carro delas.

Carter fugiu das duas, desaparecendo quando as amigas se reuniram ao redor dela.

Tinha ido embora. E tudo bem, porque Bel sabia que ela voltaria. Carter sempre voltaria, mesmo se fosse só até ali, para cumprimentar as amigas, ou para uma escola de dança em Nova York. As pessoas que te amam, aquelas que se importam de verdade, sempre acabam voltando.

Às vezes, voltam até dos mortos.

— Acho que vamos ser só você e eu, filha. — A mãe enganchou o braço no de Bel, indo em direção à entrada da loja. — Tudo bem? No que está pensando?

— Em nada, desculpa — respondeu Bel. Bem, isso não era verdade. — Eu estava pensando em mandar uma mensagem pra uma menina. A Sam. Foi ela que me deu aquela pulseira com as caveiras. Era minha amiga.

A última amiga que Bel tivera antes de afastar todo mundo. Mas estava pronta para ser amiga de alguém de novo, uma vez que aprendera como as coisas funcionavam. Que não tinha problema se as pessoas se afastassem, ou se alguém se machucasse, ou se não durasse para sempre. Ainda assim importava.

— Aham. — A mãe olhou para ela com um sorriso compreensivo. — Você devia mandar uma mensagem mesmo. E se você a chamasse pra ir lá em casa um dia desses?

Bel assentiu. Talvez fizesse isso.

A mãe pegou um carrinho de compras e o empurrou em direção à porta.

— A gente podia comprar uma estante de livros também. Pra sala.

— Boa ideia.

— Você quer mais alguma coisa? — perguntou a mãe, consultando a lista que segurava.

Ela não queria mais nada.

Tudo o que Bel queria era estar ali, com a mãe, olhando mil tons de branco e fingindo enxergar diferenças entre eles. A questão não era a cor da tinta. A questão era elas, mãe e filha, aprendendo todas as formas como poderiam se reencontrar, se reconectar, tentando até que fosse como se nada tivesse acontecido, como se não tivessem roubado tempo algum delas.

Elas chegariam lá. Já estavam no caminho.

As portas automáticas se abriram e Bel ajudou a mãe a empurrar o carrinho, endireitando uma das rodas.

Elas entraram.

As portas se fecharam atrás das duas, levando-as embora silenciosamente, como um sussurro noturno.

E elas desapareceram.

Mas, desta vez, tinham desaparecido juntas.

AGRADECIMENTOS

Como sempre, o meu enorme agradecimento vai para o meu agente, Sam Copeland, por ser meu maior defensor. Não é segredo algum que este livro foi o mais difícil que já escrevi, no ano mais difícil da minha vida, tanto profissional quanto pessoal. Encarando três cadernos cheios e um documento de trinta mil palavras de trama e planejamento, quase me perdi quando fui começar a contar esta história. A confiança de Sam em mim nunca se abalou, mesmo quando a minha se abalava. Ele sabia que eu tinha capacidade para escrevê-la, e desta vez precisei do lembrete dele. Obrigada.

À minha agente de audiovisual, Emily Hayward-Whitlock, por ser minha apoiadora fiel enquanto lidávamos com a adaptação do meu primeiro livro para uma série da Netflix ao mesmo tempo que eu escrevia esta história. Obrigada por comemorar os pontos altos comigo e por segurar a barra nos baixos. E muito obrigada pelo cuidado e pela empolgação ao cuidar desta trama. Eu não confiaria esse trabalho a mais ninguém.

Um muitíssimo obrigada à minha editora, Kelsey Horton, pela fé inabalável que tem em mim. Acho que desta vez bastou você ouvir o título *O reaparecimento de Rachel Price*. Obrigada por confiar em mim para desaparecer por alguns meses e reaparecer com aquele título transformado em um livro de verdade (admito que desta vez um pouco longo; e também agradeço por sua paciência enquanto eu o reduzia para um tamanho razoável). Sou muito grata por todo o seu trabalho árduo, e entendo que publicar meus livros não é uma tarefa fácil, mas eu não gostaria de ter ninguém além de você como responsável por isso.

À equipe dos sonhos que trabalha na Delacorte Press, capaz de fazer literalmente mágica ao transformar um documento (bem longo) do Word em um livro na vida real. Um obrigada gigantesco à Beverly Horowitz por supervisionar tudo com tanto entusiasmo e por me apoiar tanto quando eu ainda não passava de uma autora iniciante. Agradeço, como sempre, à Casey Moses, por ser uma designer tão genial e por dar a *O reaparecimento de Rachel Price* a capa que ele nasceu para ter. E obrigada à maravilhosa fotógrafa Christine Blackburne por conseguir capturar tudo com tanta perfeição. Fico muito feliz pelos meus leitores poderem julgar meus livros pelas capas. Um obrigada à Colleen Fellingham por todo o trabalho árduo e atencioso, e por ter tido que revisar este livro quase tantas vezes quanto eu, e obrigada a Tim Terhune por tudo o que você faz para transformar o trabalho árduo de todo mundo num livro de verdade. Agradeço a Shannon Pender, Stephania Villar, Katie Halata e Lili Feinberg pelo entusiasmo e pelo apoio infinito, e a todo mundo do departamento comercial, que realiza um dos trabalhos mais importantes: garantir que este livro chegue aos leitores.

Um obrigada também à Sarah Levison e a toda a equipe da minha editora no Reino Unido, a Farshore.

Agradeço à minha família (Collis e Jackson) por sempre serem meus primeiros leitores, principalmente desta vez, quando eu estava um caco após escrever este livro. Aquelas primeiras reações me devolveram um pouco de ânimo e me fizeram perceber que, no fim, toda a dor e o esforço tinham valido a pena e que eu tinha criado algo significativo.

Um obrigada a Joe Evans, por ter sido corajoso a ponto de se juntar à minha família e me deixar roubar o seu nome e fazer você vomitar um Gatorade vermelho ficcionalmente.

Agradeço à família Horton, por me fornecer o cenário para este livro, e principalmente à Lily, por ter começado a fazer o marketing local dele tão cedo. De certa forma, este livro e Gorham, em New Hampshire, me fazem sentir em casa, embora eu nunca nem tenha ido até lá (tirando as VÁRIAS visitas que fiz através do Google Street View!).

E agradeço a você, isso mesmo, *você*, que está lendo este livro. Obrigada por confiar em mim para guiar você nesta jornada. Espero que a Bel tenha tanta importância para você quanto tem para mim. Às pessoas que têm me acompanhado desde o primeiro livro, não tenho palavras para expressar a gratidão que sinto. Vou continuar me esforçando cada vez mais para merecer vocês. Agora, com licença, porque vocês sabem que eu não consigo terminar um livro sem ser dramática.

Chegou a hora dos dois maiores agradecimentos.

À minha irmãzinha, Olivia, a quem este livro é dedicado. Obrigada. Você sabia que eu estava passando por problemas sem eu precisar falar: uma linguagem só nossa, assim como a da Bel e da Carter. Obrigada por aliviar o peso dos meus ombros quando não me restavam mais forças. Este é o melhor livro que eu já escrevi, e ele não teria sido possível sem você, então é todo seu. *Cuida da sua irmã*, foi o que a Rachel disse. E é isso o que a gente tem feito.

Por último, mas não menos importante, agradeço ao Ben. Ainda não tínhamos nos casado quando escrevi este livro, mas, agora que estou escrevendo os agradecimentos, nós somos. Obrigada por sempre se doar tanto para que eu possa viver o meu sonho e por tudo o que você faz para que eu consiga sobreviver a ele. O nome que está na capa é o meu, mas você me acompanha em cada palavra que escrevo.

- intrinseca.com.br
- @intrinseca
- editoraintrinseca
- @intrinseca
- @editoraintrinseca
- intrinsecaeditora

1ª edição	OUTUBRO DE 2024
impressão	LIS GRÁFICA
papel de miolo	LUX CREAM 60G/M²
papel de capa	CARTÃO SUPREMO ALTA ALVURA 250G/M²
tipografia	UTOPIA STD